테러호의 악몽 2

THE TERROR

Copyright © 2007 by Dan Simmons

Published in agreement with the author, c/o BAROR INTERNATIONAL, INC., Armonk, New York, U.S.A. through Danny Hong Agency, Seoul, Korea.
Korean translation copyright © 2015 by Openhouse for Publishers Co., Ltd.

테러호의 악몽 2

THE TERROR

댄 시먼스 지음
김미정 옮김

VERTIGO

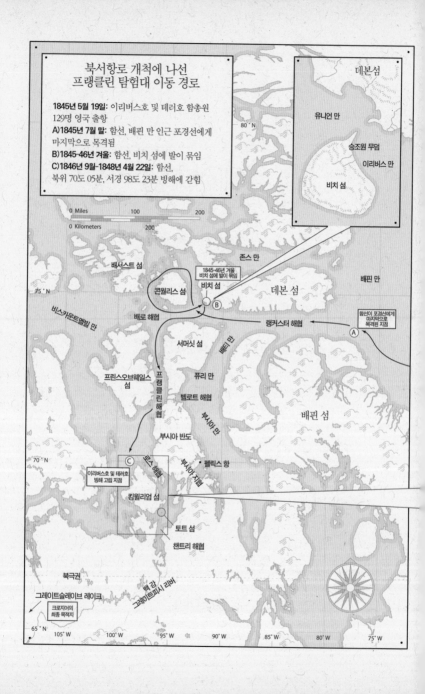

북서항로 개척에 나선
프랭클린 탐험대 이동 경로

1845년 5월 19일: 이리버스호 및 테러호 함총원
129명 영국 출항
A)1845년 7월 말: 함선, 배핀 만 인근 포경선에게
마지막으로 목격됨
B)1845-46년 겨울: 함선, 비치 섬에 발이 묶임
C)1846년 9월-1848년 4월 22일: 함선,
북위 70도 05분, 서경 98도 23분 빙해에 간힘

데본섬

유니언 만

승조원 무덤

이리버스 만

비치 섬

0 Miles 100 200
0 Kilometers 200

80°N

배서스트 섬

존스 만

1845-46년 겨울
비치 섬에 발이 묶임

비치 섬

데본 섬

배핀 만

콘월리스 섬

B

75°N

배로 해협

랭커스터 해협

함선이 포경선에게
마지막으로
목격된 지점

A

비스카운트멜빌 만

서머싯 섬

배터 만

프린스오브웨일스
섬

퓨리 만

프랭클린 해협

벨로트 해협

부시아 만

배핀 섬

부시아 반도

70°N

이리버스호 및 테러호
빙해 고립 지점

C

레스 해협

부시아 지협

펠릭스 항

킹윌리엄 섬

토트 섬

챈트리 해협

북극권

그레이트슬레이브 레이크

백 강
그레이트피시 리버

크로지아의
최종 목적지

65°N

105°W   100°W   95°W   90°W   85°W   80°W   75°W

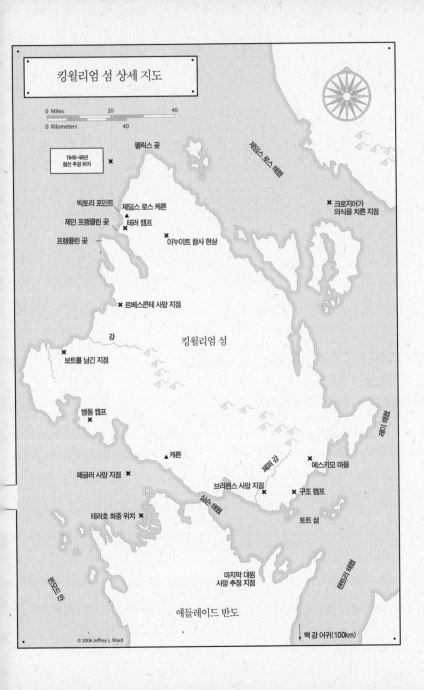

킹윌리엄 섬 상세 지도

0 Miles 20 40
0 Kilometers 40

1846-48년
함선 추정 위치 ✕

펠릭스 곶

제임스 로스 해협

크로지어가
의식을 치른 지점 ✕

빅토리 포인트
제임스 로스 케른 ▲
제인 프랭클린 곶 ✕ 테러 캠프

프랭클린 곶

이누이트 참사 현상 ✕

르베스콘테 사망 지점 ✕

강

킹윌리엄 섬

보트를 남긴 지점 ✕

병동 캠프 ✕

케른 ▲

페퍼 강

레이 해협

에스키모 마을 ✕

페글러 사망 지점 ✕

브리젠스 사망 지점 ✕

구조 캠프 ✕

심슨 해협

토트 섬

테러호 최종 위치 ✕

마지막 대원
사망 추정 지점

헨트리 해협

애들레이드 반도

↓ 백 강 어귀(100km)

© 2006 Jeffrey L. Ward

북위 70도 05분, 서경 98도 23분
1848년 2월 6일

일요일, 어빙 소위는 춥고 어두운 갑판에서 연속 두 번 근무를 섰다. 이 중 하나는 친구인 조지 호지슨의 대타였다. 호지슨은 이질 증상으로 몸이 좋지 않아 장교 식당에서 뜨끈한 석식은 건너뛰고, 차갑고 딱딱한 염장 돼지고기와 비구미가 잔뜩 낀 십 비스킷을 조금 뜯어먹었다. 어빙은 연속 두 번 당직 근무를 했기에 다음 근무까지 여덟 시간 내리 쉴 수 있었다. 하갑판에 내려가 언 이불을 덮고 누워 체온으로 몸을 녹이며 여덟 시간 연속 잠을 잘 수 있었다.

그러나 그는 1등 항해사 로버트 토머스에게 갑판 근무 장교 역할을 넘기고 잠시 산책하러 가겠다고 했다. 그러고는 함선 측면에 있는 얼어붙은 경사로를 타고 내려가 어두운 빙상으로 향했다.

벙어리 여자를 찾기 위해서다.

어빙은 몇 주 전 크로지어 함장이 흥분한 승조원을 향해 에스키모 여자를 내던지려고 했을 때 충격받았다. 누수방지공 조수 히키의 꾐에 넘어간 일부 대원은 여자가 요나라서 죽이든 내쫓든 해야 한다고 고함치기 시작했다. 크로지어는 벙어리 여자의 팔뚝을 붙든 채 격분한 대원들에게 내던지려 했다. 마치 로마 황제가 기독교도를 사자에게 내던지는 모습과 비숫했다. 어빙은 어찌해야 할지 몰랐다. 저러다 진짜 벙어리 여자가 죽는다 해도 그는 소위 신분이라 그저 함장을 쳐다볼 수밖에 없었다. 사랑에 빠진 젊은 어빙은 자기 목숨을 잃는다 해도 앞으로 걸어 나가 여자를 구할 준비가 되어 있었다.

크로지어는 승조원의 마음을 다음과 같은 발언으로 돌려놓았다. 만일 함선을 버려야 할 상황이 닥치면 이 배에 있는 사람 중 저 동토에 나가 유일하게 사냥과 낚시를 할 수 있는 자가 바로 이 여자뿐이라고 설득했다. 어빙은 남모르게 안도의 한숨을 내쉬었다.

그런데 에스키모 여자가 선상 반란이 있은 직후 함선 밖으로 나가 저 빙하 속으로 아예 자취를 감췄다. 그 전까지는 십 비스킷이나 양초 같은 것을 타러 이삼일 건너 한 번씩 석식 시간에 모습을 드러냈다. 여자가 살았는지, 저 추운 밖에서 뭘 하는지 미궁에 빠졌다.

그날 빙하는 그리 어둡지 않았다. 오로라가 머리 위에서 훤하게 넘실거리고, 훤한 달빛이 세락 뒤로 잉크색 검은 그림자를 드리웠다. 소위 존 어빙이 처음 벙어리 여자를 미행할 때와는 상황이 달라졌다. 이번에는 누가 시켜서가 아니라 스스로 여자를 찾아 나선 것이다. 함장은 크게 무리가 되지 않는다면 빙상에 있는 여자의 은신처를 찾으라고 그에게 또다시 말했다.

"우리가 빙상으로 나가 살아야 할 경우 에스키모 여자가 우리를 먹여 살릴 기술을 갖고 있다고 설득했는데, 그건 내 진심이었어." 크로지어가 그의 방에서 목소리를 낮추자 어빙은 함장 쪽으로 몸을 기울였다. "그런데 여자가 싱싱한 생고기를 어디에서 어떻게 잡아 오는지 우리가 빙상에 나간 다음에 알면 안 되지 않나. 그때까지 미룰 수 없어. 굿서 박사가 그러는데 여름이 오기 전까지 고기를 제대로 섭취하지 못하면 우리 모두 괴혈병으로 무사하지 못할 거라고 하네."

"여자가 사냥하는 장면을 미행하지 않는 이상 그 비법을 어찌 알아내죠? 여자는 영어를 못하는데요?" 어빙이 목소리를 낮추었다.

"그건 네가 알아서 해야지, 어빙." 크로지어는 이렇게 말할 뿐이었다.

이런 대화가 오간 후, 처음으로 어빙이 알아서 기회를 포착했다.

만일 여자를 찾을 경우, 의사소통을 위해 몇 가지 미끼를 가죽 가방 안에 넣었다. 석식으로 나오는 비구미가 잔뜩 낀 십 비스킷과는 비교할 수 없을 만큼 괜찮은 십 비스킷을 몇 개 챙겨서 냅킨에 잘 쌌다. 곱디고운 동양 비단 손수건도 하나 챙겼다. 런던에 사는 부잣집 딸이었던 애인과 어색한 이별을 하기 직전에 받은 선물이었다. 그 고운 비단 손수건으로 강력한 미끼인 복숭아 마멀레이드가 든 작은 단지를 쌌다.

굿서 박사는 항괴혈병 치료제로 쓰려고 아껴둔 복숭아 마멀레이드를 배급했다. 어빙은 에스키모 여자가 디글에게서 받은 복숭아 마멀레이드에 그나마 관심을 보인다는 사실을 눈치챘다. 그는 여자가 십 비스킷 위에 마멀레이드를 발라 먹을 때 반짝이던 검은 두 눈을 놓치지 않았다. 지난 달 열두 번 정도 마멀레이드가 나왔을 때 어머니가 주신 작은 도기 단지 안에 소중히 모아두었다.

어빙은 함선을 한 바퀴 돌아 우현 쪽 얼음 평원에 솟은 세락과 작은 빙산이 얽힌 미로로 향했다. 마치 버넘의 숲이 던시네인 성(셰익스피어의 『맥베스』 4막 1장에 나오는 '버넘의 숲이 던시네인 성까지 올 때까지 맥베스는 안전하리라'라는 구절에서 따왔다)까지 펼쳐진 것처럼 얼음숲이 함선에서 180미터가량 뻗어 있었다. 그는 빙하에 몸을 숨긴 괴물의 다음 희생양이 될 가능성이 아주 높았다. 그러나 지난 5주간 녀석은 모습을 보이지 않았고 자취를 꽁꽁 감추었다. 카니발 이후 녀석에게 당한 사람은 아무도 없었다.

어빙은 이렇게 생각했다. "이렇게 홀로 빙하에 또다시 나온 사람은 나 말고 아무도 없군. 랜턴도 없이 멀리 세락 숲에까지 와서 헤매다니."

그가 가진 유일한 무기는 산탄총뿐. 그는 이것을 외투 주머니 깊이 넣어

두었다.

어빙은 어두운 세락을 훑으며 40분가량 수색했다. 영하 45도의 날씨에 강풍이 몰아치자, 다음날 다시 와야겠다고 마음을 먹었다. 몇 주 지나 다시 수색하는 편이 낫겠어. 그때면 해가 남쪽 수평선에 매일 적어도 5분은 걸려 있을 테니.

그런데 빛이 보였다.

기괴한 빛이었다. 세락 사이사이 패인 도랑 속, 잔뜩 고인 눈 속에서부터 황금빛이 일었다. 마치 요정이 안에서 불을 피워 놓은 것 같았다.

아니, 마녀가 피워 놓은 것일까.

어빙은 빛을 향해 다가갔다. 세락 그림자가 보일 때마다 좁은 크레바스인지 아닌지 일일이 확인해야 했다. 바람은 삐죽 솟은 세락과 얼음 바위를 빠져나오면서 휘파람을 불었다. 오로라가 내뿜는 보랏빛이 사방에서 일렁거렸다.

도랑 안에는 눈이 잔뜩 쌓여 있었다. 바람이 불어서 쓸려 들어갔는지, 아니면 벙어리 여자가 직접 손으로 긁어모았는지 모르겠지만, 잔뜩 쌓인 눈이 나지막한 돔을 이루었다. 그런데 그 벽이 너무 얇아서 안에서 빛나는 노란 불빛이 밖으로 다 비칠 정도다.

어빙은 이 좁은 얼음 도랑 속으로 내려갔다. 도랑은 극빙 얼음판 두 개가 압력을 받아 아래로 푹 꺼진 것으로 그 위에 눈이 잔뜩 쌓였다. 어빙은 작고 시커먼 구멍으로 다가갔다. 이 낮게 뚫린 구멍으로 들어가면 한쪽이 더 높은 도랑 위에 세워진 돔과 연결되어 있을 듯했다.

입구처럼 생긴 곳은 잔뜩 옷을 껴입은 어빙의 어깨가 간신히 통과할 크기였다.

그 안으로 기어들어가기 전에 혹시 주머니에 든 총을 꺼내 격발 준비를 해 두어야 할지 속으로 갈등이 일었다. '그런 인사법은 별로 달갑지 않겠어.'

어빙은 구멍 속으로 몸을 밀어 넣었다.

좁은 구멍으로 몸을 절반쯤 밀어 넣자 2미터쯤 되는 통로가 비스듬하게 위로 나 있었다. 어빙의 고개와 어깨가 반대편 구멍으로 빠져나가자 빛이 쏟아졌다. 눈을 끔뻑이며 주위를 돌아보다가 입이 그만 쩍 벌어졌다.

벙어리 여자가 옷섶을 풀어헤치고 알몸으로 누운 모습이 가장 먼저 시야에 들어왔다. 어빙이 고개를 내밀어 보니 여자는 약 1미터 높이의 얼음 제단 위에 젖가슴을 훤히 드러낸 채 누워 있었다. 젖가슴 근처에는 부적이 보였다. 같이 나타났다가 사망한 에스키모 남자가 지니고 있던 백곰 돌 부적이었다. 여자는 눈을 깜빡이며 어빙을 쳐다볼 뿐 가슴을 가리려 하지 않았다. 놀란 기색도 전혀 없었다. 어빙이 그 비좁은 구멍으로 밀고 들어오는 소리를 아까부터 듣고 있었던 것 같다. 손에는 짧고 날카로운 석검이 들려 있었다. 선수 밧줄 창고에서 처음 본 돌칼이었다.

"실례합니다." 어빙은 이렇게 말하고는 뭘 해야 할지 난감했다. 신사라면 여인의 누운 곳에서 물러나야 하지만 그렇게 했다간 어색하고 흉해 보일 것이다. 그는 자신이 왜 이곳까지 왔는지 임무를 떠올리며 그대로 있었다.

어빙이 얼음집 안에 들어온 상태라 벙어리 여자가 달려들어 저 돌칼을 휘두르면 순식간에 목이 따일 가능성도 있었다. 그런다 한들 어쩔 도리가 없었다.

어빙은 좁다란 구멍에서 몸을 마저 뺀 다음, 뒤로 멘 가죽 가방을 앞으로 돌리고 무릎을 꿇었다가 두 발로 일어섰다. 눈으로 만든 얼음집은 눈얼음이 쌓인 바깥 높이보다도 바닥이 훨씬 낮아서 어빙이 완전히 허리를 펴고 서도 머리 위로 공간이 남았다. 그는 이 얼음집이 반짝거리는 눈을 다져 바깥에서 안으로 쌓은 줄 알았다. 그런데 자세히 보니 눈을 두툼하게 얼음 벽돌처럼 쌓아 안쪽에서 경사진 원형 돔을 이루도록 아주 영리하게 설계한 집이었다.

어빙은 영국 해군 최고의 장포장 훈련을 받은 자로 수학에 능해 머리 위 얼음 벽돌이 나선형으로 이루어진 것을 단박에 눈치챘다. 각각의 얼음 벽돌은 조금씩 깎여 나가 마지막으로 마감하는 얼음 벽돌은 돔 정상에서 위에서 아래로 끼워 넣은 구조였다. 굴뚝처럼 보이는 지름 5센티미터 정도 되는 작은 연기 구멍도 뚫려 있었다.

어빙은 수학자적 기질을 발휘해 이 돔이 완벽한 반구체가 아님을 파악했다. 원의 이론으로 이 돔 집을 지었다면 무너졌을 텐데, 이곳은 오히려 현수선에 가까웠다. 현수선이란 양손으로 체인을 들고 서 있을 때 생기는 구조다. 게다가 신사 기질을 발휘해 이 영리한 구조물의 천장과 벽돌과 기하학적 구조를 살피면서도 벙어리 여자의 훤히 드러난 젖가슴과 맨 어깨로는 애써 시선을 피했다. 어빙은 여자가 모피 파카로 젖가슴을 가릴 시간을 충분히 주었다고 생각했다. 그래서 여자가 있는 쪽으로 고개를 돌렸다.

여자는 젖가슴을 여전히 드러내고 있었다. 하얀 북극곰 부적과 대비되어 살결이 더욱 짙어 보였다. 진한 눈동자는 호기심이 가득하면서도 강렬한 눈빛을 내뿜었다. 경계하는 눈빛은 보내지 않았다. 여자는 남자를 뚫어져라 쳐다보았다. 손에는 여전히 돌칼을 쥐고 있었다.

어빙은 숨을 내쉬며 여자가 모피를 깔고 누운 작은 제단 중앙에서 약간 떨어진 곳에 걸터앉았다.

어빙은 난생 처음으로 얼음집이 따뜻하다는 사실을 알았다. 꽁꽁 언 바깥 날씨보다 약간 따스한 정도가 아니었다. 테러호의 얼어붙은 하갑판보다 조금 더 따뜻한 게 아니라 진짜 포근했다. 때에 절어 뻣뻣해진 옷을 여러 겹 껴입은 아래로 땀이 나기 시작했다. 한 1미터 정도 앞에서 여자의 갈색 젖가슴이 들숨날숨을 쉬는 모습을 지켜보았다.

어빙은 시선을 거두며 겉옷 단추를 하나씩 끌렀다. 자그마한 파라핀 통에서 빛과 온기가 흘러나왔다. 여자가 함선에서 몰래 가지고 나온 듯 보였다. '도둑질했군.' 이런 생각이 드는 순간 어빙은 미안한 감정이 들었다. 테러호에 있던 통이 맞긴 하다. 그런데 함선에서 약 30미터 떨어진 빙하에 커다란 쓰레기 구멍을 파서 그 속에 휙 던져 버린 수백 개도 넘는 파라핀 통 중 하나일 뿐이다. 파라핀이 아니라 기름에 불을 붙인 것 같았다. 냄새를 맡아보니 고래 기름은 아니었다. '물범 기름인가?' 동물 창자인지 힘줄인지 모를 것이 천장에서부터 내려와 있고 그 끝에 기름 덩어리를 매달아 파라핀 통 안으로 기름이 똑똑 떨어지게 해 놓았다. 기름 수위가 낮아지면 촛불심지가 길어져서 불꽃이 더 밝아진다. 그러면 기름이 더 많이 녹아 내려 램프 속으로 더 많이 떨어지는 구조였다. 닻을 내리는 로프를 만들 때 쓰는 삼 가닥을 꼬아서 심지를 만든 것 같았다. 어빙은 단박에 이 구조를 파악했다. 기발한 시스템이었다.

이 얼음집에서 볼 수 있는 흥미진진한 공예품은 파라핀 통만이 아니었다. 램프 한쪽 위 천장에는 물범의 갈비뼈 네 대로 공들여 만든 구조물이 보였다. '어떻게 여자가 물범을 사냥했지?' 어빙은 궁금했다. 갈비뼈는 눈 속에서 위를 향해 솟아 있고 거기에 힘줄이 이리저리 걸려 있었다. 그 뼈로 만든 구조물에 골드너 통조림 중 크기가 좀 더 큰 사각 통이 매달려 있었다. 이것도 테러호 쓰레기 더미를 뒤져서 가져온 것이 틀림없었다. 여기 네 모퉁이에 구멍을 뚫어 물범 기름 램프 위에 낮게 매달아 조리용 냄비 겸 주전자로 쓰고 있었다.

벙어리 여자는 여전히 젖가슴을 가리지 않았다. 숨을 쉴 때마다 백곰 부적이 들썩거렸다. 여자의 시선은 그의 얼굴에서 벗어나지 않았다.

어빙이 목청을 가다듬었다.

"안녕하세요, 에스키모 아가씨. 이렇게 불쑥 찾아와서 죄송합니다. 초대하시지도 않았는데 제가 불쑥 들어왔네요." 그가 말을 멈췄다.

'저 여자는 눈도 깜빡거리지 않나?'

"크로지어 함장님께서 안부 전하십니다. 저더러 어떻게 지내는지 살펴보라고 하셔서요. 잘 지내는지⋯⋯"

이렇게 어리바리할 수가. 어빙은 여자가 몇 달간 함선에서 같이 지내면서도 영어 한마디 모른다는 사실을 잘 알았다. 자꾸 시선이 갈 수밖에 없는 여자의 유두는 그가 함께 몰고 온 찬바람에 바싹 솟아 있었다.

소위는 이마에 흐르는 땀을 훔쳤다. 겉장갑과 속장갑을 모두 벗더니 여자한테 집 안으로 들어가도 좋은지 허락받으려는 듯 고개를 꾸벅 숙였다. 그러고는 다시 이마를 훔쳤다. 현수선 모양의 좁은 돔 속에 작은 램프 하나만 밝히고 그 위로 동물 기름을 한 방울씩 떨어뜨리는데 이렇게 따뜻하다니 믿기지 않았다.

"함장님께서⋯⋯" 그는 입을 열었다 닫았다. "아, 맞다." 어빙은 가죽 가방 속을 뒤적거려서 낡은 냅킨에 쌓인 십 비스킷과 최고급 동양 비단 손수건으로 싼 마멀레이드 단지를 꺼냈다.

그는 꾸러미 두 개를 제단 중앙에 누운 여자 쪽으로 밀었다. 손이 바르르 떨렸다.

에스키모 여자는 꾸러미를 열어 보려고도 하지 않았다.

"열어 보세요." 어빙이 말했다.

벙어리 여자는 눈을 두 번 깜빡이더니 칼을 파카 밑으로 밀어 넣고, 누운 옆으로 작고 두툼한 포장 꾸러미를 끌어다 놓았다. 그러더니 모로 누웠다. 오른쪽 유두가 그가 건넨 동양 비단 손수건에 닿을 듯했다.

어빙은 고개를 숙였다. 그 역시 이 좁은 제단 위에 깔린 두툼한 동물 가죽 위에 앉았다. 대체 저 여자는 이런 가죽을 어디에서 구했을까? 이런 생각이 들자 여자가 죽은 에스키모 남자가 입던 모피 파카를 처음 받아 쥐던 일곱 달 전 기억이 떠올랐다. 희끗한 머리칼의 그 남자는 그래엄 고어가 이끈 탐사대 중 1명이 쏜 총알에 맞은 후 함선에서 사망했다.

여자는 낡은 냅킨부터 끌렀다. 그 속에 싸인 십 비스킷 다섯 개를 보더니 무덤덤했다. 그나마 비구미가 덜 먹은 비스킷을 공들여 골라왔는데, 여자가 그의 정성을 몰라주자 약간 억울한 기분이 들었다. 그다음, 여자는 어빙의 어머니가 물려주신 작은 도자기 단지를 밀랍으로 밀봉해 놓은 것을 쳐다보았다. 여자는 잠시 멈칫했다가 동양 비단 손수건을 들어 올렸다. 붉은색과 녹색과 파란색이 화려하게 어우러진 공들인 문양이었다. 여자는 이것을 잠시 뺨에 갖다 대더니 다시 옆으로 내려놓았다.

'여자는 어디를 가나 다 똑같군.' 어빙은 경박한 생각이 들었다. 여러 여자들과 잠자리를 즐기던 그였으나 거의 헐벗은 에스키모 여자와 물범 기름을 때서 불을 밝히고 소박하게 앉아 있는 지금 이 순간만큼 강렬한 친밀함을 느낀 적은 없었다.

여자는 밀랍을 뜯고 그 속에 든 마멀레이드를 보자 고개를 들고 다시 어빙의 얼굴을 쳐다보았다. 그를 살피는 눈치였다.

그는 여자에게 마멀레이드를 십 비스킷에 발라 먹으라며 과장된 몸동작을 했다.

여자는 미동 없이 시선을 여전히 고정했다.

드디어 여자가 몸을 숙이며 오른팔을 뻗었다. 동물 기름을 태워 불을 밝힌 램프 건너에 있는 그에게 닿으려는 듯했다. 어빙은 움찔했다. 여자는 얼음 틈 사이로 손을 뻗으려 한 것이었다. 모피가 깔린 얼음 제단 위쪽 얼음 벽돌 사이에 오목이 팬 작은 틈이 있었다. 덕분에 완전히 드러난 젖가슴이 출렁거렸다. 그는 옷이 아래로 흘러내린 여자의 자태를 못 본 척했다.

여자는 허여면서도 불그스름하고 썩는 내 나는 뭔가를 그에게 주었다. 상한 생선 같았다. 물범이나 다른 동물의 살덩이를 눈을 다져 만든 얼음 벽돌 틈에 끼워서 시원하게 보관해 둔 것이었다.

그는 그 덩어리를 받아 든 후 고개를 끄덕였다. 그리고 무릎 위에 두 손을 포갠 채 덩어리를 그 위에 올려놓았다. '이걸 어쩐다?' 막막했다. '이걸 함선으로 가져가 고기 지방을 태우는 기름 램프로 직접 만들어야 하나?'

여자의 입술이 씰룩거렸다. 잠시 어빙은 여자가 웃는 거라 착각했다. 여자는 짧고 날카로운 칼을 꺼내더니 도톰하고 붉은 입술을 도려내려는 듯 칼날을 왔다 갔다 움직이는 동작을 반복적으로 취했다.

어빙은 계속 주시하면서 거죽이 붙은 고깃덩어리를 계속 들고 있었다.

벙어리 여자는 한숨을 쉬더니 몸을 숙여 어빙이 들고 있는 고깃덩어리를 도로 가져갔다. 그러고는 그걸 입에 물고 칼로 몇 조각을 베어냈다. 짧은 칼날이 여자의 하얀 치아 사이로 오가자 한입 크기로 잘라졌다. 여자는 잠시 그걸 씹다 말고 물범 가죽이 붙은 흐물흐물한 덩어리를 남자에게 도로 건넸다. 이제야 어빙은 그것이 분명 물범 지방임을 알 수 있었다.

어빙은 6겹이나 껴입은 옷 속을 헤치며 더듬거렸다. 겉에 입은 방한외투, 재킷, 스웨터, 조끼를 젖히고 혁대에 찬 보트 나이프를 꺼냈다. 마치 어린아이가 수업 시간에 칭찬받으려는 것처럼 여자한테 칼을 내보였다.

여자는 가볍게 고개를 끄덕였다.

어빙은 지독한 악취를 풍기며 기름이 뚝뚝 떨어지는 지방 덩어리를 입에 물고 방금 여자가 했던 대로 날카로운 칼날을 앞으로 당겼다.

하마터면 코가 잘릴 뻔했다. 만일 보트 나이프 칼날이 물범 가죽에 걸리지 않았더라면 아랫입술이 잘려 나갔을지 모른다. 물컹하고 허연 지방 덩어리를 약간 위로 당겨 잘라내는 순간, 잘라낸 조각에서 피 한 방울이 똑 떨어졌다.

벙어리 여자는 피를 못 본 척하며 고개를 갸우뚱하더니 들고 있던 돌칼을 건넸다.

그는 또다시 시도했다. 여자가 건네 준 돌칼은 약간 묵직했다. 입술 쪽으로 칼날을 당기며 자신 있게 고기를 잘랐다. 순간 코에서 나온 피 한 방

16

울이 지방 덩어리 위로 똑 떨어졌다.

힘들이지 않고도 날이 잘 들었다. 여자가 건넨 작은 돌칼이 그가 가진 보트 나이프보다 훨씬 날이 잘 서 있다니 놀랄 일이었다.

죽 잘린 기다란 지방 덩어리가 한입 가득했다. 그는 바보처럼 지방을 질겅거리면서 지방 덩어리와 칼을 든 채 여자에게 고맙다며 꾸벅 고개를 숙였다.

마치 울위치의 하수가 흘러드는 런던 템스 강바닥에서 석 달 전에 낚은 잉어를 씹는 듯했다.

어빙은 토기가 왈칵 솟구쳐서 지방 덩어리를 얼음집 바닥에 뱉고 싶었지만 만일 그랬다간 이 여자를 회유하려는 목적을 달성할 수 없기에 지방을 꿀떡 삼켰다.

계속 올라오는 토기를 억지로 참으며 이런 진미를 맛보게 해 준 것에 대한 감사의 표시로 씽긋 웃었다. 한편 살짝 베이나 피가 멈추지 않는 콧잔등에 손수건 대신 꽁꽁 언 방한 장갑을 대고 닦아 냈다. 에스키모 여자가 더 잘라 먹으라고 몸으로 말하는 순간, 그는 머리가 쭈뼛 섰다.

그는 그럼에도 미소를 잃지 않으며 다시 지방 덩어리를 잘라 목구멍으로 쑤셔 넣었다. 거대한 동물이 흘린 콧물로 입 안이 가득 찬 느낌이 들었다.

그런데 놀라운 사실은 텅 빈 창자가 우르르 요동치더니 더 달라고 아우성이었다. 썩은 내 나는 지방 덩어리가 그가 전혀 모르던 메마른 갈망을 채워주는 것 같았다. 마음이 아니라 몸이 원했다.

그 후 몇 분간은 마치 여느 가정집을 보는 듯했다. 어빙은 백곰 털이 깔린 얼음 제단에 걸터앉아 잽싸면서도 느긋하게 물범 지방을 죽 잘라서 입 안에 넣었다. 벙어리 여자는 십 비스킷을 바스러뜨려 어빙의 어머니가 물려주신 단지 안에 쿡 담갔다. 수병이 그레이비에 빵을 적셔 먹는 것과 비슷했다. 여자는 목구멍 깊은 곳에서 컹컹거리는 소리를 냈다. 흡족한 듯 마멀레이드를 허겁지겁 발라 먹었다.

여자의 젖가슴이 완전히 드러났다. 어빙은 불편한 자리임에도 연신 고맙다며 물범 지방을 계속 먹었다.

'만일 어머니가 이 모습을 보신다면 과연 무슨 생각을 하실까?' 어빙은 궁금해졌다.

두 사람이 식사를 끝냈다. 벙어리 여자가 비스킷을 먹어 치우고 마멀레이드 단지도 싹 비웠다. 어빙이 받아 든 지방 덩어리 크기도 확 줄었다. 턱과 입술을 방한 장갑으로 문질러 닦았다. 에스키모 여자는 틈 사이에 도로 손을 뻗더니 그에게 눈가루를 건넸다. 이 작은 얼음집 안이 덥긴 했다. 느낌상 영상 같았다. 어빙은 얼굴에 묻은 기름을 애써 닦고 소매로 얼굴을 말린 다음 남은 지방 덩어리를 여자에게 도로 주었다. 여자가 틈을 가리키자 어빙은 남은 지방 덩어리를 최대한 깊이 그 사이로 밀어 넣었다.

'이제 제일 힘든 부분이 남았군.'

이제 몸으로 팬터마임을 해서 에스키모 여자와 의사소통을 해야 한다. 괴혈병에 걸려 굶주린 우리 100여 명의 승조원에게 사냥하고 낚시하는 비법을 알려 달라고 해야 한다.

한번 해 보기로 했다. 벙어리 여자가 깊고 검은 눈으로 그를 뚫어져라 쳐다보았다. 어빙은 대원이 걷다가 배가 고파서 배를 비비는 동작을 했다. 또 마스트가 세 개 달린 함선에서 대원이 시름시름 아프다는 것을 표현하기 위해 혀를 밖으로 쭉 빼고 눈을 사팔뜨기로 만들었다. 예전에 엄마는 이런 모습을 보면 혼내셨다. 그리고 곰 가죽이 깔린 그 위로 쓰러지는 시늉을 했다. 그다음, 벙어리 여자를 가리키며 여자가 열심히 창을 던지고 낚싯대를 드리워 고기를 잡는 동작을 취했다. 어빙은 방금 전 도로 쑤셔 넣은 지방 덩어리를 가리키며 이 얼음집 바깥 어딘가에 사람들이 배를 움켜쥐고 눈을 까뒤집으며 쓰러지면서 배를 부여잡는 동작을 연기했다. 어빙은 벙어리 여자를 가리키며 '사냥 하는 법을 제발 알려 달라'고 몸부림 쳤다. 그리고 잠시 동작을 멈췄다가 여자를 가리키며 다시 투창하고 낚싯 대를 던지는 마임을 반복했다. 강렬한 눈빛으로 여자의 가르침을 받들 사 람이 바로 자기라는 듯 배를 문질렀다.

팬터마임 쇼가 끝나자 땀이 이마를 타고 내렸다.

벙어리 여자가 남자를 바라보았다. 아마 여자는 어빙이 마임을 하는 동 안 눈을 깜빡였겠지만 그는 보지 못했다.

"아, 젠장." 어빙 소위가 이렇게 내뱉었다.

결국 그는 방한복 단추를 목까지 다시 채우고 함선에서 가져온 보자기 와 어머니가 물려주신 단지를 가죽 가방 속으로 챙겨 넣고 그만 돌아가기 로 마음먹었다. 메시지를 전하긴 했지만 과연 진짜로 전해졌는지는 알 수 없었다. 만일 그가 자주 들른다면 가능할지 모른다.

어빙은 지극히 사적인 영역으로 생각이 흘러갔다. 순간 마부가 교활한 아라비아인을 마차에 태우고 갈 때처럼 그는 생각의 고삐를 당겨 세웠다.

앞으로 이곳을 자주 찾는다면…… 야심한 밤에 여자와 물범 사냥을 같 이 나갈 수 있을지도 모른다.

'그런데 만약 빙하에 사는 괴물이 여태 여자에게 이런 생고기를 대주는 것이라면 어쩌지?' 몇 주 전 직접 목격하고도 어빙은 진짜 그 장면을 본 건지 반신반의했다. 어빙의 정직한 기억 한구석에는 분명 그 장면이 기록 되어 있다. 괴물은 여자에게 물범인지 북극여우인지 모를 고기를 잡아다 주었다. 그날 밤 여자는 얼음 바위와 세락이 솟은 곳에 앉아 있다가 괴물 이 갖다 준 신선한 고기를 가지고 자리를 떴다.

이리버스의 항해사 찰스 프레더릭 드보가 해 준 얘기가 떠올랐다. 드보 는 프랑스에서 늑대로 변신한 사람들 이야기를 해 주었다. 만일 그것이 사 실이라면, 대부분의 승조원이 진짜라고 믿는 그 얘기가 사실이라면, 백곰 부적을 걸고 다니는 저 원주민 여자가 사악하고 교활하게 구는 바로 그 괴물로 변신하지 못할 이유는 없었다.

아니, 그는 둘이서 빙판에 같이 있는 모습을 똑똑히 봤다.

어빙은 방한복 단추를 잠그며 온몸을 떨었다. 이 작은 얼음집은 정말 따스했지만 그럼에도 한기가 느껴졌다. 배 속으로 들어간 지방 덩어리가 이제 가야 할 시간이라고 알려주는 것 같았다. 지금 이렇게 앉아 있었던 것처럼 제시간에 무사히 테러호로 돌아가 편히 의자에 앉을 수 있기를 기원했다. 그렇다고 바깥 빙하도 이렇게 안락한지 알아보려고 걸음을 멈추고 얼음 위에 앉아 볼 마음은 전혀 없었다. 코가 다쳤을 때 그러면 좋지 않다.

어빙이 낡은 보자기와 어머니에게 물려받은 단지를 챙기자 벙어리 여자는 가만히 지켜보았다. 한참 후에 알았지만 비단 손수건이 마음에 들었는지 마지막으로 뺨에 댄 후 돌려주었다.

"아니, 선물입니다. 일종의 우정과 존경의 의미라고나 할까요. 가지세요. 안 받으시면 화낼 겁니다."

그리고 방금 한 말을 온몸으로 표현하려 했다. 남자를 쳐다보는 어린 에스키모 여자의 양쪽 입가가 씰룩거렸다.

어빙은 여자에게 비단 손수건을 도로 쥐여 주며 젖가슴에 그의 손이 닿지 않게 신경 썼다. 젖가슴 사이에 끼인 백곰 돌 부적이 스스로 빛을 발했다.

어빙의 몸이 후끈 달아올랐다. 얼음집 안이 파도치듯 출렁이는 것 같았다. 가슴속이 떨렸다가 잦아들었다가 또다시 울렁거리는 것 같았다.

"투달루(물러갑니다)." 그는 앞으로 몇 주간 이렇게 말한 사실을 곱씹으며 침대에 누워서 민망해 할 것이다. 비록 이 단어가 얼마나 우둔하고 어리석고 부적절한지 에스키모 여자는 절대로 이해할 수 없겠지만, 그래도 창피해서 얼굴이 화끈거릴 것이다.

어빙은 모자를 쓰고 얼굴과 머리에 목도리를 휘휘 감고 장갑을 끼고 가죽 가방을 앞가슴으로 돌려 찬 다음 좁은 입구로 몸을 밀어 넣었다.

함선으로 복귀하는 길에 휘파람을 불진 않았지만 그러고 싶은 생각이 들었다. 함선에서 아주 멀리 떨어진 이곳에, 세락이 높이 솟아 달그림자 진 곳에 괴물이 숨어 있다가 사람을 잡아먹을 수도 있다는 사실을 잠시 잊었다. 만일 이 밤에 괴물이 어빙의 모습을 지켜보았다면 어빙이 혼잣말하며 장갑 낀 손으로 이따금씩 머리를 툭툭 내리치는 모습을 봤을 것이다.

30
크로지어

북위 70도 05분, 서경 98도 23분
1848년 2월 15일

"제군들, 이제 앞으로 우리가 나아갈 향방에 대해 논의해야 할 시간이
왔다. 결정을 내려야 할 것들이 몇 가지가 있다." 크로지어 함장이 말했다.

장교와 준사관, 민간인 출신인 앞돛대망루장과 항해장 등 기술 담당자
2인, 이제 단 1명만 남은 군의관이 테러호 함장실에서 열린 회의에 소집되
었다. 피츠제임스 함장과 이리버스호 장교들에게 폐 끼치지 않겠다거나-
이들은 해가 잠깐 뜨는 사이 테러호로 건너왔다가 어두워지기 전에 도로
돌아갔다-이제 기함이 테러호란 사실을 군이 강조하려고 그런 게 아니다.
단지 테러호 병실에 있는 환자 수가 훨씬 적었기에 테러호에서 회의를 하
자고 한 것뿐이었다. 테러호는 환자가 얼마 되지 않아. 선수 쪽 임시 병실
로 환자를 수월히 옮길 수 있어 함장실을 회의실로 쓸 수 있었다. 그런데
다가 이리버스호에는 괴혈병 환자가 테러호의 두 배가 넘었고, 너무 증세
가 위중해 이동이 불가능한 환자가 일부 있다는 굿서의 진단이 있었기 때
문이다.

탐험대의 리더 15명이 1848년 1월 기다란 테이블에 다닥다닥 붙어 앉
았다. 원래 이 테이블은 수술대로 쓰려고 길이를 잘라냈다가 테러호 목공
장 허니가 도로 이어 놓았다. 이날 모인 이들은 방수용 겉옷과 장갑, 방한

22

모, 목도리를 중앙 사다리 밑에 벗어놓고 다른 옷들은 여러 겹 껴입고 있
었다. 축축한 모직 옷과 씻지 못한 몸에서 풍기는 고릿한 내가 방 안을 채
웠다.

기다란 함장실은 추웠다. 특허받은 머리 위 프레스톤 천창으론 아무런
빛도 들어오지 않았다. 갑판 위에 1미터 넘는 눈과 겨울용 캔버스로 덮여
있기 때문이다. 고래 기름으로 피운 램프가 격벽에 매달린 채 간신히 끔뻑
이고 있지만 우울을 떨쳐 내기엔 역부족이었다.

이 테이블 회의는 약 8개월 전 여름에 존 프랭클린이 이리버스호에서
연 회의와 닮아 있었으나 분위기는 한층 침울했다. 이제 프랭클린 경 대
신 우현 테이블 상석에 프랜시스 크로지어가 앉았다. 크로지어의 왼쪽이
자 선미 쪽으로는 7명의 장교와 크로지어의 명에 따라 참석한 테러호 준
사관들이 앉았다. 크로지어의 수족인 에드워드 리틀 대위는 바로 왼쪽에
앉았다. 그 옆으로 조지 호지슨 중위, 존 어빙 소위가 나란히 앉았다. 그리
고 민간인 출신 기관장 제임스 톰프슨이 앉았다. 이번 탐험에서 준사관으
로 임명되었지만 전보다 훨씬 야위고 맥없어 보였다. 톰프슨의 좌측에는
항해장 토머스 블랭키가 앉았다. 요즘 의족으로도 잘 돌아다니는 것 같았
다. 부사관 중 유일하게 크로지어의 부름을 받은 앞돛대망루장 해리 페글
러도 보였다. 테러호의 해병 상사 토저도 참석했다. 그는 카니발이 열리
던 날 밤, 해병들이 화염을 피해 도망쳐 나온 생존자를 향해 격발한 이후
양쪽 함장의 눈 밖에 났지만, 그래도 얼마 남지 않은 영국 군인, 다시 말해
해병 중에 그나마 가장 직위가 높은 생존자였다.

기다란 테이블 좌현 끝에 피츠제임스 함장이 앉았다. 몇 주간 면도를
하지 않아서 붉은 수염이 중간중간 놀라우리만치 허옇게 센 게 보였다. 그
래도 오늘은 면도를 하고 왔다. 직접 한 것 같기도 했고, 당번병 호어에게
부탁한 것 같기도 했다. 수염을 깎은 탓에 얼굴이 한층 여위고 퀭해 보였

다. 셀 수 없는 상처가 얼굴을 뒤덮었다. 옷을 여러 겹 껴입었음에도 요즘 들어 옷 태가 너무 헐렁했다.

피츠제임스 왼쪽으로 기다란 테이블 앞쪽에 6명의 이리버스 대원이 앉았다. 바로 옆에는 유일하게 목숨을 부지한 장교, 르베스콘테 중위가 앉았다. 프랭클린 경, 고어 대위, 제임스 월터 페어홀름 소위는 괴물에게 목숨을 잃었다. 르베스콘테 중위는 웃을 때마다 금니가 번쩍거렸다. 그 옆에는 찰스 프레데릭 드보가 앉았다. 로버트 옴 서전트가 12월에 횃불 케른을 보수하던 도중 괴물에게 당하자 1등 항해사로 진급했다.

드보 옆에는 이제 유일하게 생존한 군의관 해리 굿서가 앉았다. 엄밀히 말해 이제 그는 함총원을 총괄하는 군의관이 되었지만, 원래 이리버스호 군의관이어서 그쪽 대원들과 나란히 앉은 게 자연스러워 보였다.

굿서 오른쪽에는 항해장 제임스 레이드, 왼쪽에는 이리버스호 부사관 중 유일하게 참석한 앞돛대망루장 로버트 싱클레어가 앉았다. 테이블 앞쪽에는 이리버스호의 기관장 존 그레고리가 앉았는데 테러호의 기관장보다 훨씬 건강해 보였다.

양쪽 함장의 당번병이 모두 괴혈병 증세로 쓰러진 관계로, 차와 비구미가 잔뜩 낀 십 비스킷을 테러호의 깁슨과 이리버스호의 브리젠스가 내왔다.

"이제 하나씩 얘기 좀 해 보지. 일단, 여름에 얼음이 풀릴 때까지 함선에 머물 수 있겠나? 이 질문은, 양쪽 함선이 6월이나 7월, 아니면 8월에 바다가 녹으면 항해를 할 수 있냐고 묻는 것이기도 하다. 피츠제임스 함장, 어찌 생각하나?" 크로지어가 물었다.

한때 패기 넘치며 단호했던 피츠제임스의 목소리에는 기운이 없었다. 테이블에 앉은 양쪽 승조원은 그가 말하는 소리를 들으려고 몸을 기울였다.

"이리버스호는 올여름까지 버티지 못할 것 같습니다. 이건 제 생각입니다만. 이리버스호의 목공장 위크스와 왓슨, 갑판장 조수 브라운, 단정장 리

그덴, 여기 참석한 르베스콘테 중위와 1등 항해사 드보의 의견이기도 합니다. 이리버스호는 얼음이 녹으면 침몰할 것입니다."

안 그래도 냉랭한 함장실이 더 추워졌다. 그리고 육중함이 그곳에 모인 모든 이의 어깨를 짓눌렀다. 잠시, 아무도 입을 열지 않았다.

"겨울을 두 번 나면서 빙하의 압력이 내내 선체에 가해져 판재 사이사이에 끼워 넣은 뱃밥이 밀려 나올 정도였습니다. 스크루까지 이어지는 메인 샤프트는 수리가 불가능할 정도로 휘었습니다. 다들 아시겠지만 원래는 철제 우물을 통해 샤프트를 최하갑판으로 손상 없이 뺄 수 있게 설계되어 있습니다. 그런데 지금은 기껏해야 선체 바닥 정도로만 끌어 올릴 수 있습니다. 게다가 교체용 샤프트도 없고요. 스크루는 빙하에 부딪혀 빠개졌고, 키도 부서졌습니다. 임시방편으로 다른 키로 교체가 가능하긴 하나, 빙하가 용골을 따라 할퀴고 지나가면서 선체 바닥을 다 찢어 놓았습니다. 선수와 양쪽 현에 씌운 철제 플레이트가 절반 이상 떨어져 나갔습니다."

"그뿐 아닙니다. 빙하가 이리버스호 선체를 움켜쥐는 바람에 보강용으로 댄 철제 대들보와 무쇠 접합부가 부러지고 선체에 12군데 이상 구멍이 뚫렸습니다. 만약 항해할 경우, 구멍 난 곳을 모두 메우고 망가진 스크루 샤프트를 어찌어찌해서 수리한다고 해도, 이리버스호는 빙하를 버텨낼 내부 버팀목이 없습니다. 게다가 북극해 탐험을 위해 양쪽에 보강한 목재 건웨일(배의 양쪽 가장자리 부분) 계류판(돛대의 버팀줄을 매는 곳)의 높이가 높아져 얼음이 건웨일을 타넘진 못하겠지만, 높이가 높아진 탓에 선체에 들러붙은 얼음이 건웨일 계류판 아래쪽에 부담을 줘서 계류판 접합 부위가 쪼개졌습니다."

피츠제임스는 그제야 다들 애써 귀 기울이고 있다는 것을 눈치챘다. 정신을 차리고 창피한 듯 고개를 숙였다가 도로 든 다음 미안한 듯 말했다. "최악은, 빙하가 전 방위적으로 압력을 가해 선미재는 뒤틀렸고 이리버스호의 목재 양쪽 끝이 휘어지면서 튕겨 나왔습니다. 갑판도 다 들떴는데, 그마나 눈의 무게로 누르고 있습니다. 만일 운항을 재개하고 물이 샐 경우, 현재 보유한 펌프로 그걸 다 퍼낼 수는 없을 겁니다. 보일러 상황과 남은 석탄량, 증기 엔진은 그레고리가 설명하도록 하겠습니다."

시선이 온통 존 그레고리에게로 쏠렸다.

기관사 그레고리는 목청을 가다듬더니 피 나는 입술에 침을 발랐다. "영국 군함 이리버스호는 증기 엔진을 돌릴 여력이 전혀 없습니다. 메인 샤프트가 휘어서 교체가 불가능한 상황이라 브리스틀에 있는 드라이 도크에서 함선을 들어 올려 수리해야 합니다. 그런데 현재 석탄 보유량은 고작 하루 치 증기 엔진을 돌릴 정도입니다. 4월 말이면 난방용 석탄은 아예 동이 날 겁니다. 하루에 딱 45분, 하갑판에 물을 덥혀 간신히 취침할 정도로만 돌려도 그렇습니다."

크로지어가 물었다. "톰프슨, 그렇다면 테러호 증기 엔진 상황은 어떤가?"

산송장 같은 톰프슨이 함장을 길게 응시하더니 화들짝 놀랄 만큼 우렁찬 목소리로 대답했다. "만일 오늘 오후에 테러호를 띄운다면 한두 시간밖에 돌리지 못할 겁니다. 테러호 샤프트는 1년 반 전에 빼 놓았고 스크루도 멀쩡합니다. 교체용 스크루도 아직은 있습니다. 그런데 석탄이 거의 바닥났습니다. 만일 이리버스호에 남은 석탄을 우리 쪽으로 옮겨 난방용으로만 쓴다고 했을 때, 하루 두 시간씩 온수용으로 보일러를 돌리면 5월 초까지는 가능할 듯싶습니다. 그러나 증기 엔진을 돌릴 여력은 전혀 없습니다. 테러호의 남은 석탄량으로는 4월 중순이나 말이면 난방도 끊깁니다."

"고맙네, 톰프슨." 크로지어는 나긋나긋하면서도 덤덤하게 말했다. "리틀 대위, 페글러 앞돛대망루장, 두 사람 모두 테러호가 항해가 가능한지 의견을 밝혀주게."

리틀은 고개를 끄덕하며 시선을 내렸다가 다시 함장과 눈을 맞추었다. "테러호는 이리버스호만큼 다급한 상황은 아닙니다만, 빙하의 압력을 받아서 선체가 손상됐고, 용골과 선체 외벽 철판, 키, 내부 이음새도 망가졌습니다. 아시다시피, 크리스마스 직전에 어빙 소위가 선수에서부터 우현 측면 철판이 거의 다 떨어져 나간 것을 발견했습니다. 선수 쪽 밧줄 창고 쪽에 있는 떡갈나무와 느릅나무 목재도 25센티미터 정도 떨어져 나갔으며, 30센티미터가 넘는 단단한 떡갈나무 목재가 바닥에서 튕겨 나오거나 아예 떨어진 곳이 무려 2, 30군데나 됩니다. 선수 쪽은 교체나 보강했지만, 선체 바닥은 얼거나 질척거려서 전부 손보지 못했습니다."

"그래도 띄운다면 테러호는 가능은 할 것입니다. 그런데 새어 들어오는 바닷물을 펌프로 제대로 퍼내지 못할 겁니다. 앞으로 네다섯 달은 빙하에 더 시달려야 운항이 가능할 테니까요. 페글러가 저보다 설명을 더 잘해 줄 것입니다." 어빙이 공을 넘겼다.

해리 페글러도 목청을 가다듬었다. 장교들이 지켜보는 가운데 발언하는 상황이 익숙지 않아 난감했다.

"만약 테러호가 운항한다면, 함장님이 명령을 내리신 후 사십팔 시간 이내 앞돛대 대원들은 마스트를 도로 높이 올리고, 리깅과 삭구(배에서 쓰는 로프나 쇠사슬)를 매어서 돛을 올릴 수 있습니다. 우리가 남진하면서 목격한 어마어마한 빙하를 뚫고 갈 수 있을지는 장담할 수 없습니다만, 만약 바다가 완전히 풀린다면 다시 운항은 가능합니다. 제가 감히 한 말씀 올리자면, 마스트를 차라리 빨리 원상 복구하는 편이 나을 것 같습니다."

"그랬다가 마스트에 얼음이 들러붙어서 배가 전복되기라도 하면 어쩌려고? 갑판에서 당직을 서다가 얼음이 갑판으로 떨어지기라도 하는 날에는? 앞으로도 몇 달간 블리자드에 시달려야 할 텐데, 해리." 크로지어가 물었다.

"맞습니다. 이렇게 빙하에 갇혀 있으나 배가 전복될까 봐 늘 신경 쓰이는 게 사실입니다. 그런데 말입니다. 급작스러운 해빙기에 대비해 톱마스트를 꽂고 리깅도 미리 매놓는 게 좋을 것 같습니다. 경고 후 10분 만에 출항해야 하는 상황이 벌어질 수도 있으니까요. 게다가 망루원들도 운동과 일감이 필요합니다. 얼음이 낙하하는 문제는…… 그건 우리가 경계를 늦추지 않으면 떨어지는 얼음 덩어리로부터 발가락을 지킬 수 있을 것 같습니다. 늘 저 바깥에 있는 괴물을 경계하듯 위에서 떨어지는 얼음도 경계하면 될 것 같습니다."

테이블에 앉은 몇몇이 킥킥 웃었다. 리틀과 페글러의 대단히 긍정적인 보고 덕분에 분위기가 살짝 느슨해졌다. 둘 중 한쪽이라도 돛을 올려 항해가 가능하다니 생각하기만 해도 기운이 솟았다. 크로지어는 실제로 함장실 기온이 올라간 것 같은 기분을 느꼈다. 진짜로 기온이 올라갔을 것이다. 다들 다시 숨을 내뱉기 시작했기 때문이다.

"고맙네, 페글러. 항해할 계획이라면 양쪽 승조원을 모두 테러호로 옮겨 실어야겠군." 크로지어가 말했다.

지금 오가는 얘기가 이미 크로지어가 8개월 전 제안했던 내용이라는 것을 그 누구도 입 밖으로 꺼내지 않았다. 다들 속으로만 생각하는 것 같았다.

"이제 저 바깥에 있는 괴물 얘기 좀 해 보지. 최근에는 거의 모습을 드러내지 않던데." 크로지어가 물었다.

"1월 1일 이후 괴물에게 피습당해 치료하러 온 사람은 아무도 없었습니다. 또한 카니발 이후 사망 또는 실종된 대원도 전무합니다." 굿서가 대답했다.

"그런데 괴물이 보이긴 보입니다. 뭔가 거대한 것이 세락 사이에서 왔다 갔다 하는 게 보입니다. 당직 근무자들은 컴컴한 곳에서 녀석 소리가 들린다고 합니다." 르베스콘테 중위가 보고했다.

"바다를 견시 중인 대원은 늘 어둠 속에서 무슨 소리가 들린다고들 하지. 그건 그리스 시대부터 그랬어." 리틀 대위가 말했다.

"멀리 가 버린 것은 아닐까요? 다른 곳으로 아예 가 버린 것 같습니다. 남쪽이든 북쪽이든요." 어빙 소위가 말했다.

다들 조용히 이 생각에 잠겼다.

"아마 사람을 먹을 만치 먹어 보더니, 우리 인간이 별로 맛없다는 사실을 깨달은 것 같습니다." 항해장 블랭키가 말했다.

이 말에 몇 명은 미소를 지었지만, 나머지는 이런 심각한 상황에서 농을 던질 수도 없었고, 던져서도 안 되었다. 의족을 찬 블랭키에게만 이런 농담을 할 특권이 주어졌다.

"저희 해병들은 크로지어 함장님과 피츠제임스 함장님의 명령에 따라 수색해 왔습니다. 곰을 몇 마리 잡긴 했지만 그렇게까지 큰 녀석, 괴물처럼 보이는 녀석은 없었습니다." 토저 해병 상사가 보고했다.

"그쪽 해병 대원은 카니발 때 보여준 모습보다 좀 더 신중히 격발하기 바랍니다." 이리버스호 앞돛대망루장 싱클레어가 당부했다.

토저는 오른쪽으로 돌아 앉아 시선을 내려고 그를 쎄려보았다.

"이제 더 할 얘기는 없네. 당분간은 저 괴물이 아직은 살아서 다시 돌아올 걸로 해 두지. 함선 외부에서 무슨 작업을 하든 반드시 대비책을 마련해야 하네. 해병이 매번 썰매 정찰단이 나갈 때마다 동행하기에는 인원이 부족하니 전원 무장하고 별도의 대원을 충원하도록 하게. 원래 해병은 무장을 해도 썰매를 끌지 않으니, 별도로 충원된 대원이 짐을 옮기게 하고 당직 순번에서도 빼 주는 게 정답이지. 만약 올여름에도 바다가 녹지 않는다 해도 해가 뜨면 이동하기에 훨씬 수월해질 테니." 크로지어가 말했다.

"불쑥 끼어들어 죄송합니다, 함장님. 올여름 함선 포기 여부를 결정할 때까지 과연 우리가 버틸 수 있느냐가 가장 중대한 문제인 것 같습니다." 굿서가 말했다.

"버틸 수 있을 것 같나, 박사?" 크로지어가 되물었다.

"못 버틸 것 같습니다. 썩어가는 통조림이 생각보다 너무 많습니다. 게다가 비축 식량도 거의 떨어져 갑니다. 대원들이 매일 함선 안팎에서 고생하는 것에 비해 배급량이 현저히 부족합니다. 다들 살이 빠지고 기력이 떨어지고 있습니다. 여기에 괴혈병이 갑자기 발병하기까지 했습니다. 빙해가 녹는지 보려고 6월, 7월까지 기다렸다가는 썰매를 끌고 나갈 기운과 정신력이 남은 자가 양쪽 함선에 별로 없을 것 같습니다."

다시 함장실이 고요해졌다.

침묵이 흐르는 가운데, 다시 굿서가 말을 이었다. "물론 일부 대원이 기운이 남아서 썰매나 보트를 끌고 구조를 요청하러 가서 민가에 도달할 수도 있겠죠. 그럴 경우, 대다수 대원들은 여기에 남아 굶어 죽어야 할 것입니다."

"기력이 많이 남은 자들이 먼저 가서 구조대를 이리로 데려올 수도 있지 않을까요?" 르베스콘테가 말했다.

그때 항해장 토머스 블랭키가 입을 열었다. "누가 가든 보트를 끌고 그레이트피시 리버 어귀까지 남진한 다음 약 1,400킬로미터 정도 상류로 거슬러 올라가 그레이트슬레이브 레이크의 전초기지까지 닿는다면, 빨라야 늦가을이나 겨울은 되어야 할 겁니다. 혹시나 구조대가 육로로 여기까지 올라온다 해도 빨라야 1849년 늦여름은 될 거고요. 그럼 여기 남은 자들은 모두 괴혈병으로 죽거나 굶어 죽을 겁니다."

"다 같이 썰매를 끌고 동쪽 배핀 만으로 갈 수도 있습니다. 그쪽에 포경선이 있을지도 모릅니다. 어쩌면 구조선이나 구조 썰매 원정단이 이미 우리를 찾고 있을지 몰라요." 1등 항해사 드보가 말했다.

"음, 그럴 가능성도 있습니다만, 인력으로 썰매를 끌면서 빙해 수백 킬로미터를 가야 합니다. 도중에 압력 봉우리와 리드를 수도 없이 만날 겁니다. 해안을 따라가면 오히려 여정이 1,900킬로미터로 늘어납니다. 그렇다면 부시아 반도를 가로질러야 하는데, 내륙 산악지대를 지나야 하고 장애물이 동쪽 해안가에 포진해 있습니다. 그쪽으로 가야 포경선을 만날 수 있습니다. 리드를 건너려면 보트를 끌고 가야 하는데요, 그렇게 되면 세 배로 고생해야 합니다. 확실한 건, 여기 빙해가 풀리지 않으면 배핀 만 북동쪽으로 가도 마찬가지라는 겁니다." 블랭키가 말했다.

이번엔 테러호 측에 앉은 호지슨이 끼어들었다. "만일 부시아 반도를 북동쪽으로 횡단한다면 썰매에 비축품과 텐트만 실으면 되니 무게를 효과적으로 줄일 수 있습니다. 피니스 한 척이 최소 280킬로그램 정도 나가니까요."

"비축품을 하나도 안 실어도 피니스는 360킬로그램이 넘어." 크로지어가 부드럽게 반박했다.

"280킬로그램에다가 보트 위에 실을 썰매 무게도 더해야죠. 대략 630킬로그램에서 680킬로그램 정도 되는 무게를 인력으로 끌어야 하는데요. 이건 오로지 피니스와 썰매 무게만 더한 것이며, 식량이나 텐트, 무기, 옷가지, 기타 용품은 제외된 무겝니다. 이 정도 무게를 끌고 무려 1,600킬로미터를 간 사람은 지금껏 아무도 없습니다. 배핀 만으로 갈 경우 코스 대부분은 빙해를 건너야 합니다." 블랭키가 덧붙였다.

"썰매에 날이 달려 있으니 거기에 돛을 달면 육로로 끌거나 곤죽이 된 눈을 헤치는 것보다 훨씬 수월할 수 있습니다. 3, 4월에 얼음이 녹아서 질척거리기 전에 출발한다면 더욱 쉽죠." 르베스콘테가 말했다.

찰스 드보가 말했다. "보트는 두고 썰매에 식량만 싣고 홀가분히 배핀 만으로 향하자는 얘기군요. 만약 북진해서 포경 시즌이 끝나기 전에 서머싯 섬

31

동쪽 해안에 도착하면 포경선에 구조될 수도 있습니다. 영국 해군에서 보낸 구조선과 썰매 구조대가 벌써 와 있을 거라는 데 내기를 걸겠습니다."

항해장 블랭키가 말했다. "만약 보트를 두고 떠났다가 열린 바다를 만나는 순간 우리는 고립될 겁니다. 빙판 위에서 죽고 말 거라고요."

리틀 대위가 물었다. "왜 구조대가 제일 먼저 서머싯 섬과 부시아 반도 동쪽으로 온다는 거지? 우리를 찾을 생각이라면, 랭커스터 해협을 따라 데본 섬과 비치 섬과 콘월리스 섬을 지나 우리가 거쳐 온 항로를 훑지 않을까? 구조대는 존 프랭클린 경의 항로를 알고 있어. 우리가 여름에 랭커스터 해협을 지나왔다는 것도 알고 있을 테고. 우리가 그렇게 북쪽에 있지는 않을 거라고 예상할 텐데."

항해장 레이드가 말했다. "올해 여기 상황이 안 좋은 것처럼 랭커스터 해협 위쪽도 그럴 겁니다. 그렇다면 생각보다 구조대가 훨씬 남쪽에 있거나, 서머싯 섬과 부시아 반도 동쪽 훨씬 바깥쪽에 있겠죠."

"만약 제대로 왔다면 우리가 비치 섬 케른에 남긴 메시지를 읽었을 테고, 우리 항로를 따라 남으로 썰매 구조단이나 구조선을 보낼 겁니다." 토저 해병 상사가 말했다.

수의를 뒤집어쓴 듯 함장실이 고요해졌다.

침묵을 깨며 피츠제임스 함장이 입을 열었다. "우린 비치 섬 케른에 메시지를 남기지 않았어."

이 말이 끝나자마자 당혹스러운 진공 상태에 갇혔다. 프랜시스 로돈 모이라 크로지어는 가슴속에서 이상하리만치 뜨겁고 후끈한 불기둥이 솟아올랐다. 며칠 마시지 못한 위스키를 처음으로 한 모금 삼킨 느낌이었으나, 전혀 달랐다.

크로지어는 살고 싶었다. 너무나 자명했다. 미치도록 살고 싶었다. 신이 살지도, 살 수도 없게 짜 놓은 어려움이 포진한 최악의 상황에서도 살아남을 것이다. 1월 초 열병으로 사경을 헤매며 며칠 간 앓는 사이에도 가슴속 불덩이가 일었다. 그런 불덩이가 나날이 커지고 있었다.

오늘 함장실 기다란 테이블에 앉은 그 누구보다 프랜시스 크로지어는 지금 논의되는 실행안이 거의 불가능하다는 것을 잘 알았다. 빙하를 건너 그레이트피시 리버로 남진하자는 건 어리석은 일이다. 그렇다고 해안가 빙하를 따라 무려 1,900킬로미터를 돌아 압력 봉우리와 리드를 넘고 이름 모를 반도를 지나 서머싯 섬으로 향하자는 제안도 어불성설이다. 프랭클 린의 헛된 희망의 결과로 갇힌 이 덫에서 올여름 빙해가 녹아 벗어날 가능성을 따지는 것도 바보 같다. 양쪽 승조원을 테러호로 몰아 태운다 해도 남은 비축품이 없어 불가능하다.

그럼에도, 프랜시스 크로지어는 살기로 했다. 가슴속 불덩이가 도수 높은 아일랜드산 위스키처럼 속에서 타들어갔다.

"그럼 배를 타고 벗어난다는 생각은 다들 포기한 겁니까?" 로버트 싱클레어가 물었다.

이리버스호 항해장 제임스 레이드가 대답했다. "북진해서 프랭클린 경이 발견한 이름 모를 해협을 약 480킬로미터 이상 지나야 합니다. 그런 다음, 배로 해협과 랭커스터 해협을 통과하여 배핀 만으로 내려가 바다가 도로 얼기 전에 벗어나야 합니다. 전에는 증기 엔진과 빙해를 버틸 철판이 대어져 있어서 남진 시 쇄빙할 수 있었습니다. 만일 빙하가 2년 전 여름 수준이라면, 돛만 가지고는 장거리를 지나기가 상당히 어려울 겁니다. 또한 지금은 선체가 거의 망가졌습니다."

"1846년에 비해 빙하가 상당히 줄었을지도 모릅니다." 싱클레어가 말했다.

"고래 날아가는 소리 하시네." 토머스 블랭키가 말했다.

테이블에 앉은 장교들 중 그 누구도 다리 한쪽을 잃은 항해장 블랭키를 탓하지 않았다. 그저 몇 명만 미소를 지었다.

"항해로 빠져나갈 또 다른 방법이 있긴 있습니다." 에드워드 리틀 대위가 말했다.

리틀이 앉은 쪽으로 시선이 쏠렸다. 리틀이 대답하는 사이, 대원들은 모아둔 배급 담배를 말없이 돌렸다. 참석자 절반 정도가 테이블에 앉은 채 파이프 담배를 태웠다. 자욱한 연기가 안 그래도 뿌연 고래 기름 램프 불빛을 덮어 버렸다.

"작년 여름 고어 대위가 킹윌리엄 랜드 남쪽까지 정찰을 나갔다고 했습니다. 만일 진짜 거기까지 갔다면, 분명 애들레이드 반도일 겁니다. 이미 잘 알려진 곳이죠. 그쪽에는 해안가 빙하와 극빙 사이에 종종 바다가 열려 있습니다. 만일 바다가 충분히 열려서 테러호가 남진한 다음 해안가를 따라 서쪽으로 가면 분명 베링 해협이 나올 겁니다. 랭커스터 해협으로 되돌아가려면 480킬로미터를 가야 하지만 남진하면 160킬로미터 정도면 될 겁니다. 베링 해협만 넘으면 이미 알려진 땅이죠." 리틀이 말했다.

"그게 바로 북서항로죠." 소위 존 어빙이 말했다. 이 말은 구슬픈 주문처럼 들렸다.

"늦여름까지 배를 운항할 멀쩡한 인력이 충분할까요?" 굿서가 부드럽게 반박했다. "5월이면 다들 괴혈병에 걸릴 겁니다. 서진하는 몇 주, 아니 몇 달간 먹을 음식이 남아 있을까요?"

"좀 더 서쪽으로 가면 사냥할 수도 있습니다." 해병 상사 토저가 말했다. "사향소나 커다란 사슴을 잡을 수 있을 겁니다. 바다코끼리나 백여우도 있을 테고요. 어쩌면 알래스카에 도착하기 전에 황제처럼 배불리 먹을 수 있을 겁니다."

크로지어는 항해장 토머스 블랭키에게서 무슨 말이 나올까 기대했다. 혹시 '사향소 날아가는 소리 하시네'라고 할까 기대했다. 그러나 순간순간

34

기분이 바뀌는 블랭키는 말없이 몽상에 잠겨 있었다.

리틀 대위가 대신 대답했다. "토저 상사, 지난 2년간 여름에도 안 보이던 동물들이 기적적으로 다시 보인다 해도, 우리 중에서 머스킷총으로 사냥할 수 능력을 갖춘 자가 아무도 없다는 게 문제야. 물론 그쪽 해병은 제외하고 하는 얘기지. 우리는 사냥이 가능한 극소수의 해병 이외에 더 많은 인원이 필요해. 우리 수병들은 새보다 큰 사냥감을 잡아 본 경험이 전혀 없어. 우리가 산탄총으로 그런 사냥감을 잡을 수 있을까?"

"근거리라면 가능하겠죠." 토저가 퉁명스레 말했다.

크로지어가 둘 사이에 끼어들었다. "굿서 박사가 잘 지적해 주었네. 한여름까지 기다리거나 극빙이 깨지는 6월까지 기다린다면 그때는 이미 괴혈병이 심해졌거나 기운이 없어서 배를 운항할 수 없을 거야. 썰매를 끌고 출발하기엔 비축 식량이 너무 부족하고. 빙상을 가로질러 피시 리버까지 가려면 서너 달은 걸릴 테고. 그래서 함선을 포기하고 겨울이 오기 전에 그레이트슬레이브 레이크든, 서머싯 섬 동쪽 해안가든, 부시아 반도든 어디든 도착하겠다는 희망을 품고 빙하로 나간다면, 출발 시기는 6월 이전이 되어야 할 거야. 그렇다면 언제가 좋을까?"

또다시 침묵이 이어졌다.

"늦어도 5월 1일 전에는 떠나야 합니다." 마침내 리틀이 입을 열었다.

"신선한 육류 공급원을 당장 구하지 못할 경우, 그리고 괴혈병이 지금 속도로 급속히 번지는 수준이라면 그보다 빨라야 할 것 같습니다." 굿서가 말했다.

"그럼 얼마나 빨라야 하지?" 피츠제임스 함장이 물었다.

"늦어도 4월 중순입니다." 굿서가 주저하다 대답했다.

다들 차갑고 뿌연 담배 연기 속에서 서로를 쳐다보았다. 그럼 두 달도 채 남지 않았다.

크로지어의 귀에 굿서의 목소리는 단호하면서도 망설이는 듯 들렸다. "계속 상황이 악화된다면 그래야 할 것 같습니다."

"얼마나 빨리 나빠질까요?" 호지슨 중위가 물었다.

아마 긴장감을 덜려고 한 조크였을 것이다. 그러나 다들 그에게 눈을 흘기며 눈치를 주었다.

크로지어는 그 말을 끝으로 이 회의가 끝나기를 바라지 않았다. 회의에 참석한 장교, 준사관, 부사관, 민간인 출신·대원들은 선택지를 바라보며 앞으로 암담해질 현실을 마주하고 있었다. 크로지어는 예전부터 이렇게 될 줄 알았다. 그럼에도 탐험대를 이끄는 리더들의 떨어질 대로 떨어진 사기가 더 떨어지기를 바라지는 않았다.

크로지어는 화제를 돌리며 말을 꺼냈다. "그런데 말이지, 피츠제임스 함장이 이번 주 일요일 이리버스호에서 예배를 인도하기로 했네. 특별 설교를 할 예정이라서 기대가 되네. 이번에는 『레비아단의 책』을 읽지 않을 거라 하네. 그래서 말인데, 전원 모이는 자리니 그날 저녁에 특별히 그로그를 배급하고 제대로 저녁을 먹도록 하지."

다들 웃으며 농을 건넸다. 오늘 회의에서 특식 배급이라는 희소식을 가지고 돌아갈 줄은 아무도 몰랐다.

피츠제임스의 한쪽 눈썹이 올라갔다. 그가 앞으로 닷새 후에 한다는 '특별 설교'와 예배는 금시초문이었다. 크로지어는 여위어 가는 피츠제임스가 뭔가 다른 일에 몰두하고 기분 전환을 위해 관심받는 것이 도움이 되리라 생각했다. 피츠제임스는 마지못해 고개를 서서히 끄덕였다.

크로지어가 조금 더 격식을 차려 말했다. "좋다. 다들 오늘 서로의 정보와 생각을 나눈 것이 굉장히 도움이 되었을 거라 생각한다. 피츠제임스 함장과 내가 여러분을 개별적으로 만나 조금 더 상의하겠네. 그다음 어떻게 할지 방침을 정하겠네. 해가 지기 전에 이리버스호 대원은 어서 돌아가도록. 그럼 일요일에 보지."

다들 줄지어 나갔다. 피츠제임스는 주변을 맴돌다 몸을 숙여 속삭였다. "함장님께『레비아단의 책』을 빌리고 싶은데요."라고 말한 후 다른 대원들을 따라 얼어붙은 방한복을 힘겹게 도로 입었다.

테러호의 간부들은 다시 임무에 복귀했다. 크로지어 함장은 잠시 테이블 상석에 앉아 생각에 잠겼다. 오늘 나눈 얘기를 복기하는 중이었다. 그 어느 때보다 살고 싶은 욕구가 가슴속에서 활활 타올랐다.

"함장님?"

크로지어가 고개를 들었다. 이리버스호의 나이 많은 당번병 브리젠스였다. 원래 당번병의 질병으로 생긴 공석을 채우느라 깁슨과 함께 접시와 잔을 치우고 있었다.

"브리젠스, 이리버스호로 가게. 다들 갈 때 같이 가게. 깁슨이 혼자 할 수 있어. 이리버스까지 혼자 걸어가는 모습을 보고 싶지 않아."

"알겠습니다." 나이 많은 당번병이 말했다. "그런데 함장님께 드리고 싶은 말씀이 있습니다."

크로지어는 고개를 끄덕였지만 앉으라는 소리는 하지 않았다. 나이 많은 당번병과 같이 있자니 마음이 편치 않았다. 이자는 극지 탐험대에 합류하기엔 나이가 너무 많았다. 만일 3년 전 그가 결정권자였다면, 그리고 브리젠스의 나이가 스물여섯 살이라고 잘못 적히지 않았다면, 브리젠스는 절대로 이 배에 타지 못했을 것이다. 존 프랭클린 경은 자기보다 나이가 많은 당번병을 보고 놀랐으면서도 그냥 내버려 두었다.

"어쩔 수 없이 회의 내용을 듣게 되었습니다. 아까 양쪽 함선에 관해 세 가지 선택권이 있는 것으로 들었습니다. 하나는 함선 주위의 빙하가 녹기를 기다리며 함선에 머무는 방안, 두 번째는 피시 리버까지 남진하는 방안, 마지막으로 부시아까지 빙해를 건너는 방안, 이렇게 셋이더군요. 괜찮으시다면 제가 네 번째 방안을 제안하고 싶습니다."

크로지어는 괜찮지 않았다. 프랜시스 크로지어처럼 평등주의를 외치는 아일랜드 사람일지라도 목숨이 왔다 갔다 하는 상황에 일개 하급 부하의 조언을 듣고 싶지는 않을 것이다. 그런데 말은 이렇게 튀어 나왔다. "해 보게."

당번병은 선미 쪽 격벽에 있는 책장으로 가서 두꺼운 책 두 권을 꺼낸 후, 테이블로 가져와서 쿵 하며 내려놓았다. "아시다시피 1829년, 존 로스 경과 그의 조카 제임스 로스 경이 빅토리호를 타고 부시아 펠릭스 동부 해안을 따라 남진했었습니다. 두 분이 발견한 그 반도는 이제 부시아 반도라고 불리고 있죠."

"그거야 내 잘 알지. 그리고 두 로스 경도 나와 잘 아는 사이고." 크로지어는 냉랭하게 말했다. 제임스 클라크 로스와 5년간 남극 빙하 탐험을 같이 한 사이기에, 크로지어는 브리젠스가 그의 인맥을 과소평가한다고 오해했다.

"네, 압니다." 브리젠스는 고개를 끄덕였지만 별로 당황하는 기색이 없었다. "그래서 당시 탐험은 함장님께서 세세히 잘 아실 겁니다. 빙하에서 4년이나 보내셨을 테니까요. 첫 번째 겨울을 보내며 존 로스 경은 빅토리호를 당신이 펠릭스 하버라고 명명한 부시아 동부 해안에 정박시켰습니다. 현 위치에서 정동쪽이죠."

"자네도 그 배에 탔었나?" 크로지어는 브리젠스가 그랬기를 바라며 물었다.

"그런 영광은 누리지 못했습니다만, 존 로스 경이 쓰신 탐험 관련 서적 두 권에서 읽었습니다. 혹시 함장님께서도 그 책을 보셨는지 궁금합니다."

크로지어는 아일랜드 인 특유의 분노가 치밀어 올랐다. 이 늙은 당번병의 뻔뻔함이 도를 넘기 직전이었다. "물론 보기야 봤지. 꼼꼼히 읽을 시간이 없어서 끝까지 읽진 못했지만. 그런데 그게 중요한가, 브리젠스?"

장교, 준사관, 부사관, 수병, 해병 등 크로지어의 명령을 따르는 대원들은 다들 허리를 깊이 숙인 후 함장실을 서둘러 나갔다. 그런데 브리젠스는 이번 탐험대 단장 크로지어의 짜증을 눈치채지 못한 것 같았다.

"그렇습니다, 함장님. 이게 왜 중요하냐면 존 로스가……"

"존 로스 경일세." 크로지어가 정정했다.

"맞습니다. 존 로스 경께서도 지금 우리와 같은 고민을 하셨습니다."

"말도 안 돼. 존 로스 경과 제임스 로스 경이 탄 빅토리호는 부시아 동쪽 해안에 갇혀 있었어. 할 수만 있다면 우리도 그쪽으로 썰매를 끌고 가고 싶다고. 여기에서 수백 킬로미터나 동쪽으로 가야 하지만."

"맞습니다. 동일 위도 상에 있습니다. 물론 빅토리호는 부시아 반도가 막아준 덕분에 북서쪽에서 쉬지 않고 밀려 내려오는 천형과도 같은 극빙을 만날 이유가 없었습니다. 그런데도 거기에서 무려 겨울을 세 번이나 보내야 했습니다. 제임스 로스는 부시아 반도와 빙해를 가로질러 서쪽으로 무려 970킬로미터나 썰매를 끌고 킹윌리엄 랜드까지 왔습니다. 지금 우리가 있는 위치에서 남동쪽으로 40킬로미터밖에 떨어지지 않은 곳까지 와서는 그곳을 빅토리 포인트라고 명명했습니다. 거기가 작년 여름, 불쌍한 고어 대위가 불운한 사고당하기 직전에 썰매를 끌고 갔던 바로 그 지점이자 케른을 세운 곳이죠."

"지금 내가 제임스 로스 경이 킹윌리엄 랜드를 발견하고 빅토리 포인트라고 명명했다는 사실을 모를까 봐 이러는 건가?" 크로지어의 목소리에는 짜증이 배어 있었다. "게다가 로스 경은 그 탐험에서 빌어먹을 자북극도 발견하셨네. 브리젠스, 제임스 로스 경은 썰매로 최장거리를 주파하신 분이야."

"맞습니다, 함장님." 브리젠스가 대답했다. 몸집이 작은 당번병의 미소를 보자 크로지어는 한 대 갈기고 싶은 욕구가 일었다. 함장은 이 나이 많은 자가 유명한 남색자라는 사실을 알고 있었다. 뭍에서만 그런 성향을 보인다는 사실은 탐험하기 전부터 워낙 유명했다. 히키가 선상 반란 직전까지 몰고 간 사건을 겪은 후라 크로지어는 남색자라면 신물이 났다. "제 말씀은 빙하에 갇혀 무려 3년의 겨울을 보냈다는 사실이 중요하다는 것입니다. 우리처럼 그들도 여름이 오기 전까지 괴혈병에 걸리는 위기를 겪었습니다. 그때 존 로스 경은 탐험대가 빙하에서 풀려나지 못할 것이라 판단하고 빅토리호를 부시아 반도 동쪽 해안가 10패덤(약 18미터) 깊이 물속에 침몰시켰습니다. 지금 저희가 있는 정동쪽이죠. 그런 다음 북쪽 퓨리 비치로 향했습니다. 패리 함장이 비축품과 보트를 남겨 놓은 곳으로요."

크로지어는 브리젠스를 교수형에 처할 수도 있었지만, 그런다고 이자의 입을 막을 수는 없었기에 인상을 쓴 채 잠자코 들었다.

"아시겠지만 패리가 남긴 비축품과 보트가 퓨리 비치에 있었습니다. 로스 경은 그 보트를 타고 해안을 따라 북진하여 케이프 클라렌스까지 올라갔습니다. 그곳에 오르면 북으로 배로 해협과 랭커스터 해협이 보여서 포경선을 만날 수도 있었습니다. 그런데 그쪽 해협도 완전히 얼어붙었죠. 그해 여름은 우리가 보낸 두 번의 여름처럼 최악이었습니다. 올여름도 그럴지도 모릅니다."

크로지어는 가만히 있었다. 거의 죽음의 문턱까지 갔다 온 1월 이후 처음으로 위스키 생각이 절실했다.

"그들은 다시 퓨리 비치로 돌아와 그곳에서 네 번째 겨울을 맞이했습니다. 다들 괴혈병으로 죽기 직전이었습니다. 그다음 해인 1833년 7월, 탐험대는 빙해에 발이 묶인 후 네 번째 여름을 맞이했습니다. 작은 보트를 띄워 북으로 갔다가 랭커스터 해협을 따라 동으로 내려간 다음, 애드미럴티 만과 네이비보드 만을 지나갔습니다. 그때가 8월 25일 아침이었죠. 제임스 로스 함장, 지금은 경이 되신 그분이 돛을 발견했습니다. 탐험대가 손을 흔들며 소리치고 불화살을 쐈습니다. 그런데도 돛은 수평선 너머 동쪽으로 사라져 버렸습니다."

"로스 경께서도 그리 말씀하셨지." 크로지어가 냉랭하게 대답했다.

"네, 함장님. 아마 그러셨겠죠. 그런데 바람이 잠잠해지고, 대원들이 연기와 뱃밥처럼 열심히 노를 저어서 그 포경선을 따라 잡았습니다. 그 배는 이자벨라호였습니다. 존 로스 경께서 1818년 지휘한 바로 그 배였습니다." 브리젠스 특유의 젠체하는 미소는 화를 북돋았다.

"존 로스 경과 제임스 로스 경 이하 빅토리호 대원들도 지금 우리가 갇힌 동일 위도 상에서 무려 4년간 빙하에 붙들려 있었습니다. 그런데 사망자는 단 하나, 목공장이었던 토머스뿐이었습니다. 그자는 원래 위가 약하고 불만이 많은 성격이었습니다."

"그래서 요점이 뭔가?" 크로지어의 목소리는 굉장히 밋밋했다. 굳이 꼬집어 말하지 않았지만, 이번 탐험대에서 사망자가 벌써 12명이나 나왔다.

"아직도 퓨리 비치에 그때 그 보트와 비축품이 남아 있습니다. 이미 구조대가 우리를 구하러 왔을 것 같습니다. 작년에 벌써 출발했을 수도 있고, 올여름에 올 수도 있습니다. 만약 그렇다면, 구조대도 바로 그곳에 보트와 비축품을 갖다 놓았을 겁니다. 바로 그곳이 영국 해군 본부가 저희를 위해, 미래의 구조대를 위해 비축품을 남길 첫 번째 장소입니다. 존 로스 경의 귀환이 그것을 증명해 보였습니다."

크로지어는 한숨을 쉬었다. "지금 자네가 영국 해군경이라도 된 것 같군, 당번병 브리젠스?"

"가끔은 그런 상상을 합니다. 수십 년 전부터 그랬습니다. 제가 원래 바보라 바보처럼 생각하는 편입니다."

"내내 바보처럼 지낼 것 같군, 브리젠스."

"네, 함장님. 그래도 이 책 두 권은 꼭 읽어 보십시오. 존 로스 경이 잘 써 놓았습니다. 북극에서 어떻게 살아남았는지, 괴혈병과 어떻게 싸워 이겼는지, 에스키모 원주민을 만나 어떻게 이용하여 사냥 시 도움받았는지, 어떻게 얼음 벽돌로 작은 얼음집을 지었는지가 잘 나와 있습니다."

"다 들어 있군."

"네, 그렇습니다." 브리젠스는 두꺼운 책 두 권을 크로지어 쪽으로 밀고는 고개를 숙이고 갑판 승강구 계단으로 향했다.

크로지어 함장은 얼음장 같은 함장실에 10분을 더 머물렀다. 이리버스 대원들이 재잘거리며 중앙 사다리를 올라가 갑판 위를 쿵쿵거리며 걸어가는 소리가 들렸다. 테러호 장교들이 갑판에서 동료들에게 작별 인사를 외치며 설원에서 안전히 돌아가라고 외치는 소리가 들렸다. 저녁을 먹고 그로그를 배급받은 후 다들 앉아서 시끌벅적하게 대화를 나누었다. 그 소리를 제외하고 테러호는 고요했다. 대원들이 침실 구역에서 테이블을 끌어 내리는 소리가 들렸다. 장교들이 쿵쿵거리며 사다리를 내려와 방한복을 벗어서 걸고 선수로 저녁을 먹으러 가는 소리가 들렸다. 아침을 먹을 때보다 훨씬 시끄러웠다.

마침내 크로지어도 일어섰다. 추위와 근육통으로 온몸이 뻐근했다. 두꺼운 책 두 권을 들고 선수 격벽으로 가더니 원래 있던 선반에 도로 꽂았다.

31
굿서

북위 70도 05분, 서경 98도 23분

1848년 3월 6일

굿서는 소리치고 비명을 지르다 잠에서 깼다.

여기가 어딘지 잠시 생각나지 않다가 기억을 되찾았다. 이리버스호에서 병실로 쓰는 존 프랭클린 경의 함장실이었다. 한밤중 고래 기름 램프는 죄다 꺼졌고, 유일한 빛줄기라고는 갑판 승강구 계단 쪽 열린 문에서 들어왔다. 굿서는 별도의 간이침대에 잠이 들었다. 중증 괴혈병을 앓는 7명과 신장결석을 앓는 1명이 간이침대에서 잠들어 있었다. 신장결석을 앓는 대원은 아편 처방을 받았다.

굿서는 대원들이 비명횡사하는 꿈을 꾸었다. 죽어가는 이들을 살려낼 재간이 없었다. 해부학을 공부한 터라 먼저 세상을 떠난 군의관 3명에 비해 실력이 떨어지는 게 사실이었다. 그들은 영국 해군 군의관으로서의 중대 임무인 각종 알약과 구토제, 약초와 환약을 처방했다. 페디는 수병들의 특정 질환을 치료하기 위해 약은 대부분 쓸모없다고 굿서에게 설명했다. 대다수의 약은 과격한 방식으로 위와 창자를 비울 뿐이라는 것이다. 수병들은 설사약이 세면 셀수록 효과가 더 좋다고 여겼다. 따라서 약을 먹으면 낫는다고 생각만 해도 도움이 된다는 것이 고 페디의 생각이었다. 수술이 필요한 경우를 제외하고, 대부분의 경우 신체는 자가 치유되거나 그렇지

43

못할 경우 사망했다.

굿서는 모두가 비명을 지르며 죽는 악몽을 꾸었다.

그런데 비명 소리가 너무나 생생했다. 갑판을 뚫고 들리는 것 같았다.

굿서의 조수인 헨리 로이드가 병실로 뛰어들어왔다. 셔츠 자락이 스웨터 밑으로 삐져나와 있었고, 랜턴을 든 상태였다. 신발도 신지 않았다. 해먹에서 일어나서 곧장 이리로 뛰어온 게 분명했다.

"무슨 일이지?" 굿서가 조용히 물었다. 환자들은 저 아래에서 비명 소리가 들리는데도 여전히 잠들어 있었다.

"함장님이 중앙 사다리 근처로 오시랍니다." 로이드는 목소리를 낮출 생각조차 하지 않았다. 목소리에 공포심이 서려 있었다.

"엇, 무슨 일인데, 해리?"

"괴물이 함선으로 들어왔습니다. 저 아래서요. 저 밑에서 사람들을 죽이고 있습니다." 로이드가 이를 덜덜거리며 외쳤다.

"여기서 환자 보고 있어. 혹시 누가 깨거나 상황이 나빠지면 나를 부르러 와. 그리고 부츠도 신고 외투도 걸치고 있어."

굿서는 서성이는 준사관들과 부사관들을 젖히고 선수로 걸어갔다. 이들은 자다 말고 일어나 옷을 걸치는 중이었다. 피츠제임스 함장이 최하갑판과 선창갑판으로 내려가는 해치 앞에 르베스콘테와 같이 서 있었다. 손에는 권총이 들려 있었다.

"아래 갑판에서 대원들이 부상당했네. 같이 내려가서 부상자를 데리고 올라올 테니 방한복을 입도록."

굿서는 묵묵히 고개를 끄덕였다.

갑판에 있던 1등 항해사 드보가 사다리를 타고 내려왔다. 굿서가 냉랭한 칼바람을 몰고 오자 흠칫 놀랐다. 지난 몇 주간 이리버스호는 블리자드에게 시달리고 유례없는 한파에 만신창이가 되었다. 기온이 무려 영하 80

도까지 곤두박질치기도 했다. 굿서는 일정에 따라 테러호로 건너가야 했으나 도저히 갈 수 없었다. 블리자드가 기승을 부리는 동안 양쪽 함선은 서로 아무 연락도 주고받지 못했다.

드보가 방한복에 들러붙은 눈을 털어냈다. "현 당직 근무 중인 대원 3인은 설원에서 아무것도 보지 못했습니다. 일단 그대로 유지시켜 놓았습니다, 함장님."

피츠제임스가 고개를 끄덕였다. "무기가 필요할 텐데, 드보."

"오늘 밤엔 갑판에 있는 산탄총 세 자루만 지급했습니다." 드보가 말했다.

저 아래 어둠 속에서 비명이 또다시 들렸다. 최하갑판인지, 더 밑인 선창갑판인지 분간이 되지 않았다. 아래에 있는 해치 두 개가 열려 있는 것 같았다.

"르베스콘테 중위, 병사 셋을 차출하여 장교 식당 현창을 통과한 후 알코올 창고로 간다. 가능한 한 머스킷총과 산탄총을 많이 들고 나오도록. 탄약통과 화약, 총탄도 가지고 와. 그리고 여기 하갑판에 있는 대원들은 전원 무장한다."

"알겠습니다." 르베스콘테가 수병 셋을 지명한 후 넷이서 어둠을 헤치며 선미로 향했다.

"찰스." 피츠제임스는 1등 항해사 찰스 드보에게 명령했다. "랜턴을 밝혀라. 우리는 아래로 내려간다. 콜린스, 따라 와. 던, 브라운, 너희도 같이 간다."

"알겠습니다!" 일동 외쳤다.

2등 항해사 헨리 콜린스가 물었다. "총도 없는데 내려가십니까, 함장님? 무기 하나 없이 내려가시는 겁니까?"

"자네는 칼을 챙기게. 나한텐 이게 있어." 피츠제임스는 단발 권총을 들어 올렸다. "내 뒤를 따라와. 르베스콘테 중위가 무장한 대원들과 별도의 무기를 챙겨서 우리 뒤를 따를 것이다. 군의관 굿서도 우리와 같이 간다."

굿서는 아무 생각 없이 끄덕였다. 그는 방한복을 입는 중인데, 남의 옷일지도 모르겠다. 아이가 옷을 입듯 왼쪽 팔뚝이 잘 들어가지 않아 버둥거리는 중이었다.

피츠제임스는 장갑을 끼지 않은 손으로 셔츠 위에 찢어진 재킷을 걸치며 드보에게서 랜턴을 받아 들고 사다리를 타고 내려갔다. 뭔가 나무와 격벽을 때려 부수는 것 같은 소리가 저 아래 어딘가에서 들려 왔다. 브라운과 던이 뒤를 따르며 덜덜 떨었다. 콜린스는 욕을 하며 그 뒤에 따라붙었다.

최하갑판은 하갑판에서 고작 2.1미터 아래지만 완전히 다른 세상이었다. 굿서는 여기까지 내려오는 일이 거의 없었다. 피츠제임스와 1등 항해사는 사다리에서 멀찌감치 떨어져 랜턴을 들고 한 바퀴 돌았다. 굿서는 최하갑판이 그들이 생활하는 하갑판보다 최소 20도는 낮다는 사실을 체감했다. 요즘 하갑판 평균 기온도 영하였다.

쿵 하는 소리가 그쳤다. 피츠제임스는 콜린스에게 욕설을 삼가라고 명령했다. 다른 6명의 대원은 선창갑판으로 통하는 젖혀진 해치 주위에 둥글게 섰다. 다들 아무 말 없었다. 굿서를 제외한 나머지 대원이 들고 있던 랜턴을 앞으로 내밀었다. 랜턴 불빛이 합해져 작은 원을 이루었다. 그래봤자 뿌연 얼음이 낀 공기를 1미터 남짓 뚫을 정도였다. 대원들의 입김이 금빛 장식처럼 코앞에서 반짝거렸다. 머리 위 하갑판에서 다급한 발걸음 소리가 울렸다. 그 소리를 듣고 있으니 굿서는 아주 멀리 떠나온 것 같았다.

"오늘 밤 누가 근무지?" 피츠제임스가 물었다.

"그레고리와 화부 1인, 코위 아니면 플레이터입니다." 드보가 대답했다.

"그리고 목공장 위크스와 조수 왓슨도 근뭅니다." 콜린스가 다급히 덧붙였다. "두 사람은 밤샘 작업 중으로 우현 선수 쪽 석탄 창고에서 선체에 장착된 스토브를 손보는 중일 겁니다."

뭔가 아래쪽에서 으르렁거리는 소리가 들렸다. 지금껏 들어본 그 어떤 동물의 울음소리보다 백배는 더 컸다. 카니발이 열리던 날 밤 검은 방에서 들리던 괴성보다도 쩌렁거렸다. 얼마나 억세던지 최하갑판에 있는 목재와 철제 브래킷, 격벽에 부딪혀 메아리가 울렸다. 굿서는 지금 두 개 갑판 위에서 근무 중인 대원들에게까지 울부짖는 괴물의 절규가 들릴 것이라 확신했다. 마치 괴물이 같이 갑판에 올라 바로 옆에서 외치는 듯한 착각에 빠질 것이다. 고환이 사타구니 속으로 파고 들어가는 것 같았다.

괴성이 선창갑판에서 올라왔다.

"브라운, 던, 콜린스, 빵 창고를 지나 계속 전진하여 선수 해치를 지킨다. 드보, 굿서는 나와 같이 간다." 피츠제임스가 명령했다.

피츠제임스는 혁대에 권총을 찬 채 랜턴을 오른손에 들고 사다리를 타고 어둠 속으로 내려갔다.

굿서는 오줌을 지릴 것 같은 충동을 애써 눌렀다. 드보가 함장을 따라 잽싸게 두 번째로 내려갔다. 굿서는 1등 항해사 드보를 따라 내려갔다가 저 어둠 속에 홀로 남기라도 할까 봐 덜컥 두려운 마음에 따라 내려가지 말까 하는 충동이 일었다. 그렇게 생각하는 순간 고개를 들 수 없을 만큼 수치심에 사로잡혔다. 사지가 통나무로 만들어진 것처럼 무감각해졌다. 이런 기분이 드는 건 추위가 아니라 공포심 때문이었다.

함장과 드보가 사다리 밑에 서서 최대한 멀리 랜턴을 내밀었다. 저 밑은 어둡고 추울 뿐더러 굉장히 갑갑했다. 굿서는 험한 저 바깥 설원보다 선창갑판이 더욱 끔찍했다. 피츠제임스는 공이치기를 완전히 당겨서 장전한 다음 권총을 앞으로 쭉 뻗었다. 드보는 평범한 보트 나이프를 손에 쥐었다. 손이 발발 떨렸다. 아무도 숨을 쉬거나 미동하지 않았다. 침묵만 흐를 뿐. 쿵 하는 굉음과 비명 소리까지 모두 정지했다.

굿서는 비명을 지르고 싶었다. 이 캄캄한 선창갑판이라는 공간에 무언가가 그들과 같이 있었다. 덩치 큰 사람은 아니었다. 만일 그 무언가가 랜턴 불빛이 그린 초라한 원 바로 바깥에 있다면 3.6미터 이내다.

뭔가 선창갑판에 있다는 생각과 더불어 짙은 구리 냄새가 풍겼다. 굿서에겐 익숙한 냄새였다. 갓 흘린 피 냄새였다.

"이쪽이다." 함장은 낮게 말한 다음 좁다란 우현 갑판 승강구를 따라 선미로 향했다.

앞쪽에 보일러실이 보였다.

이곳에서 늘 타던 기름 램프가 꺼져 있었다. 열린 문틈으로 한 줄기 불빛이 흘러나왔다. 보일러 속 소량의 석탄이 타면서 칙칙한 주황 불빛을 내뿜었다.

"그레고리?" 피츠제임스가 버럭 소리 지르는 바람에 굿서는 하마터면 오줌을 지릴 뻔했다. "그레고리?" 함장이 또다시 불렀다.

아무 대답이 없었다. 굿서가 선 복도에서는 보일러실 일부와 바닥에 떨어진 석탄만 시야에 들어왔다. 어디선가 고기 굽는 내가 풍겼다. 섬뜩한 생각이 치밀어 오르면서도 입 안에 절로 침이 고였다.

"여기에 있어 봐." 피츠제임스는 드보와 굿서에게 명령했다. 1등 항해사 드보는 먼저 선수를, 그다음 선미를 바라보았다. 랜턴을 빙그르 돌리고 나이프를 높이 쳐든 상태로 랜턴이 그린 좁다란 원 너머 캄캄한 복도 저 끝까지 꼼꼼히 살폈다. 굿서는 얼어붙은 손으로 주먹을 쥐고 그저 가만히 서 있었다. 공포심에 절었으나 거의 잊고 지내던 고기 굽는 냄새에 침이 고이고 배 속이 요동쳤다.

피츠제임스는 문틈 주위를 살핀 후 보일러실 안으로 들어갔다. 그가 시야에서 사라졌다.

영겁 같은 5초에서 10초 정도, 아무 소리도 나지 않았다. 잠시 후 철판이 둘린 보일러실 벽면에 선장의 나긋한 목소리가 메아리쳤다. "굿서, 안으로 들어와."

안에는 시신 두 구가 있었다. 하나는 기관장 존 그레고리였다. 내장이 파 먹혔다. 선미 격벽 쪽 구석에 뉘어 있었으나 회색 창자와 힘줄이 파티용 색 테이프처럼 보일러실 여기저기 널려 있었다. 굿서는 조심조심 발을 디뎠다. 나머지 한 구는 군청색 스웨터를 입고 풍채가 좋은 사내였다. 그는 두 팔을 벌리고 손바닥을 하늘로 뒤집은 채 엎어져 있었다. 머리와 어깨는 보일러 속에 처박혔다.

"와서 꺼내는 것 좀 거들어 줘." 피츠제임스가 말했다.

굿서는 남자의 왼쪽 다리와 검게 그을린 스웨터를 붙들었다. 피츠제임스 함장은 오른쪽 다리와 오른팔을 붙들었다. 두 사람은 힘을 합쳐 남자를 불구덩이 속에서 끄집어냈다. 시신의 벌어진 입이 보일러 아래쪽 격자 모양 둘레에 잠시 걸렸지만, 치아가 부러지자 바로 꺼낼 수 있었다.

굿서는 시신을 뒤집었다. 피츠제임스는 재킷을 벗기고 망자의 얼굴과 머리칼에 붙은 불씨를 껐다.

해리 굿서는 이 모든 광경을 멀리서 목도하는 기분이 들었다. 전문의로서 냉정한 판단을 내렸다. 얼마 되지 않은 석탄으로 근근이 지핀 보일러 속에 처박히면서 망자의 눈이 사라지고 코와 귀가 다 타버렸다. 굿서는 오븐에서 너무 타서 라즈베리 파이 같이 부푼 망자의 얼굴을 살펴려고 고개를 가까이 가져갔다.

"알아보겠나, 굿서?" 피츠제임스가 물었다.

"모르겠습니다."

"토미 플레이터입니다." 입구 앞에 선 드보가 말했다. "스웨터를 보니 알겠네요. 게다가 평소에 차고 다니던 귀걸이가 턱 언저리에 들러붙은 것을 보니 맞습니다."

"세상에, 복도에 당직을 세우게."

"알겠습니다." 드보가 밖으로 나갔다. 승강구 계단 쪽에서 헛구역질하는 소리가 들렸다.

"자네가 이걸 잘 기록해 놓았으면 좋겠어." 피츠제임스가 굿서에게 말했다.

순간, 쾅 하며 뭔가 찢기는 소리가 들리더니 선수 쪽에서 메아리가 퍼졌다. 어찌나 큰지 굿서는 함선이 반으로 쪼개지는 줄 알았다.

피츠제임스가 랜턴을 들고 잠시 복도로 나갔다. 그의 그을린 재킷은 보일러실에 벗어두었다. 굿서와 드보는 함장을 따라갔다. 너부러진 상자와 통을 지나 선수로 달려갔다. 이리버스호에서 사용할 민물이 담겨 있던 통이 시커먼 철제 격벽 사이에 끼여 찌그러졌고, 얼마 남지 않은 석탄 부대가 담긴 상자가 굴러다녔다.

석탄 통이 있는 쪽으로 시커멓게 열린 공간을 스쳐 지나는 순간 굿서가 오른쪽으로 고개를 돌렸다. 철제 문틀 너머로 맨 팔뚝이 삐져나와 있었다. 그런데 함장과 1등 항해사가 랜턴을 들고 앞으로 내달리는 바람에 불꽃이 멀어졌다. 굿서는 앞이 보이지 않는 어둠 속에서 또 하나의 시체와 단 둘이 남겨졌다. 그는 걸음을 멈추다, 다시 함장과 드보를 쫓아갔다.

또다시 쾅 하는 소리가 들렸다. 위쪽 갑판이 시끌벅적해졌다. 머스킷총 아니면 권총 소리였다. 또다시 총성이 들렸다. 이번엔 비명 소리였다. 몇 명이 비명을 내질렀다.

굿서는 랜턴이 비치지 않는 좁은 복도를 빠져나와 탁 트이고 어둑어둑한 곳으로 달려가다, 두툼한 떡갈나무 기둥에 머리를 부딪친 다음, 20센티미터 깊이의 얼음과 살얼음이 뒤엉킨 곤죽 속으로 나자빠졌다. 눈에 초점이 맞지 않았다. 정신을 차리려고 버둥거렸지만 머리 위 랜턴이 빙글거리며 주황색 빛을 내뿜었다. 온통 고약한 냄새가 진동하고 쾨쾨한 하수구와 탄가루와 피 맛이 느껴졌다.

"사다리가 부서졌다!" 드보가 외쳤다.

고약한 곤죽 속에 엉덩이로 털썩 주저앉은 굿서는 랜턴이 정지하자 앞을 조금 더 잘 볼 수 있었다. 두툼한 떡갈나무로 만들어서 대원 수 명이 수십 킬로그램이 넘는 석탄 자루를 옮겨도 멀쩡했던 앞쪽 사다리가 빠개졌다. 사다리 나무 조각이 열린 천창에 일부 걸쳐 있었다.

선창갑판에서 고함 소리가 들렸다.

"나 좀 밀어 올려 줘!" 피츠제임스가 소리쳤다. 그는 혁대에 권총을 차고 랜턴을 놓고 올라가던 찰나 찌그러진 현창에 달린 손잡이를 향해 손을 뻗었다. 함장은 몸을 끌어 올리기 시작했다. 드보가 몸을 숙여 함장이 올라갈 수 있게 발판 역할을 했다.

갑자기 위쪽에서 뭔가 폭발하더니 네모난 현창 사이로 불길이 뿜어져 나왔다.

피츠제임스는 욕을 하면서 슬러시 같은 얼음물 속에 등으로 떨어졌다. 굿서와 얼마 떨어지지 않은 거리였다. 선수 쪽 천창과 최하갑판 위쪽이 죄다 화염에 휩싸인 것 같았다.

불이다, 굿서가 생각했다. 매캐한 연기가 콧속을 파고들었다.

도망갈 데가 없다. 바깥은 영하 70도가 넘고 눈 폭풍이 휘몰아친다. 함선에 화재가 나면 전원 사망이다.

"중앙 사다리로 가자." 피츠제임스는 이렇게 명령한 후 겨우 일어나 랜턴을 찾아 들고 선미 쪽으로 달리기 시작했다. 드보가 뒤따랐다.

굿서는 곤죽이 된 얼음을 팔다리로 헤치며 기다가 일어났다가, 또 넘어지고 다시 기기를 반복하며 멀어지는 랜턴을 뒤따라갔다.

최하갑판에서 무언가가 포효했다. 머스킷총과 산탄총 총성이 연달아 들렸다.

굿서는 석탄 창고에 잠깐 걸음을 멈추고 저 팔뚝 주인의 생사를 확인하고 싶었다. 아니면 밖으로 뻗은 팔이라도 만져보고 싶었다. 그러나 그쪽을 지나칠 때 불빛이 전혀 없었다. 굿서는 어둠을 달리며 철과 석탄과 수조 격벽을 스쳐 지나갔다.

최하갑판으로 올라가는 사다리를 인도하던 랜턴은 이미 사라지고 없었다. 연기가 꾸역꾸역 아래로 밀려 내려왔다.

굿서는 승강구 사다리를 타고 위로 올라가다가 함장인지 항해사인지 정확히 모를 누군가의 부츠 발에 얼굴을 채였다. 여러 번 얼굴을 채이면서 간신히 최하갑판으로 올라갔다.

숨을 쉴 수 없었다. 앞이 보이지 않았다. 랜턴이 주위에서 흔들거렸지만 연기가 워낙 자욱해서 잘 보이지 않았다.

굿서는 승강구 사다리를 찾아 하갑판으로 올라간 다음 계속 위로 가서 바깥으로 나가 신선한 공기를 들이켜고 싶은 충동이 일었다. 그런데 오른편에 있던 대원들이 소리치며 선수로 가라고 했다. 그 소리를 들은 굿서는 다시 엉금엉금 기기 시작했다. 아래쪽 공기는 그나마 숨 쉴 만했다. 그저 숨은 쉴 수 있을 정도였다. 선수로 가자 훤한 주황 불빛이 보였다. 저렇게 밝은 걸 보니 랜턴은 아니었다.

앞을 향해 기다 보니, 빵 창고 왼쪽으로 좌현 갑판 승강구 계단이 보였다. 조금 더 기어갔다. 저 앞 연기가 자욱한 곳에서 대원들이 담요로 불을 끄고 있었다. 담요에도 불이 붙었다.

"가서 들통 가져와!" 피츠제임스가 연기 속 앞쪽 어딘가에서 명령했다. "최하갑판으로 물을 가져 와!"

"함장님, 물이 없습니다." 누군가 초조한 목소리로 대답했다. 굿서는 누구의 목소리인지 분간할 수 없었다.

"그럼 오줌통이라도 가져와!" 피츠제임스의 목소리는 날이 서 있었다. 얼마나 날카롭던지 연기가 자욱한 공기를 칼로 베는 듯했다.

"그것도 얼었습니다." 이번에는 굿서가 아는 목소리였다. 존 설리번, 큰 돛대장루장이었다.

"아무튼 뭐라도 가져와! 눈이라도 퍼 와! 설리반, 싱클레어, 레딩턴, 실리, 코코크, 그레이터! 가서 대원들에게 양동이를 들려 일렬로 세우고 여기 최하갑판까지 옮기도록 해. 눈을 담을 수 있을 만큼 퍼 담아서 그걸로 화염을 덮어야 해!" 피츠제임스는 거세게 기침하느라 말이 끊겼다.

굿서가 일어났다. 연기가 그를 휘감았다. 누가 창문이나 문을 열어 놓은 것 같았다. 잠시 6미터 앞에 있는 목공 창고와 갑판 창고 쪽을 바라보았다. 불씨가 격벽과 목재를 핥아대는 중이었다. 그러고 나니 시야가 채 1미터도 안 될 정도로 짧아졌다. 다들 기침을 해댔다. 굿서도 곧 기침 대열에 동참할 수밖에 없었다.

대원들이 그를 젖히고 서둘러 사다리 계단 쪽으로 뛰어갔다. 굿서는 격벽에 몸을 기댄 채 하갑판으로 올라가야 하는지 잠시 고민했다. 여기에 있어 봤자 쓸모없는 존재였다.

석탄 창고 문틈 밖으로 뻗은 맨 팔뚝이 생각났다. 다시 아래로 내려갈 생각만으로도 순간 욕지기가 치밀어 올랐다.

'그런데 괴물은 최하갑판에 있어.'

마치 그의 생각을 읽기라도 한 듯, 머스킷총 네다섯 자루가 굿서가 선 3미터 앞에서 발사되었다. 굉음에 귀가 먹는 것 같았다. 굿서는 양손으로 귀를 틀어막고 무릎을 꿇었다. 테러호 대원들에게 괴혈병 환자는 머스킷총 소리를 듣기만 해도 사망에 이를 수 있다고 경고했던 순간이 떠올랐다. 굿서는 자신도 초기 괴혈병을 앓고 있음을 직감했다.

"격발 중지! 멈춰! 저쪽에 대원이 있다!" 피츠제임스가 외쳤다.

"하지만 함장님." 해병 상병 알렉산더 피어슨이 머뭇거렸다. 이리버스호에 승선한 생존 해병 4명 중 가장 계급이 높은 자였다.

"내가 그만하라고 했을 텐데!"

이제야 굿서는 르베스콘테 중위와 해병들이 화염 앞에 서 있는 모습이 보였다. 르베스콘테는 서서, 해병들은 무릎을 꿇은 채 머스킷총을 재장전하고 있었다. 마치 전장에 선 듯한 모습이었다. 벽과 목재, 선수 쪽으로 굴러다니던 통과 상자에 불이 죄다 붙은 것 같았다. 수병들은 담요와 둘둘 말린 캔버스로 불꽃을 때려서 끄는 중이었다. 불꽃이 사방으로 튀었다.

한 남자가 화염에 휩싸인 채 해병과 수병이 모인 쪽으로 비틀거리며 걸어왔다.

"격발 중지!" 피츠제임스가 외쳤다.

"격발 중지!" 르베스콘테가 복창했다.

온몸에 불이 붙은 자가 피츠제임스 품 안으로 고꾸라졌다. "굿서!" 함장이 외쳤다. 조타수 존 다우닝이 복도에서 이불로 불을 끄다 말고 화염에 쓰러진 남자의 몸에 붙은 불씨를 껐다.

굿서가 달려 나와 피츠제임스 품으로 쓰러진 남자를 넘겨받았다. 남자의 오른쪽 얼굴은 거의 없어졌다. 화염 때문이 아니라 무언가의 발톱에 할퀴어 떨어져 나간 것이다. 피부와 눈이 너덜너덜해졌다. 그리고 가슴 오른쪽 아래로 줄이 죽죽 가 있었다. 발톱이 무려 8겹이나 껴입은 옷가지를 뚫고 살 속에 박힌 채 아래로 쭉 찢으며 지나갔다. 조끼에 피가 흥건했다. 남자의 오른팔은 온데간데없었다.

헨리 포스터 콜린스였다. 피츠제임스 함장이 일전에 누수방지공 브라운과 조수 던과 같이 선수 쪽 해치에 배치한 2등 항해사였다.

"수술실로 옮기게 도와주십시오." 굿서가 다급히 말했다. 덩치가 좋은 콜린스는 한쪽 팔을 잃은데다가 두 다리에 힘이 빠진 상태였다. 굿서는 콜린스를 빵 창고 격벽에 대고 간신히 세웠다.

"다우닝!" 피츠제임스가 키가 큰 조타수를 다시 불렀다. 다우닝은 담요로 불을 끄려고 돌아가던 참이었다.

다우닝은 이불을 내던지고 연기를 뚫고 도로 달려왔다. 한마디 묻지도 않고 그는 콜린스의 남은 한쪽 팔을 어깨에 척 걸치고 말했다. "앞장서십시오, 군의관님."

굿서는 승강구 계단을 따라 올라가기 시작했다. 열댓 명의 대원들이 들통을 들고 연기를 헤치며 내려가는 중이었다.

"길을 터라! 부상자가 올라간다!" 굿서가 외쳤다.

서거나 무릎 꿇은 자들이 뒤로 물러섰다.

다우닝이 의식을 잃은 콜린스를 수직으로 선 사다리 위로 밀어붙였다. 굿서가 하갑판으로 올라갔다. 이곳은 전원이 생활하는 공간이다. 빙 둘러선 수병들이 굿서를 쳐다보았다. 다들 굿서를 환자로 착각했다. 기둥에 부딪혀 내동댕이쳐지면서 손과 옷, 얼굴이 피범벅이었다. 수병들도 모두 그을음으로 몰골이 초췌했다.

"선미 쪽 병실로 옮겨!" 다우닝이 화상 입은 대원을 밀어 올리자 굿서가 외쳤다. 좁은 복도를 지나려면 조타수 콜린스를 모로 돌려서 옮겨야 했다. 굿서 뒤로 20명이 넘는 대원들이 갑판에서 아래로 들통을 옮기는 중이었다. 반면, 나머지 대원들은 스토브와 선수 쪽 천창이 있는 수병 취침 구역 갑판 바닥에 눈을 퍼부었다. 바닥에서 쉬익, 하는 소리가 났다. 만약 화염이 하갑판까지 삼켰더라면 영영 이리버스호를 잃게 된다.

헨리 로이드가 병실에서 나왔다. 창백한 얼굴에 눈이 휘둥그레졌다.

"수술 도구 준비했어?" 굿서가 물었다.

"네."

"외과용 톱은?"

"준비했습니다."

"잘했어."

다우닝은 의식을 잃은 콜린스를 병실 한가운데 놓인 수술대 위에 눕혔다. 그 위에는 아무것도 깔리지 않았다.

"고마워, 다우닝. 여기 환자들을 다른 곳으로 옮길 수병 좀 불러주겠어? 어디든 빈 침대로 옮기면 될 거야."

"알겠습니다, 군의관님."

"로이드, 선수에 있는 조리장 월과 조수에게 가서 프레저 스토브에 있는 뜨거운 물을 최대한 갖다 달라고 부탁해. 일단 여기에 있는 기름 램프부터 훤히 키워주고. 그렇게 전한 다음 다시 이리로 오도록 해. 네 도움이 필요해. 랜턴을 들어 줄 사람도 있어야 하거든."

그다음 한 시간 동안, 해리 굿서 박사는 혼이 나가 있었다. 만일 병실로 불길이 옮겨붙는다 해도 별도로 램프를 더 밝힌 걸로 착각하고 전혀 눈치 채지 못했을 것이다.

콜린스의 웃통부터 벗겼다. 열상에서 모락모락 김이 피어올라 차가운 공기 속으로 사라졌다. 뜨거운 물 한 사발을 부어 상처 부위를 씻었다. 소독이라기보다 부상 정도를 살피기 위해 간단히 피를 닦는 수준이었다. 굿서는 발톱에 긁힌 열상이 목숨을 잃을 만큼 위중하지 않다고 진단했다. 그다음 콜린스의 어깨와 목과 얼굴을 살폈다.

팔이 깔끔히 떨어져 나갔다. 마치 거대한 단두대에 콜린스의 팔을 끼워놓고 단박에 잘라낸 것 같았다. 공장이나 함선에서의 사고는 워낙 빈번했다. 살점이 찢겨지거나 갈기갈기 떨어져 나가는 상황이 낯설지 않은 굿서는 두려움을 접고 진중히 상처를 살폈다.

콜린스는 출혈 과다로 숨질 만큼 출혈이 심했다. 그러나 불길에 갇힌 덕분에 어깨 부위 상처가 불에 지져져 목숨을 건졌다. 지금까지 살아 있었다.

굿서가 어깨뼈를 살폈다. 반짝이는 하얀 손잡이 같았다. 그런데 팔뚝 뼈는 거의 남아 있지 않아서 아예 절단해야 했다. 로이드가 떨리는 손으로 랜턴을 가까이 대고 있다가, 굿서의 지시에 따라 피를 내뿜는 동맥에 이따금씩 손가락을 대서 지혈시켰다. 굿서는 절단된 혈관과 동맥을 민첩하게 봉합했다. 이런 처치는 언제나 능했다. 마치 저절로 손이 움직이는 것 같았다.

놀랍게도 상처 부위에는 이물질이 조금도 묻어 있지 않았다. 덕분에 치명적인 패혈증 발병 가능성이 낮아졌다. 그렇다 해도 아직 가능성이 남아 있긴 했다. 굿서는 상처 부위에 두 번째이자 마지막 사발에 담긴 뜨거운 물을 부었다. 다우닝이 가져온 뜨거운 물이었다. 너덜너덜한 살점을 잘라내고 봉합할 수 있는 곳은 모조리 봉합했다. 운 좋게 피부가 상처 부위를 충분히 덮을 만큼 남아 있었기에 듬성듬성 살점을 꿰맸다.

콜린스가 신음하며 몸을 비틀었다.

굿서는 최대한 빨리 처치했다. 콜린스가 완전히 정신을 차리기 전에 최악의 상황을 수습하고 싶었다.

콜린스의 얼굴 오른편이 어깨로 흘러내렸다. 마치 카니발 때 쓴 마스크의 끈이 끊긴 것 같았다. 그 모습을 보고 있자니 그동안 거쳐 간 수많은 송장의 모습이 떠올랐다. 굿서는 얼굴 피부를 도려낸 다음 적셔서 팽팽해진 천을 갖다 붙이듯 두개골 위쪽을 얼굴 피부로 덮었다.

굿서는 로이드에게 길게 늘어진 피부를 힘껏 당기라고 주문했다. 로이드는 고개를 돌려 바닥에 구토를 했다가 도로 고개를 돌리고 끈적대는 손가락을 모직 조끼 위에 문질러 닦았다. 굿서는 콜린스의 너덜너덜한 얼굴 가죽을 머리가 벗겨지기 시작한 헤어라인 바로 밑 두툼한 피부조직과 봉합했다.

콜린스의 한쪽 눈은 살리지 못했다. 눈을 도로 밀어 넣으려고 했지만 눈구멍이 뭉개졌고 그 사이에 뼛조각이 들어 있었다. 뼛조각을 털어내려 했지만 안구 자체가 워낙 손상이 심했다.

굿서는 로이드가 떨리는 손으로 들고 있는 가위를 낚아채 망막 신경을 똑 잘랐다. 그리고 피범벅이 된 생살이 가득 든 눈구멍 속으로 눈알을 쑤셔 넣었다.

"랜턴 더 가까이. 손 그만 떨고."

놀랍게도 눈꺼풀 일부가 남아 있었다. 굿서는 눈꺼풀을 최대한 잡아 당겨 눈 밑에 늘어진 피부에 대고 능숙히 봉합했다. 이렇게 몇 년은 더 살아야 하기 때문에 굿서는 더욱 촘촘히 봉합했다.

만일 콜린스가 목숨을 부지한다면 말이다.

일단 2등 항해사 콜린스의 얼굴에 할 수 있을 만큼 조치를 끝낸 다음, 굿서는 화상과 발톱에 의한 자상으로 관심을 돌렸다. 피부 겉면만 불에 탔다. 발톱에 찢긴 자상은 너무 깊었다. 여기저기 허연 갈비뼈가 드러나 있었다.

굿서는 로이드에게 왼손으로 화상 부위에 연고를 바르면서, 오른손으로 랜턴을 좀 더 가까이 대라고 주문했다. 찢긴 근육 부위를 세척한 후 피부 겉면을 원래대로 최대한 봉합했다. 어깨 상처 부위와 콜린스의 목 주변에서 피가 하염없이 흘렀지만 출혈량이 급격히 줄었다. 만약 화염으로 살과 혈관이 충분히 지져졌다면 콜린스 몸에는 목숨을 부지할 만큼의 혈액이 남았을지 모른다.

다른 대원들도 실려 왔다. 이들은 가벼운 화상을 입은 정도였다. 일부 심각한 화상을 입기도 했지만 목숨이 위태로울 정도는 아니었다. 이제 콜린스는 고비를 넘겼다. 굿서는 랜턴을 테이블 위 철제 고리에 걸고 로이드에게 다른 부상병들에게 연고를 바르고 물을 주고 드레싱 하라고 시켰다.

굿서는 콜린스의 수술을 마무리했다. 아편을 주사하여 그가 깨어나서 비명을 지르지 않고 잠을 자도록 조치했다. 그런 후에야 옆에 피츠제임스 함장이 서 있다는 것을 알아챘다.

함장도 굿서만큼 검댕이와 피를 온몸에 묻히고 있었다.

"목숨은 건지겠나?" 피츠제임스가 물었다.

굿서는 외과용 메스를 내려놓고 마치 '그건 하늘만이 아시겠죠'라고 말하듯 피 묻은 두 손을 벌렸다 모았다.

피츠제임스가 고개를 끄덕였다. "화재를 진압했네, 혹시 궁금해 할 것 같아서."

굿서가 고개를 끄덕였다. 지난 몇 시간 동안 그는 화재 생각은 추호도 하지 않았다. "로이드, 다우닝, 콜린스를 선수 격벽에서 가장 가까운 임시 침대로 옮기면 좋겠네. 그쪽이 제일 따뜻할 테니."

"최하갑판 목공 창고에 있던 것도 죄다 잃었네. 선수 천창 쪽에 쌓아둔 상자에 든 저장 식량도 모두 잃었어. 빵도 거의 다 소실됐고, 남은 통조림과 저장 식량의 3분의 1이 사라졌어. 분명 선창갑판도 훼손되었을 거야. 아직 다시 그리로 내려가 보진 않았지만."

"어쩌다 불이 붙은 겁니까?" 굿서가 물었다.

"괴물이 현창에서 빠져나와 그들을 덮치는 순간 콜린스나 항해사 중 하나가 랜턴을 냅다 던졌다네." 함장이 말했다.

"그럼 괴물은 어찌 됐나요?" 순간 굿서는 진이 빠져 피범벅이 된 수술대 모서리를 짚고 간신히 중심을 잡았다.

"들어왔던 데로 도로 나간 것 같아. 선수 현창으로 도로 내려가 거기에서 어딘가로 빠져나간 것 같아. 저 아래에서 잠복하고 있을지도 모르지. 현창마다 무장 대원들을 세웠네. 최하갑판은 너무 춥고 연기가 자욱해서 30분에 한 번씩 당직 근무를 교대시키기로 했네."

"괴물을 가장 또렷이 본 자는 바로 콜린스야. 그래서 내가 여기로 왔네. 몇 마디 묻고 싶어서. 다들 화염을 헤치고 지나가는 괴물의 형체만 봤거든. 눈과 이빨, 턱과 허연 덩치가 지나가니 검은 실루엣으로 보였겠지. 르베스콘테 중위가 해병들에게 괴물을 향해 쏘라고 명령했지만, 진짜로 맞췄는지 아무도 확인 못했어. 온통 타버린 목공 창고 안이 피범벅이 되긴 했네. 그런데 그 피가 괴물이 흘린 건지 아무도 몰라. 콜린스와 얘기 좀 해도 될까?"

굿서가 고개를 저었다. "방금 전 아편 처방을 했습니다. 몇 시간 내리 잘 겁니다. 다시 깨어날 수 있을지는 확답 드릴 수 없습니다. 못 깨어날 수도 있습니다."

피츠제임스는 고개를 다시 끄덕였다. 굿서만큼 함장도 진이 빠진 것 같았다.

"던과 브라운은 어찌 되었습니까? 콜린스와 같이 선수로 갔는데. 혹시 찾으셨습니까?"

"음." 피츠제임스가 덤덤히 말했다. "다들 살았어. 빵 창고 우현 쪽에 피신했지. 그때 불길이 일자 괴물이 이 가여운 콜린스를 급습한 거지." 함장이 한숨을 쉬었다. "아래쪽에서 연기가 빠지고 있으니 내가 수병 몇 명을 대동하고 선창갑판으로 내려갈 생각이네. 가서 기관장 그레고리와 화부 토미 플레이터의 시신을 수습해야 하니."

"하느님 맙소사." 굿서는 피츠제임스에게 석탄 창고에서 삐져나온 맨 팔뚝을 봤다고 보고했다.

"나는 못 봤어. 아마 선수 쪽 현창으로 가느라 아래는 안 보고 앞만 보고 가느라 그랬나 봐."

"저도 앞을 좀 쳐다볼 걸 그랬습니다." 굿서는 후회하듯 말했다. "기둥에 부딪혔잖습니까."

피츠제임스가 웃었다. "알았네, 의사 선생. 자네 몸부터 챙기시지. 이마에서 눈썹까지 피부가 죽 찢어져서 붓고 시퍼렇게 멍들었어. 꼭 매그너스 맨슨한테 맞은 것 같잖아."

"그렇습니까?" 굿서가 되물으며 이마를 열심히 문질렀다. 피 묻은 손으로 피가 철철 흐르는 이마를 훔쳤다. 이마 위에 피딱지가 잔뜩 말라붙었다. "거울보고 꿰매든지 좀 있다 로이드에게 해 달라고 하든지 하겠습니다. 이만 가 보겠습니다, 함장님." 굿서가 지친 듯 말했다.

"어디를 간다는 거지?"

"저 아래 선창갑판이요." 굿서는 생각만 해도 욕지기가 치밀어 오르며 창자가 뒤틀리는 것 같았다. "내려가서 누가 석탄 창고에 쓰러져 있는지 확인하고 오겠습니다. 혹시 살아 있을지도 모르니까요."

피츠제임스는 그의 눈을 뚫어져라 쳐다보았다. "목공장 위크스와 조수 왓슨이 실종 상태야, 굿서 박사. 우현 석탄 창고에서 선체의 틈을 메우는 작업을 하고 있었다고 하네. 아마 다 죽었을 거야."

굿서는 분명 '박사'라고 하는 소리를 똑똑히 들었다. 프랭클린 함장과 피츠제임스는 군의관들에게 박사라는 호칭으로 단 한 차례도 불러주지 않았다. 심지어 수석 군의관이었던 스탠리와 페디도 그렇게 부르지 않았다. 존 프랭클린 경과 고상하신 피츠제임스는 이미 세상을 떠난 3명의 군의관과 굿서를 늘 하찮은 아랫것들 취급했다.

그런데 이제 달라졌다.

"내려가 봐야 합니다. 제가 내려가서 보겠습니다. 어쩌면 한두 명 살아 있을지도 모릅니다." 굿서가 말했다.

"설원에 있는 괴물이 아직 죽지 않고 저 밑에서 우리가 내려오기를 기다리고 있을지 몰라. 녀석이 함선 밖으로 나가는 것을 보거나 들은 자가 아무도 없거든."

굿서는 지친 듯 고개를 끄떡이며 진료 가방을 들었다. "다우닝을 데려가도 되겠습니까? 랜턴을 들어 줄 사람이 필요해서요."

"내가 같이 가지, 굿서 박사." 피츠제임스 함장이 말했다. 그는 다우닝이 가져다 놓은 별도의 램프를 집어 들었다. "앞장서게."

32
크로지어

북위 70도 05분, 서경 98도 23분

1848년 4월 22일

"리틀 대위, 퇴함 명령을 하달하라." 크로지어가 말했다.

"알겠습니다, 함장님." 리틀은 몸을 돌려 빽빽이 들어찬 갑판으로 명령을 하달했다. 다른 장교는 물론 생존한 2등 항해사가 그 자리에 없는 관계로 갑판장 존 레인이 선수를 향해 복명복창했다. 토머스 존슨이 현창을 널빤지로 고정시키기 전에 해치를 열고 명령을 하달했다. 그는 갑판장 조수로 지난 1월 히키 외 2인에게 태형을 가한 장본인이었다.

아래 갑판에 남은 자는 전무했다. 크로지어와 리틀 대위는 선미부터 선수까지 갑판마다 두루 훑으며 곳곳을 확인했다. 이제 가동을 멈춘 차가운 보일러실에서부터 선창갑판의 텅 빈 석탄통을 살폈다. 한때 꽉 찼으나 이제는 텅 빈 선수 밧줄 창고를 확인한 후 위로 올라오며 점검했다. 최하갑판 알코올 창고와 장포 창고에 머스킷총, 산탄총, 탄약과 탄알이 다 비었는지도 확인했다. 단검과 총검은 머리 위 선반 위에 줄맞춰 놓인 채 남겨져 랜턴 불빛에 차갑게 빛났다. 함장과 대위는 지난 한 달 반 동안 필요한 모든 피복을 배급실에서 꺼냈는지 확인하고 휑한 함장의 개인 창고와 빵 창고도 살폈다. 앞갑판에 있는 장교실과 선실마다 들여다보았다. 장교들이 벙커 침대와 선반과 남은 소지품을 얼마나 깔끔히 정리해 두었는지 보는 순간 감탄스러웠다. 수병들의 해먹도 살폈다. 쓰던 해먹을 마지막으로 머리 위로 단정히 말아 올리고 관물함을 비웠다. 마치 석식 호출이 오기를 기다리는 듯 관물함 궤짝이 제자리에 놓여 있었다. 선미로 향했다. 함장실로 가니 대원들이 빙하에 갇혀 있을 때 읽으려고 십수 권씩 마음껏 가져가서 보이지 않던 책들이 도로 제자리에 꽂혀 있었다. 마지막으로 근 3년 만에 처음으로 완전히 온기를 잃은 커다란 스토브 옆으로 가서 섰다. 리틀 대위와 크로지어 함장은 선수 현창 쪽을 향해 명령을 하달하면서 남은 자가 아무도 없는지 재차 확인했다. 위에서도 인원 확인을 했지만 함선을 포기할 때는 이렇게 하는 것이 관례였다.

두 사람은 갑판으로 올라가서 현창을 열어젖힌 상태로 두었다.

갑판 위에 정렬한 대원들은 퇴선 명령에 놀라지 않았다. 함총원은 한 자리에 집합하라는 호출을 받았다. 오늘 아침, 테러호에서 고작 25명가량이 모였다. 나머지는 빅토리 포인트에서 남쪽으로 3킬로미터 떨어진 테러 캠프로 나갔거나, 캠프로 물자를 이동하는 중이거나, 캠프 인근에서 사냥이나 정찰을 하는 중이었다. 4월 1일, 이리버스호를 포기한 직후 거기에 있던 장비와 비상식량을 쌓아 텐트를 만들었는데, 20명이 넘는 이리버스호의 대원이 그 짐을 잔뜩 실은 썰매 옆에 서서 대기했다.

크로지어는 테러호에서 퇴선해 얼어붙은 경사로를 걸어 내려가 빙상 위에 모인 대원들을 바라보았다. 이제 크로지어와 리틀 단 두 사람만이 기울어진 갑판 위에 서 있었다. 50명이 함선 아래 빙판에서 위를 쳐다보았다. 다들 방한모를 깊게 눌러쓰고 그 위에 모직 목도리까지 둘둘 감아서 눈만 간신히 보였다. 차가운 아침 햇살이 비추자 다들 눈을 가늘게 떴다.

"앞장서지, 리틀 대위. 저쪽으로 가자." 크로지어가 부드럽게 말했다.

리틀이 경례를 하고 묵직한 개인 소지품이 든 가방을 들고 먼저 사다리를 타고 내려갔다. 그다음 얼어붙은 램프를 걸어 내려가 기다리는 대원들과 합류했다.

크로지어는 주위를 둘러보았다. 4월의 맥없는 햇살이 고통받은 설원 위로 쏟아졌다. 흐릿하게 보이는 압력 봉우리, 셀 수 없이 많은 세락, 블리자드. 크로지어는 모자챙을 아래로 누르며 동편으로 눈을 가늘게 뜬 채로 이 순간의 느낌을 아로새기려 했다.

함선을 포기한다는 건 그게 누구든 함장으로서 바닥을 치는 상황이다. 처절한 실패를 받아들여야만 한다. 대부분 기나긴 해군 생활에 종지부를 찍는 행위였다. 크로지어와 개인적인 친분이 있던 함장들은 함선을 포기하는 것을 결코 만회할 수 없는 실패로 받아들였다.

크로지어는 그런 절망감은 전혀 들지 않았다. 아직은 아니었다. 지금 이 순간 더욱 중요한 것은 가슴속에 작지만 여전히 타고 있는 뜨거운 다짐이었다. 나는 기필코 살아남으리라.

그는 대원들의 생존을 바랐다. 최대한 많은 이들이 살아남기를 바랐다. 이리버스호 대원이든, 테러호 대원이든 누구든 살아남아 다시 영국으로 귀국할 실낱같은 가능성이 남아 있다면, 프랜시스 로돈 모이라 크로지어는 그 희망을 좇을 것이며 결코 뒤돌아보지 않으리라.

그는 승조원을 전원 퇴선시켜 빙상으로 떠나야 했다.

50명의 시선을 한 몸에 받고 있다는 사실을 깨달은 크로지어는 마지막으로 건웨일을 어루만졌다. 최근 몇 주 사이 좌현이 급격히 들려서 우현에 매어 놓은 사다리를 타고 아래로 내려갔다. 그다음 하도 밟고 다녀, 닳아서 반질반질해진 얼음이 들러붙은 경사로를 따라 내려가 대기 중인 대원들과 합류했다.

썰매의 하네스를 매고 일렬로 선 대원들 뒤로 짐을 들고 걸어 들어간 다음 마지막으로 테러호를 쳐다보며 이렇게 말했다. "테러호가 참으로 근사하네. 안 그런가, 해리?"

"그렇습니다, 함장님." 앞돛대망루장 해리 페글러가 말했다. 그의 말마따나 페글러와 망루원들은 지난 2주간 그동안 따로 빼놓았던 마스트를 죄다 꽂고, 활대를 손보고 리깅을 제대로 맸다. 작업하는 동안 블리자드가 몰아치고 기온이 급강하고 천둥 번개가 쳤다. 빙판은 압력을 받아 밀려 올라가고 강풍이 몰아쳤다. 이제 중두선(상부가 무거운 배)이 된 테러호에는 톱마스트와 활대, 리깅이 원래대로 복원되어 곳곳에 얼음이 매달렸다. 크로지어 눈엔 테러호가 보석을 휘감고 있는 것처럼 보였다.

3월의 마지막 날 이리버스호가 좌초된 후, 크로지어와 피츠제임스는 만일 겨울이 오기 전에 테러호마저 포기하고 도보로든 보트로든 안전한 곳으로 이동해야 할 경우, 돛을 원래대로 복원시키기로 했다. 킹윌리엄 랜드에 있는 테러 캠프에 몇 달간 발이 묶여 있다가 여름을 맞이하여 기적적으로 빙해가 풀리면, 이론적으로 따져 볼 때 보트를 타고 테러호로 돌아가 항해하면 자유의 몸이 될 수 있다.

이론적으로는 그렇긴 했다.

"토머스." 크로지어가 2등 항해사이자 썰매 다섯 대 중 맨 앞의 것을 통솔하는 로버트 토머스를 불렀다. "준비되면 출발하지."

"알겠습니다, 함장님." 토머스는 이렇게 대답한 후 하네스에 몸무게를 실었다. 7명의 장정이 하네스를 매고 끄는데도 썰매는 꿈쩍하지 않았다. 썰매 날이 빙판에 들러붙었다.

"할 수 있어, 밥!" 에드윈 로렌스가 웃으며 외쳤다. 그 역시 하네스를 찼다. 썰매는 신음하고 대원들도 끙끙거렸다. 가죽끈이 비거덕거리고 얼음이 뜯어졌다. 순간 짐을 높이 쌓아 올린 썰매가 앞으로 움직였다.

리틀 대위가 두 번째 썰매에 출발 명령을 내렸다. 매그너스 맨슨이 맨 앞에서 당기기 시작했다. 두 번째 나무 썰매 날에도 얼음이 들러붙어 있었지만 덩치가 산만 한 사내가 앞에서 끌자 잠시 삐꺼덕하더니 가볍게 끌렸다. 오히려 짐이 더 많이 실린 건 두 번째 썰매였다.

이제 그렇게 46명이 출발했다. 그중 35명이 처음부터 썰매를 끌고, 5명이 산탄총과 머스킷총을 들고 주위를 살피며 걸었다. 다섯 중 넷은 양쪽 함선의 항해사로 썰매를 끌 순번을 기다렸다. 리틀 대위와 크로지어 함장이 옆에서 걸으며 종종 썰매를 밀기도 했고 이따금씩 직접 하네스를 차기도 했다.

크로지어는 며칠 전 일이 떠올랐다. 호지슨 중위와 어빙 소위가 테러 캠프를 향해 썰매에 보트를 싣고 떠날 채비를 하고 있었다. 둘 다 캠프에서 대원 몇 명을 데리고 며칠간 사냥과 정찰을 하라는 명령받았다. 그런데 놀랍게도 어빙이 함장에게 자기 조에 배정된 대원 한두 명을 다시 테러호로 배치해 달라고 요청했다. 크로지어는 처음에 깜짝 놀랐다. 존 어빙은 수병들을 잘 다루는 능력 있는 장교이며, 그 어떤 명령이든 해내는 젊은이라고 평소 평가했기 때문이다. 크로지어는 관련 대원의 이름을 보고 곧 수긍했다. 리틀 대위가 매그너스 맨슨과 코닐리어스 히키를 어빙의 썰매 정찰대로 배정했다. 어빙은 굳이 이유를 대지 않고 둘 중 하나, 혹은 둘 다 다른 조로 배정해 달라고 정중히 요청했다. 크로지어는 즉각 요청을 수락해 맨슨을 마지막 날 썰매 끄는 조에 배정하고 왜소한 히키를 어빙의 썰매 정찰단으로 배정해 먼저 내보냈다. 크로지어는 히키를 믿지 않았다. 몇 주 전 반란 직전까지 갔던 사건 이후 특히 못미더운 생각이 들었다. 저 덩치 큰 멍청이 맨슨을 붙여 놓으면 히키가 뒤통수를 칠 가능성이 더욱 높아진다는 것을 간파했다.

이제 테러호와 멀어진다. 크로지어는 맨슨이 15미터 앞에서 썰매를 끌고 가는 모습을 보며 일부러 앞만 바라보았다. 테러호 쪽으로 고개를 돌리지 않으리라. 처음 두 시간은.

대원들이 앞에서 썰매를 끄는 모습을 보면서 크로지어는 누가 이 자리에 없는지 헤아렸다.

피츠제임스는 킹윌리엄 랜드 테러 캠프를 지휘하느라 오늘 이 자리에 없었다. 사실 그가 이 자리에 빠진 건 자명한 이유 때문이었다. 자신이 함선을 버리고 떠나는 모습을 다른 함장에게 들키고 싶은 함장이 어디 있겠는가. 함장이라면 누구나 이 문제에 있어 예민했다. 크로지어는 2월 초 빙하에 사는 괴물이 선내로 침입하여 화재가 발생한 이틀 후부터 거의 매일 이리버스호를 찾았다. 그러면서도 피츠제임스가 이리버스호를 포기하는 3월 31일에는 이리버스호로 가지 않았다. 피츠제임스는 테러호에서 멀리 떨어진 캠프 지휘를 자청하여 크로지어가 베풀었던 배려를 이번 주에 되갚았다.

지금 안 보이는 대원들은 아주 애석하고 울적한 이유 때문이었다. 크로지어는 맨 뒤 썰매 옆에서 걸으며 그들의 얼굴을 하나씩 떠올렸다.

테러호는 장교와 준사관 사망자에 있어 이리버스호보다 운이 훨씬 좋은 편이었다. 장교 중에는 1등 항해사 프레드 혼비가 카니발이 열리던 날 밤 괴물에게 죽임을 당했고, 2등 항해사 길스 맥빈이 작년 9월 썰매 정찰대에 나갔다가 괴물에게 목숨을 잃었다. 군의관 페디와 맥도널드도 제야의 밤에 열린 카니발에서 사망했다. 대신 대위, 중위, 소위는 모두 무사했고 나름 건강했다. 2등 항해사 토머스, 항해장 블랭키, 계리원 헬프만도 무사했다.

피츠제임스는 그가 모시던 함장 존 프랭클린 경을 잃었다. 게다가 대위 그래엄 고어, 소위 페어홀름, 1등 항해사 로버트 옴 서전트까지 괴물에게 죽임을 당했다. 수석 군의관 스탠리와 2등 항해사 헨리 포스터 콜린스도 먼저 저세상으로 보냈다. 장교 중에는 르베스콘테 중위만이 목숨을 부지했고, 2등 항해사 찰스 드보, 항해장 레이드, 군의관 굿서, 보급관 찰스 해밀턴 오스머가 먼저 간 이들의 빈자리를 메웠다. 처음 두 해만 하더라도 장교 식당은 북적였다. 존 프랭클린 경, 피츠제임스, 고어, 르베스콘테, 페어홀름, 스탠리, 굿서, 오스머가 다 같이 모여 식사했다. 그러나 최근 몇 주간 피츠제임스와 르베스콘테 중위, 굿서, 오스머만 덜렁 모여 앉아 추운 식당에서 밥을 먹었다. 게다가 마지막 며칠을 남기고는 이리버스호가 우현 쪽으로 거의 30도 가까이 기우는 바람에 괴상한 광경이 연출되었다. 남은 넷은 어쩔 수 없이 바닥에 앉아 식판을 무릎에 올려놓고 부츠 끈을 펠대(기둥 등을 관통해서 연결하는 횡목으로 벽 바탕재 설치나 보강용으로 쓰인다)에 대고 단단히 묶었다.

피츠제임스의 당번병 호어는 여전히 투병 중이라 나이 든 브리젠스가 가파르게 기운 갑판에 몸을 묶은 장교들에게 종종거리며 음식을 날랐다.

테러호는 그나마 준사관들을 잘 지켜냈다. 크로지어의 기관장, 갑판장, 목공장은 목숨을 부지해 여전히 제 몫을 했다. 이리버스호의 기관장 존 그레고리, 목공장 존 위크스는 지난 3월 빙상에 잠복하던 괴물이 선내로 잠입하던 날 밤 내장을 파 먹혔다. 작년 11월, 또 다른 준사관인 갑판장 토머스 테리도 녀석에게 목이 잘렸다. 이리버스호에는 생존한 준사관이 단 1명도 없었다.

항해사, 조타수, 앞상갑판장, 선창장, 큰돛대장루장, 앞돛대망루장, 단정장, 당번병, 누수방지공, 화부 등 테러호의 21명의 부사관 중에 크로지어는 단 1명만을 잃었다. 그 사람은 바로 화부 존 토링턴으로 1846년 1월 1일 비치 섬에서 사망한 첫 번째 대원이었다. 그는 영국에 있을 때부터 앓던 폐결핵이 바다로 나오자 심해져서 사망한 케이스였다.

피츠제임스는 부사관 중 1명을 잃었다. 지난 3월, 화부 토미 플레이터는 괴물이 선창갑판에 침입해 난동을 부릴 때 목숨을 잃었다. 목공장 조수 토머스 왓슨은 그날 공격에서 살아남긴 했으나 그 일로 왼쪽 팔을 잃었다.

병기장 토머스 버트가 북극해에 진입하기도 훨씬 전 그린란드에서 영국으로 귀환 조치되었기 때문에 이리버스에는 부사관이 총 21명이었다. 노년의 장범장 존 머레이나 피츠제임스의 당번병 에드먼드 호어는 괴혈병을 심하게 앓는 바람에 제 몫을 하지 못했다. 토머스 왓슨도 심각한 부상으로 제 몫을 못했고, 태형을 당한 장포장 리처드 에일모어 같은 부사관들은 사기가 바닥을 쳐 더욱 제 몫을 하지 못했다.

크로지어는 누가 봐도 진이 빠진 대원에게 잠시 쉬면서 무장 대원들과 걸으라고 한 다음 몸소 하네스를 찼다. 6명이 끄는데도 통조림, 무기, 텐트가 실려 680킬로그램이 넘는 무게라 쇠약해진 그의 몸에 무리가 갔다. 이들과 호흡을 맞춘 이후에도, 크로지어는 아픈 가슴을 가로지르며 파고드는 하네스와 육중한 무게로 괴롭기 그지없었다. 게다가 흘러내린 땀이 옷에 스미면서 당장 얼었다 녹았다를 반복하다 보니 너무 찝찝하고 고통스러웠다.

크로지어는 기운을 쓸 수병과 해병이 몇 명만 더 있었으면 하는 마음이 간절했다.

테러호는 수병 둘을 잃었다. 빌리 스트롱은 괴물에게 몸 절반이 잘렸고, 제임스 워커는 바보 매그너스 맨슨의 절친이었으나 사망했다. 워커가 사망하자 맨슨은 쥐새끼 같이 생긴 히키의 손아귀에 완전히 휘둘렸다. 워커의 영혼이 선창갑판에 돌아다닌다고 믿는 두려움 때문에 몇 달 전 맨슨이 처음으로 항명하는 사태가 벌어지기도 했다.

수병만 따지자면 이리버스호가 테러호에 비해 상황이 좋았다. 이리버스호 상병 중에 유일하게 목숨을 잃은 자는 단 하나, 존 하트넬뿐이었다. 그는 1846년 겨울, 폐결핵으로 사망해 비치 섬에 묻혔다.

크로지어는 하네스에 몸무게를 실으며 목숨을 잃은 여러 장교와 일부 수병들의 얼굴과 이름을 떠올렸다. 크로지어는 썰매를 당기며 신음을 뱉었다. 설원의 괴물이 일부러 이번 탐험대 단장을 따라다니는 것 같은 기분이 들었다.

'그런 생각하지 마. 넌 괴물에게 있지도 않은 이성을 부여하고 있어.' 크로지어는 스스로 달랬다.

'그럼 아니야?' 겁이 더 많은 또 다른 자아가 반문했다.

영국 해병 하나가 옆에서 걸으며 팔뚝에 산탄총 대신 머스킷총을 받들었다. 그자의 얼굴은 모자와 목도리에 완전히 가려졌지만, 구부정히 걷는 걸음새로 보니 로버트 호프크래프트였다. 이 해병 이병은 작년 6월 괴물에게 치명적인 부상을 입었다. 당시 그 일로 존 프랭클린 경이 사망했지만, 호프크래프트는 부상을 입었다가 거의 회복되었다. 쇄골 뼈가 바스러지는 바람에 똑바로 서기가 힘들어 왼쪽으로 몸이 살짝 기울었다. 그 옆에서 걷는 해병 윌리엄 필킹턴도 보였다. 필킹턴 이병도 그날 위장막에 있다가 어깨에 총상을 입었다. 크로지어는 필킹턴이 지금도 그쪽 어깨와 팔을 잘 쓰지 못하는 것을 눈치챘다.

이리버스호에 승선했던 해병 상사 데이비드 브라이언트는 괴물이 존 프랭클린 경을 빙해로 내던지기 직전에 참수되었다. 해병 이병 윌리엄 브레인은 1846년 비치 섬에서 사망했고, 해병 이병 윌리엄 리드는 작년 가을 11월 9일 테러호로 메시지를 전하러 가던 도중 빙상에서 실종되었다. 크로지어는 그날 기억이 생생했다. 그날은 겨울에 극야가 찾아온 첫날로 크로지어가 테러호에서 이리버스호까지 직접 걸어갔다. 괴물 때문에 이리버스호 해병이 넷으로 줄었다. 해병을 지휘하는 상사 알렉산더 피어슨, 어깨를 못 쓰게 된 해병 이병 호프크래프트, 총상을 입은 해병 이병 필킹턴, 해병 이병 조셉 힐리가 그들이다.

테러호에 승선한 파병 해병대 중에서는 단 1명만이 괴물의 습격을 당했다. 작년 11월, 해병 이병 윌리엄 헤더는 갑판에서 당직 근무를 서다가 배에 오른 괴물에게 두개골을 가격당했다. 그럼에도 목숨을 포기하지 않왔다. 해병들은 몇 주간 병상에 누워 코마 상태로 생사를 지겹도록 넘나들던 그를 선실 침실이 있는 선수 쪽 해먹으로 옮겼다. 그리고 그때부터 지금까지 헤더를 먹이고 씻기고 편히 눕히고, 매일 옷을 갈아입혔다. 해병들은 멍한 눈으로 침을 줄줄 흘리는 헤더를 애완견처럼 보살폈다. 그러던 헤더가 지난주 테러 캠프로 이송되었다. 해병들은 헤더를 따뜻하게 둘둘 싸서 조심스레 1인용 터보건(눈이나 빙판을 타는 갸름하고 밑이 평평한 썰매) 위에 뉘었다. 목공장 조수 뚱보 알렉스 윌슨이 특별히 그를 위해 만든 것이다. 수병들은 산송장처럼 누운 헤더를 거치적거리는 짐짝 취급하지 않고 팔을 걷어붙이고 헤더의 작은 썰매를 번갈아 끌며, 설원을 가로지르고 압력 봉우리를 넘어 테러 캠프까지 갔다.

크로지어에겐 5명의 해병이 남았다. 댈리, 해먼드, 윌크스, 헤지스, 끝으로 서른일곱 살 노장 해병 상사 솔로먼 토저가 있었다. 토저는 무학으로 아는 것이 없었으나 존 프랭클린 탐험대에서 살아남은 총 9명의 해병 파병대를 이끌었다.

하네스를 차고 한 시간이 지나자 썰매가 쉬이 미끄러지는 것 같은 기분이 들었다. 크로지어는 헐떡거리는 호흡에 맞춰 끔찍하리만치 무거운 썰매를 끌며 거친 빙상 위에서 낑낑거렸다.

크로지어는 그동안 떠나보낸 대원들을 하나씩 따져보았다. 여기에서 사환은 빠졌다. 이들은 마지막 순간 탐험대에 오르겠다고 자청해 사환으로 이름을 올린 '소년'들이었다. 소년이라 해도 사환 넷 중 셋이 열여덟 살을 넘긴 청년이었다. 로버트 골딩은 처음 배에 올랐을 때 나이가 열아홉이었다.

사환 넷 중 셋이 생존했다. 크로지어는 화재가 나던 날 밤 불이 붙은 카니발에서 의식을 잃은 조지 챔버스를 직접 들쳐 업고 뛰었다. 사환 중 유일하게 목숨을 잃은 자는 토미 에번스였다. 그는 나이도 행실도 가장 어렸다. 실종된 윌리엄 스트롱을 찾으려고 빙상에 나간 밤, 함장 크로지어 코 앞에서 토미 에번스가 괴물에게 끌려갔다.

조지 챔버스는 카니발 이후 이틀 만에 정신이 들었지만 예전 같지 않았 다. 괴물에게 습격당하기 전에는 총명했으나 충격받은 이후 지능이 매그 너스 맨슨 수준으로 떨어졌다. 그렇다고 해병 이병 헤더처럼 산송장이 된 건 아니었다. 이리버스의 갑판장 조수에 따르면 간단한 명령은 수행이 가능하 다고 했다. 그러나 그 끔찍했던 제야의 밤 이후 챔버스는 말수를 잃었다.

이번 탐험대에서 가장 경험이 많은 대원 중 하나인 데이비 레이스는 괴 물을 두 번이나 겪고도 목숨을 부지했으나 머리가 뚫린 해병 이병 헤더만 큼 쓸모가 없었다. 레이와 존 핸드포드가 당직 근무를 서고 항해장 토머스 블랭키가 어둠 속으로 도망가자 괴물이 추격하는 모습을 목격한 이후, 무 반응으로 일관해 지금까지도 정상으로 돌아오지 않았다. 그는 피츠제임스 의 당번병 호어처럼 중병이나 중증 부상 대원들과 함께 테러 캠프로 이송 되었다. 레이에게 옷을 여러 겹 껴입힌 다음 썰매 위에 올린 보트 위에 뉘 어 옮겼다. 현재 괴혈병과 부상에 시달리는 대원은 상당수다. 사기가 바닥 을 쳐서 크로지어나 피츠제임스 입장에서 부릴 수 없는 이들도 많았다. 멀 쩡한 대원도 배를 곯고 아파서 간신히 걸을 정도인데, 먹이고 데려가야 할 몸뚱이가 많아졌다.

크로지어는 기력이 다해가는 것을 느꼈다. 지난 이틀간 거의 눈도 붙이 지 못했다. 그럼에도 망자의 수를 계속 헤아렸다.

이리버스호 장교 6명, 테러호 장교 4명 사망.

이리버스호 준사관 전원 사망, 테러호 준사관 사망자 무.

이리버스호 부사관 1명, 테러호 부사관 1명 사망.

이리버스호 수병 1명, 테러호 수병 4명 사망.

여기까지 사망자가 20명에 달한다. 해병 대원 셋과 사환 에번스는 빠진 수치다. 끔찍한 손실이다. 벌써 24명이 사망했다니. 크로지어는 기억을 더듬었다. 영국 해군 역사상 극지 탐험을 떠났다가 이렇게 많은 사망자가 발생한 적은 없었다.

그래도 더욱 중요한 숫자가 있었다. 크로지어는 그 숫자에 집중하려 했다. 그의 휘하에 생존 대원이 105명 있다.

100명 하고도 5명이 아직 살아 있다. 여기에 크로지어 자신도 포함된다. 그리고 오늘 어쩔 도리 없이 영국 해군 함선 테러호를 포기하고 빙상을 가로지르고 있다.

크로지어는 고개를 떨어뜨리며 하네스에 더욱 힘을 주었다. 바람이 아래에서 위로 휘몰아치자 눈발이 날리며 그들을 감쌌다. 앞에 가는 썰매가 희미해지면서 먼저 걸어가는 해병 모습이 시야에서 사라졌다.

'제대로 센 것일까? 죽은 20명 중에 해병 셋과 사환 하나는 안 센 게 맞나? 맞다. 리틀 대위와 같이 오늘 아침 명부를 보면서 확인했다. 썰매 정찰단과 테러 캠프로 먼저 출발하고 테러호에 남은 자들의 인원이 105명이었다. 그런데 확실한가? 혹시 누구 빠뜨린 건 아니겠지? 더하기 빼기가 맞았을까?' 크로지어는 죽을 만큼 기운이 없었다.

프랜시스 크로지어가 수를 세다가 잠시 헷갈렸을지도 모른다. 이틀, 아니 사흘이나 잠을 자지 못했다. 그럼에도 단 1명의 얼굴이나 이름도 잊지 않았다. 결코 잊지 못할 것이다.

• • •

"함장님!"

크로지어는 인사불성 상태에서 정신을 차렸다. 썰매를 끌면서 꿈결에 빠진 것이다. 하네스를 찬 지 한 시간이 지났는지 여섯 시간이 지났는지 도무지 분간이 가지 않았다. 눈을 떠보니 남동쪽 하늘에 차갑게 뜬 태양이 이 세상을 비추고 있었다. 그의 입김이 얼음 알갱이로 변해 휘날렸다. 온몸이 욱신거렸다. 뒤에서 썰매의 무게를 나눠 끌고 있었다. 빙해 위에 새로 내려앉은 눈 때문에 저항력이 상당했다. 무엇보다 이상할 정도로 새파란 하늘 위에 흰 구름이 둥글게 휘감겨 있었다. 그걸 보니 파란 바탕에 흰 테두리가 둘린 대접 안쪽을 걷는 기분이 들었다.

"함장님!" 리틀 대위가 고함쳤다.

크로지어는 같이 썰매를 끄는 대원들이 다들 멈춘 것을 눈치챘다. 빙해 위에서 썰매가 모두 멈췄다.

한 1.5킬로미터 앞 남동쪽에 보이는 압력 봉우리 너머로 마스트가 세 개 꽂힌 함선이 북에서 남으로 이동 중이었다. 돛은 걷어 올려 있고 슈라우드가 매여 있었다. 활대에 정박용 리깅이 걸려 있었다. 아무튼 함선이 움직이고 있었다. 강한 해류에 올라 탄 듯 서서히 미끄러지며 위엄 있게 나아갔다. 저 높은 압력 봉우리만 넘으면 개수로가 활짝 열려 있을 듯했다.

'구조선이다, 드디어 살았다!'

크로지어 홍통을 느끼던 가슴에 환희가 더해지면서, 가슴속에 이글거리던 불씨가 더욱 뜨거워졌다.

항해장 토머스 블랭키가 목공장 허니가 만들어 준 나무 부츠처럼 생긴 의족을 찬 채 크로지어에게 다가왔다. "신기롭니다."

"알고 있네." 함장이 말했다.

그는 영국 해군 함선 테러호 특유의 포격선용 마스트와 리깅임을 곧바로 알아챘다. 반짝이며 이동하는 공기층 때문에, 그리고 몇 초간 현기증이 일어 헷갈린 탓에 크로지어는 혹시 이들이 길을 잃은 건 아닌지 의아했다. 한 바퀴 돌아 북서쪽으로 전진해 몇 시간 전 버리고 떠나온 테러호로 되돌아온 건 아닐까?

그건 아니었다. 닳고 닳은 썰매길이 보였다. 군데군데 끊기긴 했지만 빙판 위에 깊게 패인 길이 보였다. 한 달이 넘도록 이 길로 함선을 오가며 곡괭이와 삽을 들고 높은 압력 봉우리에 좁다랗게 길을 냈다.. 해는 여전히 오른편이자 정남향에 떠 있었다. 압력 봉우리 너머 세 개의 마스트가 달린 배가 반짝이다가 갑자기 사라졌다. 그러더니 잠시 후 다시 또렷이 모습을 드러냈다. 위아래가 뒤집힌 모습이었다. 얼음이 들러붙은 테러호가 하얀 권운이 낀 하늘에 떠 있었다.

크로지어와 블랭키, 다른 대원은 이렇게 하늘에 생긴 신기루를 여러 차례 경험했다. 몇 년 전, 남극이라 불리는 대륙 해안가에서였다. 화창하고 추운 겨울 날, 크로지어는 연기가 모락모락 피어오르는 화산을 보았다. 테러호 이름을 따서 붙인 화산이었다. 꽁꽁 언 빙해 북쪽에 화산이 거꾸로 매달려 있었다. 이번 탐험 중인 1847년 봄에는 갑판에 올랐다가 검은 구체 여러 개가 남쪽 하늘에 둥둥 떠 있는 것을 목격했다. 그 구체들이 여덟 개의 형체로 변하더니 다시 대칭을 이루며 계속 쪼개지면서 검은 풍선처럼 하늘을 둥둥 떠다녔다. 그러더니 25분 정도 지나자 완전히 사라졌다.

세 번째 썰매를 끄는 수병 2명이 깊이 팬 썰맷길에 완전히 무릎을 꿇으며 털썩 주저앉았다. 1명은 목 놓아 울었고, 다른 1명은 크로지어가 지금 껏 들은 뱃사람 욕 중에서 가장 창의적인 욕지거리를 줄줄 내뱉었다. 함장은 수십 년에 걸쳐 들을 욕을 이미 다 들은 것 같았다.

"닥쳐! 북극에서 신기루 처음 보나! 징징거리는 짓도 욕도 그만두지 못해! 안 그랬다가 이 빌어먹을 썰매를 혼자 끌게 될 거다. 내가 썰매 위에 걸터앉아 양쪽 발을 네 엉덩이에 하나씩 올려놓을 테니! 당장 일어나! 너희는 사내자식이지 쇠약한 계집이 아니야. 똑바로 해!" 크로지어가 호통쳤다.

수병 둘은 간신히 일어나 옷에 묻은 눈과 얼음을 주섬주섬 털었다. 크로지어는 방한복과 방한모를 깊이 눌러 써서 누가 누군지 한눈에 알아보지 못했다. 그런데 알고 싶지도 않았다.

썰매 행렬은 다시 끙끙거리는 신음 소리를 내며 출발했다. 이번에 욕설은 들리지 않았다. 지난 몇 주간 정신없이 왔다 갔다 하면서 높이를 깎긴 했지만 압력 봉우리는 여전히 높았다. 저 앞에 보이는 압력 봉우리가 하늘의 저주처럼 길게 원통으로 이어져 있었다. 대략 20미터 높이의 위험천만한 양쪽 얼음 절벽 사이에 난 가파른 경사 길로 무거운 썰매를 끌고 최소 5미터를 올라가야 한다. 얼음 바위가 당장이라도 굴러 떨어질 위험이 도사리고 있다.

"일부러 우리를 골탕 먹이려 하는 몹쓸 신이 있는 것 같습니다." 토머스 블랭키가 화통하게 말했다. 그는 썰매를 끄는 순번에서 제외되어 크로지어 옆에서 발을 절며 걸었다.

함장은 대꾸하지 않았다. 잠시 후 블랭키는 앞서 가는 해병 옆으로 따라 붙었다.

크로지어는 비번인 수병을 불러 차고 있던 하네스를 넘겼다. 끌려가는 썰매를 세우지 않고 교대하는 법을 일전에 연습했다. 하네스를 완전히 넘기고 난 후, 크로지어는 썰매길 옆으로 빠져나와 시간을 확인했다. 벌써 썰매를 끈 지 다섯 시간이 지났다. 뒤돌아보니 테러호가 어느새 시야에서 사라졌다. 적어도 8킬로미터 이상 벌어졌고 이미 낮은 압력 봉우리 몇 개를 지나왔다. 신기루는 북극에 사는 악한 신이 그들에게 주는 마지막 선물이었다. 신은 탐험대를 괴롭히는 일에 몰두한 것 같았다.

이 비운의 탐험대 단장인 프랜시스 로돈 모이라 크로지어는 자신이 더는 영국 해군의 극지 탐험을 수행하는 함장이 아님을 처음으로 자각했다. 그의 인생 대부분을 차지한, 어려서부터 수병을 거쳐 영국 해군 장교로 살아온 삶이 영영 끝났다. 사망자가 대거 발생하고 함선까지 잃은 책임으로 해군본부는 다시는 그를 칙임하지 않을 것이다. 길고 긴 경력을 지닌 영국 해군으로서의 크로지어는 이제 형장으로 향하는 사형수나 다름없었다.

테러 캠프까지 가려면 꼬박 이틀은 더 걸어야 한다. 크로지어는 앞에 보이는 키 큰 압력 봉우리에 시선을 고정시키고 터덜터덜 걸었다.

33
굿서

북위 69도 37분 42초, 서경 98도 41분
1848년 4월 22일

다음은 해리 D. S. 굿서 박사의 일기다.

1848년 4월 22일

다들 테러 캠프라고 부르는 이곳에 온 지 나흘이 지났다. 역시 이름에 걸맞은 곳인 것 같다.

피츠제임스 함장은 이곳에서 나를 포함 60명의 대원을 이끌고 있다.

고백하건데, 처음 썰매를 끌고 오면서 이곳이 처음 시야에 들어오는 순간, 호머의 『일리아드』가 떠올랐다. 테러 캠프는 20년 전 제임스 클라크 로스 경이 빅토리 포인트에 쌓은 케른에서 3킬로미터 정도 떨어진 협만을 따라 세워졌기에 극빙에서 불어오는 바람과 눈을 조금은 더 막아주었다.

열여덟 척의 기다란 보트가 얼어붙은 해안가를 따라서 일렬로 매여 있는 모습을 보니 『일리아드』의 한 장면이 떠올랐다. 넉 대는 자갈밭 위에 한 줄로 매여 있고, 나머지 열네 대는 썰매 위에 올라가 묶여 있다.

보트 뒤쪽으로 텐트 스무 개가 세워졌다. 가장 작은 네덜란드산 텐트가 보였다. 1년 전 내가 고어 대위와 빅토리 포인트까지 왔을 때 썼던 바로 그 텐트다. 네덜란드산 텐트는 안에 6명이 취침 가능한데 1.5미터 너비의

78

여우 가죽으로 만든 침낭 속에 3명씩 들어가 잔다. 그보다 좀 더 큰 텐트도 보인다. 그건 장범장 머레이가 만든 것이다. 이들 중 하나를 피츠제임스와 크로지어 함장 및 양쪽 당번병이 사용할 것이다. 제일 큰 텐트 두 개는 이리버스나 테러호의 함장실만 한 크기다. 하나는 병실로 쓰이고, 나머지 하나는 수병 식당 텐트로 쓰인다. 준사관 및 부사관, 장교나 기관장, 나 같은 민간인 출신 장교용 식당 텐트는 따로 있다.

『일리아드』가 떠오른 또 다른 이유는 야밤에 테러 캠프에 도착하는 순간, 화톳불과 모닥불이 제일 먼저 눈에 들어와 깜짝 놀랐기 때문이다. 좌초된 이리버스호에 있던 떡갈나무 조각을 땔감으로 일부 가져오긴 했지만, 이곳에 땔감용 목재가 있을 리 없다. 지난 몇 달간 양쪽 함선에 남은 석탄을 이리로 싣고 와 때는 것이다. 맨 처음 테러 캠프가 시야에 들어오면 허허벌판에 피어오르는 석탄불이 여기저기 보인다. 돌로 아궁이를 쌓아 불씨가 둥근 고리처럼 보이는 곳도 있고, 카니발 화재에서 건진 화로 네 개를 걸어 놓은 곳도 있었다.

석탄불을 피운 덕분에 불꽃과 빛이 훤했고, 군데군데 횃불과 랜턴이 캠프를 밝혔다.

테러 캠프에서 며칠 있어 보니, 이곳이 호머의 작품 속에 등장하는 아킬레스, 오디세우스, 아가멤논 같은 영웅들이 사는 곳이라기보다 해적 야영장을 더욱 닮은 것 같다. 여기에 있는 사람들은 다들 누더기처럼 갈기갈기 찢긴 옷을 여러 번 기워 입었다. 대부분 아프거나 다리를 절고, 두 가지 모두를 겪는 경우도 있다. 야윈 얼굴은 덥수룩한 수염에 가려졌고, 눈은 퀭하게 푹 꺼졌다.

대원들은 끝이 터진 칼집을 만들어 그 속에 보트 나이프를 꽂고 방한복 위로 혁대를 찬 채 덜렁거리며 돌아다녔다. 이것은 크로지어의 아이디어였다. 고글 역시 그의 아이디어였다. 해가 뜨는 날 화이트아웃을 막기 위

79

해 철망을 뜯어 임시변통으로 고글을 만들어 썼다. 전체적으로 보면 오합지졸이 모인 갱단 같았다.

그리고 다들 괴혈병 증상을 보인다.

나는 지금 병실 텐트에서 정신없이 바쁘다. 대원들은 있는 힘 없는 힘을 쥐어짜서 썰매 위에 열두 개의 임시 침대-함장용 텐트에서 쓸 임시 침대를 두 개 더 실음-를 싣고 빙해를 가르고 무시무시한 압력 봉우리를 넘었다. 현재 환자는 20명. 여기서 8명을 그냥 얼음 바닥에 이불을 깔고 눕혀놓았다. 기름 램프 세 개가 길고 긴 밤 빛을 내뿜는다.

병실에서 자는 대원들은 괴혈병으로 기력을 잃긴 했지만 전부 그런 건 아니다. 해병 상사 헤더가 다시 내 소관이 되었다. 헤더는 괴물에게 가격당해 두개골이 갈라지면서 뇌 일부가 손실되었다. 군의관 페디는 급한 대로 두개골이 떨어져 나간 부위를 1파운드짜리 금화로 막았다. 해병이 몇 달간 헤더를 돌보았고 테러 캠프에서도 그러기로 했다. 해병 상사 헤더는 목공장 허니가 특별 제작한 작은 썰매에 누워서 이곳까지 이송되었다. 그러나 사흘 밤낮으로 뼛속까지 시린 빙원을 건너다가 폐결핵에 걸렸다. 내 생각에 생존의 화신인 그가 이번에는 그리 오래 견디지 못할 것 같다.

데이비드 레이스도 병실 텐트에 있다. 다들 그를 데이비라고 부른다. 그는 최근 몇 개월간 상당히 위험한 상태였다. 어쩌다 보니 그는 우리 조였다. 이번 주 빙상을 건너면서 아주 묽은 귀리죽이나 물 한 방울조차 넘기지 못했다. 오늘은 토요일이다. 데이비가 오는 수요일까지 버티지 못할 것 같다.

테러호에서 보트와 물자를 끌고 이곳 섬까지 오는 대장정 도중 대원들이 멍이 들고 뼈가 부러지는 건 다반사였다. 나는 하네스를 차지 않고 경사진 압력 봉우리를 넘기만 했는데도 너무 버거웠다. 수병 빌 생크스가 팔에 복합 골절을 당하는 심각한 상황이 벌어졌다. 나는 뼈 조각을 맞춘 후에-날카롭게 쪼개진 뼈 조각이 생살을 두 군데나 뚫고 올라왔다-패혈증

예방을 위해 그를 병실 텐트로 옮겼다.

그럼에도 이 텐트 안에 도사리는 가장 위험한 사인은 괴혈병이다.

피츠제임스의 당번병 호어가 아마 가장 먼저 괴혈병으로 사망할 것 같다. 그는 종일 의식을 차리지 못한다. 레이와 헤더처럼 호어도 테러호에서 이 곳 테러 캠프까지 무려 40킬로미터가 넘는 거리를 썰매에 눕혀 실려 왔다.

에드먼드 호어는 괴혈병에 걸린 지 오래되지 않았지만 진행 과정이 다 분히 전형적이다. 젊은 청년인 그는 2주도 채 안 남은 5월 9일이면 스물일 곱 살이 된다. 그때까지 살아 있다면 말이다.

호어는 당번병 치고 키가 컸다. 키가 180센티미터가 넘었고, 스탠리 박 사와 내가 보기에 항해를 시작할 당시 대체로 건강했다. 몸이 잽싸고 영리 하며 눈치 빠르고 맡은 바 임무에 열심이었다. 당번병 치고 유달리 운동 신경이 좋았다. 1845년에서 46년 겨울 비치 섬에 있을 때 설원에서 이리 저리 뛰고 썰매를 끌면서 조장으로서의 역할을 가장 잘하던 사내였다.

그러던 그가 작년 가을부터 괴혈병의 조짐을 보였다. 무기력증과 쇠약 증을 호소했고 점점 정신 착란을 일으키는 경우가 늘었다. 그러다 그 끔찍 한 베네치아 카니발 이후 병세가 두드러졌다. 2월까지 하루 열여섯 시간 이상 함장을 보좌하다가 결국 쓰러졌다.

호어가 맨 처음 보인 증상은 앞상갑판 대원들이 가시 면류관이라고 부 르는 것이었다.

에드먼드 호어의 머리에서 피가 줄줄 흘렀다. 두피에서만 출혈이 있는 게 아니었다. 처음 머리에서부터 시작해서 점차 내복과 속옷까지 매일 피 로 물들었다.

나는 이 증상을 면밀히 살폈다. 두피에서 흐른 피는 모공에서 나온 것이 다. 일부 수병은 이런 초기 증상을 회피하려고 머리를 빡빡 밀지만, 그 런들 아무 소용없다. 방한모, 워치캡(모직으로 된 테 없는 모자), 목도리는 물론 베개까지 핏물이 드는 대원들이 대다수에 이르렀다. 이제 다들 헤드기어 아래 타월을 대고 쓰기 시작했고, 밤에 잘 때 베개 위에도 수건을 깔았다.

이런다고 해서 온몸 모공에서 피가 흐르는 불편함과 당혹스러움을 덜진 못한다.

1월이 되자 당번병 호어는 피하 조직에서도 출혈이 보이기 시작했다. 바깥으로 사냥하러 나가는 일이 아주 먼 추억이 되자, 호어는 거의 함선을 벗어나지 못했다. 몸을 그리 많이 쓸 일 없는 보직임에도 어딘가에 부딪힌 것처럼 온몸에 멍이 들기 시작했다. 그것도 아주 시커멓게 죽은 피멍이 들었다. 감자껍질을 까거나 쇠고기를 손질할 때 조금만 칼에 베어도 몇 주간 상처가 아물지 않고 피가 멈추지 않았다.

1월 말이 되자, 호어의 다리가 원래보다 두 배로 굵어졌다. 함장을 보필할 때 입을 옷이 없어서 덩치 큰 대원의 더러운 제복을 빌려 입었다. 호어는 관절통이 점점 심해져서 밤에는 거의 자지 못했다. 3월 초가 되자 조금만 움직여도 고통이 극심했다.

그렇게 3월을 보내면서도 호어는 병실에 입원하지 않겠다고 고집을 부렸고, 자기 침대로 돌아가 피츠제임스 함장의 시중을 들었다. 두피에서 계속 피가 흘러 이미 피떡이 진 머리칼을 적셨다. 사지는 퉁퉁 붓고 얼굴은 도넛 반죽처럼 부풀었다. 내가 매일 그를 살펴보니 피부에 탄성이 사라졌다. 이리버스호가 좌초되기 일주일 전, 호어의 살을 꾹 누르면 보조개처럼 패서 도로 올라오지 않았다. 새로 생긴 멍 자국이 크게 번져서 온몸이 얼룩덜룩했다.

4월 중순이 되자 호어는 전신에 멍이 크게 들면서 도무지 봐줄 수 없을 정도로 흉했다. 얼굴과 손은 황달로 누랬다. 눈과 이마에서 흐르는 핏물이 들어 샛노랬다.

나와 병실 보조가 하루에도 몇 번씩 회진하고 환자를 보살폈음에도, 수명이 다해가는 이리버스호에서 테러호로 호어를 옮기는 날까지, 호어는 계속 곪아 온몸이 거무죽죽한 욕창으로 뒤덮였다. 특히 양쪽 코볼과 입 주변은 곪아서 고름과 피범벅이 되었다.

특히나 괴혈병으로 고름이 생기면 악취가 코를 찌른다.

호어를 테러 캠프로 옮길 시기가 되자 치아가 달랑 두 개만 남았다. 크리스마스 날까지만 해도 이번 탐험대에서 가장 건강한 치아를 드러내며 환히 웃던 그였는데.

호어의 잇몸은 시커메졌고 뒤로 말려들었다. 하루에 고작 몇 시간만 정신을 차리는데 그때마다 극심한 고통을 호소한다. 그의 입을 벌려 음식을 떠 넣어 주는데 가까이 있으면 역한 악취가 진동했다. 수건을 빨 수 없어서 침대보 대신 범포를 깔았는데, 이제는 피질갑을 해서 시커멓게 변했다. 옷은 얼어붙어 냄새나고 그 위에 피딱지가 말라붙고 고름이 덕지덕지 들러붙었다.

외형도 통증도 끔찍하게 처참하지만, 날이 갈수록 계속 나빠지기만 하는데도 이렇게 살 수밖에 없는 현실 또한 처참하다. 앞으로 몇 주, 어쩌면 몇 달을 이러고 살아야 할지 모른다. 괴혈병은 음험하게 다가오는 살인마다. 긴긴 시간 환자를 고문하다가 마침내 마지막 평화를 선사한다. 괴혈병으로 사망할 때가 되면 아무리 가까운 가족이라도 환자를 전혀 알아보지 못하고, 당사자도 가족을 알아볼 의식이 남아 있지 않다.

그런데 문제는 그게 아니다. 이번 탐험에 같이 올라 의지하며 근무하는 형제지간도 있지만-토머스 하트넬은 비치 섬에서 형을 잃었다-여기 북극해나 블리자드 치고 천둥이 꽂히고 안개가 끼는 이 섬까지 굳이 올라올 가족은 아무도 없다. 우리를 땅에 묻어주는 건 고사하고 쓰러진 우리를 아무도 알아보지 못할 것이다.

병실에 누운 12명이 괴혈병으로 사투 중이다. 그리고 생존자 105명 가운데 3분의 2가 하나 이상의 괴혈병 증세를 보이고 있다. 여기엔 나도 포함된다.

레몬주스가 일주일 후면 바닥난다. 비록 지난 1년간 서서히 그 효능이 떨어지긴 했지만 그나마 가장 확실한 항괴혈병제였다. 이제 남은 유일한 항괴혈병제는 식초다. 일주일 전 테러호 외부 설원에 세운 식량 보관 텐트 안에서 나는 커다란 통에 담긴 남은 식초를 작은 용기 열여덟 개에 나눠 담는 작업을 개인적으로 주도했다. 그리고 테러 캠프까지 가는 작은 보트에 한 통씩 실었다.

대원들은 식초라면 질색한다. 레몬주스는 특유의 시큼함을 설탕물이나 럼으로 가릴 수 있다. 그런데 식초는 괴혈병에 걸려 이미 망가진 혀에 닿으면 독소처럼 쓰디쓰다.

골드너 통조림을 더 많이 먹은 장교들은-이들은 썩었어도 염장 돼지고기와 쇠고기를 좋아해서 통조림을 끝까지 비웠다-일반 수병보다 심각한 괴혈병 증세를 호소하며 쉬이 쓰러졌다.

이런 것을 볼 때 맥도널드 박사의 주장이 맞았다. 한때는 신선했다가 썩은 음식과 달리, 애초부터 통입된 고기와 채소와 수프 속에는-일부 상했다 해도-필수 요소 중 무언가가 부족하다. 만약 내가 그 요소-독이 될지 구원책이 될지 모르지만-를 기적적으로 캐낼 수만 있다면 대원들을 살릴 가능성이 상당히 높아진다. 어쩌면 호어도 살릴 수 있을지 모른다. 또한 우리가 자구책을 마련하거나 안전한 항구에 닿는다면 기사 작위를 받을 가능성도 올라갈 것이다.

하지만 그럴 가능성은 전혀 없다. 현재 상황도 그렇고, 과학 장비가 부족하기 때문에 나로서는 사냥조가 잡아 오는 신선한 고기가 최선이라고 말하는 것이 전부이다. 내 논리적 계산에는 어긋나지만, 그것이 고래 기름이든 달콤한 살코기든 간에 뭐든 잡아 오면 다 먹어야 한다. 괴혈병만 막을 수 있다면 뭐든 먹어야 한다.

그러나 사냥조는 사냥감을 구경조차 못한다. 얼음이 너무 두껍게 얼어서 낚시할 만큼 뚫을 수도 없다.

어젯밤에도 피츠제임스 함장이 이곳에 들렀다. 긴긴 하루를 시작하고 마무리 지을 때 반드시 이곳에 들른다. 자고 있는 대원들을 한 바퀴 돌아본 후에 차도를 물었다. 나는 몇 주간 품은 의문점으로 대답을 대신했다.

나는 이렇게 물었다. "함장님. 너무 바쁘시다면 제 질문에 대답 안 하셔도 괜찮습니다만, 혹시 괜찮으시다면 말씀해 주십시오. 어느 미련퉁이가 하는 질문입니다만 그동안 궁금한 것이 있습니다. 왜 보트를 열여덟 척이나 가져오셨습니까? 이리버스호와 테러호에 있던 보트를 죄다 옮겨온 것 같은데요. 그런데 생존자는 고작 105명이어서요."

피츠제임스 함장이 대답했다. "괜찮으면 같이 나가지, 굿서 박사."

나는 지친 조수 헨리 로이드에게 병상을 살피라고 명령한 후 함장을 따라 밖으로 나갔다. 병실 텐트에서 봤을 때는 함장의 수염이 붉다고 생각했는데, 사실은 허옇게 세었고 가장자리에 피가 말라붙어 있었다.

피츠제임스 함장은 병실에 있던 랜턴 하나를 들고 나와 자갈 해변으로 내려갔다.

당연한 얘기겠지만, 이 해변에는 조약돌을 때리는 검붉은 파도 따위는 없다. 대신 해안가에 높은 빙하가 성벽처럼 우리와 극빙 사이를 가로막고 해안가를 따라 펼쳐져 있다.

피츠제임스 함장은 랜턴을 들고 길게 늘어선 보트를 비추었다. "뭐가 보이나, 박사?"

"보트가 보입니다." 나는 내 미련함을 낱낱이 까발리는 기분으로 대답했다.

"구별할 수 있겠나, 박사?"

나는 랜턴 불빛이 비추는 곳을 자세히 들여다보았다.

"네 척의 보트엔 썰매가 없어요." 이건 내가 도착하던 첫날 밤 깨달은 점이다. 나는 왜 이런지, 목공장 허니가 왜 나머지 보트를 특별히 썰매 위에 올렸는지 이유를 알지 못했다. 내가 보기엔 그냥 대강 그런 것 같았다.

"맞네. 여기 이 네 척은 이리버스호와 테러호에 있던 웨일보트지. 길이가 9미터짜리고 다른 것보다 가볍네. 그리고 선체도 훨씬 강하고, 노가 각각 여섯 개가 있지. 카누처럼 양쪽 끝이 똑같이 생겼지, 이제 알겠나?"

이제 알겠다. 나는 웨일보트가 카누처럼 선수와 선미가 같은 모양인지 처음 알았다.

"만약 웨일보트가 열 척이었다면 정말 완벽했을 거야."

"왜 그렇습니까?"

"웨일보트는 튼튼해, 아주 튼튼하지. 가볍다고 내가 말했지? 그래서 이 안에 비상 물품을 쌓아서 끌고 빙상을 건너면 굳이 썰매 위에 보트를 싣고 올 필요가 없었겠지. 개수로가 보이면 곧장 웨일보트를 띄우면 되고."

나는 고개를 끄덕였다. 피츠제임스는 내가 이 질문을 하자마자 나를 바보라고 생각했을 것이다. 그러면서도 나는 또 물었다. "그런데 왜 다른 보트는 못하는데, 웨일보트는 빙판 위에서 끌고 다닐 수 있는 것입니까, 함장님?"

피츠제임스 목소리에는 짜증이 전혀 섞이지 않았다. "키가 보이나, 박사?"

나는 각각 끝을 들여다보았지만 키는 보이지 않았다. 나는 안 보인다고 함장에게 말했다.

"정확하네. 웨일보트는 용골이 얕아서 고정된 키가 없어. 선미에서 노 젓는 자가 배를 조정하지."

"그게 좋은 건가요?"

"보트가 가볍고 튼튼한데다가 용골이 얕고 부서질 위험이 있는 키가 없어서 빙판 위에서 끌고 다니기 좋네. 빙상을 건널 때 최고지. 길이가 9미터이나 비축품을 싣고도 12명이나 더 탈 수 있으니 아주 좋아."

나는 마치 이해한 듯 고개를 끄덕였다. 하지만 너무 피곤했다.

"마스트는 봤나, 박사?"

나는 또다시 쳐다보았다. 마스트를 찾지 못했다. 못 찾겠다고 대답했다.

"그건 웨일보트는 마스트를 접을 수 있어서 그래. 건웨일에 묶어둔 캔버스 밑으로 마스트를 접어서 넣을 수 있어."

"아, 저렇게 보트 위쪽을 캔버스와 목판 커버로 덮었군요." 나는 제대로 보지 못했음을 인정해야 했다. "눈이 쌓이지 않게 하려는 의도입니까?"

피츠제임스는 파이프에 불을 붙였다. 담배는 오래전에 떨어졌다. 나는 그가 지금 무엇을 태우는지 알고 싶지 않았다. "우리가 이 중에서 고작 열 척만 타고 나간다고 해도 열여덟 척을 전부 보트 커버로 씌워 놓았지." 그는 나긋나긋하게 말했다. 캠프에 있는 대원은 대부분이 취침 중이었다. 당직 근무자들은 랜턴 불빛이 비추는 저쪽 끝에서 왔다 갔다 했다.

"그럼 우리가 빙해를 건너 백 함장의 그레이트피시 리버 어귀까지 갈 때 저 캔버스 밑으로 들어가는 건가요?" 나는 우리가 저 캔버스와 목판 커버 밑에 웅크린 모습을 상상해 본 적이 없었다. 햇빛을 받으며 즐거이 노를 젓는 모습만 상상했을 뿐.

"강에서는 웨일보트를 띄울 수가 없어." 피츠제임스 함장은 인분 냄새가 나는 연기를 내뿜었다. "만약 올여름에 해안가를 따라가다 개수로가 열리면 크로지어 함장이 안전하게 항해하는 편을 택할 테니."

"그럼 알래스카를 거쳐 상트페테르부르크까지 가는 겁니까?"

"적어도 알래스카까지는 가겠지. 만일 해안가 개수로가 북으로 열린다면 배핀 만이 될 테고." 그는 몇 걸음 걷더니 썰매에 실린 보트에 랜턴을 가까이 가져갔다. "이 보트에 대해서는 좀 아나, 박사?"

"뭐가 다르죠, 함장님?" 지독하게 피곤한지라 부끄러운 줄도 모르고 솔직히 물었다.

"다르지. 허니가 특별히 제작한 썰매에 올린 여기 이 두 척은 커터(대형 선박에 딸린 소형 보트로 선박에서 육지 사이를 오가는 데 쓴다)야. 겨울을 세 번 보내는 동안 갑판이나 빙해 위에 매여 있는 걸 본 적이 있을 텐데."

"있습니다. 그런데 이게 처음에 설명하신 저 웨일보트와는 다르다는 말씀이십니까?"

"꽤 다르지." 피츠제임스는 다시 파이프에 불을 붙이느라 시간을 끌었다. "여기에 마스트 보이나?"

어둑어둑한 랜턴 불빛으로도 두 개의 마스트가 각각의 선체에 솟아 있었다. 딱 맞게 재단된 캔버스가 마스트 주변에 꿰매져 있었다. 나는 함장에게 보이는 대로 말했다.

"맞아, 잘했어." 잘난 척하는 말투는 아니었다.

"마스트를 접을 수 있는데, 안 접은 겁니까?" 나는 이렇게 물으며 아까부터 잘 듣고 있다는 티를 한껏 냈다.

"이건 접히는 마스트가 아니네, 굿서 박사. 여기 마스트는 러거식 범장이야. 흔히들 개프식 범장이라고도 하지. 영구적이야. 여기 키가 고정되어 달린 것 보이나? 용골도 더 깊지?"

보였다. 정말 보였다. "키와 용골 때문에 웨일보트처럼 빙판 위에서 끌고 갈 수 없는 거죠?" 내가 물었다.

"정확하네. 이제야 알아보는군."

"키를 뺄 수는 없습니까, 함장님?"

"가능은 하지. 그런데 용골이 깊기도 하고…… 처음 압력 봉우리를 만

88

나면 거기에 박히거나 빠개지기도 하지."

나는 또다시 고개를 끄덕였다. 그리고 장갑 긴 손을 건웨일에 올렸다. "제 눈에만 그리 보이는 건지 모르겠지만 웨일보트보다 이쪽에 있는 커터 네 척이 좀 짧아 보입니다만."

"눈썰미가 좋은데. 커터는 8.5미터네. 웨일보트는 9미터고. 그리고 이게, 커터가 더 무거워. 선미가 네모나고."

난생 처음으로 나는 커터가 웨일보트와 선수 모양이 다르고 선미가 네모난 것을 알게 되었다. 카누와는 다르게 생겼다. "커터에는 몇 명이나 탈수 있습니까?"

"10명이네. 노가 여덟 개 있어. 창고도 여러 개 있고, 열린 바다에 나가 폭풍우가 불면 몸을 웅크릴 공간도 있어. 커터에는 마스트가 두 개 달려 있어서 웨일보트보다 캔버스에 받는 풍력이 두 배지. 그런데 백 함장의 그레이트피시 리버를 거슬러 올라가야 한다면 커터는 웨일보트만큼이나 별로일 거야."

왜일까? 나는 이미 알 것 같은 기분이었다. 함장이 이미 내게 설명했기 때문이다.

"용골이 더 깊어서 그렇군요. 이쪽에 있는 졸리보트 두 척과 비교해 보면……"

암만 봐도 바로 옆에 있는 졸리보트 두 척은 '졸리'라는 뜻만큼 즐거워 보이지 않았다. "커터보다 길이가 더 긴 것 같습니다."

"맞네, 이건 9미터야. 길이는 웨일보트와 같아. 그런데 훨씬 무겁지. 커터보다도 더 무겁지. 무게가 400킬로그램이 넘어서 이걸 썰매에 올려서 빙상 위에서 끌고 오는 건 대단히 힘들지. 그것도 이런 장거리를 끄는 건. 크로지어 함장은 아마 졸리보트는 여기에 남겨 둘 것 같아."

"그렇다면 함선에 놔두고 오지 왜 끌고 왔습니까?"

피츠제임스는 고개를 저었다. "그럴 수는 없었어. 앞으로 몇 주, 몇 달간 100명이 넘는 남은 대원들이 바다나 강에서 생존할 수 있도록 최선을 다할 필요가 있어. 강을 거슬러 오를 때와 바다를 건널 때 매는 리깅이 달라지는 거 아나, 박사?"

이젠 내가 고개를 저어야 할 차례였다.

"아무튼, 강과 바다에서 리깅은 달라. 기왕이면 여기 남쪽까지 해가 따스하게 나는 날 출항하면 좋겠지만. 이제 남은 8척을 마저 설명하지. 처음 두 척은 피니스, 그 옆에 네 척은 구명정, 마지막 두 척은 딩기지."

"딩기는 훨씬 짧아 보입니다."

피츠제임스는 똥내 나는 파이프를 빨다 내쉬면서, 내가 성경에서 주옥같은 지혜를 발견이라도 한듯 고개를 끄덕였다. "맞아, 딩기는 길이가 3.6미터밖에 되지 않아. 피니스가 8.5미터이고, 구명정은 6.7미터지. 여기엔 마스트를 꽂아 항해용 리깅을 맬 수 없어. 노도 전부 가벼운 게 달렸고. 만일 이것들을 타고 대양으로 나가면 위험해. 만일 크로지어 함장이 여기 있는 배를 남기고 가더라도 놀랍지 않아."

나는 생각했다. 대양이라니? 회의에 참석해서 여러 방안을 논의했어도 그레이트피시 리버보다 훨씬 넓은 바다로 나갈 경우, 나도 여기 있는 보트 중 하나를 타야 한다는 것을 지금 깨달았다. 나는 그레이트피시 리버가 템스 강 같을 거라 상상했다. 썰매에 묶여 있어 덩치도 작지만 선체도 약해 보이는 딩기와 구명정을 바라보았다. 이것을 타고 바다로 나갈 대원은 마스트가 두 개 달린 피니스와 키 큰 마스트가 하나 달린 웨일보트가 수평선 너머로 사라지는 모습을 그저 바라볼 수밖에 없는 운명인 것이다.

이 작은 배에 탄 대원은 분명 죽을 것이다. 그럼 대원을 어떻게 선발할까? 함장 둘이서 누구를 어디에 태울지 비밀리에 간택해 놓은 것일까?

어떤 보트를 타서 어떤 운명에 처할지, 나는 어느 배에 타게 될까?

"만약 작은 배를 타야 할 경우 제비뽑기를 할 거야. 피니스, 졸리보트, 웨일보트는 썰매조에 따라 배정될 테고."

나는 놀란 눈으로 그를 쳐다보았을 것이다.

피츠제임스가 웃었다. 그 웃음은 비통한 기침으로 변했다. 부츠에 대고 파이프에 든 재를 털었다. 바람이 불었다. 너무 추웠다. 몇 시인지 도무지 모르겠다. 자정은 지난 것 같았다. 해가 진 지 최소 일곱 시간은 된 것 같았다.

"걱정 말게, 박사. 선생 생각을 읽는 건 아니지만 그만 표정이 읽혀졌네. 그래서 말인데 딩기에 탈 사람은 제비뽑기로 정할 거야. 그런데 아마 우리는 딩기에 타지 않을 거야. 그 어떤 경우라도 아무도 남겨두고 떠나지는 않아. 보트를 서로 묶고 대양으로 나갈 테니."

나는 그 말에 미소를 지었다. 함장이 랜턴 불빛에 내 미소만 보기를 바랐다. 피 나는 내 잇몸은 보지 말았으면. "돛을 올린 배하고 돛이 없는 배를 서로 묶을 수 있는지 몰랐습니다." 나는 무지함을 드러내며 말했다.

"원래 그렇게는 할 수 없어." 피츠제임스가 말했다. 그는 내 등을 토닥였지만 방한복 위를 가볍게 두드린 터라 아무것도 느껴지지 않았다. "이제 보트 열여덟 척이 결국 하나의 작은 함대가 될 거라는 항해상의 비밀을 캐냈으니, 안으로 들어갈까? 좀 춥군. 가서 눈을 좀 붙여야 4점종(오전 2시) 때 일어나 근무를 설 수 있을 것 같아."

입술을 깨물자 피가 났다. "마지막으로 질문이 하나 더 있습니다. 괜찮으시다면 여쭙고 싶습니다, 함장님."

"해 보게."

"크로지어 함장께서는 우리가 탈 보트를 언제 고르실 거며, 언제 이 보트를 물에 띄우실 건가요?" 내가 물었다. 목소리가 너무 거칠었다.

피츠제임스는 몸을 약간 움직이더니 수병 식당 텐트 근처에 피워 놓은 화톳불을 등지고 섰다. 그의 얼굴이 보이지 않았다.

그가 마침내 입을 열었다. "그건 나도 몰라, 굿서 박사. 크로지어 함장이 자네에게도 일러주지 않을지 몰라. 운명의 여신이 우리 편이라면 몇 주 후면 바다가 녹지 않을까. 그렇게 되면 내가 자네를 직접 배핀 만으로 데려가지. 어쩌면, 석 달 후에 이 배를 타고 해류를 거슬러 그레이트피시 리버 어귀까지 닿을 수도 있고…… 완연한 겨울이 오기 전에 그레이트슬레이브 레이크까지 가서, 거기에 있는 전초지에 닿을 시간이 아직은 우리에게 있어. 적어도 그레이트피시 리버에 7월까지는 도착해야 하지만."

그는 바로 옆에 있는 피니스의 곡면을 손으로 쓸었다. 나는 피니스를 구별할 수 있게 되자 이상한 자부심이 차올랐다.

아니, 그건 졸리보트 두 척 중 하나였나.

나는 에드먼드 호어에 대한 생각을 지우려 했다. 앞으로 석 달 안에 우리가 백 강, 혹은 그레이트피시 리버라고도 부르는 그곳까지 무려 1,400킬로미터에 가까운 대장정을 시작조차 못한다 하더라도 우리의 운명이 어찌될지 미리 걱정하지 않겠다. 만일 그때까지 그레이트슬레이브 레이크에 가지 못한다면 과연 누가 살아 남을 수 있을까?

함장은 이렇게 덧붙였다. "혹시나 운명의 여신이 우리 편이 아니면, 여기 있는 보트 밑바닥에 다시는 물이 닿지 못할 수도 있어."

이 말에 나는 말문이 닫혔다. 그렇다면 사형 선고나 다름없다. 나는 랜턴 불빛이 비추던 곳에서 몸을 돌려 병실 텐트로 발걸음을 옮겼다. 제임스 피츠제임스 함장을 존경하지만 이 순간만큼은 내 얼굴을 보이지 싶지 않았다.

그가 손을 내 어깨에 얹으며 나를 세웠다.

그가 강한 어조로 말했다. "만일 그럴 경우, 젠장 집에까지 걸어가지 뭐, 안 그래?"

34
크로지어

북위 69도 37분 42초, 서경 98도 41분
1848년 4월 22일

저무는 북극의 태양을 바라보며 썰매를 끌던 크로지어 함장은 정죄의 여정을 계산했다. 첫째 날, 13킬로미터를 걸어 제1바다 캠프에 도착한다. 둘째 날, 모든 상황이 원활할 경우 14킬로미터를 걸어 자정 즈음 제2바다 캠프에 도착한다. 그리고 셋째 날이자 마지막 날, 13킬로미터를 행군한다. 킹윌리엄 섬이 가까워지면 극빙이 해안가 빙하와 만나 빙벽을 이룬다. 썰매를 끌고 올라가야 하는 난코스가 기다린다. 여기만 통과하면 안전한 임시 거처인 테러 캠프에 도착한다.

그렇게 되면 양쪽 승조원들이 처음으로 한 자리에 모이게 된다. 크로지어가 이끄는 썰매 행렬이 무사히 빙원을 가로지르고, 빙원에 몸을 숨긴 괴물을 뒤로 한다면, 105명 전원이 킹윌리엄 섬 북서쪽 해안가 바람이 잠잠한 장소에 집합할 수 있다.

3월에도 극야는 이어졌다. 킹윌리엄을 향해 출발한 선발대는 속도가 너무 더뎌서 첫날 밤 캠프를 세운 곳에서 함선이 보일 정도였다. 첫째 날, 남동풍이 얼굴을 강타했다. 르베스콘테 중위는 쉬지 않고 열두 시간을 행군했지만 고작 1.6킬로미터를 지났다.

그런데 해가 돌아오자 상황이 급격히 좋아졌다. 썰매를 끌고 간 트랙이 압력 봉우리 사이에 패여 비록 그 높이는 높을지언정 한결 수고를 덜었다.

사실 크로지어는 킹윌리엄 랜드를 고집하지 않았다. 빅토리 포인트까지 여러 번 답사했지만 확신이 서지 않았다. 식량과 장비가 있었고 텐트를 둥글게 칠 자리도 마련되어 있었다. 대원들이 그곳에서 오래 버틸 수 있을 것도 같았다. 북서풍은 겨울이면 살인적이었고, 봄과 짧은 가을에는 무자비했고, 여름에는 목숨을 위협했다. 1847년 여름, 고 고어 대위가 맨 처음 이곳에 왔을 때 광란의 천둥 번개 폭풍을 경험했다. 비슷한 상황이 작년 여름과 초가을에도 반복됐다. 크로지어가 작년 여름 처음으로 이곳으로 운송을 허락한 물품은 프랭클린 경 침실 철제 커튼 봉으로 만든 임시변통 피뢰침과 함선에 있던 피뢰침이었다.

3월의 마지막 날, 이리버스호가 좌초되기 직전까지도 크로지어는 탐험대가 부시아 반도 동쪽 해안으로 가기를 바랐다. 그쪽으로 가면 퓨리 비치에 저장 창고가 있을지도 모른다. 어쩌면 배편 만을 타고 들어오는 포경선의 눈에 띌 수도 있다. 노장 존 로스 경처럼, 그들도 부시아 반도 동쪽 해안가를 따라 북진하여 서머싯 섬으로 올라갈 수도 있고, 필요할 경우 계속 북진해서 데본 섬으로 돌아갈 수도 있다. 그럼 랭커스터 해협에서 다른 배와 곧 조우할 가능성도 있다.

게다가 그쪽으로 가면 에스키모 마을이 여러 군데 있다. 이건 확실했다. 크로지어가 스물두 살의 나이로 윌리엄 에드워드 패리 함장과 같이 처음 북극해에 왔던 1819년에 봤다. 2년 후 패리 함장과 북서항로를 개척하려고 다시 그곳을 들렀고, 또다시 2년 후에도 그 마을을 찾았다. 그때도 역시 목적은 북서항로 개척이었다. 26년이 흐른 후 북서항로를 찾겠다는 미명하에 존 프랭클린 경이 목숨을 잃었다.

결국 우린 다 죽을 거야, 크로지어는 이런 처참한 생각을 머릿속에서 애써 털어냈다.

태양이 남쪽 수평선까지 내려왔다. 해가 지기 직전, 대원들은 걸음을 멈추고 차가운 석식을 먹었다. 다시 하네스를 차고 늦은 오후와 저녁을 거쳐 깊은 밤까지 무려 6시간에서 8시간 걷고 또 걸었다. 자정이 다 되어서 제1 바다 캠프에 다다랐다. 킹윌리엄 섬과 테러 캠프까지 가는 여정의 3분의 1을 완수한 것이다.

헐떡거리는 숨소리, 삐거덕거리는 가죽끈, 썰매 날이 쓸리는 소리 말고는 아무것도 들리지 않았다. 바람은 완전히 죽었지만 해가 여명을 남기며 떠나자 기온이 내려갔다. 입김이 얼음 알갱이로 바뀌더니 행진하는 대원들과 썰매 앞에 금빛으로 서서히 내려앉았다.

높은 압력 봉우리에 가까워졌다. 크로지어는 선두로 걸으며 썰매를 끌거나 밀었다. 가끔 들어야 할 때가 생기면 언제든 거들 태세로 있었다. 이따금씩 가벼운 욕이 튀어나왔다. 저무는 해를 바라보았다. 순간 부시아까지 가서 배핀 만에서 들어오는 포경선을 찾으려다 고생했던 기억이 새록새록 떠올랐다.

서른한 살이던 크로지어는 패리 함장을 모시고 네 번째이자 마지막으로 북극점에 도달하기 위해 다시 북극해를 찾았다. 당시 탐험대는 '최북단 행군'을 달성했고 그 기록은 여태 깨지지 않았다. 지구 상 최북단을 향해 끝까지 펼쳐진 극빙에 무릎 꿇었다. 프랜시스 크로지어는 북극해가 열려 있다는 주장 따위는 더는 믿지 않았다. 누군가 언젠가 북극점에 닿는다면 그건 썰매로나 가능할 것이다.

개썰매를 끌고 간다면 그건 에스키모가 선호하는 방식일 것이다.

크로지어는 에스키모 원주민과 그들이 타는 가벼운 썰매를 본 적이 있다. 영국 해군의 기준에서 보면 그건 썰매라 할 수도 없다. 얄팍하니 허접한 썰매에 불과했다. 에스키모는 그린란드에서 그들이 키우는 이상하게 생긴 개에 썰매를 매달아 끌린 후 서머싯 섬 동쪽을 오갔다. 개썰매는 크로지어 탐험대가 인력으로 끄는 썰매보다 빨랐다. 그가 되도록 동진하려던 이유는 에스키모가 부시아 반도나 동쪽 너머까지 멀리 퍼져 사는 사실때문이었다. 또한 이번 주 초 호지슨 중위와 어빙 소위의 썰매조가 테러 캠프로 가던 도중 벙어리 여자가 뒤따라오는 것을 포착했는데, 에스키모원주민은 신조차 포기한 이 설원에서 사냥하고 낚시하는 법을 터득했기때문이었다.

2월 초, 어빙은 크로지어에게 벙어리 여자를 미행하고 의사소통하는 일이 쉽지 않다고 보고했다. 분명 여자가 고기와 생선을 가지고 있는 것을봤지만 어디에서 어떻게 구했는지 물어볼 길이 없다고 했다. 그때 크로지어는 산탄총이나 보트 나이프를 들고 위협해서라도 여자에게서 신선한고기를 구하는 법을 알아낼 생각을 했다. 그런데 그래 봤자 결말은 뻔했다. 혀가 없는 에스키모 마녀는 입을 굳게 다문 채 크고 검은 눈을 동그랗게 뜨고 그들을 응시할 것이다. 결국 크로지어는 포기하거나, 아니면 위협한 대로 일을 마무리 지을 것이다. 결국 알아낸 것은 아무것도 없이.

그래서 여자를 어빙이 묘사한 작은 얼음집에 살게 놔두고 가끔씩 디글에게 십 비스킷이나 남은 부스러기를 받아서 여자한테 갖다 주라고 했다. 함장은 여자를 마음에서 지우려 했다. 호지슨과 어빙은 지난주 연달아 테러 캠프까지 가는 도중 벙어리 여자가 몇 백 미터 뒤에서 따라오는 모습을본 대원이 있다고 보고했다. 여자가 여태 살아 있다니, 크로지어는 충격받았다. 그동안 에스키모 마녀를 애써 지우려 했던 노력이 성공했는데도 자꾸 여자가 꿈에 나타났다.

지친 대원들은 빙해를 남동쪽으로 가로질러 끌고 가면서 각종 썰매 디자인이나 내구성에 자부심을 느낄 여유조차 없었다.

밑에서 밀고 올라오는 빙하에 받혀 이리버스호가 박살 나기 전인 3월중순, 크로지어는 목공장 허니와 조수 윌슨과 왓슨에게 밤낮으로 작업해서라도 장비와 함선에 있는 보트를 신고 갈 썰매를 만들라고 닦달했다.

떡갈나무와 청동으로 만든 커다란 썰매가 봄에 완성되자마자, 크로지어는 대원들을 밖으로 내보내 이런저런 시도를 하며 썰매를 가장 잘 끌 수 있는 방법을 터득하라고 했다. 리깅을 매는 장비자, 조타수와 앞돛대망루 선원까지 동원해 하네스의 모양을 변경하면서 대원들의 동작과 호흡을 간섭하지 않으면서도 썰매를 잘 끌 수 있는 최적의 지렛대 효과를 찾았다. 디자인이 결정되자 3월 중순까지 썰매 여러 척이 완성되었다. 보트를 신고 갈 큰 썰매는 11인용, 물자를 신고 갈 그보다 작은 썰매는 7인용 하네스를 다는 게 최적이라는 결론이 내려졌다.

빙판을 건너 킹윌리엄 랜드 테러 캠프까지 물자를 옮길 선발대가 끌 썰매였다. 선발대 이후 빙해를 가로질러 이동할 경우, 일부 대원이 병이 나 썰매를 끌 수 없거나 죽을 수도 있었다. 그래서 생존에 필요한 물자와 장비를 가득 실을 보트는 열여덟 척, 썰매를 끌 인원은 100명 미만으로 잡았다. 이렇게 되니 각각의 썰매를 끌 인원은 11명 이하가 되었다. 진짜로 떠나야 할 시기가 되면 작업량은 많아지고 물자는 무거워진다. 그런데 이것을 끌고 갈 대원들은 괴혈병과 극도의 피로감으로 인해 더욱 쇠약해진다.

3월 마지막 주가 되자 이리버스호는 죽음을 앞두고 살기 위해 마지막 몸부림을 쳤다. 양쪽 승조원은 컴컴한 새벽부터 밖으로 나갔다. 잠시 해가 뜨면 각기 다른 썰매를 끄는 대결을 벌여 서로 잘 맞는 짝을 찾았고, 제대로 썰매 끄는 기술을 익혀 양쪽 함선에서 최적의 팀을 꾸렸다. 대결에는 상금이 걸렸다. 은화와 금화였다. 존 프랭클린 경은 알래스카, 러시아, 동양, 샌드위치 제도(대서양 남쪽에 위치한 제도. 현재는 영국령)에 가면 기념품을 잔뜩 구입할 계획이라며 개인 창고 서랍장 속에 실링과 기니를 넣어 두었지만, 실상 상금으로 내걸린 동전은 모두 프랜시스 크로지어의 주머니에서 나온 것이었다.

크로지어는 날이 길어져 썰매를 끌고 멀리 갈 수 있게 되자 배핀 만으로 향하고픈 마음이 굴뚝같았다. 그는 본능적으로 다음의 사실을 직감했고, 프랭클린 경과 얘기를 나누면서도 깨달았다. 14년 전 그레이트피시 리버에서 그레이트슬레이브 레이크까지 무려 1,000킬로미터가 넘는 여정을 수행한 조지 백이 쓴 기록을 읽으면서도 터득했다. 테러호 선반에 꽂혀 있던 그 책은 지금 그의 개인 가방에 실려 썰매 어딘가에 있다. 그 사실이란 바로 이런 식으로는 탐험대가 여정을 마무리 지을 가능성도, 살아남을 가능성도 지극히 낮다는 것이다.

테러호를 떠나 킹윌리엄 랜드를 거쳐 그레이트피시 리버 어귀까지 도착하는 260킬로미터 넘는 여정은 완주가 불가능할지 모른다. 어귀에 도착했다 하더라도 거기까지의 여정은 강을 거슬러 올라야 하는 고된 항해를 앞둔 전주곡에 불과하다. 해안가에 솟은 최악의 빙하를 만나고 개수로를 만나―실제로 바다가 열린 것도 아니면서―썰매를 포기해야 할 위험까지 도사리고 있다. 게다가 썰매와 보트를 끌고 킹윌리엄 랜드의 얼어붙은 자갈 해안을 지나는 것만으로도 괴롭기 짝이 없는데, 내내 극빙에서 불어오는 최악의 눈 폭풍을 온몸으로 받아내야 한다.

일단 강에 접어들고, 강에 도착했다 치더라도, 탐험대는 백 함장이 '폭력적이고 고통스러운 850킬로미터 여정을 통과해야 하며, 강둑을 온통 훑어보아도 나무 한 그루 없는 철갑을 두른 구역을 지나야 한다'고 적은 현실과 대면해야 한다. 그다음 '무려 여든세 개의 폭포와 급류를 만나야 한다'고 했다. 크로지어는 몇 달간 썰매를 끄느라 개고생을 한 대원들이 아무리 튼튼한 보트를 탔다 하더라도 여든세 개의 폭포와 급류에 휘말려도 무사할 만큼 기운이 남아 있을지는 상상하기 힘들다. 그곳에 도착하기만 해도 다들 죽을 것이다.

일주일 전, 테러 캠프로 썰매조가 떠나기 전, 굿서 군의관은 크로지어에게 이렇게 보고했다. 효험이 떨어지긴 해도 현재 유일한 항괴혈병제인 레몬주스가 앞으로 3주 후면 바닥이 난다는 것이다. 그 사이에 어떤 사망 인원이 발생하느냐에 따라 그 시기가 좀 바뀌기는 할 거라고도 했다.

크로지어는 괴혈병이라는 무시무시한 살인마가 그들을 얼마나 빨리 무너뜨리는지 깨달았다. 킹윌리엄 랜드까지 40킬로미터를 가려면 완벽하게 조를 짜서 썰매를 가볍게 하고 빙상을 가로질러야 한다. 그동안 정상 배급량의 절반만 먹으며 한 달 전부터 빙판 위에 패인 트랙을 따라간다 해도 하루에 13킬로미터를 주파해야 한다. 킹윌리엄 랜드를 향해 남으로 내려가는 길에 울퉁불퉁한 난빙이 많아서 하루 주파 거리는 절반 이하로 줄 수도 있다. 다들 괴혈병을 앓아서 하루에 고작 1킬로미터 남짓 갈 수도 있다. 바람이 불지 않아도 백 강에 무거운 보트를 띄우고 막대로 찍으며 급류를 거슬러 오르지도 못하고, 노를 젓지도 못할 수 있다. 앞으로 몇 주, 몇 달간 어디로 이동하는 게 곧 불가능해질 수도 있다.

남진하는 이유 중 그나마 희망적인 사실은 구조대가 그들을 찾아 이미 그레이트슬레이브 레이크 쪽에서 북진할 가능성이 있다는 점이다. 또한 남으로 내려가면 갈수록 기온이 올라간다는 장점도 있다. 최소한 얼음이 녹는 쪽을 향해 갈 테니 말이다.

그러나 크로지어는 고위도 지역에 남고 싶었다. 한참 동진한 후 북진해서 부시아 반도까지 올라간 다음 그곳을 가로지르고 싶었다. 그나마 시도해봄직한 비교적 안전하도고 유일한 살길이 딱 하나 있었다. 크로지어가 탐험대를 이끌고 킹윌리엄 랜드로 가서 횡단한다. 빙해로 가로지르면 비교적 단거리 주행이 가능하다. 그사이 최악의 북서풍을 해안가 빙벽이 막아준다. 부시아 반도 남서쪽 해안가에 도착한다. 그다음 해안가를 따라 서서히 북진하여 산악 지대를 넘어 마침내 퓨리 만에 도착한다. 그럼 그곳에서 에스키모를 만날 확률이 대단히 높아진다.

그게 안전한 방법이었다. 그런데 너무 길다. 1,900킬로미터가 넘는다. 킹윌리엄 랜드 남쪽을 한 바퀴 돌고 남진하여 백 강까지 닿고도 반이나 남는 거리다.

부시아 반도까지 가서 마음 좋은 에스키모를 만나지 않는 한 1,900킬로미터를 주파하지도 못하고 몇 주, 몇 달도 안 돼 전원 사망할 수 있다.

그렇다 하더라도 크로지어는 설원을 횡단하는 쪽에 전부를 걸고 싶었다. 18년 전 동료 제임스 클라크 로스는 당시 퓨리호가 부시아 반도 반대편 빙하에 발이 묶이자 최악의 극빙을 넘어 북동쪽으로 무려 960킬로미터 거리를 소규모 썰매조로 주파하는 모험을 감행했다. 크로지어는 그것을 재현해 보고 싶었다. 나이 많은 당번병 브리젠스의 말이 모두 맞았다. 존 로스는 살기 위해 최고의 베팅을 했다. 두 발로 걸어서 북진하며 썰매를 끌고 가다가 보트를 타고 랭커스터 해협까지 올라가 포경선을 기다렸다. 그리고 조카 제임스 로스는 킹윌리엄 랜드에서 썰매를 타고 다시 퓨리 해안가로 돌아오는 것이 가능하다는 걸 입증했다.

• • •

이리버스호가 마지막 열흘, 고통의 시간을 보내는 동안, 크로지어는 양쪽 함선에서 가장 우수한 썰매꾼을 파견하기로 했다. 이들은 최고 상금이자 크로지어가 내놓은 마지막 상금을 챙긴 우승자들이었다. 크로지어는 이들에게 가장 좋은 썰매를 배정하고 최고의 썰매조가 6주간 빙하에서 쓸 물품은 뭐든지 챙겨주라고 서기 헬프만과 보급관 오스머에게 지시했다.

이리버스 2등 항해사 찰스 프레더릭 드보가 이끄는 11명의 썰매조가 출발했다. 이들은 선두에 거인 맨슨을 내세웠다. 나머지 9명은 자원자로 채웠다. 다들 자원했다.

크로지어는 보트를 싣고 인력으로 썰매를 끌며 빙해를 직선으로 가로지르는 것이 가능한지 알아보고 싶었다. 3월 23일, 11명이 양쪽 대원들의 열렬한 환호를 받으며 출발했다. 날은 어둡고 기온은 영하 39도였다.

드보와 조원들이 3주 후 귀환했다. 사망자는 없었지만 다들 기진맥진했다. 그중 넷은 심각한 동상에 걸렸다. 매스너스 맨슨은 대원 11명 중에서 유일하게 지친 기색도 죽도록 고생한 티도 나지 않았다. 지칠 줄 모르던 드보조차 체력이 고갈된 기력이 역력했다.

3주간 썰매조는 테러호와 이리버스호에서 직선거리로 따지면 45킬로미터 정도 진행했다. 드보는 직선거리로 45킬로미터를 가려고 무려 240킬로미터 넘는 거리를 우회했다고 주장했다. 그런데 극빙 지역에서 직선거리를 그렇게까지 돌아가는 게 말이 되지 않았다. 현 위치에서 북동쪽으로 가는 동안 날씨는 2년간 발이 묶여 있던 단테의 제9옥보다 끔찍했다. 압력 봉우리가 여기저기 솟아 있었고, 일부는 24미터가 넘었다. 짙은 구름이 남쪽에 뜬 해를 하루 열여덟 시간 뒤덮고, 밤하늘에 뜬 별까지 가려 썰매조를 내내 힘들게 했다. 자북(자침이 가리키는 북쪽 끝)에 가까워지자 나침반조차 무용지물이 되었다.

만약을 대비해 텐트 다섯 개를 실었으나, 그중 두 개만 쓸 예정이었다. 야외 설원에서 잠을 자야 했기에 극심한 야간 추위로 11명 전원이 9일간 텐트 하나에 모여 잠을 잤다. 그런데 나중에는 어쩔 수 없이 텐트 하나에 모여 잘 수밖에 없었다. 12일째 되던 날 밤, 튼튼했던 텐트 네 개가 바람에 날아가고 갈기갈기 찢겼다.

그럼에도 드보는 계속 북동진했다. 날씨는 갈수록 악화됐다. 주변 압력 봉우리가 치고 올라오는 바람에 어쩔 도리 없이 우회하다 보니 운항 길이가 길어져 고생이 심해졌다. 게다가 기운 센 장정들이 삐죽빼죽한 난빙 위를 억지로 끌고 가다 보니 썰매가 심하게 부서졌다. 매서운 블리자드를 온몸으로 받으며 수리하느라 이틀을 낭비했다.

14일째 되는 날 아침, 항해사가 복귀를 결정했다. 이제 남은 텐트는 단 하나, 생존 확률이 극히 낮았다. 지난 13일간 그들이 남긴 트랙을 따라 함선으로 되돌아가려 했다. 그런데 빙원이 요동쳤다. 빙판이 솟구치고 극빙이 움직였다. 압력 봉우리가 코앞에서 솟으며 썰매 트랙을 지웠다. 프랭클린 탐험대에서 크로지어 다음으로 길눈이 밝은 드보가 챙겨온 경위의(각도를 정밀하게 측정하는 기기)와 육분의를 꺼내 날이 반짝 개일 때마다 며칠간 주위를 측정했다. 그럼에도 가물가물한 기억에 의존해 코스를 설정했다. 드보는 썰매조에게 현 위치를 정확하게 안다고 큰소리쳤으나, 후일 피츠제임스와 크로지어에게 함선의 위치를 무려 30킬로미터 이상 놓쳤다고 털어놓았다.

빙하에서의 마지막 날 밤, 하나 남은 텐트마저 찢어졌다. 썰매조는 침낭을 버리고 앞이 보이지 않는 길을 따라 남서쪽으로 터벅터벅 걸었다. 그저 살기 위해서 계속 썰매를 끌었다. 물과 산탄총, 실탄과 화약만 필요했기에 남은 음식과 옷가지를 버리고 썰매를 끌고 또 끌었다. 뭔가 덩치 큰 것이 행군 내내 이들을 따라오고 있었다. 블리자드가 치고 안개가 끼고 우박이 쏟아지는 와중에도 녀석의 모습이 보였다. 그것이 매일 밤 어둠 속에서 주위를 맴도는 소리가 들렸다.

드보의 썰매조가 북쪽 수평선에서 포착되었다. 계속 정서로 진행하다가 5킬로미터 남쪽에 있는 테러호를 놓쳤으나, 이리버스호의 당직 근무자가 그들을 발견했다. 이미 그때는 이리버스호가 좌초된 후였다. 부서지고 쪼개져서 결국 물속으로 가라앉았다. 썰매조는 운이 좋았다. 항해장 제임스 레이드가 그날 새벽이 되기도 전에 그랜드 베네치아 카니발 때 이용했던 높은 빙산에 올라 망원경으로 단박에 그들을 포착했다.

레이드, 르베스콘테 중위, 굿서 군의관, 해리 페글러가 대원들을 이끌고 나가 드보의 썰매조를 함선으로 데려왔다. 목재가 부서지고 마스트가 나

뒹굴고 리깅이 엉킨 침몰한 이리버스호의 잔해를 지나왔다. 드보의 썰매 조 중 5명은 테러호까지 고작 1킬로미터밖에 남지 않았는데도 더 걷지 못해 썰매에 실려왔다. 썰매를 가장 잘 끌어서 선발된 나머지 6명의 이리버스호 대원들은 그곳을 지나는 순간 침몰해 버린 보금자리를 보고 목 놓아 울었다.

그렇게 해서 북동진하여 부시아 반도로 가려던 방안은 폐기 처분되었다. 드보와 쓰러진 나머지 썰매조원들에게 보고를 들은 양쪽 함장은 생존 대원 105명 중 일부는 부시아까지 갈 수 있지만, 이런 상황이라면 거의 다 설원에서 최후를 맞이할 것이라고 결론 내렸다. 아무리 날이 길어지고 기온이 오른다 해도 달라질 게 없었다. 바다가 열릴 가능성이 오히려 위험 요인으로 작용할 뿐이다.

이제 남은 선택은 함선에 그냥 남든지, 킹윌리엄 랜드에 캠프를 차려 백 강까지 남진할 카드를 쥐고 있든지, 단 두 가지뿐이었다.

크로지어는 그다음 날부터 퇴선 계획을 짜기 시작했다.

. . .

썰매 행렬은 해가 떨어지기 전에 석식을 먹으려 했다. 그런데 빙원 위에 구멍 하나를 우연히 발견하고는 걸음을 멈추었다. 썰매 다섯 대와 하네스를 찬 대원들이 구멍 주위로 빙 둘러섰다. 저 아래로 뻥 뚫린 검은 원은 20개월 만에 보는 개수로였다.

"지난주 피니스를 테러 캠프로 옮길 때만 해도 없었습니다, 함장님. 썰매 트랙에서 얼마 떨어지지 않은 거리에 구멍이 뚫려 있는데 이걸 못 봤을 리가 없어요. 그땐 여기에 아무것도 없었습니다." 수병 토머스 태드만이 말했다.

크로지어는 고개를 끄덕였다. 이건 평범한 빙호, 일명 '폴리니아'가 아니었다. 폴리니아는 러시아 어로 극빙 지역에 간혹 생겨 1년 내내 열린 구멍을 뜻한다. 이곳 빙하의 두께는 9미터가 넘는다. 테러호를 둘러싼 빙하보다는 덜 두꺼워도, 이 위에 런던에 있는 빌딩을 세워도 금이 가지 않을 만큼 단단하다. 그런데 빙호 주변에 압력을 받아 솟구친 빙편도 없고 금이 간 흔적도 전혀 보이지 않았다. 마치 누군가, 무언가가 함선에 있던 초대형 얼음 톱을 가져와 빙상 위에 원을 그린 다음 완벽하게 도려낸 것 같았다.

함선에 있는 얼음 톱으로도 9미터가 넘는 빙하를 이렇게까지 깔끔히 도려내지 못한다.

"여기에서 석식을 먹을까요? 다들 물가에서 식사를 즐깁시다." 토머스 블랭키가 말했다.

다들 고개를 저었다. 크로지어도 같은 생각이었다. 기가 찰 정도로 완벽한 구멍 속 깊이 시커먼 바다가 보이자 마음이 불편했다. 남들도 같은 생각일지 궁금했다. "한 시간만 더 걷지. 리틀 대위, 자네 썰매가 선두로 나서게."

20분쯤 지났을까, 적도 지방에서처럼 해가 순식간에 뚝 떨어지더니, 별이 얼어붙은 하늘에 온몸을 내걸며 파르르 떨었다. 후방에서 경비를 보던 호프크래프트와 필킹턴이 맨 뒤 썰매 옆에서 걷던 크로지어에게 다가왔다. 호프크래프트가 속삭였다. "함장님, 뭔가 따라오고 있습니다."

크로지어는 썰매 상단에 올린 상자에서 청동 망원경을 꺼내 그 자리에 서서 한 1분간 빙원을 살폈다. 썰매는 짙어지는 어둠 속으로 계속 나아갔다. "저쪽입니다." 필킹턴이 한쪽 팔을 들어 가리켰다. "아까 그 구멍으로 저 녀석이 올라왔을 가능성도 있습니다. 그런 가능성을 생각해 보셨습니까? 보비와 제가 보기엔 분명 저 구멍에서 올라온 것 같습니다. 저 시커먼 물속에서 우리가 지나가기를 기다렸다가 뒤쫓아 오는 것 같습니다. 어쩌면 녀석은 우리가 저기에서 잠깐 쉬기를 바랐을 수도 있습니다. 안 그렇습니까?"

크로지어는 대꾸하지 않았다. 망원경으로 녀석의 모습이 보였다. 어둑어둑한 여명 속에서 간신히 분간할 수 있었다. 허연 덩어리 같았다. 북서쪽 시커먼 밤하늘 아래에서 몰아치는 눈 폭풍을 배경 삼아 서 있기에 녀석의 윤곽이 흐릿하게 보였다. 20분 전 탐험대가 투덜거리며 지나온 세락과 얼음 바위를 괴물도 지나고 있어서 그 크기를 쉬이 짐작할 수 있었다. 지금은 네발로 걷는데도 엎드린 높이가 매그너스 맨슨보다 컸다. 육중한 덩치에 비해 몸놀림이 유연했다. 거대한 곰이라기보다 날렵한 여우처럼 몸이 잽쌌다. 크로지어는 블리자드 속에서도 계속 망원경을 주시했다. 갑자기 괴물이 앞발을 들어 사람처럼 뒷다리로 걷기 시작했다. 아까보다 속도가 조금 느려졌지만 900킬로그램이 넘는 썰매를 끌고 가는 그들보다 빨랐다. 그러더니 세락 위로 기어 올라갔다. 크로지어가 팔을 쭉 펴고 망원경을 완전히 뽑아도 닿지 못할 높이였다.

이제 완전히 암흑이 되었다. 압력 봉우리와 세락 위로 그 무엇도 분간할 수 없었다. 크로지어는 썰매 뒤쪽에 해병을 배치하고 망원경을 도로 집어넣었다. 대원들은 하네스에 몸무게를 완전히 싣느라 몸이 거의 앞으로 쏠려 있었다. 다들 헐떡거리고 투덜대며 썰매를 끌었다.

"썰매에 밀착해서 걸으면서 언제든 쏠 수 있게 후방을 살펴." 그는 필킹턴과 호프크래프트에게 부드럽게 말했다. "랜턴은 켜지 말고. 어두워도 좀 있으면 다 보이게 되어 있어." 덩치 좋은 해병들이 고개를 끄덕이며 뒤로 빠졌다. 크로지어는 선두를 바라보았다. 대원들이 켜 놓은 랜턴은 보였지만 사람은 보이지 않았다. 둥근 랜턴 불빛에 빛나는 얼음 결정만 보였다.

함장은 토머스 블랭키를 불렀다. 블랭키는 의족을 차고 나무로 만든 발을 끼고 있어서 썰매 끄는 임무에서 면제되었다. 나무 발에는 빙판 위를 걸을 수 있게 못과 쐐기가 박혀 있었다. 다리 하나로는 썰매를 끌 지렛대 역할도 못하고 힘껏 힘을 낼 수 없었다. 그럼에도 대원들은 블랭키가 썰매를 끌지는 못하나 그 이상을 해내고 있다고 인정했다. 빙하가 풀려서 몇 주, 몇 달 후에 테러 캠프에서 보트를 타고 떠나야 할 경우, 빙하 전문가인 블랭키의 지식이 중요하기 때문이다.

크로지어는 이제 블랭키를 연락병으로 썼다. "블랭키, 앞으로 가서 비번인 대원들에게 썰매를 세우지 않고 걸으면서 석식을 먹겠다고 전하게. 차가운 쇠고기와 비스킷을 해당 썰매 상자에서 꺼내 해병들과 하네스를 찬 수병들에게 전달하라고 하게. 걸으면서 먹고 외투 속에 보관한 물병을 꺼내서 마시라고 전해 주게. 그리고 경비에게 격발 준비가 된 상태인지 확인하라고도 전하게. 방한 장갑을 벗고 싶을지도 모르니."

"알겠습니다, 함장님." 블랭키는 전진하여 어둠 속으로 사라졌다. 못이 박힌 의족이 북북 긁히는 소리가 들렸다.

크로지어는 직감했다. 앞으로 10분도 되지 않아 행군 중인 대원들도 괴물이 뒤따라오고 있으며 점차 그 거리가 좁혀진다는 걸 다들 알게 되리라.

북위 69도 37분 42초, 서경 98도 40분 58초

1848년 4월 24일

존 어빙은 온몸이 욱신거렸고 먹은 게 부족해 허기졌다. 잇몸에선 피가 흘렀고 측면 치아 두 개가 빠질까 봐 두려웠다. 기진맥진한 상태라 갑자기 쓰러질까 걱정이었다. 이런 것들만 빼면 그래도 인생에서 가장 뿌듯한 나날을 보내는 중이다.

어제 오늘, 존 어빙과 조지 헨리 호지슨은 사냥 및 수색조를 통솔했다. 호지슨과는 이번 탐험대에 합류하기 오래전부터 알던 사이였다. 함포장 훈련함인 엑설런트호에서 만난 동기였다. 3년 내내 추위에 떨며 함선에 갇혀 지낸 저주스러운 탐험에서 처음으로 존 어빙 소위는 진정한 탐험가가 되었다.

그가 동진하며 수색 중인 섬은 11개월 전 이미 그래엄 고어 대위와 함께 왔던 곳이다. 얼어붙은 자갈이 낮은 언덕을 이루며 킹윌리엄 섬 전체를 뒤덮었다. 높이는 해수면에서 고작 6미터 정도로, 베이징 원인(중국 베이징에서 발견된 화석 인류)이 오줌을 갈기기도 아까워할 듯한 섬이었다. 블리자드가 휘몰아치고 눈이 푹푹 쌓이고 얼어붙은 자갈만이 뒹굴었다. 그럼에도 어빙은 이곳을 탐사했다. 오늘 아침 그는 백인 중 그 누구도 보지 못한 것을 이미 목격했다. 어쩌면 이 세상 그 누구도 보지 못한 것이리라. 얼

어붙은 자갈이 낮은 언덕을 이루고, 그 위로 얼음 알갱이와 눈발이 바람에 쓸려 다니는 이곳엔, 북극여우가 돌아다닌 흔적도 없고, 죽어서 거죽만 남긴다는 반달바다표범조차 보이지 않았다. 약 20년 전 제임스 로스 경은 썰매를 타고 이곳 북단 해안가를 거쳐 빅토리 포인트에 닿았다. 그런데 킹윌리엄 랜드 오지까지 들어온 자는 브리스틀 출신으로 런던에서 자란 젊은 장교 존 어빙이 처음이었다.

어빙은 이 오지의 이름을 '어빙 랜드'라고 명명할까 잠시 고민했다. '안될 것도 없지. 테러 캠프에서 그리 멀지 않은 곳은 존 프랭클린 경의 부인 제인 프랭클린 여사의 이름을 따서 짓기도 했는데. 뚱뚱하고 대머리 벗겨진 노인네와 결혼한 것 말고 제인 여사가 이런 영광을 누릴 만큼 뭐라도 한 게 있나?'

썰매조원들은 스스로 자부심을 느끼기 시작했다. 어빙은 어제도 바로 이 6명으로 구성된 동일한 썰매조를 이끌고 사냥을 나왔다. 조지 호지슨은 함장 크로지어의 명령으로 조원들을 이끌고 킹윌리엄 랜드를 정찰했다. 어빙이 이끄는 사냥조는 눈밭에서 동물의 흔적을 거의 찾지 못했다.

사실 어제 걱정되는 순간이 있었다. 어제는 전원이 산탄총과 머스킷총으로 무장을 했기에-어빙은 어제 오늘 코트 주머니에 권총 하나만 넣고 다녔다-누수방지공 조수 히키가 왠지 꺼림칙했다. 히키가 뒤에서 총을 들고 있었기 때문이다. 물론 아무 일도 없었다. 매그너스 맨슨이 40킬로미터 떨어진 함선에 있다 보니 히키는 어빙과 호지슨과 다른 장교들에게 정중했고, 어찌 보면 고분고분하기까지 했다.

어빙은 그런 모습을 보니 브리스틀 고향 집에 있던 가정교사가 수업 중에 형제를 떼어 놓았던 일이 떠올랐다. 수업이 길고 따분하다 보니 형제는 툭 하면 싸웠다. 가정교사는 형제를 방마다 1명씩 넣어 두고, 이층 한쪽 끝에서 다른 쪽 방들로 왔다 갔다 오가며 몇 시간씩 수업했다. 교사가 높은 굽에 버클이 달린 구두를 신고 오래된 떡갈나무 마룻바닥을 걸으면 또각 또각 소리가 울려 퍼졌다. 존과 데이비드와 윌리엄이 한 자리에 있으면 가정교사 캔드로 씨는 이들을 통제하기 벅찼다. 그런데 1명씩 떨어져 교사와 단 둘이 있으면 형제는 얌전했다. 훤칠하고 무릎이 튀어 나오고 창백한 얼굴에 하얀 가발을 쓴 가정교사 앞에 서면 그렇게 되었다. 맨슨을 함선에 남기겠다고 함장에게 보고하기가 처음에는 꺼려졌지만 결국 말을 꺼냈다는 것이 뿌듯했다. 게다가 함장이 무슨 이유 때문인지 캐묻지 않아서 더욱 기뻤다. 어빙은 선창갑판에서 히키와 맨슨이 벌인 일은 함장에게 입도 뻥끗하지 않았고, 앞으로도 함구할 것이다.

오늘은 히키와의 신경전도, 별달리 신경 쓸 일도 없었다. 권총을 찬 어빙 말고 무기를 가진 대원은 머스킷총을 소지한 에드윈 로렌스뿐이었다. 테러 캠프에서 보트를 실은 썰매를 세워놓은 근방에서 사격 연습을 하면서 로렌스는 자신만이 머스킷총을 쏠 수 있음을 증명했다. 총으로 쏠 사냥감은 코빼기도 보이지 않았지만. 로렌스가 오늘 경비 겸 보초로 나섰다. 나머지 대원들은 어깨에 천 가방을 멨다. 끈이 한 개 달린 비상용 가방이었다. 앞상갑판장 루벤 메일은 뭔가 뚝딱 만들어 내는 데 능한 자였다. 그는 나이 많은 장범장·머레이와 같이 대원들에게 이 가방을 만들어 주었다. 그래서 다들 이 가방을 자연스레 '메일 백'이라고 불렀다. 메일 백에는 납이나 백랍으로 만든 물통과 십 비스킷 몇 개, 말린 돼지고기, 비상식량으로 쓸 골드너 통조림 하나, 여벌의 옷가지, 크로지어가 화이트아웃 예방용으로 제작한 철망 고글이 들어 있었다. 별도의 사냥용 화약과 탄환, 비상사태로 캠프로 복귀하지 못하고 야영할 경우를 대비한 담요 침낭이 들어 있었다.

오늘 아침 수색조는 다섯 시간 정도 오지를 헤맸다. 자갈이 높이 쌓인 언덕에 올랐다. 정상에 오르니 바람이 더욱 매서웠다. 그래도 눈과 얼음이 깔린 응달보다 걷기는 한결 수월했다. 대원들의 생존 확률을 높여줄 사냥 감은 구경조차 못했다. 심지어 바위에 긴 푸른 이끼나 붉은 지의류조차 보이지 않았다. 어빙은 테러호 함장실 도서관에 꽂힌 책에서 읽은 적이 있다. 극도로 굶주린 자들이 아사 직전에 이끼나 지의류를 긁어모아 수프로 끓여 먹었다고 했다.

어빙의 수색조는 잠시 걸음을 멈춰 차가운 석식을 먹고 물을 마신 후 휴식을 취했다. 바람이 세차게 불었다. 어빙은 큰돛대장루장 토머스 파에게 지휘권을 잠시 넘기고 대열에서 벗어났다. 지난 몇 주간 정신이 나갈 만큼 썰매를 끄느라 지쳤을 테니 다들 좀 쉬라고 했지만, 사실 어빙에겐 홀로 있을 시간이 필요했다.

어빙은 파에게 한 시간쯤 있다가 돌아오겠다고 말했다. 길을 잃지 않게 바람이 부는 눈밭을 꾹꾹 디뎌 부츠 자국을 남긴 후, 그걸 보고 돌아오겠다고 했다. 혹시나 많이 늦으면 그 발자국을 따라와 찾아달라고 당부했다. 그런 다음 동쪽으로 한참을 걸어가 드디어 홀로 있는 순간을 맞이했다. 딱딱한 십 비스킷을 씹으니 치아 두 개가 빠질 것 같았다. 입에서 십 비스킷을 뺐다. 피가 묻어 있었다.

어빙은 배가 고팠지만 요즘 입맛이 별로 없었다.

그는 또다시 눈밭을 건너 얼어붙은 자갈밭으로 들어갔다. 바람이 쓸고 지나가는 낮은 능선을 터덜터덜 오르다가 갑자기 걸음을 멈추었다.

검은 점 여러 개가 눈 덮이고 탁 트인 계곡에서 움직였다.

어빙은 방한 장갑을 이로 잡아 빼고 메일 백을 더듬어 가장 아끼는 물건인 근사한 청동 망원경을 꺼냈다. 그가 해군에 입대한 기념으로 삼촌이 선물해 준 것이다. 청동 망원경이 양쪽 뺨과 눈썹에 닿으면 자칫 동상에 걸릴 수 있다. 얼굴에서 살짝 떼고 계속 들여다보기가 쉽지 않았다. 팔과 손이 부르르 떨렸다.

작은 동물 떼인 줄 알았는데 사람이었다.

'호지슨의 사냥조인가?'

아니다. 저들은 벙어리 여자가 입은 것과 유사한 두꺼운 가죽 모피 파카를 입고 있었다. 한 열 개 정도의 점이 눈 덮인 계곡을 이리저리 가로질렀다. 바싹 붙어 걷긴 했지만 한 줄로 늘어선 건 아니었다. 조지 호지슨 조는 고작 6명이었고, 오늘 해안선을 따라 남진하는 중이지 오지를 수색하지는 않았다.

어빙은 아끼는 망원경의 초점을 맞추고 숨을 참으며 떨리는 손을 달랬다.

'썰매를 개 6마리가 끄는군.'

에스키모 복장을 한 구조대이거나, 아니면 진짜 에스키모일 것이다.

어빙은 망원경을 내리고 한쪽 무릎을 굽혀 차가운 자갈 위에 대고 머리를 잠시 숙였다. 땅이 빙글빙글 도는 것 같았다. 몇 주간 순전히 정신력으로 버티느라 쇠약해질 대로 쇠약해진 몸에서 현기증이 동심원을 그리며 급속히 퍼져나갔다.

이제 상황이 모조리 바뀔 수 있어.

저 밑에 있는 사람들은 여기에서 그리 멀지 않은 이름 모를 저 먼 북쪽 에스키모 마을에서 나온 사냥꾼일지도 모른다. 그들은 그를 아직 못 본 것 같았다. 어빙이 언덕 위에 서 있는데다가 짙은 색 외투를 입고 있어 어두운 자갈에 묻혀 분간하기 힘들 것이다. 저 에스키모들이 먹을 것을 나눠 주고, 메마르고 척박한 이 땅에서 스스로 먹을 것을 해결할 방법을 알려줄지 모른다. 그렇다면 이리버스호와 테러호에서 살아남은 105명이 확실히 구조될 수 있다.

혹은 저 에스키모들이 전쟁을 하러 왔을지도 모른다. 망원경 너머로 언뜻 보니 둔탁한 창을 들고 있다. 아마 백인들이 에스키모의 땅을 침범했다는 소문을 듣고 달려왔을지도 모른다.

아무튼 소위 존 어빙은 아래로 내려가서 그들을 만나야 했다. 그것이 그의 임무였다.

그는 망원경을 접어 스웨터 안에 돌돌 말아 어깨에 멘 가방 속으로 집 어넣었다. 그다음 저들이 이 행위를 인사나 평화의 제스처로 봐주기를 바라며 한쪽 팔을 높이 쳐들었다. 언덕을 한참 내려가기 시작했다. 저 앞에서 걷던 10명이 문득 걸음을 멈추었다.

북위 69도 37분 42초, 서경 98도 41분

1848년 4월 24일

설원을 걷는 셋째 날이자 마지막 날이 지금껏 가장 힘들었다. 크로지어 는 6주 전 바로 이 길을 선발대와 큰 썰매를 끌고 두 번이나 왕복했다. 비 록 썰매 트랙이 별로 패지 않았어도 오히려 그때가 훨씬 수월했다. 그때는 지금보다 기운이 남아 있어서 덜 힘들었다.

프랜시스 크로지어는 지난 1월 거의 죽음의 문턱까지 갔다가 살아 돌 아온 이후 중증 우울증이 도져 불면증에 시달렸다. 그런데 스스로는 이 사 실을 인지하지 못했다. 수병으로 출발해 함장까지 오른 크로지어는 여느 함장처럼 자부심이 대단했다. 그는 잠을 거의 잊고 살았다. 깊이 자다가도 함선 상황이 조금이라도 변하는 순간 벌떡 일어났다. 배가 살짝 방향을 틀 거나, 바람이 돛을 강하게 때리거나, 근무 시간 중 후다닥 갑판 위를 뛰어 가는 발소리가 들리거나, 선체를 스치는 바닷물 소리가 조금이라도 변하 는 즉시 기상했다.

최근 몇 주간 크로지어는 거의 밤잠이 없어졌다. 늘 그렇듯 한밤중에 한두 시간 정도 비몽사몽한 상태로 있다가 낮에 고작 30분 정도 쪽잠을 잤 다. 빙원으로 떠나기 마지막 몇 주간 그가 감독하고 명령할 일들이 많아서 그런 거라 자위했다. 실상은 그를 갉아먹는 우울증이 다시 도진 것이었다.

그는 멍하니 보내는 시간이 많았다. 머리는 영특했으나 만성 피로 누적으로 인한 분비계 이상으로 우울증이 생겼다.

제1, 제2바다 캠프에서 이틀 밤을 보내는 동안 대원들은 극도로 피로했음에도 거의 눈을 붙이지 못했다. 바다 캠프에는 여덟 개의 네덜란드산 텐트가 이미 세워져 있어서 다시 텐트를 칠 필요는 없었다. 그곳을 거쳐 가는 다음번 썰매조가 눈과 바람으로 망가진 부분을 수리해 가며 썼기 때문이다.

허드슨스 베이 컴퍼니에서 나온 이불을 꿰매 만든 침낭보다 사슴 가죽으로 만든 3인용 침낭이 훨씬 뜨뜻했기에 제비뽑기로 침낭의 주인을 결정했다. 크로지어는 뽑기에 참여하지 않았다. 처음으로 빙원에서 취침했을 때 크로지어는 장교 둘과 텐트를 공유했다. 그때 당번병 좁슨은 사슴 가죽 침낭을 깔아 함장의 잠자리를 봐 주었다. 아픈 좁슨과 다른 대원은 함장이 수병과 침낭을 공유할 수는 없는 일이라 여겼다. 코 골고 방귀 끼고 밀치며 자는 일개 수병이나 장교들과 어찌 함장이 같은 침낭을 쓴단 말인가. 크로지어는 너무 지치기도 했고 고마워서 별말 하지 않았다.

그는 좁슨이나 다른 이에게 셋이 아닌 혼자서 침낭에서 자면 훨씬 춥다는 말을 굳이 하지 않았다. 밤새 숙면할 수 있는 유일한 방책은 타인의 체온으로 몸을 충분히 데우는 길뿐이었다.

아무튼 크로지어는 제1, 제2바다 캠프에서 푹 잘 수 없었다.

두 시간마다 일어나 텐트 주위를 돌며 당직 근무자가 제시간에 교대하는지 확인했다. 바람이 밤새 불었다. 당직 근무를 서는 대원은 눈을 쌓아 만든 낮은 벽 뒤로 서둘러 몸을 숨겼다. 살을 에는 바람과 블리자드 때문에 대원들은 눈 벽 뒤로 몸을 웅크렸다. 만일 빙상에 있는 괴물이 그들 중 누구라도 밟고 올라설 때야 알아볼 수 있을 정도였다.

괴물은 그날 밤에도 모습을 드러내지 않았다.

크로지어가 잠깐 눈을 붙인 사이, 지난 1월 사경을 헤맬 때 꿨던 악몽이

다시 찾아왔다. 같은 장면이 여러 번 반복되자 놀라서 깼다. 꿈은 조각조각 이어졌다. 10대 소녀들이 귀신과 대화를 한다. 매클린턱과 어떤 남자가 무갑판선에 있는 유골 두 구를 내려다본다. 하나는 정복에 외투를 입고 앉아 있고, 또 하나는 뼈가 심하게 쓸린 채 어지러이 쌓여 있다.

크로지어는 저들 중 하나가 자신이 아닐까 생각하며 걸었다.

지금까지 최악의 악몽은 영적 교류를 하는 꿈이었다. 어린 시절의 그인지, 성인되어 아픈 지금의 모습인지 확실치 않았다. 아무튼 꿈에서 그는 메모 모이라 할머니와 같이 다니던 금기의 교회, 제단 난간에 알몸으로 무릎을 꿇고 앉아 있다. 인간이 아닌 듯한 사제가 물이 뚝뚝 떨어지는 하얀 제의를 입었다. 그 사이로 불에 심하게 그슬린 시뻘건 살이 보인다. 그가 앉은 쪽으로 몸을 기울이는 순간, 고기 썩은 내를 풍기며 고개를 젖히고 있는 크로지어를 향해 입김을 내뿜었다.

탐험대는 4월 23일 새벽 5시가 조금 지난 시각에 기상했다. 날은 어두웠다. 해는 오전 10시가 돼야 뜬다. 바람은 쉬지 않고 불며, 네덜란드산 갈색 텐트를 때렸다. 서둘러 조식을 먹는 대원들의 눈을 바람이 찔렀다.

빙원에서 대원들은 작은 알코올 스토브를 놓고 병에 담아 온 에테르에 불을 붙인 다음 음식을 '조리 장비'라는 딱지가 붙은 작은 깡통에 넣고 팔팔 끓여야 했다. 바람이 불지 않았지만 알코올 스토브에 불붙이기가 너무 힘들었다. 이렇게 아침부터 바람이 휘몰아치면 스토브를 텐트 안으로 가져가도 불붙이는 건 불가능했다. 그래서 다들 골드너 통조림 속 고기와 채소와 수프가 이미 익혀서 통입한 것임을 확인한 후 통 속에서 꽝꽝 얼어 덩어리진 내용물을 숟가락으로 푹 퍼먹었다. 너무 굶었고 오늘도 긴 하루가 기다리고 있기 때문이다.

굿서는 크로지어와 피츠제임스에게 골드너가 납품한 통조림을 꼭 데워 먹으라고 신신당부했다. 먼저 세상을 떠난 군의관 셋도 같은 말을 했다.

특히 수프는 꼭 끓여 먹으라고 했다. 채소와 고기는 조리 후 통입했지만, 수프의 경우 저렴한 파스닙, 당근, 기타 구근채소 농축액을 맹물에 희석시켜 통입한 거라 꼭 끓여 먹어야 했다.

굿서 군의관은 끓이지 않은 골드너 통조림 수프 속에 무슨 독소가 들었는지 정확한 이름은 파악하지 못했다. 그럼에도 행군 시 반드시 통조림 수프를 팔팔 끓여 먹으라고 몇 번씩 당부했다. 바로 이런 경고 때문에 크로지어와 피츠제임스는 웨일보트에 있던 무거운 스토브를 떼어 내어 빙상을 건너고 압력 봉우리를 넘어 테러 캠프까지 옮기라고 명령한 것이다.

그런데 제1, 제2바다 캠프에는 스토브가 없었다. 대원들은 알코올 스토브에 불이 붙지 않자 통조림을 그냥 퍼먹었다. 작은 에테르 스토브에 간신히 불을 붙여 그 위에 통을 올렸으나 꽁꽁 언 수프가 살짝 녹았을 뿐 완전히 끓지는 않았다.

'이게 어디야.' 크로지어가 생각했다.

아침을 먹고 뒤돌아섰는데도 함장의 배 속이 다시 꼬르륵거렸다.

계획대로라면 양쪽 캠프에 있는 네덜란드산 텐트 여덟 개를 접어서 썰매에 싣고 테러 캠프까지 가져갈 계획이었다. 후일 언제든 탐험대가 빙원으로 나와야 할 때 백업용으로 쓰려고 했다. 그런데 강풍이 불고 야외에서 꼬박 하루를 보내고 나니 기력이 완전히 바닥났다. 크로지어는 리틀 대위와 논의 끝에, 그중 세 개만 제1바다 캠프에서 걷어가기로 했다. 제2바다 캠프에 도착한 후 다음 날이면 다들 상태가 조금은 나아지리라 기대했다.

둘째 날인 1848년 4월 23일, 하네스를 찬 대원 셋이 쓰러졌다. 1명은 얼음 위에 각혈했다. 나머지 둘은 트랙에서 푹 고꾸라지더니 그날 하루 종일 썰매를 끌지 못했다. 그중 1명은 썰매에 실려 이동했다.

크로지어와 리틀은 썰매 행렬의 후방, 측면, 전방 경비 인원을 줄이고 싶지 않았기에 직접 하네스를 차고 하루 종일 썰매를 끌었다.

둘째 날, 압력 봉우리는 그리 높지 않았다. 앞서 썰매가 지나간 트랙이 빙상 위에 또렷이 남아 있긴 했지만, 바람에 눈이 날려 그 흔적이 거의 지워졌다. 5미터 앞서 가는 대원들이 보이지 않았다. 무기를 들고 경비를 보며 걷는 해병과 수병은 썰매와의 거리가 6미터로 벌어지자 아무것도 보지 못했다. 그래서 길을 잃지 않으려고 썰매에서 2미터 내로 바싹 붙어 걷다 보니 경비로서의 역할을 전혀 수행하지 못했다.

그날 하루에도 여러 차례 맨 앞에서 가던 썰매가 기존 트랙을 놓쳤다. 크로지어나 리틀이 끌던 썰매였다. 눈 폭풍 속에 방위를 잡으려고 다들 30분 정도 서서 좌우를 살피며 눈 폭풍으로 수십 센티 눈이 쌓여 보일 듯 말 듯 놓쳐 버린 트랙을 정신없이 찾았다.

도중에 길을 잃으면 시간 손해는 물론 목숨까지 위태로웠다.

올봄에 무거운 짐을 끌고 간 어떤 썰매조는 열두 시간 내내 평평한 빙원을 15킬로미터나 전진해 해가 지자마자 제2바다 캠프에 도착하는 기록을 세웠다. 크로지어가 이끄는 썰매조는 자정을 한참 넘긴 시각에 자칫 제2바다 캠프를 놓칠 뻔했다. 매그너스 맨슨은 덩치가 유달리 크나 지능이 유달리 낮았다. 그런데 청력은 기가 막히게 밝았다. 만일 그가 좌측 저 멀리에서 텐트가 펄럭이는 소리를 듣지 못했더라면 탐험대는 길을 잃었을 것이다.

바람이 정신없이 휘몰아치는 제2바다 캠프는 엉망진창이었다. 바람에 날리지 말라고 큰 나사로 고정시킨 텐트 여덟 개 중 다섯 개가 어둠 속으로 날아갔거나 갈기갈기 찢겼다. 지치고 굶주린 대원들은 제1바다 캠프에서 가져온 텐트 세 개 중 두 개를 간신히 펼쳤다. 첫날 밤에는 대원 46명이 여덟 개의 텐트에 나눠 들어갔다. 좀 복잡하긴 해도 편안히 잠을 잤다. 그런데 둘째 날 밤에는 텐트 다섯 개에 꾸역꾸역 들어가 자야 했다.

그날 밤 총 46명 중 16명이 돌아가며 안전 당직을 섰다. 눈 폭풍이 불고 맹추위까지 기승을 부리자 생지옥이 따로 없었다. 크로지어는 새벽 2시에서 4시까지 깨서 당직을 섰다. 혼자 침낭에 들어가 봤자 너무 추워서 잠을 못 잘 정도라 차라리 일어나 움직이는 편이 나았다. 펄럭이는 텐트 속에서 대원들은 나무 장작처럼 겹쳐져 골아 떨어졌다.

빙원에서의 마지막 날은 최악이었다.

전원 새벽 5시에 기상했다. 바람이 뚝 그쳤다. 대신 푸른 하늘을 구경하는 대가로 전날보다 기온이 무려 35도나 급강하했다. 새벽 6시 현재, 영하 53도를 기록했다.

'이제 13킬로미터만 더 가면 된다.' 크로지어는 낮 동안 계속 스스로를 다독이며 하네스를 차고 걸었다. 다른 대원들도 같은 생각이었다. '오늘 13킬로미터만 더 가면 된다. 힘들었던 어제보다 오늘이 짧다.' 대원 몇 명이 병세와 탈진으로 또 쓰러졌다. 크로지어는 옆에 걷는 경비에게 해가 뜨자마자 무기는 썰매에 내려놓고 하네스를 차라고 명령했다.

경비가 부족하니 날씨라도 자비롭기를 빌었다. 해가 뜨자마자 킹윌리엄 랜드에서 불어오는 황갈색 바람이 보였다. 높은 빙벽과 뒤로 밀린 해안가 빙하를 따라 킹윌리엄 랜드의 모습이 저 멀리 또렷이 보였다. 흐릿하고도 차가운 햇빛을 맞으며 유리조각으로 울타리를 두른 듯 반짝거렸다. 해가 뜨니 썰매 트랙이 훤히 잘 보였다. 이제 설원의 괴물은 몰래 따라올 수 없었다.

녀석은 대놓고 모습을 드러냈다. 괴물이 보였다. 작은 점 하나가 남서쪽으로 움직였다. 동작은 썰매조의 이동 속도보다 훨씬 빨랐다. 저 정도라면 거의 달리는 것 같다.

마지막 날 몇 번씩이나 크로지어와 리틀은 하네스를 끄르고 망원경을 메일 백에서 꺼내 몇 킬로미터 밖에 있는 괴물 쪽으로 들이댔다.

괴물은 최소 3킬로미터 뒤에서 네발로 이동하는 중이었다. 멀리서 보면 북극에 사는 백곰처럼 보였다. 백곰이라면 그들이 지난 3년간 자주 사냥하던 동물이다. 그런데 괴물이 뒷다리로 서더니 주변 빙벽과 작은 빙하를 훌쩍 뛰어넘었다. 코를 킁킁거리며 그들이 있는 쪽을 쳐다봤다.

'녀석은 우리가 배를 포기한 걸 알고 있어.' 크로지어는 청동 망원경으로 녀석을 쳐다보며 생각했다. 몇 년간 남북극을 오가며 사용하다 보니 망원경 본체에 쏠린 흠집이 났다. '녀석은 우리가 어디로 가는지 알고 있어. 우리보다 먼저 가 있을 것 같아.'

탐험대는 그날 쉬지 않고 썰매를 끌다가 해가 지기 전 늦은 오후에 잠깐 멈춰 선 채로 차가운 통조림을 퍼먹었다. 염장 돼지고기와 딱딱한 십 비스킷은 이미 바닥났다. 킹윌리엄 랜드와 극빙을 가르는 빙벽이 반짝거렸다. 마치 하늘에 잉크를 쏟은 듯 어둠이 번져 나가기 직전까지 빙벽은 가스 램프 1만 개를 밝힌 도시처럼 보였다.

이제 6.5킬로미터만 더 가면 된다. 8명이 썰매에 실렸고 수병 셋이 의식을 잃었다.

새벽 1시가 넘어서야 킹윌리엄 랜드와 극빙을 가르는 거대 빙벽을 넘었다. 바람은 심하지 않았지만 기온은 급강하했다. 9미터의 빙벽을 넘으려고, 썰매에 로프를 다시 매 끌어 올리려고 한 시간 정도 정지했다. 지난 몇 주간 이 구간을 썰매로 오가는 바람에 트랙이 패었어도 쉽지 않았다. 빙하가 움직이면서 새로운 빙암편 수천 개가 높은 양쪽 빙산에서 쏟아지기 때문이다. 리틀 대위가 다시 기온을 측정했다. 영하 63도.

크로지어는 피곤에 찌든 상태로 몇 시간 내내 명령하고 작업했다. 아까 해 지기 직전에 마지막으로 괴물을 살폈다. 이제 괴물은 그들을 앞질러 남쪽 멀리에 있었다. 이미 녀석은 해안가 빙벽을 훌쩍 뛰어넘었다. 크로지어는 일지에 기록하려고 잠시 방한 장갑과 속장갑까지 벗는 실수를 범했다. 장갑을 다시 껴야함을 깜빡한 채 망원경을 집어 들었다가 손끝과 손바닥이 순식간에 망원경에 달라붙었다. 잽싸게 손을 놓았지만 피부가 벗겨지면서 오른쪽 엄지와 세 손가락의 살점이 떨어지고 왼쪽 손바닥이 홀렁 벗겨졌다.

북극에서는 그런 상처가 쉬이 낫지 않는다. 괴혈병 초기 증상이 발현된 이후에는 특히나 그렇다. 크로지어는 극심한 고통이 밀려오자 남들이 안 보는 쪽으로 고개를 돌려 구토했다. 살점이 떨어져 나간 손가락과 껍질이 벗겨진 왼쪽 손바닥이 타들어가는 것 같았다. 밤새 썰매를 끌고 밀고 당기다 보니 통증은 더욱 극심해졌다. 하네스 띠에 눌린 팔과 어깨 근육에 피멍이 들었다.

새벽 1시 반, 마지막 빙벽을 넘었다. 머리 위로 구름 한 점 없이 펼쳐진 잔인한 겨울 하늘에 별과 달이 반짝였다. 크로지어는 썰매를 버리고 곧장 테러 캠프로 뛰어가고픈 마음뿐이었다. 이제 얼어붙은 자갈밭과 빙암편이 깔린 1.5킬로미터만 건너면 된다. 내일 대원들을 데리고 여기로 와서 다 같이 이 끔찍이 무거운 썰매를 옮기면 되지 않을까.

크로지어는 그러고 싶은 마음도 있고, 그런 명령을 내릴 권한도 충분히 갖고 있었으나 단박에 그 생각을 물리쳤다. 물론 썰매를 두고 갈 수도 있다. 몇 주 전 그랬던 선발대가 있었다. 단신으로 홀홀 얼음을 건너 테러 캠프에 도착해 목숨만 부지하면 된다. 그랬다간 승조원 104명 앞에 리더로서의 무게감은 영영 잃을 것이다.

살점이 뜯긴 손이 미칠 듯이 쓰라려 빙벽을 부여잡고 여러 번 구토했다. 대원들은 빙벽으로 썰매를 넘기려고 밀고 당겼다. 랜턴 불에 비춰진 구토물이 묽고 붉게 보였다. 그럼에도 계속 명령하고 손을 보탰다. 38명이 썰매에 달려들어 고생한 결과, 마침내 썰매가 마지막 빙벽을 넘어 해안가 자갈밭 위에 그려진 트랙을 지날 수 있었다.

마지막 1.5킬로미터 구간을 썰매 날이 자갈밭을 쓸며 지나갔다. 맹추위에 입술이 들러붙어 찢어지지만 않는다면 크로지어는 어둠 속에서 무릎을 꿇고 자갈밭 위에 입이라도 맞추고 싶었다.

테러 캠프에서 화톳불이 타고 있었다. 크로지어는 맨 앞에서 하네스를 차고 테러 캠프를 향해 썰매를 끌고 다가갔다. 다들 끝까지 버티는 중이었다. 걷는데 두 다리가 후들거렸다. 죽을 만큼 무거운 썰매를 질질 끌었다. 그 위에 정신을 잃은 대원들을 싣고 마지막 100미터 구간을 걸었다.

방한 외투를 제대로 갖춰 입은 대원들이 텐트 바깥에 서서 기다리고 있었다. 일단 크로지어는 대원들의 배려에 감동받았다. 20여 명의 대원들이 횃불을 들고 예정보다 늦는 함장과 썰매단을 찾아 나설 수색조를 파견하려던 참이었나 보다.

크로지어는 하네스를 찬 채 몸을 앞으로 기울여 마지막 20미터를 걸었다. 횃불이 그린 동그란 원 안으로 걸어 들어갔다. 손과 상처 부위가 타들어갔지만 완주를 자축할 농담도 준비했다. 다시 크리스마스가 찾아왔으니 다들 다음 주 내내 푹 자라는 선언 비슷한 것을 할 생각이었다. 피츠제임스 함장과 장교들이 한 걸음 나와 경례했다.

그제야 크로지어는 그들과 눈을 맞추었다. 피츠제임스, 르베스콘테, 드보, 카우치, 호지슨, 굿서, 다른 이들이 보였다. 그리고 직감했다. 메모 모이라 할머니가 말씀하신 천리안이 발동한 것일까. 아니면 함장으로서 인정받은 감각 때문일까. 완전히 기진맥진한 사내가 뇌를 거치지 않고 육감으로 느껴서 그런 것일까. 그는 순간 깨달았다. 무슨 일이 벌어졌음을. 계획대로 일이 되지 않은 것이다. 다시는 일어나지 않기를 바랐던 일이 또다시 벌어진 것이다.

37
어빙

에스키모 10명이 걸음을 멈춰 섰다. 중년 남성 여섯, 치아가 없는 노인, 소년이 보였다. 여자 둘이 있었는데, 1명은 늙고 입이 합죽이며 얼굴에 주름이 많았다. 다른 1명은 굉장히 젊었다. 모녀지간처럼 보였다.

남자들은 하나같이 키가 작았다. 가장 큰 사내의 머리가 어빙 소위의 턱에 닿을까 말까 했다. 2명은 후드를 뒤로 젖혀 흑단 같은 머리칼과 팽팽한 얼굴을 드러냈다. 다른 사내들은 후드를 깊이 눌러쓴 채 어빙을 응시했다. 후드는 고급스럽고 하얀 여우 털로 트리밍 되어 있었다. 어빙이 보기에 북극여우 털 같았다. 다른 후드 트리밍은 더 짙고 뻣뻣한 털이 달렸다. 오소리 털 같았다.

아이만 빼고 남자들은 모두 손에 무기를 들었다. 끝에 뼛조각이나 돌이 달린 작살이거나 단창이었다. 어빙이 다가가며 맨손을 내보이자 다들 무기를 들지도 겨누지도 않았다. 에스키모 남자들은 사냥을 하러 나온 것 같았다. 두 다리를 벌린 채 편안히 서서 손에 무기를 들고 걸음을 멈추었다. 가장 나이 많은 노인이 썰매에 앉아 있고 소년이 곁에 있었다. 개 6마리가 끄는 눈썰매는 테러호에 실린 가장 작은 조립식 썰매보다 짧고 가벼웠다. 개들이 어빙을 보더니 으르렁거리며 날카로운 이빨을 드러냈다. 노인이 조각이 달린 지팡이를 휘둘러 개들의 입을 닫았다.

이 특이한 원주민들과 어떻게 소통할지 잠시 고민에 빠진 어빙은 그들의 복장을 보고 깜짝 놀랐다. 남자들이 입은 파카는 벙어리 여자와 같이 있다 죽은 남자가 입은 것보다 짧고 더 어두웠다. 그런데 보드랍기는 비슷해 보였다. 이 짙은 색 모피는 순록이나 여우 털 같았다. 무릎까지 오는 흰 바지는 백곰 가죽이 분명했다. 길이가 긴 모피 부츠는 순록 가죽으로 만든 것 같았고, 다른 것들은 부들부들해 보였다. 바다표범 가죽인가? 아니면 순록 가죽을 뒤집어서 만든 것일까?

장갑은 딱 봐도 바다표범 가죽이었다. 어빙이 끼고 있는 것보다 훨씬 뜨뜻하고 부드러워 보였다.

어빙은 6명의 중년 남자를 돌아보며 누가 리더인지 살폈지만 확신이 들지 않았다. 노인과 소년을 제외하고 맨 앞으로 나선 남자가 보였다. 그는 나이를 좀 먹었고 후드를 젖힌 둘 중 하나였다. 남자 둘은 흰 순록 가죽으로 만든 정신없는 헤어밴드를 머리에 둘렀다. 가느다란 허리띠를 차고 주렁주렁 무언가를 걸었고, 목에는 작은 주머니가 여러 개 달린 목걸이를 했다. 벙어리 여자가 단순한 백곰 모양 부적을 목에 매단 것과 비교되었다.

'지금 여기 벙어리 여자가 있었더라면……' 어빙은 아쉬웠다.

"안녕하십니까." 그는 장갑 낀 엄지로 가슴을 가리키며 말했다. "저는 영국 군함 테러호의 소위 존 어빙이라고 합니다."

남자들은 자기들끼리 뭐라고 중얼거렸다. 어빙의 귀엔 '카부나, 콰바크, 이마고르톡'이라고 발음하는 것처럼 들렸지만 도통 무슨 뜻인지 알 수 없었다.

후드를 젖힌 2명 중 나이가 더 들어 보이는 자가 어빙에게 말을 걸었다. 목 주위에 작은 주머니를 달고 허리띠를 하고 있었다. "피이픽자아크!"

다른 남자들은 이 말을 듣더니 고개를 저었다. '멸시하는 말인가?' 어빙은 다른 에스키모들이 이 말에 동의하지 않기를 바랐다.

"존 어빙이라고 합니다." 어빙은 다시 가슴에 손을 댔다.

"시암 이에우아?" 바로 앞에 있는 남자가 물었다. "수잉그네!"

어빙은 그저 고개를 끄덕였다. 다시 가슴에 손을 댔다. "어빙입니다." 그리고 앞에 있는 남자에게 이름을 묻듯 가슴을 가리켰다.

남자는 후드를 쓴 채 어빙을 노려보았다.

낙심한 어빙은 맨 앞에 있는 개를 가리켰다. 개는 아직도 으르렁거렸다. 썰매에 앉은 노인은 개를 후려치며 제지했다.

"개." 어빙이 말했다. "개."

어빙 옆에 있던 남자가 웃었다. "큄미크." 어빙은 개를 가리키며 정확히 말했다.

"투눅." 남자는 고개를 저으며 껄껄거렸다.

어빙은 추웠지만 따스한 기운을 느꼈다. 어디선가 온기가 느껴졌다. 털이 북슬북슬한 개를 에스키모 말로 큄미크, 아니면 투눅이라고 하나보다. 그는 썰매를 가리켰다. "썰매." 어빙이 또박또박 말했다.

에스키모들이 그를 쳐다보았다. 젊은 여자는 장갑 낀 손으로 얼굴을 가렸다. 나이 든 여자가 입을 쩍 벌렸다. 딱 하나 남은 치아가 보였다.

"썰매." 어빙이 다시 말했다.

앞에 있는 남자 6명이 서로 쳐다봤다. 어빙의 말을 듣고 있던 남자가 드디어 입을 열었다. "카마티크?"

어빙은 이제 말이 통하기 시작했는지는 잘 모르겠지만 기분 좋게 고개를 끄덕였다. 어빙이 듣기론, 방금 전 그 남자는 대단히 호전적으로 묻는 것 같았다. 그럼에도 어빙이 미소를 잃지 않자 에스키모 남자들도 미소로 화답했다. 소년과 노인은 웃지 않고 개를 계속 때렸다. 헤어밴드를 하고 허리띠를 찬 남자도 웃지 않았다.

"혹시 영어할 줄 아십니까?" 어빙은 뒤늦게 물어본 것 같은 기분이 들었다.

에스키모 남자들이 쳐다보며 웃다가 무슨 말인지 몰라 당황한 듯 입을 다물었다.

어빙은 학생 때 까다로운 독어와 불어 시간에 연달아 질문하듯 영어할 줄 아냐고 계속 물었다.

에스키모들은 미소를 짓다가 인상을 쓰더니 잠자코 있었다.

어빙은 바닥에 몸을 웅크렸다. 6명의 에스키모가 그가 앉은 쪽으로 몸을 숙였지만 얼어붙은 자갈밭 위에 주저앉지는 않았다. 근처에 큰 돌이나 바위가 있다 해도 그러지 않았을 것이다. 이렇게 추운 북극 지방에 오래 있다 보면 왜 그러는지 알게 된다. 그는 여전히 누군가의 이름이 알고 싶었다.

"어빙." 그는 가슴께에 손을 갖다 대며 말한 후 가까이 있는 남자를 가리켰다.

"이누크." 에스키모가 가슴을 가리키며 말했다. 그는 입으로 장갑을 잡아 뺀 후 오른손을 들어 올렸다. 손가락이 두 개 밖에 없었다. "티케르캇." 그가 다시 웃었다.

"저를 친구로 받아주세요, 이누크 씨. 아니 티케르캇 씨. 꼭 친구가 되고 싶습니다."

어빙은 수화를 통해 제대로 대화해야겠다고 결심한 후 그가 걸어온 북서쪽을 가리키며 말했다. "제 친구들이 저쪽에 아주 많습니다." 그는 크게 외쳤다. 이렇게 말하니 에스키모와 같이 있어도 왠지 든든했다. "큰 배가 두 척 있습니다. 두 척…… 배."

에스키모 대부분은 어빙이 가리켰던 방향으로 고개를 돌렸다. 이누크 티케르캇은 약간 인상을 썼다. "나누크." 남자가 부드럽게 말한 후 고개를 저으며 말을 고쳤다. "토르나르수크." 이 말을 듣더니 에스키모들이 고개를 숙이거나 외면했다. 경외감이나 두려움 때문에 그런 것 같았다. 백인이 타고 온 함선 두 척 때문에 이들이 이런 반응을 보이는 것은 분명 아닌 것 같았다.

어빙은 갈라져서 피가 나는 입술을 침으로 축였다. 이렇게 주구장창 겉도는 말만 하느니 뭐라도 주고받는 편이 나을 것 같았다. 그는 몸을 서서히 움직였다. 상대방을 놀라게 하지 않으려고 어깨에 멘 배낭에 손을 넣어 선물로 줄 만한 음식이나 적당한 물건이 있는지 뒤적거렸다.

아무것도 없었다. 배급받은 염장 돼지고기나 오래된 비스킷은 이미 먹어 치웠다. '반짝거리면서도 흥미를 자아낼 게 뭐 없나……'

낡아빠진 스웨터와 악취 나는 여벌의 양말, 야외 용변용으로 준비한 봉지가 전부였다. 그가 아끼던 중국제 비단 손수건을 벙어리 여자에게 줘 버린 사실이 뼈저리게 후회됐다. 여자는 이 손수건을 늘 지니고 다녔다. 캠프에 도착한 지 이틀째 되던 날, 여자는 테러 캠프를 빠져나간 후 종적을 감췄다. 아마 이들도 붉은색과 녹색이 어우러진 비단 손수건을 좋아했으리라.

그런데 차가운 손끝에 망원경 몸체가 닿았다.

어빙의 심장이 쿵쾅거리면서 갈등이 생겼다. 이건 그가 가장 아끼는 보물이자 심장마비로 급사한 삼촌이 생전에 주신 마지막 선물이었다.

어빙은 옆에서 기대하고 있는 에스키모를 향해 흐릿하게 웃은 뒤 천천히 가방에서 망원경을 꺼냈다. 창과 작살을 쥔 에스키모의 손에 힘이 팍 들어갔다.

• • •

10분 후, 어빙 주위로 에스키모 부족인지 가족인지 모를 무리가 다닥다

딱 붙어 있었다. 마치 인기 많은 선생님 주변에 모여 든 어린 학생 같았다. 헤어밴드와 허리띠를 한 남자는 좀 전까지만 해도 의심스러운 시선으로 째려보았지만 이제 망원경을 들고 주변을 둘러보았다. 어빙은 이누크 티케르캇에게 망원경을 건네며 저쪽에서 웃고 있는 모녀도 구경시켜 주라고 했다. 모녀도 차례로 망원경을 들여다보았다. 썰매를 세운 노인은 어빙이 있는 쪽으로 와서 구경하더니 감탄사를 내뱉었다. 그러고는 여자들과 이렇게 노래했다.

아이 에이 아이 야 나
에 헤 에 에 이 얀 에 야 봐 나
아이 에이 이 앗 야 나

에스키모들은 돌아가며 망원경을 들여다보며 좋아했다. 그러다 얼굴이 큼지막이 보이자 놀라서 뒷걸음질하다 웃음을 터뜨렸다. 렌즈 초점 맞추는 법을 금방 배운 남자들이 저 멀리 바위와 구름과 언덕을 줌인 했다. 어빙이 망원경을 거꾸로 보면 사물이 작게 보인다는 것을 시범 보였다. 에스키모들이 웃으며 감탄하는 소리가 작은 계곡에 울려 퍼졌다.

어빙은 온몸으로 의사소통을 했다. 이누크 티케르캇이 망원경을 돌려주자 안 받겠다고 했다. 그것을 에스키모 손에 쥐여 주면서 선물이라고 했다.

순간 웃음이 멈췄다. 다들 심각한 얼굴로 어빙을 쳐다보았다. 어빙은 순간 자신이 금기를 깼거나 화를 돋우는 행동을 했는지 걱정스러웠다. 선물을 받았으니 예의상 문제가 생긴 것 같았다. 어빙한테 근사한 선물을 받았는데 그들이 답례로 줄 게 마땅치 않은 모양이었다.

이누크 티케르캇은 다른 에스키모와 상의한 후 되돌아와서는 누가 봐도 알 수 있는 팬터마임을 했다. 한쪽 손을 들어 입으로 가져간 후 그 손으로 배를 문질렀다.

잠시 긴장한 어빙은 저 에스키모가 먹을 것을 달라는 소리로 이해했다. 어빙이 먹을거리가 하나도 없다는 내용을 전하자 에스키모는 고개를 저으며 같은 동작을 반복했다. '배고프냐고 묻는 소리구나!'

바람이 불어서 그랬는지 마음이 놓여서 그런 건지 눈물이 고였다. 어빙은 그 동작을 따라하며 크게 고개를 끄덕였다. 이누크 티케르캇이 그의 얼어붙은 어깨를 잡고 썰매로 데려갔다. '아까 썰매가 뭐라고 그랬더라?' "카마티크?" 어빙이 순간 기억을 떠올려 말했다.

"에에!" 티케르캇이 맞다고 소리쳤다. 으르렁거리는 개를 걷어차더니 썰매 위에 덮어 놓은 두툼한 모피를 걷었다. 거기엔 언 고기, 신선한 생고기, 생선까지 가득 쌓여 있었다.

에스키모는 여러 가지 먹을 것을 가리켰다. 생선을 가리키며 말했다. "에콸루크." 느릿느릿 차분한 톤으로 아이에게 말하듯 얘기했다. 바다표범 고기가 잔뜩 쌓인 쪽을 가리키며 "낫수크"라고 했다. 꽝꽝 언 짙은 색 고기가 잔뜩 쌓인 쪽을 가리키며 "우 밍그미테"라고 했다.

어빙은 고개를 끄덕였다. 민망하게도 벌써 침이 고였다. 잔뜩 쌓인 고기를 보고 좋아서 그랬는지 아니면 뭐라도 골라야 하는 상황이라서 그랬는지 모르겠지만, 어빙은 무심코 바다표범 고기를 가리켰다.

"에에!" 티케르캇은 부드러운 살코기와 지방이 어우러진 기다란 덩어리 하나를 들어 올렸다. 그리고 짧은 파카를 뒤적거려 허리띠에서 날카로운 뼈칼을 꺼낸 후 고기를 잘라 어빙에게 먼저 한 조각 건넨 후, 자기 몫으로 한 조각을 베어냈다.

옆에 서 있는 나이 든 여자가 투덜거렸다. "카악퉁가!" 다른 남자들이 여자의 말을 무시했다. 그러자 여자가 다시 외쳤다. "카악퉁가!"

티케르캇은 어빙을 한 번 쳐다보더니 대놓고 무언가를 요구하는 여자를 인심 좋게 쳐다보며 이렇게 말했다. "오르숭구보크!" 남자는 바다표범 고기 한 점을 자르더니 개한테 먹이 주듯 여자에게 던졌다.

이가 몽땅 빠진 늙은 여인이 웃으면서 고기를 씹었다.

순식간에 에스키모들이 썰매 주위로 둥글게 모여들었다. 다들 칼을 꺼내 고기를 잘라 먹기 시작했다.

"아이팔링기아그포크." 티케르콧이 늙은 여자를 가리키며 말했다. 나머지 에스키모들이 웃기 시작했다. 늙은 여자와 머리에 헤어밴드를 한 나이 많은 남자는 웃지 않았다.

어빙은 무슨 말인지도 모르고 활짝 웃었다.

헤어밴드를 한 늙은 남자가 어빙을 가리키며 말했다. "콰바크…… 수잉그네! 캉구나르툴리오르포크!"

어빙은 통역관이 없어도 무슨 뜻인지 금방 감지했다. 분명 칭찬의 말은 아니었다. 티케르콧과 다른 에스키모들은 고기를 씹으며 고개를 저었다.

다들 두 달 전 벙어리 여자가 얼음집에서 쓰던 것과 비슷한 칼을 사용했다. 날카로운 칼날이 껍질부터 살과 지방을 가르며 번들거리는 입술과 혀에 닿기 직전까지 들어왔다.

어빙도 같은 방식으로 그렇게 베어 먹으려고 노력했다. 그런데 그의 칼은 무뎌서 깔끔히 잘리지 않았다. 그래도 벙어리 여자 앞에서 처음 칼을 쓸 때처럼 코를 베지는 않았다. 에스키모들이 훈훈한 침묵 속에서 고기를 먹었다. 트림하고 방귀 뀌는 소리가 간간이 들렸다. 그리고 주머니와 자루에 든 뭔가를 마셨다. 어빙은 얼지 말라고 몸속에 품었던 통을 밖에 꺼내놓았다.

"키이나후비트?" 이누크 티케르콧이 갑자기 물으며 가슴을 가리켰다. "티케르콧." 그 젊은 남자는 장갑을 벗어서 손가락 두 개 남은 손을 다시 흔들었다.

"어빙." 어빙은 다시 가슴을 두드리며 말했다.

"에부크." 에스키모가 따라했다.

어빙은 고기를 먹으며 새로 사귄 친구를 가리켰다. "이누크 티케르캇, 에에?"

에스키모는 고기를 저었다. "아카." 남자는 양팔을 쭉 뻗어서 자기 자신은 물론 다른 에스키모들을 모두 품을 만큼 커다란 원을 그렸다. "이누크." 그가 단호히 말했다. 그러더니 손을 들어 남은 손가락 두 개를 흔들었다. 그리고 다시 말했다. "티케르캇"

어빙은 이누크라는 것이 이 남자의 이름이 아니라 여기 있는 10명의 에스키모 전체를 가리키는 말임을 깨달았다. 부족명이거나 종족명인 것 같았다. 그리고 '티케르캇'이 성이 아니라 지금 대화를 나누는 남자를 지칭한다는 걸 깨달았다. '손가락 두 개'라는 뜻 같았다.

"티케르캇." 어빙은 최대한 정확히 발음한 후 고기를 잘라 먹었다. 사실 고기는 잡은 지 오래됐는지 쿰쿰한 냄새가 났지만 아무 상관없었다. 그의 몸이 무엇보다 이런 고기를 원하고 있었다. "티케르캇." 그가 되풀이해 말했다.

쪼그려 앉은 채 고기를 베어 먹으며 자기 소개하는 시간이 이어졌다. 티케르캇은 한 사람씩 소개하며 이름을 설명하기 시작했다. 직접 이름에 담긴 뜻을 알려주려는 것 같았다. 다른 에스키모들은 몸으로 자기 이름을 설명했다. 마치 아이들의 즐거운 놀이 같았다.

"탈리릭투그." 티케르캇이 천천히 말하며 바로 옆에 있는 가슴이 떡 벌어지고 몸이 두꺼운 남자를 앞으로 밀었다. 티케르캇이 옆 사람의 팔뚝을 쥐고 꾹꾹 누르자 "아야!" 하는 신음 소리가 들렸다. 티케르캇은 자기 팔뚝과 옆 사람의 두꺼운 이두박근을 비교했다.

"탈리릭투그." 어빙이 따라서 말했다. '두꺼운 근육'이나 '힘센 팔'이라는 뜻 같았다.

그 옆에는 키 작은 남자가 있었다. 그의 이름은 툴루콰그였다. 티케르콱은 남자의 파카 후드를 벗기며 검은 머리칼을 가리켰다. 그러고는 손으로 날아가는 새 모양을 만들고 새소리를 냈다.

"툴루콰그." 어빙은 고기를 씹으며 공손히 인사했다. '까마귀'라는 뜻인 것 같았다.

네 번째 남자는 자기가 직접 가슴을 두드리며 말했다. "아마루크." 그러고는 머리를 뒤로 젖히고 고함쳤다.

"아마루크." 어빙이 따라했다. "아, 늑대!" 어빙은 크게 외쳤다.

다섯 번째 사내는 마마루트였다. 그는 양쪽 팔을 흔들며 춤추는 듯한 동작을 했다. 어빙은 그의 이름을 따라 하고 목 인사를 했지만 무슨 뜻인지 알지 못했다.

여섯 번째 남자는 굉장히 심각한 얼굴을 한 젊은 사내였다. 티케르콱이 '이툭수크'라며 소개했다. 그는 검은 눈으로 어빙을 응시했다. 아무 말도 아무 행동도 하지 않았다. 어빙은 공손히 고개 숙여 인사한 다음 고기를 먹었다.

헤어밴드를 하고 허리띠를 찬 나이 든 남자의 이름은 '아샤쥬크'였다. 티케르콱이 소개하는 동안 이자는 눈을 깜빡이지도 마주치지도 않았다. 어빙을 못 미더워하거나 못마땅해 하는 게 분명했다.

"만나서 반갑습니다, 아샤쥬크 씨." 어빙이 말했다.

"아팟쿠크." 티케르콱은 웃지 않는 늙은 남자를 바라보며 부드럽게 소개했다.

'저자가 에스키모 주술사일까?' 어빙은 궁금했다. 아샤쥬크가 적대감을 드러내고 있지만 아무 말 없이 그저 노려보기만 하는 거라면 모든 게 다 잘될 것 같았다.

썰매를 탄 노인은 '크링물루아르듀크'라고 했다. 티케르캇은 여태 으르렁거리는 개를 가리키며 두 손으로 찍어 누르는 동작을 하며 웃었다.

그리고 수줍어하는 소년을 가리켰다. 한 열 살이나 열한 살쯤 된 것 같았다. 소년은 자기를 가리키며 '이르니크'라고 하고 잇달아 '콰요랑구크'라고 말했다.

어빙은 이르니크가 '아들'이나 '형제'라는 뜻일 거라고 추측했다. 어쩌면 이름이 '이르니크'이고 '콰요랑구크'가 아들이나 형제라는 뜻일지도 모른다. 어빙은 다른 에스키모에게 한 것처럼 소년에게도 예의를 갖춰 인사했다.

티케르캇은 늙은 여인을 앞으로 밀었다. 여자의 이름은 '나우야'였다. 티케르캇은 새가 날아가는 동작을 또다시 했다. 어빙은 최대한 정확히 여자의 이름을 따라했다. 여자의 이름을 제대로 발음하려면 에스키모처럼 성대에 힘을 줘야 하는데 어빙은 도저히 따라할 수 없었다. 그래도 고개 숙여 공손히 인사했다. 나우야가 북극에 사는 제비갈매기나 갈매기 같은 뭔가 이곳에서만 사는 특이한 동물일 거라 추측했다.

늙은 여자는 낄낄거리며 입 속에 고기를 밀어 넣었다.

티케르캇이 한쪽 팔을 젊은 여자에게 둘렀다. 소녀라고 하기엔 나이가 있어 보였다. "콤마니크." 남자는 활짝 웃더니 곧이어 이렇게 말했다. "아무크!"

여자는 한쪽 팔에 안긴 채 활짝 웃었다. 순간 주술사 같이 생긴 노인만 빼고 다들 크게 웃었다.

"아무크?" 어빙은 따라한 후 크게 웃음소리를 높였다. 툴루콰그와 아마루크가 배꼽을 잡고 웃는 바람에 입 속에 있던 고기 조각이 튀어 나왔다.

"콤마니크…… 아무크!" 티케르캇은 이렇게 말한 후 두 손을 가슴에 갖다 댔다. 이건 만국 공통어였다. 그러더니 뭔가 확실히 하려는 듯 손을 뻗

어 낄낄거리는 여자를 붙들었다. 여자는 그의 아내인 듯했다. 티케르콰이
순식간에 여자의 짧고 어두운 파카를 젖혔다.

여자는 파카 속에 아무것도 입지 않았다. 젖가슴은 거대했다. 젊은 여자
치고 커도 너무 컸다.

존 어빙은 얼굴에서부터 가슴까지 시뻘겋게 달아올랐다. 그는 먹고 있
는 고기 쪽으로 고개를 푹 숙이며 아무크가 에스키모 말로 '큰 젖가슴'이
라는 데에 50파운드를 걸겠다고 생각했다.

어빙 주위에 있던 남자들이 웃음을 터뜨렸다. 나무 썰매 주변에서 늑대
처럼 생긴 개들, 큄미크가 줄에 매달린 채 펄쩍거리며 으르렁거렸다. 썰매
에 앉아 있던 노인 크링물루아르듀크가 눈밭으로 내려와 화통하게 웃기
시작했다.

갑자기 망원경을 들여다보던 아마루크가 어빙이 걸어 내려온 계곡 쪽
언덕을 가리켰다. 그러더니 "타쿠바……. 카블루나 쿠키우티나!"라고 외
쳤다.

다들 말없이 벌떡 일어났다.

늑대처럼 생긴 개들이 미친 듯이 짖기 시작했다.

어빙도 웅크리고 앉은 자리에서 일어나 햇살을 가렸다. 망원경을 돌려
달라고 하고 싶지 않았다. 저 멀리 능선 위에 방한복을 입은 인간 형상이
재빨리 움직이는 것이 보였다.

'이제 됐다!' 어빙은 생각했다. 고기 잔치를 벌이며 서로 소개하는 동안
어빙은 티케르콰과 다른 에스키모 인들에게 다 같이 테러 캠프로 가자는
말을 어떻게 전할지 고민했다. 에스키모 남자 8명, 여자 2명, 개썰매까지
여기에서 세 시간 거리의 해안가로 같이 가자고 온몸으로 설득하지 못할
까 봐 두려웠다. 그래서 티케르콰만이라도 같이 가자고 할 생각이었다.

어빙은 이들을 왔던 곳으로 그냥 돌려보낼 수 없었다. 크로지어 함장이

내일이면 캠프에 도착한다. 어빙은 선장과 몇 번 대화하면서 느꼈다. 에스키모를 만나기만 하면 지치고 낙담한 크로지어가 가장 바라는 상황이 벌어질 수도 있다. 어느 날 밤, 크로지어가 어빙에게 이렇게 말했다. "북극에 사는 부족을 로스 함장은 북극 고지 부족이라고 불렀는데, 전혀 호전적인 사람들이 아니야. 만일 우리가 남쪽으로 가다가 에스키모를 만난다면 그들은 우리에게 먹을 것을 넉넉히 줄지도 몰라. 그럼 우리는 그걸 배불리 먹고 그레이트슬레이브 레이크까지 갈 수 있는 힘을 얻을 수 있어. 먹을 것을 주지 않아도, 최소한 이런 척박한 땅에서 살아남을 방법을 일러줄 거야."

지금 토머스 파와 다른 대원들이 어빙을 찾으러 왔다. 그의 발자국을 따라 눈 덮인 이 계곡까지 온 것이다. 저 언덕 위에 보인 자가 능선 뒤로 되돌아갔는지 보이지 않았다. '계곡에 에스키모가 10명이나 있는 것을 보고 놀라서 돌아간 것일까? 아니면 자기를 보고 에스키모가 놀랄까 봐 돌아갔을까?' 어빙은 바람에 날리는 방한 외투 자락과 웨일스식 방한모를 쓰고 목도리를 두른 형체를 언뜻 보았다. 이제 어빙의 고민 중 하나가 해결됐다.

티케르캇과 나머지 에스키모들에게 같이 가자고 설득하지 못할 경우—나이 든 아샤쥬크가 분명 문제일 것이다—어빙과 일부 대원이 여기 계곡에서 에스키모와 대화를 하며 그들을 안심시키고 다른 대원의 배낭에 든 선물을 준다. 그 사이 가장 발 빠른 수병을 해안으로 보내 피츠제임스 함장과 다른 대원들을 이리로 데려온다.

'이들을 그냥 보낼 수는 없어. 우리 문제를 해결해 줄 거야. 우리의 구세주라고.'

어빙은 심장이 심하게 요동쳐 밖으로 튕겨 나올 것 같았다.

"안심하세요." 어빙은 티케르캇과 다른 에스키모들에게 가장 차분하고 신뢰감 넘치는 목소리로 말했다. "제 친굽니다. 친구. 착한 사람들입니다.

절대로 해치지 않아요. 우리는 권총 하나밖에 없어요. 그리고 여기로 가져 오지 않을 겁니다. 걱정 마세요. 제 친구들인데 만나 보면 좋아하실 겁니다."

어빙은 그들이 알아듣지 못해도 부드럽고 듬직한 목소리로 계속 말했다. 브리스틀 고향집 마구간에 들어가 걸핏하면 놀라는 수망아지를 달랠 때 내던 목소리였다.

몇몇 에스키모가 창과 작살을 눈밭에서 뽑더니 움켜쥐었다. 아마루크, 툴루콰그, 탈리릭투그, 이툭수크, 소년 콰요랑구크, 노인 크링물루아르듀크, 인상을 쓰던 주술사 아샤쥬크는 티케르콧을 쳐다보며 그들을 지켜주기를 기대했다. 여자들은 고기를 씹다 말고 잽싸게 남자들 뒤로 몸을 숨겼다.

티케르콧이 어빙을 쳐다보았다. 굉장히 어둡고 낯선 시선으로 어빙을 바라보았다. 뭔가 설명을 해 달라는 눈치였다. "캇시트?" 그가 차분히 물었다.

어빙은 웃으면서 손바닥을 내보였다. 그리고 최대한 편안히 말했다. "친굽니다." 어빙은 티케르콧의 목소리처럼 차분히 대답했다. "친구들이 몇 명 왔네요."

어빙이 능선을 올려다보았다. 텅 빈 하늘을 배경으로 펼쳐진 능선에는 아무도 보이지 않았다. 그를 찾으러 왔던 동료들이 계곡에 모인 에스키모를 보고 놀라서 되돌아갔을까 조바심이 났다. 어빙은 여기에서 얼마나 더 기다릴 수 있을지 궁금했다. '얼마나 더 티케르콧과 이들을 붙들어 둘 수 있을까?'

그는 한숨을 크게 쉰 다음 직접 올라가 데려와야겠다고 마음먹었다. 그 동안의 좌초지종을 설명하고 파와 다른 대원들을 최대한 빨리 이리로 데려와야 한다. 그냥 기다리고 있을 수만은 없다.

"가지 말고 여기에 그냥 계세요." 어빙이 말했다. 그는 가죽 배낭을 티케르콰이 선 자리 근처 눈 바닥에 내려놓으며 다시 돌아오겠다는 마음을 표시했다. "제발 기다려 주세요. 금방 돌아옵니다. 멀리 가지 않을 거예요. 제발 가지 말고 여기에 계세요." 어빙은 두 손으로 에스키모들에게 앉으라는 손동작을 했다. 마치 개한테 설명하는 것 같았다.

티케르콰은 앉지도 대꾸하지도 않았다. 그러나 어빙이 천천히 떠나가는데도 그 자리에 가만히 서 있었다.

"금방 돌아오겠습니다." 어빙이 외쳤다. 그는 고개를 돌리더니 가파른 얼음 조각을 밟으며 검은 자갈이 깔린 언덕 정상으로 정신없이 올라갔다.

너무 긴장해서 숨이 쉬어지지 않았다. 어빙은 정상에 올라 뒤돌아봤다.

10명의 에스키모, 정신없이 짖는 개, 썰매가 그 자리에서 떠나지 않았다. 어빙은 능선에서 북동쪽으로 6미터 위치에서 발걸음을 얼어붙게 만든 무엇인가를 목격했다.

왜소한 남자가 부츠만 신은 채 알몸으로 춤을 추고 있었다. 남자는 옷가지를 벗어서 바위 위에 올려놓고 그 주위를 맴돌았다.

'레프러콘(아일랜드 동화로 황금을 숨긴 곳을 가르쳐 준다는 노인의 모습을 한 작은 요정)인가.' 어빙은 크로지어 함장한테서 들은 이야기가 떠올랐다. '그건 말도 안 돼. 오늘 특이한 광경을 여러 번 목격하는군.'

어빙이 가까이 다가갔다. 춤을 추는 자는 레프러콘이 아니었다. 누수방지공 조수 히키였다. 히키는 같은 자리를 맴돌아 춤추며 해군 군가를 부르고 있었다. 이 남자의 창백한 피부색이 한눈에 들어오는 순간 어빙은 누구인지 단박에 알아챘다. 갈비뼈가 적나라하게 드러난 모습을 보자 온몸에 소름이 돋았다. 히키의 그곳은 포경이 되어 있었고 어색할 정도로 새하얀 엉덩이를 내보이며 빙글빙글 발끝으로 맴돌고 있었다.

어빙은 히키에게 다가갔다. 믿을 수 없는 광경에 고개가 절로 저어졌다. 웃을 기분은 아니었지만 그래도 티케르콰과 다른 에스키모를 만났다는 흥분감에 심장이 여태 쿵쾅거렸다. "히키, 여기서 대체 뭐하는 짓이지?"

히키가 춤을 멈추더니 깡마른 손가락 하나를 펴서 입술에 대고 쉬, 소리를 냈다. 그리고 인사를 하고 몸을 숙여 바위 위에 잔뜩 벗어놓은 옷가지를 주섬주섬 더듬었다. 그의 항문까지 적나라하게 드러났다.

'미쳤군. 티케르콰과 에스키모들에게 이런 꼴을 보일 순 없어.' 어빙은 히키를 몇 대 때려 정신 차리게 한 다음 연락병으로 쓰려고 했다. 파와 다른 대원들을 빨리 이리로 데려오라는 명령을 히키에게 내릴 참이었다. 어빙은 종이와 흑연으로 글을 쓰려고 했지만 그것들은 저 아래 배낭 속에 들어 있었다.

"이봐, 히키." 그가 단호히 말했다.

히키가 몸을 획 돌리더니 순식간에 한쪽 팔을 쫙 폈다. 어빙은 그가 춤을 다시 추는 줄 알았다.

날카로운 보트 나이프가 쭉 뻗은 히키 손에 들려 있었다.

어빙은 목에 날카로운 통증을 느꼈다. 말하려 했지만 목소리가 나오지 않았다. 두 손으로 목을 감싼 채 고개를 숙였다.

피가 양손에 흘러 넘쳐 가슴을 타고 부츠 위로 쏟아졌다.

히키가 또다시 칼로 크게 호를 그렸다.

이번 칼부림으로 어빙의 기도가 잘렸다. 어빙은 무릎을 꿇으며 오른손을 들어 히키를 가리켰다. 순식간에 시야가 작은 점으로 줄어들었다. 존 어빙은 너무 놀라 분노할 겨를도 없었다.

히키가 다가왔다. 여전히 알몸이었다. 툭 튀어나온 무릎과 깡마른 허벅지와 힘줄이 보였다. 파리하게 뼈만 남은 난쟁이가 덤비려고 몸을 숙이는 것 같았다. 어빙은 차가운 자갈밭에 쓰러져 어마어마한 피를 토하며 숨을 거두었다. 코닐리어스 히키는 어빙의 옷을 갈기갈기 찢더니 본격적으로 난자했다.

38
크로지어

북위 69도 37분 42초, 서경 98도 41분

1848년 4월 25일

대원들은 테러 캠프에 도착하자마자 텐트에 쓰러져 죽은 듯 곯아떨어졌다. 그러나 크로지어는 4월 24일 밤새 한숨도 자지 못했다.

그는 굿서 군의관이 부검과 장례 준비를 위해 특별히 세운 텐트로 달려갔다. 어빙의 시신은 사람 같지 않았다. 에스키모에게서 징발한 썰매에 실려 캠프까지 길고 긴 거리를 오느라 하얗게 얼었다. 망자의 목에 큰 구멍이 뚫렸다. 얼마나 깊은지 허연 척추골 다발이 앞쪽에서 보일 정도였다. 나사 풀린 경첩처럼 고개가 뒤로 젖혀졌다. 거세를 당하고 창자가 헤집어져 있었다.

크로지어가 텐트 안으로 들어갔을 때 굿서는 잠을 뒤로 물리고 부검 중이었다. 굿서는 내부 장기를 분리해 일일이 검사하며 날카로운 도구로 이리저리 쩔렀다. 그는 고개를 들어 크로지어에게 눈인사를 했다. 아리송하게 생각이 많은 듯 미안한 눈길이었다. 두 사람은 한동안 한마디도 하지 않았다. 함장이 몸을 숙이더니 존 어빙의 이마를 덮은 금발 머리를 뒤로 쓸어 넘겼다. 흐트러진 머리칼에 아직도 멍하니 눈을 뜬 어빙의 파란 눈동자가 거의 가려져 있었다.

"내일 오전 장례식을 치를 수 있겠나?"

"가능합니다, 함장님."

크로지어는 텐트로 돌아갔다. 그곳에서 피츠제임스가 기다리고 있었다.

크로지어의 당번병인 서른 살 토머스 좁슨이 몇 주 전 함장 텐트를 테러 캠프까지 옮기는 일을 도맡았다. 당시 크로지어는 좁슨이 평범한 네덜란드산 텐트가 아니라 함장용 텐트를 두 배 크기로 제작했다는 얘기를 듣고 화를 냈다. 그뿐 아니라 대형 간이침대와 함장실에 있던 떡갈나무와 마호가니 의자 몇 개를 옮겨오고 프랭클린 경이 쓰던 화려한 책상까지 옮겨왔다고 그를 크게 질책했다.

그런데 지금은 그것들이 있어서 다행이었다. 묵직한 책상을 텐트 입구와 침대 사이에 배치하고 책상 뒤에 의자 두 개를 놓고 그 앞에는 아무것도 놓지 않았다. 높은 텐트 천장에 랜턴을 매달아 책상 앞쪽을 희미하게 비추게 했다. 피츠제임스와 크로지어가 앉은 쪽은 어스름했다. 이렇게 해놓으니 군법 회의실 같았다.

크로지어는 바로 이런 것을 원했다.

"가서 좀 주무십시오, 함장님." 피츠제임스가 말했다.

크로지어는 젊은 피츠제임스를 쳐다보았다. 이제 더는 젊지 않았다. 피츠제임스는 산송장 같았다. 창백하다 못해 피부 어느 부분은 투명하기까지 했다. 구레나룻에서 턱수염까지 모공에서 흘러나온 피가 말라붙었다. 뺨은 핼쑥하고 눈은 퀭했다. 크로지어는 거울을 들여다본 지 한참 됐다. 텐트 뒤에 매달린 거울을 애써 외면했다. 이른 나이부터 각광받던 영국 해군 중령 제임스 피츠제임스만큼 초췌한 몰골은 아니기를 하늘에 기도했다.

"잠은 자네가 자야 할 것 같은데. 내가 직접 심문하겠네."

피츠제임스는 힘없이 고개를 저었다. "제가 벌써 심문했습니다만, 아직 현장에 방문하지 못했고 제대로 따져 묻지도 못했습니다. 함장님께서 직접 하시고 싶어 하실 것 같았습니다." 그는 덤덤하게 말했다.

크로지어는 고개를 끄덕였다. "해 뜨자마자 직접 현장에 가고 싶네."

"여기에서 잰걸음으로 남서쪽 두 시간 거립니다."

크로지어는 다시 고개를 끄덕였다.

피츠제임스는 모자를 벗고 떡이 진 머리칼을 손가락으로 쓸었다. 그들은 식수 및 장교 세면용으로 물을 녹이려고 보트에 장착된 스토브를 이곳까지 옮겨 왔지만 목욕물까지는 마련하지 못했다. 피츠제임스가 웃었다. "히키가 자기가 보고할 차례까지 잠 좀 자도 되는지 묻더군요."

"히키는 우리처럼 잠 안 자도 잘 버틸 인간일 텐데."

피츠제임스가 부드럽게 말했다. "안 그래도 저도 그리 말했습니다. 그래서 당직을 세웠습니다. 추운데 정신 좀 차리라고요."

"그러다 죽으면 더 좋고." 크로지어가 말했다. 그러다 죽어도 상관없다는 투였다. 텐트 앞에서 경비를 서는 해병 이병 댈리에게 크게 외쳤다. "해군 상사 토저를 들이게."

. . .

다른 대원들은 배급량이 3분의 1로 줄어서 배를 주리는데도 어찌된 일인지 덩치가 크고 우둔한 해병 상사 토저는 살집이 여전했다. 그는 차려 자세를 하고 머스킷총은 들지 않았다. 크로지어가 심문을 시작했다.

"오늘 사건을 어떻게 생각하나, 상사?"

"상당히 잘된 일이라고 생각합니다."

"잘되었다?" 크로지어는 함장 텐트 바로 뒤 부검 텐트 속에 누운 어빙의 목과 훼손된 온몸이 떠올랐다.

"그렇습니다. 공격 말입니다. 공격이 원활히 끝났습니다. 대단히 원활했습니다. 이 세상에 억하심정 따위는 없는 듯 저희는 무기를 내리고 언덕을 하강했습니다. 에스키모들은 우리가 내려오는 것을 보고 있었습니다.

그러다 20미터도 안 되는 거리에서 사격을 시작했고, 오합지졸이 모인 원주민 대열을 향해 돌진했습니다."

"원주민들이 대열을 짜고 있었나?"

"아닙니다. 그렇지는 않았습니다. 야만인들은 애초에 있던 대로 둥글게 서 있었습니다."

"그럼 우리 쪽이 먼저 일제사격을 실시해 죽인 건가?"

"네, 그렇습니다. 사정거리에 들어오면 산탄총으로도 쐈습니다. 참으로 장관이었습니다."

"어항 속에 든 물고기를 쏘는 것 같았겠군?"

"네, 그렇습니다." 토저는 시뻘건 얼굴로 활짝 웃었다.

"저들의 저항은 없었나?"

"저항 말입니까? 전혀 없었습니다. 그런 것은 전혀 없었습니다."

"그런데 말이야, 에스키모들은 칼과 창과 작살만 가지고 있었어."

"그렇습니다. 사악한 일부 에스키모가 작살 몇 개를 던졌습니다. 창도 하나 던졌는데 다들 부상을 당한 상태인지라 젊은 새미 크리스피 가랑이 사이로 빠져나갔습니다. 크리스피는 산탄총을 소지하고 있어서 창을 던진 에스키모를 곧장 지옥으로 보냈습니다."

"그래도 2명은 도망갔다면서?"

토저가 인상을 썼다. "네, 그렇습니다. 그 점은 사죄드립니다. 에스키모들이 정신없이 우왕좌왕했습니다. 저희가 미친개들을 쏘는 사이 위로 튀었습니다."

"개는 왜 죽였지?" 이번엔 피츠제임스가 물었다.

토저는 놀란 눈치였다. "그건, 개들이 미친 듯이 짖었기 때문입니다. 개가 아니라 늑대에 가까웠습니다."

"혹시 개가 쓸모 있을 거란 생각은 해 보지 않았나?" 피츠제임스가 물었다.

"네, 해 보았습니다. 고기로 먹을 수 있다고 생각했습니다."

크로지어가 물었다. "에스키모 둘이 도망간 경위를 설명하게."

"몸집이 작았습니다. 파가 말하길 여자처럼 보인다고 했습니다. 여자애 같다고 했습니다. 후드에 피가 묻었지만 분명 죽지는 않았습니다."

"분명 죽지 않았다. 그럼 도망간 나머지 1명은?"

토저가 어깨를 으쓱했다. "헤어밴드를 하고 키가 작은 남자였습니다. 썰매 뒤쪽에 쓰러져 있어서 다들 죽은 줄 알았습니다. 그런데 저희가 개를 죽이고 있는 와중에 벌떡 일어나더니 여자애를 데리고 도망갔습니다."

"추격했나?"

"추격 말씀이십니까? 당연히 했습니다. 열심히 달렸습니다. 쫓아갔습니다. 쫓아가면서 장전하고 발포했습니다. 여자애가 맞은 것도 같은데 달리는 속도가 줄지 않았습니다. 저희보다 훨씬 발이 빨랐습니다. 이제 에스키모가 돌아갔으니 당분간 얼쩡거리지 않을 것 같습니다. 확실합니다."

"그쪽 친구들이 어떨 것 같나?" 크로지어가 화난 듯 물었다.

"무슨 말씀이십니까?" 토저가 다시 웃었다.

"부족 사람들 말이야. 에스키모 마을 사람들. 인간 사냥을 하는 전사들 말일세. 그들은 어디든 출몰하지. 아마 겨우내 바깥으로 돌아다니지 못했을 텐데. 에스키모 부족이 떠나지 않았다면 다시 현장으로 돌아올 거야. 다른 에스키모 사냥꾼들이, 매일 뭔가를 죽이는 그들이, 우리가 자기네 부족 8명을 죽인 사실을 어떻게 받아들일까, 상사?"

토저는 당황한 듯 보였다.

크로지어가 말했다. "그만 가 보게, 상사. 이제 호지슨 중위를 들여보내게."

．．．

　토저가 태평해 보인 반면 호지슨은 안쓰러워 보였다. 젊은 중위 호지슨
은 탐험대에서 가장 가깝게 지내던 전우의 죽음에 충격받은 것 같았다. 어
빙이 이끌던 정찰대를 만난 후 공격을 명령하고 어빙의 시신을 운구하느
라 넋이 나간 것 같았다.

　"쉬어, 호지슨 중위. 의자에 앉겠나?" 크로지어가 물었다.

　"아닙니다, 함장님."

　"어빙 소위의 정찰단과 합류하게 된 경위를 보고하게. 피츠제임스 함장
은 테러 캠프 남쪽으로 가서 사냥을 하라고 했다던데."

　"맞습니다. 그래서 아침 내내 사냥에 필요한 정찰을 했습니다. 그러나
해안가를 따라 눈밭을 걸었지만 토끼 흔적은 거의 보이지 않았습니다. 게
다가 해안가 빙하를 따라 빙벽이 높이 솟아서 빙해를 벗어날 수도 없었습
니다. 그래서 10시경, 내륙으로 방향을 틀었습니다. 그쪽으로 가면 혹시나
순록이나 여우, 사향소 같은 게 있을지도 모른다고 생각했습니다."

　"그런데 없었나?"

　"없었습니다. 그러다가 한 10명쯤 되는 에스키모 발자국을 우연히 발견
했습니다. 썰매와 개 발자국도 보였습니다."

　"그래서 그 흔적을 따라서 북서쪽으로 향한 거군, 사냥은 접고."

　"그렇습니다."

　"누가 그런 결정을 내렸지? 호지슨 중위 자네인가, 아니면 같은 조에 있
던 서열 2위 해군 상사 토저인가?"

　"접니다. 장교는 저 하나뿐이었습니다. 그 결정은 물론 다른 것까지 죄
다 제가 내렸습니다."

　"마지막에 에스키모를 공격하라는 결정도 자네가 내린 건가?"

　"그렇습니다. 저희가 산등성이에서 1분간 그들을 정찰했습니다. 불쌍

한 존이 살해당해 창자까지 헤집어진 바로 그곳입니다. 그래서…… 함장님도 잘 아시지 않습니까, 그들이 무슨 짓을 했는지요. 에스키모들이 자리를 뜨려던 참이었습니다. 북서쪽으로 다시 가려고 한 것 같습니다. 그래서 무력으로 진압하기로 결정했습니다."

"무기를 얼마나 갖고 있었지?"

"저희 조는 권총 세 자루, 산탄총 두 자루, 머스킷총 두 자루를 소지했습니다. 어빙의 조는 머스킷총 한 자루뿐이었습니다. 아, 그리고 어빙 소위의 방한 외투 주머니에서 권총 한 자루를 수거했습니다."

"에스키모가 어빙 주머니에 든 총을 그냥 두었다고?" 크로지어가 물었다.

호지슨은 잠시 머뭇거렸다. 여기까지는 미처 생각하지 못한 눈치였다. "그렇습니다."

"개인 소지품 중 뭐 없어진 것은 없었나?"

"있습니다. 히키가 에스키모가 어떻게 어빙을 습격했는지 설명해 주었습니다. 언덕을 기어 올라와 어빙 소위의 망원경과 배낭을 빼앗은 후 죽였다고 합니다. 그곳에 도착해서 제가 망원경으로 보았습니다. 에스키모가 어빙의 가방에서 망원경을 꺼내 계곡 밑에서 서로 돌려보고 있었습니다. 추측컨대 어빙을 죽이고 난도질을 한 후 돌아가다 말고 확인한 것 같습니다."

"그들의 흔적이 있었나?"

"다시 말씀해 주시겠습니까?"

"흔적 말이야. 에스키모의 흔적. 어빙의 시신이 발견된 곳에서부터 능선을 따라 아래로 내려간 흔적 말이야. 에스키모들이 그의 소지품을 가지고 갔다면서."

"음…… 있었습니다. 있었던 것 같습니다. 희미한 흔적을 보았던 것 같습니다. 제 생각에는 어빙의 발자국 같기도 했습니다만, 분명 에스키모의 발자국도 있었을 것입니다. 한 줄로 서서 언덕을 올라왔다가 내려간 것이 분명합니다. 히키가 보고하기를 그들이 언덕 위로 올라와 어빙을 둘러싸고 목을 따고 몹쓸 짓을 했다고 했습니다. 히키는 에스키모가 전부 어빙을 죽이는 데 가담한 것은 아니라고 했습니다. 여자와 소년은 빠졌다고 했습니다. 그러니 예닐곱 명이 가담한 것이죠. 사냥꾼들은 다들 젊은 남자들이 었습니다."

"그럼 노인은? 살해된 시신 중에 이가 없는 노인이 있던데."

호지슨이 고개를 끄덕였다. "이가 딱 하나 있었습니다. 히키가 그 노인도 어빙을 죽이는 데 가담했다고 했는지는 잘 기억나지 않습니다."

"파의 정찰대, 그러니까 어빙의 정찰대를 처음 만났을 때는 어땠나? 자네가 에스키모의 트랙을 따라 북으로 따라 올라왔다면서."

호지슨은 짧게 고개를 끄덕였다. 그가 확실히 대답할 수 있는 질문이 나와서 안심한 듯 보였다. "저희는 어빙이 당한 장소에서 남쪽으로 1.5킬로미터 지점에서 에스키모의 발자국과 썰매 트랙을 놓쳤습니다. 당시 동쪽으로 이동하면서 낮은 언덕을 넘어가고 있었는데, 그곳은 얼음이 있긴 있었지만 대부분 자갈이었습니다. 얼어붙은 자갈밭이요. 그래서 썰매 자국도, 사람이나 개 발자국도 계곡에서 발견되지 않았습니다. 그래서 정북으로 계속 따라 올라갔습니다. 그렇게 언덕을 내려가던 중 토머스 파가 이끌던, 아니 존 어빙이 이끌던 정찰대와 만났습니다. 그쪽은 석식을 막 끝낸 참이었습니다. 히키가 방금 전 봤다며 사건을 보고하러 돌아왔다고 했습니다. 토머스 파와 조원들이 우리 때문에 겁을 먹었습니다. 우리가 그들을 쫓아오는 에스키모로 착각했던 것 같습니다."

"히키에게 무슨 이상한 낌새는 없었나?"

"이상한 낌새라니, 무슨 말씀이십니까?"

크로지어는 아무 말 없이 가만히 기다렸다.

"음…… 사실 온몸을 부들부들 떨고 있었습니다. 마치 중풍 환자 같았습니다. 목소리는 초조한 정도가 아니라 날카롭기까지 했습니다. 그러더니…… 갑자기 웃었습니다. 낄낄거리는 것 같았습니다. 그래도 방금 끔찍한 광경을 목격한 자가 보일 수 있는 반응이라고 생각합니다. 안 그렇습니까, 함장님?"

"그래서 히키가 무엇을 보았다고 하던가?"

"음……" 호지슨은 시선을 떨어뜨린 후 침착함을 되찾았다. "히키는 큰 돛대장루장 파에게 보고했고, 다시 파가 저에게 보고했습니다. 히키가 어빙 소위가 어디 있는지 보러 나갔다가 능선을 막 돌아오려던 참에 에스키모 예닐곱, 아니 8명이 가방을 빼앗고 어빙을 칼로 찌르고 시신을 훼손하는 장면을 목격했다고 했습니다. 히키는 그때까지도 벌벌 떨며 분개한 상태였습니다. 게다가 그들이 어빙을 거세하는 것도 봤다고 했습니다."

"보고 직후에 어빙의 시신을 보았다고 했지?"

"그렇습니다. 파의 조원들이 저녁을 먹던 곳에서 한 25분 정도 되는 거리에 있었습니다."

"그런데 자네는 어빙의 시신을 보고도 정신 못 차릴 정도로 온몸이 벌벌 떨리는 건 아니지 않았나, 중위? 25분이 넘도록 몸이 그렇게 떨리던가?"

"아닙니다." 호지슨은 크로지어가 왜 그런 질문을 했는지 확실히 이해하지 못했다. "그 대신 전 토했습니다."

"그래서 언제 에스키모를 공격해서 죽이라고 명령을 내렸나?"

호지슨이 침을 넘기는 소리가 들릴 정도였다. "언덕에서 망원경으로 에스키모를 정찰했습니다. 그들은 존의 가방을 들고 망원경을 가지고 놀고 있었습니다. 저희가 모두 확인한 후, 그러니까 파, 해병 상사 토저, 제가 에스키모들이 썰매를 돌려 떠나려는 것을 확인했습니다."

"그래서 포로로 잡지 말고 죄다 죽이라고 한 건가?"

호지슨은 고개를 숙였다. "아닙니다. 그렇게까지 할 생각은 진짜 아니었습니다. 저는 그때 너무나 분개한 상태였습니다."

크로지어는 아무 말도 하지 않았다.

"저는 해병 상사 토저에게 저들에게 가서 무슨 일이 벌어졌는지 묻자고 했습니다. 행동을 개시하기 전에는 그래도 누군가 살아남을 거라고 예상했습니다. 그런데 너무…… 제가 화가 나 있던 상태라……"

"누가 발포 명령을 내렸나, 자네인가, 토저? 아니면 파?"

호지슨이 눈을 재빨리 연속으로 깜빡거렸다. "기억나지 않습니다. 발포 명령을 내린 사람이 분명 저는 아닙니다. 저는 30미터 이내로 에스키모에게 접근하라고만 했습니다. 에스키모 남자 몇 명이 작살과 창을 들고 있는 것을 보았습니다. 그다음 우리 라인에 선 대원이 전원 발포를 시작했습니다. 전원 장전하고 총을 쏘기 시작했습니다. 에스키모들이 냅다 뛰기 시작했고 여자들은 소리를 질렀습니다. 늙은 여자는 마치 함장님이 일전에 얘기해 주신 밴시처럼 미친 듯이 울며 소리를 질렀습니다. 높고 떨리는 톤으로 계속 고함을 쳤습니다. 그러다 총알을 여러 발 맞은 직후 소름끼치는 비명을 크게 내질렀습니다. 순간 토저 상사가 다가가 여자를 향해 프랭클린 경의 권총을 겨누더니…… 그렇게 순식간에 일이 벌어졌습니다. 이렇게까지 될 줄은 정말 몰랐습니다."

"나도 몰랐네." 크로지어가 대답했다.

피츠제임스는 계속 침묵을 지켰다. 그는 아편 전쟁이 벌어지는 동안 여러 오지에서 대승을 거두었던 전쟁 영웅이었다. 그는 시선을 내린 채 마치 자신을 되돌아보는 듯했다.

"만약 실수가 있었다면 전적으로 제 책임입니다. 어빙이 없으니 제가 양쪽 정찰대의 총책임자였습니다. 모두 제 잘못입니다, 함장님."

크로지어는 호지슨을 바라보았다. 함장은 덤덤한 눈길을 보냈다. "이제 자네가 유일하게 살아남은 장교라네, 호지슨. 어찌되었든 자네는 책임자였고 지금도 책임자야. 약 네 시간 후에 내가 대원들을 이끌고 살인 및 사살 현장으로 가겠네. 랜턴을 들고 출발해. 자네가 끌고 온 썰매 트랙을 따라 현장에 도착할 예정이야. 해 뜨기 전에 현장에 도착하고 싶네. 오늘 난리를 겪은 대원 중에서는 자네와 파만 데리고 가겠네. 가서 눈 좀 붙이고 먹고 6점종(오전 3시)에 출발할 채비를 하게."

"알겠습니다."

"그리고 히키를 들여보내게."

39
굿서

북위 69도 37분 42초, 서경 98도 41분

1848년 4월 25일

다음은 해리 D. S. 굿서 박사의 일기다.

1848년 4월 25일

나는 어빙을 상당히 좋아했다. 그는 늘 예의 바르고 배려심 넘치는 젊은이였다. 어빙을 깊이 알진 못했지만 힘겨운 시간을 함께 보내면서, 특히 테러호와 이리버스호를 오가며 근무해야 하는 몇 달 동안, 난 한 번도 그가 근무를 회피하거나 대원들에게 험한 소리를 하는 것을 본 적이 없었다. 또한 누구를 대하든 늘 예의 바르고 몸에 밴 예절로써 타인을 대했다.

특히 크로지어 함장이 어빙을 잃은 사실에 큰 충격을 받았다. 오늘 새벽 2시가 넘어서 캠프에 도착했을 때 그는 너무나 창백했다. 의사로서의 명예를 걸고 말하건대, 함장의 얼굴은 더는 창백해질 수 없을 만큼 창백함 그 자체였다. 그런데 그가 부고를 듣더니 지난 3년간 지겹도록 본 빙하만큼 입술까지 허옇게 변했다.

어빙을 아끼고 좋아하긴 했지만 친근했던 모든 기억을 일단 뒤로하고 나는 의사로서의 임무를 해야 했다.

어빙이 입고 있는 남은 옷 조각을 제거했다. 조끼에서부터 긴 속옷까

149

지 단추란 단추는 죄다 잘라냈다. 혈액이 응고되어 돌덩이처럼 언 옷에 들러붙었다. 그래서 조수 헨리 로이드가 어빙의 몸을 씻기는 일을 거들었다. 디글의 조수가 함선에서 가져온 석탄에 불을 붙여 얼음과 눈을 녹여서 마련한 물로 망자를 씻겼다. 너무나 소중한 물이지만 젊은 어빙을 이렇게라도 예우해야 했다.

나는 엉덩이뼈에서부터 배꼽까지 거꾸로 Y 절개를 할 필요가 없었다. 아래쪽에서 흉골까지 거꾸로 Y자 절개 말이다. 왜냐하면 어빙을 죽인 이들이 이미 그렇게 절개해 놓았기 때문이다.

부검을 진행하면서 늘 그렇듯 기록을 남기고 그림을 그렸다. 사인은 확실했다. 최소 2회 날카로운 칼에 목이 찔려 개방성 손상을 입고 대량 실혈이 발생했다. 이 가여운 어빙의 몸에는 채 0.5리터의 혈액도 남지 않았을 것이다.

기도와 후두가 절단되어 드러난 경추골에서도 칼자국이 보였다.

복강에는 표피, 진피, 피하 조직을 단검으로 반복적으로 휘두른 정황이 보였다. 또한 복부 내 대장 및 소장은 난도질되어 소실됐다. 비장과 신장 역시 예기 손상(날이 있는 흉기에 의한 손상)되었다. 간도 소실되었다.

시신의 성기는 절단되었고 음경 뿌리에서 2센티미터 정도 남았다. 음낭은 음경과 같이 절개되었고 고환은 제거되었다. 칼을 반복적으로 휘둘러 음낭, 부고환, 고환집막에 절창이 있었다. 살인자의 칼날이 이쯤에서 무뎌졌음이 추측 가능한 정황이다.

고환은 사라졌지만 정관, 요도, 음경 뿌리와 체강(체벽과 내장 사이의 빈 공간)과 연결되는 부위는 꽤 남아 있었다.

다발성 타박상의 흔적이 시신 전체에 보였다. 대부분 괴혈병이 심해지는 증세와 일치했다. 그러나 그 어디에도 심각한 외상의 흔적은 없었다. 손과 팔뚝, 손바닥에 방어 손상의 흔적이 전혀 보이지 않는 게 흥미로웠다.

어빙은 급습당한 것이 거의 확실하다. 어빙이 최소한의 자기 방어를 하기도 전에 살인자가 기습한 것이다. 그들은 한참 동안 반복적인 절개로 내부 장기를 난자해 개별 장기를 제거했다.

오늘 오후 늦게 장례를 치르려고 시신을 준비하면서 나는 최대한 꼼꼼히 그의 목 주위를 봉합했다. 원래 체내에 있던 것은 아니지만 삭은 섬유 조직-어빙의 개인 소지품에 들어 있던 스웨터-을 복강에 집어넣었다. 제복을 입혔을 때 검시 후 생긴 빈 공간으로 인해 누가 봐도 복부가 꺼져 보이지 않도록 배려했다. 그리고 내가 할 수 있는 한-너무 많은 조직이 훼손된 상태였다-최대한 예쁘게 복강을 봉합할 준비를 했다.

그럼에도 나는 주저하던 뭔가를 감행하기로 결심했다.

어빙의 위를 절개했다.

사실 부검 시 위를 절개해야 할 이유는 없었다. 어빙의 사인은 분명했다. 게다가 질병이나 만성 질환으로 죽은 것도 아니었다. 다들 어느 정도 괴혈병을 앓고 있었고 서서히 아사하는 중이었다.

그럼에도 나는 그의 위를 열었다. 위가 이상하리만큼 부풀어 있었다. 이렇게 극심한 추위에 박테리아의 활동으로 부패했을 리가 없다. 이렇게 특이한 사안을 확인하지 않고는 부검을 제대로 끝냈다 할 수 없었다.

위가 꽉 차 있었다.

사망하기 직전에 그는 상당량의 바다표범 살코기와 껍질, 지방을 섭취했다. 소화과정이 제대로 시작되지도 않았다.

에스키모가 살해하기 직전에 그에게 음식을 준 것이다.

그게 아니라면, 어빙 소위가 자기 망원경과 가방과 몇 가지 소지품을 건네고 그 대가로 바다표범 고기를 얻어먹은 것이다.

그런데 이건 앞뒤가 맞지 않는다. 왜냐하면 히키는 에스키모가 그를 죽이고 물건을 빼앗는 것을 직접 목격했다고 진술했다.

151

바다표범 고기와 물고기는 에스키모 썰매에 실려 있었다. 파는 그 썰매를 확보해 그 위에 어빙을 싣고 왔다. 파는 썰매 위에 있던 물건들을 바닥으로 내던졌다고 했다. 바구니와 조리용 그릇이 바다표범 고기와 생선 위에 묶여 있어서 그것을 버리고 그 위에 어빙의 시신을 잘 뉘인 후 썰매를 끌고 왔다고 했다. "어빙을 최대한 편안히 모시고 싶었습니다"라고 토저 상사가 진술했다.

그렇다면 에스키모가 그에게 먼저 음식을 건네고 먹을 시간을 준 다음 썰매를 다시 챙긴 후 그가 소화를 시키기도 전에 끔찍한 살인을 저질렀다는 얘기다.

친구로 다가간 다음 살해하고 시신을 난자한다? 세상에 이렇게 이율배반적이고 잔인하고도 야만스러운 종족이 있다는 사실을 어찌 믿을 수 있단 말인가?

대체 왜 이 원시인들은 갑자기 잔인하게 돌변했을까? 어빙이 그들이 신성하게 여기는 부적을 욕되게 하는 말이나 행동을 했을까? 아니면 에스키모가 어빙의 물건이 탐이 났던 것일까? 그럼 그 망원경이 어빙이 잔인한 죽임을 당하게 된 이유란 말인가?

또 하나의 가능성이 있다. 그러나 이건 너무 끔찍하고 가능성이 없기에 감히 여기에는 적지 않겠다.

에스키모는 어빙 소위를 죽이지 않았다.

이것도 말이 되지 않는다. 누수방지공 조수 히키가 분명 예닐곱 명의 에스키모가 그를 죽이는 것을 봤다고 진술했다. 그는 에스키모가 어빙의 가방과 망원경과 다른 소지품을 약탈하는 것을 목격했다고 했다. 그런데 이상한 것은 그들은 어빙이 갖고 있던 권총은 가져가지 않았고, 다른 주머니는 뒤지지도 않았다. 오늘 누수방지공 조수 히키는 피츠제임스 함장에게 이렇게 보고했다. 나도 그 자리에 같이 있었다. 히키는 에스키모들이 우리의 친구를 난도질하는 광경을 멀리에서 지켜보았노라고 보고했다.

모든 정황을 보았을 때 히키가 저질렀고 그것을 진술한 것이다.

아직도 밖은 칠흑처럼 어둡고 너무 춥다. 크로지어 함장은 20분 후 일부 대원만 대동한 채 살인의 현장이자 오늘 에스키모와 작은 충돌을 빚은 현장으로 떠날 것이다. 그들의 시신은 아직도 계속 그곳에 너부러져 있을 것이다.

이제 막 어빙의 봉합이 끝났다. 너무 피곤하다. 눈을 부친 지 하루가 훌쩍 넘어갔다. 나는 로이드에게 어빙의 옷을 입혀 마무리하고 오늘 오후 늦게 있을 장례식의 마지막 점검을 하라고 명령할 것이다. 신의 섭리였는지 어빙은 테러호를 떠나면서 정복을 가방에 담아 왔다. 그는 정복 차림으로 장례식에 임할 것이다.

나는 크로지어 함장에게 혹시 동행할 수 있는지 여쭈러 가야겠다. 크로지어 함장, 리틀 소위, 파, 일부 대원이 살해 현장으로 떠날 예정이다.

북위 69도 37분 42초, 서경 98도 40분 58초

1848년 4월 25일

안개가 걷히자 부푼 뇌처럼 생긴 뭔가가 얼어붙은 땅에 솟아 있었다. 불그무레한 회색이 감도는 것이 나선형으로 둘둘 감긴 채 얼어서 반짝거렸다.

해리 페글러는 존 어빙의 창자를 보고 있었다.

"바로 여깁니다." 토머스 파가 덤덤히 말했다.

페글러는 함장이 살인 현장에 같이 가자고 호출한 사실에 약간 놀랐다. 앞돛대망루장인 그는 어빙이나 호지슨이 이끄는 수색조의 일원도 아니었고 어제 사건과도 무관했다. 페글러는 새벽이 오기도 전에 현장 조사단에 뽑혀 온 대원들을 쳐다보았다. 대위 에드워드 리틀, 크로지어의 갑판장 조수이자 남극 탐험을 떠났던 나이 먹은 승조원인 토머스 존슨, 어제 현장에 있었던 큰돛대장루장 파, 군의관 굿서, 이리버스호의 중위 르베스콘테, 1등 항해사 로버트 토머스, 상병 피어슨 이하 호프크래프트, 힐리, 필킹턴 등 무장한 4인의 해병이 그들이었다.

해리 페글러는 크로지어 함장이 믿을 만한 대원들을 골라 현장 검증을 하러 왔다는 사실에 도취하지 않으려고 했다. 테러 캠프에는 불만을 품은 자와 무능력자가 많았다. 불평을 일삼는 히키가 오늘 오후에 있을 장례식

에 어빙을 매장할 땅을 파러 나갔다.

크로지어의 조사단은 새벽이 되기도 전에 캠프를 출발했다. 그들은 어제 에스키모 썰매에 망자를 싣고 캠프까지 왔던 트랙을 거슬러 랜턴을 들고 남동쪽으로 향했다. 자갈이 많은 능선에서 트랙이 끊겼지만 저 너머 눈내린 계곡에서 금방 찾았다. 밤사이 기온이 30도는 올라 현재 기온이 영하 17도까지 올랐다. 짙은 안개가 끼었다. 지구 상의 해수온도에 도가 튼 베테랑 해리 페글러는 사방 수백 킬로미터가 온통 얼음 천지인데 어떻게 안개가 끼는지 궁금했다. 낮은 구름이 극빙 표면을 스치면서 하늘조차 포기한 이곳 지면과 맞부딪혀 해수면 몇 미터 위로 안개가 깔린 것 같았다. 해가 떠도 해가 보이지 않았고 주위를 휘감은 안개구름 속으로 뿌옇고 누런 기운만 사방으로 퍼지는 것처럼 보였다.

섭수 대원들이 살인 현장에 몇 분간 가만히 서 있었다. 볼 것이 거의 없었다. 존 어빙의 모자가 근처 바위로 날아가자 파가 달려가 주워 왔다. 얼어붙은 돌 위에 얼어붙은 핏자국만 보였다. 그 옆에는 시커먼 인간 창자가 잔뜩 뭉쳐 있었다. 찢어진 옷 조각도 보였다.

"호지슨, 파, 히키가 이쪽으로 인도했을 당시 에스키모가 이 위로 올라온 흔적이 있는지 살펴보았나?" 크로지어가 물었다.

호지슨은 그 질문에 당황한 듯 보였다. 파가 말했다. "그들의 피 묻은 물품 말고는 못 보았습니다. 저희가 산등성이를 따라 포복한 후 호지슨의 망원경을 이용해 계곡 아래쪽을 살폈습니다만, 그때 에스키모는 저 아래에 있었습니다. 여전히 존 어빙의 망원경을 서로 보겠다고 싸우면서 서로 뺏어가곤 했습니다."

"그럼 에스키모가 저들끼리 싸우는 것을 직접 보았나?" 크로지어가 잘라 물었다.

페글러는 이렇게까지 피곤해 하는 함장의 모습은 처음이었다. 그가 모셨던 함장 중에 이렇게까지 초췌한 몰골을 한 함장은 없었다. 지난 몇 주 사이에 크로지어의 눈은 퀭하니 푹 꺼졌다. 그의 목소리는 명령을 내릴 때 언제나 우렁찼지만, 지금은 갈라졌다. 이미 눈에서 피가 흐르는 것 같았다.

요즘 들어 페글러는 출혈이 꽤 심해졌다. 동료 존 브리젠스에게는 아직 말하지 않았지만 괴혈병을 실감하고 있었다. 한때 자랑스럽던 근육이 쪼그라들었다. 피부는 멍이 들어 얼룩덜룩했다. 지난 열흘간 이가 두 개나 빠졌다. 대변을 볼 때마다 혈변이 나왔다.

"에스키모가 저들끼리 투덕거리는 걸 직접 봤냐고 물으셨습니까? 보지는 못했습니다. 에스키모들이 서로 밀치며 웃고 있었습니다. 그중 2명이 존이 갖고 있던 청동 망원경을 서로 잡아당기고 있었습니다."

크로지어가 고개를 끄덕였다. "그럼 제군들, 계곡으로 다 같이 내려가지."

페글러는 피가 낭자한 현장을 보고 충격받았다. 지상전을 목격한 건 이번이 처음이었다. 이런 소규모 접전도 구경한 적이 없었다. 단단히 각오했지만 눈밭이 이 정도까지 시뻘겋게 물들 줄은 상상도 하지 못했다.

"누군가 여기를 왔다 갔습니다." 호지슨 중위가 말했다.

"그게 무슨 소리지?" 크로지어가 물었다.

"시신 일부가 옮겨져 있습니다." 호지슨은 에스키모 남자 둘과 늙은 여자를 가리켰다. "에스키모가 입고 있던 외투가, 그러니까 벙어리 여자가 입은 것과 비슷한 모피 파카하고 장갑과 부츠가 여기에 있었는데 사라졌습니다. 무기 몇 점도 없어졌습니다. 작살과 창도 안 보입니다. 어제 여기에 그것들이 놓여 있었는데 지금은 보이지 않습니다."

"기념품으로 가져갔을까? 우리 대원들이……" 크로지어가 쉰 소리로 말했다.

"그건 아닌 것 같습니다." 파가 단호히 끼어들었다. "저희가 어제 썰매에서 바구니와 취사도구 등을 내던진 다음 언덕으로 끌고 가서 어빙을 그 위에 모셨습니다. 그때부터 다들 같이 테러 캠프까지 함께 움직였습니다. 뒤로 처진 사람은 아무도 없습니다."

"조리 도구 몇 개와 바구니도 사라졌습니다." 호지슨이 말했다.

"이쪽에 새로운 트랙이 생겼습니다. 그런데 어젯밤부터 바람이 불어서 분간이 힘듭니다." 갑판장 조수 존슨이 말했다.

함장은 시신마다 돌아다니며 살폈다. 엎드려 있으면 앞으로 굴렸다. 죽은 남자들의 얼굴을 일일이 살폈다. 페글러는 그들이 죄다 건장한 남자는 아니었음을 알았다. 소년도 끼어 있었고 입을 벌리고 죽은 늙은 여인도 있었다. 여인은 죽는 순간 얼어붙어 소리 없는 비명을 영원히 내지르고 있었다. 피가 흠뻑 쏟아진 자리는 마치 시커먼 구멍 같았다. 에스키모 1명은 이미 총상을 입은 후 상당히 근거리에서 산탄총을 정통으로 맞았는지 머리 뒤쪽이 뻥 뚫려 있었다.

크로지어는 실마리를 찾아보려고 한 사람씩 망자의 얼굴을 살피고 일어섰다. 군의관 굿서는 이미 시신을 자세히 살피고는 함장의 귀에 대고 속삭였다. 굿서는 귓속말을 하려고 자기 목도리는 물론 함장의 목도리까지 끌어 내렸다. 크로지어는 한 걸음 물러서더니 놀란 표정으로 굿서를 쳐다보았다. 그리고 고개를 끄덕였다.

굿서는 죽은 에스키모 시신 옆에 한쪽 무릎을 꿇고 앉아 가방에서 수술 도구 몇 개를 꺼냈다. 기다랗게 휜 칼톱도 보였다. 그것을 보는 순간 페글러는 테러호 선창에서 얼어붙은 수조를 절단할 때 사용한 얼음 톱이 생각났다.

"굿서 선생이 일부 에스키모의 장기를 살필 거야." 크로지어가 말했다.

페글러와 나머지 9명의 대원은 그 이유가 궁금했으나 아무도 되묻지 않았다. 걸핏하면 토하는 해병 3인을 포함한 일부 대원들이 고개를 돌렸다. 덩치가 작은 굿서는 첫 번째 시신의 배를 톱질했다. 반쯤 언 살을 톱질하자 나무토막을 자르는 소리가 났다.

"함장님, 누가 무기와 옷을 가져갔을까요? 도주한 2명 중 1명이 들고 갔을까요?" 1등 항해사 토머스가 물었다.

크로지어는 마음이 복잡한 듯 고개를 끄덕였다. "그럴 수도 있고, 아니면 다른 부족 사람이 가져갔을 수도 있어. 물론 이런 황폐한 오지에 마을이 있다는 게 상상이 안 가긴 하지만, 이 근처에 머무는 사냥단의 일원일 수도 있고."

"이들은 식량을 꽤 많이 갖고 있었습니다. 메인 사냥조라면 얼마나 많이 갖고 있었을지 상상해 보십시오. 그것으로 105명의 승조원 전원을 먹일 수 있을지도 모릅니다." 르베스콘테 중위가 말했다.

리틀 대위의 입김이 코트 칼라에 들러붙었다. 그는 미소를 지었다. "그럼 에스키모 마을이나 메인 사냥조로 걸어가서 음식을 달라고 정중히 부탁하거나 사냥 비법을 묻지 그래? 지금 가겠나, 아님 좀 있다 갈 텐가?" 리틀은 눈밭에 시신이 너부러진 채 얼어 있고 피로 얼룩진 현장을 손으로 가리키며 물었다.

"제 생각에는 테러 캠프와 이 섬을 지금 당장 떠나야 할 것 같습니다." 호지슨 중위가 말했다. 목소리가 떨렸다. "그들이 우리가 자는 동안 죽이러 올 겁니다. 존에게 한 짓을 보십시오." 벌게진 얼굴로 말을 멈추었다.

페글러는 호지슨을 살폈다. 호지슨은 굶주리고 지친 기색이 완연했다. 다른 이들도 마찬가지였지만 괴혈병의 징후가 그렇게까지 보이진 않았다. 페글러는 자신도 호지슨이 어제 목격한 장면을 봤더라면 저렇게 소심해졌을지 궁금했다.

"토머스." 크로지어가 오랜 동료의 이름을 다정하게 불렀다. "미안한데 저 옆에 있는 언덕에 올라가서 혹시 뭐가 보이는지 알려주겠나? 만일 뭐가 보이면 그게 얼마나 되는지, 무슨 종류인지 알아오게."

"알겠습니다." 덩치 큰 토머스 존슨이 수북이 쌓인 눈을 헤치며 언덕을 뛰어 올라가 자갈이 쌓인 정상을 밟았다.

페글러는 계속 굿서를 쳐다보았다. 굿서는 첫 번째 에스키모 남자의 거무죽죽하고 핏기가 가신 불룩한 위를 절개했다. 그다음 옆에 누운 늙은 여자와 소년까지 절개했다. 지켜보고 있자니 소름이 돋았다. 굿서는 작은 수술용 칼을 이용해 위를 절개하고 그 안에 든 내용물을 맨손으로 끄집어냈다. 그러고는 얼어붙은 덩어리를 짓이기며 금덩이라도 찾는 듯 뒤적거렸다. 가끔씩은 얼어붙은 내용물을 쩍 소리를 내며 작은 조각으로 빼갰다. 굿서는 시신 세 구의 부검을 끝내더니 아무렇지 않은 듯 맨손을 눈에 대고 문지른 다음 장갑을 끼고 크로지어와 귓속말을 다시 나누었다.

"모두에게 전해도 좋아. 다들 들어야 할 필요가 있어." 크로지어가 크게 말했다.

굿서는 터서 피가 나는 입술에 침을 묻힌 다음 입을 열었다. "오늘 아침 제가 어빙의 위를 절개했습니다."

"왜입니까?" 호지슨이 외쳤다. "저들에게 당하지 않고, 그나마 그대로 남은 몇 안 되는 부위였잖습니까! 어떻게 위까지 갈랐단 말입니까!"

"조용!" 크로지어가 다그쳤다. 위엄 있게 명령하던 함장의 목소리가 되돌아왔다. 크로지어는 굿서에게 고갯짓을 했다. "계속하시게, 굿서 박사."

"어빙 소위는 바다표범 고기를 배부르게 먹었습니다. 우리 중 그 누구도 몇 달간 먹지 못한 식사를 배불리 했습니다. 이것은 에스키모 썰매에 실린 식량에서 얻어먹은 것임이 분명합니다. 저는 에스키모들도 어빙과 같이 식사를 했는지가 궁금했습니다. 죽기 직전 저들도 바다표범 고기를 먹었는지 궁금했습니다. 에스키모 3인을 부검한 결과 저들은 분명 어빙과 같이 식사를 했습니다."

"에스키모가 어빙에게 식사 대접을 했다니, 그럼 갖고 있던 고기를 어빙과 나눠 먹은 다음 떠나려는 어빙을 죽였다는 말입니까?" 1등 항해사 토머스가 이 얘기를 듣고 혼란스러운 듯 물었다.

페글러도 무슨 소리인지 어리둥절했다. 앞뒤가 맞지 않았다. 만일 에스키모가 변덕이 죽 끓듯 해서 순식간에 마음이 바뀐 게 아니고서는 말이 되지 않았다. 그가 낡은 비글호를 타고 5년간 남극해를 항해하는 동안 겪은 원주민 중에 그런 기질을 보이는 자가 있긴 있었다. 존 브리젠스가 여기에 있어서 자신의 의견을 표명해 준다면 얼마나 좋았을까.

"제군들." 크로지어가 말했다. 여기에는 분명 해병들도 포함된다. "다들 내 얘기를 잘 들어주길 바라네. 후일 이 사실에 관한 제군들의 생각을 물을 걸세. 내가 공공연히 언급해야 할 때가 오기 전까지는 우리 말고 그 누구에게도 이 말을 해서는 안 되네. 가장 친한 이에게도 절대 말해서는 안 돼. 자다가 중얼거려도 절대로 안 돼. 하늘에 맹세하건데 내 명령을 어긴 자를 색출해 침묵하게 만들 것이며 알몸으로 빙원에 내버리고 갈 것이네. 내 말 알아듣겠나?"

다들 우렁차게 대답했다.

그때 토머스 존슨이 돌아왔다. 숨을 몰아쉬면서 언덕을 내려왔다. 서서 무슨 일이 있었냐고 묻듯이 입 다물고 있는 대원들을 바라보았다.

"뭐가 보였나, 존슨?" 크로지어가 물었다.

"트랙이 보였는데 좀 오래된 것이었습니다. 남서쪽 방향이었습니다. 어제 도주한 2명이 그 트랙을 따라온 것이 분명합니다. 파카와 무기, 주방 도구 등을 가지러 계곡으로 되돌아왔던 것 같습니다. 새로 생긴 자국은 못 보았습니다."

"고맙네, 토머스." 크로지어가 말했다.

안개가 그들을 휘감았다. 동쪽 어딘가에서 해군이 참전할 때 쏘는 대형 발포 소리가 들렸다. 페글러는 지난 두 번의 여름을 나면서 그런 소리를 자주 들었다. 그건 저 멀리에서 천둥 치는 소리였다. 4월임에도 아직도 영하 30도에 가까운 기온이 계속되고 있었다.

"자, 이제 장례식에 참석해야 하니 돌아가야지?"

길고 긴 트랙을 따라 되돌아가면서 해리 페글러는 그가 본 모습을 곱씹어 보았다. 그가 좋아하던 소위의 얼어붙은 내장을 목격하고 눈밭 위에 낭자한 선명한 혈흔과 시신을 보았다. 파카와 무기, 장비가 사라졌고, 굿서가 거침없이 부검을 했다. 크로지어 함장은 '후일 이 사실에 대한 제군들의 의견을 물을 것'이라는 아리송한 발언을 했다. 마치 그가 후일 군법 회의나 군인 예심 법원(영국 군사 재판에서 심리를 받고 있는 자의 극형 해당 여부를 심사하는 기관)에서 배심원으로 앉을 준비를 하라는 말처럼 들렸다.

페글러는 이 모든 사연을 오랫동안 준비하고 있는 책 속에 모두 적을 것이다. 그리고 장례식이 끝나면 존 브리젠스와 이에 대해 얘기할 짬이 나기를 바랐다. 양쪽 함선 출신 대원들이 소속 텐트나 식사조와 썰매조로 돌아가기 전에 얘기를 나눌 수 있으면 좋으련만. 페글러는 현명한 브리젠스가 일련의 사태에 대해 뭐라고 말할지 의견을 듣고 싶었다.

41
크로지어

북위 69도 37분 42초, 서경 98도 41분

1848년 4월 25일

"죽음아, 네 승리는 어디 갔느냐? 죽음아, 네 독침은 어디 있느냐?"

어빙 소위는 크로지어의 직속 부하였지만 피츠제임스 함장이 목소리가 더 좋고 성서에 어울렸기에 크로지어 대신 추도사를 읽었다. 혀 짧은 소리를 내던 말투가 모두 사라졌다. 크로지어는 장례식 내내 대신 봉독하는 그가 고마웠다.

테러 캠프에 있는 대원들이 전원 참석했다. 당직 근무자, 환자, 환자를 돌보는 로이드, 웨일보트에 있던 스토브 넉 대로 에스키모에게서 뺏은 생선과 바다표범 고기로 저녁을 차리는 디글과 월 및 주방 보조 등 특수 업무를 담당하는 대원들은 불참했다. 약 80명이 캠프에서 90미터 떨어진 장지에 모였다. 여전히 짙게 깔린 안개 속에 서 있는 조문객들의 모습이 시커먼 망령처럼 보였다.

"죽음의 독침은 죄요, 죄의 힘은 율법입니다. 그러나 우리 주 예수 그리스도를 통하여 우리에게 승리를 주신 하느님께 감사합시다. 그러므로 사랑하는 형제 여러분, 굳건히 서서 흔들리지 말고 언제든 주님의 일을 열심히 하십시오. 주님을 위하여 하는 노력은 결코 헛되지 않을 것임을 명심하십시오."

장교와 항해사 2인이 장지로 어빙을 옮길 예정이었다. 테러 캠프에는 관을 짤 나무가 부족했지만 목공장 허니가 여기저기서 나무를 구해 문짝 크기만 한 팔레트를 짰다. 그 위에 어빙을 안치해 캔버스 천으로 단단히 꿰매어 그대로 운구한 후 하관할 수 있게 했다. 매장으로 치르기로 했기에 로프도 해군식으로 제대로 매긴 했지만 사실 별로 로프를 내릴 것도 없었다. 히키와 다른 대원들이 고작 1미터밖에 땅을 파지 못했다. 그 밑으론 땅이 돌덩이처럼 꽝꽝 얼었기 때문이다. 대원들은 큼지막한 돌덩이 수십 개를 구해서 시신 위에 올리고 그 위에 언 표토와 자갈을 덮고 다시 그 위에 돌을 높이 쌓을 예정이다. 이런들 여름에 곰 같은 포식자들이 파헤치지 못할 거라 생각하는 이는 아무도 없었다. 그래도 대다수의 승조원들은 존 어빙에 대한 애정을 이렇게라도 표시하고 싶은 마음이었다.

대다수의 승조원이라고 했다.

크로지어는 히키를 힐끔거렸다. 카니발 직후 태형을 당한 매그너스 맨슨과 이리버스의 장포장 리처드 에일모어가 그 옆에 서 있었다. 불만을 품은 자들이 그 주위에 두런두런 모여 있었다. 지난 1월, 테러호의 일부 대원들은 선상 반란을 일으키면서까지 벙어리 여자를 죽이려 했다. 여느 장례식에 참석한 조문객들처럼 대원들은 방한모와 워치캡을 벗고 코와 귀를 가리던 목도리까지 풀었다.

. . .

한밤중에 함장 텐트 안에서 크로지어가 코닐리어스 히키에게 던진 심문은 긴박하고 명료했다.

"안녕하십니까, 함장님. 피츠제임스 함장님께 보고 드린 내용을 제가 함장님께 보고하자면……"

"겉옷 벗게, 히키."

"뭐라고 하셨습니까?"

"내 말 못 들었나?"

"들었습니다. 그런데 함장님께서 제가 야만인들이 불쌍한 어빙을 죽이는 모습을 목격한 경위를 듣고자 하신다고……"

"어빙 '소위'네, 누수방지공 조수. 피츠제임스 함장한테 자네 얘기 들었네. 가감할 얘기는 없나? 수정하고픈 내용은?"

"없습니다."

"외투 벗게. 장갑도 벗고."

"알겠습니다. 그럼 이 옷을 벗어서 어디에……?"

"바닥에 내려놔. 재킷도 벗어."

"재킷까지요? 여기 너무 추운데…… 알겠습니다."

"히키, 어빙 소위가 자리를 비운 지 한 시간도 안 되었는데 굳이 자청해서 어빙 소위를 찾으러 간 이유는 뭔가? 자네 말곤 아무도 걱정하지 않았는데."

"아, 제가 자청한 게 아닙니다, 함장님. 제 기억엔 파 망루장이 저더러 가 보라고 해서……"

"파 얘기로는 어빙 소위가 아직 올 때가 안 되었는데도 네가 자꾸 시간을 물어보더니 직접 찾아보겠다고 자청했다던데. 다른 이들은 식사 후 다들 쉬고 있었고. 왜 그랬지, 히키?"

"만일 장루장이 그렇게 말했다면…… 그건…… 다 같이 어빙 소위 걱정을 하고 있었던 것이 분명합니다."

"왜지?"

"재킷하고 겉옷을 다시 입어도 되겠습니까? 이 안이 너무나 춥습니다요."

"아니. 조끼와 스웨터도 벗게. 왜 어빙 소위 걱정을 했지?"

"혹시나 제가 오늘 어디 다친 데는 없는지 함장님께서 걱정하시는 것 같은데요. 저 다친 데 없습니다. 야만인들은 절 구경도 못했습니다. 하나도 다치지 않았습니다. 진짜로요."

"스웨터도 벗어. 왜 어빙 소위 걱정을 했냐고 내가 물었다."

"그건 저와 다른 대원들도…… 아시잖습니까, 함장님."

"아니."

"그냥 다들 걱정되어서 그랬습니다. 조원이 실종될까 봐 걱정하는 마음이었습니다. 게다가 제가 춥기도 했습죠. 둘러 앉아 찬 음식을 먹으니 너무 추워서 어빙 소위의 발자국을 따라가 무사하신지 살피면 덕분에 제 몸도 덥혀질 거라 생각했습니다."

"손 내밀게."

"다시 말씀해 주시겠습니까?"

"손 말이야."

"알겠습니다. 손이 떨려서 죄송합니다. 하루 종일 추위에 떤 데다가 지금 셔츠만 달랑 입고 있어서……."

"뒤집어. 손바닥을 위로."

"알겠습니다."

"손톱 밑에 피가 낀 건가, 히키?"

"그럴 수도 있습죠. 다 아시면서."

"모르는데, 왜지?"

"목욕물이 없어서 몇 달간 씻지 못했습니다. 게다가 괴혈병과 이질 때문에 큰일을 볼 때면 피가……"

"그럼 지금 영국 해군 부사관이 손으로 뒤를 닦는다고 말하는 건가, 히키?"

"아닙니다. 그게 아니라…… 혹시 옷을 다시 입어도 되겠습니까, 함장님? 보시다시피 저 상처 없이 멀쩡합니다. 너무 추워서 사내의 그것이 쪼그라드는……"

"셔츠와 속셔츠도 벗어."

"진심이십니까, 함장님?"

"두 번씩 말 시키지 말게, 히키. 여긴 해군 교도소가 없으니 교도소에 갈 사람은 누구든 웨일보트에 체인으로 묶여 있어야 해."

"벗었습니다. 이렇게 다 벗었습니다. 웃통을 벗으니 얼어 죽을 것 같습니다요. 집사람이 지금 제 꼴을 본다면…… ."

"점호 명부에 자네가 결혼했다는 소리는 없던데, 히키."

"아, 집사람 루이사는 7년 전에 죽었습니다. 천연두로요. 명복을 빕니다."

"만약 장교들을 죽여야 할 시기가 오면 제일 먼저 어빙 소위를 죽이겠다고 마스트 앞에서 말한 이유는 뭔가?"

"그런 말 한 적 없습니다."

"자네가 그랬다는 보고가 있었어. 카니발이 열리기 전에도 자네가 반란 얘기를 들먹였다는 보고가 있었고. 하필 왜 어빙 소위를 지목했나? 대체 어빙 소위가 자네한테 뭘 잘못한 거지?"

"아무 일도 없었습니다. 그리고 맹세코 전 그런 말을 한 적이 없습니다. 제가 그랬다고 이른 자를 불러 주십시오. 제가 그 면상에다 침을 뱉어주겠습니다."

"어빙 소위가 뭘 잘못했지? 왜 양쪽 대원들에게 어빙이 호색가이며 거짓말쟁이라고 떠들고 다닌 거지?"

"맹세합니다. 이가 덜덜거려서 죄송합니다만, 함장님. 아휴, 한밤에 웃통 벗고 있자니 진짜 춥습니다요. 저는 맹세코 절대로 그런 말을 한 적이 없습니다. 다들 어빙을 아들처럼 여겼습니다. 아들이요. 그래서 멀리 나간 어빙이 걱정돼서 확인하러 간 것뿐입니다요. 저는 착한 일을 했습니다. 만일 제가 가 보지 않았더라면 무자비한 에스키모 놈들 짓인 줄 몰랐을 테니까요."

"옷 입어, 히키."

"알겠습니다."

"아니, 밖에 나가서 입으라고. 당장 꺼져!"

. . .

"여인에게서 난 사람은 그 사는 날이 적고 괴로움이 많도다. 그 발생함이 꽃과 같아서 쇠하여지고, 그 신속함이 그림자 같아서 머물지 아니하도다."

피츠제임스가 기도를 올렸다.

호지슨과 운구자들이 팔레트를 신중히 내렸다. 어빙은 캔버스 천에 둘리어 그 위에 누워 있었다. 그나마 힘이 남은 수병들이 얕은 구멍 위에 걸쳐 놓은 로프를 붙들었다. 호지슨과 다른 대원들이 부검 텐트에 들러 한 사람씩 조의를 표한 이후 장범장 머레이가 돛으로 망자를 잘 싸서 꿰맸다. 조문객들은 망자 옆에 아끼던 징표를 남겼다. 에스키모 소년이 감탄하던 청동 망원경이 회수되어 그의 옆에 놓였다. 총격으로 렌즈가 깨졌다. 장포장 교육함 엑설런트호에서 열린 대회에서 우승하여 받은 금훈장도 놓였다. 어빙의 이름이 각인된 이 훈장은 최소 5파운드는 되어 보였는데, 밀린 임금을 이제야 받은 것 같았다. 희망을 품었던 건지, 아니면 젊어서 세상 물정을 몰라서인지, 어빙은 개인 물품을 담은 작은 가방에 정복을 챙겨 왔다. 덕분에 그것을 입고 흙으로 돌아간다. 크로지어는 닻을 품은 왕관 문양이 그려진 금단추를 보니, 문득 다른 것은 다 썩어 없어져도 제복에 달린 금단추와 백골과 장포장 금훈장은 영영 남겠다는 생각이 들었다.

"우리는 살아도 죽음이 가까우며, 우리 죄를 생각하면 주께서 진노하심이 마땅하오나, 주 하느님 외에 누가 능히 우리를 구원하오리까?"

피츠제임스는 기도를 암송했다. 피곤했지만 목소리가 청명하게 울려 퍼졌다.

크로지어 함장은 돛을 두른 어빙에게 물품 하나가 더 있다는 걸 알았다. 다른 이들은 전혀 모르는 그것이 베개처럼 머리 밑에 깔려 있었다.

녹색, 붉은색, 파란색 무늬로 직조된 중국산 비단 손수건이었다. 크로지어는 굿서, 로이드, 호지슨과 다른 이들이 자리를 뜬 후 부검 텐트로 들어갔다. 안으로 들어오는 크로지어를 보고 손수건을 돌려주러 온 이가 깜짝 놀랐다. 그리고 얼마 후 노년의 장범장 머레이가 들어와 누운 어빙을 그대로 둔 채 준비해 온 수의를 꿰맸다.

부검 텐트를 찾은 벙어리 여자는 몸을 굽혀 어빙을 살피더니 뭔가 머리 밑에 깔았다.

크로지어는 여자를 보는 순간 주머니 속에 든 산탄총을 꺼내 들고 싶은 충동이 일었다. 하지만 그는 에스키모 여자와 시선이 마주치는 순간 그대로 얼어붙었다. 사람 눈 같지 않은 검은 눈동자에 눈물이 고인 건 아니었다. 그런데 뭐라 형용할 수 없는 감정이 뒤섞인 시선이 반짝였다. 회한일까? 그건 아닌 것 같았다. 오히려 여자는 크로지어를 보는 순간 죄를 짓다 들킨 눈치였다. 크로지어의 머릿속에도 비슷한 감정이 일었다. 메모 모이라 할머니를 볼 때마다 들던 비슷한 감정이라고 할까.

여자는 일종의 의식을 치르듯 비단 손수건을 어빙 머리 밑에 조심스레 깔았다. 크로지어는 그 손수건이 어빙의 것임을 알았다. 1845년 5월 출항하던 바로 그날, 그것을 본 적이 있었다.

에스키모 마녀가 손수건을 훔쳤나? 어제 어빙이 죽고 나서 가져간 것일까?

벙어리 여자는 일주일 전 테러호를 떠나 테러 캠프까지 오는 길에 어빙

의 썰매조를 따라 이동한 후 대원들과 어울리지 않고 곧장 사라졌다. 크로
지어는 이미 생각을 접었지만, 다른 이들은 아직도 여자가 먹을 것을 가져
다줄지 모른다는 희망을 품고 있었다. 그럼에도 여자가 없어져서 후련해
했다. 이 지옥 같은 새벽을 통과하는 동안 크로지어는 바람 부는 자갈 언
덕에서 어빙을 죽인 자가 벙어리 여자일 수도 있다고 의심을 품었다.

저 여자가 에스키모 사냥꾼 친구들을 몰고 와 캠프를 습격하려다 어빙
을 죽인 게 아닐까? 일단 굶주린 어빙에게 고기부터 먹인 후 에스키모를
만났다는 얘기를 남들에게 할까 봐 흉포하게 살해했을지도 모른다. 벙어
리 여자가 어쩌면 파와 호지슨 및 여러 대원들이 언뜻 봤다던 그 '젊은 여
자'는 아니었을까? 젊은 여자가 헤어밴드를 한 에스키모 남자와 도망갔다
고 했다. 여자가 지난주에 에스키모 마을로 돌아가 파카를 바꿔 입었다면
대체 누가 에스키모 여자를 원거리에서 분간할 수 있을까?

크로지어는 이런 생각이 갑자기 밀려들었다. 지금 시간이 멈추었다. 크
로지어와 벙어리 여자는 서로 놀라 한참을 움직이지 못했다. 크로지어가
여자의 얼굴을 쳐다보았다. 그리고 깨달았다. 육감인지, 아니면 메모 모이
라 할머니가 말씀하신 천리안 때문인지 모르겠지만, 여자는 존 어빙 때문
에 속으로 울고 있으며 선물로 받은 비단 손수건을 주인에게 되돌려 주려
고 온 것이다.

크로지어는 지난 2월 어빙이 여자의 얼음집에 방문했을 때 손수건을
선물했다고 직감했다. 어빙이 함장에게 낱낱이 보고했지만 몇 가지는 빠
뜨렸던 것 같다. 이쯤 되니 둘이 연인 사이는 아니었는지 궁금해졌다.

벙어리 여자는 곧 떠났다. 여자는 텐트를 빠져나가 소리 소문도 없이
사라졌다. 나중에 크로지어가 캠프에 있던 대원들과 당직 근무원들에게
혹시 봤냐고 물었지만 아무도 보지 못했다고 했다.

함장은 텐트에서 어빙의 시신을 바라보았다. 창백한 망자의 얼굴이 그

밑에 깔린 화사한 손수건과 대조되어 더욱 하얘 보였다. 캔버스 천을 당겨 어빙의 얼굴과 몸을 덮고 머레이를 호출해 들어와서 수의를 꿰매라고 했다.

"거룩하신 하느님, 거룩하시고 전능하신 주님, 거룩하시고 영원하신 주님, 자비를 베푸소서. 주여, 별세한 이를 영원한 죽음에서 구원하소서."

피츠제임스가 기도를 올렸다.

"마음의 비밀을 다 아시는 하느님, 우리의 간절한 기도를 들어주소서. 거룩하신 하느님, 거룩하시고 전능하신 주님, 거룩하시고 영원하신 주님, 자비를 베푸소서. 마지막 심판의 날에 엄히 심판치 마시고 주님의 자비로 안식을 누리게 하소서."

피츠제임스가 봉독을 멈추고 한 걸음 뒤로 물러섰다. 상념에 빠진 크로지어는 한참을 가만히 서 있다가 이리저리 발을 끄는 소리에 순간 그의 순서가 되었음을 눈치챘다.

그는 무덤 머리 쪽으로 걸어갔다.

"이제 우리의 교우이자 장교인 존 어빙을 땅에 안장하니," 그는 숨을 들이쉬었다. 죽을 만큼 피곤했지만 머릿속에는 이 모든 구절이 또렷이 떠올랐다. "흙은 흙으로 돌아가고, 재는 재로 돌아가고, 티끌은 티끌로 돌아가나, 바다와 땅이 자기 안에 죽은 자들을 토해 낼 때 우리 주 예수 그리스도께서 그대를 부활케 하소서." 1미터 아래로 하관이 이루어졌다. 크로지어는 흙을 한 줌 쥐고, 그 위에 흩뿌렸다. 자갈이 캔버스로 가려진 어빙의 얼굴 위로 쏟아졌다가 옆으로 흘러내리면서 거칠고 우악스러운 소리를 냈다. "그리스도께서는 만물을 당신께 복종시킬 수 있는 능력을 가지고 오셔서 우리의 비천한 몸을 당신의 영광스러운 몸과 같은 형상으로 변화시켜 주소서."

장례식이 끝났다. 로프를 걷었다.

대원들은 꽁꽁 언 발을 구르며 워치캡과 방한모를 다시 쓰고 목도리를 두른 다음, 안개를 헤치며 뜨거운 석식을 먹으러 테러 캠프로 갔다.

호지슨, 리틀, 토머스, 드보, 르베스콘테, 블랭키, 페글러, 장교 몇 명이 뒤에 남아 시신을 매장하려고 대기하던 수병들을 보냈다. 장교들은 돌멩이 한 층을 깔고 흙을 삽으로 떠서 작업하기 시작했다. 현 상황이 이래도 어빙을 최대한 잘 묻어주고 싶었다.

마무리가 끝나자 크로지어와 피츠제임스는 무리에서 빠져나왔다. 그들은 한참 있다 석식을 먹을 것이다. 두 사람은 여기에서 약 3킬로미터 떨어진 빅토리 포인트로 향했다. 약 1년 전 그래엄 고어가 제임스 로스의 오래된 케른 안에 희망의 메시지를 놋쇠 원통에 담아 남겨 놓은 곳이다.

크로지어는 오늘 그곳에 메시지를 남길 것이다. 고어가 메시지를 쓴 지 10개월 하고도 보름이 지났다. 그는 탐험대가 그동안 어떤 운명을 겪었으며 앞으로 어떻게 할 것인지를 남길 예정이다.

안개 속을 힘겹게 걷는 동안 저 뒤 어디에선가 석식 시간을 알리는 종소리가 들렸다. 탐험대는 이리버스호와 테러호를 포기하고 빙원을 가로질러 웨일보트를 캠프까지 옮길 때 양쪽 함선에 있던 종도 챙겨왔다. 프랜시스 크로지어는 두 사람이 케른에 닿을 때까지 앞으로의 행보를 결정할 수 있도록 하늘에 기도했다. 만약 그때까지도 결심이 서지 않는다면 너무 두려워서 눈물이 날 것 같았다.

북위 69도 37분 42초, 서경 98도 41분
1848년 4월 25일

에스키모 썰매에는 95명에서 100명 가까이 되는 인원이 충분히 먹을
만큼의 고기와 생선이 실리지 않았다. 몇 명은 병세가 심해 식사를 하지
못했다. 디글과 월이 얼마 남지 않은 비축 식량을 곁들여 고기와 생선으로
온갖 재주를 부렸지만 완벽하게 성공한 건 아니었다. 에스키모 썰매에 실
린 고기 중 일부는 썩었다. 다들 골드너 통조림 수프나 스튜, 채소만 먹다
가 맛 좋은 고기 기름과 생선을 맛보았다.

안 그래도 설사로 매일 고생하는데 이것을 먹으면 설사가 심해지리라
는 것을 알면서도 해리 페글러는 벌벌 떨리는 손으로 맛있게 먹었다.

석식을 먹고 예정된 근무를 서기 전, 페글러와 당번병 존 브리젠스는
둘이서 미지근한 차를 수통에 담아 들고 걸음을 옮겼다. 목소리가 안개에
걸러져 마치 멀리에서 들리듯 울렸다. 테러 캠프 한쪽에 있는 텐트에서 카
드 게임하는 소리가 들렸다. 함장 둘이 석식을 먹지도 않고 걸어간 북서쪽
극빙 너머에서 천둥소리가 들렸다. 하루 종일 천둥소리는 들렸지만 아직
까지 눈 폭풍이 도착하진 않았다.

두 사람이 길게 들어 선 보트 옆에 멈춰 섰다. 얼음 자갈 위에 썰매가
실린 보트들이 늘어 서 있었다. 만일 바다가 풀릴 경우 이곳은 협만 해안

가가 될 것이다.

"해리, 말해 봐. 다시 바다로 나갈 경우 어떤 보트를 타고 싶지?" 브리젠스가 물었다.

페글러는 차를 음미하며 가리켰다. "잘 모르겠지만 크로지어 함장이 여기 있는 열여덟 척 중 열 척을 지정하실 겁니다. 사실 요즘 같아서는 노 저을 인원도 부족한 상태죠."

"그럼 뭐 하러 테러 캠프까지 굳이 열여덟 척이나 끌고 온 거지?"

"크로지어 함장은 앞으로 두세 달 동안 테러 캠프에 머물면서 여기 빙하가 녹을 경우 모든 가능성을 타진해 본 거죠. 보트가 충분하면 비축품을 다 싣진 못해도 일부는 실을 수 있으니까요. 식량과 텐트와 물자를 열여덟 척에 나눠서 더 많이 실을 수도 있고요. 이제 한 척당 10명씩 타야 한다면 굉장히 비좁아서 비축품을 꽤 많이 버리고 가야 할 겁니다."

"그럼 이 인원이 고작 열 척에 나눠 타고 남진한다는 소린가? 언제쯤?"

"그건 하늘이 허락해 주셔야죠." 그는 브리젠스에게 그날 아침 목격한 장면을 털어놓았다. 굿서는 에스키모 위에도 어빙 위에 있던 것과 동일한 내용물이 발견되었다고 했다. 함장이 해병을 제외한 그 자리에 있던 이들을 장차 심문 위원으로 세울 것처럼 말했다고 전했다. 함장이 절대 발설하지 말라고 한 얘기까지 했다.

브리젠스가 다정히 말했다. "함장은 어빙의 살해범을 에스키모라고 생각하지 않는군."

"네? 그럼 대체 누가……" 페글러는 입을 다물었다. 아직까지 떨어지지 않은 감기와 구역질이 아예 폭풍처럼 치밀어 오르며 온몸을 관통하는 것 같았다. 웨일보트에 잠시 몸을 기대어 두 다리가 풀리는 것을 막았다. 그는 에스키모 말고 다른 누가 존 어빙에게 몹쓸 짓을 했다고는 추호도 의심하지 않았다. 능선에 희끄무레하게 쌓인 채 얼어붙은 내장의 모습이 떠올

173

랐다.

브리젠스는 들릴락 말락 하는 목소리로 속삭였다. "리처드 에일모어는 장교들 때문에 우리가 이 난리가 난 거라고 하더군. 그자는 자기에 관한 소문을 잘 모르는 승조원들에게 접근해 장교들을 죽이고 그들이 따로 챙긴 식량을 나눠 갖자고 쑤시고 다니네. 우리 쪽 에일모어하고 자네 쪽 히키가 지금 당장 테러호로 돌아가야 한다고 선동하고 있어."

"테러호로 돌아간다……" 페글러가 되풀이했다. 요즘 병세와 극도의 피로로 정신이 멍했지만 그런 주장은 말이 되지 않았다. 함선은 저 멀리 빙하에 갇혀 있고 앞으로 몇 달은 더 그렇게 있어야 한다. 올여름이 와도 계속 그렇게 있어야 할지 모른다. "그런데 왜 제 귀엔 그런 소리가 안 들릴까요? 저한테 와서 그렇게 선동하는 사람은 아무도 없던데요."

브리젠스가 웃었다. "자네가 비밀을 지킬 만큼 미덥지 못했나 보지, 해리."

"그럼 저들이 스승님은 믿나 보죠?"

"물론 아니지. 그래도 아무튼 내 귀엔 모든 소식이 들려. 당번병은 나서지 않아. 이쪽도 저쪽도 아니지. 아무튼 오늘 저녁 괜찮았지? 우리가 다시는 먹지 못할 신선한 식사인 것 같던데."

페글러는 대답하지 않았다. 아직도 마음이 복잡했다. "함장님들께 알려드리려면 뭘 해야 하죠?"

"벌써 에일모어와 히키 일당의 얘기를 다 알고 계신다네." 브리젠스가 태연히 말했다. "우리 함장님들은 마스트 앞하고 급수대 주변에서 들리는 소문을 다 듣고 있어."

"급수대는 몇 달째 얼어 있잖아요."

브리젠스가 웃었다. "은유적으로 그렇다는 얘기야. 말 그대로라면 아이러니하지만 비유적으로 해석하면 대단하지 않아?"

페글러는 고개를 저었다. 괴혈병이 돌고 누군가 반란을 일으킬지 모른다고 생각만 해도 구역질이 났다.

브리젠스가 뒤집힌 첫 번째 웨일보트 선체를 두드리며 말했다. "해리, 말해 봐. 우리가 어떤 보트를 타게 되고, 어떤 게 남게 되는지."

"웨일보트 네 척은 분명 끌고 갈 겁니다." 페글러가 멍하니 말했다. 아직도 선상 반란이 일어날 수 있다는 생각과 아침에 봤던 현장이 머리에서 떠나지 않았다. "길이는 졸리보트와 웨일보트가 엇비슷하지만 졸리보트가 훨씬 무겁습니다. 만일 제가 함장이라면 졸리보트는 놔두고 대신 커터 네 척을 가져가겠습니다. 커터는 졸리보트보다 길이가 짧고 무게가 훨씬 가볍습니다. 대신 흘수가 깊어서 그레이스피시 리버까지 갈 경우엔 문제죠. 구명정과 딩기는 큰 바다로 나가기엔 너무 가볍고 짐을 싣고 강을 타기엔 선체가 너무 약해요."

"그럼 웨일보트 네 척, 커터 네 척, 피니스 두 척을 가져가겠다는 얘긴가?"

"네." 페글러는 이렇게 말하고 씁쓸하게 웃었다. 하급 장교 당번병 존 브리젠스는 바다에 나와 책을 몇 천 권이나 읽었지만 아직까지도 선박에 대해 아는 게 거의 없었다. "아마 그렇게 열 척이 될 것 같습니다."

"지금 아픈 환자들이 거의 다 회복된다 해도 끌고 갈 인원은 한 척당 고작 10명뿐일 텐데 가능할까, 해리?"

페글러가 고개를 다시 저었다. "테러호에서 빙해를 건너 여기까지 올 때와는 다를 겁니다."

"그럼 그거라도 하느님께 감사해야겠군."

"아니, 바다가 아니라 내륙으로 보트를 끌고 가는 게 거의 확실시된다는 얘깁니다. 테러호에서 여기 캠프까지 끌고 올 때보다 훨씬 힘들 겁니다. 그땐 한 번에 보트 두 척만 끌다가 난빙을 건너야 할 때는 한꺼번에 여럿이 들러붙었으니까요. 그런데 이제 보트에 전보다 짐이 더 많이 실리고 환자도 늘어서 훨씬 무거워졌습니다. 아마 한 척당 최소 20명은 끌어야 할 걸요. 게다가 열 척을 번갈아 가며 끌어야 해요."

"번갈아 가며 끌다니? 세상에. 그럼 계속 왔다 갔다 해야 할 텐데 열 척을 끌려면 천 년 만 년 걸리겠군. 우리 체력은 점점 떨어지고 몸도 약해지는데 속도는 더 느려지겠네."

"맞습니다."

"그럼 그레이트피시 리버까지 보트를 끌고 가서 거기에서부터 그레이트슬레이브 레이크로 배를 타고 전초지까지 닿을 수 있을까?"

"아마 힘들 겁니다. 우리 중 몇 명이라도 살아남아서 강어귀까지 보트를 끌고 가, 강을 거슬러 오르기에 걸맞은 리깅을 치고 간다 해도…… 아니, 그럴 가능성은 희박하죠."

"그럼 크로지어와 피츠제임스는 가능성도 없는데 왜 이렇게 우리를 고생시키는 거지?" 브리젠스가 물었다. 늙은 남자는 화도 짜증도 섞이지 않은 목소리로 말했다. 오히려 호기심 어린 목소리였다. 페글러는 브리젠스가 천문학, 자연사, 지리, 식물학, 철학, 각종 주제에 대해 질문을 퍼붓던 때가 떠올랐다. 그때도 이렇게 부드럽고 호기심 어린 목소리로 물었다. 그동안은 답을 알면서 학생들에게 정중히 묻던 교사 같았지만, 지금은 분명이 질문에 대한 답을 알지 못하는 것 같았다.

"그럼 무슨 대안이 있을까요?" 페글러가 물었다.

"테러 캠프에 머무른다. 아니면 일단 우리 수가…… 줄면 테러호로 돌아간다."

"그다음에는요? 가서 죽기를 기다리나요?"

"편안히 기다리자는 거지, 해리."

"편안히 죽기를요?" 페글러가 거의 고함치듯 되물었다. "대체 누가 편안히 앉아서 죽기를 기다립니까? 그래도 해안까지 갈 보트가 있으니 어떤 보트를 골라 타든 그걸 타고 나가야죠. 부시아 동쪽으로 가면 바다가 열려 있을지 모르고, 아니면 강을 거슬러 올라갈 수도 있어요. 적어도 우리 중 일부는 그럴 수 있다고요. 만일 그렇게만 된다면 남은 대원들이 사랑하던 이들에게 말해 줄 수 있겠죠. 적어도 우리가 무슨 일을 겪었으며 어디에 묻혔는지, 그리고 마지막까지 우리가 그들을 생각했다는 말도 전할 수 있다고요."

"내가 사랑하는 사람은 바로 너야, 해리. 내가 쓰러져서 어디에 묻히든 그건 별 상관없어. 내가 살든 죽든 이 세상에서 내가 걱정하는 유일한 사람은 바로 너라고. 남녀노소를 통틀어."

페글러는 여전히 씩씩거렸다. 심장이 가슴을 쿵쿵 때렸다. "아마 나보다 오래 사실 겁니다."

"음, 내 나이쯤 되고 병세가 이 정도쯤 되면 오래 살 생각은 하지도 않아."

"나보다 오래 사실 거라고요." 페글러가 쏘아붙였다. 날카로운 목소리에 스스로 놀랐다. 브리젠스는 눈을 깜빡이며 침묵을 지켰다. 페글러가 브리젠스의 손목을 쥐었다. "한 가지 부탁드릴게요."

"뭐든지." 브리젠스의 목소리에는 비꼼도 당황도 서리지 않았다.

"이거 일기장인데요…… 별거 아닙니다만. 요즘 머리가 잘 돌아가지 않아서 얼마 쓰지 못했습니다. 괴혈병이 급격히 진행돼서 그런가 뇌가 멍청해진 것 같아요. 그래도 지난 3년간 꾸준히 일기를 썼습니다. 이 안에 제 생각이 다 담겨 있어요. 그동안 겪은 일들도 모두 기록해 놓았고요. 만일 일이 생겨서 제가 떠나게 되면 이것을 갖고 계시다가 영국에 돌아가실 때 같이 가져가 주시면 정말 고맙겠습니다."

브리젠스는 그저 고개를 끄덕였다.

"크로지어 함장이 조만간 출발 여부를 결정할 겁니다. 곧 떠날 것 같습니다. 함장은 우리가 여기에 이렇게 있다가는 점점 병약해진다는 걸 알고 있어요. 이러다 배를 끌 힘조차 남지 않을 겁니다. 이제 얼마 안 있으면 테러 캠프에서 사람들이 죽어 나가기 시작할 거예요. 우리가 자는 동안 괴물에게 끌려 가 죽임을 당하지 않아도 사람들이 죽어 나갈 겁니다."

브리젠스가 다시 고개를 끄덕였다. 그는 장갑 낀 손을 바라보았다.

"우린 같은 썰매조가 아니니 같은 배에 타지 못할 겁니다. 만약 양쪽 함장이 다른 루트를 택한다면 우린 절대로 같이하지 못할 겁니다. 오늘 미리 작별 인사를 해 두면 또다시 할 필요가 없겠죠."

브리젠스가 묵묵히 고개를 끄덕였다. 이번에는 부츠를 쳐다보았다. 안개가 보트와 썰매를 휘감고 올라왔다. 무슨 외계에서 온 신령이 차가운 입김을 내뿜듯 그들을 감쌌다.

페글러가 브리젠스를 안았다. 브리젠스가 똑바로 섰다가 잠시 휘청거렸다. 이번엔 브리젠스가 페글러를 안았다. 두 남자는 옷을 잔뜩 껴입은 채 어색한 포옹을 나누었다.

페글러가 몸을 돌려 천천히 테러 캠프로 돌아갔다. 작은 원형 네덜란드산 텐트 안에는 비번인 대원들이 온몸을 떨며 모여 있었다. 씻지도 못한 대원들은 아무 침낭에나 들어가 체온을 나눴다.

그는 잠시 걸음을 멈추고 늘어선 보트 쪽을 뒤돌아보았다. 브리젠스의 흔적이 조금도 보이지 않았다. 안개가 흔적도 없이 그를 삼킨 것 같았다.

43
크로지어

그는 졸면서 걸었다.

크로지어는 테러 캠프에서 이틀을 더 있을지 떠나야 하는지를 놓고 피츠제임스와 갑론을박 중이었다. 두 사람은 안개 속을 헤치고 북으로 3킬로미터를 걸으며 제임스 로스의 케른이 있는 곳으로 향하고 있었다. 그때 갑자기 피츠제임스가 그를 흔들어 깨웠다.

"다 왔습니다. 큰 얼음 바위가 해안가 빙하 근처에 보이니 빅토리 포인트와 케른이 분명 왼쪽에 있을 겁니다. 그런데 함장님, 걸으면서 주무셨습니까?"

"그럴 리가."

"그렇다면 '유골이 두 구 실린 무갑판선을 조심하라'라든가 '식탁을 두드리는 소녀들을 조심해'란 소린 대체 뭡니까? 앞뒤가 맞지 않아서요. 테러 캠프의 위중한 환자들 옆에 굿서를 남기고 나머지 건강한 대원들만 데리고 보트는 네 척만 챙겨서 그레이트슬레이브 레이크까지 갈 것인지를 논의하고 있었는데, 갑자기 그게 무슨 소립니까?"

"그냥 생각하다 혼잣말이 나왔겠지." 크로지어가 말을 돌렸다.

"메모 모이라는 누굽니까? 그리고 왜 함장님한테 영성체를 받지 말라고 말린 겁니까?"

크로지어는 모자와 목도리를 벗어서 얼굴에 찬바람을 쐬며 낮은 능선을 걸어 올랐다. "대체 케른은 어디 있는 거야?"

"글쎄요. 분명 여기쯤 있어야 하는데요. 해가 나고 아주 청명한 날에 여기 협만 해안가를 따라 빙산 근처 하얀 얼음 바위까지 걸어오면 왼쪽으로 빅토리 포인트와 케른이 보였거든요."

"지나쳤을 리는 없는데. 이러다 극빙까지 걸어 나가겠어."

케른을 찾으려고 안개 속을 무려 45분이나 헤맸다. 크로지어가 한쪽을 바라보며 말했다. "괴물이 우리 골탕 먹이려고 케른을 숨겨 놓았나 보군." 피츠제임스는 크로지어를 쳐다볼 뿐 아무 말도 하지 않았다.

마침내 장님 둘이서 길을 더듬듯 가까스로 케른을 찾았다. 두 사람은 짙은 안개 때문에 따로 떨어져 찾을 생각은 하지 않았다. 그랬다란 쉬지 않고 쿵쾅거리는 천둥소리에 아무리 불러도 듣지 못할 게 분명했기 때문이다.

"원래 위치가 여기가 아닌 것 같아." 크로지어가 투덜거렸다.

"그런 것 같습니다." 피츠제임스가 맞장구쳤다.

"고어가 메시지를 남긴 로스 경의 케른은 빅토리 포인트 가장 높은 곳에 있었어. 그런데 지금은 빅토리 포인트에서 서쪽으로 한 90미터 정도 되는 것 같아. 이건 계곡에 다 내려와서 있잖아."

"진짜 이상하군요. 전에 함장님께서 북극에 여러 번 오셨을 텐데. 그때도 이렇게 봄부터 천둥이 치고 번개가 번쩍였습니까?"

"여름이 되기도 전부터 이러는 건 못 봤지. 지금처럼 이렇지 않았지. 상황이 훨씬 나빠지는 소리가 들리는 것 같군."

"4월 하순인데 아직도 기온은 영하 20도고 뇌우가 치는데 이보다 더 나빠질 수 있을까요?"

"대포 소리."

"대포 소리라뇨?"

"구조선이 열린 수로를 타고 랭커스터 해협을 거쳐 필 해협까지 내려와서 좌초된 이리버스호와 테러호를 발견한 거야. 그래서 도로 돌아가기 전 하루 종일 대포를 쏘는 걸 수도 있어."

"제발 그만, 계속 그러시니 토할 것 같습니다. 안 그래도 오늘 여러 번 했는데."

"미안하네." 크로지어는 주머니를 뒤적거리며 말했다.

"진짜로 구조선이 우리 들으라고 대포를 쏠 가능성이 있긴 있습니까? 진짜 대포 소리처럼 들립니다."

"쥐꼬리만큼도 없지. 극빙이 그린란드까지 꽝꽝 얼었어."

"그럼 안개는 왜 밀려 내려오는 거죠?" 피츠제임스의 목소리에는 투정이 아니라 호기심이 어려 있었다. "주머니에서 뭐 찾으십니까, 함장님?"

"테러호에서 가져온 놋쇠 원통을 두고 왔네. 장례식 때 주머니 속에 묵직한 게 들어 있기에 챙겨온 줄 알았는데, 지금 보니 쓸 데도 없는 권총이군."

"종이는 챙겨 오셨습니까?"

"아니, 좁슨이 챙겨 줬는데 텐트에 두고 왔어."

"그럼 펜하고 잉크는요? 몸속에 품고 있지 않으면 잉크가 금방 얼어버리더라고요."

"아니, 둘 다 없어."

"괜찮습니다. 제가 조끼 주머니 속에 둘 다 챙겨왔어요. 종이는 그래엄 고어가 남긴 메시지 위에다 쓰죠."

"이게 그 망할 놈의 케른이 맞는 건가. 로스 경의 케른은 1.8미터였어. 이건 겨우 내 가슴팍까지밖에 안 오잖아."

두 사람은 더듬거리며 바람이 불지 않는 케른 아래쪽 돌멩이를 뺐다. 전체를 허물고 다시 쌓고 싶지는 않았다.

피츠제임스가 어두컴컴한 케른 속에 손을 넣어 잠시 뒤적이더니 놋쇠 원통을 끄집어냈다. 변색이 되긴 했지만 그대로였다.

"아, 이럴 수가. 이거 고어가 쓴 거 맞나?"

"맞아야죠." 피츠제임스는 입으로 장갑을 잡아 뺀 후 서툴게 두루마리를 펴고 읽기 시작했다.

1847년 5월 28일. 이리버스호와 테러호. 북위 70도 5분, 서경 98도 23분 지점의 빙하에 갇혀 겨울을 났다. 이에 앞서 북위 74도 43분 28초, 서경 90도 39분 15초 지점의 비치 섬에서 1846-7년 겨울을 보냈다.

피츠제임스가 읽다가 멈췄다. "잠깐, 틀린 데가 있습니다. 1845년에서 1846년까지 비치 섬에 있었지 1846년에서 1847년이 아닌데요."

"고어가 함선을 떠나기 전에 프랭클린 경이 부르는 대로 받아 적었어. 아마 함장이 지금 우리만큼 지쳐서 헷갈렸나 보지."

"지금 우리만큼 지친 사람은 아무도 없을 겁니다. 그리고 이 아래도 틀렸어요. '탐험대 총책임자는 존 프랭클린 경. 대원 모두 무사하다'라뇨."

크로지어는 웃지도 울지도 않았다. "그래엄 고어가 이 메시지를 남긴 지 일주일도 안 돼서 프랭클린 함장이 괴물에게 변을 당했지."

"그보다 하루 앞서 고어가 먼저 괴물에게 죽임을 당했죠. '모두 무사하다'니요. 이랬던 적이 있기나 있었습니까? 이렇게 속 편하게 이런 글귀를 적을 수 있던 때가 언제 있기나 했습니까? 주위에 여백에 있으니 여기에 메시지를 적으면 될 것 같습니다."

두 사람은 케른의 바람그늘 쪽으로 몸을 웅크렸다. 기온이 급강하하고 거센 바람까지 가세했다. 강풍과 혹한에도 아랑곳하지 않고 안개는 여전히 그들을 짙게 감싸 안았다. 날이 점점 어두워지기 시작했다. 북서쪽에서 대포 소리가 계속 들려왔다.

크로지어는 작은 잉크병에 대고 호호 입김을 불었다. 얇은 얼음막이 낀 잉크병에 펜촉을 담갔다가 얼어붙은 소매에 잠시 댄 후 글씨를 썼다.

오늘은 4월 25일. 현 지점에서 북북서 25킬로미터 지점에 위치했던 테러호와 이리버스호를 4월 22일 버리고 떠나왔다. 우리는 그곳에 1846년 9월 12일부터 갇혀 있었다. 장교와 병사 105명이 F.R.M. 크로지어 함장의 지휘하에 이곳 북위 69도 37분 42초 서경 98도 41분 지점에 도착했다. 1831년 제임스 로스 경이 쌓은 것으로 추정되는 케른 속에 1847년 6월 고 고어 대위가 넣어두고 갔으며, 그것을 후일 어빙 소위가 발견했다. 원래 케른은 이곳에서 북으로 6.5킬로미터 지점에 있었다. 그러나 제임스 로스 경의 케른은 발견되지 않았고, 이 편지는 원래 로스 경의 케른이 있던 곳에서 현 위치로 옮겨졌다.

크로지어가 쓰다가 멈췄다. 대체 지금 무슨 소릴 하는 거지? 그는 마지막 몇 줄을 다시 읽었다. '1831년 제임스 로스 경이 쌓은 것으로 추정되는 케른 속'이라니. '그러나 제임스 로스 경의 케른은 발견되지 않았고'라니?

크로지어는 한숨을 깊게 내쉬었다. 작년 8월에 이리버스호와 테러호에서 테러 캠프를 지을 자재를 처음 실어 나를 때 어빙에게 하달된 첫 번째 임무는 빅토리 포인트로 가서 로스 경의 케른을 찾는 것이었다. 그런 다음 협만을 따라 남쪽으로 몇 킬로미터 떨어진 곳에 테러 캠프용 창고를 세우는 일이었다. 어빙은 맨 처음 대충 그린 초기 지도 위에 창고가 6.5킬로미터 떨어져 있다고 잘못 표시했다. 실제로는 3킬로미터 떨어져 있었다. 탐험대는 실제로 물자를 운송하다가 즉각 오차를 발견했다. 크로지어는 너무 지쳐서 고어의 서신이 담긴 놋쇠 원통이 가짜 제임스 로스 케른에서 진짜 제임스 로스 케른으로 옮겨졌다고 속으로 우기고 있었다.

크로지어는 고개를 내저으며 피츠제임스를 쳐다보았다. 피츠제임스는 무릎을 세우고 두 손으로 감싼 뒤 그 위에 머리를 대고 있었다. 코도 살짝 골았다.

크로지어는 종이와 펜과 작은 잉크병을 한쪽 손에 들고 다른 쪽 장갑 낀 손으로 눈을 한주먹 퍼서 얼굴에 대고 비볐다. 살을 에는 추위에 정신이 버쩍 들었다.

'정신 차려, 프랜시스, 젠장, 정신 차려!' 그는 새 종이에다 처음부터 다시 쓰고 싶었다. 편지 가장자리 비좁은 여백에 쓴 글씨를 보니 개미가 기어가는 것 같았다. 종이 한가운데에는 공식 문구가 이렇게 찍혀 있었다.

이 편지를 발견하는 자는 누구든 해군성 장관에게 전달하시오.

같은 내용이 불어, 독어, 포르투갈어, 기타 언어로 반복해서 적혀 있고 그 위에 고어의 글씨가 쓰였다. 크로지어는 자기 글씨를 자기가 알아보지 못했다. 글씨는 엉망진창 삐뚤빼뚤 형편없었다. 아마 공포에 질린 자, 몸이 얼어붙은 자, 병에 걸려 죽어가는 자가 쓴 글씨 같았다.

어쩌면 세 가지 다 해당되는 것 같았다.

'상관없어. 어차피 아무도 이 편지를 읽지 않을 테니. 혹시 읽는다 해도 우리가 전부 죽고 나서 한참 후가 될 테니 아무 상관없어. 프랭클린 경도 이미 이런 사실을 알고 있었겠지. 그러니 비치 섬을 떠나면서 메시지 한 장 남기지 않았을 테고. 이렇게 될 줄 이미 다 알고 있던 거라고.'

크로지어는 급속히 얼어붙은 잉크에 펜촉을 담갔다가 다시 써내려갔다.

존 프랭클린 경은 1847년 6월 11일 타계했다. 이번 탐험대 총 희생자는 오늘까지 장교 9명, 병사 15명이다.

크로지어는 쓰던 손을 다시 멈췄다. 맞나? 존 어빙을 합친 숫자가? 계산이 잘되지 않았다. 어제까지 그의 휘하에 있는 대원이 총 105명이었다. 테러호를 버리고 떠날 때 105명이었다. 그의 함선이자 집이자 아내이자 인생이었던 테러호를…… 그는 어빙을 빼지 않았다.

종이를 뒤집자 여백이 보였다. 그 위에 그는 서명을 하고 함장 겸 지휘관이라고 적었다.

팔꿈치로 찔러서 피츠제임스를 깨웠다. "제임스, 여기에 서명해."

피츠제임스는 눈을 부비며 편지를 들여다보더니 제대로 읽지 않고 크로지어가 가리키는 곳에 서명했다.

"'이리버스호 함장'이라고도 적어야지." 크로지어가 참견했다.

피츠제임스는 시키는 대로 했다.

크로지어는 종이를 접어서 놋쇠 원통 안에 밀어 넣고 밀봉해서 케른 속에 집어넣었다. 장갑을 다시 낀 다음 돌멩이를 찾아서 제자리에 도로 끼워 넣었다.

"함장님, 우리가 언제 어디로 출발하는지 적으셨습니까?"

크로지어는 적지 않았음을 깨달았다. 왜 안 적었는지 그 이유를 늘어놓기 시작했다. 왜냐하면 가든 남든 대원들에게는 사형 선고와 다름없기 때문이다. 저 먼 부시아까지 썰매를 끌고 갈지, 아니면 조지 백 경의 강이라고 불리는 전설적인 그러나 끔찍한 그레이트피시 리버까지 갈지 아직 결정하지 못했기 때문이다. 그는 피츠제임스에게 설명했다. "탐험대는 오도 가도 못할 것이며 저 망할 메시지를 아무도 읽지 못할 것이기에 아무렇게 적어도……"

"쉬!" 피츠제임스가 목소리를 낮추었다.

뭔가 주변을 빙글빙글 돌고 있었다. 안개가 짙어 잘 보이지 않았다. 자갈과 얼음을 밟는 육중한 발자국 소리가 들렸다. 뭔가 어마어마하게 큰 것의 숨소리였다. 네발로 걷고 있는 녀석이 짙은 안개 속에서 반경 5미터 이내에 들어와 있었다. 발자국은 저 멀리 대포처럼 들리는 천둥소리를 뒤덮을 만큼 또렷했다. 서걱 서걱 서걱.

크로지어는 걸음을 내딛으며 숨을 내뱉는 소리를 들었다. 녀석은 케른 바로 뒤에서 주위를 맴돌았다.

두 사람이 벌떡 일어섰다.

크로지어는 주섬주섬 권총을 잡아 뺐다. 장갑을 벗고 공이치기를 당겼다. 발자국 소리와 숨소리가 바로 앞에서 멈추었다. 그런데 안개 속이라 모습이 보이지 않았다. 크로지어는 생선과 고기 썩은 내 나는 구취를 간파했다.

피츠제임스는 잉크병과 펜을 쥐었다. 좀 전에 크로지어가 되돌려 준 것이다. 오늘 권총을 챙겨오지 않았다. 그는 그것이 발걸음을 멈춘 안개 속을 가리켰다.

그것이 자갈을 밟으며 천천히 다가왔다.

1.5미터 정도 높이에서 삼각형 모양의 두상이 안개 속에서 서서히 모습을 드러냈다. 흰 털가죽이 안개에 젖어 눅눅했다. 검은 눈동자가 2미터 거리에서 그들을 살폈다.

크로지어가 이마를 조준했다. 팔을 단단히 고정시켰기에 숨을 참을 필요가 없었다.

머리가 보였다. 마치 몸에서 따로 떨어져 나와 공중 부양하는 것 같았다. 그다음, 떡 벌어진 어깨가 시야에 들어왔다.

크로지어가 얼굴이 아닌 이마를 정조준하며 총을 쐈다.

총성에 귀가 먹을 것 같았다. 괴혈병으로 신경계가 예민해질 대로 예민해졌기 때문이다.

새끼 곰보다 조금 더 큰 백곰이 놀라서 훅, 하며 입김을 내뿜더니 몸을 돌려 네발로 내빼기 시작했다. 곰은 순식간에 안개 속에서 사라졌다. 자갈밭을 밟으며 달려가는 발자국 소리가 한참 들렸다. 백곰은 북서쪽 빙해를 향해 달려갔다.

크로지어와 피츠제임스가 웃기 시작했다.

둘 다 멈추지 않았다. 한쪽 웃음이 잦아들면 다시 다른 쪽에서 웃기 시작했다. 두 사람은 정신을 놓고 광란의 웃음보를 터뜨렸다.

너무 심하게 웃어서 멍든 갈비뼈가 아파오자 옆구리를 움켜쥐었다.

크로지어는 권총을 떨어뜨렸다. 두 사람이 더 크게 웃었다.

서로의 등을 두드리다가 안개 속을 가리키며 웃고 또 웃었다. 마침내 눈물이 차가운 뺨을 타고 내려가 수염에 얼어붙었다. 두 사람은 서로 붙들고 배꼽을 잡으며 미친 듯이 웃었다.

자갈밭에 주저앉아 케른에 등을 기댔다. 등을 기대기만 했는데도 또다시 웃음이 미칠 듯이 터져 나왔다.

깔깔거리던 폭소가 낄낄거리는 웃음으로 바뀌고 다시 민망한 콧방귀로 바뀌더니 띄엄띄엄 마지막 헛웃음을 끝으로 숨을 들이키며 헐떡거리고는 완전히 멈췄다.

"그걸 위해서라면 지금 당장 왼쪽 불알을 내걸겠어."

"그게 뭡니까?"

"위스키 한 잔. 두 잔이면 더욱 좋고. 한 잔은 내 거. 한 잔은 자네 거. 술은 내가 사지. 내가 사는 거야."

피츠제임스가 고개를 끄덕였다. 눈두덩에 들러붙은 얼음을 털어내고 붉은 기가 도는 수염에 얼어붙은 콧물을 떼어 냈다. "고맙습니다, 함장님.

저부터 함장님을 위해 건배하죠. 이렇게 멋지고 괜찮으신 함장님을 모시는 영광은 처음입니다."

"잉크병하고 펜 좀 다시 빌려주겠나?"

크로지어는 장갑을 끼고 다시 돌멩이를 끄집어내서 원통을 찾아 종이를 꺼냈다. 그러고는 무릎 위에 대고 다시 장갑을 벗어서 잉크병에 낀 얼음을 펜으로 깨고 서명한 바로 옆 얼마 남지도 않은 여백에 이렇게 적었다.

내일 26일, 우리는 백 경의 그레이트피시 리버로 출발한다.

44
굿서

북위 69도 ?분 ?초, 서경 98도 ?분 ?초
1848년 6월 6일, 어느 안락한 만

다음은 해리 D. S. 굿서 박사의 일기다.

1848년 6월 6일 화요일

피츠제임스 함장이 마침내 운명했다. 은혜로운 일이다.

보트를 끌고 남진하기 시작한 지 6주간 발생한 사망자들과 달리 피츠제임스는 괴혈병으로 사망한 것 같지 않다. 보트를 끌고 남진하는 과정은 생지옥이다. 유일하게 살아남은 군의관인 나조차 예외가 아니었다.

피츠제임스 함장이 괴혈병에 걸린 것은 분명하다. 방금 그의 부검을 끝냈다. 온몸에 피멍이 들고 잇몸에 출혈이 심하고 입술이 검은 것만 봐도 괴혈병이 틀림없다. 그런데 괴혈병이 직접적인 사인은 아닌 것 같다.

피츠제임스 함장은 마지막 사흘을 여기에서 보냈다. 이곳은 테러 캠프에서 남으로 약 130킬로미터 떨어진 지점이다. 킹윌리엄 랜드 서쪽으로 불쑥 튀어나온 지형에서 안으로 들어앉은 만으로 바람은 거세고 바다는 얼었다. 6주 만에 처음으로 우리는 대형 텐트까지 텐트란 텐트는 죄다 세웠다. 남은 석탄 몇 부대를 태워서 지금껏 1명이 도맡아 끌고 온 웨일보트 스토브에 불을 지폈다. 지난 6주간 먹은 음식이라고는 차갑거나 작은 알코올 스토브에 대충 덮힌 것이 전부였다. 지난 이틀 밤 우리는 따뜻한 음식을 먹었다. 죽을 만큼 힘든 노동을 하는 데 비해 정상 배식량의 고작 3분의 1 정도만 먹고 있어서 양도 부족했고 충분히 뜨겁지도 않았다. 우리는 이틀간 같은 장소에서 아침을 맞았다. 대원들은 이곳을 안락한 만이라고 불렀다.

우리가 행군을 멈춘 이유는 피츠제임스 함장을 평안히 보내기 위해서였다. 그러나 그의 마지막 며칠은 평안함을 찾아볼 수 없었다.

불쌍한 르베스콘테 중위도 피츠제임스 함장의 마지막과 같은 증세를 보였다. 중위는 이 끔찍한 남진 행진을 시작한 지 13일째 되던 날 급사했다. 내 기억이 정확하다면 테러 캠프에서 고작 30킬로미터 정도 떨어진 지점이었고, 같은 날 해병 이병 필킹턴도 사망했다. 그런데 둘 다 괴혈병이 상당히 진척된 상황이라 마지막은 그리 고통스럽게 오래 끌지 않았다.

고백하건대 사실 난 르베스콘테 중위의 이름이 해리인줄 몰랐다. 우린 서로 오랫동안 친하게 얘기하긴 했지만 꽤나 정중한 사이였다. 게다가 명부에는 H. T. D. 르베스콘테라고 적혀 있어서 이름을 제대로 알지 못했다. 다른 장교들이 그를 해리라고 부르는 것을 분명 들었을 텐데, 내가 너무 바빠서, 다른 일을 하느라 그걸 몰랐다는 게 괴롭다. 르베스콘테 중위가 세상을 떠난 후 다른 이들이 그의 세례명을 불러서 그제야 알았다.

해병 이병 필킹턴의 세례명은 윌리엄이었다.

르베스콘테 중위와 필킹턴 이병의 합동 장례식이 열리던 날 이른 아침이 기억난다. 누군가 두 사람이 묻히는 돌출된 지형을 '르베스콘테 포인트'라고 부르자고 했다. 그런데 크로지어 함장이 퇴짜를 놓았다. 만일 사망하는 대원들의 이름을 따서 보이는 족족 명명하면 우리 이름을 붙일 장소가 부족할 것이라고 말했다.

이 얘기에 다들 당혹스러워했다. 사실 나도 충격받았다. 분명 웃자고 한 얘기겠지만 충격적이었다. 다른 대원들도 충격을 받아 아무 말도 하지 못했다.

아마 크로지어 함장이 그걸 노린 것이리라. 죽은 장교의 이름을 따서 지명을 붙이려는 생각을 아예 처음부터 봉쇄했다.

몇 주 사이 피츠제임스 함장은 남들처럼 체력 저하를 보였다. 테러 캠프를 떠나기 전부터 그랬다. 그런데 나흘 전, 괴혈병보다 훨씬 치명적이고 급작스런 공격에 쓰러진 것이 분명했다.

피츠제임스 함장은 몇 주간 위와 장에 문제가 있었다. 그러다가 6월 2일 갑자기 쓰러졌다. 행군 규칙에 따르면 병자가 발생하더라도 행군을 멈추지 않는다. 대신 그들을 큰 보트에 싣고 다른 물자와 같이 끌고 가야 한다. 크로지어 함장은 피츠제임스 함장을 그의 웨일보트에 누이고 최대한 편안히 해 주었다.

그렇게 남쪽을 향해 길고 긴 행진을 이어갔다. 쉬지도 않고 무거운 보트 열 척 중 다섯 척을 끌고 자갈과 얼음으로 뒤엉킨 난빙을 최소 몇 백 미터씩 끌고 갔다. 느닷없이 모습이 바뀌는 극빙이나 압력 봉우리를 겪지 않으려고 되도록 동토 위를 지나려 했다. 때론 자갈과 얼음으로 뒤엉킨 난빙을 지나느라 하루에 1.5킬로미터만 간신히 통과할 때도 있었다. 뒤에 남겨놓은 나머지 다섯 척을 끌려고 대원들이 돌아간 사이, 나는 가장 위독한 대원 곁을 지켰다. 작은 알코올 스토브에 굶주린 100인분 식사를 덥혀 뚝심 있게 상을 차려내는 디글과 월, 머스킷총을 들고 빙하 위로 언제 모습을 나타낼지 모를 괴물과 에스키모를 경계하는 일부 경비가 그 몇 시간 동안 내 곁을 유일하게 지켜주던 사람들이었다.

물론 환자와 곧 숨이 끊길 이들도 있었다.

피츠제임스는 극심한 어지럼증과 구토, 설사 증세를 보였다. 복통으로 온몸이 오그라들어 태아 자세를 취한 채 그 강인하고 용감한 함장이 목 놓아 울부짖기까지 했다.

둘째 날, 그는 웨일보트를 다시 끌려고 했다. 장교들도 보트를 끌기에 참여해야 했다. 그러나 또다시 쓰러졌다. 이번에는 구토와 통증이 그치지 않았다. 그날 오후에도 병원에 남긴 다섯 척의 웨일보트를 끌러 건강한 대원들이 돌아갔다. 그때 피츠제임스 함장은 내게 시야가 흐리고 두 개로 겹쳐 보인다고 호소했다.

나는 혹시 그에게 햇빛을 막는 철망 고글을 꼈었는지 물었다. 다들 그 고글을 싫어했다. 왜냐하면 시야가 끔찍이 가려져 두통을 유발하기 때문이었다. 피츠제임스 함장은 그동안 고글을 쓰지 않았으며 그날은 구름이 꽤 꼈다고 했다. 아무도 고글을 쓰지 않았다. 바로 거기에서 우리의 대화는 끊겼다. 그가 또다시 설사하고 토했기 때문이다.

그날 밤 늦게, 네덜란드산 텐트 안에서 나는 피츠제임스 함장 곁을 지켰다. 그는 나를 붙들고 침을 삼키기가 힘들고 입이 계속 바싹 마른다고 호소했다. 얼마 지나지 않아 이제는 숨을 쉬기가 힘들고 말도 할 수 없다고 했다. 해가 뜰 무렵, 상반신에 마비가 와서 팔을 들 수도 없고 더는 글씨로 나와 소통할 수도 없게 되었다.

크로지어 함장은 그날 행군하지 않겠다고 했다. 6주 전 테러 캠프를 떠난 이후 처음으로 하루를 온전히 쉬었다. 텐트를 모두 폈다. 크로지어의 웨일보트에 실렸던 대형 병실 텐트를 마침내 세웠다. 추위에 떨며 강풍을 맞으며 세 시간이나 걸려 텐트를 쳤다. 요즘은 날씨 때문에 대원들의 행군 속도가 느려졌다. 한 달 하고도 반만에 처음으로 환자들이 모두 한자리에 모여 편히 쉬었다.

피츠제임스 함장을 모시던 당번병이었으나 오랫동안 아프던 호어가 행군 이틀 만에 사망했다. 끔찍했던 행진 첫날 우리는 고작 1킬로미터를 진행했다. 석탄 부대, 스토브, 다른 짐들을 싣고 고생하며 끌었으나, 첫날 밤 테러 캠프가 뒤로 선명히 보였다. 무려 열두 시간 동안 죽을 만큼 고생했는데 아무것도 한 게 없어 보였다. 테러 캠프 남쪽의 얼어붙은 협만을 무려 일주일이나 걸려서 간신히 건넜으나 고작 10킬로미터도 이동하지 못했다. 그렇게 행군 초기에는 우리의 사기도 계속하려는 의지도 무너져 내렸다.

몇 달 전 뇌 일부가 소실됐던 해병 이병 헤더는 이동을 시작한 지 나흘 만에 결국 끈질기게 붙들고 있던 생명줄을 놓았다. 동료 해병들이 그날 저녁 급히 얕게 구멍을 파면서 백파이프를 연주했다.

그렇게 중증 환자들이 속속 세상을 떠났다. 그러고는 한동안 사망자가 없었다. 르베스콘테 중위와 해병 이병 필킹턴이 둘째 주 마지막에 동시에 죽음을 맞이했다. 대원들은 이제 아픈 이는 다 떠나고 강한 자만 남았다고 생각했다.

피츠제임스 함장이 갑자기 쓰러지자 다들 점점 약해지고 있음을 곱씹었다. 이제 우리 중에 진정으로 강한 자는 아무도 없었다. 거인 매그너스 맨슨은 예외다. 그는 가뿐히 보트를 끌고 있으며, 조금이라도 살이 빠지거나 기운이 달려 보이지 않았다.

피츠제임스가 정신없이 구토하자 나는 경련 진통제를 투약했다. 이것은 경련을 다스리기 위한 고무 수지다. 함장은 음식도 액체도 넘기지 못했다. 그의 위를 달래려고 석회수를 주었지만 아무 소용없었다.

아무것도 못 삼키자 나는 해총 시럽을 주었다. 타닌 용액 속에 담긴 나릿과 식물로 최고의 거담제였다. 보통 효과를 보는 편이나, 죽어가는 이의 목을 다스리기엔 역부족이었다.

피츠제임스 함장은 먼저 양팔을 못 쓰게 되었고 이어 다리도 마비되었다. 나는 페루산 와인 코카-와인과 코카인 성분이 섞인 강력 혼합 성분-를 쓰고, 조제탄산암모늄-수사슴 뿔을 갈아서 만든 약으로 암모니아 냄새가 강하다-을 썼다. 강심제까지 투약했다. 원래 투약량의 절반만 썼는데 자칫하면 심정지나 마비가 오기 때문이다.

약은 아무 소용없었다. 피츠제임스 함장의 온몸이 극도로 마비됐다. 계속 토하고 통증은 배가 됐다. 그는 한참을 그러다가 더는 아무 말도 못하고 움직일 수도 없게 되었다.

함장의 성대가 마비되어 아무 말도 못하자 고통스런 신음 소리까지 들리지 않았다. 그렇게 되니 오히려 내 마음을 짓누르던 부담감이 덜어졌다. 그럼에도 그 길고 긴 하루 종일 그가 경련을 일으키며 입을 벌리고 묵음의 비명을 지르는 모습을 지켜봐야 했다.

피츠제임스가 고통을 호소한 지 나흘째이자 마지막 날이던 오늘 아침, 호흡기 근육에 마비가 와서 심장이 멈추려 했다. 그는 하루 종일 숨을 쉬려고 버둥거렸다. 로이드와 나는 피츠제임스 함장을 앉히기도 하고 때론 똑바로 일으켜 세워 사지가 마비된 그를 붙들고 텐트 안을 걷게 도왔다. 피츠제임스는 양말만 신고, 두 다리를 질질 끌면서 얼음과 자갈이 깔린 바닥을 돌아다녔다. 그 옆에는 크로지어 함장이 동료의 마지막 몇 시간을 같이하고 있었다. 그럼에도 마비된 피츠제임스 함장의 폐를 되돌릴 수는 없었다.

절망스러운 마음에 나는 로벨리아 팅크제(생약에 알코올을 가해 유효성분을 침출한 액체)를 썼다. 위스키 색상의 물약으로 니코틴이 든 인디언 타바코를 그의 목구멍에 들이붓고 마비된 식도를 따라 맨손으로 마사지했다. 그의 몸은 죽어가는 새 같았다. 로벨리아 팅크제는 바닥난 내 약통에 남은 최고의 호흡기 계통 각성제였다. 페디 박사도 인정한 약물이었다. "이 약은 어제 죽은 예수도 벌떡 일으킬 약이지"라며 페디는 이 약을 컵에 담아 들고 신성모독을 범하는 발언을 하기도 했다.

그러나 아무 소용없었다.

여기서 기억해야 할 것은 나는 내과의가 아니라 외과의란 사실이다. 해부학 전공의다. 수술할 때 장점이 발휘된다. 내과의는 처방하고 외과의는 톱질한다. 그럼에도 나는 죽은 내 동료들이 남긴 약품으로 최선을 다하고 있다.

피츠제임스 함장이 마지막 몇 시간 동안 겪은 가장 처참한 일은 이 사실을 모두 또렷이 알고 있다는 것이다. 토하고 아파하고 목소리가 막히고 침을 삼킬 수도 없다. 스멀스멀 온몸이 마비되고 막판에는 폐가 기능하지 못한다. 나는 피츠제임스 눈에 서린 고통과 공포를 보았다. 그의 정신은 말짱했다. 몸만 죽어가고 있을 뿐. 내게 눈빛으로 살려 달라고 애원하는 것 말고 산 채로 죽어가는 고통 속에 그가 할 수 있는 건 아무것도 없었다. 나는 무기력했다.

차라리 코카 원액을 주사해서 그의 고통을 깔끔히 끝내 주고 싶었지만 그건 히포크라테스 선서와 내 신앙에 반하는 일이라 그럴 수는 없었다.

나는 밖으로 나가 울었다. 아무에게도 우는 모습을 들키지 않으려 했다.

피츠제임스 함장은 1848년 6월 6일 화요일 오후 3시 8분에 사망했다.

그를 묻을 땅이 이미 얕게 파여 있었다. 그 위에 자갈을 모아 높이 쌓았다. 옷을 입고 걸을 수 있는 자들은 모두 장례식에 참석했다. 대부분 피츠제임스 밑에서 지난 3년을 보낸 대원들이라 다들 흐느꼈다. 오늘은 그리 춥지 않았다. 영하 15도나 12도쯤 되는 듯했다. 그럼에도 바람은 북서쪽에서 휘몰아쳤고 눈물이 수염과 목도리에 얼어붙었다.

몇 명 남지 않은 해병이 허공에 조총을 쏘았다.

무덤이 있는 언덕 위로 들꿩이 하늘을 가르며 극빙 쪽으로 날아갔다.

곡소리가 울려 퍼졌다. 피츠제임스 때문이 아니라 저녁에 끓여 먹을 고기를 놓쳐서였다. 해병이 머스킷총을 다시 장전했지만 이미 새는 100미터 밖, 사정거리에서 멀어졌다. 아무리 몸이 풀리고 건강하다 해도 100미터 밖에 있는 새를 맞출 수 있는 해병은 아무도 없었다.

30분 후 크로지어 함장이 병실 텐트를 들여다보며 밖으로 나오라고 손짓했다.

"피츠제임스 함장의 사인이 괴혈병 맞나?" 크로지어가 내게 물은 유일한 질문이었다.

나는 그렇지 않은 것 같다고 솔직히 말했다. 뭔가 치명적인 것이 사인이었을 것이라고 했다.

"피츠제임스 함장은 호어가 죽은 뒤, 자신과 다른 장교의 시중을 들던 당번병이 그를 독살하려 한다고 믿었어. 그게 말이 되는 소린가?" 크로지어가 목소리를 낮추었다.

"브리젠스가요?" 나는 크게 되물었다. 큰 충격을 받았다. 내가 좋아하는 나이 많은 책벌레 당번병 브리젠스가 그랬다니.

크로지어는 고개를 저었다. "아니, 리처드 에일모어가 지난 2주간 이리버스호의 간부들의 시중을 들었네. 독살이 말이 되는 얘긴가, 굿서 박사?"

나는 머뭇거렸다. 내가 그렇다고 하면 에일모어는 해가 뜨는 순간 총살형이다. 그는 그랜드 베네치아 카니발에 경솔하게 개입한 죄목으로 태형 50대를 받았다. 또한 테러호의 왜소하고 삐딱한 히키와 막역한 사이였다. 모두가 알다시피 에일모어는 쪼잔하고 꿍한 마음씨를 품은 자였다.

"독살일 수도 있지만 그렇다고 일부러 독을 넣은 건 아닐 수도 있습니다." 나는 크로지어에게 한참을 뜸들이다 말했다.

"그게 무슨 소리지?" 크로지어가 물었다. 이제 유일하게 남은 함장은 오늘 너무나 지쳐 보였다. 허연 살갗이 별빛에 빛났다.

"장교들이 남은 골드너 통조림을 더 많이 먹었다는 얘깁니다. 뭔지 설명할 수는 없지만 치명적인 마비를 유발하는 독성 성분이 상한 통조림 속에 들어 있을 수도 있습니다. 그건 아무도 모릅니다. 우리 눈으로는 볼 수 없고 현미경으로만 분간이 가는 원생동물일 수도 있습니다."

"그럼 통조림 속 음식이 상했다면 왜 우리가 냄새를 맡지 못했을까?"

나는 고개를 저으며, 함장의 방한 외투 소매 자락을 붙들고 내 주장을 설파했다. "냄새로는 모르죠. 그래서 이 독성 성분이 끔찍한 겁니다. 일단 목부터 마비시킨 다음, 온몸으로 마비가 퍼져 나갑니다. 볼 수도 검사할 수도 없습니다. 죽음처럼 눈에 보이는 게 아닙니다."

크로지어는 한참을 생각에 잠겼다. "앞으로 3주간 아무도 통조림을 먹지 못하게 해야겠네. 한동안 오래된 염장 쇠고기하고 맛없는 십 비스킷만 먹도록 하겠네. 그것도 차갑게." 크로지어가 마침내 입을 열었다.

"그럼 다들 싫어할 겁니다. 통조림 수프와 채소가 그나마 행군하는 동안 먹을 수 있는 뜨뜻한 음식일 텐데요. 이렇게 힘든 상황에서 그것마저 제대로 먹지 못하면 아마 반란이 일어날 수도 있습니다."

그러자 크로지어가 씩 웃었다. 낯설 정도로 섬뜩했다. "그렇다면 전부에게 통조림 음식을 금지시키지는 않겠어. 장포장 당번병인 에일모어만 계속해서 통조림을 먹는다. 제임스 피츠제임스 함장에게 갖다 주던 바로 그 통조림을. 그럼 잘 자게, 굿서 선생."

나는 병실 텐트로 돌아와서 잠든 환자를 살핀 후 침낭에 들어가 무릎에 마호가니 좌탁을 올려놓고 글을 쓰기 시작했다.

내 글씨를 나도 읽기 힘들었다. 손이 너무 떨려서다. 추위 때문이 아니었다.

나는 누군가를 안다고 믿었으나 그때마다 틀렸다. 수백만 년에 걸쳐 인류 의학이 발전한다 해도 인간 영혼이라는 비밀스레 봉인된 부위는 절대 실체가 드러나지 않을 것이다.

내일 아침 새벽에 출발한다. 지난 이틀간 행군을 멈추고 안락한 만에서 누린 호사는 다시는 없을 것이다.

현 위치 파악 불가
1848년 6월 18일

토머스 블랭키는 세 번째이자 마지막 의족이 부러지자 끝을 직감했다.

처음 의족을 찼을 때는 바라만 봐도 경이로웠다. 테러호의 솜씨 좋은 목공장 허니가 단단한 영국산 떡갈나무 원목을 정성껏 깎아 의족을 만들어 주었다. 블랭키는 예술 작품처럼 근사하다며 뽐내며 돌아다녔다. 장난기 넘치는 해적인 양 의족을 차고 함선을 이리저리 걸어 다녔다. 그러나 빙원으로 나와야 하자 의족 아래에 목심 구멍을 뚫어 나무 발을 끼우고 발바닥에 못과 나사를 잔뜩 박았다. 겨울 부츠 밑창에 박는 구두 징보다 못과 나사가 빙판길에 훨씬 유용했다. 외다리 블랭키는 보트를 끄는 순번에서 빠졌지만 함선을 버리고 남진한 후 동진하여 테러 캠프까지 이동하는 동안 뒤처지지 않고 잘 따라왔다.

그러나 더는 무리였다.

테러 캠프를 떠난 지 19일 만에 첫 번째 의족이 무릎 밑에서 부러졌다. 불쌍한 필킹턴과 르베스콘테를 땅에 묻은 지 얼마 지나지 않을 때였다.

그날 보트를 끄는 임무에서 면제된 토머스 블랭키와 허니는 20명의 대원들이 끄는 썰매 위 피니스에 올라탔다. 허니는 여분의 원재로 블랭키가 찰 새 의족과 나무 발을 깎았다.

블랭키는 땀을 줄줄 흘리며 고생스레 보트를 끄는 대원들의 행렬을 절뚝거리며 쫓아가야 하는데, 의족 밑에 나무 발을 끼우고 잘 걸을 수 있을지 자신이 없었다. 그러다 진짜 빙원으로 나가야 할 때가 되었다. 처음 며칠은 테러 캠프의 남쪽으로 얼어붙은 협만을 건넌 다음 실 만을 가로질렀다. 그다음 르베스콘테 중위가 묻힌 곳에서 바로 북쪽에 있는 넓은 만을 한 번 더 횡단했다. 빙판 위를 지나는 동안 못이 박힌 나무 발은 기가 막힌 위력을 발휘했다. 행군 루트는 계속 남진하다가 서쪽으로 가서 아주 큰 곶을 빙 돌아 다시 동진하여 육로를 밟는 것이었다.

바위 사이에 언 눈얼음이 녹기 시작했다. 올여름은 1847년 여름보다 훨씬 기온이 높아서 얼음이 빨리 녹았다. 상황이 이렇게 되자 달걀처럼 생긴 블랭키의 나무 발이 자꾸 미끄러지고 얼음 틈 사이에 끼어 빠졌다. 그러다 잘못 디디는 바람에 뒤틀리면서 목심이 댕강 부러졌다.

블랭키는 빙원을 걸을 때 고생하는 대원들 앞뒤로 오가며 혼자서도 잘 걷는 모습을 애써 보였다. 고생하며 진땀을 흘리는 대원들을 따라 같은 길을 두 번씩 왕복하며 자질구레한 짐은 직접 옮겼다. 가끔은 녹초가 된 대원을 대신해 자청해서 하네스를 찼다. 블랭키가 자기 몸무게의 짐도 끌 수 없다는 건 다들 익히 알았다.

행군 6주차, 75킬로미터를 걸어 어느 안락한 만에 도착했을 때였다. 이곳에서 피츠제임스 함장이 너무나 비참하게 세상을 떠났다. 그때 블랭키의 세 번째 의족이 부러졌다. 세 번째 의족이 두 번째 의족보다 나무도 훨씬 약하고 부실했다. 그는 나름 씩씩하게 바위를 넘고 절뚝거리며 개울과 웅덩이를 건넜다. 그랬던 그도 오후가 되어 출발지점으로 돌아가 두고 온 나머지 보트를 도로 끌러 가는 끔찍한 작업에는 더 동참할 수 없었다.

토머스 블랭키는 안 그래도 지치고 아픈 대원들에게 무게나 늘리는 짐이 되었음을 통감했다. 이제 남은 인원은 블랭키를 빼면 95명이었다. 이들은 천근 같은 썰매를 끌고 남으로 향했다.

세 번째 의족이 빠개지기 시작했는데도 그가 남진을 고집한 이유가 있었다. 탐험대가 보트만 띄우면 항해장으로서 그동안 쌓은 지식이 도움이 될 거라는 희망이 있었기 때문이다. 하지만 이제 네 번째 의족을 만들 여분의 원재가 더는 없었다.

낮 동안에는 얼음 낀 바위와 척박한 해안가가 녹는 듯했으나 해안가 너머 극빙은 도무지 깨져 나갈 기미가 보이지 않았다. 리틀 대위가 기온을 재니 때론 영상 5도를 웃돌았다. 올해처럼 여름 날씨가 평년 기온을 웃돌아도 현재 위도 상의 빙해는 7월 중순은 돼야 간신히 열릴 것이다.

그가 식견을 발휘하느냐 마느냐는 빙하에 달려 있다. 또한 사느냐 죽느냐도 빙하에 달려 있다. 만일 당장이라도 보트를 띄울 수 있다면 블랭키는 살 수 있다. 보트만 타면 의족은 필요 없다. 크로지어는 그가 탈 피니스의 선장으로 일찌감치 블랭키를 낙점하고 대원 8명을 배정했다. 일단 바다로 나가기만 하면 블랭키는 목숨을 부지할 수 있다. 만일 운대만 맞으면 탐험대는 부서지고 쓸린 작은 보트 열 척으로 선단을 꾸려 일명 백 강, 그레이트피시리버 어귀로 곧장 갈 수 있다. 그런 다음 잠시 멈춰 리깅을 강에 어울리게 다시 고쳐 매고, 북서풍이 살짝 불 때 노를 저으며 힘차게 강을 오를 것이다. 문제는 육로 이동이다. 자칫하면 쉬이 빠개질 세 번째 의족에 몸무게를 실을 수 없어서 특히나 블랭키는 힘들었다. 그렇다 해도 지난 8주간 악몽 같이 끔찍한 보트를 끈 대원들에 비하면 새 발의 피다.

보트를 띄울 수 있을 때까지만 버틴다면 토머스 블랭키는 살 수 있다.

그러나 그런 자신감을 허문 비밀을 알게 되었다. 빙하에 사는 괴물, 그 끔찍한 공포의 화신이 그들을 따라오고 있었다.

대원들이 고생스레 큰 곶을 돌아 해안을 따라 동진하기까지 이틀에 한 번꼴로 괴물이 보였다. 오후가 되어서 뒤에 남긴 보트 다섯 척을 끌러 갈 때면 매일 보였다. 밤 11시경 미광이 남아 있을 무렵 축축한 텐트로 들어가 몇 시간 눈 붙이려 할 때도 보였다.

괴물은 여태 따라오고 있었다. 장교들이 망원경으로 빙해를 살필 때도 간혹 목격됐다. 크로지어나 호지슨 등 생존 장교들은 고생하는 대원들에게 괴물이 따라온다는 말을 하지 않았다. 그러나 그 누구보다 주위를 살피고 생각할 시간이 많던 블랭키는 그들이 상의하는 모습을 보고 눈치챘다.

가끔은 맨 마지막 보트를 끄는 대원들이 괴물을 생생히 목격하기도 했다. 1킬로미터 정도 떨어진 하얀 설원 위에 검은 점 하나가 보일 때도 있었고, 시커먼 자갈 위에 흰 점 하나가 보일 때도 있었다.

그냥 백곰일지도 모른다고 이리버스의 항해장 제임스 레이드가 말했다. 붉은 수염이 난 그는 블랭키와 막역한 사이였다. "백곰은 아무거나 잡아먹기도 하지만 원래 사람을 해치지 않아. 총으로 쏴 죽이면 돼. 더 가까이 올 때까지 기다리자. 그럼 신선한 고기를 먹을 수 있어."

블랭키는 가끔 사냥해서 잡아먹던 백곰이 아님을 직감했다. 그건 바로 그 녀석이었다. 대원들은 길고 긴 행군을 하면서 괴물을 두려워했다. 특히 밤이나 밤을 향해 달려가는 어스름한 두 시간 동안이 제일 두려웠다. 블랭키는 괴물이 그 누구보다 토머스 블랭키를 가장 원하고 있음을 직감했다.

누구나 행군이 고생스러웠지만 특히나 블랭키는 고통이 가시지 않았다. 괴혈병 때문에 그런 게 아니었다. 그나마 괴혈병은 별로 들볶지 않았다. 괴물에게 뜯기고 남은 다리가 죽도록 아팠다. 해안가 빙하와 자갈을 디디며 걷는 게 보통 일이 아니었다. 하루에 열여섯, 아니 열여덟 시간씩 행군한 후, 그다음 날 정오가 가까우면 환부 출혈로 의족을 끼우는 오목한 나무 소켓에 피가 흘러 넘쳤다. 피는 의족을 연결하는 가죽끈을 적신 후 타고 내려가 두꺼운 캔버스 바지를 물들이고 발자국 뒤로 길게 흔적을 남겼다. 위로는 긴 내의를 타고 올라가 셔츠까지 피범벅이 되었다.

행군 첫 주에는 날이 계속 추워서 다행히 피가 얼었다. 그런데 이제 영상으로 오르자 블랭키는 꼬챙이에 찔린 돼지처럼 피를 줄줄 흘렸다.

긴 상의와 방한 외투가 있어서 피를 흘리는 치명적인 증거를 남들에게 숨길 수 있었다. 6월 중순이 되자 너무 더워서 외투를 입은 채 보트를 끌 수 없었다. 다들 땀에 전 스웨터와 모직 옷가지를 벗어서 끌고 가는 보트 위에 잔뜩 쌓았다. 하루 중 가장 더울 때는 셔츠만 입고 보트를 끌다가 오후에 기온이 영하로 떨어지면 그제야 옷을 도로 입었다. 왜 외투를 벗지 않냐는 질문에 블랭키는 웃으며 농담을 건넸다. "내가 냉혈 인간인데 의족을 차니 바닥에서 냉기가 올라오네. 추워서 벌벌 떠는 꼴은 보이지 싫지 않아."

결국 그도 외투를 벗고야 말았다. 대열에서 멀어지지 않으려고 정신없이 걷다보니 환부가 눌려 가만히 서 있기만 해도 땀이 비 오듯 흐르고 아팠다. 겹겹이 껴입은 옷이 얼었다 녹았다 반복하는 상황을 더는 견딜 수 없었다.

대원들은 철철 쏟아지는 피를 보고도 아무 말 하지 않았다. 그들도 나름의 문제를 겪고 있었기 때문이다. 다들 괴혈병으로 출혈이 심했다.

크로지어와 리틀은 양쪽 항해장, 블랭키와 제임스 레이드를 옆으로 불러 해안가 빙벽 너머로 펼쳐진 빙하에 대한 식견을 물었다. 일단 안락한 만 남서쪽으로 툭 튀어나온 이 곳을 크게 돌아 남쪽 해안을 따라 동진할 경우, 레이드는 킹윌리엄 랜드와 캐나다 본토 사이에 얼어붙은 빙해가 북서쪽 극빙보다 깨져 나가는 속도가 느릴 거라고 예측했다. 킹윌리엄이 랜드든 섬이든 상관없이 북서쪽 상황이 여름 해빙기에 훨씬 역동적이라고 했다.

블랭키는 레이드보다 낙관적이었다. 여기 남쪽 해안가 극빙이 점점 줄어들고 있다고 주장했다. 어마어마한 빙벽이 해안과 해빙을 가로막고 있지만 이제는 세력이 운집한 곳을 지나는 것과 별반 다르지 않다고 했다. 그건 킹윌리엄 랜드의 남서쪽 거대한 곳이 바다와 해안, 혹은 만과 해안처럼 보이는 이곳으로 밀려드는 빙하를 막아주기 때문이라고 했다. 북서쪽에서 밀려 내려와 이리버스호와 테러호를 가두고 테러 캠프 인근 해안까지 무자비하게 밀려 내려오던 빙하를 막아준다는 것이다. 블랭키가 크로지어에게 이렇게 얘기하자 레이드도 고개를 끄덕였다. 블랭키는 끝없이 떠밀려 오는 빙하가 북극점에서부터 내려온다고 했다. 지금 탐험대는 킹윌리엄 랜드 남서쪽으로 불거진 곳의 남쪽 어딘가까지 왔는데 굉장히 안락했다. 이곳의 빙하도 곧 깨져 나갈 것이다.

블랭키가 의견을 밝히자 레이드는 의아한 시선을 보냈다. 블랭키는 레이드의 마음을 읽었다. '여기가 챈트리 해협에서 백 강 어귀로 이어지는 만인지 해협인지 모르겠지만, 보통 좁은 곳에 있는 얼음이 맨 마지막에 깨지는 법인데……'

레이드가 크로지어 함장에게 그의 생각을 전했다 해도 어쩔 수 없었다. 그런데 레이드는 아무 말도 하지 않았다. 친구이자 동료인 블랭키의 말에 토달고 싶지 않았기 때문이다. 블랭키는 여전히 긍정적이었다. 작년 겨울 12월 5일 날 밤, 괴물에게 테러호에서부터 쫓겨 세락에 갇혔을 때 이미 죽은 목숨이라 생각했다. 그 일 이후 뼛속까지 낙관적인 사람이 되었다.

괴물은 두 번이나 그를 죽이려 했다. 블랭키는 두 번이나 공격당했지만 고작 다리 하나만 잃었다.

그는 절룩거리면서도 가끔은 기운 나는 농담을 하고 아껴둔 담배나 꽁꽁 언 염장 쇠고기를 녹초가 된 대원들에게 건넸다. 같은 텐트를 쓰는 동료들이 아껴준다는 것을 느꼈다. 그 어느 때보다 짧아진 밤에 당직을 섰고 아침에는 보트 행렬을 따라 아픈 다리를 절룩이며 산탄총을 들고 경비를 섰다. 괴물이 나타나 다음 희생양을 고르는 순간이 닥치면 이따위 산탄총으론 어림없다는 걸 그 누구보다 잘 알면서도 그랬다.

오랜 행군으로 통증은 극심해졌다. 다들 기아와 괴혈병에 시달리고 자연 환경에 노출되어 서서히 죽어갔다. 굿서가 주장했던 끔찍한 독살이 두 건 더 있었다. 화부 존 코위는 3월 9일 이리버스호를 기습한 괴물의 공격에도 목숨을 부지했지만, 경련과 통증에 이어 온몸이 마비되고 소리 없는 비명을 내지르다 6월 10일 사망했다. 6월 12일, 이리버스호의 서른여덟 살 조타수 대니얼 아서가 복통을 호소하며 쓰러진 지 여덟 시간 만에 폐 기능 마비로 사망했다. 이들은 장례식을 제대로 치르지 못했다. 다들 멈춰서 시신 두 구가 간신히 들어갈 만큼 얕게 땅을 판 다음 얼마 남지 않은 캔버스로 싸서 묻고 그 위에 돌을 쌓아 올렸다.

피츠제임스 사망 이후 요주의 인물이 된 리처드 에일모어는 멀쩡했다. 에일모어를 제외한 함총원은 통조림 음식이 금지되어 오히려 괴혈병이 심해졌는데, 에일모어는 코위와 아서와 같이 통조림을 먹으라는 명령받은 것 때문에 말이 많았다. 일부러 독살한 게 확실하다고 주장할 근거는 전혀 없었지만, 골드너 통조림을 먹고 셋이나 끔찍한 고통 속에 죽었는데 왜 에일모어는 멀쩡한지 아무도 그 이유를 대지 못했다. 에일모어가 피츠제임스와 크로지어 함장을 싫어하는 건 공공연한 사실이지만 동료들까지 독살할 이유는 없어 보였다.

그들을 죽이고 그들 입에 들어갈 음식까지 독차지하고 싶었다면 이유가 되겠지만.

병실에서 굿서를 돕는 헨리 로이드도 요즘 보트를 끌었다. 괴혈병을 앓아 각혈하고 이가 흔들렸다. 아침 행군을 마치면 극소수의 대원들만 디글과 월과 함께 보트 옆에서 쉴 수 있었다. 블랭키도 그중 하나였기에 친절한 군의관을 도왔다.

아이러니하게도 기온이 올라가자 동상이 늘었다. 땀범벅이 된 대원들은 외투와 장갑을 벗고 기온이 떨어지는 밤까지 보트를 끌었다. 요즘은 해가 자정까지 남쪽 하늘에 걸려 있었다. 대원들은 갖은 고생을 하며 보트를 끌다가 기온이 영하 10도까지 뚝 떨어진 것을 알고는 깜짝 놀랐다. 굿서는 동상에 걸린 손가락을 치료하고 허옇게 변색된 피부와 썩어서 시커메진 부위를 처치했다.

대원 중 절반은 햇빛으로 인한 화이트아웃과 극심한 두통에 시달렸다. 크로지어와 굿서는 아침이면 보트를 끌 대원을 돌아보며 고글을 쓰라고 유도했지만 다들 기괴하게 생긴 철망 고글을 거부했다. 이리버스호 선창장이자 토머스 블랭키의 오랜 친구인 조 앤드루스는 그 망할 놈의 고글을 쓰는 게 여자의 검은 실크 팬티 속을 들여다보는 것만큼 힘든데 재미는 하나도 없다며 투덜거렸다.

행군 시 설맹과 두통이 가장 큰 문제였다. 일부 대원은 두통에 시달린 후 굿서에게 아편을 달라고 애원했다. 굿서는 남은 게 없다고 했다. 잠긴 군의관 약통에서 약을 꺼내오는 심부름을 종종 하던 블랭키는 굿서가 거짓말하고 있음을 알았다. 눈금 없는 작은 병 속에 아직은 아편이 조금 남아 있었다. 굿서는 절박한 이유로 아편을 남겨 놓았을 것이다. 크로지어 함장의 최후를 위해서일까? 아니면 자신의 마지막을 위해서일까?

일광화상으로 극심한 고통을 호소하는 대원들도 있었다. 다들 손과 얼굴과 목에 벌겋게 물집이 잡혔다. 한낮에 너무 더워서 영상의 기온에 아주 잠깐 셔츠를 벗었는데도 그날 저녁 피부가 허옇게 변색되었다. 무려 3년이나 어둠 속에 갇혀 지내던 터라 벌겋게 화상을 입은 부위에 금방 물집이 잡히고 고름이 괴었다.

굿서는 메스로 고름을 짼 다음 상처에 연고를 발랐다. 블랭키는 그 냄새가 마치 차축에 바르는 윤활유 같았다.

95명의 생존 대원이 6월 중순 큰 곶 남쪽 해안을 따라 동진하며 힘겹게 터벅터벅 걸었다. 쓰러지기 직전이었다. 일부 대원들은 보트를 실어 엄청나게 무거운 썰매와 썰매 없이 짐이 한가득 실린 웨일보트를 죽을힘을 다해 끌었다. 몸이 성치 않은 대원들은 썰매 위에 올라탔다가 나으면 다시 몇 날 며칠을 끌었다. 환자와 부상자가 늘어서 끌 인원이 점점 부족해졌다. 블랭키는 탈출 행군도 이제 끝이라는 것을 직감했다.

다들 갈증에 시달려 시냇물이나 개울이 보이기라도 하면 걸음을 멈추고 네발로 엉금엉금 기어가 개처럼 물을 할짝거렸다. 갑자기 얼음이 녹지 않았더라면 3주 전에 탈수로 사망했을 것이다. 알코올 스토브는 연료가 바닥났다. 처음에는 입 안에서 눈을 녹여 먹으면 갈증이 달래지리라 생각했다. 그런데 그렇게 하니 몸이 에너지를 더 많이 뺏겨 오히려 갈증이 심해졌다. 요즘은 전보다 시내와 개울이 자주 보였는데, 보트를 끌다가 개울을 만나면 다들 걸음을 멈추고 수통에 물부터 채웠다. 이제는 얼까 봐 몸 속에 수통을 품지 않아도 되었다.

갈증으로 금방 숨이 넘어가는 건 아니지만 수백 가지 모습으로 생명의 불씨가 꺼져가는 것이 보였다. 굶주림도 한몫했다. 크로지어가 허락한 네 시간의 수면 시간에도 다들 너무 허기져 잠을 이루지 못했다. 야간 당직 근무를 서지 않아도 마찬가지였다.

텐트를 접었다 펴는 단순 작업은 두 달 전 테러 캠프에 있을 때까지만 하더라도 20분이면 충분했다. 지금은 아침에 두 시간, 밤에 두 시간 걸리고 그 시간은 매일 길어졌다. 동상에 걸려 손이 곱고 붓기 때문이다.

블랭키만 그런 게 아니라 정신이 멀쩡한 이가 거의 없었다. 그나마 크로지어가 가장 정신이 맑아 보였지만 가끔 아무도 쳐다보지 않으면 피로와 마비로 얼룩진 데스마스크를 뒤집어쓴 것 같았다.

원래 수병은 마젤란 해협을 지날 때 허리케인이 불어 시야가 고작 5미터밖에 안 되는 칠흑 같은 어둠에도 갑판 60미터 상공의 원재에 올라가

복잡한 리깅과 슈라우드 매듭을 묶는 도사다. 그런데 이제는 대낮에 구두
끈도 제대로 매지 못했다. 반경 500킬로미터 이내에 나무가 없었다. 여기
에서 나무란 블랭키의 의족과 지금 끌고 가는 보트, 마스트와 썰매, 그리
고 현 위치에서 북으로 160킬로미터에 있는 이리버스호와 테러호의 잔해
들은 제외하고 하는 말이다. 땅은 여전히 겉만 살짝 녹은 상태라 거센 밤
바람이 불 때 텐트 모서리를 누르고 텐트 밧줄 앵커로 쓸 돌멩이를 주우며
행군해야 했다.

이런 잔업이 한도 끝도 없었다. 대원들은 한 손에 돌멩이를 든 채 희미
한 여명이 드리운 자정에 선 채로 잤다. 가끔은 옆에서 그걸 보고도 흔들
어 깨우지 않았다.

그렇게 시간은 지나 1848년 6월 18일 늦은 오후가 되었다. 대원들이 뒤
에 남긴 보트를 끄는 중이었다. 그때 블랭키의 세 번째 의족이 피가 철철
나는 무릎 환부 바로 아래에서 댕강 부러졌다. 그는 이것을 신호로 받아들
였다.

그날 오후, 군의관을 도울 일이 별로 없자 블랭키는 뒤에 남긴 보트를
끄는 행렬 맨 뒤에서 의족으로 짚으며 따라가는 중이었다. 그때 무거운 바
위 틈에 의족이 끼면서 위쪽에서 부러졌다. 하필 행렬 맨 뒤에서 따라가는
데 의족 윗부분이 부러졌을까. 그는 이것을 신이 보내는 신호로 해석했다.

그는 근처 바위를 찾아 편히 앉았다. 파이프를 꺼내 지난 몇 주간 아껴
둔 마지막 담뱃잎을 그 안에 쑤셔 넣었다.

수병 몇 명이 보트를 끌다 말고 묻자 블랭키가 대답했다. "그냥 좀 앉아
서 쉬는 거야. 이 잘린 다리도 좀 쉬어야지."

그때 해병 상병 토저가 걸음을 멈추고 뭐하는 거냐고 물었다. 토저는
이렇게 화창한 날 후방 경비를 맡은 해병 총책임자였다. 블랭키는 이렇게
대답했다. "신경 끄지, 솔로만." 블랭키는 약간 우둔한 그의 이름을 부르며

놀리곤 했다. "그쪽 해병이나 챙기고 난 가만히 내버려 둬."

30분 후 보트 행렬 끝자락이 블랭키가 앉은 곳에서 남쪽으로 수백 미터 멀어졌다. 크로지어 함장이 목공장 허니와 되돌아왔다.

"대체 여기서 뭐하는 건가, 블랭키?" 크로지어가 쏘아붙였다.

"좀 쉬고 있었습니다, 함장님. 오늘 밤 여기에 있으려고요."

"헛소리 말고." 크로지어는 부러진 의족을 보더니 허니를 쳐다보았다. "고칠 수 있지, 허니? 블랭키를 보트에 태우고 가면 내일 오후까지 의족 하나 새로 만들 수 있지?"

"그럼요." 허니는 자신의 작품이 망가져서 그런지, 아니면 함부로 다룬 사실이 속상해서 그런지 얼굴이 살짝 일그러졌다. "남은 목재가 별로 없지만 나중에 피니스 키로 쓰려고 여분으로 챙겨 온 졸리보트 키가 있습니다. 그걸 새로 깎으면 됩니다."

"들었지, 블랭키? 이제 일어나 허니한테 기대서 저기 보이는 호지슨의 마지막 보트를 따라잡도록 하지. 서둘러. 내일 정오면 새 의족을 찰 수 있어."

블랭키가 웃었다. "목공장이 이것도 고칠 수 있을까요, 함장님?" 블랭키는 의족의 나무 소켓을 잡아 뺀 후 덜렁이는 가죽끈과 쇠 고정 벨트를 풀었다.

"맙소사." 크로지어는 피가 철철 나는 절단 부위를 자세히 들여다보았다. 하얀 뼈 주위의 살이 시커멓게 썩어 있었다. 얼마나 냄새가 지독한지 가까이 얼굴을 댔다가 순식간에 뒤로 뺐다.

"보셨죠? 이 지경이 될 때까지 왜 군의관 선생이 냄새를 못 맡았는지 궁금하긴 합니다. 병실 텐트에서 왔다 갔다 하며 거들 때 냄새를 풍기려고 애썼는데 말이죠. 같이 텐트를 쓰던 이들은 다 알았을 겁니다. 이젠 어쩔 도리가 없습니다."

"말도 안 돼, 굿서가 아마……" 크로지어는 말을 멈추었다.

블랭키가 미소를 지었다. 깐죽거리거나 절망스러운 미소는 아니었다. 편안한 표정으로 농담을 건넸다. "굿서가 아마 뭐요? 제 다리를 엉덩이까지 자른다고요? 이렇게 시커멓게 썩어 들어가며 벌겋게 부은 부위가 엉덩이를 타고 올라 제 거시기까지 번졌습니다. 너무 적나라하게 말씀드려서 송구하네요. 수술한다 치고 그럼 제가 보트 위에 얼마나 누워 있어야 할까요? 해병 이병 헤더처럼 그렇게 오래 누워 있으라고요? 저만큼 힘들어 하는 대원들더러 저까지 끌고 가라고 해야 합니까? 불쌍한 헤더가 영혼이라도 평안했으면 좋겠네요."

크로지어는 반박하지 못했다.

블랭키는 흡족하게 파이프를 빨며 말했다. "그건 아니죠. 이렇게 편안히 앉아서 쉬다가 이런저런 생각이나 하는 게 최고일 듯싶습니다. 전 참 괜찮은 인생을 살았습니다. 아파서 정신을 잃기 전에 제 인생을 돌아보고 싶습니다."

크로지어는 한숨을 내쉬며 목공장을 쳐다보다가 다시 블랭키를 쳐다보며 한숨을 내쉬었다. 그는 외투 주머니에서 물병을 건넸다. "이거 받게."

"고맙습니다, 함장님. 감사히 받겠습니다."

크로지어는 다른 주머니를 뒤적거렸다. "먹을 게 하나도 없는데, 혹시 자네는 있나?"

허니는 곰팡이가 슨 십 비스킷과 염장 쇠고기 조각을 건넸다. 쇠고기는 갈색이 아니라 푸르뎅뎅한 곰팡이가 잔뜩 펴 있었다.

"아니 됐네, 존. 배는 하나도 안 고파. 그런데 함장님. 어려운 부탁 하나 드려도 되겠습니까?"

"뭐지, 블랭키?"

"제 식솔이 켄트에 삽니다. 턴브리지 웰스 북쪽 이탐모트 인근이죠. 제가 출항할 당시에 베티와 마이클과 노모가 거기에 살았습니다. 만일 나중에 함장님께서 혹시라도 기회가 생기시면……"

"내가 영국으로 돌아가면 꼭 찾아보지. 내가 본 자네의 마지막 모습을 꼭 전해주겠네. 마치 대지주처럼 담배를 물고 웃으며 바위 위에 앉아 있었다고." 크로지어는 주머니에서 권총을 꺼냈다. "리틀 대위가 망원경으로 녀석을 주시하고 있어. 아침 내내 뒤를 졸졸 쫓아오고 있네. 곧 들이닥칠 거야. 이거 받게."

"필요 없습니다, 함장님."

"무슨 소리야? 뒤에 남아 있으려면…… 아무리 그래도…… 어쩌면 일주일 후에 빙하 전문가인 자네의 식견이 제일 필요할 텐데. 혹시 알아? 앞으로 30킬로미터만 더 가면 극빙에서 벗어날 수 있을지?"

블랭키는 미소를 잃지 않았다. "만일 레이드가 없다면 기꺼이 따라가겠습니다만, 그도 꽤 믿을 만한 항해장입니다. '땜빵' 치곤 쓸 만할 겁니다."

크로지어와 허니는 블랭키와 악수를 나눈 후, 남쪽 저 멀리 능선 너머로 사라진 마지막 보트를 열심히 따라갔다.

• • •

자정이 지나서야 그것이 나타났다.

벌써 몇 시간 전에 담배가 떨어졌다. 그가 앉은 바위 위에 물통을 꺼내놓았더니 그만 얼어버렸다. 통증이 심했지만 자고 싶지는 않았다.

여명 속에 별들이 하나둘 모습을 드러냈다. 늘 밤이면 불어오는 북서풍이 거셌다. 한낮과 비교해 일교차가 무려 25도나 났다.

블랭키는 부러진 의족과 받침 소켓과 고정 벨트를 바위 옆쪽에 올려놓았다. 썩어 들어가는 다리는 욱신거렸고 텅 빈 속은 쓰렸다. 오늘 밤은 다리 아래쪽 종아리와 발이 제일 아팠다. 환지통(사지가 절단된 후에도 없어진 부위에 통증을 느끼는 증세)이 도졌다.

그때 그것이 나타났다.

그가 앉은 곳에서 30보도 떨어지지 않은 빙원 위에 모습을 드러냈다.

'분명 빙판 위에서 보이지 않던 구멍 속에서 기어 나왔을 거야.' 블랭키
는 어린 시절 턴브리지 웰스에서 천막 아래 열리던 축제가 떠올랐다. 흔들
거리는 나무 무대에서 마술사가 보라색 천을 들고 높은 원뿔형 모자를 쓰
고 나타났다. 모자에는 지구와 별이 촌스럽게 수놓아져 있었다. 위로 열리
는 문으로 마술사가 불쑥 나타나자 관객들의 환성과 탄성이 쏟아졌다.

"어서 오게나." 블랭키는 빙판 위 어린 검은 그림자에게 인사를 건넸다.

괴물이 뒷다리로 일어섰다. 북슬북슬한 털에 커다란 근육질 덩어리. 석
양을 등지고 선 발톱과 어렴풋이 번뜩이는 이빨이 보였다. 블랭키는 인간
들이 수많은 포식자를 왜곡되게 그리지만 이 모습이 가장 끔찍하리라 자
신했다. 괴물의 키는 4미터가 훌쩍 넘어 보였다.

검은 실루엣보다 더 시커먼 두 눈에는 석양이 어리지 않았다.

"왜 이리 늦었어." 블랭키도 어쩔 수 없이 치아가 맞부딪혔다. "한참 기
다렸단 말이다." 그는 의족과 덜렁거리는 연결 벨트를 괴물을 향해 내던
졌다.

괴물은 조악한 무기에 반응하지 않았다. 한참 가만히 서 있다가 귀신처
럼 스르륵 앞으로 나왔다. 두 다리가 움직이지도 않는데 기괴하게 생긴 육
중한 덩치가 순식간에 미끄러지면서 얼음과 자갈밭을 건너 다가왔다. 드
디어 시커멓고 끔찍한 괴물이 양팔을 쫙 펼치며 항해장의 시야를 덮쳤다.

토머스 블랭키는 비장한 미소를 지으며 차가운 파이프를 질끈 물었다.

46
크로지어

현 위치 파악 불가
1848년 7월 4일

프랜시스 로돈 모이라 크로지어가 보트를 끌고 10주차 행군을 강행할 수 있었던 건 가슴속 불타는 불꽃 때문이었다. 온몸이 지치고 허하고 욱신거릴수록 가슴속 불꽃은 더 뜨겁고 맹렬히 타올랐다. 불꽃은 의지를 빗대어 표현한 게 아니었다. 잘될 거란 믿음을 상징하는 묘사도 아니었다. 가슴속에서 훨훨 타오르는 불꽃은 마치 이질적인 개체처럼 심장에 파고들어 질병처럼 자리 잡고 가슴 한복판에 심지를 박았다. 그것은 살 수만 있다면 뭐라도 하겠다는 달갑지 않은 신념이었다. 크로지어는 뭐든 다 할 수 있었다.

차라리 뜨거운 불씨가 꺼져 벗어날 수 없는 현실에 굴복해 아이가 이불속에 눕듯 얼어붙은 툰드라를 덮은 채 드러눕고 싶었다.

오늘은 행군하지 않았다. 한 달 만에 처음으로 썰매도 보트도 끌지 않았다. 탐험대는 대형 식당용 텐트까지는 펴지 않았지만 큰 병상용 텐트는 쳤다. 대원들은 킹윌리엄 랜드 남쪽 해안가에 있는 어느 작은 만을 '병동 캠프'라 불렀다. 사실 상황이 이렇지 않았더라면 그저 별 볼 일 없는 작은 장소에 불과할 곳이었다.

지난 2주간 탐험대는 남서쪽으로 한도 끝도 없이 뻗어 나가 몇 주는 걸어야 할 것처럼 보이는 곳을 돌아, 그 아래 난빙이 펼쳐진 널따란 만을 가로질렀다. 그다음 남동진한 후 섬 남부 해안을 따라 걸으며 계속 동진했다. 백 강에 가려면 이 방향이 맞다.

크로지어는 육분의와 경위기를 가지고 왔다. 리틀 대위도 자신의 육분의를 챙겨 왔고, 고 피츠제임스가 쓰던 것도 여분으로 가져 왔지만 몇 주간 별도로 태양을 관측하진 않았다. 사실 그건 중요하지 않았다. 킹윌리엄랜드가 반도라면 이 해안가를 따라가면 백 강 어귀에 닿을 수 있다. 크로지어가 예전에 모시던 제임스 클라크 로스 경을 비롯한 북극 탐험가 대다수는 킹윌리엄을 반도라 했다. 고어 대위와 크로지어의 추측대로 만일 여기가 섬이라면 조금만 더 가면 남쪽으로 캐나다 본토가 보일 것이고 좁은 해협을 건너면 바로 백 강 어귀가 나온다.

어느 쪽이든 크로지어는 현 위치에서 백 강 어귀까지의 거리는 약 145킬로미터라고 보았다. 사실 당분간 뾰족한 수도 없고 추측 항법(천체 관측의 도움 없이 현 위치를 결정하는 항법)을 쓰는 중이라 어쩔 도리 없이 해안가를 따라 걸었다.

이번 행군에서 탐험대는 1일 평균 1.6킬로미터를 걸었다. 어떤 날은 하루에 5킬로미터에서 6킬로미터도 주파했다. 크로지어는 양쪽 함선에서 테러 캠프까지 갈 때 빙판을 정신없이 미끄러지며 환상적인 속도로 지나던 때가 떠올랐다. 그래도 고생스러운 날이 훨씬 많았다. 썰매 날에 얼음보다 바위가 더 자주 닿을 때도 있었고, 갑자기 개울을 건너야 하는 순간도 맞이했다. 진짜 강을 건너기도 했다. 또 해안가에 바위가 너무 많아서 할 수 없이 고생스럽게 난빙을 건너야 했다. 날씨가 사나울 때도 있었다. 평소보다 아픈 대원들이 많아 썰매를 끌지 못해 보트 위에 태우고 가야 할 때도 있었다. 이럴 경우 다른 대원들이 끌어야 할 무게가 불어났다. 일단 웨일보트 네 척과 커터 한 척을 먼저 끌어다 놓고, 도로 돌아가 커터 세 척과 피니스 두 척을 끌고 왔다. 어떤 날은 전날 밤 캠프에서 고작 수백 미터만 이동할 때도 있었다.

7월 1일, 푸근한 날씨가 몇 주 이어지더니 급작스레 추위가 돌아왔다. 블리자드가 남동쪽에서 휘몰아치며 썰매를 끄는 대원들의 눈을 찔렀다. 보트 위에 실린 짐을 덮은 방수포가 벗겨졌다. 방한모를 도로 가방에서 꺼내 썼다. 썰매와 보트 위에 눈이 잔뜩 쌓여 무게가 수십 킬로 불기도 했다. 너무 아파서 보트 위에 실려 가는 대원들은 비축품 물자와 접어놓은 텐트를 덮은 방한포를 이불 삼아 그 밑으로 들어가 누웠다.

대원들은 쉬지 않고 블리자드를 헤치며 사흘간 동쪽으로, 그다음 남동쪽으로 전진했다. 밤에 번개가 내리꽂히자 다들 무서워서 텐트 밑에 깔린 캔버스 바닥에 몸을 웅크렸다.

오늘은 탐험대가 멈췄다. 너무 많은 인원이 몸져누워서 굿서가 투약을 원했기 때문이었다. 크로지어는 정찰단을 파견하고 그보다 좀 더 많은 인원을 사냥조로 내보낸 후 북쪽 내륙과 남쪽 빙해로 가서 사냥해 오라고 했다.

먹을거리가 간절했다.

희보이자 비보를 말하자면 얼마 남지 않은 골드너 통조림을 다 먹어 치웠다. 당번병 에일모어는 피츠제임스 함장의 목숨을 앗아간 끔찍한 증상 없이 멀쩡했다. 함장의 명령에 따라 통조림만 계속 먹었더니 오히려 살이 뿌옇게 올랐다. 그걸 본 다른 대원들도 다시 통조림을 먹으며 얼마 남지 않은 염장 돼지고기와 대구와 십 비스킷으로 허기진 배를 채웠다. 그런데 통조림을 먹지 않은 두 사람이 사망했다.

스물여덟 살의 수병 빌 클로슨이 조용히 비명을 지르며 복통으로 인한 경련을 보이더니 온몸에 마비가 왔다. 굿서는 클보슨이 어쩌다 식중독에 걸렸는지 도무지 알 수 없었다. 굿서를 거들던 톰 맥콘베이는 클로슨이 골드너 복숭아 통조림을 훔친 후 아무도 안 주고 혼자서 먹었다고 고백했다.

클로슨의 약식 장례식이 치러졌다. 캔버스 수의를 입지도 못한 시신 위에 돌무덤이 쌓였다. 나이 든 장범장 머레이가 괴혈병으로 죽은데다가 이제 남은 캔버스도 없었다. 크로지어 함장은 성경이 아니라 그가 좋아하는 『레비아단의 책』의 구절을 읽었다.

"인생은 외롭고, 가난하고, 추잡하고, 잔인하고, 덧없도다. 인생은 옆 사람의 것을 훔친 이에게는 더욱 짧게 느껴진다."

이 추도사를 들은 대원들은 한 방 맞은 기분이 들었다. 두 달 넘게 썰매 위에 싣고 끈 보트에는 저마다 이름이 있었다. 이리버스호와 테러호를 버리고 빙해로 나올 때 붙여준 이름이었다. 대원들은 오후부터 저녁까지 도로 끌고 와야 하는 커터 세 척과 피니스 두 척의 이름을 새로 붙였다. 하루 중 이때가 제일 진절머리 났다. 아침 내내 땀 흘려 지나온 길을 또다시 지나야 했기 때문이다. 보트 다섯 척에는 공식적으로 다음과 같은 새 이름이 붙었다. 외로움, 가난함, 추잡함, 잔인함, 덧없음.

크로지어는 이걸 보고 씩 웃었다. 아직까지는 최악의 기아와 고통에 허우적대느라 영국 해군 특유의 블랙 유머까지 잃은 것은 아니었기에.

• • •

반란이 일어났다. 만약 반란이 일어난다 해도 절대로 그러지 않으리라 크로지어가 끝까지 믿었던 자가 크게 목청을 높였다.

한낮에 크로지어는 잠깐이라도 눈을 붙이려 했다. 다른 대원들이 정찰이나 사냥을 나가 캠프를 비운 상태였다. 텐트 밖에서 대원들이 살금살금 눈 위를 밟고 걸어오는 소리가 들렸다. 순간 일상을 벗어나는 긴급 상황을 직감했다. 그는 자다 말고 일어나 수상쩍은 발소리를 들으며 드디어 반란이 일어났음을 간파했다.

크로지어는 외투를 입었다. 오른쪽 주머니에는 늘 장전된 권총을 넣고 다녔다. 얼마 전부터는 왼쪽 주머니에 2연발 소구경 권총을 넣고 다니기 시작했다.

크로지어가 있는 텐트와 큰 병실 텐트 사이에 대략 25명이 모였다. 블리자드가 날리고 두툼한 목도리를 두르고 지저분한 방한모까지 쓰고 있어서 한눈에 누가 누군지 분간할 수 없었다. 둘째 줄에 선 코닐리어스 히키, 매그너스 맨슨, 리처드 에일모어, 격분한 대원 대여섯은 놀랍지도 않았다.

그런데 맨 앞에 서 있는 대원들은 충격적이었다.

장교들은 아침부터 거의 다 사냥을 하러 나갔거나 크로지어의 명령에 따라 정찰을 나갔다. 그는 뒤늦게 실수를 통감했다. 믿을 만한 대원들을 모두 내보낸 것이다. 리틀 대위, 2등 항해사 로버트 토머스, 듬직한 갑판장 조수 토머스 존슨, 해리 페글러 등이 전부 캠프를 비웠고 몸이 별로 좋지 못한 이들만 병동 캠프에 남았다. 그런데 젊은 호지슨 중위가 맨 앞에 서 있는 게 아닌가. 크로지어는 앞상갑판장 루벤 메일, 이리버스호의 앞돛 대망루장 로버트 싱클레어가 맨 앞줄에 선 것을 보고 깜짝 놀랐다. 메일과 싱클레어는 늘 착실한 대원이었다.

크로지어가 앞으로 성큼 나갔다. 호지슨이 두 발자국 뒷걸음질 치다가 멍청한 거인 맨슨과 부딪혔다.

"무슨 일이지?" 크로지어가 호통쳤다. 목소리가 거칠게 갈라지지 않기를 바라며, 최대한 우렁차고 위엄 있게 말했다. "대체 여기서 뭣들 하는 건가?"

"드릴 말씀이 있습니다, 함장님." 호지슨이 말했다. 젊은 청년의 목소리는 긴장해서 파르르 떨렸다.

"무슨 얘기지?" 크로지어는 오른손을 주머니에 찔러 넣었다. 굿서가 텐트 밖으로 나왔다가 항명 사태를 보고 깜짝 놀랐다. 세어 보니 총 23명이었다. 다들 방한모를 푹 눌러 쓰고 목도리를 칭칭 감고 있었지만 누가 누

216

군지 알아볼 수 있었다. 절대로 잊지 않으리라.

"돌아가야 합니다." 호지슨이 말했다. 뒤에 있는 수병들이 다 같이 웅얼거리며 맞장구를 쳤다. 폭도는 늘 군체의식을 보인다.

크로지어는 즉각 반응을 보이지 않았다. 그나마 희소식이라면 만일 이것이 조직적인 반란이었다면, 그래서 호지슨과 메일과 싱클레어가 가담한 폭도가 벌써 무력으로 밀어붙여 탐험대의 지휘권을 빼앗았다면, 크로지어는 지금쯤 죽었을 것이다. 그랬다면 아마 한밤중에 계획을 실행에 옮겼을 것이다.

또 하나의 희소식은 여기 있는 수병 두셋만 산탄총을 지니고 있고 다른 무기는 오늘 사냥을 나간 66명의 대원들이 소지했다는 점이다.

크로지어는 다시는 해병 전원이 캠프를 비우지 않도록 해야겠다고 결심했다. 토저와 다른 해병들이 사냥하고 싶어서 안달이 났었다. 함장은 너무 피곤해서 별 생각 없이 가도 좋다고 허락했다.

크로지어는 차례차례 얼굴을 훑었다. 몇몇 기가 약한 자들은 곧장 고개를 숙이고 부끄러운 듯 시선을 피했다. 메일과 싱클레어처럼 기가 센 자들은 시선을 맞받아쳤다. 히키는 속꺼풀 진 차가운 눈빛으로 쳐다보았다. 마치 백곰의 눈 같았다. 아니 빙상에 있는 괴물 눈 같았다.

"돌아간다니, 어디로?"

"테, 테러 캠프로 가야 합니다." 호지슨이 더듬거렸다. "거기에 가면 식량도 석탄도 남아 있고 스토브도 있습니다. 보트도 있습니다."

"바보 같은 소리 마. 테러 캠프까지 가려면 최소 100킬로미터가 넘어. 거기까지 가기도 전에 10월이 될 거야. 바다가 꽝꽝 얼 거라고."

호지슨이 움찔하자 이리버스호의 앞돛대망루장 싱클레어가 나섰다. "테러 캠프로 돌아가는 게 죽도록 무거운 보트를 끌고 백 강까지 가는 것보다 훨씬 가깝습니다."

"그렇지 않아, 싱클레어. 리틀 대위하고 계산해 보았는데 강과 이어지는 협만까지가 여기에서 80킬로미터가 채 안 돼."

"협만이요?" 조지 톰프슨이 콧방귀를 꼈다. 술고래에 게으름뱅이였다. 크로지어는 그가 술을 먹는 것 가지고 뭐라 할 수 없었지만 게으름은 경멸스러웠다.

"백 강 어귀까지 가려면 협만에서 남쪽으로 80킬로미터는 더 가야 합니다. 여기서부터 따지면 160킬로미터라고요!"

"말본새가 그게 뭔가, 톰프슨." 크로지어는 낮고 근엄한 목소리로 경고했다. 본데없는 자라도 크로지어의 목소리에 놀라서 눈을 내리깔았다. 크로지어는 폭도를 또다시 둘러보았다. 그리고 모두에게 외쳤다. "협만에서 백 강 어귀까지 70킬로미터가 남았든 80킬로미터가 남았든 그건 상관없다. 그쪽으로 가면 바다가 열려 있을 확률이 높다. 그럼 배를 타고 갈 것이다. 끌고 가는 게 아니라. 이제 가서 할 일들 하고 헛소리는 집어 치우도록."

몇 명이 자리를 뜨려 했지만 매그너스 맨슨이 마치 반항하는 이들을 가두려는 거대한 벽처럼 길을 막았다. 루벤 메일이 나섰다. "함선으로 돌아가겠습니다. 그쪽으로 가야 가능성이 더 있을 겁니다."

크로지어는 뒤돌아서며 눈을 부라렸다. "테러호로 돌아간다고? 정신 차려, 루벤. 거기까진 무려 150킬로미터가 넘어. 만년 극빙을 건너고 지금껏 지나온 그 힘든 코스를 되돌아가야 한다고. 보트나 썰매를 끌고는 도저히 갈 수 없어."

"보트 하나만 가져가겠습니다." 호지슨이 말했다. 뒤에 있는 자들이 웅성거리며 맞장구쳤다.

"지금 무슨 소린가, 하나만 가져간다니?"

"보트 하나만 가져가겠습니다. 썰매 하나에 보트 하나만 싣고요."

"썰매 끄는 거 이제 신물이 납니다." 존 모핀이 말했다. 카니발 화재로 심각한 부상을 당했던 자다.

크로지어는 모핀은 무시하고 호지슨을 보며 말했다. "중위, 그럼 23명을 어떻게 배 하나에 태울 셈인가? 만일 웨일보트 하나를 훔쳐 간다 쳐도, 거기엔 고작해야 10명에서 12명만 탈 수 있어. 그것도 최소한의 짐만 싣고서. 캠프에 도착하기도 전에 너희 중 열댓 명이 죽기를 바라는 건가? 분명 죽을 테지. 아마 더 죽을 수도 있고."

"테러 캠프에 작은 보트가 있잖습니까?" 싱클레어는 한 발 나와서 공격적인 태세로 말했다. "웨일보트 하나만 갖고 가다가 졸리보트와 구명정을 이용해 테러호까지 가겠습니다."

크로지어는 잠시 노려보다가 웃음을 터뜨렸다. "킹윌리엄 랜드 북서쪽 바다가 열려 있을 거라 생각하나? 지금 그게 너희 바보들이 기껏 해낸 생각인가?"

"맞습니다." 호지슨이 말했다. "배에는 먹을 게 있습니다. 통조림도 남아 있고…… 그다음 배를 타고……"

크로지어가 다시 웃었다. "올여름에 바다 얼음이 다 녹아서 깨졌을 테니, 테러호가 물에 둥둥 떠서 너희가 딩기를 타고 와 주기를 기다린다는 데에 모두 목숨을 건 건가? 우리가 남쪽으로 거쳐 온 바닷길이 완전히 열렸다고 생각하는 건가? 500킬로미터가 넘는 빙해가 열렸다고? 너희가 테러호까지 갔다 치자. 거기 도착할 즈음이면 또다시 겨울이라고."

"여기 이러고 있는 것보다 차라리 도박이라도 하는 편이 낫습니다." 장포장 당번병 리처드 에일모어가 말했다. 검고 작은 남자의 얼굴은 분노와 공포로 일그러졌다. 드디어 자기 차례가 와서 말할 수 있다는 사실에 즐거워 보이기까지 했다.

"나도 같이 가고 싶군." 크로지어가 입을 열었다.

호지슨이 눈을 빠르게 깜박였다. 몇몇 대원들이 서로를 쳐다봤다.

"같이 가서 빙해와 압력 봉우리를 걸어간 끝에 지난 3월에 이리버스호가 좌초된 것처럼 테러호가 빙하에 짓눌려 깨진 모습을 바라보는 너희 얼굴을 구경하고 싶어."

그는 대원들이 그 장면을 잠시 상상하도록 뜸을 들였다. 그리고 부드럽게 말했다. "가서 허니나 윌슨, 고다드, 리틀 대위에게 물어보게. 테러호 직각 연결부위가 어떤 꼴인지, 키가 어떻게 됐는지. 1등 항해사 토머스한테 물어보게. 이음매가 4월에 얼마나 벌어졌었는지⋯⋯ 지금 7월이야, 이 명청이들아. 주변 빙하가 조금이라도 녹았다 해도 망가진 테러호는 뜨지 않고 가라앉았을 가능성이 훨씬 커. 만일 가라앉지 않았더라도 너희 23명, 솔직히 말해 봐. 과연 테러호가 펌프를 돌리며 복잡한 리드를 헤치고 항해할 수 있을지. 테러 캠프에서 여기까지 오느라 걸린 시간의 절반만 들여서 돌아간다 해도, 거기에 도착하면 이미 또다시 겨울일 텐데. 배가 뜨든 가라앉든 밤낮으로 펌프를 돌리면서 안 죽는다 치고, 어떻게 얼음 바다를 헤치고 갈 건가?"

크로지어는 폭도를 또다시 둘러보았다.

"여기 레이드가 없어. 지금 리틀 대위와 남으로 정찰하러 갔는데 레이드가 없으니 내가 말하지, 팬케이크 얼음과 빙암과 극빙과 빙산을 헤치고 가려면 시간이 꽤나 걸릴 거야." 크로지어는 처음부터 끝까지 말도 안 되는 생각에 고개를 저었다. 반란 모의가 아니라 뭔가 웃긴 농담을 들은 듯 껄껄거렸다.

"가서 일들이나 하게. 지금 당장. 이렇게 어이없는 생각을 내 앞에까지 끄집어 낸 사실은 절대로 잊지 않겠어. 대신 폭도처럼 내 앞에 모여 무례한 말투로 얘기했던 사실은 내 잊으려 노력하겠네. 함장하고 얘기하려는 우리 영국 해군 정예 대원들의 말투는 아니었어. 이제 가 보게들."

"아닙니다." 두 번째 줄에 선 코닐리어스 히키가 날카로운 목소리로 외쳤다. 벌벌 떨면서 뒤를 돌아가던 대원들이 걸음을 멈추었다. "항해장 레이드도 우리와 동참합니다. 다른 이들도 같이 합니다."

"왜지?" 크로지어가 족제비처럼 생긴 그에게 시선을 고정했다.

"더는 선택의 여지가 없습니다." 히키는 매그너스 맨슨의 소매를 잡고 앞으로 잡아끌며 놀란 호지슨을 젖히고 앞으로 나왔다.

크로지어는 일단 히키부터 쏴야겠다고 결심했다. 손으로 주머니 속 권총을 쥐었다. 첫 발은 주머니에서 총을 꺼내지 않고 쏠 생각이다. 히키가 세 걸음만 더 앞으로 나오면 그의 복부를 쏜 다음, 권총을 꺼내 맨슨의 이마를 명중시킨다. 거기가 아니면 거인 맨슨을 확실히 쓰러뜨릴 수 없다.

머릿속으로 격발하는 장면이 현실에서 이뤄진 듯 해안가에서 총성이 들렸다.

크로지어와 히키를 제외한 전원이 무슨 일인지 고개를 돌렸다. 크로지어는 히키에게서 눈을 조금도 떼지 않았다. 고함 소리가 들리기 시작하자 그제야 두 사람이 고개를 돌렸다.

"바다가 열렸다!" 리틀 대위의 정찰단이 극빙에서 오고 있었다. 항해장 레이드, 갑판장 존 레인, 해리 페글러, 산탄총과 머스킷총을 든 대여섯 명이 보였다.

"바다가 열렸다!" 리틀이 또다시 외쳤다. 그는 두 팔을 흔들며 해안가 바위와 얼음을 가로질렀다. 함장 텐트 앞에서 무슨 일이 벌어졌는지 전혀 모르는 눈치였다. "남쪽으로 3킬로미터만 내려가면 된다! 보트를 띄울 수 있을 만큼 넓은 리드가 보인다! 동쪽으로 수 킬로미터나 열려 있다! 바다가 열렸다!"

히키와 맨슨이 환호하는 대원들 뒤로 밀렸다. 순식간에 대원들이 앞으로 달려갔다. 서로 부둥켜안기 시작했다. 루벤 메일은 반란을 잊은 것 같

221

왔다. 로버트 싱클레어는 두 다리에 힘이 다 풀린 듯 낮은 바위에 주저앉았다. 한때 기세등등하던 앞돛대망루장이 더러운 손으로 얼굴을 감싸고 울기 시작했다.

크로지어가 외쳤다. "각자 텐트와 자기 위치로 돌아간다. 한 시간 안에 보트 운반과 마스트와 리깅 체크를 시작하겠다."

47
페글러

킹윌리엄 랜드와 애들레이드 반도 사이의 어느 해협
1848년 7월 9일

리틀 대위의 정찰조가 바다가 열렸다는 희소식을 갖고 돌아온 지 10분이 지나자 병동 캠프에서 기다리던 대원들은 당장 떠나려 했다. 그런데 캠프에서 하루를 더 묵고 이틀을 더 묵은 후에야 킹윌리엄 랜드 남쪽에 열린 검은 물을 향해 출발할 수 있었다.

일단 사냥조와 정찰조가 모두 돌아올 때까지 기다려야 했다. 어떤 조는 자정이 지나 돌아왔다. 누리끼리한 북극의 여명을 받으며 캠프로 간신히 돌아오자마자 그대로 쓰러져 자느라 기쁜 소식을 듣지도 못했다. 잡아 온 것은 거의 없었다. 로버트 토머스의 조는 북극여우 한 마리와 흰 토끼 몇 마리를 잡았고, 해병 상사 토저의 조는 들꿩 한 쌍을 잡았다.

7월 5일 수요일 아침, 병실 텐트가 텅 비었다. 거동할 수 있는 자들은 기꺼이 일어나 바다로 향할 준비를 거들었다.

존 브리젠스는 고 헨리 로이드와 토머스 블랭키를 대신해 얼마 전부터 굿서 군의관의 보조 임무를 맡았다. 그는 병실 텐트 앞 굿서 옆에 서서 어제 오후 반란 직전까지 치달았던 상황을 직접 목격했다. 그리고 이 모든 것을 낱낱이 해리 페글러에게 말했다. 페글러는 그 소식을 듣고 언짢았는데 이리버스호의 앞돛대망루장 로버트 싱클레어와 앞상갑판장 루벤 메일

223

까지 그 틈에 있었다는 소리에 더욱 심기가 불편해졌다.

페글러는 에일모어와 히키, 그 추종자들이 그저 경멸스러웠다. 다들 생각이 없고 입만 살았을 뿐 충성심이라곤 찾아볼 수 없는 자들이었다.

7월 6일 목요일, 탐험대는 두 달 만에 처음으로 극빙으로 나갔다. 빙해 위로 보트를 끌고 오던 일이 얼마나 고생스러웠는지 다 잊었다. 여기 바람이 불던 킹윌리엄 랜드도, 빙 돌아와야 했던 넓은 곳도 얼마나 끔찍했는지 다들 잊었다. 열 척의 보트를 끌고 넘어가야 할 압력 봉우리가 여전히 버티고 있었다. 바다 위 얼음은 눈얼음이 낀 해안가보다 미끄럽지 않아서 썰매 날이 잘 밀리지 않았다. 몸을 숨길 계곡도 없고, 낮은 언덕도 없었다. 중간 중간 바위도 전혀 없어서 바람을 피할 곳이 전혀 없었다. 빙해로 나오니 졸졸 흐르는 시내조차 없어서 물을 마실 수도 없었다. 눈 폭풍은 정신없이 몰아치고 남동풍은 더욱 억세져 얼굴을 정통으로 강타했다. 그럼에도 탐험대는 리틀 대위의 사냥조가 개수로를 봤다는 약 3킬로미터 지점까지 보트를 끌고 갔다.

캠프를 떠난 첫날 밤, 다들 진이 빠져서 텐트를 제대로 세우지도 못해서 보트와 썰매를 실은 보트 사이 바람그늘 쪽 바닥에 방수포처럼 깔았다. 북극 여름의 희끄무레한 빛을 받으며 빙판 위에 3인용 침낭을 펴고, 그 속에 옹기종기 모여 몇 시간 눈을 붙였다.

눈 폭풍과 바람과 극빙으로 고생스럽긴 해도 다들 기운이 넘쳤다. 7월 7일 금요일 오전에 3킬로미터를 행군했다.

리드가 사라졌다가 닫혀버렸다. 리틀이 수로가 열렸던 얇은 빙판을 가리켰다. 거기만 해도 두께가 8센티미터에서 20센티미터는 족히 되어 보였다.

제임스 레이드 항해장을 필두로 탐험대는 요 며칠 사이 닫힌 리드를 따라 구불구불 남동쪽으로 갔다가 정동진하며 그날 내내 걸었다.

크게 낙심한 가슴을 안고 블리자드에 얻어맞고 옷까지 흠뻑 젖었다. 몇 년 만에 처음으로 얄팍한 빙판 위를 걷자니 긴장감이 감돌았다.

그날 오후, 6명의 대원이 장대로 얼음을 두드리며 앞장서서 걸었다. 그때 해병 이병 제임스 댈리가 순식간에 얼음 구멍 속으로 빠졌다. 수병들이 곧장 건졌지만 그는 순식간에 새파래졌다. 굿서는 빙판 위에 댈리를 눕히고 옷을 홀딱 벗긴 다음 허드슨 베이 담요로 둘둘 말아 커터를 덮은 방수포 아래로 밀어 넣었다. 다른 대원 2명을 댈리 양옆에 눕게 하여 체온을 보존했다. 댈리는 몸을 부들부들 떨고 이를 덜덜거렸다. 오후 내내 헛것이 보이는지 헛소리를 지껄였다.

2년 동안 돌덩이처럼 단단했던 빙하가 이제는 이리저리 오르락내리락 부풀고 꺼졌다. 빙하가 울렁거리자 다들 어지럼증과 구토를 호소했다. 얼음이 압력을 받자 얇은 빙하에 금이 가고 꽝음과 함께 순식간에 터져 나갔다. 빙하는 사방팔방에서 정신없이 그들을 위협했다. 굿서는 몇 달 전 괴혈병이 심해지면 소리에 극도로 예민해진다고 설명했다. 총알 소리에 죽을 수도 있다고 했다. 보트를 끄는 89명은 빙판을 걸으며 그 증세를 몸소 체험했다.

바보나 다름없는 매그너스 맨슨조차도 만일 이러다가 보트가 빙판 속으로 빨려 들어가면 하네스를 찬 이들은 전혀 가망이 없다는 사실을 눈치챘다. 제임스 댈리처럼 깡마르고 먹은 게 없어서 허수아비처럼 가벼운 사람 하나도 버티지 못하는 빙하가 되었다. 물에 빠질 경우 동사도 하기 전에 익사로 생을 마감할 것이다.

빙상을 가로지르는 강행군에 인이 박인 대원들은 보트와 거리를 두고 휘청거리며 끄는 방식이 낯설었다. 때때로 눈 폭풍이 불면 다른 조가 시야에서 사라져 고립된 기분이 들었다. 뒤에 남겨둔 커터 세 척과 피니스 두 척을 끌러 오후에 되돌아갔다 돌아올 때는 왔던 길을 따라가지 않았다. 혹시라도 얼음이 버티지 못할까 봐 새로운 길로 지나갔다.

일부 대원들이 백 강 어귀로 이어지는 남쪽 협만을 놓친 게 아니냐며 투덜댔다. 페글러가 해도를 확인하고 크로지어가 경위기로 확인한 결과, 아직 서쪽으로 한참을 더 가야 했다. 협만까지는 최소 50킬로미터는 더 가야 했다. 그리고 거기에서 남으로 95킬로미터에서 105킬로미터를 더 가야 백 강 어귀가 나온다. 이 정도 육로 이동 속도라면 컨디션이 좋다고 가정해도 8월은 돼야 할 것이고, 강어귀까지는 빨라야 9월 말이 돼야 도착한다.

리드가 열렸다는 희망에 해리 페글러는 심장이 두근거렸다. 원래부터 심장 부정맥을 앓았는데 요즘 들어 심해졌다. 어머니는 늘 페글러의 심장 때문에 걱정했다. 어려서부터 성홍열(목의 통증과 함께 고열이 나고 전신에 발진이 생기는 전염병)을 앓았고 흉통에 자주 시달렸다. 그는 어머니에게 괜한 기우라며 심장병 환자가 어떻게 세계 최고의 함선에서 앞돛대망루장을 하냐며 이 자리는 심장병이 있으면 오를 수 없는 자리라고 일축했다. 자기는 멀쩡하다며 어머니를 안심시켰다. 그러나 수년간 심장이 갑자기 펄떡거리는 증상에 시달렸고 그러고 나면 며칠간 통증이 끊이지 않았다. 가슴이 조이고 왼쪽 팔이 너무 저려서 한동안 한 손으로 앞돛대와 상부 원재까지 올라야 할 적도 있었다. 남들은 이 모습을 보고 페글러가 솜씨를 빼긴다고 생각했다.

최근 몇 주간, 그의 심장은 평소와 달리 심하게 펄떡거렸다. 2주 전 왼쪽 손가락이 무감각해지고 통증이 지속됐다. 게다가 이번에는 설사가 끊이지 않아 민망하고 불편하기까지 했다. 남들은 아무렇지 않게 배 한 편에서 대변을 보았지만 페글러는 조심스런 성격이라 어두울 때까지 기다리거나 아니면 변소가 비기를 기다렸다. 그는 계속 참고 참아서 변비에 시달리기도 했다.

그런데 행군할 때는 변소가 없었다. 게다가 몸을 숨길 만한 수풀도 관목도 없고 큰 바위도 보이지 않았다. 페글러와 같은 사냥조원들은 그가 볼

일 보는 모습을 들키기 싫어서 뒤로 쭉 빠졌다가 괴물에게 잡혀갈 위협을 마다하지 않는다며 웃으며 놀려댔다.

최근 들어 괴로운 사실은 남들의 비웃음 때문이 아니었다. 뒤로 처져 있다가 다시 썰매를 따라가 하네스를 차는 일이 너무 괴로웠다. 내부 출혈로 힘이 빠진데다가 영양실조가 겹치고 부정맥까지 도져서 멀어져 가는 보트 행렬을 따라잡기가 이만저만 힘든 게 아니었다.

이번 금요일에는 89명이 출발했다. 눈 대신 블리자드가 치고 안개가 짙게 깔리기 시작했다. 이런 기상을 달가워할 사람은 저들 중에 페글러가 유일했다.

안개가 문제였다. 언제 깨질지 모르는 빙판 위를 따로 떨어져 걷다 보면 일행을 잃어버리기 십상이었다. 뒤에 남겨둔 커터와 피니스를 도로 가지러 가는 것도 문제였다. 저녁이 다가오자 안개가 짙어졌다. 크로지어 함장은 이 문제를 논의하려고 행군을 멈추었다. 최대 15명까지 한 지점에 모이도록 했고, 보트에 너무 가까이 붙어 서지 못하게 했다. 오늘 밤, 천근 같은 보트와 썰매를 끄는 데 역대 최소 인원만 동원하기로 했다.

만일 열린 바다에 닿는다 해도 썰매를 옮기는 게 문제였다. 키가 고정되고 흘수선이 깊은 커터와 피니스를 도로 썰매 위에 올리고 백 강 어귀까지 끌고 갈 가능성이 높았기에 저 만신창이가 된 썰매를 그냥 버리고 갈 수는 없었다. 목요일 출발하기 전, 크로지어는 썰매 위에 실린 보트 여섯 척을 모두 내린 후 썰매를 최대한 분해해 보트 안에 차곡차곡 실었다. 그러느라 몇 시간이 소요되었다.

극빙으로 떠나기에 앞서 보트를 다시 썰매 위에 올렸는데, 너무 무거워서 간신히 끌고 갈 수 있을 정도였다. 괴혈병과 피로 누적으로 매듭을 묶는 것조차 쉽지 않았다. 살짝 베여도 피가 멈추지 않았다. 누가 조금만 밀쳐도 약해진 팔과 얄팍해진 가슴팍에 손바닥만 한 피멍이 들었다.

그래도 할 수 있다고 생각했다. 썰매를 해체해 다시 싣고 보트를 띄울 채비를 끝냈다.

만일 리드를 곧 찾을 수만 있다면 말이다.

크로지어는 보트조 조장에게 랜턴을 앞뒤로 켜라고 명령했다. 그는 장대를 들고 빙하를 확인하는 별 쓸모없는 일을 하던 해병을 불러들였다. 함장은 호지슨 중위를 보트 다섯 척 중 정중앙에 배치했다. 그는 다섯 척 중에 가장 짐이 많이 실린 보트를 끌고 선두에 서서 다른 조를 인도하는 역할을 해야 했다.

젊은 호지슨 중위가 실패한 반란에 동조한 대가를 치르는 것임을 다들 알았다. 호지슨의 썰매조 맨 앞에 매그너스 맨슨을 세웠다. 에일모어와 히키도 역시 하네스를 찼다. 지금까지 이들은 각각 다른 조에 배치됐었다. 만약 맨 앞으로 가는 보트가 얼음 속으로 꺼지는 날이면, 다른 대원들은 짙은 저녁 안개 속에서 저들이 허우적거리며 비명을 질러도 그대로 내버려 둔 채 보다 안전한 길을 택할 것이다.

나머지 조는 짙어가는 어둠 속에 서로의 랜턴이 보일 정도로 촘촘히 붙어서 행렬할 것이다.

8시 즈음, 호지슨 조에서 고함과 비명 소리가 들렸다. 빙하에 빠진 건 아니었다. 남동쪽 1.5킬로미터 방향에서 다시 개수로를 발견한 것이다. 리틀 대위가 수요일에 발견했던 바로 그 리드였다.

다른 썰매조는 랜턴을 들려 대원들을 앞으로 보낸 후 얇은 빙판 위에서 조심스레 움직였다. 얼음은 단단했다. 리드 양옆으로 얼음이 30센티미터 이상 얼어 있었다.

시커먼 물을 드러낸 개수로는 너비가 고작 9미터 정도였지만 안개 속 저 멀리 뻗어 있었다.

"호지슨 중위, 자네 웨일보트에 대원 6명이 노를 들고 앉을 수 있는 공간을 마련하게. 당분간 빙하에서 지낼 물품을 별도로 싣게. 이제 리틀 대위가 이 웨일보트의 지휘를 맡는다. 레이드, 리틀과 같이 동행한다. 가능하면 앞으로 두 시간 동안 리드를 따라서 운항한다. 돛은 올리지 말고 노로만 운항한다. 대원들은 뒤돌아 앉는다. 두 시간이 지나면-그렇게 멀리까지 갈 수 있다면-되돌아와 우리가 보트를 띄우는 게 가능할지 의견을 밝히게. 앞으로 네 시간 동안 여기에 모든 것을 내려놓고 간다. 썰매도 여기에 남을 보트로 옮긴다." 크로지어가 명령했다.

"알겠습니다." 리틀 대위는 대답한 후 명령을 하달했다. 페글러는 젊은 호지슨이 우는 것을 보았다. 20대 중위는 해군으로서의 커리어가 끝났다는 사실을 감당하기 힘들어 하는 것 같았다. '죗값은 제대로 치러야지.' 페글러는 이렇게 생각했다. 그는 해군에서 수십 년간 복무하면서 그저 음모를 도모한 죄목만으로도 교수형이나 태형을 당하는 모습을 여러 번 목격했다. 그런 해군 조항이나 형벌은 당연한 것이었다.

크로지어가 걸어왔다. "해리, 리틀 대위를 따라갈 수 있을 만큼 건강한가? 자네가 틸러(키에 달린 손잡이로 키 각을 바꿀 때 쓰인다)를 쥐었으면 하는데, 레이드와 리틀이 선수에 앉을 거네."

"물론입니다. 저는 건강합니다." 페글러는 함장 눈에 아파 보일까 봐 걱정스러웠다. '내가 무슨 엄살이라도 떨었었나?' 그렇게 생각하는 순간 갑자기 속이 편치 않았다.

"믿을 만한 사람한테 틸러를 쥐게 하고 싶어서 그래. 그리고 개수로를 따라가야 하는지를 판단할 제삼의 의견도 필요하고. 그래도 수영할 수 있는 사람 하나는 딸려 보내야 하지 않을까." 크로지어가 속삭였다.

페글러는 이 말에 미소를 지었다. 저 시커멓고 차가운 물속에 들어간다고 상상만 해도 거시기가 쪼그라드는 것 같았다. 영하의 온도에 짜디짠 바닷물에 들어간다니 오금이 저렸다.

크로지어는 페글러의 어깨를 토닥인 다음 다른 자원자에게 걸어갔다. 크로지어가 이번 정찰조에 보냈으면 하는 자들을 신중히 고르는 것이 분명했다. 대신 1등 항해사 드보, 2등 항해사 로버트 토머스, 갑판장 조수이자 테러호의 규율 반장 토머스 존슨, 해병대 전원은 함장과 같이 경계 인원으로 남겨 두었다.

30분 후, 보트를 물에 띄울 준비가 끝났다.

탐험대에서 특별히 준비한 탐험이었다. 가방에 염장 돼지고기와 십 비스킷을 담고, 혹시나 길을 잃거나 네 시간보다 길어질 경우를 대비해 물통을 몇 개 챙겼다. 대원 9명에게 각각 도끼나 곡괭이가 주어졌다. 만일 작은 빙산이 리드 앞을 가로막거나 얼음막이 수로 위에 얼어붙었을 경우 도끼와 곡괭이로 물길을 틀 것이다. 페글러는 넓고 큰 빙산이 앞길을 가로막을 경우, 가능하다면 웨일보트를 육상으로 끌어 올려 막힌 구간을 끌고 갈 생각이었다. 앞으로 이 무거운 보트를 수백 미터 밀고 당길 수 있는 기운이 남아 있기를.

크로지어 함장은 리틀 대위에게 2연발 소구경 권총과 탄약통을 건넸다. 대위는 이것을 선수에 보관했다.

정찰을 나갔다가 발이 묶일 경우, 이 보트 안에는 대형 텐트와 바닥에 깔 방수포는 물론 3인용 침낭까지 실려 있었다. 그래도 밖에서 길을 잃지 않을 것이다.

대원들은 안개가 온몸을 휘감자 보트에 기어올라 자기 자리를 찾았다. 작년 겨울, 크로지어와 장교들과 항해사들은 목공장 허니에게 보트 양쪽 높이를 올릴까를 두고 회의를 했다. 지난 3월이었으니 목숨을 잃기 전 위크스도 참석했다. 건웨일을 높이면 작은 보트를 타고 바다로 나갈 때 더 낫지 않겠느냐는 의견이 나왔다. 그런데 강을 거슬러 올라가려면 지금 그대로 건웨일을 유지하는 편이 낫다는 결론이 내려졌다. 강을 오를 때 노를 쉬이 저을 수 있게 크로지어는 노의 길이를 전부 자르라고 했다.

보트 바닥에 수많은 식량과 장비가 잔뜩 실려 있다 보니 자세가 나오지 않았다. 노를 잡은 수병 6인은 거의 얼굴 높이만큼 무릎을 세운 채 노를 저어야 했다. 틸러를 잡은 페글러는 선미 벤치가 아니라 로프 더미 위에 앉았다. 아무튼 다들 제자리에 앉았다. 리틀 대위와 레이드가 장대를 들고 선수에 자리를 잡았다.

보트를 띄우자 다들 들떴다. 다 같이 '하나, 둘, 셋'을 외쳤다. 영차 소리도 들렸다. 무거운 웨일보트가 얼음 위에서 미끄러졌다. 선수 끝이 약 60센티미터 정도 검은 물속으로 미끄러져 들어갔다. 대원들이 근처에 있는 얼음을 노로 밀치며 앞으로 나아갔다. 레이드와 리틀 대위가 몸을 숙인 채 건웨일을 붙들었다. 빙원에 있는 대원들이 또다시 힘껏 보트를 밀었다. 드디어 노 끝에 물이 닿더니 안개 속으로 보트가 빨려 들어갔다. 거의 2년 11개월 만에 처음으로 이리버스호와 테러호에서 떨어져 나온 보트 밑바닥에 물이 닿았다.

동시에 구전 구호인 '후, 후, 영차' 소리에 맞춰 응원하는 소리가 커졌다.

페글러는 좁은 리드 중앙에 배가 가도록 조정했다. 너비는 고작 6미터 정도. 가끔은 노를 저을 수 없을 정도로 리드 폭이 좁아 들었다. 그가 어깨너머로 돌아보자 빙상 위에서 있던 다른 대원들이 안개 속으로 사라지고 없었다.

. . .

그다음 두 시간은 꿈결 같았다. 페글러는 부빙 사이로 작은 보트를 운전한 적이 있었다. 2년 전 가을, 빙산이 걸힌 항구를 장대로 이리저리 찍으며 무려 일주일 넘게 협만을 돌아다닌 끝에 이리버스호와 테러호가 정박할 장소를 비치 섬에서 찾았다. 그때도 며칠간 이렇게 작은 보트를 책임졌다. 그때는 기분이 이렇지 않았다. 여기 리드는 좁았다. 폭이 9미터를 넘지 않았고 가끔은 너무 좁아서 노를 젓지 못하고, 선체를 긁는 얼음을 장대로 지치는 편에 가까웠다. 좁게 열린 수로는 구불구불했지만 보트가 회전을 못할 정도는 아니었다. 압력에 떠밀린 빙판이 얼음숲을 이루어 수로 양쪽 시야를 가렸다. 안개가 짙게 깔렸다가 살짝 걷혔다가 도로 짙어졌다. 소리가 먹먹하면서도 크게 울려서 불안한 기분이 들었다. 보트에 탄 대원들은 말을 해야 할 때면 자기도 모르게 목소리를 낮추었다.

부빙에 가로막히거나 리드가 막힌 경우를 두 번이나 겪었다. 그럴 때면 다들 보트에서 내려 빙판 위로 기어 올라가 앞에 보이는 부빙을 장대로 밀거나 막힌 리드를 도끼로 깨부수었다. 몇몇 대원은 양쪽 얼음 위에 서서 선수나 스워트(선미에 직각으로 붙어 있는 목판)에 밧줄을 묶어 줄을 당기며 좁은 수로를 지나려고 끼익거리는 웨일보트를 밀고 당겼다. 그러다 다시 리드가 넓어지면 도로 보트에 타서 노를 저었다.

이런 식으로 주어진 두 시간 동안 조금씩 나아갔다. 그때 갑자기 구불구불하던 리드가 좁아졌다. 선체에 양옆 얼음이 갈렸다. 노를 장대 삼아 앞으로 보트를 지쳤다. 페글러는 틸러를 잡고 있어 봐야 소용없자 선수로 가서 일어섰다. 순간 지금껏 보지 못했던 탁 트인 물이 눈앞에 펼쳐졌다. 이 모든 고생이 끝났다는 듯 안개가 걷히면서 수백 미터 앞으로 개수로가 보였다.

여기가 진짜 열린 바다인지, 아니면 빙해에 뚫린 호수인지 정확히 알 수 없었다. 햇살이 머리 위 구름 사이로 뚫고 내려오자 시커멓던 물이 푸르게 바뀌었다. 키가 작고 평평한 빙산 하나가 파란 바다 위 저 앞에 떠 있었다. 무려 크리켓 운동장만 했다. 빙산을 통과한 빛이 지친 대원들의 눈과 얼음에 반사되며 반짝거렸다. 대원들은 눈부신 찬란한 고통을 피해 시선을 돌렸다.

노를 젓던 6명이 동시에 함성을 질렀다.

"아직 일러." 리틀 대위가 말했다. 웨일보트 선미에 한쪽 다리를 걸친채 청동 망원경으로 앞을 주시했다. "여기가 계속 열린 바다인지 아니면 그냥 얼음 호수인지 아직은 몰라. 확실히 확인한 후 되돌아갈 거야."

"뻥 뚫린 거 맞습니다. 뼛속까지 느껴집니다. 여긴 개수로 맞습니다. 여기와 백 강 사이에서 솔솔 바람이 불어오잖습니까. 이제 돛을 활짝 펴고 달리면 내일 저녁이 되기 전에 닿을 수 있을 겁니다." 노를 잡은 수병 베리가 외쳤다.

"네 말이 맞았으면 좋겠어, 알렉스." 리틀이 말했다. "조금만 더 고생해서 확실히 알아보자. 뒤에서 기다리는 대원들에게 좋은 소식만 가져가고 싶으니."

항해장 레이드는 그들이 들어온 리드 뒤쪽을 가리켰다. "여기 입구가 수십 개가 넘어. 따로 표시해 두지 않으면 우리가 왔던 리드로 돌아가기 힘들어. 좀 전에 들어왔던 입구로 도로 가자. 페글러, 남은 장대 하나를 저기 눈 속에 꽂아 놔. 그래야 돌아갈 길을 놓치지 않지. 저걸 보고 노를 저으면 되니까."

"알겠습니다." 페글러가 말했다.

그들은 돌아갈 입구를 표시한 후 다시 개수로 쪽으로 노를 저었다. 크고 평평한 빙산이 입구에서 한 100미터 거리에 있었다. 빙산 쪽으로 노를 저어 탁 트인 물을 향해 나아갔다.

"저 위에서 야영을 하고도 남겠습니다." 노를 잡은 테러호의 수병 헨리 세이트가 말했다.

"야영을 왜 하나? 해 볼 만큼 다 했는데. 이제 집으로 돌아가야지." 리틀 대위가 선수에서 말했다.

대원들은 신이 나서 등을 돌린 채 노를 저었다. 틸러를 쥔 페글러가 뱃

노래를 선창하자 다들 따라 불렀다. 몇 달 만에 처음 부르는 노래였다.

• • •

세 시간이 걸렸다. 원래 돌아가기로 했던 시간보다 한 시간이 초과되었다. 이제는 믿을 수밖에 없었다.

'열린 바다'는 환상에 지나지 않았다. 이곳은 길이 2킬로미터, 폭 1킬로미터 정도 되는 빙원 속 호수가 분명했다. 수십 개의 입구가 호수 동남북으로 여기저기 뚫려 있지만 전부 다 잘못된 시작, 즉 입구만 있을 뿐이었다.

호수 남동쪽 끝에서 정찰조는 배를 부빙에 묶고 도끼로 찍으며 한쪽 빙벽에 계단을 만든 후 1.8미터 높이 얼음을 부두인 양 기어 올라갔다. 다들 보트 밖으로 나가 수로가 바다로 이어지기를 바라며 사방을 살폈다.

하얀 설원만 끝도 없이 펼쳐져 있었다. 눈과 빙하와 세락만 보일 뿐. 때마침 구름이 다시 몰려오자 안개가 낮게 깔리면서 눈발이 날리기 시작했다.

리틀이 사방을 살폈다. 리틀은 가장 몸집이 작은 베리를 가장 덩치 좋은 서른한 살 빌리 웬트잘 어깨에 목말을 태운 후 베리에게 망원경을 주었다. 베리는 웬트잘에게 이리저리 방향을 돌리라고 했다.

"망할 놈의 펭귄 말고는 아무것도 안 보입니다." 베리는 크로지어 함장이 남극에 갔을 때 했던 한물간 농담을 꺼냈다. 아무도 웃지 않았다.

"혹시 열린 수로 위로 시커먼 하늘이 보이나? 아니면 빙산 끝에서라도 하늘이 보이나?"

"안 보입니다. 구름이 밀려옵니다."

리틀이 고개를 끄덕였다. "이제 돌아가자. 해리, 일단 먼저 보트에 타서 중심을 잡아."

90분 동안 호수를 가로지르는 동안 아무도 입을 떼지 않았다. 햇빛이 사라지고 안개가 다시 풍광을 가리기 시작했다. 조금 뒤 크리켓 경기장만 한

234

빙산이 연무 속에 어렴풋이 보였다. 방향을 제대로 잡고 가는 것 같았다.

"입구에 거의 다 왔다!" 리틀이 선수에서 외쳤다. 때론 안개가 너무 짙어서 선미에 앉은 페글러는 선수에 앉은 리틀이 잘 보이지 않았다. "페글러, 약간 좌측으로."

"네."

노를 젓는 대원들은 고개조차 들지 않았다. 다들 처참한 심경으로 정신이 멍했다. 눈발이 다시 쏟아지기 시작했다. 이번엔 북서풍이었다. 노를 잡은 이들은 등을 돌리고 앉아 있었다.

안개가 살짝 걷혔다. 이제 입구까지 약 30미터 남았다.

"저기 장대가 보인다." 레이드가 무심히 말했다. "약간 우측으로 가야 입구로 잘 들어갈 것 같아, 해리."

"뭔가 이상합니다." 페글러가 말했다.

"무슨 소리야?" 리틀이 되물었다. 고개를 숙이고 노만 젓던 수병 몇 명이 고개를 들더니 페글러를 보며 인상을 찌푸렸다. 선수로 등을 돌리고 앉아서 그들은 앞쪽을 볼 수 없었다.

"입구 쪽 장대가 꽂힌 근처에 세락이나 아주 큰 빙산이 보이십니까?" 페글러가 되물었다.

"응. 그런데, 왜?" 리틀이 물었다.

"우리가 저쪽에서 나올 때는 저쪽에 빙산이 없었습니다." 페글러가 말했다.

"노를 뒤로!" 리틀이 외쳤다. 그러나 소용없었다. 이미 다들 노를 멈추었다가 잽싸게 뒤로 저었지만, 무거운 웨일보트에 가속이 붙어 빙산을 향해 나아갔다.

커다란 빙산이 방향을 틀었다.

48
굿서

킹윌리엄 랜드 어느 지점, 위치 불분명

1848년 7월 18일

다음은 해리 D. S. 굿서 박사의 일기다.

1848년 7월 18일 화요일

아흐레 전 함장은 리틀 대위와 대원 8명에게 웨일보트에 타고 리드를 따라갔다가 네 시간 후 돌아오라고 지시했다. 그사이 남은 우리는 처량한 쪽잠을 잤다. 두 시간 넘게 썰매를 해체해 보트에 실은 후 신속히 보트 옆 빙판 위에 텐트를 세운 다음, 사슴 가죽과 담요로 만든 침낭을 방수포 위에 폈다. 자정에도 해가 뜨는 백야는 이미 7월 초에 지났다. 그래도 이제 몇 시간이나마 어두워져 그사이에 눈을 붙이려 했다.

약속된 네 시간이 지났다. 1등 항해사 드보가 우리를 깨웠지만 리틀 대위는 올 기미를 보이지 않았다. 함장은 도로 자라고 했다.

두 시간 후, 다들 일어났다. 나도 최대한 도울 일이 있으면 도우려 했다. 2등 항해사 카우치의 명령에 따라 보트는 일찌감치 출항 준비를 끝냈다. 나는 군의관이기에 손을 다칠까 봐 언제나 두렵다. 탐험하는 동안 극심한 동상에 걸려 손이 잘릴 뻔한 위기를 겪기도 했다.

리틀 대위, 제임스 레이드, 해리 페글러, 수병 6명의 정찰조가 떠난 지

236

일곱 시간이 경과했다. 남은 80명은 직접 보트를 타고 그 뒤를 따라가려고 채비했다. 빙하가 움직이고 기온이 떨어져서 몇 시간 눈을 붙인 밤사이 리드가 좁아졌다. 보트 아홉 척을 제대로 출발시키려면 약간의 기술이 필요했다. 마침내 모든 보트가 준비를 끝냈다. 다음과 같은 선단이 꾸려졌다. 크로지어 함장을 선두로 한 웨일보트 세 척-2등 항해사 카우치와 나는 두 번째 웨일보트에 탔다-과 커터 네 척-2등 항해사 로버트 토머스, 갑판장 존 레인, 갑판장 조수 토머스 존슨, 중위 조지 호지슨이 각각 선장을 맡았다-, 그 뒤에 피니스 두 척에는 갑판장 조수 사무엘 브라운과 1등 항해사 찰스 드보-드보는 크로지어 함장과 리틀 대위의 뒤를 잇는 탐험대 서열 3인자로 맨 뒤에 서는 책임을 맡았다-가 선장을 맡았다.

기온은 점점 내려갔고 눈발이 약간 날렸다. 점점 안개가 걷히더니 구름이 빙상 위 30미터 상공에 낮게 걸렸다. 날이 이렇다 보니 어제보다 더 멀리 보이긴 했지만 갑갑했다. 마치 뭔가 기괴한 공간 안에서 움직이는 것 같은 기분이 들었다. 머리 위 트롱프뢰유(언뜻 보기에 현실로 착각하게 하는 효과를 지닌 그림)가 그려진 회색 천장이 낮게 드리우고, 바닥에는 하얀 대리석이 조각조각 깔린, 북극의 버려진 어느 저택에서 열리는 무도회장에 들어선 것 같았다.

아홉 번째이자 맨 뒤에 있던 보트까지 물에 닿자 수병들이 보트에 올라탔다. 이제 근 2년 만에 처음으로 배를 띄운 선원들이 맥 빠진 만세를 외치려고 서글프게 시도했다. 그러나 제대로 외쳐 보지도 못하고 사그라졌다. 리틀 대위 정찰조의 안위를 걱정하는 마음이 크다 보니 목청껏 만세를 외칠 수 없었다.

출발한 지 한 시간 반이 지났다. 보트 주위 얼음이 그르렁거렸다. 노를 저으며 이따금씩 그 소리에 화답하듯 헉헉 소리를 냈다. 나는 두 번째 보트 거의 앞쪽에 앉았다. 카우치가 선수에 서고 나는 그 뒤 스워트에 앉았다. 사실 나는 노를 젓지 않고 그저 몸무게만 보태고 있었다. 3개월이 넘도록 아무 말 없이 피니스 위에 누워 간신히 숨만 쉬는 내 예전 당번병 데이비 레이스와 다를 바 없었다. 당번병이었으나 이제 내 조수로 일하는 존 브리젠스는 사지를 못 쓰게 된 사랑하는 할아버지를 모시듯 우리가 같이 쓰던 병실 텐트에서 매일 밤 레이스를 제때 먹이고 씻겼다. 공교롭게도 브리젠스는 60대 초반, 의식불명인 레이스는 고작 마흔이었다. 내가 앉은 자리에서 노 젓는 대원들의 수다가 들렸다.

"리틀 대위 정찰조가 분명 길을 잃었을 거야." 쿰스라는 수병이 속삭였다.

"리틀 대위가 길을 잃다니 말도 안 돼. 길을 잃은 게 아니라 갇혔을걸." 찰스 베스트가 쏘아 붙였다.

"어디에 갇혀? 여기 리드가 열려 있잖아. 어제도 열렸었고." 옆에서 노를 젓던 로버트 페리에가 끼어들었다.

"아마 리틀 대위와 레이드가 계속 전진해서 백 강까지 갔을 거야. 돛을 펴고 항해한 거지." 뒤에 있던 톰 맥콘베이가 말했다. "내 생각인데…… 아마 보트 속으로 뛰어든 연어를 잡아먹고 원주민들한테 구슬을 좀 건네고 대신 고기를 얻어먹었을걸."

이 터무니없는 말에 대꾸한 사람은 아무도 없었다. 지난 4월 24일, 어빙 소위가 피살당하고 에스키모 8명을 사살한 사건 이후, 에스키모 얘기가 나오면 다들 경기를 일으켰다. 구조를 간절히 바라면서도 에스키모와 접촉할 생각은 아예 접은 것 같았다. 일부 과학자들이 주장하고 수병들이 동의하듯 복수는 인간의 가장 보편적인 자극제 중 하나일 것이다.

어젯밤 캠프를 출발한 지 두 시간 반쯤 지났을 때, 크로지어가 탄 웨일보트가 좁은 리드를 지나 넓은 개수로로 빠져나갔다. 선두로 나선 보트조와 내가 탄 보트조에서 행복한 함성이 터졌다. 마치 이 지점을 지나쳤다는 흔적을 남기려는 듯, 이 리드의 입구 쪽 눈얼음 위에 시커먼 장대가 수직으로 꽂혀 있었다. 밤새 내린 눈과 얼어붙은 보슬비가 장대 북서쪽에 하얗게 들러붙어 있었다.

보트 행렬이 열린 물로 나가는 순간 함성이 뚝 그쳤다.

물이 시뻘겠다.

리드 좌우 빙붕 위에 분명하게 피로 보이는 벌건 물줄기가 빙벽 수직면을 타고 흘러내려 아래 빙판에 번져 있었다. 그것을 보는 순간 온몸에 소름이 돋았다. 다들 입을 다물지 못했다.

선수에 앉은 카우치가 달랬다. "진정해. 저건 백곰이 바다표범을 잡아먹은 흔적이야. 우린 여름에 저런 바다표범 핏덩이 자주 봤잖아."

맨 앞 보트에 탄 크로지어 함장도 수병들에게 비슷한 말을 했다.

잠시 후 그들은 이 시뻘건 피가 백곰이 바다표범을 잡아먹고 남은 흔적이 아니라는 것을 알았다.

"맙소사!" 쿰스가 노를 젓다가 비명을 질렀다. 다들 노 젓기를 멈췄다. 웨일보트 세 척, 커터 네 척, 피니스 두 척이 시뻘건 물이 휘휘 도는 중심으로 모여들었다.

리틀 대위의 웨일보트 선수가 물속에 수직으로 솟아 있었다. 배 이름-크로지어 함장이 5월 『레비아단의 책』을 읽은 뒤, 배 이름을 바꾸었는데, 그중 한 척은 바꾸지 않았다-이 보였다. '프랭클린 여사'라고 검은 페인트로 쓰인 글자가 선명했다. 보트는 선수에서 1.2미터 지점이 동강 나 앞부분만 물에서 둥둥 떠 있었다. 아작이 난 선수 스워트와 부서진 선체는 시커먼 수면 아래로 가라앉았다.

다들 표류물을 향해 모여들었다. 아홉 척의 보트가 부채처럼 펼쳐졌다가 서서히 노를 저어 한 줄로 늘어섰다. 노 하나, 부서진 건웨일과 선미, 틸러, 방한모 하나, 화약통과 방한 장갑, 조끼가 들어 있던 가방 하나가 물 위에 둥둥 떠 있었다.

수병 페리어가 보트에 있는 갈고리로 물 위에 뜬 퍼런 조끼를 건졌다. 그런데 갑자기 경기를 일으키며 울음을 터뜨렸다. 긴 갈고리를 놓칠 뻔했다.

시신이 한 구 떠올랐다. 참수된 시신은 흠뻑 젖은 푸른 조끼를 입고 있었다. 팔다리는 물속을 향했다. 목 주위에는 절단된 밑동이 보였다. 차가운 물에 불은 넓적한 손바닥에 비해 손가락이 유달리 짧아 보였다. 약한 물결에 흰 지렁이가 위아래로 꿈틀거리듯 시신은 물살에 이리저리 흔들렸다. 시신이 들리지 않는 목소리를 쥐어짜며 우리에게 몸으로 뭔가 말하려는 것 같았다.

나는 페리어와 맥콘베이와 함께 시신을 물 위로 끌어 올렸다. 물고기와 바닷속 포식자들이 이미 손을 뜯어 먹었다. 손가락이 두 번째 마디까지 사라지고 없었다. 대신 극한의 추위로 시신이 부풀고 부패되는 과정이 미뤄졌다.

크로지어 함장은 웨일보트 선수를 주변에 갖다 댔다.

"누구지?" 누군가 물었다.

"페글러는 아닌 것 같습니다. 피 재킷(수병이 입는 두꺼운 더플코트)을 보면 압니다." 누군가 말했다.

"해리 페글러는 이런 푸른 조끼 안 입었습니다." 또 다른 자가 끼어들었다.

"사무엘 크리스프가 입었어요!" 네 번째 수병이 말했다.

"다들 조용! 굿서 박사, 우리의 이 불쌍한 대원 주머니를 확인해 주겠나?" 크로지어가 명령했다.

나는 명령에 따라 확인했다. 젖은 조끼의 큼지막한 주머니에서 거의 비어 있는 붉은 가죽 담뱃잎 주머니를 꺼냈다.

"이런 젠장, 레이드다. 불쌍해라." 내가 탄 보트에서 로버트 페리어 옆에 앉은 토머스 태드만이 소리쳤다.

레이드가 맞았다. 다들 항해장 레이드가 어젯밤에 피 코트와 푸른 조끼를 입었다고 했다. 게다가 그가 색 바랜 붉은 가죽 주머니에서 담뱃잎을 꺼내 파이프에 꾹꾹 눌러 담던 모습을 수없이 보았다.

크로지어 함장을 쳐다보았다. 다들 답을 알고 있으면서도 함장이 불쌍한 레이드가 겪은 일을 우리에게 설명해 주기를 기대했다.

"레이드의 시신을 보트 커버 밑에 잘 안치하게. 혹시 생존자가 있는지 이 지역을 수색하겠다. 노는 젓지 말도록. 시야에서 벗어나거나 소리가 안 들리는 곳으로 벗어나지 말게."

다시 선단이 부채꼴로 퍼졌다. 카우치는 개수로 입구 근방에 있던 빙원으로 보트를 되돌렸다. 우리는 열린 개수로 양옆에 1.2미터 정도 솟은 빙붕을 따라 천천히 노를 저었다. 유빙과 빙벽에 핏자국이 보이면 그때마다 멈춰 조사했지만 더는 시신이 발견되지 않았다.

"맙소사!" 보트 선미의 틸러를 잡은 서른 살 프랜시스 포코크가 비명을 질렀다. "저기 피가 뭉쳐진 곳에 사람 손가락하고 손톱이 보인다! 괴물이 사람을 질질 끌어다가 물속에 처박아 놓았나 봐!"

"그런 말 하려거든 입 닥쳐!" 카우치가 일갈했다. 웨일보트에 실린 진짜 작살을 들 듯 그는 장대를 한 손으로 들었다. 한쪽 다리를 웨일보트 선수에 걸친 채 노 젓는 대원들을 노려보았다. 다들 입을 다물었다.

개수로 서쪽 끝 눈밭 위에 저렇게 피가 뭉친 곳이 세 군데 있었다. 세 번째 곳은 빙하 끝에서 3미터 떨어진 지점이었다. 누군가 잡아먹힌 것 같았다. 다리뼈가 몇 개 보였고 갈비뼈가 쓸려 있었다. 찢겨진 피부를 보니 사람이 맞았다. 누더기가 된 옷가지도 보였지만 누군지 특정할 만한 단서도, 두개골도 보이지 않았다. "얼음 쪽으로 대 주십시오. 가서 좀 봐야겠습니다." 내가 카우치에게 말했다.

나는 시신으로 다가갔다. 만약 북극이 아니라 다른 곳이었더라면 남은 시신의 일부에 파리가 들끓었을 것이다. 남은 내장은 땅다람쥐가 파헤친

고랑처럼 보였고 그 위에 어젯밤 내린 눈이 덮여 있었다. 북서풍과 신음하는 빙하와 침묵만이 이곳에 흘렀다.

나는 보트를 불렀다. 다들 고개를 돌렸다. 신원 확인에 실패했다고 말했다. 찢긴 옷자락이 아주 조금 남아 있지만, 도저히 누군지 알 수 없었다. 머리도, 부츠도, 손도, 다리도, 몸통도 없었다. 그저 심하게 긁힌 갈비뼈와 등뼈에 붙은 힘줄, 그리고 반쯤 남은 골반이 전부였다.

"그냥 거기 계십시오. 마크와 테드만에게 빈 백을 들려 그쪽으로 보낼 테니 그 불쌍한 누군가의 뼈를 추려주십시오. 크로지어 함장님이 장례를 치러주고 싶으실 겁니다."

시신 수습은 섬뜩했지만 금방 끝났다. 나는 인상을 찌푸린 수병 둘에게 갈비뼈와 골반뼈만 가방 속에 담으라고 지시했다. 경추는 눈에 박혀 얼었고, 다른 장기는 소름이 끼쳐서 차마 손을 댈 수 없었다.

우리는 그곳에서 자리를 옮겨 호수 남쪽 끝을 따라 훑었다. 그때 북쪽에서 비명이 들렸다.

"사람을 찾았다!" 수병이 외쳤다. 또다시 들리는 외침, "사람을 찾았다!"

나는 쿰스, 맥콘베이, 페리어, 테드만, 마크, 존스의 심장이 미친 듯이 쿵쾅거리는 걸 느꼈다. 프랜시스 포코크가 보트를 몰아 크리켓 경기장만 한 부빙으로 갖다 댔다. 이 부빙은 수십 헥타르에 달하는 호수 한가운데 떠 있었다. 우리는 리틀 대위의 정찰조에서 그 누구라도 살아 있는 모습을 보고 싶었다.

그러나 그건 헛된 꿈이었다

크로지어 함장이 이미 부빙에 올라 시신이 누운 곳으로 나를 불렀다. 솔직히 나는 이용당하는 기분이 들었다. 내가 어쩔 수 없이 신원 미상의 시신을 검시하지 않으면 함장이 사망 선고를 할 수 없는 게 사실이긴 했다. 그런데 너무 힘들었다.

해리 페글러가 알몸으로 누워 있었다. 고작 속옷만 입은 채 얼음 위에서 몸을 말고 있었다. 무릎을 세워 턱에 갖다 붙이고 발목을 꼬고 있었다. 어떻게든 체온을 유지하려고 마지막 남은 힘을 쥐어짜고 또 짠 것 같았다. 양손을 겨드랑이에 끼우고 스스로를 감싸 안은 채 오한 속에 종말을 맞이한 것 같았다.

그는 파란 눈을 감지도 못하고 얼어 죽었다. 살갗이 카라라 대리석(이탈리아 카라라 지역에서 채석되는 청회색 대리석)처럼 파랗고 단단했다.

"유빙에서 헤엄쳐 나와 간신히 여기로 올라와 동사한 것 같습니다. 괴물에게 쫓기거나 공격당한 건 아닌 것 같습니다." 드보가 의견을 밝혔다.

크로지어 함장은 고개만 끄덕였다. 나는 그가 페글러를 아끼고 굉장히 의지했다는 사실을 알았다. 나도 그를 좋아했다. 다들 그랬다.

나는 크로지어가 바라보는 것을 쳐다보았다. 최근 내린 눈밭에 쓰러진 시신 주위에 거대한 발자국이 보였다. 백곰 발톱 자국이 선명했다. 크기는 백곰보다 서너 배가량 컸다.

괴물이 페글러 주위를 여러 번 맴돌았다. 불쌍한 페글러가 누워서 온몸을 떨며 죽어가는 모습을 그저 바라보았을까? 그 모습을 즐기면서? 그 허연 괴물이 검은 눈을 깜빡이지도 않고 다가와 페글러가 죽기 전 마지막으로 온몸을 떠는 모습을 쳐다봤을까? 왜 괴물은 잡아먹지 않았을까?

"괴물이 부빙 위에서 내내 두 다리로 서 있었군." 크로지어가 말했다.

보트에 있던 다른 대원들이 캔버스 천 조각을 들고 왔다.

빙원 한가운데 뚫린 호수에서 바다로 연결된 길은 없었다. 우리가 들어왔던 리드가 순식간에 얼어붙었다. 우리는 호수를 두 바퀴 돌았다. 보트 다섯 척이 시계 방향으로 돌았고, 네 척은 반대 방향으로 돌았다. 두 바퀴를 돌고 나니 이곳은 그저 들어오는 입구와 얼음이 갈라진 틈밖에 없었다.

핏자국이 있는 두 군데를 더 찾았다. 정찰조 대원 하나가 빙상 위에 올라가 도망쳤지만 결국 잔인하게 사지가 찢기고 도로 끌려간 흔적처럼 보였다. 다행히도 그곳엔 파란 모직 옷이 찢겨 있었지만 시체가 전혀 발견되지 않았다.

그때가 이른 오후였다. 나는 우리에게 인간으로서 딱 하나의 소원이 있다고 확신했다. 제발 이 저주받은 땅에서 벗어나게 해 주소서. 동료 시신 세 구-혹은 시신의 일부-를 수습했다. 그리고 이들을 영예롭게 떠나보내고 싶었다. 다들 그렇게 생각하리라 믿고 싶다. 그리고 이것이 점점 줄어드는 탐험대가 화려하게 치르는 마지막 정식 장례식이길 바랐다.

쓸 만한 다른 잔해는 얼음 호수에서 발견되지 않았다. 네덜란드산 텐트가 흠뻑 젖은 채 넓게 펼쳐져 있었다. 비운의 리틀 대위가 이끌던 웨일보트에 실려 있던 것이다. 우리는 이것으로 해리 페글러의 시신을 감쌌다. 뼈만 일부 남았다. 나는 개수로 인근에 있던 캔버스 가방에 든 내용물을 조사했다. 레이드의 몸통은 별도의 침낭 속에 넣고 꿰매어 봉인했다.

수장을 치를 때는 하나 혹은 여러 발의 포탄을 수장될 망인의 발에 매달아, 시신이 황당하게 떠오르지 않고 위엄 있게 가라앉도록 하는 것이 예법이다. 그러나 우리에게 포탄이 있을 리가 없다. 수병들은 프랭클린 여사 보트의 선수에 매달려 있던 갈고리를 떼어 냈다. 골드너 통조림 깡통도 수의에 매달아 무게를 더했다.

아홉 척의 보트를 물에서 뭍으로 끌어 올려 커터와 피니스를 도로 썰매에 싣느라 한참 걸렸다. 분해한 썰매를 짜 맞추고 보트를 다시 그 위에 올렸다. 짐을 풀었다 쌌다, 다시 싣는 과정을 반복하느라 뼈만 남은 대원들이 남은 힘을 쥐어짰다. 수병들이 얼음 한쪽 끝에 모여서 반원으로 넓게 섰다. 빙붕 어느 한 지점에 무게가 쏠리지 않게 하기 위함이었다.

그 누구도 길게 장례를 치를 기분이 아니었다. 크로지어 함장이 예전처럼 『레비아단의 책』에 나오는 구절을 읽었다면 다들 고마워했겠지만 이번엔 아니었다. 놀랍게도 조금이라도 슬퍼하는 자가 없었다. 다들 함장이 시편 90장을 암송하는 것을 덤덤히 들었다.

"주여, 당신은 대대손손 우리의 피난처, 산이 생기기 전, 땅과 세상이 태어나기 전, 한 옛날부터 영원히 당신은 하느님, 사람을 먼지로 돌아가게 하시며 '사람아, 돌아가라' 하시오니 당신 앞에서는 천년도 하루와 같아, 지나간 어제 같고 깨어 있는 밤과 같사오니 당신께서 휩쓸어 가시면 인생은 한바탕 꿈이요, 아침에 돋아나는 풀잎이옵니다. 아침에는 싱싱하게 피었다가도 저녁이면 시들어 마르는 풀잎이옵니다. 홧김을 한번 뿜으시면 우리는 없어져버리고 노기를 한번 띠시면 우리는 소스라칩니다. 우리의 잘못을 당신 앞에 놓으시니 우리의 숨은 죄 당신 앞에 낱낱이 드러납니다. 당신 진노의 열기에 우리의 일생은 사그라지고 우리의 세월은 한숨처럼 스러지고 맙니다. 인생은 기껏해야 70년, 근력이 좋아야 80년, 그나마 거의가 고생과 슬픔에 젖은 것, 날아가듯 덧없이 사라지고 맙니다. 누가 당신 분노의 힘을 알 수 있으며, 당신 노기의 그 두려움을 알겠습니까? 우리에게 날수를 제대로 헤아릴 줄 알게 하시고 우리의 마음이 지혜에 이르게 하소서. 야훼여, 돌이키소서. 언제까지 노하시렵니까? 당신의 종들을 불쌍히 여기소서. 동틀 녘에 당신의 사랑으로 한껏 배불러 평생토록 기뻐 뛰며 노래하게 하소서. 우리가 고생한 그 날수만큼, 어려움을 당한 그 햇수만큼 즐거움을 누리게 하소서. 당신의 종들에게 당신께서 이루신 일들을, 또 그 후손들에게 당신의 영광을 드러내소서. 주, 우리 하느님, 우리를 어여삐 여기시어 우리 손이 하는 일 잘되게 하소서. 우리 손이 하는 일 잘되게 하소서. 영광이 성부와 성자와 성령께 처음과 같이 지금도 그리고 영원히, 아멘."

다들 벌벌 떨면서 아멘을 외쳤다.

그리고 침묵이 흘렀다. 눈발이 살짝 흩날렸다. 검은 물이 배가 고프다는 듯 철썩였다. 빙하가 신음하며 발밑에서 살짝 움직였다.

다들 이렇게 생각했다. 이 추도사는 우리 모두를 위한 작별 인사였다. 오늘 리틀 대위와 정찰조 전원을 잃었다. 그 누구도 대체할 수 없는 레이드와 누구에게나 사랑받던 페글러도 잃었다. 살 수 있다고 아직도 믿는 자는 별로 없어 보였다. 이제 우리가 살아남을 가능성은 사라졌다.

오랫동안 기다리던, 누구나 열렬히 환호하던 리드가 이제 사악한 덫으로 돌변했다.

빙하는 우리를 놓아주지 않을 것이다.

빙하에 사는 괴물은 우리가 이곳을 떠나는 꼴을 두고 보지 않을 것이다.

갑판장 존슨이 외쳤다. "전원 탈모!" 우리는 주섬주섬 지저분한 모자와 방한모를 벗었다.

크로지어 함장이 거칠게 쉰 목소리로 말했다. "나는 믿는다, 나는 믿는다. 나의 변호인이 살아 있음을! 나의 후견인이 마침내 땅 위에 나타나리라. 나의 살갗이 뭉그러져 이 살이 질크러진 후에라도 나는 하느님을 뵙고야 말리라. 나는 기어이 이 두 눈으로 뵙고야 말리라. 내 쪽으로 돌아서신 그를 뵙고야 말리라."

"오! 주여, 별세한 이들을 받아 주소서. 항해장 제임스 레이드, 앞돛대 망루장 해리 페글러, 그리고 누구인지 알 수 없는 우리의 동료를 하느님의 왕국으로 받아 주소서. 비록 2명만 신원이 확인되었으나 다른 영혼들 또한 받아 주소서. 대위 에드워드 리틀, 수병 알렉산더 베리, 수병 헨리 세이트, 수병 윌리엄 웬트잘, 수병 사무엘 크리스프, 수병 존 베이츠, 수병 데이비드 심스의 영혼 또한 받아 주소서. 그리고 우리가 이 세상을 떠날 때 주님의 왕국에 우리도 머물 수 있도록 받아 주소서. 우리의 동료들과 우리 자신과 우리 모두의 영혼을 위해 우리의 기도를 들어주소서. 우리가 애원하는 소리를 귀 기울여 들으소서. 우리의 울음에 침묵을 깨고 나오소서. 우리에게 눈길을 돌려주소서. 떠나가서 아주 없어지기 전에 한숨 돌릴까 하옵니다."

"아멘."

"아멘."

갑판장이 캔버스에 싸인 시신을 들어서 검은 물속으로 밀어 넣었다. 순식간에 시신이 가라앉았다. 하얀 물거품이 일었다. 떠나가는 승조원들이 마지막으로 무슨 말을 하려는 것 같았다. 호수가 원래의 검고 차분한 모습으로 돌아왔다.

해병 상병 토저와 해병 2명이 머스킷총으로 조총을 한 발 발사했다.

나는 크로지어 함장이 감정을 억누르며 검은 호수를 바라보는 것을 보았다. "이제 간다." 그는 단호히 말했다. 낙담하고 정신력이 해이해진 우리 탐험대에게 이렇게 말했다. "이 썰매와 보트를 끌고 1.5킬로미터를 행군한다. 그다음 잠자리에 들 것이다. 우리는 백 강 어귀가 있는 남동쪽으로 향한다. 빙상 위로 지나면 더욱 수월할 것이다."

빙상 위를 지나는 건 더욱 어려워졌다. 거의 불가능했다. 평소처럼 압력 봉우리를 넘으며 보트를 끌기가 어려워서가 아니었다. 다들 아사 직전 영양실조에다 병에 시달려 체력이 약해진 것이 문제이기도 했지만, 사실 빙상이 갈라지고 물속에 몸을 숨긴 괴물이 문제였다.

9명 이하로 조를 짜 평소처럼 릴레이로 움직이던 길고 긴 7월 10일 북극의 저녁, 우리는 1.5킬로미터도 채 통과하지 못한 채 빙원 위에 텐트를 치고 잠을 자기로 했다.

누운 지 두 시간도 못 돼 잠에서 깼다. 빙하가 갑자기 갈라지더니 움직이기 시작했다. 빙상 전체가 위아래로 치솟았다 내려갔다. 너무 불안해서 다들 텐트 밖으로 기어 나와서 당황한 채 서성였다. 수병들이 텐트를 접고

247

보트에 짐을 싣기 시작했다. 크로지어, 카우치, 1등 항해사 드보가 가만히 있으라며 호통쳤다. 장교들은 인근 빙판은 금 가지 않았으며, 그저 움직일 뿐이라고 지적했다.

15분 정도 지나자 빙하가 잠잠해졌다. 우리가 디디고 선 빙해 표면이 다시 돌덩이처럼 단단해졌다. 도로 텐트 속으로 들어갔다.

한 시간 후, 다시 빙상이 우르르 쾅쾅 소리를 내며 금이 갔다. 아까 그랬던 것처럼 다들 서둘러 텐트 밖으로 나와 칼바람이 부는 어둠 속에 서 있었다. 간 큰 수병들은 계속 침낭 속에 누워 있었다. 밖으로 내뺐던 수병들은 고린내 나고 좁아터진 텐트 안으로 도로 들어가 코를 골고 날숨을 쉬며 잠을 잤다. 이리저리 포개져 축축한 침낭 속에서 취침했다. 몇 달째 옷을 갈아입지 못해 썩은 내가 나자 대원들은 겸연쩍은 표정을 지었지만, 너무 어두워서 아무도 그 표정을 보지 못했다.

그다음 날 우리는 천연고무나무 껍질처럼 꺼칠하고 단단한 빙해 위에서 남동쪽으로 보트를 끌었다. 어떤 곳은 갈라져 있었다. 얼음 두께는 1.8미터가 넘었다. 그런데 평범한 빙해를 건넌다는 생각은 사라졌다. 대신 요동치는 허연 바다 위에 떠 있는 부빙에서 다른 부빙으로 옮겨 다니며 건너는 듯했다.

여기에 기록을 남겨야겠다. 얼음 호수를 떠난 지 이틀째 되던 날 밤이었다. 나는 망자들의 유품을 검사하라는 명을 받았다. 유품 대부분은 잡다한 것을 모아 놓은 창고에 있었다. 리틀 대위의 정찰조가 웨일보트로 떠날 때 그곳에 남겨둔 것이다. 그러다 페글러의 작은 짐에 시선이 멈췄다. 그 안에는 옷가지, 편지 몇 장, 뿔로 만든 빗과 책 등의 개인 소지품이 들어 있었다. 나를 돕는 존 브리젠스가 물었다. "제가 몇 가지 가져도 되겠습니까?"

나는 놀랐다. 브리젠스가 빗과 두꺼운 가죽 노트를 가리켰다.

나는 이미 노트 안을 들춰보았다. 페글러는 글의 맞춤법을 제멋대로 썼다. 글자를 거꾸로 쓰기도 하고, 마지막 문장 마지막 단어의 맨 끝 글자를 이유도 없이 대문자로 적었다. 그래도 작년 우리 탐험대가 겪은 일을 정리한 내용은 비교적 흥미로웠다. 앞돛대망루장 페글러의 필체와 문장 구조는 기괴한 철자로 우리가 함선을 포기하기 전후 몇 달간 써가다가 결국 멈추었다. 이런 내용이 담겨 있었다.

죽음아, 네 승리는 어디 갔느냐? 안락한 만에 있는 무덤-중간에 물이 번져 알아볼 수 없었다-의 망자가 말렸다……

노트 맨 뒤에 페글러가 삐뚤빼뚤 원을 그리고, 그 안에 이렇게 적은 것도 보았다.

테러 캠프, 클리어.

날짜는 알아볼 수 없었지만 분명 4월 25일 전후일 것이다. 그 근처 또 다른 페이지에 이런 조각 글이 적혀 있었다.

우리가 너무나 힘겹게 썰매를 끌고…… 그로그를 마시고 싶다…… 나는 톰에게 내가 생각하는 바를…… 시간을…… 나는 21일 날 밤에 눕고 싶다……

보아 하니 4월 21일 저녁, 크로지어 함장이 양쪽 대원들을 집합시켜서 우리가 이제 내일 아침이면 테러호를 포기한다고 말하는 모습을 기록한 장면 같았다.

글을 제대로 배우지 못한 해리 페글러가 글을 적게 되면서 자신의 지식을 뽐내는 기미는 전혀 보이지 않았다.

"왜 이걸 갖고 싶어 하는 거지?" 내가 브리젠스에게 물었다. "페글러 친구라서?"

"그렇습니다, 군의관님."

"빗은 필요해서 가져가는 건가?" 늙은 당번병은 머리칼이 거의 없었다.

"그건 아닙니다. 그저 페글러를 기억하고 싶어서입니다. 빗하고 그자의 일기장이면 충분할 것 같습니다."

좀 이상했다. 이제는 다들 짐을 비우려 하지, 굳이 무거운 노트를 넣어 무게를 더하려 하지 않았다.

그럼에도 나는 브리젠스에게 빗과 노트를 건넸다. 아무도 페글러가 남긴 셔츠나 양말, 여벌의 바지와 성경책은 원하지 않았다. 그래서 다음날 아침 이것들을 버리고 갈 짐 속에 두었다. 버리고 갈 물건이 한자리에 모였다. 페글러, 리틀, 레이드, 베리, 크리스프, 베이츠, 심스, 웬트잘, 세이트의 짐으로 작고 서글픈 망자의 케른을 쌓았다.

그다음 날 아침 7월 12일, 우리는 빙원에서 피로 얼룩진 지역과 또다시 마주쳤다. 처음에는 다들 겁을 먹었다. 우리 중 누군가가 당한 흔적일까 두려웠다. 크로지어 함장은 크게 얼룩진 곳으로 우리를 끌고 가더니 잘 보라고 했다. 핏빛으로 물든 중앙에 백곰 사체가 보였다. 핏빛 얼룩은 백곰의 흔적이었다. 그곳에는 결딴난 두개골과 피로 물든 허연 털가죽과 으스러진 뼈와 발톱이 남아 있었다.

처음엔 다들 안심했다. 그런데 질문이 고개를 들었다. 대체 어떤 것이 이렇게 거대한 백곰을 우리가 도착하기 몇 시간 전에 죽인 것일까?

대답은 뻔했다.

그렇다면 괴물은 왜 백곰을 죽였을까? 그 대답도 뻔했다. 그것은 우리에게서 생고기를 빼앗기 위해서였다.

7월 16일이 되자 더는 행군할 수 없었다. 하루 열여덟 시간 쉬지 않고 보트를 끌었으나 고작 빙판 위에서 1.5킬로미터도 나아가지 못했다. 그다음 날 저녁에 텐트를 치면 전날 밤 우리가 버리고 온 옷가지와 장비가 저 멀리 보였다. 우리는 죽은 백곰을 몇 번 더 목격했다. 사기는 곤두박질쳤다. 만일 그 주간에 투표를 했다면 다들 포기하고 누워서 죽자고 했을 것이다.

7월 16일 밤, 모두 잠을 자고 1명만 안전 당직을 서고 있었다. 그때 크로지어 함장이 텐트로 나를 호출했다. 함장은 지금 찰스 드보, 폐렴 증상을 보이는 보급관 찰스 해밀턴 오스머, 이리버스의 호의 조타수 윌리엄 벨, 존 프랭클린 경과 피츠제임스 함장의 앞상갑판장이었던 필립 레딩턴과 텐트를 같이 썼다.

함장이 고갯짓을 하자 보안 유지를 위해 1등 항해사 드보와 오스머를 제외하고 다들 텐트 밖으로 나갔다.

"굿서 박사, 당신의 조언이 필요하네."

나는 고개를 끄덕이며 귀를 기울였다.

"우리에게 적당한 옷과 쉼터가 있어. 내가 피니스에 실어서 챙겨온 여벌의 부츠 덕분에 일부 대원이 다리를 잃을 뻔한 위기를 모면했어."

"저도 그렇게 생각합니다, 함장님." 비록 이것이 함장이 구하려던 조언이 아닌 걸 알면서도 그렇게 대답했다.

"내일 아침 대원들에게 우리가 웨일보트 한 척과 커터 두 척과 피니스 한 척을 버리고 앞으로 다섯 척만 끌고 갈 거라고 발표할 예정이네. 그러니까 웨일보트 두 척, 커터 두 척하고, 피니스 한 척이지. 이렇게 다섯 척만 우리가 최선의 상태로 끌고 갈 수 있으며 바다가 열릴 경우 충분할 것 같네. 만약 백 강 어귀에 닿기 전에 바닷길이 열린다면 말이네. 그런데 그렇게 하면 비축품이 상당히 줄어들지."

"그 소리를 들으면 다들 진심으로 기뻐할 것 같습니다, 함장님." 나는 분명 그럴 거라 생각했다. 왜냐하면 요즘엔 나도 보트를 끄는데 이렇게 끝나지 않을 저주의 나날이 끝났다는 말을 듣는 순간 어깨와 등에서 통증이 사라지는 것 같았다.

크로지어는 목소리는 거칠었지만 표정은 진지했다. "굿서 박사, 내가 대원들의 배식량을 줄여도 되는지 알고 싶어. 그리고 언제쯤 배식량을 줄여도 되는지 그 시기를 알고 싶네. 만일 그렇게 된다면 썰매를 끌 수 있을까? 의사의 전문적 소견을 듣고 싶네, 박사."

나는 텐트 바닥만 내려다보았다. 디글이 끓인 진한 수프가 담긴 냄비 때문에 바닥에 둥글게 탄 자국이 남았다. 알코올 스토브에 쓸 에테르가 담긴 통을 버리고 올 때 월이 찻물을 끓일 휴대용 장치를 가져왔나 보다.

나는 드디어 입을 열었다. 내가 한 말은 당연히 대원들에게 전달될 것이다. "함장님, 지금은 1일 노동량에 걸맞은 충분한 배식이 이뤄지지 않고 있습니다." 나는 숨을 들이켰다.

"게다가 섭취하는 음식은 죄다 얼음장처럼 차갑습니다. 남은 통조림도 벌써 몇 주 전에 동났습니다. 메틸알코올이 든 병을 버리고 올 때 알코올 스토브와 램프도 같이 버리고 왔습니다."

"오늘 석식으로 십 비스킷 하나, 차가운 염장 돼지고기 한 조각, 초콜릿 하나, 티 한 모금, 설탕 조금, 럼을 티스푼으로 하나 받아먹은 게 전부였습니다."

"거기에 함장님께서 아껴 둔 담뱃잎도 조금 나눠주지 않았습니까." 오스머가 끼어들었다.

나는 고개를 끄덕였다. "맞습니다. 담뱃잎도 있었습니다. 다들 담배를 정말 좋아합니다. 그동안 담배를 아껴 두었다니 대단하시네요. 아무튼 그럴 수는 없습니다, 함장님. 안 그래도 부족한데 양을 더 줄일 순 없습니다."

크로지어가 말했다. "줄여야 하네. 이제 엿새만 지나면 염장 돼지고기도 바닥이 나. 럼은 열흘이면 끝이고."

드보가 목청을 가다듬었다. "이 모든 것은 우리가 빙하에서 바다표범을 얼마나 잡을 수 있느냐에 달려 있습니다."

나는 알고 있었다. 그리고 이 텐트 안에 있는 자들도, 다른 대원들도 전부 다 알고 있었다. 두 달 전 안락한 만을 떠나온 이후, 그동안 잡힌 바다표범은 딱 두 마리뿐이라는 것을.

크로지어가 말했다. "그래서 말인데, 킹윌리엄 랜드 북쪽 해안가로 가면 아마 사나흘 정도 걸릴 거야. 그게 가장 좋을 것 같아. 이끼나 바위버섯을 먹을 수도 있고. 온갖 것들을 제대로 조리하면 그래도 먹을 만한 수프가 된다고 들었네. 적당한 이끼나 바위버섯을 찾는다면 말이네."

내 지친 머릿속에 이런 생각이 떠올랐다. 존 프랭클린 경은 신발을 먹었지. 출항하기 몇 달 전에 그 얘기를 우리 형에게 들었다. 존 프랭클린 경은 그 고달픈 경험을 통해 어떤 이끼와 바위버섯을 먹으면 되는지 터득했을 것이다.

그럼에도 나는 이렇게 말할 수밖에 없었다. "다들 빙하에서 벗어나면 좋아할 겁니다. 그리고 끌고 갈 보트가 줄었다는 소식을 들으면 더 좋아할 겁니다."

"고맙네, 박사. 이제 됐네." 크로지어가 대답했다.

나는 힘겹게 묵례한 후 텐트 밖으로 나와 중증 괴혈병 환자들을 살피러 회진했다. 이제 더는 병실 텐트는 없었다. 그러다 보니 브리젠스와 내가 텐트마다 돌아다니며 환자들과 상담하고 처방했다. 그런 다음 내 텐트로 비틀거리며 돌아와서-나는 브리젠스와 의식불명의 데이비 레이스, 죽기

직전의 기관장 톰프슨, 상태가 심각한 목공장 허니와 텐트를 같이 썼다-
눕자마자 곧장 잠에 빠져들었다.

그날 밤, 얼음이 갈라지면서 네덜란드산 텐트를 집어삼켰다. 5명의 해
병들, 즉 상사 토저, 상병 해지스, 이병 윌크스, 이병 해몬드, 이병 댈리가
그 안에서 취침 중이었다.

텐트가 완전히 가라앉기 전에 윌크스만 간신히 텐트 밖으로 나와 핏빛
물속에서 허우적거렸다. 그리고 귀가 먹을 정도의 굉음을 내며 크레바스
가 순식간에 닫히기 직전에 구조됐다.

윌크스는 너무 춥고 아프고 놀라서 쉽게 회복되지 않았다. 마지막으로
남겨둔 마른 천으로 그의 온몸을 감싸서 브리젠스와 내가 누운 침낭 사이
에 뉘었다. 그러나 동이 트기 직전 사망했다.

그다음 날 아침 옷가지와 보트 네 척과 썰매를 남기고 가는 빙판 뒤편
에 그의 시신을 두고 왔다.

이젠 그는 물론 다른 해병들을 위한 장례식은 없었다.

함장이 썰매 네 대와 보트 네 척을 더는 끌고 가지 않겠다고 선언했지
만, 만세 소리는 들리지 않았다.

우리는 수평선 너머 북쪽으로 보이는 킹윌리엄 랜드로 방향을 틀었다.
나폴레옹 군대가 모스크바에서 퇴각할 때도 이 정도의 패배감은 느끼지
못했을 것이다.

세 시간 후, 빙하가 또다시 갈라졌다. 북쪽으로 가는 도중 리드와 호수
를 만났다. 보트를 띄우자니 너무 좁고, 그렇다고 보트와 썰매를 끌고 건
너자니 너무 넓어서 지날 수가 없었다.

49
크로지어

크로지어가 잠깐이라도 눈을 붙이면 예전에 꿨던 꿈이 다시 찾아왔다.
무갑판선의 유골 두 구, 미국 소녀 둘이서 어두운 식탁에 앉아 영혼을 부
르는 척하며 엄지발가락을 튕겨 소리 내는 모습, 땅딸한 미국인 의사가 북
극 탐험가로 분해 에스키모 파카를 입고 가스등이 켜진 무대에서 두껍게
분장한 모습, 또다시 무갑판선에 있는 유골 두 구가 보였다. 그리고 마지
막으로 이 꿈이 찾아와 크로지어를 괴롭혔다.

어린 소년이 된 크로지어. 할머니 메모 모이라와 같이 어느 큰 성당에
와 있다. 크로지어는 실오라기 하나 걸치지 않았다. 할머니가 그를 제단
난간 쪽으로 떠밀지만, 그는 겁이 나 쭈뼛거린다. 성당 안은 춥다. 발밑에
닿는 대리석 바닥이 차갑다. 하얀 제의가 얼었다.

제단 난간 앞에 무릎을 꿇고 앉은 어린 프랜시스 크로지어는 뒤에서 할
머니가 흐뭇하게 쳐다보는 시선이 느껴진다. 그런데 너무 무서워서 고개
를 돌릴 수 없다. 무언가가 다가온다.

사제가 제단 난간 뒤편에 위로 열리는 문으로 갑자기 등장한다. 덩치가
엄청나다. 하얀 제의에서 물이 뚝뚝 떨어진다. 피비린내, 땀내, 썩은 내가
뒤엉킨 냄새를 풍기며 남자가 어린 프랜시스 크로지어 위로 우뚝 선다.

크로지어는 눈을 꼭 감는다. 할머니가 이렇게 하라고 알려주었다. 할머니는 그에게 얇은 러그가 깔린 바닥에 무릎 꿇고 앉아 혀를 내밀어 성체를 받아먹으라고 가르쳐 주었다. 이 성찬식은 중요하기도 하고 꼭 거쳐야 하는 과정이었다. 그래서 소년은 벌벌 떨며 사제를 맞이한다. 가톨릭 성체를 받아먹는 순간 앞으로 그의 삶은 예전과 절대로 같을 수 없다. 만일 거부할 경우 그의 목숨은 여기서 끝이다.

사제가 가까이 오더니 크로지어 쪽으로 몸을 기울인다.

크로지어는 웨일보트 둥근 바닥에서 잠이 깼다. 늘 그렇듯 이런 꿈을 꾸다가 깨면 쪽잠이라 해도 심장이 미친 듯 벌렁거리고 입이 바싹 말랐다. 온몸이 부들부들 떨렸다. 공포의 잔상이 남아서가 아니라 추위 때문이었다.

7월 17일과 18일, 해협 일부 구간이 얼어붙었다. 나흘 후, 크로지어는 그들의 앞길을 막은 커다란 부빙 위에 전원 집합시켰다. 썰매에서 커터와 피니스를 내렸다. 보트 다섯 척에 텐트와 침낭을 제외한 짐을 모두 실었다. 개빙 구역에 걸맞게 리깅을 맸다.

이틀 밤 내내 거대한 부빙이 흔들거리고 쩍쩍 갈라지더니 떠내려갔다. 그 소리에 다들 화들짝 놀라 자다 말고 텐트 밖으로 뛰쳐나갔다. 발밑 빙하가 갈라지며 해병을 잡아 삼킨 것처럼 여기 부빙도 그들을 삼키려는지 살폈다. 이틀 밤 내내 빙하가 갈라질 때 들리던 총성 같은 굉음이 드디어 그쳤다. 거칠게 흔들리던 부빙도 점차 규칙적으로 울렁거렸다. 다들 다시 텐트로 들어갔다.

날은 약간 풀려서 기온이 영상인 날도 있었다. 7월 말까지 몇 주간 지켜보니 올해 역시 작년처럼 녹지 않는 여름을 맞이할 가능성이 꽤 높았다. 예전보다 더 춥고 신세는 처량해졌다. 어떤 날은 비가 내리기도 했다. 날이 추우면 비 대신 연무 같은 얼음 알갱이가 흩뿌리듯 내리며 모직 옷을 흠뻑 적셨다. 날이 그리 춥지 않아 피 코트와 두꺼운 외투를 입고 겨울용 방수복까지 걸칠 수 없기 때문이다. 썰매를 끌다 보니 더러운 속옷과 셔츠와 양말까지 흠뻑 젖었다. 얼어붙은 누더기 바지도 땀에 찌들었다. 비축품은 거의 바닥났다. 예전에 열 척을 끌 때보다 남은 다섯 척이 훨씬 무거웠다. 의식 불명으로 숨만 붙은 채 눈이 풀린 데이비 레이스를 그 위에 눕히고, 아픈 대원들까지 태운 채 끌고 가야 했다. 군의관 굿서는 크로지어 함장에게 발과 발가락은 물론 뒤꿈치까지 시커멓게 썩어들어가는 환자가 매일 늘고 있다고 보고했다. 괴저병 또한 심해져서 다리를 절단해야 할 환자도 많아졌다고 했다.

네덜란드산 텐트가 흠뻑 젖은 이후 마를 날이 없었다. 늦은 밤 어두울 때 펼치는 침낭도 눅눅해서 안팎이 얼었지만 마를 기미가 보이지 않았다. 애처롭게 쪽잠을 자고 일어나면 원형 피라미드 텐트 안쪽에 성에가 13킬로그램 정도 서렸다가 머리, 얼굴, 어깨 위로 뚝뚝 떨어졌다. 온몸을 벌벌 떨어봤자 체온이 조금도 올라가지 않았다. 매일 아침 크로지어 함장과 드보, 카우치가 텐트로 와서 뜨뜻미지근한 티를 조금씩 따라주었다. 그것을 마실 때면 텐트 천장에서 물이 뚝뚝 떨어졌다. 아침 당번이 기묘하게도 장교로 바뀌었다. 병원으로 나온 첫 주에 크로지어가 대원들을 살피며 돌아다니던 것이 이제 당연한 일과로 굳어졌다.

이리버스호의 조리장 윌은 폐결핵으로 쓰러져 커터 바닥에 몸을 웅크린 채 누워만 있었다. 반면 디글은 여느 때와 다름없이 쌩쌩하게 음담패설을 늘어놓고 일도 잘하고 목소리도 컸다. 테러호의 거대한 프래저 스토브 앞에서 3년 내내 일하며 보여준 모습 그대로였다. 에테르 연료가 바닥나자 알코올 스토브와 웨일보트에 있던 무거운 석탄 스토브까지 두고 왔다. 이제 디글의 임무는 오스머와 다른 장교가 엄중히 지켜보는 가운데 하루에 두 번 차가운 염장 돼지고기와 남은 비축 식량을 나눠주는 것으로 바뀌었다. 디글은 느긋한 성격으로 바다표범을 많이 잡았을 경우를 대비해 고기 기름으로 켜는 스토브와 취사도구를 대강 마련해 두었다.

매일 크로지어는 사냥조를 내보내 디글이 요리할 바다표범을 잡아 오라고 했지만 아예 구경조차 힘들었다. 어쩌다 보여도 녀석들은 곧장 개수로나 작은 구멍으로 몸을 숨겨서 총 한 번 제대로 쏴보지 못했다. 사냥조가 여러 번 발사하긴 했지만, 미끄덩하고 덩치 큰 반달바다표범은 산탄이나 머스킷총, 권총에 맞아도 죽기 전에 버둥거리며 도로 검은 바닷속으로 다이빙해서 핏자국만 남길 뿐이었다. 그럴 때면 다들 빙판에 무릎 꿇고 엎드려 그 피를 할짝거렸다.

크로지어는 예전에도 여러 번 북극에서 여름을 난 적이 있었다. 7월 중순이면 유빙이 뜬 바다로 동물들이 몰려 왔다. 거대한 바다코끼리가 유빙 위에 올라타 육중한 몸을 뉘었다. 바다코끼리는 연달아 트림하는 것 같은 울음소리를 냈다. 갑자기 불어난 바다표범이 여기저기 바다에서 첨벙거렸다. 마치 어린아이들이 얼음 위에서 배밀이를 하며 신나게 노는 것처럼 보였다. 벨루가고래와 일각고래가 열린 바다에서 물을 내뿜고 다니다 물속으로 가라앉으면 고래의 비릿한 숨결이 공기 중에 느껴졌다. 암컷 백곰은 볼품없는 새끼 곰을 데리고 헤엄치다가 물 밖에 나와 얼음 위로 올라간다. 온몸을 부르르 떨어 번뜩거리는 몸에 묻은 물을 턴 후 부빙 위에 누운 바다표범을 쫓아다닌다. 그런데 덩치 크고 위험한 숫바다표범은 피한다. 수컷은 배가 고프면 자칫 곰새끼는 물론 어미 백곰까지 잡아먹기 때문이다. 바닷새가 떼 지어 머리 위로 날아가 해안가와 유빙 위에, 들쭉날쭉 높이 솟은 빙하 위에 한 줄로 늘어앉는다. 마치 오선지에 그려진 음표 같다. 제비갈매기와 바다갈매기, 큰 매가 정신없이 바다 위를 스치고 날아간다.

작년에 이어 올여름도 바다 동물이 자취를 감추었다. 설원 위에 보이는 생명체라곤 인원이 점점 줄어드는 크로지어의 탐험대뿐이었다. 그들은 하네스를 차고 썰매를 끌며 한숨을 내쉰다. 그러면 인정머리 없는 보급관은

멀찌감치 서서 못마땅한 듯 슬쩍 눈치를 준다. 어쩌다 저녁이면 북극여우
가 낑낑거리는 소리가 들리고 눈밭에 앙증맞은 여우 발자국이 찍힌다. 그
러나 절대로 적들에게 모습을 드러내지 않는다. 고래를 보는 날도 있지만
늘 유빙 저 너머에 있거나 리드를 여러 개 건너야 닿을 거리에 있었다. 너
무 멀어서 급한 마음에 총을 들고 달려가도 닿을 수 없었다. 유빙을 이리
저리 훌쩍 뛰어넘으며 달려가면 이미 고래는 물속으로 자취를 감췄다.

크로지어는 일각고래나 벨루가고래를 어떡하면 잡을 수 있는지 도통
알 수가 없었다. 머리에 총알 몇 방만 맞추면 잡을 것 같았다. 탐험대를 따
라다니는 괴물보다 덩치만 작다면 뭐든 사냥할 수 있을 것 같았다. 사실
탐험대는 괴물이 동물이 아니라고 일찌감치 결론 내렸다. 괴물은 함장이
읽어 준 『레비아단의 책』에 등장하는 격노한 신일 것이다. 어떻게든 고래
를 잡을 수만 있다면 그 기름으로 디글이 스토브를 몇 주, 아니 몇 달이라
도 피울 수 있을 테고 배가 터질 때까지 고래 고기를 먹을 수 있을 것이다.

지금 크로지어가 간절히 원하는 것은 괴물을 죽이는 것이다. 남들과 달
리 크로지어는 괴물을 죽일 수 있으리라 믿었다. 녀석도 짐승일 뿐 그 이
상은 아니었다. 영리한 백곰보다 훨씬 똑똑하다 해도 그래 봤자 짐승이다.

괴물을 죽일 수만 있다면. 크로지어는 괴물이 죽었다는 사실만으로도
잠시나마 대원들의 사기가 하늘을 찌를 것이라 믿었다. 개봉하지 않은 럼
이 담긴 80리터짜리 통을 발견한 것보다 신날 것 같았다. 대원들이 영양실
조와 괴혈병으로 후일 모두 죽는다 해도 우리 동료를 여럿 죽인 녀석에게
복수했다는 기쁨만으로도 기분이 좋을 것 같았다.

리틀 대위가 이끈 보트조가 사망한 이후 괴물은 그들을 괴롭히지도, 아
무도 죽이지도 않았다. 크로지어가 매번 사냥조를 내보냈지만, 눈 위에서
괴물의 족적을 발견하는 즉시 돌아오라는 함장의 명령에 따랐다. 크로지
어는 걸을 수 있는 대원과 괴물을 겨눌 수 있는 무기는 죄다 동원할 참이

었다. 만일 그래야 할 경우 함장은 대원들에게 취사도구를 두드리며 고함을 지르라고 해서 괴물을 한쪽으로 밀어붙일 생각이었다. 인도에서 긴 수풀 속에 호랑이가 들어가면 사람들이 시끄러운 도구를 두드리며 만으로 모는 것과 비슷한 이치였다.

그래 봤자 그건 고 프랭클린 경이 이용한 곰 위장막과 다를 바 없었다. 녀석을 가까이 유인하기 위해 진짜 필요한 것은 미끼였다. 괴물은 아직도 그들을 주시하며 어둠이 깔리면 몸을 숨긴 채 따라오고 있었다. 낮에는 얼음 밑에서 몸을 숨기고 있는 것 같았다. 미끼만 놓을 수 있다면 녀석은 더 가까이 올 것이다. 그런데 싱싱한 고기가 없었다. 싱싱한 살코기가 조금이라도 있다면 다들 먹어 치우기 바쁘지, 미끼로 쓸 것은 남아나지 않을 것이다.

그래도 크로지어는 이런 상상을 했다. 설원에 있는 어마어마한 덩치의 괴물을 떠올렸다. 고기와 힘줄만 발라도 1톤이 넘을 것이고, 어쩌면 몇 톤이 될 수도 있다. 몸집이 큰 수컷 백곰이 680킬로그램 정도 나간다. 그런데 괴물 옆에 백곰을 놓고 보면 덩치 큰 사람 옆에 개 한 마리를 붙여 놓은 정도다. 만일 동료를 죽인 포식자를 잡기만 하면 몇 주간 배불리 먹을 수 있다. 행군하면서 염장 돼지고기를 먹듯이 괴물의 살코기를 야금야금 먹으면 아무리 추워도 복수의 기쁨을 만끽할 수 있을 것 같았다.

그렇게만 된다면 프랜시스 크로지어는 설원 위의 미끼로 자신의 몸을 바칠 수 있다. 만약 그럴 수만 있다면. 괴물을 잡아서 몇 명이라도 목숨을 부지할 수 있다면, 크로지어는 기꺼이 온몸을 미끼로 바칠 것이다. 얼음 바닥이 갈라지는 바람에 물에 빠져 동사를 앞둔 마지막 테러호 해병에게 무자비하게 총을 갈긴 대원들이었으니 미끼로 나선 크로지어가 죽든 말든 괴물에게 총을 난사하여 쓰러뜨릴 수 있을 것이다.

해병 생각을 하니, 일주일 전 해병 이병 헨리 윌크스의 시신을 보트 뒤에 놓고 온 생각이 느닷없이 들었다. 다들 한자리에 모여 윌크스의 장례를 치르지 않았다. 그저 크로지어, 드보, 해병들과 가까이 지내던 대원 몇 명만이 새벽녘에 모여서 망인에게 마지막 인사를 했을 뿐이다.

윌크스를 미끼로 썼어야 했는데, 크로지어는 흔들거리는 웨일보트 바닥에 누워 생각했다. 다른 대원들은 그 옆에서 포개져 잠자고 있었다.

그리고 깨달았다. 이런 생각을 한 건 처음이 아니었다. 탐험대에겐 윌크스보다 더 싱싱한 미끼가 있었다. 괴물이 항해장 블랭키를 추격하던 작년 12월 어느 밤 이후, 8개월째 자리보전하고 있는 데이비 레이스는 쓸모없는 짐짝으로 전락했다. 그날 이후 레이스는 초점 없는 눈으로 신체 반응을 보이지 않은 채 넉 달째 보트 위에 누워 60킬로그램이나 보태고 있었다. 더러운 빨랫감이나 다를 바 없었다. 그럼에도 매일 오후만 되면 염장 돼지 고기로 만든 죽을 후딱 넘기고 럼을 마시고 아침마다 티 한 모금과 설탕을 잘도 받아먹었다.

다들 의리는 있었다. 레이스나 아파서 걷지 못하는 대원들을 두고 가자고 운을 떼는 이가 아무도 없었다. 모의를 도모하는 히키나 에일모어조차 그러지 않았다. 그럼에도 다들 속으로는 분명 이렇게 생각했을 것이다.

'잡아먹자. 레이스부터 잡아먹고, 그다음 누군가 죽으면 또 잡아먹자.'

프랜시스 크로지어는 너무 배가 고프다 보니 인육을 먹는 상상까지 했다. 배가 고프다고 사람을 죽여서 잡아먹겠다는 얘기가 아니다. 일단 사람이 죽으면 북극의 여름 햇살 속에 아까운 고기를 내버려 둬 굳이 썩힐 필요가 있을까? 아니면, 괴물이 먹으라고 남기고 올 필요가 있을까?

20대에 소위가 된 지 얼마 되지 않았을 때, 크로지어는 1820년 미국 쌍돛대 범선 에섹스호를 지휘한 폴라드 함장의 실화를 들었다. 뱃사람이라면 다들 아는 얘기다. 보통 사환일 때 이 얘기를 듣는다.

에섹스호가 몸길이 25미터에 달하는 향유고래에게 받혀 좌초되었다.

이 사건의 생존자들이 후일 전해서 알려졌다. 쌍돛대 범선이 망망대해 태평양에서 좌초되었다. 20명의 선원들이 보트를 타고 고래를 잡으러 나갔다가 돌아와 보니 에섹스호가 급속히 침몰하는 중이었다. 급한 대로 장비 몇 가지와 항해 도구를 챙기고 권총 하나만 들고 탈출한 선원들은 웨일보트 세 척에 나눠 탔다. 비축 식량이라고는 갈라파고스에서 잡은 살아 있는 거북이 두 마리, 십 비스킷 두 상자, 생수 여섯 상자뿐이었다.

선원들은 웨일보트를 타고 남아메리카로 향했다.

먹을 것이 떨어지자 일단 큰 거북이부터 죽여서 그 피를 마셨다. 우연히 보트 속으로 뛰어든 날치도 잡아먹었다. 선원들은 재주껏 거북이 고기를 익히고, 당시 유행대로 날치는 날로 먹었다. 바다로 뛰어들어 세 척의 웨일보트 밑바닥에 들러붙은 따개비를 따 먹었다.

선원들은 기적적으로 헨더슨 섬에 닿았다. 태평양 망망대해에 점처럼 찍힌 섬이었다. 그곳에서 나흘간 머물며 선원 20명은 게와 갈매기도 잡았고 갈매기 알도 주웠다. 폴라드 함장은 이 섬에서 게나 갈매기, 갈매기 알따위만 먹어서는 20명이 몇 주 버티지 못할 거라 생각했다. 그래서 투표를 했더니 20명 중 17명이 도로 바다로 나가겠다고 했다. 1820년 12월 27일, 섬에 남겠다는 3명에게 작별 인사한 후, 17명은 다시 바다로 나갔다.

1월 28일이 되자 보트 세 척이 폭풍우에 휘말려 뿔뿔이 흩어졌다. 폴라드 함장이 탄 웨일보트는 끝없는 하늘 밑에서 계속 동쪽으로 흘러갔다. 이제 웨일보트에 탄 5명이 먹을 수 있는 십 비스킷 배식량은 1인당 하루 고작 40그램밖에 되지 않았다. 며칠 후면 염장 돼지고기가 바닥난다며 얼마 전 크로지어 함장이 군의관 굿서와 1등 항해사 드보와 비밀리에 배식량 감축을 논의했던 모습과 다를 바 없었다.

십 비스킷 조각을 먹고 생수 몇 모금을 입술에 축이며 폴라드 함장의 생존 선원들은 무려 9주를 버텼다. 그 배에는 함장, 함장의 조카 오웬 코핀, 자유의 몸이 된 흑인 바질레이 레이, 수병 둘이 타고 있었다.

육에 닿으려면 아직도 2,500킬로미터를 더 가야 했다. 마지막 남은 십 비스킷이 떨어지자마자 마실 물마저 바닥났다. 크로지어 탐험대와 비슷한 상황이었다. 한 달간 먹을 십 비스킷이 있어서 백 강 어귀에 닿았다 해도, 그 겨울에 사람이 사는 민가까지 닿으려면 1,300킬로미터를 더 내려가야 했다.

크로지어 함장은 마음만 먹으면 번잡스럽지 않게 곧장 인육을 먹을 수 있다. 그러나 폴라드 함장은 배에서 사망한 자가 없었기에 번잡스럽게 제비뽑기를 했다. 폴라드의 어린 조카 오웬 코핀이 걸렸다. 그래서 다시 제비를 뽑았다. 이번엔 찰스 램스델이 걸렸다.

그런데 어린 조카는 자기가 죽겠다고 나서며 다른 이들에게 겁먹은 목소리로 작별을 고했다. 크로지어는 당직 근무를 서다가 이 얘기를 처음 듣는 순간 너무 끔찍해서 불알이 오그라든 기억이 잊히지 않는다. 당시 아르헨티나를 출항한 지 한참 됐을 때 전함 뒷돛대장이 된 늙은 수병이 코핀의 겁먹은 목소리로 작별 인사를 흉내 내는 바람에 크로지어 소위가 기겁한 적이 있었다. 코핀은 머리를 건웨일에 대고 눈을 질끈 감았다.

폴라드 함장은 램스델에게 권총을 건넨 후 고개를 돌렸다고 후일 증언했다.

램스델이 소년의 뒤통수에 총으로 구멍을 냈다.

소년의 삼촌인 폴라드 함장을 포함한 나머지 5명은 따뜻한 피부터 마셨다. 짭짤하긴 했지만 그래도 바닷물보다 마실 만했다.

그리고 뼈에서 인육을 발라 날로 먹었다.

오웬 코핀의 뼈를 빠개 그 속에 든 척수까지 쪽쪽 빨아먹었다.

그렇게 생존자들은 소년의 시신으로 13일을 먹고 살았다. 그리고 두 번째 제비뽑기를 고민할 무렵, 흑인 바질레이 레이가 탈수와 일사병으로 사망했다. 또다시 망자의 피를 빼서 마시고 살을 바르고 뼈를 빠개서 척수까지 빨아먹으면서 버티다 1821년 2월 23일, 포경선 더핀호에 의해 마침내 구조되었다.

프랜시스 크로지어는 폴라드 함장을 만난 적은 없지만, 그의 소식을 듣고 있었다. 비운의 미국인 함장 폴라드는 칙임되어 또다시 바다로 나갔으나 또다시 좌초당했다. 두 번이나 구조되는 망신을 당한 후 폴라드는 다시는 칙임되지 못했다. 가장 최근 그의 소식을 들었을 때가 3년 전인 1845년이었다. 크로지어가 존 프랭클린 탐험대에 합류하기 몇 달 전이었다. 폴라드 함장은 난터킷 섬의 경비원으로 사는데, 마을 사람은 물론 그곳을 찾은 포경선 선원들에게도 외면받는다고 했다. 폴라드는 꽉삭 늙은 몰골로 크게 혼잣말을 하고, 오래전에 죽은 조카에게 헛소리를 떠든다고 했다. 게다가 자기 집 서까래에 십 비스킷과 염장 돼지 꼬리를 꿍쳐 둔다는 소문을 들었다.

크로지어는 대원들이 빠르면 며칠, 혹은 몇 주 내 인육을 먹을 것인지 결정해야 한다고 생각했다.

이제 보트를 끌기에는 인원도 부족하고 몸도 성치 않은 상황이 닥쳤다. 7월 18일부터 22일까지 빙원에서 꼬박 나흘을 쉬었지만, 기력은 회복되지 않았다. 크로지어, 드보, 카우치는 일부러 대원들을 깨워 사냥을 내보내고 썰매 날 수리나 방수 작업 등 뭐든 일을 시켰다. 하루 종일 물이 뚝뚝 떨어지는 텐트 속에 꽁꽁 언 침낭을 깔고 누워 있게 놔두지 않았다. 원칙대로라면 호지슨 중위가 탐험대 서열 2위다. 그러나 함장은 그에게 아무런 권한도 주지 않았다. 대원들은 다닥다닥 붙은 유빙 위에 며칠을 그냥 앉아만 있었다. 리드가 작게 쪼개지고 빙하의 틈이 벌어지고 개빙 구역이 좁게 열렸다. 게다가 두께가 얇아 쉬이 깨지는 얼음이 군데군데 주위에 있어서 동남북 어디로든 갈 수가 없었다.

그렇다고 도로 서쪽이나 북서쪽으로 되돌아갈 수는 없는 노릇이다.

유빙은 탐험대가 원하는 방향으로 흘러가지 않았다. 유빙은 백 강, 그레이트피시 리버 어귀가 있는 남동쪽으로 움직이기는커녕 제자리에서 빙글빙글 맴돌았다. 지난 두 번의 길고 긴 겨우내 이리버스호와 테러호를 움켜쥐고 있던 극빙처럼 그랬다.

결국 7월 22일 토요일 오후, 탐험대가 올라탄 부빙이 갈라지자 크로지어는 전원 승선 명령을 내렸다.

그때부터 지금까지 엿새 동안, 탐험대는 서로 줄로 묶은 채 물에 떠 있었다. 여기저기 열린 수로는 너무 짧거나 좁아서 노를 저어 빠져나갈 수 없었다. 크로지어는 육분의 하나―무거운 경위기는 버리고 왔다―를 챙겨왔다. 다들 자는 동안 함장은 구름이 꼈다가 잠시 걷히는 짬짬이 현 위치를 파악했다. 백 강 어귀에서 북서쪽으로 85킬로미터 지점으로 추정되었다.

크로지어는 저 앞에 좁은 지협이라도 보이기를 기대했다. 지도 상으로 볼 때 킹윌리엄 랜드의 남단에서 불쑥 튀어나온 지형이 애들레이드 반도와 연결될 것으로 추정했다. 7월 26일 수요일 아침 해 뜰 무렵에 탐험대가 기상했다. 일어나 보니 기온은 더 떨어졌고 하늘은 구름 한 점 없이 푸르렀다. 남쪽과 북쪽으로 각각 25킬로미터 멀리까지 시야가 확보되었다. 푸른 하늘 밑으로 시커먼 뭍이 보였다.

크로지어는 보트 다섯 척을 한꺼번에 불러 모아 맨 앞에 있는 웨일보트 선수에 서서 이렇게 외쳤다. "제군들, 킹윌리엄 랜드는 랜드가 아니라 섬이다. 이제 나는 확신한다. 여기 이 바다를 따라 계속 동으로 가다 남진하면 백 강이 나올 것이다. 저 멀리 남서쪽으로 보이는 곳에서 저 멀리 북동쪽으로 보이는 곳까지 서로 이어진 땅은 존재하지 않는다. 여기에 내 마지막 남은 씹는담배를 걸겠다. 우리는 지금 해협에 떠 있다. 이제 우리는 애들레이드 반도 북부로 갈 수밖에 없다. 결국 존 프랭클린 경 탐험대의 최종 목표를 달성한 것이다. 여기가 바로 북서항로다. 신의 뜻으로 우리가 결국 북서항로를 개척했다."

만세 소리가 살짝 나오다 말고 곧 기침이 이어졌다.

만약 보트와 유빙이 남쪽으로 흘러갔다면 몇 주간 보트를 끌거나 보트에서 생활하는 고생은 하지 않아도 됐을 것이다. 그런데 지금 현 위치에서 보이는 리드와 개수로는 오로지 북으로만 열려 있다.

보트에서의 생활은 유빙에서 텐트를 치고 사는 것만큼 처참했다. 너무 비좁아서 다닥다닥 붙어 지냈다. 목공장 허니가 양옆을 높인 웨일보트와 커터 스워트 위에 목판을 걸고 그 위에 올라타 이층으로 잔다 해도 비좁긴 마찬가지였다. 썰매를 분해해 복닥거리는 커터와 피니스 한가운데에 T자 갑판을 걸쳤다. 눅눅한 모직 옷을 입은 몸뚱이로 축축한 모직 옷을 입은 또 다른 몸뚱이를 짓눌렀다. 대원들은 건웨일에 걸터앉아 볼일을 보았다. 그런데 생리 현상을 해결하는 일도 점차 뜸해졌다. 먹지도 마시지도 못하니 중증 괴혈병 환자들은 배설할 일이 없었다. 다들 일말의 부끄러움조차 잊고 일을 보는 동안 파도가 출렁이다가 맨살에 닿고 아래로 내린 바지가 젖으면 욕을 해댔다. 종기가 생기기도 했다. 그렇게 추위에 떨며 보내는 밤이 더욱 길어졌다.

1848년 7월 28일 금요일 아침, 크로지어가 탄 보트에서 망을 보던 대원이 앞으로 쭉 뻗은 리드를 발견했다. 각각 보트에서 가장 덩치가 작은 사내가 작은 망원경을 들고 짧게 올린 마스트에 올랐다. 리드를 계속 따라가니 북서쪽으로 무슨 땅이 보였다. 한 5킬로미터 앞이었다.

그나마 힘이 남은 대원들이 보트 다섯 척을 타고 있다가 필요할 경우 앞에서 끌었다. 빙벽이 튀어나와 좁아진 구역을 만나면 선수에 있던 가장 건강한 대원이 곡괭이로 얼음을 깨고 장대로 밀어냈다. 이렇게 열여덟 시간 동안 사투를 벌였다.

마침내 자갈 해안가에 닿았다. 밤 11시를 살짝 넘긴 시각, 구름이 걷히다 말고 다시 끼다가 살짝 갈라진 틈으로 달빛을 쏟아내며 어둠을 갈랐다.

전원 기진맥진했다. 썰매를 내려서 그 위에 커터와 피니스를 실을 기운조차 없었다. 진이 다 빠져서 축축한 텐트를 치지도, 침낭을 펼치지도 못했다.

만조 때 젖은 물기로 얼어붙어 반들반들해진 자갈 위에 천근 같은 보트를 끌고 도착하자마자 그대로 쓰러졌다. 다들 옹기종기 붙어 쇠잔해진 서로의 체온에 의지해 잠이 들었다.

크로지어는 안전 당직을 세우지 않았다. 만약 녀석이 오늘 밤 그들을 원한다면 그러라고 내버려두었다. 대신 잠이 들기 전, 그는 한 시간가량 육분의를 들고 위치를 정확히 측량한 다음 여태 갖고 다니는 항해 테이블 위에 지도를 펴고 살폈다.

최대한 기억을 더듬어 보았다. 탐험대는 25일간 빙원 위에 있었고, 보트를 끌거나 배를 타고 노를 저어 동남동 방향으로 총 74킬로미터를 이동했다. 그리고 애들레이드 반도 북단 불거진 지형 인근에서 보이던 킹윌리엄 랜드로 되돌아갔다. 이제 백 강 어귀까지는 이틀 전보다 더 멀어졌다. 지금은 도저히 건널 수 없는 이름 모를 해협 너머로 보이는 협만에서 북서쪽 약 56킬로미터 지점에 도착했다. 해협을 건넌다 해도, 협만을 타고 백 강 어귀에 닿으려면 95킬로미터는 더 내려가야 한다. 또한 그레이트슬레이브 레이크까지 닿으려면 무려 1,500킬로미터를 더 가야 구조될 수 있다.

크로지어는 육분의를 나무 상자에 살살 집어넣고 방수 처리한 가방 속에 넣었다. 웨일보트에서 축축한 이불을 가져와 드보와 다른 3명이 자고 있는 바로 옆 자갈 위에 깔았다. 그리고 순식간에 잠이 들었다.

크로지어는 꿈에서 할머니가 그를 제단 난간 앞으로 떠미는 모습을 보았다. 물이 뚝뚝 떨어지는 제의를 입은 사제가 기다리는 모습도 보았다.

남들은 이 이름 모를 해변에서 달빛을 받으며 코 골며 곯아떨어졌다. 크로지어는 꿈속에서 눈을 감고 혀를 쭉 내밀어 성체를 받아먹었다.

50
브리젠스

리버 캠프

1848년 7월 29일

존 브리젠스는 인생의 여러 단계를 거치면서 그동안 영향받은 문학 작품 속 주인공을 남몰래 자신과 동일시했다.

10대 학생일 당시 브리젠스는 보카치오의 『데카메론』과 초서의 외설스러운 『켄터베리 이야기』에 등장하는 여러 인물을 자신에게 빗대었다. 영웅만 선택한 건 아니었다. 당시 어린 그가 세상을 바라보는 눈은 '빌어먹을'로 귀결되었다.

20대의 존 브리젠스는 스스로를 햄릿이라 여겼다. 갑자기 철이 든 덴마크의 왕자 햄릿은 생각과 실천, 동기와 행동 사이에서 이리저리 갈등하고 확고부동한 양심에 얽매여 모든 사물에 대해 사고하다 결국 사고 그 자체에 매몰된다. 브리젠스는 무대 위 청년 햄릿이 고작 몇 주 만에 갑자기 어른이 되는데, 5막에서의 햄릿은 적어도 30대는 됐을 거라 확신했다. 청년 브리젠스도 이런 양심을 지녔기에 살면서 손해를 보았다. 햄릿처럼 그도 삶의 본질에 대한 질문을 자주 던졌다. 계속할 것인가, 그만둘 것인가. 당시 브리젠스의 가정교사는 옥스퍼드에서 퇴출된 기품 있는 교수였다. 교수는 장차 학자를 지망하던 젊은 브리젠스가 처음으로 만난 남색자였다. 교수는 그에게 그 유명한 '사느냐, 죽느냐' 독백을 가벼이 가르치고 넘어갔다. 사실 그것은 자살에 관한 고민이 아니었다. 오히려 브리젠스가 더 잘 알았다. '양심은 우리 모두를 겁쟁이로 만든다'는 구절은 소년이면서도 남자의 영혼을 모두 지닌 존 브리젠스의 가슴을 찔렀다. 자신이 처한 상황과 비정상적인 성향 때문에 불행했던 브리젠스는 원래 모습을 숨겨야 할 때마다 비참했다. 척할 때도, 아닌 척할 때도 불행했다. 무엇보다 스스로 삶을 끝내야겠다고 생각할 때마다 비참했다. 이렇게 생각만 하다가는 유한한 육신의 껍데기로 계속 살 거라는 두려움이 엄습했다. 어쩌면 꿈꾸는 것일지도 모른다는 생각 때문에 그는 빠르게 끝을 볼 수 있는 냉혹한 자살을 감행하지 못했다.

성인 남자이나 아직 자아를 확립하지 못했던 브리젠스가 다행히 자살을 망설이게 된 요인은 두 가지가 더 있었다. 책과 모순이었다.

중년이 된 브리젠스는 스스로를 오디세우스 장군(고대 그리스 시인 호메로스의 작품으로 전해지는 대서사시 『오디세이아』에 등장하는 주인공)이라 여겼다. 오디세우스가 홀로 세상을 누비고 다니는 모습이 학자를 꿈꾸다 갑자기 하급, 장교 당번병으로 변신한 자신과 닮아서가 아니었다. 오히려 호메로스가 그리고자 한 이 세상에 지친 여행자의 모습을 닮았기 때문이었다. 오디세우스 장군과 동시대를 산 이들은 그리스 어로 '교활하다'거나 '간교하다'는 단어로 그를 정의했다. 아킬레스 장군(트로이 전쟁의 승리를 위해 오디세우스가 아킬레스를 찾아 나선다) 같은 이들은 오디세우스를 욕되게 하려고 일부러 그런 단어를 골랐다. 브리젠스는 남들을 조종하려고 간교를 부리지 않았다. 어쩌다 필요할 경우 두루뭉술하게 간교를 부렸다. 호메로스 작품에 등장하는 영웅들이 투창과 작살이 무자비하게 날아들 때 강철 방패 뒤에 몸을 숨기듯 브리젠스도 그런 식으로 간교를 피웠다.

브리젠스는 교묘히 간교를 부릴 줄 알았다.

몇 년 전 일이었다. 비글호를 타고 5년간 항해를 떠났을 때였다. 그때 해리 페글러를 만났다. 브리젠스는 오디세우스 장군의 말을 인용해 타고난 철학자 페글러에게-그때 두 사람은 다윈의 작은 방에서 체스를 자주 두었다-이런 탐험을 떠난 대원들은 어찌 보면 모두 현대판 율리시스(그리스의 영웅 오디세우스 장군의 라틴어 이름)가 아니겠냐고 넌지시 말했다. 슬픈 눈과 예리한 사고를 지닌 페글러는 당번병 브리젠스의 말을 간파하고 이렇게 말했다. "그런데 고향 집에 페넬로페(율리시스의 아내이자 정숙한 여인을 뜻하는 말)가 기다리고 계실 것 같지 않아 보이는데요, 스승님?"

브리젠스는 그 후 조금 더 용의주도하게 굴었다. 오디세우스가 수년간의 모험 끝에 깨달았듯 그가 깨달은 사실이 있다. 그가 부리는 교활함은 이 세상과는 어울리지 않으며 오히려 자만심 때문에 신에게 늘 심판받는다는 사실이었다.

이제 말년에 접어든 존 브리젠스가 태도나 감성, 추억과 미래, 슬픔까지도 가장 닮았다고 여기는 작품 속 인물은 바로 리어 왕이었다.

이제 마지막 막을 올릴 시간이다.

• • •

탐험대는 강 근처에서 이틀을 묵었다. 이제는 섬으로 밝혀진 킹윌리엄랜드에서 남으로 흘러 이름 모를 해협과 만나는 강이었다. 7월 말이 되자 군데군데 물줄기가 힘차게 흘러 수통 가득 물을 채울 수 있었다. 그러나 강에는 물고기 한 마리 보이지 않았다. 강물을 마시려고 강을 따라 내려오는 동물도 전혀 없었다. 하얀 북극여우조차 종적을 감추었다. 이곳에 캠프를 세운 이유는 강 계곡 안에 위치해서 칼바람을 막아주기 때문이었다. 덕분에 매일 밤 벼락치며 기승을 부리는 폭풍우 속에서도 마음의 안정을 조금이나마 찾을 수 있었다.

이곳에서 두 번째 아침을 맞이한 대원들은 희망에 부풀어 간절히 기도

하며 텐트와 침낭을 펼치고 여벌의 옷을 바위 위에 널어 말리려 했다. 그런데 해는 뜨지 않고 보슬비만 여러 차례 내렸다. 근 한 달 반 사이 청명한 하늘을 구경한 날은 보트 생활을 하던 마지막 날뿐이었다. 그날 이후, 대다수의 대원들은 굿서를 찾아가 일광화상 치료를 받았다.

굿서는 먼저 세상을 떠난 3명의 군의관에게서 받은 약품과 가지고 있던 약품을 더해 한 상자에 넣어 두었지만, 남은 게 별로 없었다. 브리젠스는 군의관 조수로 일하느라 이 사실을 잘 알았다. 이 선한 군의관의 약통에는 설사약이 조금 들어 있었다. 대부분 피마자유와 나팔꽃 씨에서 추출한 알라파 팅크제였다. 괴혈병 치료용 각성제, 괴혈병 발병 초기에 아낌없이 쓰던 로벨리아 팅크제가 떨어진 후에는 얼마 남지 않은 장뇌와 녹용, 진정제용 아편, 진통제로 남겨둔 맨드레이크(마취제로 쓰이는 유독성 식물), 도버산(발한 진통제로 쓰이는 약), 상처 소독 및 일광화상으로 물집이 잡힌 피부에 바르는 황산구리와 황산연이 남아 있었다. 굿서의 처방대로 브리젠스는 노를 젓다가 심각한 일광화상을 입어 밤새 고통에 시달린 환자의 셔츠를 벗기고 황산구리와 황산연을 상처에 발랐다.

그런데 이제 텐트와 옷, 가방을 말릴 해가 나지 않았다. 대원들은 축축한 옷을 입은 채 밤새 신음했고 오한과 고열에 시달렸다.

그나마 가장 건강하고 발 빠른 수병들로 꾸려진 정찰조가 다음과 같이 보고했다. 그들은 보트를 타고 생활할 때 뭍이 보이지 않는 동안, 안으로 쑥 들어간 어떤 만을 지나쳤다고 했다. 그곳은 현 위치에서 북서쪽으로 25킬로미터 지점이었으며, 그곳을 지나 마침내 뭍이 있는 현 위치의 강에 도착하게 되었다고 했다. 무엇보다 충격적인 사실은 이 해안선을 따라 동쪽으로 10킬로미터만 더 가면 해안선이 북동쪽으로 휘어지다가 아예 동으로 올라간다는 것이다. 만일 이게 사실이라면, 킹윌리엄 섬의 남동단이 코앞이라는 소리다. 그곳이라면 킹윌리엄 섬에서 백 강으로 이어지는 협만까지 최단거리가 된다.

목적지인 백 강은 해협 너머 남동쪽에 있다. 그러나 크로지어 함장은 킹윌리엄 섬 해안선을 따라 계속 동진하면서 남동쪽으로 경사진 현재 지형이 끝나는 지점까지 썰매를 끌고 이동할 것임을 대원들에게 통보했다. 그곳이 킹윌리엄 섬에서 도달할 최종 목적지로, 거기서 가장 높은 곳에 캠프를 세우고 해협을 살필 것이다. 만약 빙해가 2주 이내에 갈라지면 보트를 띄울 것이다. 만약 얼음이 녹지 않으면 보트를 끌고 빙해를 건너 애들레이드 반도 쪽으로 남진할 것이다. 반도에 도착하면 약 25킬로미터 정도 정동진하여 협만에 닿을 것이고, 또 거기에서 남진하면 백 강이 나올 것이다.

브리젠스는 늘 막바지까지 버티지 못해 체스를 그다지 좋아하지 않았다.

다음날 새벽 리버 캠프를 떠나기로 한 전날 저녁, 브리젠스는 개인 물품을 깔끔히 챙겼다. 그 안에는 지난 1년간 써 온-4월 22일 이전에 쓴 일기장 다섯 권은 테러호에 남겨두고 왔다-두꺼운 일기장도 들어 있었다. 침낭 안에 소지품을 넣은 다음, 혹시 필요하면 나눠 쓰라는 메모를 남겼다. 해리 페글러의 일기장과 빗, 수년간 손때 묻은 옷솔을 피 코트 주머니에 쑤셔 넣고 굿서 군의관이 근무하는 작은 텐트로 가서 작별 인사를 건넸다.

"지금 산책하러 가서 내일 아침까지 돌아오지 못할 수도 있다니, 그게 무슨 말이지? 대체 그게 무슨 소린가, 브리젠스?"

"죄송합니다, 군의관님. 지금 산책을 꼭 가고 싶습니다."

"산책이라. 왜지? 이번 함대 평균 연령보다 서른 살이나 많지만 체력은 열 배나 좋은 브리젠스?" 굿서는 농담을 건넸지만 브리젠스가 어떤 결심을 내렸음을 직감했다.

"저는 늘 건강하다는 사실에 감사했습니다. 타고난 덕분이죠. 몇 년간 별 도움을 못 드려서 죄송했습니다."

"대체 왜⋯⋯"

"이제 때가 됐습니다, 굿서 박사님. 고백하건대 전 아주 어려서부터 연기자가 되어 무대에 서고 싶었습니다. 연기에 대해 아는 건 없지만 인기가 떨어지고 연기에 힘이 들어가기 전에 무대에서 잘 내려오는 법을 알아야 진정 위대한 연기자라는 것만 압니다."

"스토아 철학자 같은 얘기군. 마르쿠스 아우렐리우스 황제(로마 제국의 16대 황제이자 스토아 철학자) 추종자 같아. 만약 황제가 당신이 마음에 들지 않는다고 했다면 집에 가서 뜨거운 물에 몸을 담그고⋯⋯"

"그럴 수는 없습니다. 사실 예전부터 스토아 철학자들을 존경했습니다. 솔직히 그동안 칼이 무서웠습니다. 아우렐리우스라면 분명 제 모가지나 가족도, 땅도 마음대로 가져갈 수 있었겠죠. 저는 칼을 무서워하는 겁쟁이랍니다. 오늘 저녁 산책을 나가고 싶습니다. 가서 잠도 자고⋯⋯" 후회와 회한과 어쩌면 공포가 그 목소리에 선연히 전해졌다.

"우리가 구조될 가능성이 전혀 없다고 보나?" 굿서의 목소리에는 슬픔보다 호기심이 더 많이 어려 있었다.

브리젠스는 한참 고민하다 마침내 입을 열었다. "진짜 모르겠습니다. 구조대가 이미 그레이트슬레이브 레크 북쪽이나 다른 전초 기지에서 떠났느냐에 달려 있습니다. 우리가 연락 두절된 지 3년이 되었으니 아마 그럴 가능성이 있습니다. 우리 함대에서 누군가 귀향한다면 그건 바로 프랜시스 로돈 모이라 크로지어 함장님일 것입니다. 해군성에서는 크로지어 함장님을 늘 과소평가하지만요. 이건 제 사견입니다."

"그럼 직접 함장님께 보고해. 적어도 작별 인사는 드려야지. 함장님께 신세진 게 있을 테니."

브리젠스가 씩 웃었다. "그러고 싶지만 아시다시피 그랬다간 아마 붙들릴 겁니다. 그분은 극기심은 많으나 스토아 철학을 추종하지는 않아서 아마 저를 체인에 묶고 계속 끌고……"

"맞아. 그렇다면 가기 전에 좀 도와줘. 절단 수술을 해야 하는데 든든한 자네 도움이 필요해."

"군의관님을 도울 젊은이가 많습니다. 저보다 더 든든하고 아마 힘도 더 셀 겁니다."

"그래도 자네만큼 똑똑한 사람은 없어. 이런 대화를 주고받을 사람이 아무도 없다고. 값진 충고도 들을 수가 없단 말이야."

"고맙습니다, 군의관님." 브리젠스는 다시 미소를 지었다. "사실 이 말씀까지 드리고 싶지 않았지만, 피와 환자를 보면 늘 속이 메스꺼웠습니다. 어려서부터 그랬죠. 지난 몇 주간 여기에서 일할 수 있어서 감사했습니다만, 사실 원래 비위가 약한 제 성향에 반하는 일이었습니다. 저는 늘 성 아우구스티누스의 말에 동의합니다. '진정한 죄악은 바로 인간의 고통이다', 절단 수술을 하신다니 딱 떠나기 좋은 때군요." 그는 손을 내밀었다. "안녕히 계십시오, 굿서 박사님."

"잘 가게, 브리젠스." 굿서는 늙은 남자의 손을 양손으로 맞잡았다.

• • •

브리젠스는 캠프에서 나와 북동쪽으로 걸었다. 얕은 강 계곡을 기어오르니 눈 녹은 바위 능선이 나왔다. 그것을 따라 걸으니 캠프에서 멀어졌다. 킹윌리엄 섬의 다른 지형은 능선이나 언덕이 있어도 해발 4.5미터에서 6미터를 넘지 않았다.

밤 10시경에 석양이 졌다. 존 브리젠스는 어두워질 때까지 계속 걷기로 했다. 리버 캠프에서 약 5킬로미터 정도 멀어지니 마른 땅이 나왔다. 그는 거기에 앉아서 피 코트 주머니에서 십 비스킷을 꺼내 천천히 먹었다. 오늘 배식으로 받은 것이었다. 케케묵었지만 그래도 가장 맛난 음식 중 하나였다. 수통을 챙겨 온다는 걸 깜빡했다. 눈을 한 주먹 퍼서 입 안에서 녹여 먹었다.

남서쪽으로 지는 석양이 아름다웠다. 순간, 태양이 낮게 걸린 회색 구름과 멀리 보이는 회색 자갈밭 사이에 자리 잡았다. 잠시 주황색 점이 되어 하늘에 걸려 있었다. 리어 왕이 아니라 오디세우스 장군이 보면서 좋아했을 석양 같았다. 그러더니 곧 사라졌다.

밤은 어둡고 그윽한 분위기를 풍겼다. 하루 종일 기온이 영하 6도 정도였지만 지금은 뚝 떨어졌다. 순식간에 바람이 불어왔다. 브리젠스는 거친 북서풍이 닥치기 전에 잠들고 싶었다. 천둥을 동반한 폭풍우가 밤새 육지와 빙해 해협을 훑으며 다가오기 전에 잠자고 싶었다.

그는 주머니에 손을 넣어 세 가지 물품을 꺼냈다.

맨 처음 옷솔부터 꺼냈다. 존 브리젠스가 무려 30년 넘게 당번병을 하면서 쓰던 것이다. 옷솔에 묻은 보푸라기를 쓸며 혼자만 알 수 있는 오묘한 미소를 짓더니 도로 주머니 속에 넣었다.

두 번째는 해리 페글러의 뿔로 만든 빗이었다. 빗살에 밝은 갈색 머리칼이 몇 가닥 걸려 있었다. 브리젠스는 차가운 맨손으로 한참 빗을 꽉 쥐었다가 옷솔이 든 주머니에 집어넣었다.

마지막은 페글러의 노트였다. 그는 아무 데나 펼쳤다.

죽음아, 네 승리는 어디 갔느냐? 안락한 만에 있는 무덤-중간에 물이 번져 알아볼 수 없었다-의 망자가 말렸다……

브리젠스는 고개를 저었다. 다른 곳은 물에 번져 알아볼 수 없었지만 내용 상 마지막 단어는 '말렸다'가 아니라 '말했다'로 써야 했다. 그는 페글러에게 읽기는 제대로 가르쳤지만 쓰기는 실패했다. 해리 페글러는 그가 본 사람 중 가장 똑똑했다. 그런데 페글러의 뇌 형성 과정에 문제가 있었던 건 아닌지 의심스러웠다. 이를테면, 전두엽이나 아직 의학적으로 밝혀지진 않았으나 쓰기를 관장하는 뇌의 특정 구역에 문제가 있었으리라. 페글러는 힘겹게 알파벳을 익힌 후 학자다운 식견과 이해력으로 어려운 책들을 닥치는 대로 읽었다. 그런데 몇 년이 지났건만 여태 정확한 철자로 브리젠스에게 짧은 서신 하나 쓰지 못했다. 아주 쉬운 단어조차도 늘 철자가 틀리고 알파벳을 뒤집어 썼다.

죽음아, 네 승리는 어디 갔느냐……

브리젠스는 마지막으로 미소를 머금고 안주머니에 노트를 집어넣었다. 여기라면 작은 포식자가 오더라도 안전할 것이다. 왜냐하면 자갈밭에 모로 엎드려 누울 테니 말이다. 그는 모로 누워 두 손을 포개 뺨 밑에 손등을 밀어 넣었다.

목깃을 올리고 모자를 벗느라 한 번 더 몸을 뒤적였다. 바람이 거셌고 날은 몹시 추웠다. 그는 모로 누운 채 다시 잠을 청했다.

브리젠스가 잠이 들었다. 마지막 남은 회색 여명도 사라졌다.

51
크로지어

탐험대는 2주간 걷고 걸어 킹윌리엄 랜드 남동단에 닿았다. 여기에서부터 해안선이 북쪽과 동쪽으로 급격히 뻗어 나갔다. 이곳에 텐트를 치고 사냥조를 내보내며 한숨 돌렸다. 탐험대는 빙해가 남쪽으로 열리기를 기다리고 살폈다. 굿서 박사는 크로지어에게 다섯 척의 보트에 실려 온 환자와 부상자를 치료할 시간이 필요하다고 말했다. 대원들은 이곳 캠프에 '육지 끝'이라는 이름을 붙였다.

굿서는 이곳에서 최소 5명이 다리 절단 수술을 받아야 한다고 함장에게 보고했다. 그렇다면 수술받은 자들은 적어도 더는 나아갈 수 없다는 것을 의미했다. 사지가 멀쩡한 대원들이라 해도 보트에 저들까지 싣고 끌고 갈 기력이 남지 않았다. 함장은 바람 부는 이곳을 '구조 캠프'라고 다시 명명했다.

굿서의 제안으로 함장과 비밀리에 의견을 주고받은 내용은 굿서가 절단 수술받은 자들이 회복할 때까지 이곳에 남겠다는 것이었다. 넷은 이미 수술받았으나 아직 사망자는 발생하지 않았다. 마지막 환자인 디글의 절단 수술이 오늘 아침 예정되어 있었다. 너무 아프거나 지쳐서 더는 걸을 수 없는 수병들은 굿서와 절단 수술받은 환자들과 이곳에 남을 것인지를 스스로 선택할 수 있었다. 대신 크로지어, 드보, 카우치, 크로지어가 신임하는 2등 항해사 존슨, 아직 기운이 남은 수병들은 바다가 풀릴 경우 배를 타고 남진할 것이다. 규모가 작아진 탐험대는 가벼운 몸으로 백 강을 거슬러 올라가 그레이트슬레이브 레이크 쪽에서 올라오는 구조대와 만난 후 내년 봄에 이리로 다시 돌아오면 된다. 겨울이 오기 전 두어 달 만에 강을 따라 올라오는 구조대와 우연히 만나는 기적이 일어날 수도 있다.

크로지어는 이런 기적이 일어날 확률은 지극이 낮으며 가능성이 제로에 가깝다는 것을 잘 알았다. 또한 구조 캠프에 남을 환자들이 내년 봄까지 아무런 보살핌도 없이 살아남을 가능성은 말할 필요도 없었다. 1848년 여름 내내 사냥은 녹록지 않았다. 8월에도 별로 달라지지 않았다. 얼음이 너무 두꺼워서 구멍을 뚫고 낚시를 할 수도 없었다. 작은 리드와 1년 내내 얼지 않는 폴리니아에 낚싯대를 드리울 수는 있지만, 보트 생활을 하는 내내 한 마리도 낚지 못했다. 환자를 보살피는 굿서와 보조들이 올겨울 이곳에서 어찌 버틸 수 있을까? 크로지어는 굿서가 환자들과 남겠다고 자청하는 것은 아예 목숨을 내놓겠다며 서약서에 도장 찍는 것과 다를 바 없음을 알았다. 굿서도 함장이 이를 알고 있음을 알았다. 두 사람은 아무 말도 하지 않았다.

여전히 그 안은 계획에 불과했다. 굿서가 오늘 아침에 마음을 바꿀 수도 있다. 혹은 8월 둘째 주에 기적이 일어나 해안가 빙해가 쫙 갈라질 수도 있다. 그럼 만신창이가 된 웨일보트 두 척, 커터 두 척, 피니스에 돛을 올리고 절단 수술받은 이, 아픈 이, 굶주린 이, 지쳐 걸을 수 없는 이, 중증 괴혈병 환자까지 모두 태우고 떠난다면 이 계획은 바뀔 수 있다.

'후일 식용으로 이들을 데려가야 할까?' 크로지어는 속으로 생각했다.

이 질문은 그다음에 논의해야 할 문제다.

함장은 텐트를 나설 때마다 권총 두 자루를 주머니에 소지했다. 퍼커션 캡(격발 뇌관) 방식 리볼버를 오른쪽 주머니에, 그보다 조금 작은 2연발 소구경 권총–몇 년 전 크로지어에게 이 총을 판 미국인 함장은 이것을 '리버보트 도박꾼들이 차고 다니는 권총'이라고 했다–을 왼쪽 주머니에 넣었다. 함장은 히키, 에일모어, 덩치 큰 머저리 맨슨만 캠프에 남기고 가장 듬직한 대원들–카우치, 드보, 존슨, 다른 대원–을 한꺼번에 몽땅 내보내는 실수를 두 번 다시 범하지 않을 생각이다. 한 달 전, 병동 캠프에서 무위로 끝난 반란을 겪은 직후 함장은 조지 헨리 호지슨 중위, 앞상갑판장 루벤 메일, 앞돛대망루장 로버트 싱클레어에 대한 믿음을 거두었다.

구조 캠프의 풍광은 처참했다. 2주 내내 하늘에 낮게 걸린 먹구름이 걷히지 않아서 육분의를 쓸 수 없었다. 북서풍이 다시 세차게 불었다. 기온은 두 달 전보다 뚝 떨어졌다. 해협 남쪽으로 얼음이 단단히 굳었다. 빙해는 평평하지 않고 곳곳에 압력 봉우리가 솟아 들쭉날쭉했다. 아주 오래전 테러호를 버리고 테러 캠프로 향하는 동안 통과한 바로 그런 거친 빙상이었다. 킹윌리엄 섬에서 남쪽으로 얼어붙은 해협에는 빙하가 박살 나 정신없이 쏟아져 난빙이 난무했다. 압력 봉우리를 건너고 1년 내내 열린 폴리니아 3미터 아래로 시커먼 얼음물이 보이긴 했지만 개수로는 어디에서도 보이지 않았다. 셀 수 없게 날카로이 솟은 세락과 얼음 바위가 정신없이 모습을 드러냈다. 크로지어는 구조 캠프에서 보트를 딱 한 척만 끌고 간다고 해도 이 얼음숲을 건너고 얼음산을 넘을 사람은 아무도 없다는 것을 알았다. 덩치 좋은 맨슨조차도 불가능한 일이다.

밤낮으로 빙하가 신음하고 터지고 깨지고 갈라지고 으르렁대는 소리가 그들의 유일한 희망이었다. 빙하는 몸이 달아서 자해하고 있었다. 때론 저 멀리에서 잠깐 바다가 몇 시간 열렸다가 우레 같은 굉음을 내며 닫혔다. 압력 봉우리가 순식간에 9미터 이상 치솟았다. 몇 시간 후 스스로 주저앉았다가 순식간에 다른 쪽에서 불쑥 올라왔다. 주변에서 빙하가 힘껏 손을 움켜쥐는 순간 얼음이 터져나가기도 했다.

"이제 고작 8월 13일이야." 크로지어는 혼잣말을 했다. 여기서 문제는 '고작' 8월 13일이라는 생각이었다. 사실 여름이 한참 지나서 이제는 '벌써' 8월 13일이라고 생각해야 할 때가 되었다. 겨울이 빠르게 다가왔다. 1846년 9월, 이리버스호와 테러호가 킹윌리엄 랜드 인근에서 처음으로 발이 묶인 이후 지금까지 빙해를 벗어나지 못했다.

"이제 고작 8월 13일이야." 크로지어는 다시 한 번 곱씹었다. 작은 기적이 벌어진다면 해협에 돛을 펴고 노를 저어 갈 시간은 충분했다. 도중에 잠깐 빙하 위로 썰매를 끌고 가야 할지도 모른다. 백 강 어귀까지 대략 120킬로미터 정도 되는데, 그곳에 도착하면 누더기가 된 보트에 강을 거슬러 오를 용도로 리깅을 다시 맬 것이다. 운이 좋다면 여기에서 보이는 빼곡히 얼어붙은 협만만 넘어가면 얼음이 녹아 있을지 모른다. 북으로 흐르는 백 강은 여름이면 따스한 강류가 밀려와 물이 따뜻할 테니 96킬로미터 정도는 녹아 있을 것이다. 그다음 매일 스멀스멀 남진하는 겨울의 손아귀에서 힘껏 내뺄 것이다. 강을 거슬러 올라가야 하지만 그래도 갈 수는 있을 것이다. 이론상으로는 그렇다.

이론상으로는.

크로지어의 기록이 정확하다면 오늘은 일요일이다. 오늘 아침, 굿서가 새로운 조수 토머스 하트넬의 도움을 받으며 마지막 절단 수술을 한다. 수술이 끝나면 함장은 예배를 위해 함총원을 소집할 계획이다.

그리고 그 자리에서 굿서가 절단 수술을 받은 자들과 괴혈병 환자들을 위해 여기에 남을 것이며, 함장은 건강한 대원들을 골라 보트 두 척에 나눠 타고 개수로의 유무와 상관없이 다음 주에 남진할 계획임을 밝힐 생각이다.

루벤 메일, 호지슨, 싱클레어, 혹은 히키를 추종하는 자들이 함장의 권한에 맞서지 않고 대안을 제시한다면, 크로지어는 그 대안을 논의하고 적극 동조할 자세가 되어 있었다. 구조 캠프에 인원이 적을수록 더 좋았다. 썩은 사과를 골라낼 수만 있다면 말이다.

비명 소리가 수술 텐트에서 들려 나왔다. 굿서가 괴저병에 걸린 디글의 왼쪽 발목을 절단하는 수술을 시작했다.

양쪽 주머니에 각각 권총을 집어넣은 채 크로지어는 토머스 존슨을 불러 전원 집합시키라고 명령했다.

• • •

디글은 탐험대에서 만인의 사랑을 받았고 크로지어가 수년간 남북극에서 겪은 조리장 중에 최고의 실력을 가진 자였다. 그런 그가 출혈 과다와 합병증으로 절단 수술을 받은 직후이자 집합을 소집하기 직전에 사망했다.

생존자들이 한 캠프에서 최소 이틀 이상 쉴 때면, 갑판장은 막대기로 눈 덮인 자갈밭 위에 이리버스호와 테러호의 상갑판과 하갑판 윤곽을 대충 그리고 몇 군데 점을 찍었다. 이렇게 하면 대원들이 집합 시 어디에 서야 하는지 익히 알 수 있었다. 처음 테러 캠프에서 지낼 때 집합 위치가 헷갈려서 한군데에 잔뜩 몰려 있었다. 양쪽 함선에서 1백 명이 넘는 함총원이 바다에 그려진 함선 하나에 비좁게 모여야 해서 복잡하기 짝이 없었다. 그러나 이젠 인원이 줄어 양쪽 인원이 다 모여도 한쪽 함선이 집합한 정도에 불과했다.

점호를 부르고 잠시 침묵이 흐른 뒤 함장의 짧은 추도사가 이어졌다. 비명을 지르던 디글이 사망한 직후 흐르던 침묵보다 더욱 깊은 침묵이 흘렀다. 함장은 면도도 못하고 지저분한 몰골로 창백하고 지친 얼굴에 눈까지 퀭한 대원들을 둘러보았다. 원래는 차려 자세로 서야 했지만 지친 유인원처럼 함장을 향해 앞으로 몸이 쏠려 있었다.

이리버스호의 장교 13명 중에 9명이 사망했다. 프랭클린 경, 피츠제임스 중령, 그래엄 고어 대위, 르베스콘테 중위, 페어홀름 소위, 1등 항해사 서전트, 2등 항해사 콜린스, 항해장 레이드, 수석 군의관 스탠리가 사망 장교 명단에 이름을 올렸다. 생존 장교로는 1등 항해사 드보와 2등 항해사 카우치, 부군의관 굿서-그는 뒤늦게 집합에 참여했다. 굿서는 남들보다 몸이 더 앞으로 쏠려 있었다. 만성피로와 패배감에 젖어 눈을 제대로 뜨지 못했다-와 보급관 찰스 해밀턴 오스머-중증 폐렴에서 간신히 살아남았으나 괴혈병으로 다시 몸져누웠다- 등이 있다.

크로지어 함장은 영국 해군 출신 이리버스호 장교들은 전원 사망했고, 생존 장교들은 항해사나 장교실을 쓰게 할 목적으로 장교에 준하는 지위가 주어진 민간인 출신뿐임을 놓치지 않았다.

이리버스의 호의 준사관 기관장 존 그레고리, 갑판장 토머스 테리, 목공장 존 위크스가 사망했다.

그린란드에서 출항할 당시 이리버스호에는 21명의 부사관이 타고 있었으나 현재 집합에는 15명만 생존했다. 카니발 화재에서 완전히 회복되지 못한 서기 당번병 윌리엄 파울러를 포함한 몇 명은 행군하는 동안 그저 먹을 입만 보탰다.

1845년 성탄절에 이리버스호 수병 명단을 부를 때는 19명이 대답했으나, 지금은 그중 15명만이 생존했다.

1848년 8월 오늘 날짜로, 이리버스호에 승선한 영국 해병 7명 중 셋이 생존했다. 해병 상병 피어슨과 해병 이병 호프크래프트와 힐리가 그들이다. 전부 괴혈병에 쓰러져 경비를 설 수도, 사냥을 나갈 수도, 보트를 끌 수도 없었다. 오늘 아침 지치고 볼품없는 수병들 사이에서 해병들은 머스킷 총에 몸을 기대고 서 있었다.

양쪽 사환 중에서 이리버스호의 명부에 이름을 올린 데이비드 영과 조지 챔버스가 생존했다. 둘 다 첫 출항 당시 열여덟 살이었다. 챔버스는 카니발에서 괴물에게 뇌진탕을 당한 후 바보가 되었다. 그럼에도 보트를 끌라면 끌고 먹으라면 먹고 숨은 알아서 쉬었다.

이리버스호의 인원 확인이 끝났다. 총원 65명이던 이리버스호는 1848년 8월 13일 현재, 39명이 생존했다.

테러호 장교들은 이리버스호 장교들보다 사정이 조금 나았다. 크로지어 함장과 호지슨 중위가 생존했다. 2등 항해사 로버트 토머스, 함장 서기이자 장교 대우로 함선에 오른 민간인 출신 헬프만이 생존했다.

오늘 대답하지 못한 자로는 리틀 대위, 어빙 소위, 1등 항해사 혼비, 항해장 블랭키, 2등 항해사 맥빈, 군의관 페디와 맥도널드 등이 있었다.

테러호 장교 11명 중 넷이 생존했다.

크로지어는 준사관 셋과 항해를 시작했다. 기관장 제임스 톰프슨, 갑판장 존 레인, 목공장 토머스 허니가 모두 목숨을 부지했다. 그런데 기관장 톰프슨은 뼈만 앙상히 남아 서 있을 수도, 보트를 끌 수도 없었다. 허니는 중증 괴혈병으로 앓아누운 것도 모자라 전날 밤 두 다리가 모두 잘렸다. 그럼에도 목숨을 부지해 그의 이름이 불리는 순간 텐트 안에서 "넷!"이라고 우렁차게 대답했다.

테러호는 3년 전 부사관 21명을 태우고 출항했으나 현재 16명이 안개 낀 8월의 아침까지 살아남았다. 화부 존 토링턴, 앞돛대망루장 페글러, 조타수 켄리, 로드스는 사망자 명단에 이름을 올렸다. 그리고 방금 전 조리장 존 디글도 여기에 합류했다.

19명이던 테러호 수병 중 10명이 대답했다. 그런데 생존자는 11명이었다. 데이비 레이스는 아직도 의식을 잃은 채 굿서의 텐트 안에 누워 있었다.

테러호로 파견된 영국 해병 6명 중 생존자는 없었다. 해병 이병 헤더가 머리에 구멍이 뚫린 채 몇 달을 버텼지만 결국 리버 캠프를 떠나오던 날

죽자, 장례식도 추도사도 없이 시신을 자갈밭 위에 두고 왔다.

테러호에는 사환이 둘이었으나 이제 1명만 대답했다. 스물셋 로버트 골딩은 사환이라 하기엔 이젠 나이 먹었지만 아직도 아이처럼 어리바리했다.

테러호는 총원 62명으로 출항했으나 이중 35명이 생존해 1848년 8월 12일 구조 캠프에서 열린 예배에 참석했다.

이리버스호에서 39명, 테러호에서 35명이 생존해 1845년 여름 그린란드에서 출항 당시 126명이던 총인원은 현재 74명으로 줄었다.

이 중 넷은 어제 한쪽 혹은 양쪽 다리 절단 수술을 받았으며, 최소 20명은 중증 질환과 부상, 영양실조나 심리적 공황으로 더는 걸을 수 없었다. 탐험대 중 3분의 1은 이미 자신의 한계에 부딪혔다.

이제 재고할 시간이 다가왔다.

. . .

"전지전능하신 하느님." 크로지어가 거칠고 지친 목소리로 말했다. "이제 하느님의 나라로 부름을 받은 영혼들이 육신의 짐을 벗어던지고 기쁨과 축복을 누리게 하소서. 우리의 형제 서른아홉 살의 존 디글을 비참하고 고된 이 땅에서의 삶에서 벗어나 기꺼이 주님의 나라에 보냅니다. 애원하오니 주님의 인자한 품으로 받아주시고 영원한 평화와 안식을 주시며 영광스러운 성인들과 주님을 찬양하게 하소서. 또한 그것이 주 예수를 기쁘게 하는 길이라면 여기에 있는 우리 모두를 조속히 예수 그리스도의 왕국으로 받아주소서. 그리고 주님의 깊은 사랑을 믿는 마음으로 세상을 떠난 이들과 함께 육신과 영혼이 예수님의 지극히 영화로운 축복을 받아 영광을 영원토록 받게 하소서. 우리 주 예수 그리스도의 이름으로 기도하나이다. 아멘."

"아멘." 대원 62명이 간신히 선 채로 외쳤다.

"아멘." 텐트에 누운 12명의 대원들 중 몇 명이 텐트 안에서 외쳤다.

크로지어는 해산 명령을 내리지 않았다.

"이리버스호 및 테러호 대원이자 우리 존 프랭클린 탐험대 소속 대원 여러분, 오늘 우리는 앞으로 갈 길을 정할 기로에 섰다. 그동안 제군들은 충성을 서약한 해군 법령 및 대 영국 해군 극지 탐험대 법령에 따라 본인의 명령에 복종했고 본인이 풀어주기 전까지는 앞으로도 계속 명령에 따라야 할 것이다. 그동안 여러분은 존 프랭클린 함장, 피츠제임스 함장, 그리고 내 명령을 잘 따라주었다. 우리의 친구와 동료 중 상당수가 주님의 품으로 돌아갔지만, 우리 74명은 아직 버티고 있다. 단호히 말하건대, 여기 구조 캠프에 있는 대원들은 전원 반드시 살아서 영국으로 돌아갈 것이며 고향으로 가서 가족과 재회할 것이다. 그것이 우리 노력의 결과라는 것을 증명해 보이려고 내가 최선을 다했음을 하느님께서 증언해 주실 것이다. 그런데 오늘, 본인은 제군들에게 어떤 목적지로 갈 것인지 스스로 택할 선택권을 줄 생각이다."

다들 웅성거리기 시작했다. 크로지어는 잠시 가만히 내버려 두었다가 말을 이었다. "우리가 무엇을 하려는지 들었을 것이다. 굿서 박사는 행군할 수 없는 이들과 이곳에 남을 것이다. 몸이 조금이라도 성한 자들은 계속 백 강을 향해 갈 것이다. 여기에 다른 방식으로 구조를 꾀하고 싶은 자가 있는가?"

침묵이 흘렀다. 다들 고개를 숙이고 발로 자갈밭을 끌었다. 그때 호지슨 중위가 앞으로 나섰다.

"있습니다. 여러 명 있습니다. 저희는 돌아가고 싶습니다, 함장님."

함장은 젊은 중위를 한참 쳐다보았다. 그는 지난 몇 달간 분노에 찬 대원들을 들쑤시고 다니던 히키, 에일모어와 일부 추종자들이 호지슨을 허수아비로 내세웠다는 사실을 눈치챘다. 함장은 이런 사실을 당사자인 호지슨이 아는지 궁금했다.

"어디로 돌아갈 참인가?" 크로지어가 마침내 물었다.

"테러호로 돌아가겠습니다."

"테러호가 아직도 거기 그대로 있다고 믿나, 중위?" 마치 그의 질문에 방점을 찍는 듯 남쪽에 있는 빙해에서 총성 같은 소리가 연달아 들리며 갑자기 부서지더니 땅이 흔들렸다. 해안가에서 수백 미터 떨어진 빙산이 굴러 떨어졌다.

호지슨이 아이처럼 어깨를 으쓱했다. "테러호가 어떻든 간에 테러 캠프는 그대로 있을 것입니다. 거기에 음식과 석탄과 보트가 남아 있습니다."

"맞아, 거기에 남아 있지. 이제는 거기에 남겨둔 식량도 아쉽지. 우리 몇 명의 목숨을 비참히 앗아간 독이 든 통조림이라도 먹을 기세지. 그런데 중위, 여기에서 테러 캠프까지는 140킬로미터가 넘고 백 일은 걸어야 해. 이제 겨울이 코앞인데 거기까지 걸어서 돌아갈 수 있으리라 생각하나? 캠프까지만 가도 벌써 11월 말은 될 텐데. 아주 컴컴한 극야가 찾아올 테고, 작년 11월이 얼마나 춥고 바람이 매섭게 불었는지 기억하고 있겠지?"

호지슨은 고개를 끄떡이며 아무 말하지 못했다.

"11월 말까지 걸어서 가지 않을 겁니다." 코닐리어스 히키가 한 걸음 나서서 말문이 막힌 호지슨 중위 옆으로 와 섰다. "우리가 돌아갈 길에 분명 바다가 열려 있을 겁니다. 그럼 거기에서부터 우리가 이집트 노예처럼 질질 끌고 온 보트 다섯 척의 돛을 펴고 빙 둘러온 그 망할 놈의 곳을 지나 한 달이면 테러 캠프에 도착할 수 있습니다."

그 자리에 모인 대원들이 숙덕거렸다.

크로지어가 고개를 끄덕였다. "아마 바닷길이 열려 있을지도 모르지, 히키. 아닐 수도 있고. 아무튼 열려 있다고 하더라도 테러호까지 자그마치 160킬로미터야. 너희가 테러호로 돌아갈 때쯤이면 함선은 부서지고 또 얼음에 갇혀 있겠지. 차라리 여기에서 백 강 어귀까지 가는 쪽이 57킬로미터는 더 가까워. 남쪽 협만이 열려 있을 가능성도 훨씬 높고."

"그런 말로 우릴 설득할 수 없습니다, 함장님. 우리끼리 벌써 그 얘기도 했지만 가겠습니다." 히키가 단호히 말했다.

크로지어는 히키를 노려보았다. 그는 부하를 그 자리에서 찍어 누르며 강인함과 결단력을 내보일 능력을 타고난 자였으나, 지금 이 상황이 그가 원하던 것임을 떠올렸다. 이 썩은 녀석들을 빨리 제거하고 그의 판단을 믿고 따르는 이들을 구할 시기가 지났다. 겨울이 오기 전에 어디든 열린다면 늦여름 탈출 시도를 하려는 히키의 계획이 맞아 떨어질 수 있다. 이건 빙해가 열리느냐에 달렸다. 대원들은 가장 가능성 높은 기회를 마지막으로 선택할 자격이 있었다.

"그럼 몇이나 동참하는 건가, 중위?" 크로지어는 호지슨이 새로 생기는 그룹의 지휘관인 듯 그에게 물었다.

"그게……" 중위가 머뭇거렸다.

"매그너스도 갑니다." 히키가 앞에 있는 거인을 가리켰다. "그리고 에일모어도 같이 갑니다."

뚱한 표정의 장포장 조수 에일모어가 휘적이며 앞으로 나왔다. 얼굴에 크로지어를 향한 혐오감이 그대로 드러났다.

"조지 톰프슨도 갑니다." 히키가 말을 이었다.

톰프슨이 히키 무리에 동참했다는 사실이 크로지어로서는 별로 놀랍지 않았다. 톰프슨은 늘 오만하고 게을렀다. 럼이 동나기 전까지는 늘 취해 있었다.

"저도 갑니다…… 함장님."

존 모핀이 다른 이들과 한 걸음 나왔다.

이제 막 스물여섯 살이 된 윌리엄 오렌이 입을 다문 채 히키의 무리와 나란히 섰다.

그다음 이리버스호의 누수방지공 제임스 브라운, 그의 조수 프랜시스 던도 합류했다. "이게 최선이라고 생각합니다, 함장님." 던은 이렇게 말한 다음 고개를 푹 숙였다.

루벤 메일과 로버트 싱클레어도 동참 의사를 밝혔다. 크로지어는 이 자리에 모인 대원들 중 대다수가 히키를 따라가느라 굿서와 세운 계획을 실행해 옮기지 못하게 되었음을 통감했다. 바로 그때, 테러호의 하급 장교 당번병 윌리엄 깁슨과 화부 루크 스미스가 천천히 걸어 나왔다. 그 모습에 크로지어는 상당히 충격받았다. 그들은 함선에서 내내 충직하고 건강한 부하들이었다.

고어 대위에게 충성하고 믿음직스러웠던 이리버스의 수병 찰스 베스트가 다른 수병 넷을 데리고 앞으로 나왔다. 윌리엄 제리, 카니발 화재에서 부상을 당한 토머스 워크, 어린 존 스트릭랜드, 에이브러햄 실리가 그들이다.

16명이 앞으로 나와 섰다.

"이제 다 나왔나?" 크로지어가 물었다. 헛헛한 안도감이 느껴졌다. 이제는 일상이 된 허기에 위가 쪼그라든 것처럼 말이다. 16명이 그 자리에 서 있었다. 이들에겐 보트 하나면 충분할 것이다. 그래도 백 강으로 데려갈 충직한 부하들은 충분했다. 일부는 구조 캠프에 남아 환자들을 돌볼 것이다. "피니스 한 척을 주겠다." 함장이 호지슨에게 말했다.

중위는 고맙다며 고개를 숙였다.

"피니스는 너무 좁은데다가 리깅도 강에 어울리는 거라 썰매 위에 싣고 끌고 가기가 너무 힘듭니다. 웨일보트를 주십시오." 히키가 나섰다.

"피니스만 가져갈 수 있다." 크로지어가 거부했다.

"조지 챔버스와 데이비 레이스도 데려가겠습니다." 히키는 자기가 나폴레옹이라도 되는 양 팔짱을 끼고 두 다리를 쩍 벌리고 동참자들 앞에 섰다.

"말도 안 돼. 왜 돌보지도 못할 대원을 데려가겠다는 거지?" 크로지어가 쏘아붙였다.

"조지는 썰매를 끌 수 있으니 괜찮고, 데이비는 우리가 끝까지 돌보겠습니다." 히키가 말했다.

"그게 아닐 텐데." 크로지어와 히키의 동참자들 사이에 팽팽한 긴장감을 깨며 굿서가 끼어들었다. "그동안 넌 레이스를 돌보지도 않았고 조지 챔버스와 레이스를 같은 동료로서 받아들이지도 않았어. 인육이 필요해서겠지."

호지슨이 못 믿겠다는 듯 눈을 끔뻑였다. 히키는 주먹을 쥐더니 매그너스 맨슨에게 신호를 보냈다. 왜소한 남자와 덩치 큰 거인이 앞으로 나왔다.

"그 자리에 정지!" 크로지어가 호통쳤다. 그 뒤에 생존한 3명의 해병-상병 피어슨, 이병 호프크레프트와 힐리-이 병세가 심해 휘청거리면서도 기다란 머스킷총을 겨누었다.

1등 항해사 드보, 2등 항해사 카우치, 갑판장 존 레인, 갑판장 조수 토머스 존슨까지 산탄총을 들었다.

코닐리어스 히키가 비아냥거렸다. "우리한테도 총이 있어!"

"아니, 너희가 앞으로 나왔을 때 1등 항해사 드보가 무기를 모두 거둬들였다. 만일 내일 조용히 떠난다면 산탄총 한 자루하고 탄약통을 주겠지만, 지금 한 걸음이라도 앞으로 나왔다간 네 얼굴이 누더기가 될 거다."

"너흰 죄다 죽을 거야." 코닐리어스 히키가 악담을 퍼부었다. 그는 뼈만 남은 손가락을 들어 조용히 선 대원들을 가리켰다. 마치 자그마한 풍향계가 돌아가듯 한쪽 팔로 반원을 그리며 빙그르르 돌았다. "크로지어를 따라갔다가는 너희 멍청이들은 죄다 죽을 거다."

이윽고 히키는 군의관을 노려보았다. "굿서 선생, 방금 한 말, 우리가 조지 챔버스와 데이비 레이스를 데려간다 했을 때 한 말은 못 들은 걸로 할 테니 같이 가지. 여기서는 이 사람들 못 살려."

히키는 천장이 푹 꺼진 병상 캠프를 경멸스럽게 가리켰다.

"저들은 이미 죽었는데 그걸 모를 뿐이야." 히키는 목청을 높여서 손으로 작은 원을 그렸다. "우리는 살 거야. 우리랑 같이 가서 식구들 얼굴 다시 봐야지. 안 그래, 굿서 선생. 만약 여기에 남거나 크로지어를 따라갔다가는 죽을 거야. 같이 가지."

굿서는 수술 텐트에서 나올 때 아무 생각 없이 안경을 쓰고 나왔다. 그는 그 안경을 벗어 거기에 서린 김을 피 묻은 모직 외투 자락으로 천천히 닦았다. 소년같이 통통한 입술과 무턱을 가린 턱수염이 구레나룻과 어정쩡하게 연결되었다. 키 작은 굿서는 굉장히 편안해 보였다. 그는 안경을 도로 쓰고 히키와 그 추종자들을 쳐다보았다.

그는 부드럽게 입을 열었다. "히키, 내 목숨을 구해 주겠다며 분에 넘치는 자비를 베풀어 줘서 고맙네. 그런데 나 없이도 네가 하려는 그거 할 수 있어. 그게 뭐냐고? 동료들의 시신을 조각 내 고기처럼 먹으려는 거잖아."

"그게 무슨 소리……" 히키가 입을 열었다.

"아마추어라도 손쉽게 사람을 잡을 수 있어." 굿서가 말을 잘랐다. 그의 목소리는 히키의 목소리를 뒤덮을 만큼 컸다. "네놈이 나중에 잡아먹으려고 데려가는 사람들 중 누군가가 죽으면, 혹은 그들이 빨리 죽도록 네가 거들 경우, 배에서 쓰던 칼을 메스만큼 잘 갈아서 자르기만 하면 돼."

"그런 일 없을……" 히키가 고함쳤다.

"갈 때 톱은 꼭 챙겨가." 굿서가 목소리로 히키를 눌렀다. "목공장 허니가 쓰던 톱 중에 하나 골라 가면 딱 좋을 거야. 시신의 종아리와 손가락과 장딴지와 뱃살을 칼로 노려내고 난 후 남은 팔다리를 자르려면 잘 드는 톱이 있어야 되지 않겠어?"

"닥쳐!" 히키가 외쳤다. 그는 맨슨과 앞으로 나섰지만 항해사들과 해병들이 산탄총과 머스킷총을 들어 올리자 멈칫했다.

히키에겐 눈길을 주지도 않고 굿서는 침착하게 덩치 큰 매그너스 맨슨을 가리켰다. 마치 맨슨을 벽에 걸린 인체 해부학 도면으로 여기는 것 같았다. "크리스마스 때 거위 구이가 나오면 바로 칼을 들이대는 것과 그다지 다르지 않아." 굿서는 허공에 대고 맨슨의 상체에 수직으로 칼을 긋고 허리 바로 아래에서 가로로 칼을 그었다. "당연히 어깨 관절을 톱질해야 팔이 떨어져 나가겠지? 그런데 골반 뼈는 끝까지 톱질해야 다리를 잘라낼 수 있어."

히키는 목이 뻣뻣해지면서 얼굴이 시뻘게졌다. 그러나 굿서가 말하는 동안 아무 말 하지 못했다.

"나라면 중수골(손바닥을 이루는 다섯 개의 뼈)용 작은 톱으로 무릎을 자르고, 팔은 팔꿈치에서 자르고, 그다음에는 잘 드는 메스로 원하는 부위를 각각 잘라 내겠어. 허벅지, 엉덩이, 이두근, 삼두근, 삼각근, 종아리 뒤쪽 살을 발라낼 거야. 그런 다음 흉부, 즉 가슴 근육을 가르는 진짜 백정 같은 단계로 진행해야지. 어깨 죽지 근처나 옆구리나 등 아래쪽 인육 기름도 맛보고 싶겠지만 그쪽엔 지방도, 근육도 별로 없어. 분명 히키 너는 한 점도 낭비하고 싶지 않을 테니."

크로지어 뒤에 서 있던 수병 하나는 무릎을 꿇고 자갈 바닥에 헛구역질하기 시작했다.

"나한테 외과용 갈고리가 있어. 흉골을 잘라 갈비뼈를 들어내는 도구지." 굿서는 상냥히 말했다. "그런데 난 그건 안 빌려 줄 거야. 배에 있는 괜찮은 망치와 끌로도 갈비뼈를 들어낼 수 있거든. 배에서 흔히 볼 수 있는 장비지. 나라면 일단 살부터 잘 바른 다음, 친구의 머리와 손과 발을 복강에 든 창자 옆에 모셔 두었다가 나중에 먹겠어. 경고하건데, 뼈를 빠개 그 속에 든 골수를 발라 먹는 건 생각보다 쉽지 않을 걸. 아마 긁어낼 도구가 필요할 거야. 허니가 쓰는 목공용 끌 같은 게 필요해. 게다가 골수는 벌겋게 응어리가 져서 뼈 속에서 억지로 긁어내다가는 뼛가루나 뼛조각이 그 속에 섞이거든? 그걸 생으로 먹으면 몸에 좋지 않겠지. 네 친구의 골수를 먹기 전에 일단 골수를 냄비에 잘 긁어 담아 그걸 끓여서 먹는 게 좋을 거다."

"닥쳐!" 히키가 소리쳤다.

굿서가 고개를 끄덕였다.

"또 하나, 사람 뇌를 먹는 건 생각보다 간단해. 일단 하악을 톱질해서 잘라 내고, 윗니를 몽땅 뽑아. 그다음에 칼이나 숟가락으로 부드러운 입천장을 계속 후벼 파다보면 부드러운 두개골이 나오지. 해골을 뒤집은 채 세워 놓고 다 같이 숟가락을 들고 크리스마스 때 푸딩 퍼먹듯 퍼먹어도 좋고. 그건 마음대로 하든지."

잠시 침묵이 흘렀다. 바람 소리와 삐거덕거리는 얼음 소리만 들릴 뿐.

"내일 떠날 사람 더 있나?" 크로지어 함장이 물었다.

테러호의 앞상갑판장 루벤 메일, 이리버스호의 앞돛대망루장 로버트 싱클레어, 테러호의 대장장이 사무엘 허니가 앞으로 나왔다.

"자네들도 호지슨과 히키를 따라가나?" 크로지어가 물었다. 충격을 애써 감추었다.

"아닙니다, 함장님." 루벤 메일이 고개를 저으며 말했다. "저희는 저들과 같이하지 않습니다. 다만 걸어서 테러호로 돌아가겠습니다."

"보트는 필요 없습니다." 싱클레어가 거들었다. "걸어서 이 섬을 건너가겠습니다. 곧장 섬 한가운데를 가로질러 가겠습니다. 아마 해안에서 멀어져 내륙으로 들어가면 여우를 잡을 수도 있을 것 같습니다."

"방향 잡기가 녹록지 않을 텐데. 나침반은 극지방에선 무용지물이고 하나 남은 육분의는 줄 수가 없네."

메일이 고개를 저었다. "걱정 마십시오, 함장님. 추측 항법으로 갈 겁니다. 늘 그랬잖습니까. 망할 놈의 바람이 얼굴을 때리지만 않으면, 앗, 경박한 말투 죄송합니다만, 제대로 갈 수 있을 겁니다."

"제가 대장장이 짓을 하다가 배를 탔습니다." 사무엘 허니가 말했다. "저흰 다들 뱃사람입니다. 만약 바다에서 죽을 수 없다면, 적어도 배를 타고 죽어야 하지 않겠습니까?"

"맞아." 크로지어가 말했다. 그는 아직도 서 있는 대원들을 향해 말했다. 목소리가 텐트까지 닿을 정도로 목청껏 외쳤다. "그럼 6점종(오후 3시)에 다시 모여서 배에 남은 십 비스킷과 알코올, 담배, 기타 비축품을 다 같이 나누겠다. 전원에게 분배하겠다. 어젯밤과 오늘 수술을 받은 자들도 자기 몫을 받는다. 남은 분량을 다 같이 보고, 자기 몫을 각자 받아가도록 한다. 그 이후부터 자기 식량은 자기가 책임진다. 굿서가 먹이고 치료해야 할 자들만 예외로 한다."

크로지어는 히키와 호지슨과 추종자를 냉랭하게 쳐다보았다. "너희는 드보의 감독하에 내일 끌고 갈 피니스를 준비시킨다. 그리고 내일 새벽에 출발해라. 6점종에 물품과 비축 식량을 나누기 전까지 절대로 내 앞에서 얼쩡거리지 말고."

구조 캠프

1848년 8월 15일

    지난 이틀은 정신이 없었다. 디글이 다리 절단 수술을 받은 후 사망하고, 함총원이 모두 모여 점호를 하던 중 히키와 그 추종자들이 분리를 요구했다. 이에 함장은 남은 비축품을 정확히 분배했다. 그 사이 굿서는 일기를 쓸 마음이 생기지 않아서 손때 묻은 가죽 커버 일기장을 왕진용 가방 속에 무심히 내던졌다.

    예상하긴 했지만 남은 비축품을 나누는 작업은 서글프게 오래 걸려서 해가 짧아지는 8월의 밤까지 이어졌다. 이제 비축 식량 때문에 서로를 믿지 못했다. 혹시 누군가 남의 식량을 몰래 숨기고 못 봤다고 할까 봐 다들 뼛속까지 의심하는 것처럼 보였다. 몇 시간 동안 보트에 실린 짐을 죄다 내려서 풀고 텐트를 뒤지고 디글과 월의 조리장 저장고를 모조리 훑은 다음 직급별 대표자를 각각 선출했다. 장교, 준사관, 부사관, 수병 대표가 공동으로 수색한 후 잡다한 것까지 일일이 나누는 동안, 다른 이들은 눈을 부릅뜨고 지켜보았다.

    목공장 토머스 허니가 비축품을 나누던 날 밤 사망했다. 굿서는 토머스 하트넬에게 함장에게 알리라고 부탁한 다음, 시신을 침낭 속에 넣고 꿰매는 작업을 거들었다. 수병 둘이 침낭을 들어 캠프에서 약 100미터 떨어진 눈밭으로 옮겼다. 그곳에서는 디글이 이미 얼어 있었다. 이제 장례 절차도, 장례식도 생략하기 시작했다. 함장의 직권이나 승조원들이 투표로 결정한 건 아니었다. 그저 암묵적인 동의로 그리되었다.

'빙원에 시신을 눕혀 두었으니 나중에 먹을 일이 생겨도 썩지는 않겠지?' 굿서는 속으로 이렇게 생각했다.

그는 이 질문에 대답할 수 없었다. 히키에게 시신을 토막 내 제대로 살을 발라 먹는 법—다른 대원들도 그 얘기를 다 들었다. 굿서는 크로지어 함장에게 집합한 자리에서 이 얘기를 하겠다고 귀띔해 두었기에 일부러 그렇게 자세히 말했다—을 알려주던 그때, 굿서는 입에 침이 고여 경악했다.

무슨 고기가 되었든 생고기를 먹는다는 생각을 하는 순간 입에 침이 고인 건 비단 굿서뿐만이 아니었을 것이다.

극소수의 인원이 다음날 새벽에 배웅을 나왔다. 8월 14일 월요일 새벽, 히키와 추종자 15명이 만신창이가 된 썰매 위에 피니스를 밧줄로 묶고 캠프를 떠나는 모습을 지켜봤다. 굿서는 허니의 시신이 눈 속에 제대로 숨겨졌는지 확인한 후 돌아와 그들을 배웅했다.

굿서는 그보다 먼저 떠난 대원 셋은 배웅하지 못했다. 메일, 싱클레어, 사무엘 허니—얼마 전 사망한 목공장 허니와는 친척 관계가 아니다—가 새벽이 되기도 전에 캠프를 떠나 킹윌리엄 섬 내륙을 가로질러 테러 캠프로 향했다. 3명은 담요 침낭, 십 비스킷 조금, 물병, 산탄총 한 자루와 탄약통이 든 배낭만 짊어지고 떠났다. 텐트는 가져가지 않았다. 테러 캠프에 도착하기 전에 맹추위가 닥치면 눈얼음 속에 동굴을 파서 지낼 계획이라고 했다. 굿서는 어젯밤 미리 작별 인사를 하지 못한 게 후회스러웠다. 3명은 남쪽 수평선에 희미한 햇살이 올라오기도 전에 일찌감치 캠프를 떠났다. 카우치는 얼마 후 굿서에게 3명이 북으로 곧장 올라가 해안에서 벗어나 내륙으로 들어갈 것이고 이튿날이나 셋째 날 북서쪽 방향으로 틀 계획이라고 했다.

　반면, 히키와 그 무리는 보트에 짐을 산더미처럼 실었다. 굿서는 그 모습을 보고 깜짝 놀랐다. 먼저 떠난 3명, 메일, 싱클레어, 사무엘 허니는 물론 다른 대원들은 쓸 데 없는 품목은 죄다 버렸다. 빗, 책, 수건, 탁상, 브러시 등 백 일간 가지고 다니던 문명의 이기는 죄다 버렸다. 그런데 무슨 이유인지 모르겠지만 히키와 그 무리는 텐트, 침낭, 비축 식량은 물론 쓸데없는 짐까지 피니스에 죄다 쌓아 올렸다. 그동안 디글과 월은 다들 놀라게 하려고 105명 분량의 개별 포장된 초콜릿 덩어리를 가방 안에 넣고 다녔다. 피니스에는 떠나는 16명 몫의 초콜릿도 실렸다. 몫은 일인당 여섯 개 반이었다.

　호지슨 중위가 크로지어와 악수했다. 일부 대원들도 어색한 작별 인사를 건넸다. 히키, 맨슨, 에일모어, 일부 불만이 많던 대원들은 아무 말 하지 않았다. 갑판장 조수 존슨이 호지슨에게 장전하지 않은 산탄총과 탄약통이 든 주머니를 건넸다. 호지슨은 그것을 받아 무거운 보트에 집어넣었다. 맨슨이 선두에 섰다. 16명 중 최소 12명이 하네스를 차고 피니스가 실린 썰매를 끌며 조용히 캠프를 빠져나갔다. 자갈 바닥에 썰매 날이 끌리는 소리만 침묵을 갈랐다. 20분이 지나자 히키의 무리는 구조 캠프 서쪽에 있는 낮은 언덕 너머로 사라졌다.

　"저들의 성공 여부에 대해 생각하십니까?" 2등 항해사 카우치가 굿서 옆에 서서 아무 말 없는 그의 표정을 살피며 물었다.

　"아닙니다." 굿서는 지친 나머지 속마음을 그대로 드러냈다. "지금 헤더 이병 생각 중입니다."

　"헤더 이병이라면, 우리가 그대로 두고 온……" 카우치가 말을 멈추었다.

　"맞습니다. 헤더를 캔버스에 싸서 리버 캠프 한쪽 썰맷길에 버려두고 왔습니다. 서쪽으로 가면 2주도 걸리지 않을 거리에 있습니다. 히키네 무리는 인원도 많고 피니스 하나만 끌고 가니 그보다 훨씬 빨리 도착하겠죠."

"세상에 말도 안 돼!" 카우치가 소스라치게 놀랐다.

굿서가 고개를 끄덕였다. "저들이 브리젠스의 시신도 못 찾았으면 좋겠습니다. 제가 존 브리젠스를 참 많이 좋아했습니다. 기품 있는 사람이었는데 히키 같은 놈들한테 잡아먹히는 취급은 당하지 말아야 합니다."

. . .

그날 오후, 굿서는 해안가 보트 네 척이 있는 곳으로 나오라는 호출을 받았다. 웨일보트 두 척은 늘 그렇듯 뒤집어져 있었고 커터는 썰매 위에 실린 채 정렬되어 있었다. 말소리가 당직 근무자나 텐트에서 취침 중인 대원들에게까지 들리지 않을 장소였다. 함장이 그곳에 있었다. 1등 항해사 드보, 1등 항해사 로버트 토머스, 2등 항해사 카우치, 갑판장 조수 존슨, 갑판장 존 레인도 같이 있었다. 기력이 소진해 제대로 서지도 못하는 해병 상사 피어슨이 뒤집힌 웨일보트 선체에 몸을 기대고 섰다.

"즉각 와 주어서 고맙네, 박사. 여기에 모여서 코닐리어스 히키 무리가 돌아올 경우 막을 방법도 고민하고 남은 선택지가 뭐가 있는지 상의하자고 나오라고 했네."

"그렇군요, 함장님. 히키와 호지슨을 따라간 대원들이 다시 돌아올까요?"

크로지어는 장갑 낀 양손을 펼치더니 어깨를 으쓱했다. 가벼운 눈발이 휘몰아치며 온몸을 감쌌다. "그들은 여전히 데이비 레이스를 원해. 디글과 허니의 시신이라도 좋고. 당신도 데려가려는 것 같네, 박사."

굿서는 고개를 젓더니 시신에 대한 생각을 털어 놓았다. 테러 캠프로 돌아가는 동안 헤더는 물론이고 곳곳에 누운 시신이 냉동 음식 창고 역할을 할 거라는 의견을 밝혔다.

"맞습니다." 찰스 드보가 말했다. "우리도 그 생각을 했습니다. 아마 히키가 테러호로 돌아갈 수 있다고 생각한 것도 아마 그게 주요했을 겁니다. 그래서 구조 캠프에서 몇 시간씩 돌아가며 이십사 시간 당직을 세우고, 갑판장 조수 존슨에게 한두 명 붙여서 히키 무리를 사나흘 정도 따라가 보라고 할 생각입니다. 확실히 해 두고 싶어서요."

"우리는 어찌될까, 박사?" 크로지어가 물었다.

이번에는 굿서가 어깨를 으쓱할 차례였다. "좁슨, 헬프만, 기관장 톰프슨은 며칠 버티지 못할 겁니다. 괴혈병을 앓는 15명은 사실 잘 모르겠습니다. 괴혈병에 걸렸다가 살아날 사람이 몇 명은 있겠지만…… 생고기를 먹일 수만 있으면 살릴 수 있습니다. 구조 캠프에서 제가 돌보는 18명 중에서 토머스 하트넬이 제 조수로 남겠다고 자원했습니다. 내륙이나 바다로 여우나 바다표범을 잡으러 갈 사람은 서너 명 정도 될 것 같습니다. 그나마 오래 하지도 못할 겁니다. 여기에 남겠다는 대원들은 9월 중순이 되기도 전에 모두 아사할 것입니다. 그보다 빠를 수도 있고요."

그는 죽은 동료의 인육을 먹으면 좀 더 오래 버틸 수 있다는 얘기는 입밖에 꺼내지 않았다. 또한 나, 해리 굿서 박사는 살기 위해 식인을 하지 않을 것이며, 식인하는 것을 거들지 않을 것임을 결심했다는 말도 하지 않았다. 요 전날 함총원이 집합한 자리에서 시신을 해체하는 방법을 말한 것이 그가 식인에 대해 언급한 마지막 발언이었다. 대신 구조 캠프 대원들에 대해서는 어떤 심판도 절대 하지 않을 것이다. 탐험대가 남진하다 어쩔 수없이 인육을 먹고 버틴다 해도 절대로 어떤 심판도 내리지 않을 것이다. 프랭클린 탐험대에서 인육이란 그저 인간의 영혼을 담았던 몸뚱이일 뿐이며, 영혼이 떠난 다음에는 고깃덩어리에 지나지 않는다는 사실을 이해할 사람은 군의관 중 유일한 생존자이자 해부학자인 해리 굿서 박사뿐일 것이다. 목숨을 몇 주, 몇 달 더 부지하려고 인육을 먹지 않겠다는 결심은 도덕적 철학적 이유에서 스스로 내린 결정이었다. 유달리 선한 신앙인은 아니었지만, 그럼에도 착한 신앙인으로서 이 세상을 떠나는 쪽을 택했다.

"몇 가지 선택권이 있어." 크로지어가 굿서의 생각을 읽은 듯 차분히 설명했다. "오늘 아침 백 강으로 출발하는 대신 한 주 더 이곳에 머무르기로 했네. 기상 상태에 따라 달라지겠지만 열흘이 될 수도 있고. 혹시 빙해가 열린다면 우리 모두 이곳에서 보트를 타고 떠날 걸세. 혹여 전원 죽는다 해도 말이야."

굿서는 옆에 있는 보트 네 척을 의심스레 바라보았다. "우리 총원이 몇인데 고작 여기에 있는 작은 보트에 다 탈 수 있죠?"

"오늘 아침에 나쁜 무리와 3명이 떠나서 19명이나 줄었잖습니까. 게다가 어제 아침에는 2명이 사망했습니다. 이제 네 척에 53명만 나눠 태우면 됩니다." 에드워드 카우치가 말했다.

"다음 주면 세상을 떠나는 자가 좀 더 많아질 거고요." 토머스 존슨이 거들었다.

"이제 남은 식량도 바닥나서 끌고 갈 것도 없습니다." 해병 상병 피어슨이 뒤집어진 웨일보트에 기대어 선 채 말했다. "그래도 식량이 떨어지지 않기를 하느님께 기도합니다."

"텐트는 전부 두고 갈 거야." 크로지어가 말했다.

드보가 거들었다. "설원에서는 보트 밑에서 자고, 바다에 나가서는 보트 커버 밑에서 지내면 됩니다. 지난 3월에 부시아 반도로 가는 동안 제가 시도해 봤는데 빌어먹을 텐트 속에 있는 것보다 보트 밑이나 커버 밑에 들어가는 게 훨씬 따뜻했습니다. 욕해서 죄송합니다, 함장님."

"괜찮네. 네덜란드산 텐트가 처음 끌고 왔을 때보다 서너 배는 무거워졌어. 마를 기미가 보이지도 않고. 북극에 있는 물기 중 절반은 빨아들인 것 같아." 크로지어가 말했다.

"이불도 마찬가지입니다." 항해사 로버트 토머스가 말했다.

다들 서로를 보며 웃었다. 그들 중 2명은 웃다가 사레가 들렸다.

"큰 물통 중에서 세 개만 챙겨갈 생각이야. 그중 두 개는 출발할 때 비워 놓을 거고. 보트마다 물통은 작은 거 하나만 싣고." 크로지어가 말했다.

굿서가 고개를 저었다. "그랬다가 빙해나 해협에서 대원들이 목말라 하면 어쩌시려고요?"

"대원이라는 말에 나도 포함이 되겠지. 빙해가 열리면 자네와 환자들도 여기에 남아 죽는 게 아니라 다 같이 떠난다. 그러다 백 강에 닿으면 정기적으로 물을 채워 넣으면 돼. 내가 고백할 게 하나 있는데. 어제 물품을 나눌 때 우리 장교들이 아무도 모르게 뭘 하나 슬쩍 숨겨 뒀더군. 작은 알코올 스토브 연료가 마지막 남은 럼 상자 바닥에서 나오더라고."

"그걸로 얼음을 녹여서 식수로 마실 겁니다." 존슨이 말했다.

굿서는 천천히 끄덕였다. 며칠, 몇 주 후 닥칠 죽음을 순순히 받아들였다. 혹시라도 구조될 수 있다고 상상만 해도 너무 고통스러웠기 때문이다. 다시 살 수 있다는 희망이 고개를 들자 이를 억눌렀다. 다음 달이면 다들 죽는다. 히키 무리도, 메일을 포함한 3인의 모험가도, 크로지어를 따라 남으로 떠나는 대원들도 모두 다 죽는다.

다시 굿서의 마음을 읽은 듯 크로지어가 이렇게 말했다. "괴혈병과 탈진을 이겨내고 석 달간 버텨서 그레이트슬레이브 레이크까지 노를 저어 가려면 뭐가 필요하지?"

"생고기, 그것만 있으면 몇 명은 자리를 털고 일어날 겁니다. 채소나 과일 같은 것들 말고, 물론 여기에서는 구할 수 없는 것들입니다만, 신선한 고기, 특히 지방을 섭취해야 합니다. 동물의 피를 마셔도 도움이 됩니다."

"대체 왜 고기와 지방이 중증 괴혈병을 이기는 치료책이라는 겁니까?"

해병 상사 피어슨이 물었다.

"그건 저도 모릅니다." 굿서는 고개를 저었다. "우린 아사하기 전에 생고기를 못 먹어서 괴혈병으로 죽을 겁니다. 저도 분명히 그렇게 죽겠죠."

"히키 무리가 테러 캠프에 도착해서 골드너 통조림을 먹으면 죽습니까?" 드보가 물었다.

굿서가 다시 어깨를 으쓱했다. "죽을 수도 있습니다. 먼저 세상을 떠난 동료이자 부군의관이었던 맥도널드 박사와 저는 신선한 음식이 통조림 음식보다 낫다고 생각했습니다. 골드너가 납품한 통조림 안에는 최소 두 가지의 독소가 들어 있습니다. 하나는 서서히 독성이 퍼지는 종류고, 다른 하나는 불쌍한 피츠제임스 함장님과 다른 경우처럼 급작스럽고 고통스럽게 사람을 죽이는 독이 들어 있습니다. 둘 중 어느 쪽이든 오래된 골드너 통조림을 먹겠다고 돌아가는 것보다 생고기나 생선을 찾는 편이 훨씬 낫습니다."

"일단 협만으로 나가 유빙이 없는 바다 한가운데까지 가면 겨울이 오기 전까지 바다표범이나 바다코끼리를 잔뜩 잡을 수 있으면 좋겠어. 그러다 강으로 접어들면 사슴이나 여우, 순록을 가끔 잡았으면 좋겠고. 물론 물고기도 잡으면 좋지. 조지 백과 존 프랭클린 경이 그랬던 것처럼 우리에게도 그런 가능성이 많았으면 좋겠네."

"존 프랭클린 경은 구두를 드셨습니다." 해병 상사 피어슨이 말했다.

탈진한 피어슨을 핀잔하는 사람은 아무도 없었다. 그러나 웃지도 대꾸도 하지 않았다. 크로지어가 입을 열었다. 그는 거친 목소리에 진지함을 담아 말했다. "내가 여벌의 부츠를 수백 개나 가져온 진짜 이유가 바로 그거였어. 대원들의 발이 젖지 않게 하려는 건 핑계였지. 알다시피 발이 안 젖을 수가 없거든. 그래도 가죽 구두가 있으니 구조되기 전까지 그걸 먹으면서 남진하면 될 것 같아."

굿서는 그저 쳐다만 보았다. "물통은 고작 한 병 밖에 없는데 해군에서 나온 부츠 수백 켤레를 삶아 먹겠다는 말씀이십니까?"

"그렇다네." 크로지어가 말했다.

갑자기 8명이 웃음을 터뜨렸다. 웃음은 멈추지 않았다. 누군가가 간신히 그치면 다른 누군가 다시 웃음이 터지고 계속 그렇게 연달아 웃음보가 터졌다.

"쉿!" 크로지어는 교장이 아이들에게 말하는 것 같았다. 그러면서도 계속 키득거렸다.

한 20미터 떨어진 거리에서 당직 근무자가 얼굴에 허옇게 칠하고 방한모와 워치캡을 쓴 채 궁금한 눈으로 이쪽을 쳐다보았다.

굿서는 얼어서 얼굴에 들어붙기 전에 눈물과 콧물을 훔쳤다.

"여기에서 바다가 열릴 때까지 무작정 기다리진 않을 걸세." 크로지어가 조용해진 장교들에게 불쑥 말을 꺼냈다. "내일, 갑판장 조수 존슨이 해안을 따라 북서쪽으로 히키 무리의 뒤를 몰래 밟을 거야. 드보는 우리 중에서 가장 건장한 대원들을 이끌고 배낭과 침낭을 짊어지고 빙해를 건너 남으로 간다. 운이 좋으면 루벤 메일의 팀만큼 빠르게 이동할 수 있어. 최소 16킬로미터를 걸어 해협을 건너 조금만 더 내려가 바다가 열렸는지 확인할 거야. 만약 캠프에서 8킬로미터 이내에 개수로가 있다면 전원 출발이다."

"대원들이 움직일 힘도 없는데……" 굿서가 입을 뗐다.

"하루 이틀 정도 우리가 신고 가서 저 바다만 건너면 살 수 있다고 하면 분명 없던 기운도 솟아날 거야. 바다가 녹아서 우리를 기다리고 있다는 것만 알면 다리 절단 수술을 받은 2명도 잘린 다리로 디디고 서서 질질 끌며 가자고 할걸." 크로지어가 말했다.

"행운이 따른다면 바다표범과 바다코끼리를 잡아서 돌아오겠습니다."

드보가 말했다.

굿서는 삐거덕거리며 꿈틀거리는 빙해를 쳐다보았다. 압력 봉우리가 정신없이 솟아 있고 난빙이 남쪽 저 아래 회색 구름이 걸린 곳까지 뻗어 있었다. "저 빙판에서 바다표범과 바다코끼리를 잡아 온단 말입니까?"

드보는 활짝 웃으며 대답을 대신했다.

"감사해야 할 일이 하나 있습니다." 갑판장 조수 존슨이 말했다.

"그게 뭐지?" 크로지어가 물었다.

"빙상에서 우리를 쫓아 다니던 괴물이 흥미를 잃고 가 버린 것 같습니다." 존슨의 근육은 여전했다. "리버 캠프를 떠난 이후 괴물은 모습도 소리도 자취를 감추었습니다."

존슨을 포함한 8명은 순식간에 근처 보트로 손을 뻗어 손가락 마디로 선체를 두드렸다.

53
골딩

8월 17일 목요일, 해가 떨어지자마자 스물두 살의 로버트 골딩이 구조 캠프로 급하게 뛰어들어왔다. 그는 초조한 듯 몸을 부르르 떨며 흥분해 말을 제대로 하지 못했다. 항해사 로버트 토머스가 크로지어 함장 텐트 앞에서 골딩을 가로막았다.

"골딩, 드보와 함께 정찰을 나간 줄 알았는데."

"맞습니다. 그랬습니다, 항해사님."

"드보 정찰조가 벌써 돌아왔나?"

"아닙니다. 드보 준위가 함장님께 전할 말씀이 있다고 저만 먼저 보내셨습니다."

"그게 뭔데?"

"말씀드릴 수 없습니다. 반드시 함장님께만 고하라 하셨습니다. 죄송합니다."

"밖이 왜 이렇게 시끄럽지?" 크로지어가 텐트에서 나왔다.

골딩은 드보가 시킨 대로 함장에게만 보고드릴 말씀이 있다며 사과하고 더듬거렸다. 크로지어는 텐트 멀리로 골딩을 데려갔다. "이제 말해 봐. 무슨 일이지, 골딩? 드보는 왜 같이 안 왔지? 드보에게, 아니 정찰조에게

305

무슨 일이 생겼나?"

"네, 그렇습니다. 아니, 무슨 일이 일어난 건 아닙니다. 뭔 일이 일어나
긴 했습니다. 저 밖에 빙판에서 일이 있었습니다. 제가 그 자리에 있지 않
아서 정확히는 모르겠습니다. 저희는 바다 사냥을 하려고 뒤로 빠졌습니
다. 프랜시스 포코크와 조세퍼스 그레이터와 제가 뒤에 남았습니다. 드보
준위가 어제 로버트 존스, 빌 마크, 톰 태드만, 나머지 조원들을 데리고 계
속 남으로 내려갔습니다. 그런데 총성이 들린 지 한 시간 후에 그들이 돌
아왔습니다."

"진정하고." 크로지어는 떨리는 사환의 어깨 위에 두 손을 올렸다. "드
보가 전하라는 내용이 뭐지? 또박또박 말해 봐. 그리고 뭘 봤는지도 제대
로 얘기하고."

"둘 다 죽었습니다, 함장님. 둘 다요. 드보가 여자의 시신을 담요에 싸는
걸 봤습니다. 아주 갈기갈기 찢어졌습니다. 다른 1명은 아직 못 보았습니
다."

"둘 다라니 그게 누구지, 골딩?" 크로지어는 '여자'라는 말에서 힌트를
얻었지만 그래도 되물었다.

"벙어리 여자와 괴물입니다, 함장님. 에스키모 마녀와 설원에 사는 괴
물 말입니다. 여자 시체는 봤는데 괴물 사체는 못 봤습니다. 저희가 바다
표범을 잡던 곳에서 한 1.6킬로미터 정도 더 가면 폴립이 나오는데 바로
그 옆에 있다고 했습니다. 가서 함장님과 군의관님을 모시고 오라는 명을
받았습니다."

"폴립? 폴리니아 말인가? 빙원에 1년 내내 열려 있는 작은 구멍 말이
지?"

"네, 맞습니다, 함장님. 저도 아직 못 보았지만 지금 윌슨이 괴물의 사체
를 담요에 싸서 썰매처럼 끌고 오는 중이라고 들었습니다. 갈기갈기 찢긴

채 죽은 벙어리 여자는 담요에 싸 놓았습니다. 드보 준위가 저더러 함장님과 군의관을 모셔 오되, 아무한테도 알리지 말라고 했습니다. 남들에게 알렸다간 나중에 존슨한테 태형을 당할 줄 알라고 했습니다."

"군의관은 왜 데려오라는 거지? 누가 다치기라도 했나?"

"그런 것 같은데 잘 모르겠습니다. 다들 그 '폴리아나'가 있는 쪽에 나가 있습니다. 포코크와 그레이터가 드보와 윌슨과 함께 남으로 내려가겠다고 했습니다. 그러면서 저에게 가서 함장님하고 군의관만 조용히 모셔 오라고 했습니다. 다른 사람은 데려오지도 말고 아무에게도 알리지 말라고 했습니다. 아직은 입 다물고 있으라고요. 그리고 오실 때 군의관 왕진용 가방에 괴물을 해체할 때 쓸 해부용 큰 칼도 가져오시랍니다. 오늘 저녁 총성 들으셨습니까, 함장님? 포코크와 그레이터와 저는 들었는데요. 폴럽에서 한 1.6킬로미터는 떨어진 곳에서도 들렸습니다."

"아니, 정신을 쏙 빼놓으며 우르르거리는 망할 놈의 빙하 소리가 워낙 커서 3킬로미터 거리에서 쐈을 총성이 여기까지 들리진 않았어. 잘 생각해 봐, 골딩. 정확히 드보가 굿서하고 나만 데려오라고 한 이유가 뭔가?"

"드보 준위는 괴물이 죽긴 죽었지만 우리의 생각과는 달리 안 죽었을지도 모른다고 했습니다. 정확히 뭐라 했는지 기억나지 않지만, 분명한 건 이 일로 모든 상황이 바뀐다고 했습니다. 캠프 대원들어 알기 전에 일단 함장님과 군의관부터 오셔서 무슨 일이 벌어졌는지 확인해 주셨으면 좋겠다고 했습니다."

"대체 거기에서 무슨 일이 있었던 거지?" 크로지어가 압박했다.

골딩이 고개를 저었다. "저도 모릅니다, 함장님. 포코크와 그레이터와 제가 바다표범을 사냥하고 있었습니다. 한 발을 쏘긴 쐈는데 바다표범이 빗맞고 얼음 속으로 쏙 들어가 버렸습니다. 놓쳐서 죄송합니다, 함장님. 바로 그때 남쪽에서 총성이 들렸습니다. 그리고 한 시간쯤 후에 드보와 조지 캔이 왔는데 캔의 얼굴이 피투성이였고, 뚱보 윌슨이 벙어리 여자를 담요에 싸서 질질 끌고 왔습니다. 시신은 만신창이였습니다. 그때 달이 떴습니다."

청명하고 유난히 붉은 석양이 지자 오랜만에 청명한 밤이 찾아왔다. 크로지어는 육분의를 상자에서 꺼내서 달에 고정시키고 있었다. 푸르스름한 거대한 보름달이 남동쪽 빙하와 난빙 위에 막 떠올랐다. 그때 바깥이 소란스러웠다.

"하필 왜 이 밤에 가야 하나, 내일 아침에 가도 될 텐데." 크로지어가 의아하게 생각했다.

"드보 준위가 지체하지 말라고 했습니다. 함장님께서 몸소 굿서 군의관을 대동하고 약 3킬로미터를 걸어서 와주시면 정말 고맙겠다고 했습니다. 두 시간도 안 걸리는 거랍니다. 빙벽이 좀 많긴 하지만 가서서 '폴리아나' 옆에 뭐가 있는지 보십시오."

"알았다. 굿서한테 가서 전하게. 굿서한테 왕진용 가방도 챙기라고 하고 옷 따뜻하게 입으라고 하게. 보트 앞에서 만나지."

...

4명이 골딩을 따라 설원을 걸었다. 크로지어는 드보가 군의관과 함장만 데려오라고 했던 말을 무시하고 갑판장 존 레인과 선창장 윌리엄 고다드에게 산탄총을 들려 동행했다. 난빙과 얼음 바위가 있는 곳을 지나 높게 솟은 압력 봉우리 세 개를 넘고 마지막으로 세락 숲을 통과했다. 골딩이 앞서서 걸었다. 캠프로 돌아올 때 부츠 발자국만 남긴 게 아니었다. 테러호를 버리고 떠날 때 가져온 대나무 막대기를 눈밭에 꽂아 두었다. 드보가 이끄는 정찰조는 이틀 전 대나무 막대기를 가져가서 돌아올 길을 표시하며 걸었고, 만약 열린 바다를 발견할 경우 남은 대원들이 보트를 끌고 오기에 가장 좋은 코스를 표시했다. 달이 훤해서 그림자까지 졌다. 가느다란 대나무 막대기가 푸르스름한 빙원 위에 마치 월령판(시간의 변화에 따라 변하는 달의 모습을 알아볼 수 있는 도구)처럼 그림자를 드리웠다.

처음 한 시간 동안은 헉헉대는 숨소리와 눈과 얼음 위에서 뽀드득거리는 발소리만 들렸다. 크로지어가 물었다. "여자가 죽은 게 확실하나, 골딩?"

"누구 말씀이십니까, 함장님?"

함장은 황당해하며 한숨 쉬었다. 입김이 작은 얼음 결정으로 변해 달빛에 빛났다. "여기 여자가 몇 명이나 있나, 벙어리 여자 말일세."

"아, 맞습니다. 여자가 죽었습니다. 젖가슴이 다 아작이 났습니다."

함장은 사환을 응시했다. 그들은 나지막한 압력 봉우리를 넘어 불쑥 솟은 푸르스름한 빙산 그림자 속으로 들어갔다. "분명 그 여자가 벙어리 여자 맞나? 다른 에스키모 여자일 수도 있잖아."

골딩은 그 질문에 멈칫했다. "여기 에스키모 여자가 또 있습니까, 함장님?"

크로지어는 고개를 저으며 사환에게 계속 앞서 가라고 손짓했다.

그들은 '폴리아나'에 도착했다. 골딩은 계속해서 폴리니아를 폴리아나라고 잘못 발음했다. 캠프에서 나선 지 한 시간 반이 걸렸다.

"여기보다 훨씬 멀다고 하지 않았나?" 크로지어가 물었다.

"제가 이렇게 멀리까지 나와 본 적이 없어서…… 제가 저쪽에서 사냥하고 있었는데 드보가 와서 괴물을 발견했다고 했습니다." 그는 뒤쪽을 막연히 손가락질하고 폴리니아 왼편도 가리켰다.

"아까 누가 다쳤다고 했는데?" 굿서가 물었다.

"네, 뚱보 알렉스 윌슨의 얼굴이 피범벅이 되었습니다."

"아까는 조지 캔이라고 그랬는데?" 크로지어가 물었다.

골딩은 고개를 힘껏 저었다. "아니, 아닙니다. 분명 피투성이가 된 자는 뚱보 알렉스가 맞습니다."

"그게 자기 피였어, 아니면 남의 피가 묻은 거였어?" 굿서가 물었다.

"저도 모릅니다." 골딩은 뚱하게 대답했다. "그냥 저더러 가서 군의관 님한테 가방을 들고 오시라고 전하라 했습니다. 군의관이 필요하니 가서 데려오라고 한 걸 보면 누군가 다쳤겠지 말입니다."

"그런데, 여기 아무도 없는데?" 갑판장 존 레인이 말했다. 그는 폴리니아 주위를 맴돌며 조심스레 걸었다. 폴리니아는 지름이 약 7.5미터 정도였다. 레인은 빙하 두께 2.5미터 밑으로 보이는 시커먼 물을 한 번 쳐다본 후 주위에 있는 세락 숲으로 시선을 돌렸다. "다들 어디 있지? 드보가 너 말고 8명을 데려갔을 텐데, 골딩."

"저도 모릅니다. 여기로 데려오라는 말만 들었습니다."

선창장 고다드가 입에 손을 대고 외쳤다. "어이! 드보! 어이!"

오른쪽에서 응답하는 외침이 들렸다. 또렷하지 않고 먹먹했지만 뭔가 들뜬 목소리였다.

골딩을 뒤에서 살피던 크로지어는 앞으로 나서서 3.6미터 높이의 세락 숲을 걸었다. 조각 같은 얼음탑 사이를 바람이 빠져나오다가 신음하며 노래했다. 얼음탑 모서리가 칼날만큼 날카롭고 보트 나이프보다 단단하다는 사실을 다들 잘 알고 있었다.

달빛을 받으며 걷다 보니 앞에 보이는 세락 숲 사이에 얼음탑이 솟지 않은 좁고 판판한 빙판이 보였다. 그 위에 검은 그림자가 홀로 서 있었다.

"저게 드보라면 다른 8명은 죽은 겁니다." 레인이 크로지어에게 속삭였다.

크로지어가 고개를 끄덕였다. "존, 윌리엄, 둘이 앞으로 간다. 산탄총을 하프 콕으로 하라. 굿서 박사는 내 옆에 있으시게. 골딩, 너도 여기에서 기다려."

"알겠습니다." 윌리엄 고다드가 속삭였다. 윌리엄 고다드와 존 레인은 방한 장갑을 입으로 잡아 빼 속장갑만 끼고 방아쇠에 손가락을 걸고는 총을 들어 준비 태세를 취했다. 무거운 쌍대총 공이치기 두 개 중 하나만 뒤로 젖혔다. 그런 다음 경계 태세를 취한 채 날카로운 세락 숲 너머 달빛이 비추는 곳으로 나아갔다.

커다란 그림자가 맨 끝에 있는 얼음탑 사이에서 튀어 나오더니 레인과 고다드의 머리를 동시에 가격했다. 마치 도살장 망치에 머리를 맞은 동물처럼 둘이 푹 고꾸라졌다.

크로지어 등 뒤에서 그림자가 나타나 그의 양쪽 팔을 뒤로 붙들었다. 함장이 버둥거리자 칼을 목에 갖다 댔다.

로버트 골딩은 굿서를 붙들고 긴 칼을 목에 댔다. "움직이지 마. 그랬다간 내가 널 수술해 버릴 테다."

커다란 그림자가 고다드와 레인의 외투 목덜미를 쥐고 판판한 빙판으로 끌고 갔다. 두 사람의 부츠 발끝이 눈밭에 질질 끌렸다. 세 번째 그림자가 얼음탑 뒤에서 나와 고다드와 레인이 떨어뜨린 산탄총을 집어 들더니 하나는 골딩에게 건네고 다른 하나는 자기가 가졌다.

"이리로 끌고 나와!" 리처드 에일모어가 산탄총 총신으로 가리켰다.

검은 그림자는 여전히 함장의 목에 칼을 대고 있었다. 크로지어는 체취로 그가 누구인지 간파했다. 주정뱅이 조지 톰프슨이었다. 함장은 그 자리에 서서 버텼지만 뒤에서 미는 바람에 넘어질 뻔했다. 그렇게 그림자 진 얼음숲에서 끌려 나와 달빛을 받으며 선 사내에게 떠밀려 갔다.

• • •

매그너스 맨슨이 그의 주인인 코닐리어스 히키 앞에 레인과 고다드를 내던졌다.

"살아 있나?" 크로지어가 다급히 물었다. 톰프슨이 여전히 함장의 팔을 뒤로 해 붙들었다. 산탄총 총구 두 개가 함장을 겨누자 목에 대고 있던 칼이 치워졌다.

히키는 두 사람을 살피려는 듯 몸을 수그렸다가 불쑥 칼을 꺼내 들고 아주 부드럽고 능숙하게 두 번 칼을 놀리며 목을 그었다.

"이런, 이제 막 죽었네. 지체 높으신 크로지어 함장." 히키가 비꼬았다.

빙판을 흥건히 적시는 피가 달빛 아래 검게 보였다.

"네놈이 존 어빙도 이렇게 죽였지?" 크로지어가 치를 떨며 물었다.

"닥쳐!"

크로지어는 로버트 골딩을 노려보았다. "너한테 은화 삼십 개를 주려 했는데."

골딩이 비웃었다.

히키가 함장 뒤에 선 톰프슨에게 명령했다. "크로지어의 오른쪽 주머니에 권총이 들어 있다. 그거 꺼내서 나한테 줘. 크로지어가 움직이면 그냥 죽여 버려."

에일모어가 강탈한 산탄총으로 함장을 겨누는 동안, 톰프슨이 함장 주머니에서 권총을 꺼냈다. 톰프슨이 권총과 탄약통을 건네자 에일모어는 그것을 받아 들고 제자리로 돌아가 다시 산탄총을 겨누었다. 그리고 달빛이 비추는 좁은 공간에 선 히키에게 권총을 건넸다.

"다들 태생적으로 비참한 족속들이군." 굿서가 불쑥 입을 열었다. "왜 너희가 이런 짓까지 해야 하지? 왜 우리 인간이라는 종족은 하늘이 내린 불행과 공포와 죽음을 피하려고 온갖 방법을 동원하다가 오히려 일을 더 그르치는 것일까. 히키, 대답해 봐."

히키, 맨슨, 에일모어, 톰프슨, 골딩은 굿서가 아람(시리아의 옛 이름)어로 말하는 듯 뚫어져라 쳐다보았다.

그리고 또 하나 살아 있는 인간, 프랜시스 크로지어도 군의관을 응시했다.

"가는 길에 네가 잡아먹을 인육 말고 원하는 게 뭐야, 히키?" 크로지어가 물었다.

"네 주둥이를 틀어막아 서서히 죽는 꼴을 보는 거다." 히키가 말했다.

로버트 골딩이 실성한 아이처럼 웃었다. 들고 있는 산탄총 총구 끝이 크로지어의 목 뒤 문신에 닿았다.

"히키, 난 같은 동료를 난도질 내는 일엔 절대로 가담하지 않을 거야." 굿서가 말했다.

달빛 아래 히키가 작은 치아를 드러냈다. "하게 될 걸. 분명히 하게 될 거야. 안 하면 한 번에 하나씩 네 살점을 도려내 그걸 도로 네 입에 쑤셔 넣겠어."

굿서는 입을 다물었다.

"토머스 존슨과 다른 이들이 너를 찾아 나설 거다." 크로지어는 히키의 얼굴에서 시선을 떼지 않았다.

히키가 웃었다. "존슨은 이미 우리를 찾았어. 아니 우리가 그를 찾았지."

히키는 뒤로 손을 뻗어 눈 속에 있던 삼베 가방을 잡아당겼다. "높으신 크로지어 함장께서는 단둘이 있을 때 존슨을 뭐라고 부르셨었나? 네 든든한 오른팔이라고 그랬지? 옜다!" 피범벅이 된 오른쪽 팔뚝이 날아왔다. 팔꿈치 바로 밑에서 잘려 허연 뼈가 번득거렸다. 오른팔이 공중에 붕 떴다 크로지어 발 앞으로 떨어졌다.

크로지어는 그것을 쳐다보지도 않았다. "이 가래만도 못한 불쌍한 쥐새끼. 예나 지금이나 하찮은 놈아!"

히키의 얼굴이 일그러졌다. 달빛을 받은 히키는 사람의 얼굴 같지 않다. 얄팍한 입술이 자질구레한 치아 위로 말려 올라갔다. 괴혈병으로 사망하기 직전에 누군가도 이런 모습이었다. 히키의 눈에는 증오심을 넘어 선 광기가 서려 있었다.

"매그너스, 크로지어의 목을 졸라. 천천히."

"응, 코닐리어스." 맨슨이 다리를 질질 끌며 다가왔다.

굿서가 앞으로 나서려 했지만 골딩이 한 손으로 그를 꽉 붙들고, 다른 한 손으로 산탄총을 머리에 겨누고 있었다.

크로지어는 맨슨이 다가오자 미동도 보이지 않았다. 맨슨의 그림자가 함장과 뒤에서 붙들고 선 조지 톰프슨을 덮치자 오히려 움찔한 건 톰프슨이었다. 크로지어는 뒤로 몸을 젖혔다가 앞으로 숙이며 왼쪽 팔을 잡아 뺀 다음 왼쪽 주머니에 손을 찔러 넣었다.

골딩이 방아쇠를 당기려 했다. 순간 굿서의 머리통이 날아갈 뻔했다. 놀란 크로지어는 주머니 속에서 총을 발사했다. 2연발 소구경 권총이라 두 번의 굉음이 터졌고 얼음숲에 반사되어 메아리쳤다.

"으악!" 매스너스 맨슨이 두 팔로 배를 움켜쥐었다.

"젠장." 크로지어가 덤덤히 말했다. 무심코 2연발 소구경 권총을 발사한 것이다.

"매그너스!" 히키가 소리치며 거인에게 다가갔다.

"함장이 날 쐈나 봐. 코닐리어스." 덩치 큰 맨슨이 넋 놓고 말했다.

"굿서!" 크로지어가 난리 통에 외쳤다. 함장은 몸을 돌려 톰프슨의 급소를 무릎으로 가격하고 달아났다. "뛰어!"

굿서는 도망가려고 했다. 달리고 밀치며 자유를 얻는 듯했다. 그러나 골딩의 발에 걸려 넘어지고 말았다. 골딩은 굿서의 복부를 강타해 쓰러뜨린 후 등을 자기 무릎으로 제압하고 산탄총 총신을 뒤통수에 갖다 댔다.

크로지어는 얼음숲으로 달려갔다.

히키는 침착하게 리처드 에일모어가 들고 있던 쌍대총을 가져와 조준한 다음 두 발 모두 발사했다.

세락 위쪽이 박살나며 바닥으로 쏟아졌다. 크로지어가 넘어지면서 바닥에 얼굴이 쓸렸다. 피가 빙판을 물들였다.

히키는 쌍대총을 도로 돌려주었다. 맨슨의 코트와 조끼 단추를 끄르고 셔츠와 더러운 속셔츠까지 활짝 열어젖혔다. "제기랄, 가서 군의관 데려와!" 히키가 골딩에게 소리쳤다.

"별로 안 아파, 코닐리어스. 조금 간지러워." 매그너스 맨슨이 말했다.

골딩이 앞으로 가서 굿서를 질질 끌고 왔다. 군의관은 안경을 쓰고 총탄 두 발이 박힌 상처를 살폈다. "확실하진 않지만 소구경 권총 총알이 피하지방까지 뚫고 들어간 것 같진 않아. 근육엔 닿지도 않았어. 개방성 손상이 살짝 두 군데 생겼을 뿐이야. 그러니 이제 크로지어 함장님한테 가봐도 될까, 히키?"

히키가 웃었다.

"코닐리어스!" 에일모어가 소리쳤다.

크로지어가 핏자국과 찢어진 옷가지를 뒤로하고 어두운 얼음숲을 향해 무릎으로 기어갔다. 그러다 이를 악물고 두 발로 일어섰다. 술에 취한 듯 비틀거리며 얼음숲으로 향했다.

골딩이 비웃으며 산탄총을 들었다.

"안 돼!" 히키가 소리치더니 크로지어에게서 뺏은 퍼커션 캡 권총을 주머니에서 꺼내 정성껏 조준했다.

얼음숲 12미터 앞에서 크로지어가 찢어진 어깨 뒤로 고개를 돌렸다.

히키가 발사했다.

크로지어가 총에 맞아 한 바퀴 돌면서 무릎으로 주저앉았다. 몸이 축 처졌다. 그러다가 사지를 심하게 휘적거리더니 한쪽 손으로 바닥을 짚으며 일어나려 했다.

히키는 다섯 걸음 앞으로 나가 다시 발사했다.

크로지어는 뒤로 쓰러지며 무릎을 세우고 바닥에 등을 댄 채 누웠다.

히키는 두 걸음 나와 조준한 후 또다시 발사했다. 크로지어의 한쪽 다리가 옆으로 넘어갔다. 총알이 크로지어의 무릎이나 바로 아래 근육을 뚫고 지나갔다. 함장은 아무 소리도 내지 않았다.

"코닐리어스, 자기야." 매그너스 맨슨의 목소리는 마치 다친 아이가 투정하는 것 같았다. "배가 점점 아파."

히키가 몸을 돌렸다. "굿서, 매그너스가 아프다는데 좀 어떻게 해 봐."

굿서는 고개를 끄덕이며 가늘고 건조하고 밋밋하게 말했다. "내가 도버산 한 통을 들고 왔어. 코카나무에서 추출해서 만든 거라 코카인이라고도 불리지. 이걸 주지. 원한다면 다 줄게. 맨드레이크, 아편 팅크제, 모르핀 같은 역할을 해서 아픈 게 덜어질 거야." 그는 팔을 뻗어 의사 가방을 건넸다.

히키는 산탄총을 들고 굿서의 왼쪽 눈을 조준했다. "만약 이것 때문에 통증이 더 심해지거나, 네가 그 못된 손으로 가방에서 메스 같은 걸 꺼내기라도 하는 날이면 네 거시기에 총을 쏴서 네가 죽기 전에 그걸 네 입에 쑤셔 넣을 테다. 알겠어, 군의관?"

"알지. 그런데 내 다음 행동은 히포크라테스 선서에 따른 거라고." 굿서는 병과 스푼을 꺼내 액체 모르핀을 따랐다. "마셔." 굿서가 맨슨에게 들이밀었다.

"고마워." 맨슨이 감사의 말을 하고 약을 꿀꺽 삼켰다.

"코닐리어스!" 톰프슨이 외쳤다.

크로지어가 사라졌다. 핏자국이 얼음숲으로 이어졌다.

"젠장." 히키가 한숨을 내쉬었다. "망할 자식이 꼴에 문제를 크게 일으키네. 리처드, 다시 장전했어?" 히키는 이렇게 물으며 권총을 장전했다.

"응." 에일모어가 산탄총을 들었다.

"톰프슨, 내가 가져온 산탄총을 들고 매그너스와 군의관하고 여기에 있어. 만약 착한 의사 선생이 마음에 안 드는 짓을 뭐라도 하면, 거시기를 날려 보내."

톰프슨이 고개를 끄덕였다. 골딩이 낄낄거렸다. 권총을 든 히키와 산탄총을 든 골딩과 에일모어가 달빛이 쏟아지는 설원으로 천천히 걸어 나왔다. 그리고 시험 삼아 얼음숲과 그림자를 향해 총을 한 방 갈겼다.

"저 속에서 찾기가 만만치 않을 텐데." 에일모어가 속삭였다. 달빛과 어둠이 한 줄씩 교차된 얼음숲으로 걸어 들어갔다.

"난 쉬울 것 같은데." 히키가 말했다. 피는 넓은 띠처럼 얼음숲을 향해 직선으로 이어졌다. 검은 그림자 사이로 피가 검은 점과 작대기로 그어진 전보처럼 보였다.

"함장한테 권총이 있어." 에일모어가 세락을 하나씩 살피며 이동했다.

"함장도 권총도 다 재수 없어." 히키가 똑바로 걸어갔다. 부츠가 빙판 위 핏자국을 디디는 순간 미끄덩했다.

골딩이 크게 웃었다. "함장도 권총도 다 재수 없어." 그는 노래하듯 다시 킥킥거렸다.

핏자국은 12미터를 지나 시커먼 물을 드러낸 폴리니아에서 끊겼다. 히키는 앞으로 달려가 고개를 숙였다. 2.4미터 두께로 얼어붙은 빙하 벽면에 세로로 시뻘건 줄이 죽죽 가 있었다. 누군가 이 물 속에 뛰어든 것이다.

"젠장, 빌어먹을!" 히키가 앞뒤로 발을 동동거리며 외쳤다. "크로지어가 거만하게 눈을 뜨고 있으면 그 재수 없는 얼굴에 내가 마지막으로 총알을 갈기려 했는데. 젠장, 기회를 놓쳤어."

"여기 좀 보세요." 골딩이 낄낄거리며 말했다. 뭔가 엎드린 시신이 물 위에 둥둥 떠 있었다.

"빌어먹을 외투만 있잖아." 에일모어가 대답했다. 그는 산탄총을 든 채

317

밝은 쪽으로 조심스레 나왔다.

"빌어먹을 외투군요." 로버트 골딩이 그의 말을 따라 했다.

"저기에 빠져 죽었나 봐. 드보와 다른 대원들이 총질하는 소리를 듣고 이쪽으로 달려올 텐데 그 전에 우리가 여기를 피할 수 있을까? 남들보다 우리가 이틀 뒤진데다가 출발하기 전에 시체를 토막 내야 하고." 에일모어가 말했다.

"누가 벌써 여기까지 오겠어? 그보다 크로지어가 아직 살아 있을지 몰라." 히키가 말했다.

"그렇게 총을 맞은데다가 외투도 없는데?" 에일모어가 물었다. "저기 저 외투를 보라고, 코닐리어스. 총 자국 안 보여?"

"살아 있을지 몰라. 정말 죽었는지 확인해야 해. 진짜로 죽었다면 시체가 둥둥 떠오르겠지."

"그래서 뭘 하려고? 함장 시체에 총질이라도 하려고?" 에일모어가 물었다.

히키는 에일모어 쪽으로 몸을 돌리면서 노려보았다. 키가 훨씬 큰 에일모어가 뒷걸음질 쳤다. "그래. 바로 그럴 생각이다." 히키는 모두에게 소리쳤다. "톰프슨, 가서 매그너스하고 군의관 데려와. 굿서는 여기 얼음탑에 단단히 묶어. 에일모어와 톰프슨과 내가 수색하겠다. 골딩, 너는 매그너스를 잘 모셔. 그리고 가져가기 쉽게 레인과 고다드를 잘게 토막 쳐."

"저더러 토막을 내라고요? 그런 일 시키자고 군의관을 데려온 거잖아요. 토막 치는 건 제가 아니라 굿서가 할 일인데요?" 골딩이 대들었다.

"굿서는 나중에 토막을 낼 거야. 오늘은 네가 해. 굿서는 아직 믿을 수 없어. 몇 킬로미터는 더 끌고 가서 우리끼리 있을 때나 써먹을 수 있어. 넌 착한 아이니 굿서를 데려와 여기에 단단히 묶어. 네가 가장 잘 매는 매듭으로 얼음탑에 단단히 묶으라고. 시신은 매그너스더러 이리로 옮겨달라고

해. 여기서 토막은 네가 내고. 올 때 굿서 가방 안에 있는 잘 드는 메스도 가져오고, 내가 가져온 저쪽 가방에서 큰 칼하고 목공용 톱도 꺼내서 써."

"알겠습니다. 그런데 저도 수색하고 싶은데요." 골딩이 얼음숲으로 터덜터덜 향하며 말했다.

"함장이 저기 총 맞은 곳에서부터 여기까지 오면서 몸속 피 절반은 흘렸을 거야. 물에 빠진 게 아니라면 피를 흘리지 않고는 어디에도 숨을 수 없어." 에일모어가 말했다.

"정확히 맞는 말이지, 친구." 히키가 미묘한 웃음을 흘렸다. "만약 물에 빠지지 않았다면 기어갔겠지. 이렇게 줄줄 새는 피를 지혈하지는 못했을 거야. 함장이 물에 빠진 게 아니라면 얼음숲으로 기어들어가 몸을 말고 있다가 과다 출혈로 죽었는지 확인하기 전까지 수색을 계속한다. 너희는 저쪽 폴리니아 남쪽부터 훑어. 나는 북쪽을 수색하겠다. 시계 방향으로 진행한다. 아주 작은 흔적 하나, 핏방울 하나라도 찾거나 눈 위에 발자국이 보이기라도 하면 소리치고 그 자리에 선다. 그럼 내가 합류할 테니. 조심해. 다 죽어가던 함장이 갑자기 어둠 속에 튀어나와 총을 빼앗는 꼴은 보고 싶지 않아. 안 그래?"

에일모어는 놀라서 당황한 눈치였다. "정말 함장한테 아직도 그럴 힘이 남아 있을까? 총을 세 방이나 맞은 몸인데? 외투가 없어서 몇 분 만에 얼어 죽었을 텐데? 날이 점점 추워지고 바람도 점점 세지잖아. 그런데도 정말 어딘가에 숨어서 우릴 기다리고 있을까, 코닐리어스?"

히키는 웃으며 검은 물속을 향해 고개를 끄덕였다. "아니, 아마 저기에 빠져 죽었을 거야. 그래도 정확히 확인하고 넘어가야지. 확신이 들 때까지는 이곳을 뜨지 않는다. 해가 뜰 때까지 찾아야 할지도 몰라."

• • •

결국 떠오르는 햇살과 지는 달빛이 교차되는 가운데 수색은 세 시간 동안 계속되었다. 폴리니아 근처에도, 얼음숲 한가운데에도, 그곳을 지나 펼쳐진 설원 위에도, 남쪽과 북쪽과 동쪽에 솟은 높은 압력 봉우리에도 함장의 흔적은 전혀 보이지 않았다. 핏자국도, 발자국도, 몸을 끌고 간 자국도 전혀 없었다.

로버트 골딩은 꼬박 세 시간 동안 히키가 시킨 대로 존 레인과 윌리엄 고다드를 잘게 토막 냈다. 끔찍한 짓이었다. 갈비뼈, 머리, 손, 발, 척추를 주위에 나란히 늘어놓고 앉은 꼴이 폭탄이 터진 도살장 같았다. 피범벅이 된 골딩은 분장하고 연극 무대에 오른 연기자처럼 보였다. 그때 히키와 다른 대원들이 돌아왔다. 에일모어, 톰프슨, 매스너스 맨슨까지도 골딩을 보는 순간 흠칫 뒤로 물러섰다. 다만 히키만 화통하게 웃었다.

챙겨온 유포로 인육을 싸서 마대자루와 삼베 부대 안에 한가득 집어넣었는 데도 계속해서 피가 밖으로 배어 나왔다.

그들은 굿서를 풀어주었다. 굿서는 충격과 한기에 온몸을 벌벌 떨었다.

"이제 가지, 선생. 다른 대원들이 여기에서 서쪽 16킬로미터 지점에서 널 기다린다." 히키가 말했다.

"드보와 다른 대원들이 너흴 잡으러 올 거야." 굿서가 말했다.

"아니." 코닐리어스 히키의 목소리는 단호했다. "절대로 안 와. 아니 못 와. 우리한테 산탄총이 세 자루나 있고 권총도 하나가 있다는 것을 안 이상 오지 않을 거야. 게다가 우리가 여기에 있다는 걸 알아도 아마 안 올 거야." 히키가 골딩에게 명령했다. "여기 신참한테 고기 부대 하나 메고 가라고 던져 드려라."

굿서가 골딩이 건너는 부대를 거부하자 매그너스 맨슨이 굿서를 넘어뜨리는 바람에 갈비뼈가 나갈 뻔했다. 피가 뚝뚝 떨어지는 부대를 네 번이나 떠밀고 세차게 두 번 복부를 가격하자 굿서는 어쩔 수 없이 부대를 받아들었다.

"가자, 여기선 볼일 다 봤다." 히키가 말했다.

54
드보

8월 19일 토요일 아침, 1등 항해사 드보는 8명의 대원과 구조 캠프로 돌아올 때 절로 웃음이 나왔다. 뭔가 돌파구를 찾아서 함장과 대원들에게 빨리 좋은 소식을 전하고 싶었다.

극빙이 열리더니 유빙이 보였고, 7킬로미터 밖에 배를 띄울 수 있는 리드가 열렸다. 드보와 정찰조는 리드를 따라 하루 더 남으로 내려갔다. 해협이 활짝 열려 애들레이드 반도까지 이어졌다. 반도 동쪽에 있는 협만을 따라 백 강까지 저 멀리 물길이 열린 게 확실했다. 드보는 가장 남쪽에 있는 극빙에 올라가 정찰했다. 거기에서 개수로 20킬로미터 너머 애들레이드 반도의 나지막한 언덕이 어렴풋이 보였다. 보트가 없어서 더는 남진할 수 없었다. 그래서 1등 항해사 드보가 함박웃음이 나온 것이다. 지금까지도 피식 웃음이 나왔다.

'이제 다 같이 구조 캠프를 떠날 수 있어. 이제 여기 있는 사람들은 죄다 살 수 있다고.'

희소식이 또 하나 있었다. 정찰조는 해협에 새로 열린 개수로 근처 유빙에 올라타 바다표범을 사냥했다. 이틀 밤낮으로 사냥한 드보의 정찰조는 바다표범 고기로 포식했다. 다들 몸에서 고기를 간절히 원했다. 묵은 십 비스킷과 염장 돼지고기만 씹으며 몇 주를 버틴 후였다. 기름진 고기를 너무 많이 먹어서 속이 매슥거려 게워내는 바람에 배가 도로 고파졌지만, 그래도 다들 웃으며 고기를 먹고 또 먹었다.

8명의 대원들은 드보 뒤에서 남은 바다표범 고기를 끌고 왔다. 정찰조는 해안가 인근에 꽂힌 대나무 막대를 따라 캠프로 돌아갔다. 구조 캠프에 있는 46명이 오늘 밤 배불리 먹을 수 있다. 그리고 금의환향하는 8명의 탐험가도 또다시 배불리 포식할 것이다.

'완벽해.' 드보는 자갈 해변 위로 보트를 끌고 올라가면서 캠프의 주의를 끌려고 만세를 외치고 고함을 쳤다. 풋내기 골딩이 정찰을 떠나던 첫날 배가 아프다며 캠프로 돌아간 것 빼고는 완벽한 정찰이었다. 몇 달 만에, 아니 몇 년 만에 처음으로 크로지어 함장과 다른 대원들이 희소식을 듣는다.

이제 집으로 갈 수 있다. 만약 오늘 출발한다면 환자들까지 보트에 태워 건강한 대원들이 끌고 드보가 꼼꼼히 개척한 압력 봉우리를 넘는다. 그다음 바람을 가르며 7킬로미터만 끌고 가면 사나흘 안에 배를 띄울 수 있다. 그럼 백 강 어귀까지 일주일이면 도착 가능하다. 지금쯤이면 개수로가 해안가까지 열려 있을 것이다.

더럽고 만신창이가 된 대원들이 텐트에서 나와 하던 잡일을 멈추고 드보 정찰조를 응시했다.

신이 난 드보 정찰조, 뚱보 알렉스 윌슨, 프랜시스 포코크, 조세퍼스 그레이터, 조지 캔, 로버트 존스, 토머스 태드만, 토머스 맥콘베이, 윌리엄 마크의 함성이 쏙 들어갔다. 굳은 얼굴로 미동 없이 눈이 퀭한 캠프 대원들의 얼굴이 보였다. 뒤에 바다표범을 끌고 오는데도 아무런 반응을 보이지 않았다.

항해사 카우치와 토머스가 텐트에서 나와서 자갈 해변으로 걸어와 한 줄로 늘어 선 구조 캠프 대원들 앞으로 나왔다.

"누가 죽었어?" 찰스 프레데릭 드보가 물었다.

. . .

2등 항해사 에드워드 카우치, 1등 항해사 로버트 토머스, 1등 항해사 찰스 드보, 이리버스호의 선창장 조지프 앤드루스, 테러호의 큰돛대장루장 토머스 파가 굿서가 병실로 쓰던 큰 텐트에 모였다. 다리 절단 수술을 받은 이들은 굿서가 떠난 지 사흘 만에 죽었거나 다른 환자 옆으로 옮겼다고 했다.

오늘 아침 텐트에 모인 5명은 프랭클린 탐험대 생존 대원 중 마지막 남은 장교들이자 구조 캠프 안을 마음껏 돌아다닐 수 있는 자들이었다. 5명 중 넷에게 담뱃잎이 넉넉히 남아 있어서-파는 담배를 피우지 않는다-파이프를 빨았다. 텐트 안이 푸르스름한 연기로 가득 찼다.

"거기 빙판 위에 남은 시신이 괴물에 당하지 않은 게 확실해?" 드보가 물었다.

카우치가 고개를 저었다. "처음에는 괴물에게 당한 줄 알았습니다. 사실 그렇게 생각했는데, 뼈와 머리와 남은 살 조각을 보니……" 그는 말을 멈추고 파이프를 뻑뻑 빨았다.

"거기에 칼자국이 나 있더라고요. 레인과 고다드를 누군가 칼로 발랐더라고요."

"그건 사람이 아니죠. 인두겁을 쓴 악마지." 토머스 파가 말했다.

"히키군." 드보가 말했다.

다른 이들이 고개를 끄덕였다.

"히키와 그 살인자 일당을 쫓아가야 해." 드보가 말했다.

한동안 침묵이 흘렀다. 로버트 토머스가 말을 꺼냈다. "왜?"

"정의의 이름으로 심판해야지."

5명 중 넷이 서로 얼굴을 살폈다. 카우치가 말했다. "이제 그쪽한테 산탄총이 세 자루나 있습니다. 게다가 함장님의 퍼커션 캡 권총도 빼앗았을 테고요."

"우리가 인원도 더 많고, 총이나 탄약통, 화약도 우리가 더 많아." 드보가 말했다.

"맞긴 맞는데…… 히키와 15명의 일당과 싸워서 죽을 사람이 몇이나 될까요? 토머스 존슨은 돌아오지도 않았잖습니까. 존슨은 히키 일당이 그들 말대로 진짜로 떠났는지 미행하여 확인하는 게 임무였는데 말입니다." 토머스 파가 말했다.

"믿을 수 없어." 드보는 파이프를 입에서 떼면서 담배통을 톡톡 쳤다. "크로지어 함장님과 굿서는 어찌 됐지? 그냥 포기할 참이야? 코닐리어스 히키에게 두 사람의 목숨을 맡겨 놓을 생각이냐고?"

"함장님은 벌써 죽었을 걸요." 선창장 앤드루스가 말했다. "히키가 함장님을 살려 둘 이유가 없어요. 재미로 고문하고 괴롭힐 생각이 아니라면요."

"그렇다면 더더욱 그들을 추격해야 할 이유가 생기는군." 드보가 말했다.

다른 이들은 한참 대답하지 않았다. 푸르스름한 담배 연기가 텐트 안에 빼곡히 들어찼다. 토머스 파는 텐트 문을 열어서 담배 연기를 빼며 환기를 시켰다.

"빙상에서 그 일이 있은 지 벌써 이틀이 꼬박 지나고 있습니다." 에드워드 카우치가 말했다. "우리가 지금 떠나서 히키 일당과 싸우려면 앞으로 며칠은 걸립니다. 그것도 그들을 찾을 때나 가능합니다. 악마 같은 무리는 벌써 저 멀리 가 버렸을 테고. 내륙으로 벌써 내뺐을 거라고요. 바람이 세차서 썰맷길도 몇 시간이면 흔적도 없이 사라질 테고 말이죠. 만약 함장님이 살아 계시다 칩시다. 제 생각엔 돌아가셨을 것 같지만요. 벌써 닷새, 아니 일주일이나 지났는데 정말 살아 있다고 믿습니까?"

드보는 파이프를 씹었다. "그럼 굿서 박사는? 우리한텐 의사가 있어야 해. 히키가 군의관은 살려 뒀을 확률이 높아. 그러니 굿서를 데려갔겠지."

로버트 토머스가 고개를 저었다. "코닐리어스 히키는 악마 같은 목적을 달성하려고 군의관이 필요했을 겁니다. 그런데 이제 우리에겐 군의관이 필요 없습니다."

"그게 무슨 말이지?"

"굿서가 쓰던 물품과 약품이 여기에 거의 다 있습니다. 왕진용 가방 하나만 들고 갔거든요." 파가 말했다. "그리고 토머스 하트넬이 조수로 일해서 어떤 약을 쓰는지 꽤 잘 압니다."

"그럼 수술은?" 드보가 말했다.

카우치가 씁쓸히 웃었다. "지금 이 시점에 수술받을 사람이라면 과연 살 수 있다고 생각합니까?"

드보는 대답하지 않았다.

"만일 히키 무리가 오도 가도 못하게 됐으면요?" 앤드루스가 물었다. "계획대로 안 됐으면요? 그러니 돌아와서 함장을 죽이고, 굿서를 잡아 가고, 불쌍한 존 레인과 고다드를 죽여서 짐승처럼 살을 바른 거잖아요. 히키는 우리를 고깃덩어리로 볼 거라고요. 만약 히키가 저 언덕 너머에서 기다리고 있다가 우리 캠프를 습격할 생각이면 어쩌냐고요?"

"히키를 아예 악마 같은 놈 취급하는군." 드보가 말했다.

"악마가 되었어도 벌써 됐을 놈입니다." 앤드루스가 말했다. "악마 같은 놈이 아니라 그냥 악마입니다. 악마, 진짜 악마요. 히키와 고분고분하게 말 잘 듣는 매그너스 맨슨은 악마라고요. 악마에게 영혼을 팔아서 어두운 힘을 얻었어요. 제 말이 맞다고요."

"북극 탐험에서 진짜 괴물은 하나로 족한데 말이야." 로버트 토머스가 농담을 건넸다.

아무도 웃지 않았다.

"진짜 괴물은 단 하나뿐입니다." 에드워드 카우치가 마침내 입을 열었다. "우리 인간은 괴물이 될 수 없어요."

"그래서 어쩌자고?" 드보가 침묵을 깨고 물었다. "키 150센티미터짜리 난쟁이 악마한테 벗어나 내일 보트를 타고 남으로 내빼자는 거야?"

"저라면 오늘 가겠습니다." 조지프 앤드루스가 말했다. "보트에 필요한 짐을 쑤셔 넣고 밤새 끌고 가는 겁니다. 운이 좋으면 달이 떠서 훤할 테고요. 만약 달이 뜨지 않으면 아껴둔 램프에 불을 붙이면 됩니다. 저기 바깥에 아직 대나무 막대기가 꽂혀 있다면서요. 눈 폭풍이 본격적으로 오기 시작하면 제대로 쫓아가지도 못할 겁니다."

카우치가 고개를 저었다. "드보와 정찰조는 지금 너무 피곤해. 캠프 대원들은 사기가 바닥이고. 일단 오늘 밤에 잔치를 열자. 잡아 온 바다표범 8마리를 모두 다 먹고 내일 아침에 떠나는 거야. 배불리 먹었으니 희망이 더 생길 거라고. 바다표범 기름으로 불을 피워 요리해서 먹은 다음 밤새 푹 자자고."

"그럼 오늘 밤 안전 당직은요?" 앤드루스가 물었다.

"그건 내가 설게. 난 그렇게까지 배가 고픈 건 아니니." 카우치가 말했다.

"그렇다면 이제 누가 지휘자가 되느냐 하는 문제가 남았습니다." 토머스 파가 물었다. 캔버스를 통해 들어오는 어둑어둑한 불빛 아래 어린 얼굴들이 서로 바라보았다.

몇 명이 한숨을 내쉬었다.

"찰스 드보가 총지휘를 맡아야 해." 1등 항해사 로버트 토머스가 말했다. "프랭클린 경은 고어 대위가 죽자 드보를 이리버스호 1등 항해사로 임명했어. 그러니 드보가 최선임이야."

"그런데 로버트, 당신은 테러호의 1등 항해사이십니다. 게다가 나이도 더 많습니다." 파가 말했다.

로버트 토머스가 고개를 단호히 저었다. "이리버스호가 지휘함이야. 고어 대위가 살아 있다면 그가 나보다 상급자이니 그가 총지휘를 맡는 게 당연해. 그런데 고어의 자리를 드보가 물려받았어. 그러니 드보가 총책임자가 되는 게 맞아. 난 상관없어. 드보가 나보다 더 지휘를 잘할 거야. 우리에겐 리더십이 필요해."

"크로지어 함장님이 안 계신다니 믿기지 않아요." 앤드루스가 말했다.

5명 중 4명이 담배를 뻑뻑 빨았다. 아무도 입을 열지 않았다. 밖에서 사람들이 바다표범을 두고 얘기하는 말소리가 들렸다. 누구는 웃었다. 그리고 아주 멀리에서 얼음이 총성 같은 비명을 내지르며 갈라지는 소리가 들렸다.

토머스 파가 말했다. "엄밀히 따지면 조지 헨리 호지슨 중위가 지금 탐험대 지휘를 맡는 게 맞습니다."

"재수 없는 호지슨의 엉덩이를 걷어차 버려야 할 텐데." 조지프 앤드루스가 말했다. "만약 쪼그만 족제비가 도로 기어 들어오면, 내가 목 졸라 죽이고 그 위에 오줌을 갈기겠습니다."

"호지슨도 지금껏 살아 있을 것 같지 않아." 드보가 조용히 말했다. "그럼 내가 이제부터 함선 총지휘를 맡겠다. 로버트 토머스가 서열 2위, 에드워드 카우치가 3위다."

"알겠습니다." 텐트 안의 나머지 넷이 동의했다.

"내가 앞으로 계속해서 의견을 물어도 이해 바라겠어. 난 언젠가는 함장이 꼭 되고 싶었어. 그런데 이런 식으로는 정말 아니었는데. 아무튼 너희의 도움이 필요해."

다들 담배 연기가 자욱한 곳에서 고개를 끄덕였다.

"오늘 밤 잔치를 벌이고 그다음 날 떠난다고 대원들에게 발표하기에 앞서 질문이 있습니다." 카우치가 물었다.

텐트의 후끈한 열기 속에서 모자를 벗은 드보가 눈썹을 추켜세웠다.

"환자들은 어쩔 생각입니까? 하트넬이 그러는데 6명은 안 가면 여기서 죽는다 해도 못 걷는다고 합니다. 괴혈병이 상당히 진척되었기 때문이라고 합니다. 함장 당번병이었던 좁슨이 그렇게 말했습니다. 헬프만과 기관장 톰프슨은 죽었지만, 좁슨은 여태 목숨이 붙어 있습니다. 좁슨은 고개를 들고 혼자 뭘 마시지도 못해 반드시 도움을 받아야 한다고 합니다. 그런데도 살아 있다고요. 좁슨을 데려갈 건가요?"

드보는 카우치를 보다가 아무 말 없는 나머지 셋을 쳐다보았다. 아무도 대꾸하지 않았다.

"만일 좁슨과 중증 환자를 데려간다면 우리가 왜 데려가겠습니까?" 카우치가 물었다. 드보는 2등 항해사 카우치의 질문에 대답하지 않았다. 우리가 그들을 동료로 데려가는 건지, 먹을거리로 데려가는 것인지는 물을 필요가 없었다.

"여기에 두고 가면 다시 돌아올 히키한테 잡아먹힐 게 분명해." 드보가 말했다.

카우치는 고개를 저었다. "제가 묻는 건 그 말이 아닙니다."

"나도 알아." 드보가 말했다. 그는 깊은 한숨을 내쉬더니 짙은 파이프 연기에 연신 기침을 해댔다. "좋아, 그럼 내가 프랭클린 탐험대의 새 지휘관으로서 처음 결정을 내리겠다. 내일 아침에 빙상에 보트를 끌고 갈 때 누구든 보트까지 걸어와 하네스를 찰 수 있는 자, 그리고 자력으로 보트에 탈 수 있는 자만이 우리와 같이 간다. 만약 행군 도중 사망할 경우 시신을 가져갈지 말지는 우리가, 아니 내가 결정한다. 그러나 내일 아침에는 걸어서 보트까지 올 수 있는 자만 구조 캠프를 떠난다."

다들 대답하지 않았다. 몇 명만 고개를 끄덕였다. 다들 드보의 시선을 피했다.

"일단 먹고 그 후에 내가 얘기하지." 드보가 말했다. "너희 넷은 믿을 만한 자를 하나씩 골라 그들과 같이 당직을 선다. 에드워드가 근무표를 짤 거야. 다들 먹느라 까먹지 말고. 안전하게 개수로에 도착할 때까지 우리의 지혜가 필요하다."

이번에는 넷 다 고개를 끄덕였다.

"좋아. 그럼 가서 잔치가 열린다고 말해. 할 얘긴 다했다." 드보가 말했다.

55
굿서

1848년 8월 20일

다음은 해리 D. S. 굿서 박사의 일기다.

1848년 8월 20일 토요일

악마 같은 히키는 그 오랜 세월 존 프랭클린 경도, 피츠제임스 함장도, 크로지어 함장도 누리지 못한 행운을 몽땅 얻은 것 같다.

저들은 내가 무심코 일기장을 왕진 가방에 넣어온 것을 모른다. 이틀 전 나를 포로로 잡고 내 가방을 샅샅이 뒤졌기 때문에 어쩌면 알지도 모르겠다. 그래도 저들은 신경 쓰지 않는다. 나는 호지슨 중위와 단둘이 텐트를 같이 쓴다. 호지슨도 나와 같은 신세. 그는 내가 밤에 글을 끼적여도 별로 상관하지 않는다.

나는 아직도 동료들의 죽음이 믿기지 않는다. 레인, 고다드, 크로지어가 죽었다니. 금요일 늦은 밤, 설원에 있는 여기 썰매 캠프로 돌아오자마자 히키 일당 중 절반이 인육 잔치를 벌이는 모습을 내 눈으로 보지 않았더라면 나는 믿지 못했을 것이다. 이곳은 예전에 우리가 머문 리버 캠프에서 그리 멀지 않다. 아직도 그런 야만적인 행위가 믿기지 않는다.

히키의 악마 같은 무리 전체가 인육의 유혹에 넘어간 건 아니었다. 히키, 맨슨, 톰프슨, 에일모어는 신나게 인육을 즐겼다. 수병 윌리엄 오렌, 당번병 윌리엄 깁슨, 화부 루크 스미스 골딩, 누수방지공 제임스 브라운, 그의 조수 던도 동참했다.

그러나 나를 포함한 다른 이들은 버티고 있다. 모핀, 베스트, 제리, 워크, 스트리크랜드, 그리고 호지슨. 우리는 비구미가 낀 십 비스킷으로 연명하는 중이다. 인육을 거부하는 이들 가운데 스트리크랜드나 모핀, 호지슨만 오래 버틸 수 있을 것 같다. 히키 일당은 해안을 따라 서쪽으로 갔다가 바다표범을 딱 한 마리만 사냥했는데, 그것만으로도 스토브를 켤 오일로 충분했다. 인육을 굽는 냄새는 정말이지 기가 막히게 좋았다.

히키는 나를 아직 해치지 않았다. 지난 이틀간 내가 인육을 먹지 않고 시체를 토막 내기를 거부했는데도 나를 살려 두었다. 지금까지 레인과 고다드가 그들의 시장기를 달래 주었기에 난 아직 선택의 기로에 서지 않았다. 그 선택이란 내가 인육을 바르는 백정이 되느냐, 아니면 내 팔다리가 잘리고 내 살을 베이는 꼴을 당하느냐를 결정하는 것이다.

히키, 에일모어, 톰프슨 말고는 아무도 산탄총에 손대지 못한다. 에일모어와 톰프슨은 우리의 새로운 황제, 쥐새끼 히키를 모시는 대위로 급이 올랐다. 매그너스 맨슨은 스스로 조준해 폭발할 수 있는 무기나 다름없는 인간이다. 아직도 그가 인간인지는 모르겠지만.

그런데 내가 히키더러 운이 좋다고 하는 건 그가 어둠의 과정을 거쳐 인육을 얻는 행운이 따른다는 말이 아니다. 그보다, 오늘 있었던 일 때문에 그가 운이 좋다고 말하고 싶다. 브리젠스가 떠난 예전 리버 캠프에서 북서쪽으로 3킬로미터 정도 지나 해안가를 따라 서진하던 중 활짝 열린 개수로를 만났다.

히키의 사악한 무리는 썰매를 멈추고 리깅을 매고 짐을 옮겨 싣고 당장 피니스를 띄웠다. 우리는 그때부터 돛을 올리고 노를 저으며 빠르게 서쪽으로 이동했다.

어떻게 17명이 8.5미터짜리 피니스에 다 올라탔는지 궁금할 것이다. 원래 이 보트는 8인에서 10인이 편안하게 탈 수 있는 사이즈다.

우리가 무지막지하게 포개 앉았기에 가능했다. 텐트, 무기, 탄약통, 물통 상자, 대원들, 거기에 인육만 싣고 다녔지만 꽤 무거웠다. 그래서 해수면이 양쪽 건웨일까지 찰랑찰랑 차오를 정도였다. 특히 리드 폭이 너무 좁아 노를 저을 수 없어서 간신히 바람의 도움으로 항해할 때는 더욱 위험했다.

나는 히키와 에일모어가 오늘 저녁 여기 뭍에 도착해서 텐트를 세울 때 하는 얘기를 들었다. 그들은 목소리를 낮추려는 노력을 조금도 하지 않았다.

"누군가 보내야겠어."

바다가 열려 있다. 그것도 뻥 뚫렸다. 아마 테러 캠프까지, 아니 테러호로 돌아가는 내내 이렇게 열려 있을 것이다. 예언자 코닐리어스 히키가 지난 7월 이름 모를 만에서 크로지어에게 항명하는 동안 주장한 그대로였다. 그때 개수로를 발견했다는 고함 소리에 간신히 반란으로 이어지지 못했다. 히키와 그 무리는 배를 타고 사흘 후면 테러 캠프와 테러호에 도착할 것이다. 우리가 그 반대 방향으로 천근 같은 짐을 끌며 석 달 반이나 걸려서 왔던 그 거리를 사흘 만에 주파할 것이다.

이제 저들은 힘써 썰매를 끌 사람이 필요 없다. 이 말은 즉, 이제 사람은 인육으로 잘려 내일 항해할 때 배를 가볍게 하는 데 일조해야 한다는 뜻이다.

히키, 맨슨, 에일모어와 다른 우두머리들이 캠프를 돌아다닌다. 내가 이 글을 쓰는 동안 그들은 우리를 단호한 목소리로 텐트 밖으로 불러내는 중이다. 이렇게 야심하고 어두운 밤에.

내일까지도 살아 있다면 좀 더 쓰겠다.

56
좁슨

다들 좁슨을 노인네 취급했다. 그리고 노인네라고 그를 남기고 떠났다. 이제는 쓸모없는, 죽어가는 노인 취급을 했지만 웃기는 일이었다. 토머스 좁슨은 고작 서른하나였다. 오늘 8월 20일, 서른한 살이 되었다. 오늘은 그의 생일이다. 크로지어 함장 빼고 오늘이 그의 생일인지 아는 사람은 아무도 없다. 함장은 무슨 이유인지 모르겠지만, 어느 순간부터 그를 보러 오지 않았다. 다들 그를 노인네 취급했다. 괴혈병 때문에 이가 몽땅 빠지고 머리도 다 빠졌다. 잇몸과 눈과 헤어라인과 항문에서 출혈이 있다. 그러나 그는 노인이 아니다. 오늘 서른한 살 생일을 맞이했고, 그들은 그의 생일에 그를 죽게 내버려 두고 자기들끼리 떠났다.

좁슨은 어제 흥청망청거리는 소리를 오후부터 밤까지 들었다. 고함치고 웃고, 고기 굽는 냄새에 대한 기억과 느낌이 드문드문 끊겼다. 왜냐하면 어제 열이 올라 정신이 오락가락했기 때문이다. 그런데 자정 즈음에 정신을 차려보니 누군가 기름진 바다표범 껍데기와 허연 기름과 비린내 나는 거의 굽지도 않은 바다표범 고기를 접시에 담아 두고 갔다. 좁슨은 토가 나왔다. 그런데 아무것도 올라오지 않았다. 며칠째 아무것도 못 먹었기 때문이다. 구역질 나는 접시를 열린 텐트 문 밖으로 떠밀었다.

저녁에 한 사람씩 텐트로 찾아와서 아무 말도 하지 않고, 심지어 얼굴을 똑바로 보지도 못하고 돌덩이처럼 단단하고 푸른곰팡이가 핀 십 비스킷을 잔뜩 쌓아 놓았다. 좁슨은 그를 두고 떠나려 한다는 것을 그때 알았다. 십 비스킷은 그의 장례식 준비를 위해 하얀 돌을 모아 놓은 것처럼 보였다. 그는 너무 기운이 없어 뭐라 항변하지도 못했다. 게다가 악몽에 시달린 상태였다. 그 오랜 세월 영국 해군에, 극지 탐험 위원회에, 크로지어 함장에게 충성한 결과가 고작 대충 구워 완전히 상한 밀가루 덩어리라니.

그들은 그를 버리고 떠났다.

일요일 아침, 좁슨은 요 며칠 전보다 훨씬 맑은 정신으로 잠에서 깼다. 아마 몇 주 만인 것 같았다. 일어나 보니 다들 구조 캠프를 아예 떠나려고 채비하는 소리가 들렸다.

보트 옆에서 고함 소리가 들렸다. 웨일보트 두 척을 똑바로 세우고 커터 두 척은 썰매 위에 실은 다음 총 네 척에다 짐을 다 실었다.

'어떻게 날 버리고 갈 수 있지?' 좁슨은 그들이 그럴 거라는 것이, 그럴 수 있다는 것이 믿기 힘들었다. 크로지어 함장이 사경을 헤맬 때, 기분이 안 좋을 때, 술에 취해서 한바탕 난리를 피울 때, 그가 수백 번도 더 옆에서 치다꺼리해 주었는데. 조용히 속으로 삭이며 성실히 일한 당번병 아니었던가? 함장이 한밤중에 토를 하면 그 통을 치우고, 설사병에 걸려 엉덩이에 똥칠을 했을 때 아일랜드 출신 술주정뱅이 궁둥이도 그가 닦아 주었다.

'아마 저 망할 놈의 크로지어가 나더러 죽으라고 여기에 버리고 가나 보다.'

좁슨은 애써 눈을 뜨고 축축한 침낭에서 몸을 굴리려 했다. 너무 어려웠다. 병마가 온몸에 퍼져서 그를 소진해 버렸다. 머리가 터질 것 같은 두통이 눈을 뜰 때마다 찾아왔다. 저 높은 파도가 칠 때 케이프 혼 인근에서 배를 탄 것처럼 바닥이 위아래로 요동쳤다. 뼈까지 아팠다.

'기다려!' 그가 외쳤다. 힘껏 외친 줄 알았는데 그저 속으로 한 생각일

뿐이었다. 그보다 더 크게 외쳐야 했다. 그들이 배를 밀고 빙해로 나가기 전에 잡아야 한다. 그들에게 그도 힘껏 끌 수 있다는 것을 보여줘야 한다. 아니면 썩은 내 나는 바다표범 고기를 억지로 삼킬 수 있다는 것을 보여주며 그들을 속일 수도 있다.

좁슨은 남들이 그를 산송장 취급하는 것이 믿기지 않았다. 그는 당번병으로 해군 평가 점수도 높고 경험도 많은 산 사람이다. 이 탐험대에서 그누구보다 영국 시민으로서 건강한 가정도 꾸린 자였다. 포츠머스에 가족과 집도 있었다. 극지 탐험대에서 첫해 봉급 65파운드 중 선불로 28파운드를 받아 그걸로 빌린 집에서 쫓겨나지 않았다면 아내 엘리자베스와 아들 에브리는 아직도 그 집에 살고 있을 것이다.

구조 캠프는 이제 텅 비었다. 근처 텐트에서 나지막이 들리는 신음 소리와 끝없이 부는 바람 소리는 여전했다. 자갈을 밟는 부츠 발소리, 가벼운 욕설, 가끔 웃는 웃음소리, 당직 근무 중인 대원들의 잡담, 텐트끼리 주고받던 고함 소리, 망치 소리, 톱질 소리, 파이프 담배 냄새, 이 모든 것이 사라졌다. 보트가 있는 방향에서 희미하게 멀어지는 소리만 들렸다. 다들 진짜 떠나나 보다.

토머스 좁슨은 여기에 버려져 죽을 만큼 추운 임시 캠프에서 그냥 죽지 않을 것이다.

온몸의 힘을 쥐어짰다. 쥐어짜 봐야 나올 힘도 없지만 좁슨은 허드슨스 베이 컴퍼니의 담요 침낭을 어깨 아래로 내리고 기어서 나오기 시작했다. 쉬운 일이 아니었다. 얼어붙은 땀과 피와 몸에서 흐른 여러 액 때문에 살점이 떨어져 나가고 옷이 찢겨졌다. 그런 다음에야 침낭을 빠져나와 텐트 입구까지 갈 수 있었다.

팔꿈치로 찍으며 기자니 수 킬로미터를 움직이는 것 같았다. 좁슨은 텐트 입구로 나오는 순간 앞으로 푹 고꾸라졌다. 바깥 공기가 얼마나 찬지

숨이 턱 막혔다. 캔버스를 통해 들어오는 희미한 빛과 텁텁한 실내 공기에 익숙해져서 탁 트인 외부로 나가니 숨이 차고 눈이 시려 눈물이 흘렀다.

좁슨은 햇빛이 환상에 지나지 않음을 곧 깨달았다. 사실 아침은 어두침 침했고 안개가 자욱했다. 덩굴손 같은 얼음 알갱이가 텐트 사이에 떠다녔다. 그들이 버리고 온 망자의 영혼이 떠다니는 것 같았다. 그것을 보니 좁슨은 리틀 대위와 항해장 레이드, 해리 페글러, 다른 이들을 병원 속 열린 개수로 아래로 떠밀어 보내던 날 짙게 깔린 안개가 떠올랐다.

'그렇게 그들을 죽음 속으로 밀어 넣었지.'

십 비스킷과 바다표범 고기가 있는 쪽을 지나, 좁슨은 무감각하고 움직이지 않는 다리를 질질 끌며 둥근 텐트 입구로 빠져나왔다. 대원들은 그를 신에게 바치는 희생양이나 빌어먹을 이단의 우상으로 취급한 듯 먹을 것을 잔뜩 갖다 두었다.

근처에 텐트 두세 개가 서 있는 것이 먼저 눈에 들어왔다. 그 순간, 여기에 있던 대원들이 잠시 자리를 비운 것이고 보트 근처에서 다른 일을 끝내고 곧 돌아올 거라는 희망에 부풀었다. 그러나 텐트가 거의 다 사라진 것을 눈치챘다.

'사라진 게 아닐 거야.' 그는 이제 보였다. 이제 두 눈이 안개를 뚫고 들어오는 뿌연 햇빛에 적응했다. 캠프 남쪽 끝에 서 있던 텐트 대부분이 무너져 있었다. 보트와 해안가에 가장 가까이 있던 텐트였는데 날아가지 말라고 그 위를 바위로 눌러 놓았다. 좁슨은 혼란스러웠다. '진짜 떠날 거면 왜 텐트를 가져가지 않았지?' 빙해로 나간 대원들이 곧 돌아올 것처럼 보였다. '그들은 대체 어디로 가는 걸까? 정말로 떠났을까?' 아파서 얼마 전까지 환영에 시달린 당번병으로서는 도무지 이해가 가지 않았다.

그때 안개가 걷혔다. 좁슨은 약 50미터 앞에서 대원들이 썰매를 밀며 양쪽에서 잡아당기면서 빙해로 향하는 모습이 보였다. 보트당 최소 10명씩은 탄 것 같았다. 그렇다면 여기 캠프에 있던 생존 대원들이 그와 많이 아픈 이들을 두고 떠나는 게 사실이었다.

'어떻게 굿서가 날 버리고 갈 수 있지?' 좁슨은 고개를 세워 굿서가 죽을 먹여 주고 씻겨 주던 게 언제가 마지막이었는지 기억을 더듬었다. 어제는 하트넬이 해 주었다. 아니 며칠 전이었나? 그는 굿서가 진찰하고 약을 준 것이 언제가 마지막이었는지 기억나지 않았다.

"기다려!"

그것은 외침이 아니었다. 그저 중얼거리는 소리에 지나지 않았다. 좁슨은 며칠간 목소리를 낸 적이 없었다. 몇 주는 된 것 같았다. 목에서 나온 소리는 거의 들리지 않았고, 자기 귀에도 멀게 들렸다.

"기다려!" 이번엔 조금 나았다. 그는 그들이 볼 수 있도록 허공에 손을 흔들어서 다시 되돌려야 한다고 생각했다.

토머스 좁슨은 두 팔을 들 수 없었다. 아무리 애를 써도 앞으로 고꾸라질 뿐, 얼굴이 계속 자갈밭에 박혔다.

아무 소용이 없었다. 계속 기어갔다. 그러면 저들이 그를 보고 돌아올 것이다. 빙판 위를 거의 100미터나 기어서 쫓아온 건강한 대원을 버리고 가지 않을 것이다.

좁슨은 비비적거리며 다 찢어진 팔꿈치로 찍으며 다시 1미터를 전진하다 얼굴을 다시 차가운 얼음 자갈밭에 박았다. 안개가 휘감자 바로 뒤에 있는 텐트도 보이지 않았다. 바람이 신음했다. 어쩌면 버려진 불쌍한 영혼들이 아직도 서 있는 저 텐트 속에서 신음하는 것이리라. 매서운 추위가 더러운 모직 스웨터와 때 묻은 바지를 뚫고 들어왔다. 텐트 밖으로 기어나왔다가 기운이 빠져서 도로 텐트로 기어들어가지 못하고 이렇게 춥고 축축한 밖에서 죽을 수도 있다.

"기다려!" 그가 외쳤다. 목소리는 갓 태어난 고양이 새끼처럼 미약하고 희미했다.

그는 기고 버둥거리고 온몸을 비틀며 다시 1미터를 나갔다. 조금
더…… 조금 더…… 마치 작살에 찔린 바다표범처럼 헐떡거리며 바닥에
누웠다. 쇠잔하고 쓸린 팔과 손이 지느러미와 다를 바 없었다. 오히려 더
쓸모가 없었다.

좁슨은 턱으로 얼음장처럼 차가운 바닥을 찍으면서 조금씩 앞으로 몸
을 밀었다. 몇 개 남지 않은 치아 하나가 부서졌지만 그래도 또다시 턱으
로 계속 찍고 또 찍었다. 몸이 너무 무거웠다. 육중한 흙덩어리가 들러붙
은 것 같았다.

'나는 고작 서른하나, 오늘이 내 생일이다.' 좁슨은 분노에 차서 힘차게
이 사실을 떠올렸다.

"기다려…… 기다려…… 기다려…… 기다……" 갈수록 계속 목소리에
힘이 빠졌다.

헐떡이고 숨을 몰아쉬면서 몇 가닥 남지 않은 핏방울 맺힌 머리칼로 둥
근 자갈을 쓸었다. 좁슨은 엎드린 채 움직이지 않는 두 팔을 양쪽에 붙이
고 고통스럽게 고개만 쳐들고 있다가 양쪽 뺨을 차가운 땅에 대고 앞을 똑
바로 바라보았다.

"기다려……"

안개가 휘몰아치다가 걷혔다.

100미터 앞이 보였다. 저 멀리 보트가 한 줄로 늘어서서 자갈 해변을 지
나 해안가 난빙을 지나가는 모습이 뿌옇게 보였다. 대원 40명가량이 보트
네 척을 끌고-어라, 한 대는 어디 갔지?-남으로 계속 내려가고 있었다. 멀
리에서도 저들이 얼마나 쇠약해졌는지 한눈에 보였다. 아주 힘겹고 비루
하게 이동하는 모습은 좁슨이 5미터를 힘겹게 밀고 온 모습과 다를 바 없
었다.

"기다려!" 남은 힘을 쥐어짜서 마지막으로 힘차게 외쳤다. 좁슨은 배속 가운데에 있던 뜨뜻한 기운이 배를 깔고 누운 차가운 바닥으로 새어 나가는 것을 느꼈다. 그래봐야 그냥 말하던 정도의 크기였다.

"기다렷!" 그가 한 번 더 외쳤다. 이제야 사내다운 소리가 나왔다. 고양이 울음소리도, 바다표범이 죽어가며 끼룩거리는 소리도 아니었다.

그러나 이미 너무 늦었다. 동료들과 보트는 벌써 100미터 앞에서 다급히 사라져갔다. 휘청거리는 검은 실루엣이 영원히 펼쳐진 회색 배경 속으로 사라지고 있었다. 빙하는 삐걱거리며 신음하고 바람은 총성을 뒤덮을 만큼 억셌다. 외롭게 남겨진 한 남자의 목소리로는 기별도 가지 않았다.

잠시 안개가 조금 더 걷히더니 자애로운 햇살이 땅 위로 내려앉았다. 태양이 설원에 있는 얼음을 죄다 녹이려고 나온 것 같았다. 푸른 덩굴손과 생명체와 희망을 아무도 살지 않는 이곳에 되돌려 주려는 것 같았다. 그러나 잠시 후 안개가 내려앉아 좁슨을 휘감았다. 그리고 그의 눈을 가리더니 축축하고 얼음장 같은 손으로 그를 붙들었다.

이제 동료들과 보트가 완전히 사라졌다.

아예 이 세상에 존재하지 않았던 것처럼.

킹윌리엄 섬 남서쪽에 위치한 어느 곳
1848년 9월 8일

누수방지공 조수 코닐리어스 히키는 왕족이 싫었다. 왕족은 국가라는 몸에 기생하며 피를 빨아먹는 존재라고 생각했다.

그런데 왕이 되는 건 꽤 괜찮았다.

돛을 펴서 항해하며 노를 저어 테러 캠프나 테러호까지 가려는 계획에 차질이 생겼다. 이제는 넉넉해진 피니스를 타고 킹윌리엄 랜드 남서단 곶을 돌아 올라가던 중에 극빙이 밀려 내려왔다. 활짝 열린 바다가 좁아져 리드가 되고 리드는 중간에 끊기거나 얼어붙었다. 히키의 무리는 보트를 타고 북동쪽으로 휘어진 해안가를 따라 간신히 올라가는 중이다.

사실 서쪽으로 아예 쭉 빠져서 항해하면 바다가 열려 있지만, 히키는 피니스가 뭍에서 멀어지는 것을 허용하지 않았다. 보트에 탄 사람 중 바다에서 항해하는 법을 아는 자가 하나도 없다는 단순한 이유 때문이었다.

히키와 에일모어가 조지 호지슨을 지금껏 데려가는 유일한 이유는 그 바보가 영국 해군 중위로서 천문 항법을 훈련받았기 때문이다. 사실 이 젊은 중위를 꼬드겨 히키 무리에 동조하게 한 이유도 바로 이것 때문이었다. 그런데 구조 캠프를 출발에 보트를 끌고 가던 첫날, 호지슨은 육분의가 없으면 테러호로 돌아가는 길을 잡을 수도, 현 위치를 파악할 수도 없다고 고백했다. 또한 육분의는 크로지어 함장이 가지고 있는 것뿐이라고 했다.

히키, 맨슨, 에일모어, 톰프슨이 되돌아가 크로지어와 굿서를 설원으로 불러낸 이유는 어떻게든 육분의를 손에 넣기 위함이었다. 그런데 코닐리어스 히키는 거기까지 머리가 돌아가진 않았다. 히키와 에일모어는 크로지어가 육분의를 들고 빙설로 나오게 하려고 골딩이 둘러댈 이유를 짜내지 못했다. 그래서 크로지어를 고문해 캠프에서 육분의를 갖다 달라고 메모를 쓰게 할 궁리도 했지만, 결국 그 꼴 보기 싫은 크로지어가 쓰러진 것을 보고 히키는 당장 죽일 생각이 든 것이었다.

일단 바다가 열리자 젊은 호지슨은 짐꾼으로서도 쓸모가 없었다. 그래서 히키는 호지슨을 깔끔하고 자애롭게 처치했다.

크로지어의 권총과 여분의 탄환통은 이런 용도로 상당히 유용했다. 굿서와 함께 인육을 가지고 돌아온 첫날, 히키는 에일모어와 톰프슨에게 추가로 생긴 산탄총을 갖고 있으라고 했다. 히키는 구조 캠프를 떠나던 날, 크로지어 함장에게 산탄총 두 자루를 받았다. 그런데 곧 생각을 고쳐먹고 매그너스 맨슨에게 산탄총 두 자루를 바닷속에 던져 버리라고 했다. 이러는 편이 나았다. 왕 코닐리어스 히키가 권총을 갖고 산탄총 한 자루와 탄약통을 통제하며 매그너스 맨슨을 옆에 데리고 있는 편이 훨씬 나았다. 에일모어는 사내답지 못하고 책을 좋아하는 타고난 음모가였다. 톰 프슨은 술에 취해 사는 술꾼으로 절대로 신임할 수 없었다. 히키는 타고난 영특함으로 이런 사실을 본능으로 간파했다. 9월 3일이 되자 호지슨 인육이 바닥났다. 히키는 매그너스에게 에일모어와 톰프슨의 머리를 강타해 정신을 잃게 하고 결박해서 끌고 오라고 했다. 그다음 십수 명 앞에서 간이 군법 회의를 열었다. 지휘관과 동료에게 음모를 꾸미며 선동을 조장한 죄로 에일모어와 톰프슨을 법정에 세운 후 총알 한 방으로 두 사람 머리 아래를 한꺼번에 조준해 쏴 죽였다.

시신 세 구가 더 큰 대의를 위해 희생됐다. 호지슨, 에일모어, 톰프슨. 이 빌어먹을 군의관 굿서가 아직도 해부학자로서 소임을 계속 거부했다.

거부할 때마다, 히키는 아직까지 버티는 외과의를 벌했다. 굿서는 세 차례 벌을 받아 제대로 걷기 힘들 텐데도 해안가로 또다시 불려 나갔다.

코닐리어스 히키는 자기가 운을 타고났다고 믿었다. 늘 운이 따른다고 생각했지만 운대가 맞지 않으면 스스로 행운을 마련할 채비를 했다.

그래서 그들은 킹윌리엄 랜드 남서단에 있는 큰 곶을 한 바퀴 돌았다. 바람이 불면 항해하고 리드가 점점 좁아져서 해안가와 가까워지면 노를 저었다. 극빙이 저 앞에서 밀려 내려오는 것을 보고, 히키는 보트를 해안가에 대고 썰매 위에 도로 피니스를 실으라고 명령했다.

그는 대원들에게 그들이 얼마나 운이 좋은지를 상기시킬 필요가 없었다. 크로지어의 대원들은 구조 캠프에서 죽었거나 죽어가고 있을 것이다. 아니면 남쪽 해협으로 내려가다 극빙에 갇혀 죽어가고 있을 것이다. 반면, 히키를 선택한 소수 정예 대원들은 모든 장비가 있는 테러 캠프까지 가는 여정의 3분의 2, 아니 4분의 3은 해낸 것 같았다.

히키는 프랭클린 탐험대의 왕으로서의 위상에 걸맞게 굳이 썰매를 끌지 않았다. 히키 덕분에 배불리 먹을 수 있다고 대원들은 고마워했고 병에 걸리거나 기력이 떨어져도 불평하지 않았다. 그래서 여정이 얼마 남지 않자 그는 썰매 위에 올린 피니스 선미에 앉아 12명의 노예에게 빙판과 자갈밭과 눈밭 위를 지나 곶을 돌아 북으로 전진하라고 명령했다. 다리를 저는 굿서는 이 일에서 제외되었다.

다리를 저는 굿서를 여태 살려 놓은 가장 큰 이유는 코닐리어스 히키가 질병과 감염을 극도로 두려워하기 때문이었다. 구조 캠프에서나 그 이전에도 아픈 환자들, 특히 출혈을 동반하는 괴혈병 환자들을 보면 속이 메스껍고 두려웠다. 히키는 다른 대원들이 시달리는 질병의 징후가 조금도 보이지 않았는데도 자신을 보살펴 줄 의사가 필요했다.

히키의 썰매를 끄는 모핀, 오렌, 브라운, 던, 깁슨, 스미스, 베스트, 제리, 워크, 실리, 스트리크랜드는 중증 괴혈병 증세를 보이지 않았다. 이들은 싱싱한 고기를 계속 섭취했기 때문이다.

보기에도 아파 보이고 하는 행동도 아픈 사람은 굿서뿐이었다. 이 멍청이가 십 비스킷 남은 것하고 물만 먹겠다고 고집을 피워서였다. 히키는 굿서에게 괴혈병을 방지하는 건강한 식단에 동참해야 한다며 이제 억지로라도 먹일 생각이었다. 이들이 말하는 항괴혈병 식단이란 허벅지, 종아리, 전박, 상박이었다. 그래야 굿서가 괜한 고집을 피우다 죽지 않을 것이다. 사뭇 의사라면 이 정도쯤은 알아야 한다. 상한 십 비스킷과 물은 다른 먹을 게 없을 때 쥐나 먹는 음식이지, 사람이 먹을 게 아니었다.

히키는 굿서를 살리려고 가방에 든 그의 약품을 오래전에 몽땅 압수했다. 그는 약품을 직접 관리하며 엄격한 감독하에 굿서가 매그너스 맨슨이나 다른 이들에게 투약하도록 했다. 그는 굿서가 칼에 손대지 못하게 했다. 항해할 때면 한 사람을 굿서 옆에 붙여서 그가 바다로 몸을 던지지 못하게 감시했다.

지금까지 굿서는 자살할 기미를 보이지 않았다.

매그너스 맨슨은 이제 심한 복통을 호소하며 하루 종일 썰매 위 피니스에서 히키 옆에 앉아 있었다. 맨슨은 복통으로 잠을 자지 못했다. 히키는 맨슨이 불면증으로 고생하는 모습을 한 번도 본 적이 없었다.

작은 총상 두 개 때문에 이제는 맨슨 옆에 굿서를 하루 종일 붙여 두었다. 군의관은 상처가 겉으로만 스쳤을 뿐이고 감염이 된 게 아니라고 했다. 그는 히키와 멍청한 맨슨에게 배 주위의 살이 아직도 혈색이 좋고 건강해 보인다며 보여주었다. 맨슨은 셔츠 자락을 들어 올려 자기 배를 놀라운 듯 쳐다보았다.

"그런데 왜 아픈 거지?" 히키가 물었다.

"원래 상처는 다 저려. 특히 근육을 깊이 다치면 더 하지. 통증이 몇 주는 갈 거야. 그리 심각한 것도 아니고 목숨이 왔다 갔다 하는 것도 아니야." 굿서가 말했다.

"그럼 알을 빼 봐." 히키가 물었다.

"코닐리어스, 내 불알 빼는 거 싫어." 매그너스 맨슨이 징징거렸다.

"불알 말고 총알 말하는 거야." 히키가 맨슨의 팔뚝을 토닥거리며 말했다. "작은 총알이 배 속에 박혔대."

"뭐 뺄 수도 있는데 그냥 두는 편이 나을 텐데. 적어도 이렇게 이동하는 중간엔 말이야. 수술하려면 근육까지 절개해야 하는데, 벌써 많이 나아지고 있어. 맨슨이 회복하려면 며칠 누워 있어야 하고, 그럼 패혈증에 걸릴 위험이 상당히 커. 총알 제거 수술은 내 입장에서도 테러 캠프에 가서 하는 편이 훨씬 편해. 아니면 테러호에 돌아가서 해도 좋고. 그럼 며칠만 누워 있으면 맨슨이 회복될 거야."

"나 배 아픈 거 싫다." 매그너스 맨슨이 투덜거렸다.

"무슨 소리야. 안 아플 거야." 히키는 파트너의 넓은 가슴과 어깨를 쓸었다. "모르핀 좀 줘."

굿서는 고개를 끄덕이고 숟가락에 모르핀 진통제를 따랐다.

매그너스 맨슨은 늘 모르핀을 숟가락에 받아먹는 것을 좋아했다. 그리고 피니스 선수에 앉아서 한 시간 정도 싱글벙글거리다 보면 약 기운이 퍼져 잠이 들었다.

9월 8일 금요일, 히키가 왕으로 군림한 왕국은 아무 문제없었다. 짐을 끄는 11마리의 짐승으로 전락한 모핀, 오렌, 브라운, 던, 깁슨, 스미스, 베스트, 제리, 워크, 실리, 스트리크랜드도 다들 건강했고 탈 없이 매일 열심히 썰매를 끌었다. 매그너스 맨슨은 거의 기분 좋게 지냈다. 마치 장교처럼 선수에 올라타 지나가는 풍경을 뒤돌아보았다. 모르핀과 아편 팅크는 테러 캠프나 테러호에 도착할 때까지 충분히 버틸 만큼 있었다. 굿서는 다리를 절뚝거리며 마차를 따라 왕과 그 배우자를 보필했다. 좀 추워지긴 했지만 날씨는 좋았다. 그리고 몇 달 전만 하더라도 그들을 잡아먹던 괴물은 흔적조차 보이지 않았다.

풍성한 식단을 먹고도 에일모어와 톰프슨의 인육이 많이 남자 며칠 스튜를 끓여 먹었다. 사람 기름도 바다표범 기름 못지않게 연료로 쓸 만했다. 대신 오래가지 않고 효율이 약간 떨어졌다. 히키는 테러 캠프에 가기 전까지 인육이 더 필요할 경우 제비뽑기로 정해야겠다고 마음먹었다.

물론 조금 덜 먹으면서 갈 수도 있었다. 그러나 코닐리어스 히키는 길이가 짧은 제비를 뽑는 것이 이미 공모자가 되어 짐승으로 전락한 11명의 가슴에 극심한 공포심을 불어넣어서 이 탐험대의 왕이 누구인지 재확인시키는 기회가 되리란 것을 알았다. 히키는 늘 선잠을 잤고 자도 실눈을 뜨고 한 손에 퍼커션 캡 권총을 쥐고 잤다. 그리고 마지막이자 네 번째로 공개 처형을 해야 한다면 동조하지 않은 죄목으로 굿서를 처형할 생각이었다. 그렇게 해서 썰매를 끄는 짐승들이 마음속에 감춰둔 마지막 의지까지 아예 꺾어버려야 했다.

이번 주 금요일은 아름다웠다. 기온은 영하 7도 정도로 쾌적했고, 파란 하늘은 그들이 이동 경로를 따라 북으로 올라갈수록 짙어졌다. 썰매 위에 무거운 보트를 끌고 가다 보니 나무 썰매 날이 빙판을 지날 때마다 쓸리며 끼익거렸다.

방금 약을 먹은 맨슨이 선수에 웃으며 앉아 양손을 배에 올려놓고 콧노래를 부르고 있었다.

이제 테러 캠프와 빅토리 포인트 근처 어빙의 무덤이 있는 곳까지 50킬로미터 정도 남았다. 거기에서 해안가로 약 800미터 근방에 르베스콘테 중위의 무덤도 있었다. 다들 기운이 넘쳐서 하루에 3킬로미터에서 5킬로미터 정도 이동했다. 식단이 조금 더 좋아지면 좀 더 빨리 걸을 수 있을 것이다.

이제 여정이 막바지로 접어들자 히키는 성경 여러 권 중 하나를 골라 백지를 하나 뜯어냈다. 맨슨이 구조 캠프를 떠날 때 여기저기에서 주워온 성경을 굳이 피니스에 싣고 가겠다고 고집을 피우는 바람에 실려 있던 것들이었다. 멍청한 맨슨은 글을 읽지도 못하면서 막무가내였다. 그 백지를 똑같이 열한 조각냈다.

물론 히키는 뽑기에서 빠진다. 매그너스 맨슨과 빌어먹을 군의관도 면제다. 오늘 밤, 스튜를 먹으려고 행군을 정지할 때 종이에 각자 이름을 쓰거나 표시하게 해서 뽑기 준비를 끝낼 참이다. 히키는 굿서에게 이 종잇조각의 검사를 맡길 것이다. 다들 각자 자기 이름이나 독특한 표시를 제대로 했는지를 공개적으로 확인시킬 것이다.

그다음 그 종이를 왕의 조끼 주머니 속에 넣고 앞으로 다가올 엄숙한 의식을 치를 준비를 할 것이다.

58
굿서

다음은 해리 D. S. 굿서 박사 일기다.

1848년 10월 6, 7 아니면 8일

남은 것을 마저 들이켰다. 이제 몇 분 후면 약효가 완전히 퍼질 것이다. 그때까지 일기를 계속 쓰겠다.

마지막 며칠은 호지슨 중위 생각이 났다. 몇 주 전 히키에게 총살당하기 전날 밤, 호지슨은 텐트에서 이런저런 이야기를 털어놓았다.

호지슨은 이렇게 말했다. "박사님. 방해해서 죄송합니다만, 누군가에게 미안하다는 말을 꼭 전하고 싶습니다."

나는 이렇게 대꾸했다. "호지슨 중위, 당신은 예수쟁이가 아니고 난 고해 신부가 아니야. 그냥 잠이나 자. 나도 좀 자게."

호지슨이 고집을 피웠다. "정말 죄송합니다, 박사님. 제가 크로지어 함장님에게 배반한 죄를 지어 정말 후회한다고 누군가에게 꼭 말하고 싶습니다. 늘 잘해 주셨는데. 게다가 이렇게 박사님을 히키의 포로가 되게 해서 죄송합니다. 정말 후회하고 있습니다. 정말 잘못했습니다."

나는 가만히 누워서 아무 말도 하지 않았다.

"존이 살해당한 이후, 어빙 소위 말입니다. 저와 장포장 학교를 같이 나온 친구였죠. 전 히키가 어빙을 죽였다고 확신해서 늘 그가 무서웠습니다."

"그럼 히키가 괴물이라고 생각하면서도 동참한 이유가 뭐지?"

"그건…… 무서워서 그랬습니다. 너무 겁이 나서 히키 옆에 있고 싶었습니다." 호지슨이 속삭이다가 흐느끼기 시작했다.

"부끄러운 줄 알아야지."

그래도 나는 호지슨에게 팔을 뻗어 등을 토닥였다. 그는 계속 울다 잠이 들었다.

그다음 날 아침, 히키는 전원 집합시킨 자리에서 매그너스 맨슨에게 호지슨을 끌고 와 무릎 꿇리라고 했다. 그러고는 권총을 꺼내 들더니 이렇게 말했다. 자신은 게을리 일하는 사람을 두고 보지 않을 것이며 게으른 자는 죽고 우리 중 착한 사람이 그 사람을 먹고 살 거라고 다시 공언했다.

그러고는 총신이 긴 산탄총을 조지 호지슨의 머리에 대고 단숨에 날려 버렸다. 뇌가 자갈밭으로 산산이 흩어졌다.

호지슨의 마지막 모습은 용감했다. 그날 아침 그는 전혀 두려워하지 않았다. 방아쇠가 당겨지기 전 남긴 마지막 말은 '지옥에나 가라'였다.

나도 내 마지막이 저렇게 용감했으면 좋겠다. 그러나 단언컨대 분명 저러지는 못할 것이다.

히키의 연극은 호지슨을 죽이는 것으로도 끝나지 않았다. 매그너스 맨슨은 호지슨을 알몸으로 만들고 그대로 사람들 앞에 눕혔다.

그 모습을 보니 가슴이 찢어지게 아팠다. 의사로서 말하건대, 불쌍한 호지슨은 내 생각보다도 깡말라서 최근까지 살아 있던 사람이라고 말할 수 없을 정도였다. 팔뚝 뼈에 피부가 달라붙어 있었다. 갈비뼈와 골반 뼈가 툭 튀어나와 아예 살갗을 뚫고 나올 기세였다. 온몸은 멍투성이였다.

그럼에도 히키는 나를 앞으로 불러내 가위를 쥐어 주고 다들 모인 앞에서 호지슨을 토막 내라고 했다.

나는 망설였다.

히키는 기분 좋은 목소리로 또다시 요구했다.

나는 또다시 머뭇거렸다.

그러자 히키는 맨슨에게 나에게서 가위를 빼앗아서 저 시신처럼 나도 옷을 홀딱 벗기라고 시켰다.

내가 알몸이 되자, 히키는 사람들 앞에서 앞뒤로 왔다 갔다 하며 내 신체적 특징을 지적했다. 맨슨은 그 옆에서 가위를 들고 서 있었다.

"자신의 임무를 회피하는 자가 설 곳은 우리 전우들 틈에는 없다. 우리는 이 군의관이 필요하긴 하다. 이자가 있어야 너희 건강을 하나하나 챙길 수 있다. 이자는 우리 공동의 선을 위해 봉사하는 것을 거부했기에 벌 받아야 한다. 오늘 아침에만 두 번이나 거부했다. 우리는 그 불쾌함을 알리기 위해 필요 없는 신체 기관 중 두 곳을 제거하겠다."

그러고는 히키가 권총 총신을 들고 내 몸의 여러 부분을 쿡쿡 쑤시기 시작했다. 손, 코, 성기, 고환, 귀.

그다음 그는 내 손을 올렸다.

"이자에게 도움을 받으려면 의사이니 손가락이 필요하다." 히키는 연극하듯 말하더니 호탕하게 웃었다. "손가락은 후일을 위해 남겨 두지."

거의 다 웃었다.

"음경이나 고환은 어디다 쓰나." 히키는 이렇게 말하고 방금 말한 부위를 얼음처럼 차가운 총구로 쿡쿡 찔렀다.

남자들이 또다시 웃었다. 긴장감이 상당히 고조되는 것 같았다.

"오늘 우리는 자비롭다." 히키는 맨슨에게 내 발가락 두 개만 자르라고 했다.

"어떤 걸 잘라, 코닐리어스?" 덩치 큰 멍청이가 물었다.

"네 맘대로 해, 매그너스." 이 행사의 사회자가 말했다.

그 자리에 모인 이들이 또다시 웃음을 터뜨렸다. 발가락같이 시시한 것이 잘린다고 하자 뭔가 다들 실망하는 기색이었다. 그럼에도 그들은 내 발가락의 운명을 좌우할 주인으로서 매그너스 맨슨이 하는 짓을 재미나게 구경하고 있었다. 이건 그들의 잘못이 아니다. 여기에 모인 평범한 수병들은 정규 교육을 거의 받지 못해 배운 사람을 싫어했다.

맨슨은 양쪽 엄지를 골랐다.

관중들이 웃으며 손뼉을 쳤다.

매그너스가 가위를 재빨리 갖다 대더니 우악스러운 악력으로 절차에 임했다.

더 큰 웃음이 터져 나왔다. 그리고 흥이 넘쳤다. 누군가 내 의사 가방을 가져 왔다. 남들이 지켜보는 가운데 나는 동맥을 묶어 봉합하고 최대한 지혈시켰다. 그러는 동안 약간 어지러웠다. 상처 부위에 감염 예방을 위해 붕대를 감았다.

맨슨은 나를 텐트로 옮기라는 명령을 받았다. 그는 아픈 아이를 대하는 엄마처럼 나를 푸근하게 안아 옮겨주었다.

같은 날, 히키가 점점 줄어드는 내 약병을 가져가려 했다. 그런데 그날 아침, 이미 나는 모르핀, 아편, 아편 팅크, 도버산, 염화제일수은(설사약이나 살충제에 사용하는 약품), 맨드레이크를 '아세트산연'이라고 적힌 평범하고 뿌연 통속에 부어 왕진 가방이 아닌 곳에서 숨겼다. 그리고 모르핀, 아편, 아편 팅크가 있던 원래 높이까지 대신 물로 채웠다.

아이러니한 사실은 복통 때문에 맨슨에게 매일 약을 줄 때 물과 모르핀을 8:2 비율로 희석해서 주었었다. 그런데 맨슨은 약효가 떨어진 것을 눈치채지 못했다. 나는 치료 과정에서 믿음이 얼마나 중요한지 또다시 깨달았다.

호지슨이 사망한 날 이후, 나는 또다시 명령을 거부한 죄목으로 발가락 총 여덟 개와 한쪽 귀와 음경 포피를 잘렸다.

지난번 벌을 받을 때는 다들 모여 들뜨고 떠들썩했다. 눈앞에 생살이 잘려나가는 데도 다들 그들을 위한 서커스가 열린다고 생각하는 것 같았다.

나는 히키가 내 음경과 고환까지 자르겠다고 계속 위협하면서도 실행하지 못하는 이유를 안다. 히키는 음경이 잘리면 절대로 피가 멈추지 않는다는 것을 선상에서 충분히 봤기 때문이다. 특히 군의관이 피를 흘리는 장본인이면 금방 의식을 잃는다. 수술을 꼭 해야 할 경우 군의관이 없으면 곤란하다. 그래서 히키는 나를 살려두는 것이다.

발가락 두 개만 남기고 모두 잘렸기에 걷기가 상당히 힘들었다. 발가락 열 개가 균형을 잡는데 얼마나 중요한지 정말 몰랐다. 지난 한 달간 고통은 상당했다.

나는 거짓말은 물론이거니와 내 자존심에 죄짓는 일을 할까도 고민했다. 여기에다 내가 숨겨둔 약병을 마실 생각은 하지 않았다고 적을 수도 있었다. 그 속에 모르핀, 아편 팅크-그리고 다른 의약품 포함-를 한데 섞어 내 마지막 한 모금을 위해 몇 주간 숨겨두었다.

그러나 나는 그 약병을 숨겨둔 장소에서 꺼내지 못했다.

좀 전까지는 그랬다.

고백하건대 나는 이 약효가 알려진 것보다 훨씬 빨리 나타날 거라 생각했다.

이젠 두 다리에 감각이 없어졌다. 축복이다. 두 다리가 슬개골-무릎뼈-까지 마비되었다. 지금 이 속도라면 앞으로 10분은 더 있어야 될 것 같다. 아직도 내 심장은 펄떡이고 다른 기관도 마찬가지다.

방금 남은 약을 마저 들이켰다. 처음부터 한방에 들이키지 못한 것을 보니 나는 겁쟁이인가 보다.

여기에서 고백하겠다. 순수하게 과학적 목적으로 후일 이 일기장을 발견할 사람에게 말하겠다. 이 혼재 약품은 꽤 강력하면서도 취기가 오른다. 이 어둡고 폭풍우가 몰아치는 오후에 누군가 살아서-피니스 왕좌에 오른 히키와 맨슨을 제외하고-내 마지막 순간을 본다면 고개를 흔들며 술에 취한 듯 웃는 내 마지막 순간을 목격할 것이다.

대단히 절실한 의학적 목적을 위해서라도 다시는 이런 실험을 반복해서는 안 된다.

이렇게 되니 진정한 고백이 나온다.

일평생 처음이자 마지막으로 의사로서 나는 내 능력의 최대치까지 돌보지 않은 환자가 딱 하나 있다.

그건 당연히 매그너스 맨슨이다.

쌍권총알이 박힌 것을 보고도 나는 처음부터 거짓말했다. 총알이 작긴 했지만 작은 권총에서 꽤 쎈 총알이 나왔다. 딱 봐도 총알은 맨슨의 살과 근육층과 복막까지 뚫었다.

처음 진찰할 때부터 나는 총알이 맨슨의 위, 비장, 간, 혹은 주요 장기에 박혀 있다는 것을 알았다. 그래서 그의 목숨은 총알 제거 개복 수술에 달려 있었다.

나는 거짓말을 했다.

이제는 지옥이 있다고 믿지 않는다. 왜냐, 바로 이곳이 지옥이었다. 그리고 여기 사람 중 일부가 이미 이 땅을 지옥으로 만들었다. 그래도 지옥이 있다면 나는 기꺼이 그곳에서 갈 것이며 가장 끔찍한 맨 마지막 제9옥으로 떨어질 것이다.

상관없다.

여기에서 말하겠다. 이제 가슴이 차갑고 손도 점점 차갑게 굳는다.

한 달 전 눈 폭풍이 불 때 신에게 감사드렸다.

사실 그때 우리는 테러 캠프에 갈 줄 알았다. 히키가 이긴 것 같았다. 앞으로 30킬로미터만 더 가면 테러 캠프에 닿을 것 같았다. 그렇게 하루에 5, 6킬로미터 정도 이동하던 도중, 끝없는 블리자드의 주먹에 맞아 쓰러졌다.

만약 신이 있다면…… 감사드리고 싶다.

눈, 어둠, 밤낮으로 부는 치 떨리는 바람.

걸을 수는 있어도 썰매를 끌 수는 없었다. 하네스가 다 망가졌다. 텐트도 멀리 날아갔다. 기온이 50도나 급강하했다.

하늘이 망치를 보낸 듯 추위가 우리를 강타했다. 히키는 피니스 왕좌 옆에 방수포를 깔고 앉아 있기만 했다. 그리고 대원 절반을 쏴 죽여 남은 대원 절반을 먹였다.

블리자드 속으로 도망가다 죽은 이.

가만히 있다가 총에 맞은 이.

얼어 죽은 이.

인육을 먹고도 죽은 이.

히키와 맨슨은 칼바람이 부는 왕좌에 앉아 있다. 잘 모르겠지만 맨슨도 얼마 남지 않았다.

내가 그를 죽였다.

나는 구조 캠프에 두고 온 대원들을 죽였다.

정말 미안하다.

너무 미안하다.

내가 평생토록 형과 함께하고 싶어 했다는 것을 우리 형도 알 것이다. 평생 나는 플라톤으로 살면서 그의 스승이었던 소크라테스와 대화를 시도했다.

위대한 소크라테스 학자들처럼, 물론 나는 그렇게 위대한 자는 못되었지만, 독약이 서서히 올라와 내 몸통을 죽이고 내 사지를 죽인다. 내 손, 외과의의 손을 찔러도 아무 감각이 없다. 그리고 너무 기쁘다.

내 가슴에 이런 메모를 남기고 죽을 수 있어서.

여기 해리 D. S. 굿서의 육신을 먹어라.

내 몸속, 뼛 속까지 독이 스며서 너희도 죽을 것이다.

구조 캠프에 있던 환자들

토머스, 그들이 만약 이것을 본다면

정말 미안하

최선을 다했지만 절 대 로

맨슨 상 처 내 가 일 부 러

신이시 ᅌ 저들을 굽어 살 소

킹윌리엄 섬 남서쪽 어느 곳
1848년 10월 18일

며칠 사이 코닐리어스 히키는 왕 노릇을 그만두었다.

이제는 신으로 등극했다.

사실 확실하진 않았지만 점차 믿음이 강해지더니 이제는 굳게 믿었다. 코닐리어스 히키는 이제 신이다.

주변 사람들이 모두 죽었지만 그는 살았다. 이젠 춥지도 않았다. 배고픔과 갈증도 더는 느끼지 않아 식탐을 달랠 필요가 없었다. 밤이 점점 길어져 극야가 되자 엄습하는 어둠 속에서도 볼 수 있었다. 블리자드와 강풍이 불어도 오감은 마비되지 않았다.

텐트가 찢어지고 날아가자 한갓 미천한 인간들은 보트와 썰매에 있던 방수포에 끈을 매달았다. 그 속에 양 떼처럼 모여 모직 바지를 입은 궁둥이를 바깥으로 돌리고 앉아 있다가 결국 죽었다. 그런데 히키는 피니스 선미의 높은 왕좌에 편히 앉아 있었다.

블리자드와 강풍이 몰아치고 기온이 급강하하는 바람에 3주 넘게 썰매를 끌지 못하자 짐승 같은 노예들은 징징거리며 먹을 것을 달라고 구걸했다. 히키는 마치 신이 재림하듯 아래로 내려가 그들에게 고기와 생선을 주었다.

히키는 스트리크랜드를 죽여 실리에게 먹이고,

던을 죽여 브라운에게 먹이고,

깁슨을 죽여 제리에게 먹이고,

베스트를 죽여 스미스에게 먹이고,

모핀을 죽여 오렌에게 먹였다…… 순서가 맞는지 잘 모르겠다. 히키는 이런 하찮은 일에 더는 신경 쓰지 않았다.

그런데 그가 자애롭게 인육을 먹였음에도 다들 침낭 속에서 꽁꽁 얼어 죽었다. 마지막 순간이 고통스러웠는지 사지가 끔찍이 뒤틀려 있었다. 히키는 그 모습이 진절머리 나서 총을 갈겼다. 예전에는 1, 2주에 한 번씩 총으로 쏴서 인육을 마련했으나, 나중에는 한꺼번에 죽인 다음 원하는 부위만 도려내 먹은 기억이 흐릿하게 떠올랐다. 그냥 내키는 대로 죽였던 것 같기도 하다. 정확한 사실은 잘 기억이 나지 않았다. 그건 별로 중요한 일이 아니므로.

폭풍우가 잠잠해졌다. 히키는 이제 누구든 부탁하면 언제든 폭풍우를 잠재울 수 있다고 믿었다. 죽은 이들 가운데 몇 명은 되살려내 그와 맨슨을 태우고 테러 캠프까지 갈 수 있다고 믿었다.

못돼 먹은 군의관이 죽었다. 공동으로 쓰던 방수포 텐트와 피니스가 있던 곳에서 얼마 떨어지지 않은 작은 방수포 텐트 안에서 온몸에 독이 퍼진 채 얼어 죽었다. 히키는 유쾌하지 않은 장면을 무시했지만 좀 짜증이 났다. 아무리 신이라 해도 무서운 게 있다. 코닐리어스 히키는 독약과 감염이 진심으로 두려웠다. 한번 슬쩍 본 후, 텐트 입구에 서서 시체를 향해 총을 한 방 갈겼다. 망할 놈의 굿서가 가짜로 죽은 척하는 건 아닌지 확인하기 위해서였다. 새로이 신으로 등극한 히키는 온몸에 독이 퍼져 방수포 텐트 안에 누운 시체를 그대로 방치한 채 자리를 떴다.

매그너스 맨슨은 좋아하던 선수에 앉아 몇 주간 칭얼대더니 이상하게도 엊그제부터는 조용했다. 블리자드가 소강상태에 들어간 사이, 연인이 자신에게 간청하려는 듯 입을 벌린 것이 그의 마지막 움직임이었다. 피니스, 그 옆에서 눈에 파묻힌 방수포, 그들이 올랐던 낮은 언덕, 서쪽으로 얼어붙은 해변, 그 너머로 끝없이 펼쳐진 극빙까지 뿌연 겨울 햇살이 닿았다.

매그너스 맨슨은 말을 하지도, 다시는 투덜거리지도 않았다. 대신 벌린 입 안에 뜨거운 피가 가득 고이더니 수염이 덥수룩한 턱을 타고 흘러내렸다. 피는 거인의 복부를 적시고 곱게 포갠 손을 타고 내려가 부츠 발아래 보트 바닥에 흥건히 고였다. 피는 출렁이며 넘쳐흐르던 모습 그대로 얼어붙었다. 마치 성경에 나오는 예언가의 풍성한-그러나 얼어붙은-갈색 턱수염과 다를 바 없어 보였다.

히키는 연인이 급사할 때 만들어진 수염을 보고도 아무렇지 않았다. 매그너스 맨슨을 언제든 부활시킬 수 있다고 믿었기 때문이다. 떡 벌어진 입에서 흘러내린 피가 얼어붙어서 생긴 폭포수 수염은 그래도 볼만했다. 그런데 하루 이틀 지나자 맨슨이 두 눈을 뜨고 노려보는 모습이 신경 쓰이기 시작했다. 특히 아침에 일어나면 쳐다보기 힘들었다. 두 눈이 얼어서 허연 얼음막이 낀 채 껌뻑이지도 않는 꼴은 도저히 참을 수 없었다.

히키는 선미 왕좌에서 일어나서 앞으로 기어갔다. 세워 놓은 산탄총과 탄약 가방을 지나 중앙 스와트 위에 잔뜩 쌓인 개별 포장된 초콜릿-배고 프면 먹으라고 히키가 하사한 것이다-를 스쳐 갔다. 톱과 못과 납판을 말아 놓은 것을 지나쳐 맨슨의 피 묻은 부츠 근처에 단정히 개켜 둔 타월과 비단 손수건 옆에 쌓인 성경을 걷어찼다. 맨슨은 죽기 전에 성경으로 히키와의 사이에 작은 벽을 쌓았다.

매그너스 맨슨의 입이 다물어지지 않았다. 히키는 폭포수처럼 쏟아지다가 얼어붙은 각혈 기둥을 박살 낼 수도, 쳐낼 수도 없었다. 허연 눈도 감기지 않았다.

"미안해, 자기. 그런데 내가 누가 노려보는 거 싫어하는 거 알지?" 히키가 속삭였다.

그는 보트 나이프로 얼어붙은 눈알을 후벼 파 시커먼 어둠 속으로 내동댕이쳤다. 나중에 매그너스를 되살릴 때가 되면 그때 가서 도로 주워 와 끼우면 된다.

결국 히키의 명령에 따라 폭풍우가 점점 잠잠해지더니 그쳤다. 윙윙거리던 신음 소리도 그쳤다. 썰매 위에 올려진 피니스의 바람받이 서쪽으로 눈이 1.5미터가 쌓였다. 바람그늘 쪽 죽음의 방수포 아래에도 눈이 그만큼 쌓였다.

살을 에는 추위가 찾아왔다. 히키는 초자연적인 시력으로 먹구름이 북에서 밀려 내려오는 것을 보았다. 그런데 오늘 밤은 세상이 잠잠했다. 남쪽에서 지는 석양을 바라보며 앞으로 약 열여덟 시간 후 해가 다시 남쪽에서 뜨리라고 예상했다. 그리고 좀 있으면 아예 뜨지 않으리라는 것도 알았다. 그렇게 되면 극야의 시대가 찾아올 것이다. 만년 동안 어둠의 시대가 이어질 것이다. 코닐리어스 히키의 목적에 제대로 부합하게 되리라.

오늘 밤은 날이 추위도 매섭지는 않았다. 별이 훤했다. 히키는 겨울밤 별자리 이름을 몇 개 배운 적이 있지만, 오늘 밤에는 북두칠성을 찾는 것조차 힘들었다. 피니스 선미에 앉아 있는 게 좋았다. 모직 외투를 입고 위치캡을 써서 추위를 완벽히 차단하고 장갑 낀 손으로 건웨일을 붙든 채 테러 캠프와 테러호가 있는 방향으로 시선을 고정했다. 그가 부리던 짐승 같은 노예들과 맨슨를 부활시키면 그곳까지 갈 수 있다. 얼마나 시간이 지났는지 생각하다가 기적과 같은 초능력을 갖게 되었음을 알고 감탄했다.

코닐리어스 히키는 이번 생애가 전혀 아쉽지 않았다. 할 일은 다했다. 그를 무시하는 실수를 범한 오만한 자들에게 복수했고, 타인에게 그의 초월적 힘을 맛 보였다.

그런데 갑자기 서쪽에서 움직이는 뭔가가 포착됐다. 날씨가 너무 추워서 히키는 힘겹게 고개를 왼쪽으로 돌려 빙해를 바라보았다.

뭔가 그를 향해 다가오고 있었다. 아니 그런 소리가 들렸다. 정제되어 예민해진 다른 감각만큼 히키의 청력은 기이할 정도로 초자연적 힘을 발휘했다. 난빙을 가로지르며 뭔가 움직이는 것이 처음으로 감지됐다.

큼직한 덩치가 두 발로 그를 향해 걸어오고 있었다.

달빛을 받아 푸른빛이 감도는 허연 털이 보였다. 히키가 웃으며 손님을 반겼다.

이제 괴물은 두려움의 대상이 아니었다. 히키는 저 괴물이 그를 먹으려는 게 아니라, 숭배하려고 오는 거라 느꼈다. 이쯤 되니 히키와 괴물은 동등한 존재가 아니었다. 코닐리어스 히키가 손가락만 까딱해도 괴물은 그의 명령에 따라 죽을 수도, 저 멀리 우주로 사라질 수도 있었다.

괴물이 다가왔다. 성큼성큼 네발로 기어오다가 가끔 두 발로 일어나 사람처럼 걸어왔다. 그러나 사람 걸음새와는 딴판이었다.

히키는 기괴한 불안감이 심오하고 절대적 평화를 뒤흔들고 있다는 사실을 간파했다.

괴물이 피니스와 썰매 앞까지 왔다가 갑자기 시야에서 사라졌다. 괴물이 방수포 근처를 맴도는 소리가 들렸다. 방수포 아래였다. 히키는 방수포 아래에 있는 냉동 송장들이 걱정됐다. 발톱이 긴 괴물은 보트 나이프만 한 큰 이빨을 맞부딪히며 이따금씩 한숨을 내쉬었다. 그러나 히키의 눈엔 보이지 않았다. 두려워서 고개를 돌리지 못했다.

히키는 정면만 바라보았다. 눈알이 팬 매그너스 맨슨에게만 시선을 고정했다.

갑자기 괴물이 나타났다. 건웨일 너머로 모습을 드러냈다. 보트 위로 상체가 2미터 이상 쑥 올라왔다. 이미 보트는 바닥에서 2미터 이상 들려 있었다.

히키는 숨이 턱 막혔다.

별빛이 쏟아지자 더 잘 보였다. 괴물은 예전보다 훨씬 끔찍해졌다. 상상을 뛰어넘을 정도로 흉측했다. 코닐리어스 히키가 귀하디귀하고도 끔찍한 존재가 된 것처럼 괴물도 변신을 거듭했다.

괴물은 웅대한 상체를 건웨일 너머로 숙이더니 입김을 히키와 선수 사이에 내뿜었다. 입김이 얼음 알갱이로 변했다. 히키는 천 세기 동안 사체를 먹어 썩은 내가 밴 구취를 들이마셨다.

히키가 움직일 수만 있다면 그 자리에서 바로 무릎을 꿇고 괴물에게 경배했을 것이다. 그런데 그대로 얼어붙어서 이제는 고개를 돌리지도 못했다.

괴물이 매그너스 맨슨의 시신에 대고 코를 킁킁거렸다. 길고 추악하게 생긴 코를 대고 시신을 위아래로 훑더니, 맨슨 가슴에 폭포수처럼 쏟아진 갈색 각혈에서 멈췄다. 괴물은 큼지막한 혀로 얼어붙은 갈색 폭포수를 부드럽게 핥았다. 히키는 이제 자신이 누수방지공 조수가 아니라 신이 되었다고 말하려 했다. 그러니 사랑하는 연인 시신의 눈을 다시 박아 넣어 언젠가 부활시킬 때까지 건드리지 말라고 외치고 싶었다.

느닷없이 괴물이 매그너스 맨슨의 머리통을 덥석 깨물었다.

와그작 박살 나는 소리는 처참했다. 히키는 건웨일을 붙든 손을 들어 올릴 수 있다면 귀를 막고 싶었지만 전혀 움직일 수 없었다.

괴물은 매그너스 맨슨의 두툼한 다리보다도 더 굵고 허연 팔뚝을 휘둘러서 맨슨의 가슴을 내리쳤다. 흉곽과 척추가 폭발하듯 허연 파편이 되어 쏟아졌다. 그동안 매그너스 맨슨이 십수 명의 인간 등과 갈비뼈를 부수었지만, 괴물은 그것과 다른 모습으로 맨슨을 부수었다. 괴물은 맨슨을 가루로 만들었다. 마치 유리병이나 도자기 인형이 깨진 것 같았다.

이제 잡아먹을 사람을 찾는군. 히키는 왜 그런 생각이 들었는지 모르겠지만 아무튼 그렇게 생각했다.

이제 히키는 고개를 조금도 돌릴 수 없어서 괴물이 매그너스 맨슨의 내장을 파먹는 모습을 그대로 지켜보았다. 괴물은 무시무시한 이빨로 히키가 얼음조각을 깨 먹듯 그렇게 맨슨을 씹어 먹었다. 맨슨의 얼어붙은 뼈에서 꽁꽁 언 살을 발라 먹고, 뼈를 박살 내느라 피니스 선수까지 부수었다. 뼈를 그렇게 부수더니 그 안에 든 척수를 빨아 먹었다. 바람이 다시 불어와 피니스와 썰매 주위를 휘감았다. 독특한 가락이 들렸다. 히키는 지옥에서 온 미친 피조물이 하얀 털가죽을 뒤집어쓰고 뼈로 만든 플루트를 분다고 상상했다.

이제, 괴물이 히키에게 다가왔다.

처음에는 네발로 기더니 사라졌다. 보이지 않는 게 보일 때보다 훨씬 무서웠다. 압력 봉우리가 바닥에서 쑥 올라오듯 괴물은 건웨일 너머에서 갑자기 올라와 히키의 시야를 전부 가렸다. 잔인하고 무정하게 노려보는 괴물의 검은 눈이 히키의 부릅뜬 눈앞에 불쑥 나타났다. 후끈한 입김이 히키를 감쌌다.

"아." 히키가 탄식했다.

이것의 히키가 남긴 마지막 말이었다. 사실 말이라기보다 두려움에 휩싸여 할 말을 잃고 길게 탄식하는 소리에 가까웠다. 마지막 뜨거운 숨결이 배 저 아래에서 가슴을 거쳐, 목구멍을 타고 입 속으로 올라와, 긴장한 입 안을 지나 치아 사이로 빠져나오는 것이 느껴졌다. 순간 그를 영영 떠나는 것은 입김이 아니라 그의 영혼, 혼령이었다.

괴물이 히키의 영혼을 들이켰다.

그런데 헉, 하더니 코를 쿵쿵거리며 물러섰다. 마치 더럽혀졌다는 듯 괴물이 커다란 대가리를 흔들며 네발로 기어 히키의 시야에서 영영 사라졌다.

이제 모든 것이 코닐리어스 히키의 시야에서 사라졌다. 하늘에서 별빛이 내려와 얼음 결정이 되어 그의 눈에 들러붙었다. 까마귀가 시커멓게 히키를 뒤덮더니 툰바크가 황송하게도 하사하신 먹이를 걸신들린 듯 먹어치웠다. 결국 눈이 얼어서 터져 나갔지만 히키는 눈을 깜빡이지 않았다.

그의 시신은 선미에 꼿꼿이 앉았다. 두 다리를 벌린 채 두 발을 단단히 디뎠다. 그 옆에는 훔친 금화와 시계와 망자의 옷을 벗겨 모아 놓은 더미가 쌓여 있었다. 장갑 낀 손은 건웨일을 붙은 채 얼어붙었다. 오른손을 뻗었지만 장전된 산탄총 총신까지 닿기에 살짝 모자랐다.

그다음 날 오전 늦게부터 새벽까지 폭풍 전선이 밀려오자 하늘이 또다시 울부짖었다. 또 그다음 날 하루 종일 눈이 내렸다. 히키는 공포로 얼어붙은 얼굴에 입을 벌린 채 군청색 모직 코트와 워치캡을 쓰고 있었다. 뚫린 눈구멍에 허연 얼음막이 덮이고, 누수방지공 조수는 눈 속에 파묻혔다.

60
크로지어

크로지어는 무아의 바다에서 포근히 유영하며 남의 꿈을 듣는다.

생전의 분석 능력이 쾌적하게 떠다니는 여기 사후 세계까지 조금이나마 넘어왔다면, 예전의 크로지어로서는 꿈을 '듣는다'는 개념에 놀랐을 것이다. 사실 꿈을 듣는다는 것은 남의 수다를 듣는 것과 비슷하다. 특정 언어로 말하지 않고 단어나 음악도 수다도 들리지 않는다. 살아 있을 때는 늘 꿈을 '보았다'. 꿈을 꾼다는 행위에는 시각적 이미지가 절대적 부분을 차지하지만, 모양과 색채는 프랜시스 크로지어가 죽음이라는 베일에 싸이기 전 이승에서 보던 것과 전혀 다르다. 죽어서 꾸는 꿈에서는 목소리도, 옆에서 수다 떠는 말소리도 들리지 않는다.

아리따운 에스키모 여자가 보인다. 이름은 세드나(에스키모 신화에 나오는 인물로 바다를 지배하는 여신). 여자는 북쪽에 있는 평범한 에스키모 마을의 얼음집에서 아버지와 단둘이 살았다. 여자의 미모에 대한 소문이 자자하자 청년들이 줄지어 빙판을 건너고 동토를 거쳐 백발 아버지에게 경의를 표한 후 세드나에게 구혼했다.

여자는 그 누구의 말을 듣고 얼굴을 보아도 마음이 흔들리지 않았다. 그해 늦봄이 되어 빙하가 풀리자 여자는 홀로 나가 유빙에 올라탔다. 새로이 찾아오는 둥근 얼굴을 한 사내 무리를 피하고 싶었다.

당시만 해도 사람들은 동물의 말을 알아들었다. 열린 바다 위를 날던 새가 노래하며 세드나에게 청혼했다.

나와 새의 나라로 가자. 거기에 가면 배고프지 않아. 최고급 순록 가죽으로 텐트를 세우고, 가장 보드라운 곰 가죽과 순록 가죽을 깔아줄 테니 그대는 그 위에 누워만 있으면 돼. 램프에는 언제나 기름이 가득하지. 내 친구와 나는 그대가 원하는 것은 모두 다 가져다줄 수 있다네. 당신은 우리 새 사람들이 입는 가장 밝은 깃털 옷을 계속 입게 되리라.

세드나는 새의 청혼을 믿고 에스키모 전통에 따라 그와 혼인하여 바다를 넘고 얼음을 건너 새 사람들이 사는 땅으로 갔다.

새가 거짓말을 했다.

새 사람들의 집은 최고급 순록 가죽이 아니었다. 썩어가는 생선 껍질을 이리저리 이어 붙여서 대충 만든 집이라 찬바람이 숭숭 들어왔다. 그들은 순진하게 속은 그녀를 비웃었다.

여자는 보드라운 곰 가죽이 아니라 보잘것없는 바다표범 가죽 위에서 잠을 잤다. 램프를 켤 기름도 없었다. 새 사람들에게 구박받으며 결혼할 때 입은 옷을 계속 입었다. 새 신랑은 여자에게 차가운 생선만 던져 주었다.

세드나는 무심한 새 남편에게 아버지가 보고 싶다고 애원했다. 결국 새 남편은 여자의 아버지를 새 나라로 초대했다. 아버지는 딸을 보러 몇 주간 부실한 보트를 타고 건너왔다.

아버지가 도착하자 세드나는 기쁜 척했다. 생선 썩은 내가 코를 찌르는 어둠 속에 부녀만 남자, 딸은 울면서 아버지에게 남편의 홀대를 일러바쳤다. 또한 에스키모 청년이 아니라 새 남편과 결혼하는 바람에 젊음과 미모, 행복을 모두 잃었다고 털어놓았다.

아버지는 이야기를 듣고 괴로워하다가 세드나에게 새 남편을 죽일 계략을 짜자고 했다. 다음 날 아침, 새 남편이 세드나의 아침거리로 차가운 생선을 가지고 돌아오자 부녀는 아버지가 타고 온 카약의 노와 작살로 새 남편을 쓰러뜨려 죽인 다음, 새 사람이 사는 땅에서 도망쳤다.

며칠간 부녀는 에스키모가 사는 남쪽으로 항해했다. 새 남편의 가족과 친구들이 그가 살해당한 것을 알고 분노하여 날개를 펄럭이며 남쪽으로 날아왔다. 그 소리가 얼마나 큰지 아주 멀리 떨어진 곳에 사는 에스키모 귀에까지 들릴 정도였다.

세드나와 아버지가 일주일간 항해한 거리를 수천 새 사람은 단 몇 분 만에 날아왔다. 새 사람들이 작은 보트에 내려앉았다. 시커멓게 뒤엉킨 구름처럼 새 부리와 발톱과 깃털이 보트로 내려앉았다. 새 떼가 날갯짓하자 거센 폭풍과 파도가 일었다. 작은 보트가 침몰하려고 했다.

아버지는 새 사람들에게 딸을 제물로 내어 주기로 결심하고 바다로 내던졌다.

세드나는 보트에 끝까지 매달렸다. 손아귀의 힘이 셌다.

아버지는 칼로 딸의 첫째 손마디를 잘랐다. 잘린 손마디가 바다에 빠지면서 고래로 변신했다. 손톱은 해변의 흰수염고래가 됐다.

세드나는 여전히 매달렸다. 아버지는 딸의 둘째 손마디를 잘랐다.

둘째 마디가 바다에 빠져 바다표범이 됐다.

세드나가 아직도 매달렸다. 질겁한 아버지가 마지막 마디를 잘랐다. 잘린 마지막 손마디가 유빙으로 떨어져 바다에 빠지더니 바다코끼리로 변했다.

이제 손가락이 다 잘리고 우묵한 손바닥뼈만 남았다. 세드나의 손은 죽은 새 남편의 갈고리 발톱처럼 보였다. 결국 딸은 바다에 빠져 심해에 가라앉았고 지금까지도 그곳에 산다.

세드나는 모든 고래, 바다코끼리, 바다표범의 연인이다. 에스키모가 세드나의 마음을 달래면 여자는 바다표범, 바다코끼리, 고래에게 인간에게 가서 잡혀 죽으라고 말한다. 에스키모가 여자의 심기를 거스르면 여자는 고래, 바다코끼리, 바다표범을 심해에 데리고 있는다. 그럼 에스키모는 처참하게 배를 주린다.

'대체 이게 뭐지?' 프랜시스 크로지어는 생각한다. 자신의 목소리가 서서히 흘러가는 무아의 꿈 듣기를 방해한다.

봇물 터지듯 고통이 물밀 듯 밀려든다.

61
크로지어

'우리 대원들!' 그가 크게 외친다. 그러나 힘이 없어 소리가 나오지 않는다. 진이 빠져 크게 목청을 높일 수 없다. 게다가 저 말이 무슨 뜻인지도 모르겠다. '우리 대원들!' 크로지어는 다시 외친다. 그러나 신음 소리에 그칠 뿐.

여자가 그를 고문한다.

크로지어는 비몽사몽이다. 정신이 단박에 돌아오지 않는다. 끝없는 고통에서 벗어나기 위해 눈을 뜨려 하지만 며칠에 걸쳐 정신이 들었다 나갔다를 반복한다. 영면에 들려다가도 통증에 불쑥 정신이 든다. '우리 대원들!'이라는 소리에 정신이 조금 돌아왔다. 이제 알았다. 자신이 누구인지, 여기가 어디인지, 지금 누가 옆에 있는지를.

여자가 그를 고문하고 있다.

그가 벙어리 여자라고 부르던 에스키모 여인이 그의 가슴, 팔, 옆구리, 등, 다리를 불에 달군 날카로운 칼로 쑤신다. 끝없는 고통을 참을 수 없다.

크로지어는 좁은 공간 안에서 여자 옆에 누워 있다. 존 어빙이 말한 얼음집은 아니다. 휘어진 뼈대 위에 가죽을 걸친 것이 텐트와 비슷해 보인다. 작은 기름 램프가 깜빡이며 여자의 헐벗은 상체를 비춘다. 시선을 내리니 크로지어는 알몸이다. 누더기가 된 어깨, 피범벅 가슴, 팔과 복부가 보인다. 여자가 지금 그의 살을 잘게 다지는 것 같다.

크로지어는 비명을 지르려 하지만 힘이 없어 목소리가 나오지 않는다.

손에 칼을 들고 고문하는 여자의 팔을 쳐내고 싶지만 기운이 달려 저지할
수 없다.

여자가 갈색 눈으로 그를 바라보며 다시 살아났다고 일러준다. 그러고
는 다시 칼을 들더니 상처 부위를 열심히 째고 자르고 후빈다.

크로지어는 외마디 비명을 간신히 지른 후 다시 어둠 속으로 떨어진다.
무아의 상태에서 꿈을 듣던 그런 어둠이 아니다. 시커먼 고통의 파도가 밀
려드는 암연 속으로 빠진다.

. . .

여자가 골드너 통조림 깡통에 끓인 수프를 그에게 떠먹인다. 테러호에
서 훔쳐온 것이 분명하다. 수프에서 바다 동물의 피비린내가 감돈다. 여자
는 상아색 손잡이가 달린 특이하게 휘어진 칼로 바다표범 고기를 자른다.
이로 고깃덩어리를 물고 과감히 칼을 입술에 바싹 대고 쭉 자른 다음 고기
조각을 꼭꼭 씹는다. 그러더니 고기를 뱉어 거칠게 튼 남자의 입술 사이로
쑤셔 넣는다. 크로지어가 뱉으려 한다. 어미 새가 모이를 주듯 그렇게 음
식을 받아먹는 게 싫다. 여자는 지방이 잔뜩 붙은 고기 조각을 주워 도로
그의 입에 쑤셔 넣는다. 그는 저항하지 못하고 어쩔 수 없이 고기를 씹어
가까스로 목구멍으로 넘긴다.

남자는 다시 잠이 든다. 몰아치는 바람이 자장가처럼 들린다. 그러다 곧
장 정신이 든다. 가죽 요에 이불을 덮고 알몸으로 누워 있다. 겹겹이 껴입
었던 옷이 이 좁은 공간 안에 없다. 여자는 그의 몸을 굴려 엎드리게 한다.
그 아래에 보드라운 바다표범 가죽을 펴서 가슴에서 흐른 피가 텐트 바닥
에 깔린 부드러운 가죽과 모피를 적시지 않도록 한다. 여자는 긴 일자 칼
로 그의 등을 잘라서 후빈다.

저항할 기운도, 뒤집어 누울 힘도 없어서 그저 신음 소리만 낸다. 그는

여자가 그의 등살을 갈기갈기 다져서 요리하는 상상을 한다. 여자가 너덜 너덜 찢겨진 상처 안에 축축하고 미끄덩한 물질을 쑤셔 넣는다.

그는 고통을 느끼며 순식간에 다시 잠이 든다.

• • •

'우리 대원들!'

고통은 끊이지 않는다. 꿈과 현실 사이를 오가는 중이다. 벙어리 여자가 그의 생살을 난도질하는 것 같다. 그러다 총을 맞은 기억이 떠오른다.

크로지어가 어둑어둑한 텐트 속에서 눈을 뜬다. 희미한 달빛과 별빛이 팽팽하게 당겨진 텐트 속으로 슬쩍 스며든다. 에스키모 여자가 옆에서 잔다. 그의 체온을 건네주고 여자의 체온을 건네받는다. 둘 다 알몸이다. 크로지어는 살기 위해 온기가 필요하다는 욕구 외에 성욕 따위는 전혀 샘솟지 않는다. 그저 고통스러울 뿐이다.

'우리 대원들! 우리 대원들에게 돌아가야 한다. 가서 경고해야 한다!'

처음으로 그는 히키, 달빛, 총성이 기억난다.

크로지어는 한쪽 손을 가슴에 올리고, 가슴과 어깨에 총알이 박힌 부위를 만져 본다. 가슴 좌측 위는 상처로 엉망이다. 총알이 박힐 때 살 속으로 같이 딸려 들어간 옷 조각이 깨끗이 정리된 것 같다. 축축한 이끼나 바다풀 같은 것이 상처 부위를 뒤덮고 있다. 크로지어는 이걸 파내고 싶지만 그럴 힘이 없다.

등 위쪽이 가슴보다 더 아프다. 벙어리 여자가 그곳을 칼로 후벼 파며 고문한 기억이 난다. 히키가 방아쇠를 당기고 탄약에 불이 붙기 직전 약간 먹먹하게 들리던 소리도 기억난다. 오래된 탄약이 젖어서 두 발 모두 최대 폭발력에 미치지 못했다. 탄환이 빙글빙글 회전하며 와서 박히는 순간 빙판으로 나가떨어진 기억이 난다. 등에 한 방, 정면에 한 방 맞은 것 같다.

'에스키모 여자가 총알을 제거한 건가? 살 속으로 파고든 지저분한 옷 조각도 모두 정리해 준 건가?'

크로지어는 어둠 속에 눈을 깜빡인다. 굿서 박사가 돌보던 병실을 방문해 설명을 들은 기억이 난다. 굿서는 영국 해군이 겪는 가장 빈번한 부상에 관해 설명하면서 일차 부상으로 목숨을 잃는 게 아니라 부상 부위의 염증으로 인한 패혈증이 직접적 사인이라고 했다.

가슴에서 어깨로 서서히 손을 옮겼다. 히키는 산탄총을 발사한 후 크로지어가 갖고 있던 권총을 빼앗아 여러 발 쏘았다. 그때 제일 처음…… 여기를 맞았다. 이두박근 위쪽에 난 깊은 상처에 손을 대는 순간 숨이 턱 막힌다. 축축하고 미끈거리는 뭔가로 그 속을 채웠다. 상처 부위에 손을 대자 너무 아파서 어지럽다.

왼쪽 갈비뼈에도 상처가 나 있다. 손을 그렇게 멀리 뻗는 것도 힘든데 손을 대자마자 비명이 튀어나온다. 잠시 정신을 잃는다.

정신이 돌아온다. 그는 벙어리 여자가 옆구리에 박힌 총알을 파낸 후 다른 곳과 마찬가지로 상처를 치료하고 에스키모 특유의 습포제를 바른 기억이 난다. 숨 쉴 때 등이 욱신거리고 쓰라리고 부었다. 그걸 보니 총알이 왼쪽 옆구리 갈비뼈를 부러뜨린 후 휘어지면서 왼쪽 어깨뼈 부근 살 속에 박힌 것 같았다. 여자가 거기에 박힌 총알을 파낸 것이 분명했다.

변변찮은 기운으로 팔을 아래로 내려 나머지 상처 부위를 건드리는 데 시간이 한참 걸린다.

왼쪽 다리에 언제 총알을 맞았는지 기억나지 않는다. 무릎 근처가 아픈 것을 보니 세 번째 총알이 그 근처에 와서 박힌 게 분명하다. 떨리는 손으로 만져보니 총알이 어디에서 들어와 어디로 나갔는지 알겠다. 5센티미터만 더 위로 올라갔더라면 무릎이 날아갔을 테고, 그랬더라면 다리를 잃었을 것이다. 다리를 잃는 건 목숨을 잃는 것과 다름없다. 그곳에도 에스키모 특유의 상처 치료가 되어 있다. 딱지가 만져지나 피는 나지 않는다.

'이러니 열이 펄펄 나는 게 당연해. 나는 패혈증으로 죽을 거야.'

그런데 이 열은 그런 열이 아닐 수 있다. 모피 이불로 방한이 완벽한 데다가 옆에 알몸으로 누운 벙어리 여자의 체온까지 더해져 병원에서 몇 달, 아니 몇 년 만에 후끈한 열기를 느낀다.

크로지어는 둘이 덮은 모피 이불을 간신히 아래로 내린다. 찬 공기가 불쑥 들어온다.

벙어리 여자는 뒤척이지도 않고 잠만 잔다. 텐트 속 희미한 불빛 속에 여자를 쳐다보니 꼭 아이 같다. 사촌 알버트의 사춘기 조카 같다.

더블린의 푸른 잔디 위에서 크리켓을 하던 기억을 떠올리며 다시 잠이 든다.

• • •

여자가 파카를 입고 그의 앞에 무릎을 꿇고 앉아 양손을 약간 벌린 채 동물의 가는 힘줄로 아이들이 하는 실뜨기 놀이를 한다.

크로지어는 멍하니 구경한다.

복잡한 힘줄이 얼기설기 얽혀서 두 가지 모형만 계속해서 만든다. 처음은 양쪽 엄지에 실을 걸고, 세 줄을 엮어 상단에 삼각형을 두 개 만들고, 그 아래 중앙에 실을 두 번 감아 돔 지붕을 만든다. 다음은 오른손에 줄을 두 번 걸고 멀리 벌린다. 엄지와 새끼손가락에 줄을 여러 번 감아 왼손에 고리를 만들고 오른손을 갖다 붙인다. 이렇게 하면 실이 늘어지면서 네 개의 타원형 고리가 생기는데 만화 속 주인공 다리 같기도 하고 지느러미가 같기도 하다. 왼손에 둘둘 감긴 실이 머리가 된다.

크로지어는 이게 대체 무슨 뜻인지 모르겠다. 고개를 천천히 저어서 실뜨기하기 싫다고 여자에게 알린다.

벙어리 여자는 잠시 그를 쳐다본다. 검은 눈동자가 그의 눈에 머문다. 여자는 실을 풀어 수프를 담았던 상아색 그릇 속에 넣고 여러 겹 쳐진 텐트 입구를 통과해 밖으로 나간다.

잠깐 사이, 들어오는 찬기에 깜짝 놀라 크로지어는 입구로 기어가려고 한다. 지금 여기가 어디인지 알아야겠다. 멀리서 삐거덕거리며 빙하가 갈라지는 소리가 들리는 것을 보니 아직도 빙원 위 같다. 총을 맞은 곳과 꽤 가까운 것 같다. 크로지어는 매복한 4명과 히키에게 당한 지 얼마나 지났는지 전혀 알지 못한다. 히키는 크로지어와 굿서, 불쌍한 레인과 고다드를 덮쳤다. 공격당한 지 몇 시간, 아니 하루나 이틀이 지났다면 얼마나 좋을까. 그렇다면 지금이라도 히키, 맨슨, 톰프슨, 에일모어가 다시 나타나 해악을 가하기 전에 캠프로 돌아가 알려야 한다.

고개와 어깨를 조금은 들 수 있다. 그러나 힘이 없어서 이불 속으로 스르르 미끄러진다. 순록 가죽이 걸린 텐트 입구로 기어갈 힘조차 없다. 다시 잠이 든다.

얼마나 지났을까, 며칠이 흘렀는지 모른다. 벙어리 여자가 그가 잠든 사이 몇 번이나 왔다 갔는지도 모른다. 벙어리 여자가 그를 깨운다. 텐트 가죽으로 들어오는 어둑어둑한 빛은 여전하다. 기름 램프가 여전히 텐트 안을 밝힌다. 여자는 얼음 틈 사이에 싱싱한 바다표범 고기를 넣어 둔다. 두꺼운 파카를 벗고 모피를 뒤집어 만든 짧은 바지만 입고 있다. 부드러운 가죽 겉면이 벙어리 여자의 갈색 피부와 대조되어 훨씬 밝아 보인다. 여자는 크로지어 앞에 무릎을 꿇고 앉았다. 젖가슴이 덜렁거린다.

여자가 또다시 실뜨기를 한다. 이번에는 왼손에 작은 동물 모양이 생긴다. 줄이 느슨해지고 다시 꼬이더니 중앙에 뾰족한 돔 지붕이 생긴다.

크로지어는 고개를 흔든다. 무슨 뜻인지 모르겠다.

벙어리 여자가 다시 그릇 속에 줄을 던져 넣는다. 부두 인부가 쓰는 후

크 손잡이와 비슷하게 생긴 상아색 손잡이가 달린 흰 단검을 들고 여자는 바다표범 고기 조각을 다시 자르기 시작한다.

· · ·

"가서 대원들을 만나야겠어. 좀 도와줘." 크로지어가 속삭인다.

벙어리 여자가 그를 쳐다본다.

함장은 처음 깨어난 후 시간이 얼마나 지났는지 모른다. 그는 잠만 잤다. 잠시 깨어나면 그 사이 수프를 마시고 바다표범 고기를 먹는다. 이제는 여자가 미리 씹어서 주지 않아도 되지만 그래도 여전히 고기 조각을 그의 입가까지 가져다 준다. 여자는 상처 습포제를 교체하고 닦는다. 크로지어는 말도 못하고 몸이 굳는다. 배설은 골드너 깡통에 대고 해결한다. 눈속에 박힌 깡통은 모피 이불에서 조금 떨어져 있지만 손을 뻗으면 닿을 거리다. 때가 되면 여자가 설원 어딘가로 이 깡통을 들고 나가 비워준다. 통속 내용물이 순식간에 얼어서 텐트 안에 아무 냄새도 풍기지 않아 크로지어는 마음이 놓인다. 이미 텐트 안에는 생선과 바다표범 비린내, 인간의 체취와 땀내가 뒤섞여 있다.

"캠프로 돌아가게 좀 도와줘." 그는 다시 헐떡이며 말한다. 히키에게 습격당한 폴리니아 인근에 둘이 머물고 있을 가능성이 크다고 확신한다. 폴리니아는 구조 캠프에서 3킬로미터 떨어진 곳에 있다.

가서 다른 대원들에게 알려야 한다.

그는 일어날 때마다 혼란스럽다. 가죽 텐트를 뚫고 들어오는 희미한 불빛이 늘 한결같다. 무슨 이유인지 모르겠지만 밤에만 깬다. 이건 굿서 박사에게 물어봐야 할 것 같다. 벙어리 여자가 바다표범 피로 끓인 수프를 먹여서 낮 동안 그를 재우는 것 같다. 그가 도망치지 못하게 하려고.

"부탁이야." 그가 속삭인다. 여자는 아무 말 없다. 그는 여자가 테러호에 머물던 몇 달간 영어 몇 마디라도 배웠기를 바랄 뿐이다. 굿서는 여자가 혀가 없어서 말은 못해도 들을 수는 있다고 했다. 크로지어는 여자가 테러호에 있을 때 갑자기 외마디 소리를 냈던 것을 기억한다.

벙어리 여자가 그를 계속 쳐다본다.

'이 여자는 미개하고도 멍청하군.' 크로지어는 에스키모 여자에게 다시 구걸하자니 너무 구차하다. 먹고 또 먹어 기운을 차려 원기를 회복해 언젠가 여자를 밀치고 홀로 캠프로 걸어가야 한다.

벙어리 여자는 눈을 깜빡이며 몸을 돌려 작은 기름 스토브로 바다표범 고기를 요리한다.

. . .

크로지어가 또다시 눈을 뜬다. 날은 늘 어둑어둑하다. 또 밤인 것 같다. 벙어리 여자가 무릎을 꿇고 앉아 또다시 실뜨기 놀이를 한다.

여자는 손가락에 실을 감아서 다시 둥근 돔 지붕을 만든다. 두 개의 수직 고리가 보인다. 이번에는 다리인지 지느러미인지 모를 것이 네 개가 아니라 두 개다. 여자는 양손을 멀리 벌렸다가 이 모형이 실제로 움직이는 것처럼 손을 움직인다. 오른손을 멀리 두었다가 왼손에 갖다 붙인다. 풍선 모양의 고리가 다리처럼 움직인다. 여자는 이 모형을 해체하고 손을 놀린다. 또다시 돔 모양이 한가운데 나타난다. 크로지어는 서서히 깨닫는다. 같은 모양이 아니다. 돔 모양의 꼭대기는 사라지고 이제는 현수선 커브가 만들어진다. 사관생도 시절 기하학과 삼각도법을 공부했다.

그는 고개를 젓는다. "무슨 말인지 모르겠어. 이 실뜨기로 대체 뭘 하자는 거지?"

벙어리 여자는 그를 쳐다본다. 눈을 깜빡이다가 동물 모양을 만들었던 실을 그릇에 도로 던지고 그를 모피 이불 밖으로 잡아끈다.

크로지어는 버틸 힘이 없다. 그냥 여자가 하자는 대로 가만히 있다. 벙어리 여자는 그를 일으켜 세워 가벼운 순록 가죽 속 재킷을 입히고, 두꺼운 파카를 껴입힌다. 크로지어는 가죽 두 장이 얼마나 가벼운지 깜짝 놀란다. 면과 모직 옷을 여러 겹 껴입고 3년간 살았다. 그것만 해도 무게가 13킬로그램은 족히 나갔다. 거기에 땀이 나서 얼기라도 하면 무게는 어마어마하게 불어났다. 그런데 이렇게 상체에 걸친 에스키모 복장은 고작 4킬로그램도 나가지 않는 것 같다. 대충 걸친 옷 두 겹이 목하고 손목까지 이렇게 포근히 감싸다니 놀랍다. 몸에 딱 맞아서 체온이 새어 나갈 틈이 없다.

크로지어는 당황한 몸짓으로 순록 바지를 알몸 위로 끌어 올리려 한다. 벙어리 여자가 텐트 안에서 내내 입고 있던 짧은 바지와 비슷하게 크게 만든 것 같다. 그런 다음 높이 올라오는 순록 가죽으로 된 달라붙는 바지를 입어야 한다. 그는 자기가 하겠다고 손으로 저지한다. 여자는 그의 손을 치우고 어머니나 간호사처럼 후딱 올린다.

크로지어는 쳐다본다. 벙어리 여자가 남자의 발에 풀로 짠 듯한 양말을 발목에서 허벅지까지 끌어 올린다. 방한용 양말인 것 같다. 풀로 이렇게 길게 양말을 짜느라 얼마나 오래 걸렸을지 상상만 해도 버겁다. 벙어리 여자가 풀로 짠 양말을 신긴 후 순록 바지 위에 모피 부츠를 신긴다. 부츠 밑바닥에는 가죽이 가장 두툼히 대져 있다.

텐트에서 몇 시간 깨어 있는 동안 크로지어는 주위를 돌아본다. 옷과 파카와 모피, 순록 가죽, 그릇, 힘줄, 바다표범 기름으로 만든 램프, 휘어진 칼, 각종 도구가 얼마나 많은지 깜짝 놀란다. 순간 분명해진다. 호지슨과 파가 토벌한 에스키모 8명의 물건을 가져간 자는 바로 벙어리 여자였다. 여자는 골드너 깡통, 스푼, 칼, 바다 동물의 갈비뼈, 나무 조각, 상아, 텐트 기둥으로 쓰는 오래된 통널 등을 테러호나 테러 캠프에서 가지고 나와 몇 달간 혼자 빙원 생활할 때 사용했다.

크로지어는 옷을 다 입고 한쪽으로 휘청거린다. "지금 캠프로 데려가는 거야?"

벙어리 여자는 그에게 장갑을 끼우고 하얀 백곰 털 장식이 달린 후드를 뒤집어씌워 곰 가죽끈으로 아래를 동여맨 후 텐트 밖으로 데려간다.

냉기가 크로지어의 허파를 찌르는 순간 기침이 나온다. 잠시 후 몸이 얼마나 따스한지 실감한다. 통기성 없는 옷 속 공간에서 체온이 위아래로 순환하는 게 느껴진다. 벙어리 여자는 그를 세우고 한 바퀴 돌아본 후 모피를 포개 놓은 곳에 앉힌다. 여자는 곰 가죽이 깔렸다고 해도 얼음 바닥에 그를 앉히고 싶지 않아 보인다. 특이하게 생긴 에스키모 옷을 입고 있으니 더욱 후끈하다. 앉아 있어도 공기가 데워져 순환한다.

벙어리 여자는 빙판 위에 깔린 곰 가죽을 툭툭 털어서 접더니 그가 앉은 가죽 더미 옆에 둔다. 지난 3년간 크로지어의 발은 갑판 위에서나 설원에 나갈 때나 늘 꽁꽁 얼어 있었다. 테러호를 떠난 이후에는 늘 축축하고 차가웠다. 그런데 지금은 빙판 위에서도 발이 얼지 않는다. 풀로 짠 양말과 바닥이 두툼한 가죽 부츠를 신었더니 바닥에서 한기가 뚫고 올라오지 않는다.

벙어리 여자는 간단한 손동작 몇 번으로 텐트를 순식간에 무너뜨린다. 크로지어는 주위를 돌아본다.

'밤이다. 하필 왜 야밤에 나를 밖으로 끌고 나왔지? 긴급 상황인가?' 지금 막 무너진 순록 가죽 텐트는 극빙 위에 세워져 있었다. 그는 주변 소음으로 판단한다. 낮게 걸린 구름 사이로 모습을 드러낸 작은 별빛이 세락과 빙하, 압력 봉우리를 비춘다. 폴리니아의 검은 물이 텐트에서 10미터쯤 멀리 보인다. 심장이 요동친다. '히키가 매복했던 곳 근방이야. 테러 캠프까지 3킬로미터도 되지 않아. 여기에서 캠프로 돌아가는 길을 알아.'

그는 곧 저 폴리니아가 로버트 골딩이 그를 유인해서 데려온 폴리니아

377

보다 훨씬 작다는 사실을 깨닫는다. 검은 물이 드러난 구멍의 길이는 2.4 미터, 폭은 그 반밖에 되지 않는다. 여기 극빙 속 주변 빙하 모습도 다르다. 히키가 매복했던 장소보다 여기 빙하가 훨씬 크고 넓다. 압력 봉우리도 더 높다.

크로지어는 하늘을 찡그리며 바라본다. 별이 언뜻 보인다. 구름이 갈라질 때 육분의를 들고 지도와 차트를 살피면 현 위치를 파악할 수 있을 것이다.

'만약…… 그럴 수만 있다면……'

하늘을 수놓은 겨울 별자리 중에서 언뜻 분간되는 게 보인다. 북극의 8월 중순에서 하순까지 보이는 별자리다. 그는 8월 17일에 총격을 당했다. 골딩이 캠프로 뛰어 들어오기 전에 이미 일지 작성을 끝냈다. 그날 이후 고작 며칠밖에 지나지 않았다니 믿기지 않는다.

난빙이 거칠게 솟은 지평선을 둘러본다. 당장에라도 남쪽에서 해가 뜨려는지, 조금 전 석양이 져서 여명이 남았는지 살핀다. 지금은 밤이다. 바람이 불고 구름이 껴 있다. 흔들리는 별도 고작 몇 개만 보인다.

'하늘이시여…… 대체 태양은 어디에 있습니까?'

크로지어는 춥지 않지만 온몸이 부르르 떨린다. 포개 놓은 모피 더미를 붙들고 쓰러지지 않으려고 용쓰느라 온몸이 벌벌 떨린다.

벙어리 여자가 기괴한 짓을 하고 있다.

여자는 캄캄한 밤에 가죽과 뼈로 세운 텐트를 단 몇 번의 동작으로 무너뜨렸다. 바깥 텐트 커버는 바다표범 가죽이다. 여자는 텐트로 쓰던 바다표범 가죽 위에 무릎을 대고 앉아 반달처럼 휘어진 칼로 중간을 죽 긋는다.

여자는 바다표범 가죽을 반으로 갈라 폴리니아로 가져간다. 휘어진 뼈를 이용해 가죽을 물속에 풍덩 넣고 흠뻑 적신다. 좀 전까지 텐트가 있던 곳으로 돌아와 텐트 구석 얼음 틈에 마련한 저장고에서 꽝꽝 언 생선을 꺼내, 얼기 시작하는 텐트 커버 한쪽 귀퉁이에 잽싸게 한 줄로 세운다.

대체 여자가 왜 저러는 거지? 달밤에 정신 나간 종교의식을 치르는 것 같다. 그런데 문제는 여자가 텐트로 쓰던 바다표범 가죽을 반으로 잘랐다는 사실이다. 나중에 뼈와 갈비와 막대 위에 저 가죽을 걸쳐 다시 텐트를 세운다면 더는 바람과 추위를 막지 못할 것이다.

벙어리 여자는 남자를 본체만체하며 물고기를 한 줄로 늘어놓고 바다표범 가죽으로 감싸 둘둘 말기 시작한다. 젖은 가죽을 팽팽히 당기며 말아 더욱 매끈하게 만든다. 여자가 둘둘 만 바다표범 가죽 양쪽 끝으로 생선 대가리가 반쯤 튀어 나왔다. 이제 여자는 밖으로 삐져나온 생선 대가리를 구부리는 데 집중한다.

2분쯤 흘렀을까, 여자가 바다표범 가죽에 말린 2미터짜리 물고기 막대 두 개를 들어 올린다. 이제 가죽과 물고기가 하나로 단단히 얼어붙었다. 양쪽 끝으로 생선 대가리가 삐죽 나온 긴 떡갈나무 막대처럼 보인다. 여자는 막대 두 개를 나란히 빙판 위에 내려놓는다.

이제 무릎 아래 좁다란 가죽을 깔고 그 위에 엎드려서 힘줄과 가죽끈으로 순록 뿔과 상아—원래 텐트 기둥으로 쓰던 것—를 묶어 방금 만든 2미터짜리 막대에 연결한다.

"성모 마리아시여." 프랜시스 크로지어가 거친 음성을 내뱉는다. 바다표범 가죽에 물고기를 둘둘 감싼 긴 막대가 썰매 날이 되고, 순록 뿔은 널이 되었다. "지금 썰매를 만들고 있다니!"

그가 숨을 내뱉자 밤하늘에 크리스털 알갱이가 맺힌다. 놀라움이 공포로 바뀐다. '8월 17일이라면 이렇게까지 춥지 않아. 한밤중이라도 이 정도 추위는 아니었는데.'

여자가 30분 정도 물고기 썰매 날과 순록 뿔로 썰매를 만들고 있다. 실제로 그는 한 시간 반 정도 모피 더미 위에 앉아 있다. 여자가 썰매를 만드는 동안 크로지어는 앉은 채 존 데다가 주머니에 시계가 없어서 시간이 얼마나 지났는지 알 수 없다.

여자는 테러호에서 들고 나온 캔버스 천 가방에서 진흙과 이끼가 뒤섞인 무언가를 처음으로 꺼낸다. 골드너 통조림 깡통으로 폴리니아에서 물을 떠 온다. 물을 붓고 진흙과 이끼가 뒤섞인 것을 주먹 크기로 빚어 임시로 만든 썰매 날에 길게 바른 후 맨손으로 툭툭 때려 고르게 편다. 크로지어는 여자가 맨몸 위에 파카만 걸치고 맨손을 자주 밖으로 빼는데도 왜 손이 얼지 않는지 의아하다.

벙어리 여자는 언 진흙 반죽을 칼로 펴 바른다. 마치 조각가가 진흙을 빚어 자르고 다듬는 것 같다. 폴리니아에서 물을 좀 더 퍼와 언 진흙 반죽에 부어 썰매 날에 신발을 신기고 있다. 입으로 물을 뿌려 가죽을 적시고 그 위에 진흙 반죽을 발라 위아래로 쓸어내리니 매끈하게 얼음이 낀다. 달빛을 받자 뒤집힌 썰매 날에 풀이 돋은 것 같다. 두 시간 전만 해도 생선과 바다표범 가죽이었는데 이제 썰매 날로 변신했다.

벙어리 여자가 썰매를 바로 세워 가죽끈과 매듭이 단단한지 검사한다. 몸무게를 실어 순록 뿔과 짧은 나무판이 제대로 묶였는지 확인하고 기존에 있던 뿔도 묶는다. 길게 휜 뼈 두 개는 텐트를 세울 때 주 기둥으로 쓰던 것이었는데 이번에는 썰매 뒤쪽에 세워 기둥을 만든다.

그다음, 순록 뿔 위에 바다표범과 곰 가죽을 여러 겹 포갠 후 크로지어를 들어 썰매에 앉히려 한다.

그는 여자의 팔을 뿌리치고 혼자 걸어서 썰매에 타려 한다.

언제 눈 속에 얼굴을 파묻고 쓰러졌는지 기억나지 않는다. 벙어리 여자가 그를 들어 썰매에 태우는 사이 시력과 청력이 돌아온다. 뒤쪽에 세워진 뿔기둥에 가죽 더미를 차곡차곡 쌓아 기대고 앉아 두 다리를 쭉 편다. 그리고 여자가 그 위에 두툼한 가죽을 몇 겹 덮는다.

여자는 긴 가죽끈을 썰매 앞에 묶어 허리를 감싸는 하네스를 매달았다. 그는 여자가 손가락으로 만든 실뜨기를 떠올린다. 여자가 무슨 말을 하려 했는지 떠올린다. 텐트-타원형 둥근 모양-를 쓰러뜨린 다음 둘이서 떠난다. 한쪽 실이 미끄러지면서 걸어가는 형상, 크로지어는 그것이 이 밤에 걸어가자는 얘기인지 전혀 몰랐다. 거기에서 다른 타원형 돔으로 가는데 이번에는 뾰족하지 않은 곳으로 가자는 말이다. 돔 모양의 텐트가 또 있다는 것인가? 얼음집을 말하는 것인가?

벙어리 여자는 짐을 다 챙긴 다음 크로지어를 앉힌 썰매 위에 남은 가죽과 캔버스 가방, 가죽으로 싼 그릇과 바다표범 기름 램프를 몽땅 싣고 하네스를 차고 썰매를 끌기 시작한다.

썰매 날에 이끼가 발리니 훨씬 잘 미끄러진다. 테러호와 이리버스호를 버리고 보트와 썰매를 끌고 올 때보다 훨씬 조용하고 매끄럽게 잘 끌린다. 아직도 춥지 않다니 그는 그저 놀랍기만 하다. 빙판에 나와 앉은 지 벌써 두 시간이 지났는데도 하나도 춥지 않다. 다만 코끝만 시리다.

구름이 머리 위에 짙게 걸렸다. 해가 어디서든 뜰 기미가 보이지 않는다. 대체 여자는 어디로 가는 것일까? 프랜시스 크로지어는 알 도리가 없다. 다시 킹윌리엄 랜드로 데려가려나? 애들레이드 반도 남쪽으로 데려가려나? 백 강으로? 아니면 빙하 저 멀리로?

"우리 대원들." 남자가 여자에게 거칠게 말한다. 블리자드 치는 소리와 발밑에서 신음하는 빙하 소리를 뚫고 목소리를 힘껏 높인다. "우리 대원들에게 돌아가야 해. 날 찾고 있어. 이봐…… 벙어리 여자여. 제발. 날 캠프로 데려가 달란 말이야."

벙어리 여자는 돌아보지 않는다. 흐릿한 달빛에 여자가 쓴 후드와 허옇게 빛나는 곰 털 트리밍만 보일 뿐. 그는 이 밤에 여자가 얼마나 멀리까지 보이는지 알지 못한다. 가녀린 여자가 썰매에 그를 태우고도 이렇게 가뿐히 끌고 가다니 도무지 이해가 되지 않는다.

두 사람은 어두운 난빙 속으로 조용히 미끄러져 들어간다.

바다표범을 수면 위로 올려보내 다른 동물이나 진짜 사람(서구에서는 에스키모를 '날생선을 먹는 이'라며 폄하하지만 이누이트는 스스로 '진짜 사람'이라 일컫는다)들에게 잡아먹히도록 결정하는 주체는 심해에 사는 세드나다. 그런데 사실, 사냥꾼에게 잡힐지 말지를 결정하는 것은 그 누구도 아닌 바다표범 자신이다.

그 속내를 좀 더 들여다보면 이 세상에는 바다표범이 단 한 마리만 존재한다.

바다표범은 진짜 사람들처럼 두 가지 영혼을 갖고 있다. 하나는 육신이 죽으면 같이 죽는 생령이고, 다른 하나는 죽는 순간 육신을 떠나 영원히 사는 영령이다. 이 영령은 '타르닉'이라고 불리며 작은 기포나 핏방울 속에 숨어 있다. 사냥꾼이 바다표범의 배를 가르면 보이기도 한다. 영령은 생긴 모습이 바다표범을 닮았으나 대단히 작다.

바다표범이 죽으면 영령은 육신을 떠나 아기 바다표범 모습으로 되돌아간다. 그런데 이 아기 바다표범은 잡아먹히기를 스스로 택한 바다표범의 후손이다.

'진짜 사람'은 사냥꾼이 일평생 단 한 마리의 바다표범, 바다코끼리, 곰, 새를 계속해서 사냥하는 과정을 반복한다고 생각한다.

생령이 육신과 함께 죽듯 진짜 사람들의 영령도 이와 비슷하다. 영령이라 불리는 '이누아'는 이 세상에서의 기억과 재주를 모두 지닌 채 떠돌다가 망자의 직계 가족이 낳은 아이의 몸속에 숨는다. 진짜 사람들은 아이가 아무리 부산하고 버릇없이 굴어도 절대로 훈육하지 않는다. 아이의 몸속에는 아이의 생령과 더불어 성인의 영령 '이누아'가 산다고 믿기 때문이다. 사냥꾼, 가모장(가족이나 부족에서 가장의 권위를 지닌 여자), 주술사의 지혜를 지닌 부모, 조부모, 증조부모, 삼촌, 이모의 영령이 '이누아'에 깃들어 있기에 그들은 절대로 아이를 나무라지 않는다.

바다표범은 진짜 사람 마을에 사는 아무 사냥꾼에게나 몸을 내주지 않는다. 사냥꾼은 반드시 바다표범을 압도해야 한다. 속임수나 꼼수, 손재주가 뛰어난 게 아니라 사냥꾼으로서 지녀야 할 용기와 '이누아'를 갖춰야 한다.

'이누아'란 진짜 사람, 바다표범, 바다코끼리, 곰, 순록, 새, 고래의 영령을 일컫는 말로 지구가 생기기 이전부터 존재했다. 그리고 지구는 그 나이를 가늠할 수 없을 만큼 오래되었다.

우주 생성 초기, 지구는 아래로 기둥 네 개가 떠받치고, 위로 하늘이 있는 원반에 불과했다. 지구 아래 어둠 속에 영혼이-지금도 대부분 그곳에-살았다. 초기 지구는 물속에 거의 잠겨 있었고 진짜 사람은 물론 사람이 아예 존재하지 않았다. 그러다 '아쿠루주시'와 '우마니르투크'라는 두 남자가 어둠 속에서 땅 위로 기어 올라와 진짜 사람들의 시조가 되었다(이누이트의 시조. 이 동성 커플은 부부가 되었고, 후일 우마니르투크가 임신했다. 그러나 신체 구조상 아이를 낳을 수 없자 마법으로 성을 바꾸어 아이를 낳았다는 전설이 있다).

그 당시 하늘에는 별도, 달도, 태양도 없었다. 두 남자와 자손들은 완벽한 어둠에서 살며 사냥해야 했다. 잘 사는 법을 알려줄 주술사가 없었기에 진짜 사람들은 미약한 존재로서 간신히 작은 동물만 사냥하며 살았다. 토끼, 들꿩, 가끔 까마귀를 잡았을 뿐, 어찌해야 잘 살 수 있는지 알지 못했다. 유일한 장식품이라고는 성게 껍데기로 만든 부적 '앙구아크' 뿐이었다.

우주 생성 초기에 여자들이 두 남자가 사는 지구로 합류했다. 남자가 땅에서 왔다면 여자는 빙하에서 왔다. 그런데 이 여자들은 잉태할 수 없어서 온종일 해안가를 돌아다니며, 바다를 들여다보고 땅을 파헤치며 아이를 찾았다.

우주 생성 제2기는 여우와 까마귀의 오랜 투쟁 끝에 탄생했다. 그제야 계절이 생기고 삶과 죽음이 생겼다. 계절이 생기자 새로운 시대가 열렸다. 인간의 생령이 육신과 같이 죽고, 영령 '이누아'가 세상을 떠돌게 됐다.

주술사는 우주 질서의 비밀을 깨닫고 진짜 사람들에게 잘 사는 법을 가르쳐주었다. 법령을 만들어 근친 및 가족 간 결혼을 막고 사물의 질서에 반하는 살인과 악행을 금했다. 주술사는 '아쿠루주시'와 '우마니르투크'가 지구로 기어 올라오기 이전 시대까지 되돌아보고, 사람들에게 우주를 떠다니는 위대한 영혼의 근간이 되는 영혼 '이누아트'(앞서 나온 이누아의 복수형)에 대해 설명했다. 이를테면 달의 영혼이나 의식의 영혼 '나르주크', 고대부터 전해 내려오는 가장 힘센 공기의 영혼 '실라'의 기원에 대해 알려주었다. '실라'는 모든 사물을 빚어 그 속에 기와 에너지를 불어넣는 존재로 블리자드와 폭풍으로 분노를 표출한다.

그 무렵, 진짜 사람들이 세드나에 대해 알게 되었다. 다른 극지방에서는 세드나를 '우이니구마우이투크' 혹은 '눌리아주크'라고 불렀다. 주술사는 진짜 사람들이 사는 곳에서 남쪽으로 한참 떨어진 마을에 사는 갈색 피부를 가진 원주민, '이지라이트' 순록의 영혼, 후일 등장한 창백한 사람(백인을 지칭)을 포함한 모든 인간이 세드나와 개의 짝짓기를 통해 태어났다고 했다. 개가 이름은 물론 영혼까지 소유하고, 주인의 '이누아'를 공유하도록 허락받은 것도 바로 이 때문이라고 했다.

달의 이누아 '아닝가트'는 누이인 태양의 이누아 '시크니크'와 근친상간을 범했다. '아닝가트'의 아내 '울리아르나크'는 동물이든 진짜 사람이든 희생양의 배를 갈라 죽이기를 좋아했다. 그리고 영혼계에 주술사가 끼어드는 게 싫어서 미친 듯이 웃는 벌을 내렸다. 지금까지도 주술사는 웃음이 그치지 않아 죽는 일이 허다하다.

진짜 사람들은 우주에 존재하는 막강한 세 가지 영혼에 대해 즐겁게 알아간다. 세 가지 영혼이란 지구를 온통 뒤덮은 공기의 영혼, 바다를 터전으로 삼은 동물을 지배하는 바다의 영혼, 마지막으로 달의 영혼이다. 그러나 이 세 영혼의 근간이 되는 '이누아트'가 너무 막강하다 보니 진짜 사람들은 전혀 관심을 기울이지 않는다. 인간의 바로 위에는 '이누아트'보다 힘이 약한 영혼이 살고, 궁극의 '이누아트'는 더 높은 곳에 존재한다. 그렇다 보니 진짜 사람들은 이 세 영혼을 섬기지 않는다. 주술사는 세드나 같은 강력한 영혼과는 소통하려 하지 않고, 바다와 달, 공기의 영혼이 언짢아하지 않게 진짜 사람들을 단속시키는 정도로 만족한다.

그렇게 세월이 흘러 주술사-진짜 사람들은 이들을 '앙가쿠이트'라고 부른다-는 숨겨진 우주의 비밀과 잘 알려지지 않은 '이누아트'의 비밀을 알게 되었다. 수 세기를 거치면서 일부 주술가는 메모 모이라 할머니가 말하던 천리안을 갖게 되었다. 천리안의 종류에 따라 '콰우마니크'나 '앙가쿠아'라 불렸다. 한때 인간이 개의 사촌인 늑대 영혼을 길들여 주인의 '이누아'를 공유하는 개로 만든 것처럼, 생각을 주고받는 능력을 지닌 주술사는 미약한 영혼을 길들이고 달래서 다스리는 법을 터득했다. 이렇게 도움의 영혼 '툰가이트'는 주술사가 눈에 보이지 않는 영혼계를 보게 하고, 인간이 이 땅에 태어나기 이전 시대까지 볼 수 있는 능력을 지니도록 했다. 또한 타인의 마음속을 꿰뚫어 보아 진짜 사람들이 어떤 잘못을 저질러 우주의 질서를 깼는지 살펴보았다. 도움의 영혼 '툰가이트'는 주술사를 도와 질서와 균형을 되찾고 미약한 영혼의 언어 '이리날리우티트'를 가르쳤다.

그 결과, 주술사는 조상은 물론 막강한 우주의 힘 '이누아트'와 직접 소통하게 되었다.

도움의 영혼 '툰가이트'에게 '이리날리우티트'를 배운 주술사는 인간이 악행과 실수를 고백하도록 도왔다. 이로써 인간은 병을 치료하고 혼돈에 빠진 인간사를 정리하여 우주의 질서를 되찾았다. 진짜 사람들의 복잡한 실뜨기처럼 주술사의 법률 체계와 금기는 오늘날까지 이어졌다.

주술사는 수호자 역할도 수행했다.

일부 미개한 악령이 진짜 사람들 사이를 떠다니며 궂은 날씨를 조장했다. 주술사는 신성한 검을 만들어 악령 '투필라이트'를 처치하는 법을 터득했다.

주술사는 폭풍우를 막을 특별한 갈고리를 찾아 대대손손 물려주었다. 이 갈고리만 있으면 '실라긱나크투크'라는 바람의 동맥을 자를 수 있었다.

주술사는 하늘을 날며 진짜 사람들과 영혼 간의 중재자 역할을 했다. 그러면서도 곧잘 자신의 힘을 과신하여 '일리시크시닉'를 휘둘러 인간을 해치기도 했다. '일리시크시닉'란 질투와 경쟁심을 유발하는 초강력 마법으로, 분노를 일으켜 이유 없이 살인을 저지르게 한다. 주술사는 도움의 영혼 '툰가이트'의 통제력에서 벗어나기도 했다. 졸렬해진 주술사는 여름 번개를 맞고, 아래로 굴러떨어지는 쇳덩이나 다를 바 없었다. 이럴 경우, 진짜 사람들은 주술사를 혼자 묶어 두거나 죽이는 수밖에 없었다. 사람들은 주술사가 되살아나 쫓아오지 못하게 모가지를 잘라 몸통과 머리를 따로 보관했다.

주술사는 대부분 하늘을 나는 능력이 있고, 사람과 가족, 마을 전체를 치유할 수 있었다. 사실 사람이 죄를 고백하면 몸과 영혼이 균형을 되찾아 스스로 치유된다. 또한 육신을 벗어두고 달이나 심해-가장 강력한 힘을 지닌 '이누아트'가 사는 곳-로 날아갈 수 있다. 주술사는 '이리날리우티트'로 주문을 외우고 노래를 부르다 북소리가 그치면 백곰과 같은 동물로 변신했다.

혼 안에 갇히지 않은 대부분의 영혼은 만족스럽게 영혼계에 눌러살았다. 그런데 괴물의 '이누아' 영혼이 깃든 동물은 저 멀리 떨어져 살았다.

덩치 작은 괴물 중 일부는 '투필레크'라고 불렸다. 사실 수천, 수만 년 전 '일리시투크'라고 불리는 사람들이 이들을 살려냈는데, 이 일을 저지른 '일리시투크'는 주술사가 아니라 늙은 악인이었다. 그들은 주술사의 힘을 깊이 연구한 후 이를 치유나 신앙이 아니라 마술을 부리기 위해 사용했다.

모든 인간, 그중에서도 특히 진짜 사람들은 혼을 먹으며 산다. 그들도 이 사실을 아주 잘 안다. 사냥이란 무엇인가? 다른 이의 혼을 쫓아 죽음이라는 궁극의 항복으로 몰아가는 것이 아닐까? 예를 들어, 바다표범이 사냥꾼에게 잡혀주기로 마음먹었으니 사냥꾼은 죽음을 각오한 바다표범의 '이누아'를 영예롭게 대접해야 한다. 바다표범을 죽여 잡아먹기 전에 바다에서 살던 바다표범에게 물 한 잔을 바치는 소박한 의식을 꼭 치러야 한다. 늙고 솜씨 좋은 사냥꾼은 입에 물을 머금었다가 죽은 바다표범의 입으로 직접 넘겨주기도 한다.

우리는 모두 혼을 먹고 산다.

그러나 사악하고 늙은 '일리시투크'는 혼을 훔친다. 주문을 걸어 사냥꾼을 홀린 다음 살던 마을에서 멀리 데려가 설원이나 산에서 죽게 한다. 혼을 도둑맞은 희생자의 후손은 '퀴비토크'라고 불리는데 인간에 비해 훨씬 미개했다.

가족과 마을 사람들이 악행을 의심하자, 늙은 '일리시투크'는 작고 사악한 동물 '투필레크'를 만들어 적들을 따라다니며 해치고 죽였다. 맨 처음, '투필레크'는 작은 돌멩이만 한 무생물로 만들어졌으나, '일리시투크'가 간교를 부려 생명을 불어넣자 점점 원하는 만큼 자라 흉측하게 변했다.

대낮에 괴물이 보이는 순간 사람들이 알아채고 내빼자 음흉한 '투필레크'
는 바다코끼리나 백곰 같은 동물과 비슷한 모습으로 변신했다. 사악한 '일리
시투크'에게 홀린 사냥꾼은 아무것도 모른 채 먹잇감이 되었다. 인간은 그들
을 죽이러 온 '투필레크'의 사악한 손아귀에서 벗어나지 못했다.

현세에는 사악하고 늙은 '일리시투크'가 거의 없다. 그렇게 된 이유를
꼽자면 '투필레크'가 점찍은 먹잇감을 죽이지 못하면—주술사가 중간에 끼
어들거나, 사냥꾼이 굉장히 영리해서 빠져나간 경우—'투필레크'는 돌아와
그들의 창조주 '일리시투크'를 죽였다. 이렇게 늙은 '일리시투크'는 자기
가 만든 끔찍한 피조물에게 죽임을 당했다.

그렇게 수천 년이 흘렀다. 바다의 영혼 세드나가 공기의 영혼과 달의
영혼에게 분노하는 시대가 도래했다.

세드나는 우주의 근간을 이루는 나머지 두 영혼을 죽이려고 '투필레크'
를 직접 만들었다.

이 '투필레크'에게 영혼을 불어넣자 너무 끔찍해서 이를 지칭하는 이름
이 새로 생겼다. 다들 녀석을 '툰바크'라 불렀다.

'툰바크'는 영혼계와 인간계를 제멋대로 오가며 어떤 모습이든 마음껏
취했다. 어떤 모습을 취해도 너무 끔찍해서 순수한 영혼의 소유자라면 미
치지 않고서야 눈 뜨고 볼 수 없었다. 세드나는 혼란과 죽음의 목적만을
위해 '툰바크'에게 기를 불어넣었다. '툰바크'는 공포 그 자체였다. 게다가 저
멀리 사는 미미한 악령 '이짓트쿠시크주크'를 다스리는 능력까지 갖췄다.

그렇게 '툰바크'는 달의 영혼과 공기의 영혼 실라까지 죽일 수 있는 능
력을 갖추게 되었다.

그런데 '툰바크'가 워낙 거대하다 보니 덩치가 작은 '투필레크'만큼 잘
숨을 수 없었다.

우주를 채우는 에너지인 공기의 영혼 실라는 '툰바크'라는 살인마가 영

혼계를 넘나들며 그녀를 미행하고 있음을 깨달았다. 실라가 '툰바크'에게 죽임을 당하면 우주가 또다시 혼돈에 빠질 것이다. 그래서 그녀는 달의 영혼에게 '툰바크'를 무찌를 수 있게 도와 달라고 요청했다.

달의 영혼은 실라의 요청이나 우주의 운명에 관심이 없었다.

실라는 심오하고 가장 나이 많은 '이누아'를 지닌 의식의 영혼 '나르주크'에게 간청했다. 실라와 마찬가지로 '나르주크'도 태곳적 혼돈 속에서 우주가 서서히 질서를 잡으며 가녀리고 미미한 갈대처럼 갈라지는 시기에 등장했다.

'나르주크'는 요청을 수락했다.

둘은 합심했다. 영혼계를 부수고 가르고 단절시킨 1만 년간의 갈등을 매듭지으며, 실라와 나르주크는 끔찍한 '툰바크'의 공격을 이겨 냈다.

'툰바크'는 살해라는 과업에 실패하자 타깃을 창조주 세드나에게로 돌렸다.

세드나는 아버지에게 배신당하기 훨씬 이전부터 몸소 모든 것을 힘겹게 터득했다. 세드나는 툰바크를 창조하기 훨씬 이전부터 녀석이 자신을 위협하리란 사실을 알았다. 그래서 비밀리에 툰바크 몸속에 숨겨둔 약점을 가동시키기로 했다. 세드나는 영혼계의 언어 '이리날리우티트'로 주문을 걸었다.

'툰바크'는 즉각 지구로 떨어져서 다시는 영혼계로 돌아오지 못했다. 심해에 살 수도 없으며 순수한 영혼을 담지도 못하게 되었다. 세드나가 한 숨 돌렸다.

그 대신 이제 지구와 지구에 사는 생명체가 안심할 수 없게 되었다.

세드나는 사람이 많이 사는 지구에서 그나마 가장 춥고 거의 인적이 없는 곳, 영원한 동토의 땅, 북극으로 '툰바크'를 보냈다. 세드나가 남극이 아닌 북극을 택한 이유는 수많은 '이누아트' 신들이 지구의 중심으로 여기는 곳은 오로지 북극뿐이며, 주술사들이 저마다 북극에서 악령을 처치한 경험을 갖고 있기 때문이었다.

끔찍한 악령의 외관을 빼닮아 여태 끔찍한 꼴로 있던 '툰바크'는 여느 '투필레크'처럼 지구에서 가장 끔찍한 생명체로 모습을 바꾸었다. 툰바크는 지구에 사는 동물 중 가장 영리하면서도 음흉하고 포악한 포식자의 외관을 택했다. 바로 북극곰이었다. 덩치는 백곰 정도로 하고 영리함은 진짜 사람들이 키우는 개과 비슷하게 맞추었다. 진짜 사람들이 들꿩을 쉬이 잡듯이 '툰바크'는 사나운 백곰을 사냥해 혼까지 집어삼켰다.

혼까지 집어삼키는 툰바크는 사냥감의 '이누아'가 복잡할수록 더욱 맛나게 느꼈다. '툰바크'는 곰보다 인간이 훨씬 맛있었다. 바다코끼리보다 인간의 혼이 훨씬 먹기 좋았다. 크고 상냥하고 영리한 범고래보다 사람을 잡아먹는 게 훨씬 맛났다.

수 세기에 걸쳐 '툰바크'는 인간을 잡아먹었다. 한때 마을이 빼곡히 들어찬 눈 덮인 북극, 카약이 가득했던 북극의 바다, 진짜 사람들 수천 명의 웃음소리가 끊이지 않았던 안락한 마을은 사람들이 남으로 도망치자 곧 황량해졌다.

'툰바크'는 북극을 떠나지 않았다. 세드나가 빚은 궁극의 '투필레크'는 인간보다 더 빨리 달리고 수영하고 은밀히 쫓아가 잡아먹을 수 있었다. '툰바크'는 미미한 악령 '이짓트쿠시크주크'에게 빙하를 저 아래 남으로 옮기라고 명령했다. 악령은 인간이 푸른 땅으로 도망가자 그곳까지 빙하를 들고 따라갔다. 결국 허연 털가죽을 뒤집어쓴 '툰바크'는 동토에 편안히 몸을 숨긴 채 인간의 영혼을 계속 잡아먹었다.

진짜 사람들이 사는 마을에서는 괴물을 죽이겠다고 사냥꾼을 수백 명씩 파견했지만 아무도 살아 돌아오지 못했다. '툰바크'는 시신 일부만 가족에게 돌려보내며 조롱했다. 머리나 팔다리 몸통만 따로 떼어 서로 다른 시신을 뒤섞어서 제대로 장례도 치루지 못하게 했다.

　세드나가 만든 괴작, 영혼을 먹고 사는 '툰바크'는 인간을 모조리 먹어 치울 기세였다.

　세드나의 요망으로, 북극에 사는 진짜 사람들 주술사 수백 명이 구두로 메시지를 전해 주술사만이 갈 수 있는 구역에 모여 회의를 했다. 착한 영혼들에게 기도를 올리고 도움의 영혼들과 힘을 합쳐 툰바크를 처치할 계략을 짰다.

　그들은 사람처럼 걷는 신 '툰바크'를 죽이지 못했다. 툰바크를 죽이는 건 공기의 영혼 실라도, 바다의 영혼 세드나도 하지 못한 일이었다.

　대신 이것만은 꼭 하기로 했다. 주술사들은 툰바크가 남으로 내려와 진짜 사람들과 인간을 모조리 죽이지 못하도록 막았다.

　최고의 주술사는 생각을 듣고 보내는 천리안을 지닌 최고의 남녀 주술사를 선발한 후 서로 짝을 지었다. 오늘날 진짜 사람들이 더 튼튼하고 똑똑한 썰매 개를 보려고 교미시키는 것과 흡사했다.

　이렇게 하여 주술사의 능력을 압도하는 아이들이 태어났다. 아이들은 천리안을 지녀서 '시샴 이에우아', 즉 하늘을 다스리는 영혼이라 불렀다. 주술사들은 이 아이들을 가족과 함께 북극으로 보내 '툰바크'가 진짜 사람들을 죽이지 못하게 막았다.

　'시샴 이에우아'는 '툰바크'과 직접 소통했다. 기존 주술사처럼 도움의 영혼 '툰가이트'의 언어를 통하지 않고 직접 소통하며 '툰바크'의 마음과 영혼에 호소했다.

　'시샴 이에우아'는 목청으로 노래하며 '툰바크'를 불러내는 법을 터득했다. '툰바크'와 소통하기 위해 이들은 시기심 많은 '툰바크'에게 인간과 소통하는 능력을 내놓았다. 살인을 일삼던 괴물은 더는 인간의 혼을 먹고 살지 못하게 된 대가를 보상받았다. '시샴 이에우아'는 사람처럼 걷는 신

'툰바크'에게 다시는 인간이 이 눈 덮인 지구의 끝, 북극에 와서 살지 못하게 하겠다고 약속했다. 또한 '툰바크'의 허락 없이는 절대로 그의 왕국에 들어가 낚시도, 사냥도 하지 못하게 하겠노라 맹세했다.

또한 후손들도 사람처럼 걷는 신 '툰바크'의 배를 채울 수 있게 도울 것임을 약속했다. '시샴 이에우아'와 진짜 사람들은 물고기, 바다코끼리, 바다표범, 순록, 토끼, 고래, 늑대, 심지어 '툰바크'의 작은 사촌뻘인 백곰을 잡아 바칠 것을 약속했다. 툰바크의 바다에 인간이 먹을 것을 가져오거나, 노래를 불러 '툰바크'를 달래거나 경의를 표하지도, 카약이나 보트를 띄우지도 않겠다고 약조했다.

'시샴 이에우아'는 생각을 주고받다가 마침내 백인, 일명 '카블루나'가 '툰바크'의 왕국을 침범했음을 알았다. 이제 종말의 시대가 시작될 것이다. 백인에게 감염된 '툰바크'는 시름시름 앓다가 결국 죽을 것이다. 진짜 사람들은 도리와 말을 잃어버릴 것이다. 가정은 술주정과 절망으로 가득 찰 것이다. 남자들은 다정함을 잃고 아내를 때릴 것이다. 아이들의 '이누아'는 혼란스러워 할 것이다. 진짜 사람들은 결국 선량한 꿈을 잃고, 말 것이다.

'시샴 이에우아'는 '툰바크'가 백인에게 병이 옮아 죽으면, 만년설이 내리는 북극의 기온이 올라 빙하가 녹아내릴 것을 알았다. 빙하가 녹으면 백곰은 삶의 터전을 잃고 새끼도 죽는다. 고래와 바다코끼리는 먹이가 없어진다. 새는 제자리를 맴돌며 울다가 까마귀가 꼬이고 결국 둥지가 사라진다.

이것이 그들이 본 미래다.

'시샴 이에우아'는 끔찍한 '툰바크'만큼이나 그 미래도 끔찍할 것임을 예감했다. 북극이 사라지면 상황은 더욱 심각해질 것이다.

이런 시대가 오기 전에, 어린 '시샴 이에우아'는 천리안으로 미래를 내다본 후 '툰바크'에게 이렇게 제안했다. 오로지 '세드나'와 다른 영혼들만

이 언어가 아닌 마음과 마음으로 직접 소통할 수 있었는데, '시샴 이에우아'도 이렇게 직접 소통하자 결국 '툰바크'는 그들의 제안과 약속에 귀 기울였다.

위대한 '이누아트' 영혼처럼 '툰바크'도 흔쾌히 동의했다. '툰바크'는 인간의 혼 대신 인간들이 바치는 조공을 먹겠다고 약속했다.

수 세대를 거치며 '시샴 이에우아'는 변치 않는 재주를 지닌 인간을 계속 길러 냈다. 아주 어릴 때부터 '시샴 이에우아' 아이는 타인과 말하는 능력을 포기하는 대신 사람처럼 걷는 신 '툰바크'하고만 대화할 것을 맹세했다.

세월이 흘러 극소수의 '시샴 이에우아' 부족은 진짜 사람들-이들은 여전히 '툰바크'를 두려워한다-마을보다 훨씬 북쪽에 살면서 영원히 녹지 않는 극빙과 빙하로 뒤덮인 지구의 북단을 삶의 터전으로 삼았다. 이들은 '신처럼 걷는 사람들'이라 불린다. 진짜 사람들이 혀로 대화하는 것과 달리 '신처럼 걷은 사람들'은 저마다의 방식으로 가족과 의사소통한다.

'시샴 이에우아'는 말은 못하지만 '콰우마니크' 또는 '앙가쿠아'로 생각을 주고받으며 의사소통한다. 화목한 이들은 진짜 사람들의 하위 부족에 속한다. '시샴 이에우아' 남자는 특별한 수화를 사용하고, '시샴 이에우아' 여자는 어머니에게서 배운 실뜨기로 의사소통한다.

우리 마을을 떠나
빙하로 가기 전에
나는 혼인할 사내를 찾아야 하네.
그는 아버지와 내가 꿈꾸던 사내라네.
돌아올 때 보니 노가 멀끔하자
아버지는 검은 돌 '아누마'를 들고
노마다 표시를 했네.

아버지는 당신이 살아서
빙하에서 돌아오지 못한다는 것을 아셨네.
우리는 '시샴 이에우아' 꿈을 같이 꾸었네.
오로지 진실만을 전하는 꿈.
내 사랑하던 아버지 '아자'가
백인의 손에 죽임을 당한다 하네.

빙하에서 도망친 이후
나는 그 돌을 찾으려고
언덕에 오르고
강가에도 올랐으나
찾지 못했네.

우리 마을로 돌아가자마자
'아누마'로 회색 표시를 한
노를 찾으러 다니리.
태어나는 것은
칼끝처럼 찰나이나
그 위에 더 길게
죽음이 나란히 그어졌네.

다시 오라! 까마귀가 소리친다.

63
크로지어

크로지어는 머리가 깨질 것 같은 두통을 느끼며 잠에서 깬다. 요즘은 아침마다 지독한 두통까지 시달리며 일어난다. 몸에 무려 총알을 세 발이나 맞고 등과 가슴, 팔과 어깨까지 파편이 여기저기 튀어서 그런 것 같기도 하다. 깨는 순간 다른 통증도 같이 밀려온다. 온몸에 여러 통증이 퍼지면 가장 끔찍한 두통이 고개를 든다.

매일 밤 위스키를 마시던 때가 떠오른다. 매일 아침 그런 과거가 후회스럽다.

오늘 아침처럼 일어날 때마다 가끔 뜻 모를 음절과 의미 없는 단어가 머릿속에서 윙윙 울린다. 그런 단어가 연결되면서 듣기 싫은 소음을 만든다. 아이들이 줄넘기할 때 괜히 힘주어 숫자를 세는 것과 비슷하다. 잠시 고통스러운 순간이 이어지더니 이 소음이 무언가를 의미하는 것 같다. 그 순간 완전히 잠에서 깬다. 요즘 정신적으로 녹초가 됐다. 마치 밤새 호메로스의 작품을 그리스 어로 읽는 것 같다. 프랜시스 로돈 모이라 크로지어는 지금껏 살면서 그리스 어를 읽고 싶은 충동이 인 적이 단 한 번도 없었다. 그런 건 늘 학자의 몫이자 예전 당번병이며 페글러의 친구였던 브리젠스 같은 책벌레나 하는 짓이다.

이렇게 침침한 아침, 벙어리 여자가 만든 얼음집에서 잠이 깬다. 여자는 손가락 사이에 실을 걸고 그에게 이제 다시 바다표범을 잡으러 가야 할 시간이라고 말한다. 여자는 얘기를 끝내자마자 파카를 걸치고 벌써 집 밖으로 나가서 보이지 않는다.

"아침밥도 없네. 어젯밤에 먹다 남은 차가운 바다표범 고기조차 없어."
크로지어는 투덜거리며 옷을 입고 파카를 걸치고 장갑을 낀 다음 바람을
피해 남쪽으로 낸 얼음집 출입구로 나간다.

밖은 어둡다. 크로지어는 조심스레 발걸음을 내디딘다. 가끔 아침이면
왼쪽 다리에 몸무게를 싣기가 거북스럽다. 주위를 돌아본다. 얼음집 안에
기름 램프를 피워 놓았더니 은근히 빛난다. 일부러 안에 램프를 켜 둔 이
유는 외출한 중에도 실내 온도를 높이기 위해서다. 크로지어는 여기까지
한참 썰매를 타고 온 여정이 또렷이 기억난다. 몇 주 전 모피가 깔린 썰매
위에 하릴없이 앉아 벙어리 여자가 얼음을 잘라 얼음집을 짓는 모습을 몇
시간 경이롭게 바라보았다.

그때부터 마음속에 숨겨진 수학자적 기질이 살아나 안락한 얼음집 이
불 속에 누워서, 현수선을 이룬 얼음집 곡면에 감탄하며 한참 바라보다 그
정확성에 감탄했다. 벙어리 여자는 어둑어둑한 별빛을 받으며 얼음을 벽
돌 모양으로 대충 잘랐다. 그런데도 딱 맞아떨어지게 틈 하나 없이 안에서
휘는 곡면을 완성했다.

모피 이불을 덮은 채 밤새 쳐다보며 자신이 수퇘지 젖꼭지만큼 쓸모없
는 인간 같다는 생각이 들었다. 그리고 저 얼음 벽돌이 떨어지면 어쩌나
하고 걱정하기도 했다. 천장 위 얼음 벽돌은 바닥면과 거의 수평을 이루
었다. 여자는 마지막 얼음 벽돌을 사다리꼴로 잘랐다. 마지막 방점을 찍는
가장 중요한 벽돌이었다. 여자는 얼음 벽돌을 안에서 밖으로 밀어 넣고,
모서리를 다듬어 안쪽에서 얼음집을 마무리했다. 밖으로 나가 현수선 지
붕 위로 기어 올라가 그 위에서 쿵쿵 뛴 후 옆으로 미끄러져 내려왔다.

크로지어는 여자가 아이처럼 장난치는 줄 알았지만 새로 지은 얼음집
의 강도와 안전성을 확인하는 행동이란 걸 깨달았다.

다음 날도, 또 그다음 날도 해가 뜨지 않았다. 에스키모 여자가 기름 램프로 얼음집 내부 벽면을 녹이자, 벽면이 안에서 도로 얼어붙으면서 얇고 단단한 얼음막을 만들었다. 그리고 텐트로 쓰다가 썰매로 변신한 바다표범 가죽을 녹여 벽과 천장에 구멍을 내고 힘줄을 걸어 안감처럼 매달았다. 이렇게 하니 내부 온도가 올라가도 물방울이 떨어지지 않았다.

이 얼음집이 얼마나 따뜻한지 크로지어는 깜짝 놀랐다. 실내외 기온 차가 최소 25도는 될 것 같았다. 외출 시 입는 순록 가죽 반바지만 입고 있어도 될 만큼 후끈했다. 입구 오른쪽에 얼음 선반을 만들어 조리 공간을 마련했다. 바다표범 기름 램프 위에 뿔과 나무로 틀을 짜 다양한 조리 도구를 걸기도 하고 옷 건조대로도 사용했다. 크로지어가 외출할 정도로 회복되자 여자는 집에 돌아오면 선반에 외투를 걸어서 꼭 말리라고 실뜨기로 말했다.

입구 오른쪽 조리대는 물론 왼쪽에는 앉을 공간도 있었다. 저 안쪽에는 잠을 자는 넓은 단상도 있었다. 벙어리 여자는 갖고 있던 자투리 목재로 각을 잡아 단상을 얼려 모서리가 무너지지 않도록 했다. 텐트를 세울 때도 쓰고 썰매로 만들 때도 쓴 목재를 재활용했다. 벙어리 여자는 캔버스 가방 속에 남아 있던 이끼를 마저 꺼내 단상 위에 발라 찬기를 차단하고 그 위에 순록 가죽과 백곰 가죽을 여러 겹 꼼꼼히 펼쳤다. 여자는 크로지어에게 머리는 입구 쪽에 두고 다 마른 옷가지를 베고 자라고 했다.

처음 몇 주간 여자는 알몸으로 잠을 잤다. 그런데도 크로지어는 순록 가죽 반바지를 입고 자겠다고 고집 피웠다. 좀 지나자 너무 더워서 도저히 그렇게는 잘 수 없었다. 총상을 입은 후유증으로 여전히 기력이 떨어진 상태라 성욕이 전혀 일지 않았다. 알몸으로 누워 자다가 기상하면 통풍이 안 되는 반바지와 다른 옷을 입는 일상에 익숙해졌다.

밤새 알몸으로 여자와 한 이불을 덮고 포근하게 자다가 잠에서 깨면서도 그는 늘 춥고 눅눅했던 테러호에서의 생활을 애써 기억하려 했다. 늘 어둡고 물이 뚝뚝 떨어지는, 얼음이 끼고 파라핀 그을음과 지린내가 진동하던 하갑판이 떠올랐다. 텐트 생활을 하던 시절은 더욱 처참했다.

크로지어는 밖으로 나가 모피 트리밍이 달린 후드로 얼굴에 파고드는 찬바람을 막은 채 주위를 둘러본다.

여전히 컴컴하다. 총에 맞아 쓰러진 후 벙어리 여자가 지켜보는 가운데 처음 정신이 들었을 때까지 시간이 얼마나 흘렀는지-죽었었나?-모르겠다. 크로지어는 한참 만에 그 사실을 받아들일 수 있었다. 여기까지 썰매를 타고 오는 동안 남쪽에서 희미한 빛이 잠깐씩 보였다. 최소 11월은 된 것 같다. 크로지어는 얼음집에서 지내게 된 이후 날짜를 꼬박꼬박 기록했다. 그런데 영원히 걷힐 것 같지 않은 어둠에서 자다 깨는 기이한 일상을 반복하다 보니 이곳에 온 지 얼마나 지났는지 도통 감 잡을 수 없었다. 꼬박 열두 시간 넘게 잔 날도 많았다. 밖에서 폭풍이 몰아쳐도 안에서는 며칠이 지났는지도 모르고, 차갑게 보관한 생선과 바다표범을 먹으며 연명했다.

오늘 하늘이 쾌청하다. 날이 너무 차갑기 때문이다. 별자리가 빙빙 도는 것을 보니 겨울이 분명하다. 공기가 너무 차서 그런가, 별도 부르르 몸을 떤다. 크로지어가 테러호나 다른 함선을 타고 북극에 왔을 때 보던 하늘과 참 많이 닮았다.

다만 차이점이라면 그가 더는 춥지 않고 여기가 어딘지 모른다는 사실뿐.

크로지어는 벙어리 여자가 남긴 발자국을 밟으며 얼음집 주위를 한 바퀴 돌고 얼어붙은 해안가로 향한다. 반드시 발자국을 따라갈 필요는 없다. 얼음집에서 북쪽으로 약 100미터 정도 떨어진 곳에 눈 덮인 해안가가 나오는데 여자는 늘 거기에서 바다표범을 사냥하기 때문이다.

기본 방위를 안다고 해서 현 위치를 아는 것은 아니다.

킹윌리엄 랜드 남단 해안을 따라 걸으며 구조 캠프와 여러 캠프를 세웠을 때 늘 남쪽으로 얼어붙은 해협이 보였다. 어쩌면 두 사람은 킹윌리엄 섬에서 남으로 건너와 애들레이드 반도에 왔을 수도 있다. 아니면 여태 킹윌리엄 섬을 벗어나지 못했을 수도 있다. 아무튼 백인 중에는 이 알 수 없는 동쪽, 아니 북동쪽 해안가까지 온 자가 아무도 없을 것이다.

크로지어는 총에 맞은 후 벙어리 여자가 어떻게 자신을 텐트로 옮겼는지 기억이 전혀 없다. 여러 번 텐트를 옮긴 끝에 의식이 돌아온 것 같긴 하다. 얼린 물고기로 날을 만들어 붙인 썰매를 타고 온 지 얼마 만에 여기에 얼음집을 지었는지가 가장 가물가물하다.

여기는 다른 곳일지도 모른다.

여자가 북쪽으로 올라온 거라면 킹윌리엄 섬 말고 다른 곳일 수도 있다. 킹윌리엄 섬 북동쪽에 위치한 제임스 로스 해협의 어느 섬일지도 모른다. 아니면, 부시아 반도의 동쪽, 아니 서쪽 해안가에서 멀리 떨어져 지도에 나오지 않는 섬일 수도 있다. 달빛이 내리는 밤이면 얼음집에서 내륙으로 언덕이 보인다. 산은 아니지만 킹윌리엄 섬에서 보던 언덕보다 훨씬 높다. 지금 얼음집을 세운 곳은 테러 캠프를 포함, 그동안 탐험대가 머문 그 어떤 캠프보다도 확실히 바람이 걸러진다.

크로지어는 눈 덮인 자갈 해변을 지나 난빙이 솟은 빙해로 걸어간다. 벙어리 여자에게 떠나겠다고 수백 번도 더 말했다. 가서 대원들을 찾아 데려와야 한다고.

그럴 때마다 여자는 무표정한 얼굴로 쳐다만 보았다.

그는 여자가 그의 말을 알아듣는다고 믿었다. 영어는 못 알아들어도 간절한 마음은 이해해 주는 것 같았다. 그러나 여자는 표정으로도 손으로도 절대 대답하지 않았다.

여자가 손에 실을 걸어 복잡한 모형을 이리저리 만들면 남자는 그 속에 숨은 여러 생각이 점점 이해되었다. 크로지어는 이 신비로운 경계에 대해 생각한다. 가끔은 이 기이한 에스키모 여자와 너무 허물없이 지내다 보니 자다 깨면 누구의 몸인지 헷갈릴 정도다. 그가 시키면 빙하를 건너면 여자가 빨리 오라거나 작살과 밧줄, 도구를 가져오라고 외치는 소리가 들린다. 여자는 혀가 없어서 그가 보는 앞에서 단 한 번도 소리를 낸 적이 없다. 여자는 많은 것을 이해한다. 그는 매일 밤 여자의 꿈을 꾸는 것 같기도 하다. 여자도 그의 악몽을 공유하는지 궁금하다. 영성체를 기다리는 그에게로 하얀 제복을 입은 사제가 다가오는 꿈을.

여자는 크로지어를 대원들에게 데려다주지 않는다.

크로지어는 세 번이나 떠나려 했다. 여자가 자거나 자는 척하는 동안 몰래 얼음집 입구로 기어나갔다. 가방에 바다표범 고기와 호신용 칼만 넣고 길을 떠났으나 세 번 다 길을 잃었다. 두 번은 내륙에서, 한 번은 빙해 멀리까지 갔다가 길을 잃었다. 걷다걷다 더는 걷지 못할 때까지 걸었다. 며칠을 걸었던 것 같다. 그리고 쓰러졌다. 크로지어는 대원들을 방치해 죽게 만든 응당한 죗값을 죽음으로 치르려 했다.

그때마다 벙어리 여자가 나타났다. 매번 그를 곰 가죽 이불에 싸서 옷을 입히고 혹한 속을 걸어서 조용히 얼음집으로 데려왔다. 여자는 이불 속에 누워 그의 손발을 자신의 뱃살에 대고 녹이면서 훌쩍이는 그에게서 시선을 돌렸다.

여자가 저기 멀리 몇 백 미터 밖 빙해에서 바다표범이 들어앉은 숨구멍 위로 몸을 숙이고 있는 것이 보인다.

그는 전에도 해 보았지만 숨구멍을 도저히 찾지 못했다. 여름에 훤한 대낮에도 찾지 못할 것 같다. 그러니 달과 별만 고개를 내민 어둠 속에서 벙어리 여자처럼 도저히 할 수 없을 것 같다. 머리가 영민한 악취 나는 바다표범을 몇 달간 고작 몇 마리밖에 못 잡은 사실이 놀랍지 않다. 숨구멍으로는 한 마리도 잡지 못했다.

여자는 실뜨기로 바다표범이 물속에서 약 7, 8분 정도, 기껏해야 15분 정도-여자가 심장 박동으로 시간을 재는 법을 설명해 주었는데, 크로지어는 그래도 잘 알아들은 것 같았다-잠수할 수 있다고 알려주었다. 여자의 실뜨기를 정확히 이해했다면 바다표범은 개나 여우, 백곰처럼 자기 구역을 분명히 표시하는 녀석이다. 겨울에도 바다표범은 자기 구역을 지킨다. 바다표범은 얼음 아래 왕국에 공기를 충분히 확보하려고 주위에서 가장 얇게 언 구역을 찾는다. 그러고는 둥글게 구멍을 파서 그 안에 몸을 감추고 숨을 쉴 작은 구멍을 남긴다. 벙어리 여자는 죽은 바다표범의 날카로운 지느러미 발톱으로 빙판으로 긁으면서 바다표범이 만들어 놓은 구역을 보여 주었다.

여자는 바다표범 한 마리가 머무는 구역에 이런 숨구멍이 십수 개가 있다고 했다. 크로지어는 구멍을 하나라도 찾기만 해도 대단하다고 생각한다. 여자는 구멍을 보여주며 여기 파도가 그대로 얼어붙은 난빙 쪽에서는 금방 찾지만, 세락과 얼음 봉우리, 얼음 벽돌과 작은 빙하와 크레바스가 난무하는 쪽에서는 거의 보이지 않는다고 했다. 그는 난빙에 수백 번도 더 걸려 넘어졌는데 어쩌다 딱 한 번 찾은 경우를 제외하고 단 하나도 발견하지 못했다.

벙어리 여자가 어느 구멍 근처에 쭈그리고 앉아 있다. 크로지어가 수십 미터 가까이 다가오자 여자는 조용히 하라고 손짓했다.

벙어리 여자가 실뜨기로 말을 전한다. 바다표범은 굉장히 소심하고 조바심이 많아서 녀석을 잡으려면 조용히 접근하는 게 중요하다고 한다. 여기에 여자의 명예가 달렸다.

바다표범이 숨어 있는 것을 어떻게 아는지 모르겠지만, 여자는 작은 순록 가죽을 깔고 그 위를 디뎌 숨구멍으로 다가간다. 바닥이 두툼한 신발로 살금살금 가죽을 밟아 눈얼음이 밟히는 소리를 전혀 내지 않는다. 어둠 속에서 일단 숨구멍에 다가간 다음 천천히 움직이면서 여럿으로 갈라진 뿔을 눈 속에 살짝 박고 칼, 작살, 밧줄, 기타 오래된 사냥 도구를 그 위에 올려놓는다. 찍소리도 내지 않고 집어 들 수 있도록 준비한다.

얼음집을 떠나기 전에 크로지어는 여자가 가르쳐 준 대로 힘줄을 팔뚝과 다리에 감았다. 이렇게 하면 옷이 바스락거리지 않는다. 막상 이렇게 하고 숨구멍에 가까이 가도 백인 특유의 어설픔이 몸에 배어 소리가 날 것이다. 저 얼음 속에 바다표범이 진짜 있다면 녀석 귀에는 깡통으로 쌓은 탑이 무너지는 소리만큼 시끄러울 것이다. 그는 긴장한 채 발밑을 쳐다보며 여자가 깔아 둔 가로세로 60센티미터 가죽 조각을 디딘 후 조심스레 무릎을 꿇는다.

그가 오기 전까지, 여자는 숨구멍을 찾은 다음 조심조심 천천히 칼로 숨구멍 위로 내린 눈을 치우고, 끝에 뼛조각이 달린 작살로 구멍을 넓혀 놓았다. 그다음, 구멍을 들여다보면서 저 아래 깊은 구멍이 있는지 확인했다. 그렇게 하지 않으면 작살로 제대로 찌를 확률이 낮아지기 때문이다. 그러고는 다시 작은 둑을 쌓아 눈발이 날려 구멍 속으로 도로 들어가는 것을 방지했다. 여자는 한쪽 끝에 뼛조각을 기다란 동물 힘줄로 뾰족하게 묶은 뼈를 가져와 구멍 속에 찌 삼아 밀어 넣고 뿔에 걸쳐 두었다.

이제 여자는 기다리고 남자는 구경한다.

시간이 한참 흐른다.

바람이 분다. 구름이 다시 별을 가리고 눈바람이 뒤편 설원을 훑는다. 벙어리 여자가 가만히 서서 숨구멍을 굽어본다. 파카와 후드에는 눈이 얄팍하니 한 겹 끼었다. 오른손에 작살이 달린 상아색 손잡이를 쥐고 있다. 작살의 무게를 이기기 위해 순록 뿔에 반대편 끝을 걸쳐 놓았다.

크로지어는 여자가 다른 방법으로 바다표범을 사냥한 것을 본 적이 있다. 지금 들고 있는 이 작살로 크로지어가 빙하에 구멍 두 개를 뚫었는데, 그 구멍을 이용해 여자가 바다표범을 속였다. 바다표범은 굉장히 조심성이 많은 반면, 호기심이 많은 약점이 있다. 그가 구멍 근처에서 특별히 준비한 작살을 들고 위아래로 살살 흔들었다. 작살 머리에 양쪽으로 갈라진 깃털 끝으로 매달린 뼈 두 개가 흔들리자 바다표범은 호기심을 이기지 못하고, 그게 뭔지 궁금해서 고개를 쏙 내밀었다.

휘영청 달이 뜬 밤이었다. 크로지어는 벙어리 여자를 보고 깜짝 놀랐다. 여자가 빙판 위에서 배밀이를 하더니 바다표범의 지느러미처럼 양팔을 휘저었다. 숨구멍 위로 고개를 내밀지도 않던 녀석이 순식간에 고개를 쏙 내밀었다. 그 순간 여자는 작살로 바다표범을 찌른 후, 팔목에 감고 있던 긴 줄을 잡아당겼다. 종종 작살 끝에 죽은 바다표범이 딸려 올라왔다.

그런데 오늘처럼 이렇게 캄캄한 밤에는 바다표범의 숨구멍만 쳐다보고 있어야 한다. 크로지어는 몇 시간 동안 모피 위에 앉아서 여자가 잘 보이지도 않는 구멍 속을 들여다보는 모습만 구경했다. 30분마다 여자는 끝에 깃털이 달린 작살을 치우고 이상한 도구를 꺼낸다. 25센티미터 정도 되는 휘어진 막대기에 발톱이 세 개 달린 특이한 도구를 꺼내 숨구멍 바로 옆 빙판 위를 살살 긁는다. 바로 뒤에 있는 크로지어에겐 그 소리가 하나도 들리지 않았지만, 바다표범에게는 충분히 들릴 정도다. 바다표범이 몇백 미터 떨어진 다른 숨구멍에 몸을 숨기고 있다 해도 호기심을 다스리지 못하고 결국 잡힐 것 같았다.

크로지어는 벙어리 여자가 어떻게 바다표범을 알아보고 작살로 찌를지 궁금했다. 날이 훤한 여름이나 늦봄, 아니 가을이라면 빙판에 시커먼 그림자가 지면서 작은 콧구멍이 숨구멍으로 올라오는 게 보인다. 그런데 달빛에서 뭐가 보인다는 걸까? 찌가 떨리는 순간 바다표범은 몸을 홱 돌려 저 깊은 곳으로 잠수해 버릴 지도 모른다. 여자가 바다표범이 수면 위로 떠오르는 순간을 포착할 수 있을까? 대체 무슨 수로 올라오는 바다표범을 감지한단 말인가?

크로지어는 몸이 반쯤 얼어붙었다. 똑바로 앉지 않고 순록 가죽 위에 거의 누운 자세로 잠시 졸았다. 그때 작은 뼈와 깃털이 떨렸다.

잠이 확 깬다. 벙어리 여자가 손잡이를 쥐고 숨구멍 수직 아래로 작살을 내던진다. 순간, 여자는 뒤로 물러나 숨구멍 속으로 사라진 두꺼운 줄을 힘껏 당긴다.

크로지어도 버둥거리며 일어난다. 왼쪽 다리가 너무 아파서 디딜 수 없자 깽깽이걸음으로 재빨리 여자 옆으로 간다. 여기가 바다표범 사냥에서 가장 힘든 순간이다. 바다표범이 다치기만 했다면 물 위로 끌어 올려 미늘이 돋은 상아색 작살을 비틀어 빼야 한다. 만약 죽었다면 물속으로 깊이 빠지지 않게 해야 한다. 영국 해군에서 귀가 따갑도록 듣는 '스피드'가 가장 중요하다.

둘이서 육중한 바다표범을 구멍에서 끌어 올린다. 벙어리 여자는 한 손으로 엄청난 괴력을 발휘해 힘껏 끌어 올리면서, 다른 손으로 칼을 들고 얼음을 깬 구멍을 넓힌다.

바다표범이 죽었다. 크로지어가 지금껏 본 동물 중에 가장 미끈거린다. 장갑을 끼고 지느러미 밑으로 손을 찔러 넣고, 그 끝에 달린 날카로운 발톱을 피해 지렛대처럼 바다표범을 빙판 위로 끌어 올린다. 모든 일이 끝나자 그는 숨을 몰아쉬며 투덜대고 웃는다. 숨죽이고 있어야 할 의무에서 해제됐기 때문이다. 당연한 얘기지만 벙어리 여자는 말이 없다. 그래도 가끔 피식거린다.

바다표범을 완전히 끌어 올린 후 크로지어는 뒤로 물러선다. 다음 순서를 잘 알기 때문이다.

낮게 걸린 구름 사이로 흐릿한 별빛이 새어 나와 바다표범이 잘 보이지 않는다. 바다표범은 검은 눈을 뜬 채 멍한 시선을 보낸다. 약간 벌어진 입에서 흐른 검은 피가 흰 설원 위에 물든다.

여자는 힘이 들었는지 조금 숨을 몰아쉬다가 빙판 위에 무릎을 꿇은 다음 죽은 바다표범 옆에 거의 엎드린 자세를 취한다.

크로지어는 조용히 또 한 걸음 물러선다. 이상하게도 어렸을 때 할머니를 따라 성당에 갔을 때와 비슷한 기분이 든다.

벙어리 여자는 파카 속에서 상아로 입구를 막은 아주 작은 물통을 꺼내 물을 한입에 머금는다. 젖가슴 속에 물통을 품고 있어서 물이 얼지 않았다.

여자가 앞으로 몸을 숙여 바다표범에게 입을 맞춘다. 크로지어가 4대륙에서 겪은 창녀들처럼 그렇게 입을 벌린다.

그런데 여자는 혀가 없다.

여자는 입에 든 물을 바다표범에게 넘긴다.

아직 육신을 떠나지 못한 바다표범의 생령은 미모의 여인이 던진 미늘 달린 상아색 창끝에 찔려 죽으면서도 그 솜씨에 만족했을 것이다. 또한 벙어리 여자가 숨을 죽이고 끝까지 버티다가 새로운 사냥 도구를 이용했다는 점도 흡족했을 것이다. 만일 여자가 입으로 건넨 물이 맛있었다면 바다표범은 다른 바다표범 영혼에게 다음번에 신선하고 깨끗한 물을 마시려면 이 여인을 찾으라고 소문낼 것 같았다.

크로지어는 어쩌다 이런 사실을 알게 되었는지 모르겠다. 벙어리 여자가 여러 손동작으로 많은 것을 알려주었지만 이 얘긴 한 번도 하지 않았다. 그럼에도 크로지어는 이 사실을 알았다. 매일 아침 그를 못 살게 들볶은 두통이 알려준 것 같다.

의식이 끝나자 여자는 일어나 바지와 파카에 묻은 눈을 털어내고 소중한 사냥 도구와 작살을 정리한다. 두 사람은 죽은 바다표범을 끌고 200미터쯤 떨어진 얼음집으로 간다.

둘이서 저녁 내내 먹는다. 고기 기름과 살코기를 아무리 먹어도 배부르지 않을 것 같다. 한밤중이 되자 두 사람 얼굴이 돼지 궁둥이처럼 투실투실하다. 그는 기름 범벅이 된 자기 얼굴과 여자 얼굴을 가리키며 웃음을 터뜨린다.

벙어리 여자는 절대로 웃지 않는다. 크로지어는 여자가 얼음집 입구로 기어 나가기 직전 살짝 미소를 머금은 표정을 포착한다. 여자는 순록 반바지만 입고 다른 것은 입지 않은 채 밖으로 나가 깨끗한 눈을 양손 가득 퍼와 그걸로 얼굴을 부빈 다음 부드러운 순록 가죽으로 물기를 닦는다.

차가운 물을 마신다. 바다표범 고기를 좀 더 먹고 물을 또 마신다. 좁은 얼음집 밖으로 나가 한숨 돌린다. 작게 피운 기름 램프 위 옷걸이에 축축한 옷을 건다. 손과 얼굴을 다시 닦고 손가락과 잔가지에 줄을 감아 이를 닦고 이불 속에 알몸으로 눕는다.

. . .

크로지어는 선잠을 자다가 여자가 작은 손으로 그의 허벅지와 음경을 더듬는 것을 느끼고 잠에서 깬다.

남성이 딱딱하게 서면서 순식간에 반응한다. 예전에 겪은 아픔이 또렷이 기억나면서 에스키모 여자와 관계를 하려는 순간 양심의 가책을 느낀다. 여자가 작은 손으로 다급히 그의 음경을 감싸자 복잡했던 마음이 일순간 사라진다.

둘의 호흡이 가빠진다. 여자가 한쪽 다리를 들어 그의 허벅지에 걸친 채 위아래로 문지른다. 남자는 여자의 가슴을 손으로 감싼다. 너무 포근하다. 여자를 부둥켜안은 채 손을 더듬거리며 엉덩이를 움켜쥐고, 허벅지를 여자의 가랑이에 바싹 갖다 댄다. 딱딱한 음경이 펄떡거린다. 여자의 뜨거운 살갗이 닿을 때마다 귀두가 부풀어 올라 바다표범을 유혹하던 깃털처럼 움찔거린다. 그의 몸이 호기심 많은 바다표범이 된 것 같다. 그보다 조금은 더 나은 현명한 본능을 소지하고 있음에도 수면 위로 솟구쳐 오르고 싶은 본능이 작동한다.

벙어리 여자가 덮고 있던 이불을 걷어치운다. 작살을 던지듯 재빠른 동작으로 두 다리를 벌려 위에 올라타고는 미끄러지듯 여인의 몸속으로 그의 남성을 밀어 넣는다.

"아……" 두 사람이 하나가 되자 그의 입에서 탄식이 새어 나온다. 터질 듯한 음경이 버티고 버티다가 남녀의 합일에 굴복한다. 순간 그는 처녀를 범하고 있다는 사실에 충격받는다. 아니, 처녀가 그를 범하고 있는 것일까. "아!" 두 남녀의 동작이 거칠어지자 외마디 비명을 내지른다.

그는 여자의 어깨를 당겨 입 맞추려 하지만 여자가 고개를 숙여 그의 가슴과 목덜미에 파묻는다. 크로지어는 에스키모 여자가 키스할 줄 모른다는 사실을 잠시 잊었다. 언젠가 늙은 수병은 북극 탐험가라면 그것을 맨 먼저 알아야 한다고 말했다.

그건 중요하지 않다.

잠시 후 그는 여자 안에서 쏟아 낸다. 너무 오랜만이었다.

벙어리 여자가 위에서 잠시 움직이지 않는다. 작은 젖가슴이 눌려서 축축하게 젖은 그의 가슴을 압박한다. 여자의 심박이 빨리 뛰면서 그를 느낀다.

크로지어는 정신이 든다. 혹시 피가 나왔는지 궁금하다. 이 하얀 요를 더럽히고 싶지 않다.

그런데 여자가 다시 엉덩이를 들썩인다. 남자 위에서 허리를 펴고 앉아 두 다리를 벌린 채 검은 눈으로 바라본다. 여자의 양쪽 검은 유두가 또 다른 눈처럼 보인다. 깜빡이지도 않고 그를 응시하는 듯하다. 그의 남성은 아직도 여자 안에서 단단하다. 여자의 기막힌 몸짓에 남성이 다시 살아

난다. 영국, 호주, 뉴질랜드, 남미, 기타 곳에서 창녀와 정을 통했지만 이런 적은 처음이다. 성기가 다시 딱딱해지면서 서서히 몸을 부비는 여자의 몸동작에 반응한다. 크로지어도 다시 엉덩이를 흔든다.

여자가 고개를 뒤로 젖히고 한 손으로 그의 가슴을 누른다.

남녀는 이렇게 네 시간이나 사랑을 나눈다. 딱 한 번, 여자가 이불 밖으로 나가 마실 물을 가져온다. 옷을 말리려고 피워 놓은 램프 위에 작은 골드너 깡통을 걸어 그 속에 눈을 담아 녹인 물이다. 여자는 물을 마시더니 허벅지에 타고 흐른 피를 닦는다.

그리고 똑바로 누워 다리를 벌려 그를 위에 앉히고, 단단한 어깨에 손을 올린다.

이젠 놀랍지도 않다. 얼마나 기나긴 북극의 밤 내내 사랑을 나누었는지 그는 알 수 없다. 며칠 동안 쉬지도 않고 사랑을 나눈 후에야 드디어 잠이 든다. 드디어 잠을 자게 되자 그런 기분이 들었다. 너무 포근하다. 땀을 흘리며 내뿜은 입김이 얼음집 벽 안에서 물이 되어 흘러내린다. 잠이 든 지 30분 만에 덮은 이불을 걷어찬다.

그가 뭍에 닿은 후에도
세상은 여전히 캄캄했다.
까마귀 '툴루니그라크'는 빛을 꿈꾸는 사람이 둘 있다는 소문을 들었다.
그러나 빛은 없었다.
늘 그렇듯 세상은 컴컴했다.
태양도, 달도, 별도, 불도 없었다.

까마귀가 내륙을 날다가 얼음집을 발견했다.
그곳에는 노인이 딸 하나를 데리고 살았다.
까마귀는 그들이 빛을 숨기고 있음을 알았다.
빛을 어디엔가 감춰둔 것이다.
까마귀는 안으로 들어갔다.
입구를 기어 들어갔다.
통로를 빠져나와 위를 올려 보았다.
가방 두 개가 그곳에 매달려 있었다.
하나는 어둠이
또 하나는 빛이 담겨 있었다.

딸이 잠에서 깨어나 앉았고

아버지는 잠을 자고 있었다.

여자는 장님이었다.

툴루니그라크는 생각을 보내는 재주를 써서

딸이 놀고 싶도록 만들었다.

"나랑 공 가지고 놀아요!"

딸이 아버지를 깨우며 말했다.

노인은 일어나서 빛이 든 가방을 내렸다.

빛은 순록 가죽에 싸여 있었다.

덕분에 그 안이 빛으로 뜨뜻해져서

밖으로 나가고 싶었다.

까마귀가 또다시 생각을 보내는 재주를 부렸다.

소녀는 빛이 담긴 공을 입구 쪽으로 밀었다.

"안 돼!" 아버지가 소리쳤다.

너무 늦었다.

공은 입구로 빠져나가

밖으로 굴러갔다.

툴루니그라크가 기다리고 있다가

그 공을 잡았다.

입구로 달려나가

빛이 든 공을 들고 뛰었다.

까마귀는 부리로

공 가죽을 찢으려 했다.

찢어서 빛을 터뜨리려 했다.
얼음집에 사는 남자가
버드나무 숲을 지나고 빙판을 건너
까마귀를 쫓아왔다.
그러나 그는 이제 사람이 아니라
매가 되었다.
"핏키투아크!" 매가 외쳤다.
"널 죽이겠다, 이 사기꾼아!"
매가 까마귀에게 날아들었다.
그런데 까마귀가 공을 찢기도 전에
새벽이 되었다.
빛이 온 세상으로 새어 나오기 시작했다.
"쿠앙가 실라! 새벽이 되었도다!"

"우눅쿠아크! 우눅푸아그먼! 어둠이여!"
매가 비명을 질렀다.
"쿠아가! 온 세상에 빛이여!"
까마귀가 외쳤다.

"밤!"
"낮!"
"어둠!"
"빛!"
"어둠!"
"빛!"

둘이 계속 고함을 내질렀다.
까마귀가 외쳤다.
"이 땅에 빛을!"
"진짜 사람들을 위해 빛을!"
이 세상에 둘 중 하나만 있다면
아무 소용없으리니.

그래서 까마귀는 어떤 곳으로 빛을 가지고 갔다.
매는 다른 곳으로 어둠을 가져갔다.
그런데 동물들이 싸웠다.
두 남자가 싸웠다.
그들은 빛과 어둠을 서로에게 던졌다.
빛과 어둠이 조화를 이루었다.

겨울이 가면 여름이 온다.
반반.
빛과 어둠이 서로를 완성한다.
삶과 죽음이 서로를 완성한다.
너와 내가 서로를 완성한다.

바깥 저 어둠 속에서 툰바크가 걸어온다.
우리의 손길이 닿는 곳에
빛이 있다.

만물이 조화를 이룬다.

65
크로지어

남쪽 수평선 태양이 처음에는 정오에도 망설이며 모습을 보여주지 않다가, 나중에는 몇 분은 머물 정도로 길어진다. 이제 두 사람이 썰매를 타고 긴 여정을 떠난다.

다시 태양이 돌아왔기에 두 사람이 결단을 내리고 행동하는 건 아니다. 해가 뜨지 않는 나머지 스물세 시간하고도 반 시간 동안 하늘이 포악해지는 것을 보고 벙어리 여자가 드디어 때가 되었다고 결정했기 때문이다. 썰매를 타고 얼음집과 영영 멀어진다. 주먹을 쥐었다가 펴듯 알록달록한 오로라가 머리 위에서 펼쳐졌다 접혔다를 반복한다. 어두운 하늘에서 오로라가 점점 짙어진다.

이렇게 긴 거리를 이동할 때 썰매는 대단히 중요한 장비다. 여자는 크로지어가 걷지도 못할 당시 생선을 얼려 2미터짜리 썰매 날을 만들었다. 그때보다 지금 이 썰매가 두 배는 더 길다. 바다코끼리 상아 엄니와 자투리 나무판자를 엮어서 작은 썰매 날을 만들었다. 썰매 날 위에 흙 반죽을 여러 겹 바르는 대신 고래 뼈와 평평한 상아를 썰매 미끄럼 쇠처럼 썼다. 대신 하루에도 몇 번씩 썰매 날에 물을 발라 얼음을 덧씌워야 한다. 널은 순록 가죽과 얼마 남지 않은 나무판자를 걸어서 만들었다. 잠잘 때 깔고 자는 널빤지도 올렸다. 순록 뿔과 바다코끼리 상아에 줄을 칭칭 감아 등받이를 세웠다.

썰매 양쪽에 가죽끈을 달아 둘이서 끈다. 다치거나 아프지 않은 이상

414

둘 다 썰매를 타지 않을 것이다. 올해 안에 이 썰매를 썰매 개에게 끌릴 생각으로 여자가 공들여 만들었다는 것을 크로지어는 안다.

여자가 임신했다. 그런데도 그에게 이 사실을 전하지 않았다. 실뜨기나 눈짓, 몸짓으로도 알리지 않았다. 그럼에도 크로지어는 임신 사실을 알았고, 여자도 그가 이 사실을 알고 있음을 안다. 무탈하다면 7월경에 아이가 태어날 것이다.

썰매에는 옷가지와 가죽, 조리 도구와 장비, 얼음 녹은 물을 담아 물범 가죽으로 밀봉한 골드너 깡통, 냉동 생선과 바다표범, 바다코끼리, 여우, 토끼, 들꿩이 실려 있다. 크로지어는 한동안 이런 사냥감을 잡지 못할 것을 안다. 적어도 그는 잡지 못할 것이다. 그가 어떤 결정을 내리고 그다음 빙판에서 어떤 일이 일어나느냐에 따라 달라지겠지만 당분간은 힘들지 모른다. 그의 결정에 따라 달라지겠지만, 두 사람은 그 일을 준비하면서 곧 굶게 될 것이다. 그리고 반드시 단식해야 하는 사람이 자신이라는 것도 잘 알고 있다. 여자는 이제 그의 아내이니 그가 먹지 않는 동안 함께 단식하는 것뿐이다. 만약 남자가 죽으면 여자는 식량과 썰매를 끌고 뭍으로 돌아가 해야 할 일을 이어갈 것이다.

둘은 며칠간 해안가를 걷고 굽이치는 절벽을 오르고 가파른 언덕을 따라 북으로 간다. 지형이 험해서 몇 번이나 얼어붙은 빙하 위로 우회해야 했지만 그 위를 그렇게 오래 걷고 싶지는 않다. 아직은 아니다.

여기저기 빙하가 깨져 나가면서 작은 리드가 열리고 있다. 가던 길을 멈추고 리드나 폴리니아에서 낚시할 생각은 없다. 하루 열 시간 이상 썰매를 끌고 갈 때 최대한 뭍으로 지날 생각이다. 뭍으로 이동하면 썰매 날에 더 자주 물을 발라 얼음을 덧씌워야 하지만 그래도 뭍으로 걷는다.

여드렛날 밤, 언덕 위에 서서 불 켜진 얼음집 마을을 내려다본다.

벙어리 여자는 바람을 맞으며 마을로 조심스레 내려가려 한다. 얼음 바닥에 박힌 기둥에 묶인 개 중 하나가 미친 듯이 짖는다. 나머지는 가만히 있다.

크로지어는 불이 켜진 얼음집을 응시한다. 큰 얼음집 하나에 작은 얼음 집 네 개가 공통 통로로 연결되어 있다. 이런 마을을 처음 보는 것은 물론 이고 생각만 해도 가슴이 저릿하다.

저 멀리에서 얼음과 순록 가죽을 뚫고 웃음소리가 새어 나온다.

크로지어는 지금이라도 저 아래로 내려가 구조 캠프로 가서 대원들을 찾을 수 있게 도와달라고 간청할 수 있다. 여기는 킹윌리엄 섬 반대편에서 8 명의 에스키모가 학살당할 당시 목숨을 건진 주술사가 사는 마을이며, 살해 당한 8명은 벙어리 여자의 방계 가족이라는 것을 크로지어는 알고 있다.

그가 지금이라도 마을로 내려가 도움을 청하면 벙어리 여자는 그의 아 내로서 실뜨기로 의사소통을 해 줄 것이다. 저 빙하로 나가 그에게 주어진 일을 하지 않으면-그가 벙어리 여자의 남편이든 아니든, 저들이 여자를 얼마나 존경하고 경외하든 상관없이-여기 에스키모들은 그를 웃으며 맞 이한 후 그가 식사나 취침으로 방심한 사이 손목을 동여매고 머리에 가죽 주머니를 씌워 죽을 때까지 찌르고 또 찌를 가능성이 크다. 여자들도 남자 들과 동참할 것이다. 그는 피가 설원을 붉게 물들이는 모습을 상상한다.

아닐 수도 있다. 무슨 일이 벌어질지는 벙어리 여자도 모른다. 여자는 어떤 미래가 보이는 꿈을 꾸었어도 크로지어와 그 결과를 결부시키지도, 공유하지도 않는다.

아무튼 지금은 알고 싶지 않다. 그가 그 일을 결정하기 전까지 이 마을 과 오늘 밤 그리고 내일은 임박한 미래가 아니다. 어떤 미래와 운명이 펼 쳐질 수도 있고 아닐 수도 있다.

그는 어둠 속에서 여자에게 고갯짓한다. 두 사람은 마을에서 등을 돌려 다시 해안을 따라 북으로 썰매를 끈다.

· · ·

밤낮으로 썰매를 끌다 보니 크로지어는 생각할 시간이 많다. 썰매 위에 꽂힌 뿔에 순록 가죽 한 장을 걸고, 그 안으로 들어가 웅크리고는 몇 시간 눈을 붙인다.

지난 몇 달간, 얘기할 사람이 아무도 없었다. 실제로 성대를 울려서 대화를 나눌 사람이 없었기에 정신과 마음을 통해 가슴속으로 말하는 법을 터득했다. 정신과 마음이 나름의 논리를 갖춘 또 하나의 혼처럼 느껴졌다. 하나의 혼, 좀 더 나이 들고 지친 혼은 그가 여러모로 실패했다는 사실을 안다. 그를 믿고 따른 대원들은 모조리 죽거나 흩어졌다. 몇 명이라도 살아 있기를 바라지만, 그의 마음은, 마음속 혼은 툰바크의 왕국에서 흩어진 자들이 이미 죽어서 백골이 되어 이름 모를 해변이나 은벽한 유빙 위를 떠돌고 있음을 안다. 그가 전원 몰살시킨 것이다.

그래도 그는 그들을 따라갈 것이다.

크로지어는 아직도 여기가 어딘지 모른다. 날이 가면 갈수록 킹윌리엄 섬에서 북동쪽에 있는 어느 큰 섬 서쪽 해안가에서 겨울을 난 것 같기도 하다. 테러 캠프와 테러호가 있던 위치와 동일 위도 상에 있을 것이다. 물론 여기에서 빙해를 건너 서쪽으로 수백 킬로미터는 더 가야 하지만 말이다. 만약 테러호로 돌아갈 생각이라면 이 바다를 건너 서진해서 여러 섬을 지난 다음 킹윌리엄 섬 북단을 따라가 빙해에서 40킬로미터만 더 가면 열 달 전 버리고 온 테러호로 돌아갈 수 있을 것이다.

테러호로 돌아가고 싶지는 않다.

크로지어는 구조 캠프로 돌아갈 길을 찾을 수 있다는 사실을 지난 몇 달간 충분히 알았다. 시간만 충분하다면 심지어 백 강까지 갈 수도 있을 것 같다. 가면서 사냥하고, 눈 폭풍이 불면 얼음집을 짓고, 가죽 텐트를 치면 된다. 그가 탐험대를 버린 지 10개월째인 올여름이라도 뿔뿔이 흩어진

417

대원들의 흔적을 추적할 수도 있다. 수년이 걸린다 해도 말이다.

크로지어가 그 길을 택하면 벙어리 여자는 그를 따를 것이다. 그것이 여자의 존재 이유와 삶의 목적을 모조리 말살시킨다 해도 여자는 그럴 것이다.

그는 아내에게 말도 꺼내지 않을 것이다. 대원들을 쫓아 남으로 간다면 홀로 갈 것이다. 그가 새로 터득한 지식과 기술을 총동원해도 도중에 분명 목숨을 잃을 것이다. 빙하에서 죽지 않으면, 남진하다가 강에서 부상을 당할 것이다. 도중에 강에서 부상당하거나 병에 걸려 죽지 않으면, 남으로 가는 도중 거친 에스키모나 흉포한 인디언을 만날지도 모른다. 영국인은, 특히 북극 탐험대 노장 선원들은 에스키모가 미개하긴 해도 평화롭고 착하며 전쟁과 갈등을 늘 피하는 종족이라고 착각한다. 크로지어는 꿈에서 그 실상을 보았다. 그들도 사람이다. 다른 인간처럼 그들도 종잡을 수 없으며 전쟁과 살인을 대물림하기도 한다. 곤궁할 경우 식인도 감행한다.

더 빠르고 확실히 구조되려면 남쪽으로 내려가는 것보다 여기에서 빙하를 건너 정동진하여 여름내 열린 극빙을 지나야 한다. 극빙이 열리면 가는 동안 사냥하고 덫을 놓으면 된다. 부시아 반도를 건너 동진 후 북진하여 과거 탐험대가 자주 찾던 퓨리 해안으로 간다. 그럼 거기에서 포경선이나 구조선을 기다리면 된다. 그쪽으로 가면 구조될 확률이 높아진다.

만약 문명인을 만나 다시 영국으로 돌아가면 어떻게 될까? 홀로 귀국하면? 탐험대 대원 전원을 죽이고 혼자 살아 돌아온 함장이라는 꼬리표를 평생 달게 될 것이다. 군법 회의 판결도 어차피 다 정해져 있다. 어떤 판결이 나오든 그는 죽을 때까지 수치스럽게 살아야 한다.

크로지어가 동이든 남이든 가지 않은 이유가 바로 그 때문은 아니다.

곁에 있는 여자가 아이를 가졌다.

지금껏 겪은 일 중에서 이것이 남자로서 가장 뼈아프고 뇌리에서 가장 떨쳐지지 않는다.

이제 쉰셋. 사랑은 딱 한 번 해 보았다. 못된 여자가 그를 가지고 놀았다. 쾌락을 위해 그를 이용한 여자에게 청혼한 적이 딱 한 번 있었다. 선원들이 부둣가 창녀를 가지고 놀듯 그 여자도 그를 그렇게 취급했다. '아, 나도 예전에 그랬었지.'

매일, 밤부터 아침까지 그는 벙어리 여자 옆에서 꿈을 공유하다가 잠에서 깬다. 여자도 그와 같은 꿈을 꾼다. 그는 알 수 있다. 여인의 온기를 받고 그도 자신의 온기를 여인에게 전한다. 매일 두 사람은 칼바람을 맞으며 밖으로 나가 살려고 버둥거린다. 다른 혼을 사냥해서 먹고 살 줄 아는 여자의 재주와 지식을 이용해 두 사람의 생령은 좀 더 목숨을 부지한다.

'여자가 우리 아이를 가졌어. 내 아이를.'

그래도 이 사실은 그가 며칠 안에 내려야 할 결정과는 무관하다.

이제 좀 있으면 쉰셋이 되는 나이에 너무나 터무니없는 사실을 믿으라니 생각만 해도 실소가 터져 나온다. 실뜨기나 꿈을 이해하게 되었으니 이제 그가 마침내 그것도 하게 될 것을 믿으라는 것이다. 그 끔찍하고 고통스러운 행위를 하라는 것이다. 그 일로 목숨을 잃지는 않겠지만 미쳐 버릴지도 모른다.

직관을 거스르는 미친 짓을 꼭 해야 하는 일로 믿으라니. 한갓 꿈에서도 그렇게 하라고 말하고, 이 여인을 사랑한다는 이유로 그가 평생토록 지녀 온 이성을 내버리고, 그것이 되어야 한다는 것을 믿으라니.

그것이란 대체 무엇인가?

완전히 다른 사람이자 다른 존재가 되는 것이다.

흉포한 얼굴을 한 하늘 밑에서 여자와 같이 썰매를 끌며 프랜시스 로돈 모이라 크로지어는 그 어떤 것도 믿지 않는 사람임을 떠올린다.

아니, 믿는 것이 있다면 홉스의 『레비아탄의 책』에서 등장하는 이 한 문장뿐이다.

'인생은 외롭고, 가난하고, 추잡하고, 잔인하고, 덧없다.'

정신이 똑바로 박힌 사람이라면 누구도 부정할 수 없는 말이다. 프랜시스 크로지어는 이성적인 인간이다. 비록 이상한 꿈을 꾸고 두통에 시달리면서 믿어야 한다는 강한 믿음이 생기고 있음에도.

런던 어느 저택의 후끈한 서재에서 스모킹 재킷(담배를 피울 때 입는 재킷. 밝은 색감의 벨벳이나 캐시미어로 만들어졌으며 숄칼라가 달렸다)을 입은 남자도 '인생은 외롭고, 가난하고, 추잡하고, 잔인하고, 덧없다'는 사실을 아는데, 하물며 미친 하늘이 펼쳐진 북극의 이름 모를 섬에서, 문명으로부터 수천 킬로미터 떨어진 빙해에서, 가죽과 꽁꽁 언 고기를 잔뜩 싣고 썰매를 끌고 가는 남자가 어찌 모른단 말인가?

너무 두려워 상상조차 할 수 없는 운명을 향해 걷는 이 남자가 어찌 모를 수 있을까?

해안을 따라 썰매를 끈 지 닷새째 되는 날, 두 사람은 섬의 끝에 다다른다. 벙어리 여자가 북동쪽으로 이끌어 빙해로 나왔다. 여기서부터 걸음이 다소 느려진다. 압력 봉우리와 유빙을 피할 수 없다. 힘이 조금 더 든다. 게다가 썰매가 부서질까 봐 더 조심해서 걷는다. 기름 스토브로 눈을 녹여 식수를 마련한다. 여자는 얼음 위에 숨구멍이 많다고 가리키지만, 생고기를 잡겠다고 가던 걸음을 멈추지 않는다.

이제 하루에 30분 정도 해가 뜬다. 크로지어는 정확히 몇 시인지 모른다. 옷과 함께 시계도 사라졌다. 히키의 총에 맞고 여자에게 구조된 사이에 없어졌다. 여자가 구해 준 게 분명하나 여자는 자기가 그랬다는 말은 꺼내지도 않는다.

'난 이미 그때 한 번 죽은 거야.'

이제 그는 또다시 죽어야 한다. 다른 존재가 되기 위해 죽어야 한다.

살면서 또 다른 기회를 갖는 자가 몇이나 될까? 부하 대원 125명이 사망 또는 실종되는 것을 지켜본 탐험대 함장 중에서 그걸 원하는 이가 몇이나 될까?

'내가 사라질 수만 있다면.'

매일 밤 이불 밑으로 기어 들어갈 때마다 팔과 가슴, 복부와 다리를 정신없이 뒤덮은 흉터가 보인다. 등에 입은 총상이 얼마나 흉할지 손으로 만지며 상상한다. 이것만으로도 그가 과거에 대해 평생 입을 다물어야 할 이유이자 변명이 될 것이다.

부시아 반도를 건너 동쪽으로 가서 해안가가 나오면 따스한 바다에서 사냥과 낚시를 즐긴다. 그러다가 영국 해군이나 다른 구조선이 보이면 몸을 숨기고 미국 포경선을 기다릴 수도 있다. 미국 포경선을 만나기 위해 한 2, 3년 기다려야 한다고 해도 그 정도까지는 살 수 있다. 분명 그때까지는 버틸 수 있다.

그런 다음, 영국으로 가는 대신-영국이 그에게 고향이었던 적이 있었나?-크로지어는 미국 구조대를 만나 그동안 무슨 일이 있었는지, 어디 소속인지 전혀 기억이 나지 않는다고 말하며 그 증거로 이 흉터를 보여준다. 포경 시즌이 끝날 무렵 그들과 같이 미국으로 건너가 그곳에서 인생을 새로 시작할 수도 있다.

이 나이에 새로운 인생을 시작할 남자가 몇이나 되겠는가? 다들 그러고 싶어 하지만 말이다.

벙어리 여자가 같이 가려 할까? 선원들의 시선과 비웃음을 참아 내고 뉴잉글랜드나 뉴욕에 사는 '문명인'의 숙덕거림과 따가운 시선을 견딜 수 있을까? 여자가 입고 있던 모피 파카를 내어 주고 대신 고래수염 코르셋(초기 여성용 코르셋을 만들 때 빳빳한 고래수염을 넣어서 틀을 잡았다)과 화려한 드레스로 바꿔 입으려 할까? 지극히 이상한 땅에서 가장 이질적인 이

방인으로 남으리라는 것을 알면서도?

여자는 그럴 수 있을 것이다.

크로지어는 이것만큼은 확실히 알 수 있다.

여자는 미국까지 그를 따라가 그곳에서 죽을 것이다. 그것도 상당히 빨리. 비참하고 기이하고 사악하고 하찮고 특이하고 노골적인 생각이 여자에게 쏟아질 것이다. 마치 피츠제임스의 온몸에 골드너 깡통 속 보이지 않는 독이 사악하고 치명적으로 퍼진 것처럼.

그는 이것 역시 알고 있다.

그래도 많이 개화된 미국에 가서 아들을 키우고 새출발할 수 있다. 미국에서 최고의 개인용 범선 선장으로 살 수도 있다. 영국 해군과 극지 탐험대장으로서는 완전히 망했다. 장교로서나 신사로서도 완전히 실패했다. 사실 그는 신사였던 적이 단 한 번도 없었다. 그러나 미국에 가면 그런 얘기를 남들에게 할 필요가 없다.

아니, 아니, 범선을 타고 그를 알 만한 장소나 항구로 나가는 일이 생길 수도 있다. 영국 해군 장교 누구라도 그를 알아보는 순간, 크로지어는 변절자로서 교수형을 당할지 모른다. 그럼 작은 고기잡이배는 어떨까? 뉴잉글랜드 작은 항구 마을에서 고깃배를 타고 나가면, 벙어리 여자가 죽은 후 그의 아이를 키우는 미국인 아내가 항구에서 그를 기다릴지 모른다.

'미국인 아내라고?'

크로지어는 오른편에서 하네스를 차고 같이 썰매를 끄는 벙어리 여자를 쳐다본다. 붉은색과 자주색이 섞인 하얀 오로라 광이 여자의 후드와 어깨를 물들인다. 여자는 고개를 돌리지 않고도 지금 그가 무슨 생각을 하는지 분명 다 알고 있다. 지금은 몰라도 자면서 알게 될 것이다.

영국으론 돌아갈 수 없다. 그렇다고 미국으로도 갈 수 없다.

그렇다면 남은 대안은……

그는 몸을 떨며 후드를 뒤집어쓴다. 북극곰 가죽에 푹 싸여 입김과 몸의 열기가 밖으로 새나가지 않는다.

프랜시스 크로지어는 아무것도 믿지 않는다. '인생은 외롭고, 가난하고, 추잡하고, 잔인하고, 덧없다.' 인생은 처참하고 뻔한 것을 만회할 계획이나 목표도, 숨겨진 비밀도 없다. 지난 6개월간 아무것도 배우지 못했다니 마음이 다른 쪽으로 기운다.

정말 그랬나?

둘이서 같이 극빙을 향해 썰매를 끈다.

• • •

여드렛날, 두 사람이 걸음을 멈춘다.

이곳은 지난주 내내 건너던 극빙과 다를 게 없다. 좀 더 평평하고 얼음 자갈과 압력 봉우리가 적긴 해도 그래도 극빙이긴 하다. 저 멀리 작은 폴리니아가 보인다. 시커먼 물이 설원 위 티끌처럼 보인다. 여기저기 리드가 보이지만 임시로 갈라졌을 뿐 그걸 타고 어디로 갈 수 있는 건 아니다. 올봄에 해빙기가 두 달이나 일찍 찾아온 건 아니겠지만 제법 많이 보인다. 북극 탐험 동안 봄에 때 이른 해빙기가 찾아온 적이 종종 있었지만, 4월 말은 돼야 극빙이 진짜로 깨져 나간다는 것을 알고 있다.

도중에 두 사람은 곳곳에 열린 리드와 바다표범 숨구멍을 구경한다. 바다코끼리나 일각고래가 보이기만 하면 잡을 수 있을 것 같다. 그런데 여자는 사냥에 관심이 없다.

하네스를 벗고 주위를 둘러본다. 정오에 뜬 해가 남쪽으로 짧은 여명을 남기는 동안 썰매를 세우고 숨을 돌린다.

벙어리 여자가 크로지어 앞에 서더니 그의 장갑을 벗기고 자기 장갑도 벗는다. 바람이 매서워서 1분 이상 맨손이 바람에 노출되면 큰일 난다. 그럼에도 여자는 잠시 남자의 손을 쥔 채 그를 바라본다. 여자는 시선을 동쪽에서 남쪽으로 돌린 후 다시 그에게 시선을 고정한다.

질문은 명료하다.

크로지어의 심장이 쿵쾅거린다. 어른이 된 이후 이렇게 겁나는 건 처음이다. 매복한 히키에게 당하던 밤에도 이렇게까지 겁나지 않았다.

"하겠어." 크로지어가 대답한다.

벙어리 여자는 도로 장갑을 끼더니 썰매를 끌기 시작한다.

크로지어는 여자가 짐을 내려 빙원 위에서 썰매를 해체하는 것을 거든다. 어떻게 이런 장소를 찾았는지 또 궁금해진다. 여자는 가끔 별과 달을 보면서 코스를 잡기도 하지만, 그보다 풍광을 상당히 공들여 살핀다. 언뜻 보면 눈 덮인 동토로 보이지만, 여자는 바람이 불어서 생긴 눈 언덕과 봉우리를 일일이 세면서 봉우리가 어느 쪽으로 이어지는지 기록한다. 크로지어도 여자처럼 몇 밤을 잤는지로 시간을 재지 않게 되었다. 몇 번 걸음을 멈추고 잤는지, 지금이 낮인지 밤인지를 따지지 않게 되었다.

이렇게 얼음 위에 서 있으니 다음 사실을 그 어느 때보다 또렷이 깨닫게 된다. 그는 여자의 의식 일부를 공유하고 있다. 아주 오래전 눈이 쌓여 생긴 작은 언덕과 새로 솟은 압력 봉우리, 빽빽이 밀려온 극빙과 새로 생긴 위험한 빙하의 미묘한 차이를 깨닫게 되었다. 이제는 머리 위에 어두운 구름이 걸려도 수 킬로미터 떨어진 리드가 보인다. 언뜻 보면 보이지 않는 위험한 균열과 푸석한 얼음을 이제는 피할 수 있게 되었다.

하필 왜 여기인가? 그들이 이제 하려는 일을 하려면 여기로 와야 한다는 것을 그녀는 어찌 알았을까?

'난 이제 그 일을 곧 할 것이다.' 이렇게 생각하니 심장이 미친 듯 쿵쾅거린다.

그런데 아직은 아니다.

순식간에 어두워지고 두 사람은 썰매 위에 올린 널과 수직으로 꽂힌 뿔을 해체해 작은 텐트용 뼈대를 세운다. 그가 눌러살자고 하지 않는 한, 두 사람은 이곳에서 며칠만 묵을 것이기에 번잡하게 얼음집을 지을 필요도 없고, 고생해서 텐트를 근사하게 세울 필요도 없다. 그냥 몸만 누일 수 있으면 된다.

가죽 몇 장을 텐트 바깥쪽에 씌우고 나머지는 안으로 가지고 들어간다.

크로지어가 모피를 깔아 요와 이불을 마련하는 동안 여자는 밖으로 나가 근처 얼음을 벽돌 크기로 잘라 바람받이 쪽에 낮은 벽을 쌓았다. 추위를 막는 데 도움이 될 것이다.

여자는 도로 안으로 들어와 크로지어가 뼈를 세우고 순록 가죽을 덮어서 만든 통로에 바다표범 기름 램프를 매다는 것을 거든다. 이제 얼음을 녹여 식수를 만들고, 겉옷을 걸어 말릴 것이다. 이제 눈 폭풍이 버림받은 썰매를 휘감는다. 썰매라기보다 썰매 날만 덩그러니 남아 있다.

둘은 사흘간 굶었다. 아무것도 먹지 않고 꼬르륵거리는 배 속을 물로 달랬다. 둘이서 꽤 오래 텐트를 비운다. 눈이 와도 밖으로 나가 몸을 움직이며 긴장을 푼다.

크로지어는 커다란 빙산을 향해 작살과 창을 번갈아 던진다. 에스키모 참사 현장에서 여자가 주워온 것들이다. 여자는 몇 달 전 긴 줄이 달린 무거운 창과 그보다 가벼운 창을 하나씩 준비했다.

크로지어가 힘차게 창을 던지자 창이 눈 속으로 25센티미터 깊이로 쿡 박힌다.

벙어리 여자가 다가가 후드를 벗고 다채로운 오로라 빛이 머리 위로 쏟아지는 그를 쳐다본다.

그는 고개를 저으며 어색한 미소를 짓는다.

'설마 보복하려고 이러는 건 아니겠지?'라며 묻는 게 아니다. 그는 쑥스럽게 여자를 안으며, 이제는 떠나지 않을 것이며 누구에게도 이렇게 창을 내던지지 않을 것이라며 안심시킨다.

• • •

크로지어는 이런 오로라가 처음이다.

온종일, 그리고 밤까지 오색찬란한 커튼이 폭포처럼 쏟아지면서 이쪽에서 저쪽 수평선으로 번지며 머리 위에서 펄럭인다. 지구의 남북단을 오가던 그 오랜 세월 동안 이렇게 빛이 폭발하는 모습을 본 적이 없다. 이것과 비슷한 장관을 본 적도 없었다. 한 시간에 걸쳐 오로라가 서서히 사라졌다. 그럼에도 창공에 펼쳐진 장관이 남긴 강렬함은 그대로다.

화려한 불꽃놀이에 걸맞게 풍성한 반주도 들린다.

빙하가 압력을 받자 신음하며 갈라지고 보채며 갈린다. 얼음 저 밑에서부터 연속으로 폭발이 이어진다. 마치 사격이 시작되자마자 정신없이 쏟아지는 폭포수 소리로 바뀌는 것 같다.

안 그래도 초조해서 기운이 없는데 얼음이 신음하고 발밑의 극빙이 움직이자 크로지어의 가슴이 더욱 떨린다. 그는 바람이 통하지 않는 파카를 입고 쪽잠을 자다가 도중에 대여섯 번씩 텐트 밖으로 뛰쳐나가 지금 그들이 올라탄 넓적한 유빙이 깨지는지 확인한다.

텐트 50미터 근방 이곳저곳이 벌어지고 사람이 전력 질주하는 속도보다 빠르게 금이 가지만, 그래도 유빙이 깨질 기미는 전혀 보이지 않는다. 갈라진 틈이 도로 붙는다. 그러나 굉음은 계속된다. 하늘도 여전히 사납다.

이번 생애의 마지막 밤을 보내며 크로지어는 자다 깨다를 반복한다. 배가 고파서 그런지 더 춥다. 옆에 있는 여자의 체온으로도 해결되지 않는다. 여자가 노래하는 꿈을 꾼다.

빙하가 터지는 소리가 박자를 맞추는 북소리로 변해 낮게 깔린다. 여자의 가녀리고 달콤하나 구슬픈 목소리가 음성을 잃어버린 채 그 위에 얹힌다.

아야, 야, 야파페!

아야, 야, 야파페!

아자, 자 아자 자 자……

아지, 자이, 자

말해 보라, 이 땅에서의 삶이 그토록 아름다웠는가?

내가 이 땅에서 기쁨 가득한 삶을 살았는가?

이 땅 위로 새벽이 찾아오고

찬란한 태양이

하늘 위로 솟아오르네.

그런데 당신은 어디에 있는가?

나는 두려움에 벌벌 떨며 누워 있네.

혼을 갖지 못해 구더기나 해충과

다를 바 없는 바다 생물이

나의 움푹 팬 쇄골 뼈를 파먹고

내 눈을 뽑아 먹네.

아지, 자이, 자

아자, 자, 아자자

아야, 야, 야파페!

아야, 야, 야파페!

크로지어는 온몸을 떨며 깬다. 벙어리 여자도 같이 깨서 검은 눈으로 그를 응시한다. 그 순간, 공포심보다 더욱 짙은 공포심이 찾아온다. 방금 그에게 망자의 노래를 불러준 이는 여자가 아니라 배 속에 있는 아들이다.

이 노래는 망자가 전생의 자아에게 불러주는 노래다.

크로지어와 아내는 일어나 옷을 입고 침묵의 의식을 치른다. 아침이 되었지만 밖은 여전히 한밤처럼 컴컴하다. 대신 다채로운 빛줄기가 어두운 하늘에서 떨고 있는 별들을 뒤덮는다.

빙하가 부서지는 소리는 아직도 북소리처럼 울려 퍼진다.

66

이제 남은 길은 복종이 아니면 죽음뿐. 아니면 둘 다 택해야 한다.

일평생 지난 50년간 소년이자 남자로 살면서 그는 복종하느니 차라리 죽음을 택했다. 지금의 그도 복종 대신 죽음을 택할 것이다.

그런데 궁극의 복종이 아닌 죽음이란 무엇일까? 가슴속 뜨거운 불꽃은 그 어느 쪽도 받아들이지 않으려 한다.

지난 몇 주간 이 천막 이불 속에 누운 채 그는 또 다른 복종을 배웠다. 일종의 죽음과 비슷했다. 하나의 존재에서 다른 존재로 바뀌는 것. 자아도 무아도 아닌 존재가 되는 것이다.

공통점도 없고 서로 말도 하지 않는 남녀가 같은 꿈을 꾼다. 아예 꿈과 믿음이 다른 두 가지 세상이 하나로 합쳐진다.

그는 너무 두렵다.

두 남녀는 부츠와 반바지, 레깅스, 가끔 파카 밑에 입는 얇은 순록 가죽 셔츠만 입고 밖으로 나간다. 오늘 밤도 추위가 대단하다. 그나마 낮에 잠깐 해가 난 이후 바람이 불지 않는다.

몇 시인지 도무지 모르겠다. 요즘 해가 몇 시간은 떠 있다. 두 사람은 아직 잠자리에 들지 않았다.

얼음이 압력에 눌려 규칙적으로 쿵쿵 소리를 내며 깨진다. 근처에 리드가 새로 열린다.

별이 뜬 하늘 위로 오로라 광채가 커튼처럼 설원 수평선 위로 펼쳐지는 순간 빛이 사방으로 흩날린다. 하얀 남자와 갈색 여자를 포함한 모든 것들이 무지개색으로 물든다.

남자는 무릎을 꿇고 고개를 든다.

여자는 옆에 서서 몸을 살짝 굽힌다. 마치 바다표범 숨구멍을 살피는 것처럼 보인다.

크로지어는 연습한 대로 팔을 양쪽에 붙인다. 여자가 이 추위에 맨손으로 그의 팔뚝을 단단히 잡는다.

여자는 고개를 낮추고 입을 크게 벌린다. 남자도 입을 크게 벌린다. 남녀의 입술이 맞닿는다.

여자가 크게 숨을 들이켠 후 남자의 입술에 자기 입술을 대고 막은 채 숨을 내쉬어 남자의 입과 목통으로 불어넣는다.

여기가 가장 참기 힘들다. 긴 겨울밤 내내 연습할 때도 이 부분이 가장 힘들었다. 남의 숨으로 내 숨을 쉬자니 숨이 막힐 것 같다.

그는 몸이 뻣뻣해져도 멈추지 않는다. 입을 떼지 않으려고 매섭게 집중한다. 복종해야 한다.

카타자크, 피르쿠시르투크, 니파쿠히트, 꿈속에서 언뜻 들은 이름이 기억난다. 북극권에 사는 진짜 사람들의 이름에는 그들의 현재 모습이 담겨 있다.

여자가 짧고 리드미컬한 가락을 연주하기 시작한다.

목관 악기의 리드 삼아 남자의 성대를 연주한다.

낮은음이 높아지며 빙상 위로 퍼진다. 삐거덕대는 얼음 소리와 펄럭이는 오로라 광채와 뒤섞인다.

여자는 계속해서 리드미컬한 가락을 반복한다. 이번에는 음이 짧게 끊긴다.

남자는 여자의 날숨을 폐에 담아 자기 숨으로 바꾼 다음 도로 그것을 여자의 벌린 입으로 불어넣는다.

여자는 혀가 없지만 성대는 멀쩡하다. 그가 숨을 불어넣어 여자의 양쪽 성대를 울린다. 남녀가 높고 청명한 가락을 뽑아낸다.

여자가 남자의 목통에 가락을 불어넣으면 남자는 여자의 성대에서 그 가락을 받는다. 맨 처음 리드미컬한 가락이 빨라지며 겹음이 되어 몰아친다. 음계가 점점 복잡해진다. 오보에나 플루트 같기도 하나, 분명 사람 목소리다. 성대를 울려 연주하는 가락은 오로라에 물든 빙판 저 멀리까지 퍼져 나간다.

처음 30분은 3분마다 멈추어 숨을 골랐다. 연습할 때 바로 이 지점에서 서로 여러 번 웃음이 터졌다. 그는 실뜨기를 보고 여자가 하는 말을 이해했다. 여자로서는 남의 성대를 울리는 행위는 웃음이 나오는 유희였다. 그러나 오늘 밤은 웃음이 나오지 않는다.

다시 가락이 들린다.

이제는 한 사람이 노래하듯 들리는 수준에 도달한다. 저음과 고음이 동시에 어우러진다. 여자가 밤새 노래하며 말하듯 남녀는 서로의 성대로 숨을 쉼으로써 가사를 만들 수도 있다. 여자가 어려운 악기를 다루듯 남자의 목청과 성대를 연주하면 가사가 만들어진다.

두 사람이 즉흥 연주를 한다. 한쪽 박자가 바뀌면 다른 한쪽이 따라간다. 그는 이것이 사랑을 나누는 행위와 흡사하다는 사실을 깨닫는다.

그는 음과 음 사이에 재빨리 숨을 들이켜 더 길고 더 청명한 음을 만든다. 리듬이 점차 빨라졌다가 다시 느려지고 또다시 빨라지면서 클라이맥스로 향한다. 한쪽이 이끄는 대로 박자가 늘어졌다 당겨지며 템포와 리듬이 바뀐다. 그럼 상대방은 연인에게 반응하듯 이끌려 가다가 이제 자기가 주도한다. 이런 식으로 남녀는 한 시간, 두 시간 서로의 성대를 연주한다. 때론 20분이 넘게 숨을 들이켜지도 않고 연주를 잇는다.

남자의 횡격막 근육이 아프다. 목이 화끈거린다. 가락과 리듬은 이제 십수 개의 악기가 내는 소리처럼 복잡하다. 서로 얽히고설키며 소나타를 연주하고 심포니 합주처럼 크레센도로 고조된다.

남자는 여자에게 리드를 맡긴다. 둘이서 내는 하나의 목소리, 가락, 가사는 남자를 통해 여자가 만든 작품이다. 그는 복종한다.

마침내 여자가 연주를 멈추고 옆에서 무릎을 꿇는다. 둘은 너무 지쳐 머리를 들고 있을 힘이 없다. 10킬로미터를 질주한 개처럼 숨을 몰아쉬며 헐떡인다.

빙하도 비명을 그친다. 바람도 스치는 소리를 멈춘다. 오로라가 머리 위에서 천천히 펄럭인다.

여자는 일어나 남자의 얼굴을 어루만지더니 그를 두고 천막으로 들어가 버린다.

이제 남자는 기운을 차리고 그 자리에 일어선다. 남은 옷을 마저 벗고 알몸이 된다. 춥지 않다.

남녀가 연주하던 장소에서 약 9미터 떨어진 곳에서 리드가 열린다. 이제 남자는 그리로 걸어간다. 아직도 심장이 쿵쾅거린다.

리드까지 2미터를 남기고 남자는 다시 무릎을 꿇더니 하늘을 향해 고개를 들고 두 눈을 감는다.

반경 2미터 내에서 괴물이 리드에서 기어 올라오는 소리가 들린다. 빙판 위에 발톱이 긁히는 소리도 들린다. 괴물이 물에서 나와 빙판 위로 올라오자 숨소리까지 들린다. 괴물의 발걸음에 얼음이 눌리는 소리가 들린다. 그럼에도 남자는 그대로 고개를 든 채 눈을 뜨지 않는다. 아직은 아니다.

괴물이 물에서 빠져나오자 물방울이 남자의 맨 무릎 위로 뚝뚝 떨어진다. 무릎을 꿇고 앉은 얼음 위에 그대로 얼어버릴 것 같은 두려움이 엄습한다. 그래도 남자는 움직이지 않는다.

축축한 털 냄새와 체취와 심해 밑바닥 냄새가 풍긴다. 오로라가 머리 위로 쏟아진다. 그럼에도 남자는 눈을 뜨지 않는다. 아직은 아니다.

덩치 큰 괴물이 남자에게 다가온다. 썩은 내 나는 구취로 그의 온몸을 감싼다. 순간 살갗이 따끔거리고 닭살이 돋는다. 이제 남자가 눈을 뜬다.

사제의 하얀 제의에서 물이 떨어지듯 괴물의 털에서도 물이 떨어진다. 털 한가운데 불에 그슬린 상처가 보인다. 이빨과 검은 눈이 1미터 앞에 있다. 괴물은 시커먼 눈으로 남자와 눈을 맞춘다. 포식자는 남자의 혼을 눈으로 찾는다. 그가 혼을 가지고 있는지 훑는다. 커다란 삼각형 머리가 쑥 내려갔다가 도로 불쑥 올라온다.

옆에 있고 싶고 닮고 싶은 인간에게만 오로지 복종하고 싶었던 크로지어. 툰바크에게, 그리고 가슴속 뜨거운 불꽃을 꺼뜨릴 세상에게는 절대로 복종하고 싶지 않던 크로지어. 성찬식이 열리던 날 메모 모이라 할머니에게 배운 대로 그는 다시 눈을 감고 머리를 젖히고 입을 벌려 혀를 내민다.

67
탈리릭투그

북위 68도 30분, 서경 99도

1851년 5월 28일

둘째 딸이 태어나던 해 봄에 부부는 늙은 주술사 아샤주크가 부족장으로 있는 '신처럼 걷는 사람들' 부족에 사는 벙어리 여자의 가족을 방문했다. 거기서 벙어리 여자는 '실나'로 불렸다. 그곳으로 이누피주크라는 사냥꾼이 찾아왔다. 그자는 남쪽에 사는 진짜 사람들이 죽은 카블루나, 즉 백인에게서 나무, 철, 그 밖에 다양한 귀중품을 선물로 받았다고 했다.

탈리릭투그가 아샤주크에게 손짓하자 아샤주크는 이 손짓을 말로 풀어서 이누피주크에게 물었다. 그 귀중품이라는 것이 혹시 칼이나 포크 같은 이리버스호와 테러호에서 나온 물품인지 물었다.

아샤주크는 탈리릭투그와 실나에게 이누피주크는 '콰바크'가 남쪽 출신이란 뜻이며, 이누이트 방언으로 해석하면 어리석다는 뜻이라고 설명했다. 탈리릭투그는 알았다며 고개를 끄덕이며 계속 손으로 질문을 던졌다. 주술사는 못마땅해 하며 그의 손짓을 멍청하게 웃고 있는 사냥꾼에게 전달했다. 이누피주크를 못마땅해 하는 이유는 남쪽에서 온 사냥꾼이라서 하늘을 다스리는 영혼, '시샴 이에우아'를 처음 보고 탈리릭투그와 실나가 어떤 존재인지 제대로 알아보지도 못하는 사교상 실례를 범했기 때문이다.

물건은 진짜인 것 같았다. 탈리릭투그와 아내는 손님용 이글루로 간 다음 거기에서 아이에게 젖을 물렸다. 탈리릭투그는 생각에 잠겼다. 그가 고개를 들자 아내가 실뜨기로 대화를 전했다.

"우리 남으로 가요. 당신이 원한다면요." 여자는 손가락 사이에 실을 걸어 마음을 전했다.

그는 고개를 끄덕였다.

이누피주크는 두 사람을 남동쪽 마을까지 안내하기로 했다. 아샤주크도 동행하기로 했다. 사실 이런 경우는 굉장히 드물다. 나이 많은 주술사 아샤주크는 요즘 그렇게까지 멀리 움직이지 않기 때문이다. 아샤주크는 여러 아내 중 가장 괜찮은 '바다갈매기'를 데려갔다. 바다갈매기-젊은 여자의 이름은 '아무크', 젖가슴이 크다는 뜻이다-는 3년 전 카블루나에게서 간신히 도망쳐 목숨을 건진 후 흉터가 생겼다. 여자와 주술사는 그 참사에서 살아남은 유일한 생존자였다. 그런데도 여자는 탈리릭투그에게 적개심을 보이지 않았다. 대신 마지막까지 살아남은 카블루나의 운명을 신기하게 여겼다. 다들 크로지어가 3년 전 여름, 빙해를 건너 남으로 가려던 자임을 알고 있었다.

'신처럼 걷는 사람들' 부족의 사냥꾼 6명도 같이 나섰다. 다들 호기심 때문이지만 도중에 사냥도 할 수 있어서였다. 올봄에는 꽤 일찍부터 해협이 갈라지고 있었다. 해안가를 따라 리드가 여러 갈래로 열리자 보트를 타고 출발하기로 했다.

탈리릭투그와 실나, 어린 두 자녀와 사냥꾼 넷은 긴 '콰야크'(이누이트어로 카약)를 탔다. 아샤주크는 나이도 많고 체면도 있어서 이젠 노를 젓지 않는다. 아샤주크는 그의 아내와 같이 널찍한 '우미아크'(나무 뼈대에 바다표범 가죽을 당겨 씌워서 만든 보트) 중앙에 앉고, 젊은 사냥꾼 둘이 노를 저었다. 바람이 불지 않아 다들 우미아크를 기다려 주었다. 길이가 9미터나 되는 배에 신선한 식량을 넉넉히 실어서 사냥이나 낚시를 하려고 배를 세울 일이 거의 없었다. 내륙을 건널 때를 대비해 썰매 '카마티크'도 실었다. 남쪽에서 온 사냥꾼 이누피주크는 우미아크에 탔다. 썰매 개 6마리도 우미아크에 같이 태웠다.

아샤주크는 실나와 아이 둘을 북적이는 우미아크에 태우라고 호탕하게 배려했지만 실나는 콰야크에 타겠다고 했다. 탈리릭투그가 사나운 썰매 개까지 태운 비좁은 보트에 아이들을 태우길 꺼려하는 것을 눈치챘기 때문이다. 갓 두 달배기 '칸네유크'를 절대로 그런 곳에 태우고 싶지 않았을 것이다. 두 살배기 아들 '까마귀'는 개를 겁내지 않았지만 아이에게 선택권은 없었다. 탈리릭투그와 실나는 둘 사이에 아들을 앉혔다. 실나는 '칸네유크'-'시샴 이에우아'로서의 비밀명은 '아날루크'다-를 아이를 운반하는 커다란 주머니 '아무티크'에 태웠다.

일행이 출발하던 날 아침은 추위도 청명했다. 이들이 자갈 해변을 떠나자 15명의 '신처럼 걷는 사람들'은 이들의 무사귀환을 기원하는 노래를 불렀다.

아이 예이 아이 야 나
예 헤 예 예 이 야 에 야 쿠아나
아이 예 이 아이 야 나

· · ·

둘째 날 밤이다. 이 밤이 지나면 '앙길라크 키킥타크' 일명 '가장 큰 섬'에서 리드를 따라 노를 저어 남으로 내려갈 것이다. 오래전에 원주민들은 로스에게 이곳이 '키킥타크, 키킥타크, 키킥타크'라고 계속 말했지만, 로스는 그 말을 못 알아듣고 이곳에 '킹윌리엄 랜드'라는 이름을 붙였다. 그들은 구조 캠프에서 약 1킬로미터 남짓 떨어진 곳에 캠프를 차렸다.

탈리릭투그는 구조 캠프까지 홀로 걸어갔다.

전에도 이곳에 왔었다. 2년 전 여름, 첫 아이가 태어난 지 고작 몇 주 만에 그는 실나와 이곳을 찾았다. 탈리릭투그가 히키에게 속아서 개처럼 총을 맞은 지 1년이 되기 전이었다. 이미 그때에도 이곳은 60여 명의 영국인이 주둔한 캠프였던 흔적이 거의 지워져 있었다. 자갈 속에 얼어붙은 캔버스 조각을 제외하고는 텐트는 갈가리 찢어져 날아가고 없었다. 남아 있는 것이라곤 불을 피운 둥근 흔적과 텐트 주위를 눌렀던 돌 몇 개가 전부였다.

그리고 뼈가 여러 개 있었다.

그는 기다란 뼈를 몇 점 발견했다. 뭔가에 씹힌 척추뼈가 보였고, 두개골은 하나뿐이었다. 아래턱뼈는 없었다. 2년 전 여름, 양손에 이 두개골을 들고 이것이 굿서 박사의 것은 아니기를 신에게 기도했다.

그는 '나누크'에 씹히고 흩어진 뼈와 이 두개골을 한데 모아 돌무덤을 쌓았다. 그리고 진짜 사람들, 심지어 그가 여름을 같이 보낸 '신처럼 걷는 사람들'처럼 돌무덤 맨 위에 어디선가 찾은 포크를 올려놓았다. 이렇게 하면 망자가 좋아하던 소지품과 도움이 되는 도구를 저승으로 보낼 수 있다고 했다.

그렇게 하긴 했지만 이누이트가 봤다면 귀한 철 조각을 쓸데없이 낭비한다고 했을 것이다.

그는 소리 내어 읊어야 할 기도를 마음속으로 떠올리며 기도를 올렸다.

고작 3개월 동안 배운 이누이트 어로 기도하자니 어색했다. 사실, 단 한 마디도 소리 내어 조음할 수 없지만 그래도 이누이트 어를 배우려고 어설프게 시도했다. 그해 여름, 그는 재미 삼아 주의기도를 이누이트 어로 번역했다.

그날 저녁, 그는 동료들의 유골이 놓인 케른 옆에 서서 주의기도를 암송했다.

"날레가우비트 칼리라울레. 피조르나자트 피나투알레 누나메 소블로 킬란그메."

"하늘에 계신 우리 아버지, 온 세상이 아버지를 하느님으로 받들게 하시며."

여기까지가 2년 전 일이었다. 그것만으로도 충분하다는 생각이 들었다.

거의 2년 만에 아내와 같이 구조 캠프를 다시 찾았다. 예전보다 훨씬 휑했다. 포크는 사라졌고 케른은 구멍 난 채 남쪽에서 온 진짜 사람들에게 약탈당했다. 유골도 흩어졌는지 보이지 않았다. 탈리릭투그는 하늘이 허락하신 인간의 수명인 70세까지 살더라도 진짜 사람들의 언어를 절대로 통달하지 못할 거라는 사실을 깨닫고 그저 미소만 지었다.

단어마다, 심지어 간단한 명사조차 십수 가지로 발음되고 문맥상 미묘하게 차이가 난다. 어려서 사환으로 배에 올라 라틴 어조차 배우지 못한 중년 남자가 이해하기에는 너무 어려웠다. 신이 보우하사 그는 다행히 이누이트 어로 조음해야 할 이유가 없었다. 쏟아지는 말을 간간이 이해하는 것만으로도 머리가 지끈거렸다. 처음으로 실나가 그의 꿈을 공유하던 때처럼 머리가 아팠다.

예를 들어, 지난 2년간 만난 신처럼 걷는 사람들과 진짜 사람들은 백곰을 '나누크'라 불렀다. 발음은 그것 하나지만 표기법은 다양했다. 진짜 사람들에겐 문자가 없어서 영어로 표기하면 '나누크, 나누바크, 나누랄루크, 타코아크, 피숙쿠크, 아우알루나크'로 적는다. 남쪽에서 온 사냥꾼 이누피주크-아샤주크의 말과 달리 이누피주크는 그리 멍청하지 않았다-는 남쪽에 사는 진짜 사람들이 백곰을 '토르나르수크'로 부른다고 알려주었다.

그는 고통스럽게 몇 개월을 보내면서-아직도 상처를 치료하고 먹고 삼키는 법을 다시금 새로이 배우고 있다-이름 없이 사는 게 전혀 불편하지 않았다. 첫 번째 여름 백곰 사냥 도중 어떤 사건이 벌어진 후, 아샤주크 부족 사람들은 그를 '탈리릭투그', 즉 '강한 팔'이라고 부르기 시작했다. 썰매 개 여러 마리와 사냥꾼 셋이 달라붙어서도 실패했는데, 그가 한 손으로- 초인적인 힘이 있어서가 아니라, 작살 끝에 달린 줄이 얼음 밑 어디에서 엉켰는지를 유일하게 알아보았기 때문이다-죽은 곰의 사체를 끌고 물 밖 으로 나온 것이다. 그는 무명씨로 사는 게 훨씬 행복했지만 새로운 이름으 로 불려도 상관없었다. 아샤쮸크는 이제 그가 과거 '카블루나'의 손에 죽 은 '강한 팔'을 지닌 자의 혼과 기억까지 담게 되었다고 했다.

몇 달 전, 그와 벙어리 여자는 이글루 마을로 와서 이곳 여인들의 도움 으로 아들 '까마귀'를 해산했다. 그는 진짜 사람들이 아내를 '실나'라고 부 르는 것을 듣고도 놀라지 않았다. 아내가 공기의 여신 '실라'와 바다의 여 신 '세드나' 양쪽 혼을 모두 담고 있다는 것을 알고 있었다. 아내는 실뜨기 나 꿈을 통해서라도 하늘을 다스리는 영혼 '시샴 이에우아'의 비밀명을 남 편과 공유할 마음도, 공유할 수도 없었다.

그도 자신의 비밀명을 알았다. 툰바크에게 혀를 빼앗긴 동시에 과거의 모습까지 잃게 된 직후 처참한 심경에 빠진 첫날 밤, 그는 꿈에서 비밀명 을 들었다. 그러나 아무한테도, 실나에게도 말하지 않았다. 서로 사랑을 나 누고 꿈을 공유하는 동안 그는 아직도 아내를 벙어리 여자라 부른다.

• • •

마을 이름은 '탈로요아크'였고 대략 60명이 얼음집 대신 여기저기 텐 트를 쳐 놓고 살았다. 급경사가 진 쪽에 잔디로 지붕을 덮은 집이 불쑥 나와 있었다. 지금은 그 위에 눈이 덮여 있지만 여름이 오면 풀로 뒤덮일 것이다.

이곳 사람들은 '올리카탈리크스'라 불렸다. '망토를 두른 사람들'이란 뜻이다. 어깨에 걸친 것은 망토라기보다 영국인이 목에 두른 모직 목도리 에 가까워 보였다. 우두머리는 탈리릭투그와 비슷한 연배이고 인물이 좋

439

왔다. 그런데 이가 하나도 없어서 훨씬 나이 들어 보였다. 이 남자의 이름은 '이크팍후아크'. 아샤주크는 '더러운 인간'이라는 뜻이라고 전했다. 그런데 탈리릭투그가 보기엔 이크팍후아크는 다른 이들에 비해 더럽지도 않았고 오히려 깔끔했다.

이크팍후아크의 어린 아내 이름은 '히길라크'였다. 아샤주크가 이죽거리며 '얼음집'이란 뜻이라고 전했다. 그런데 히길라크는 낯선 이들을 전혀 차갑게 대하지 않았다. 오히려 남편의 손님맞이를 푸근히 거들며 뜨거운 음식과 선물을 잔뜩 내왔다.

크로지어는 이들을 결코 이해하지 못하리라는 사실을 알았다.

이크팍후아크와 히길라크와 그 가족들은 '우밍그마크', 사향소 스테이크를 잔치 음식으로 대접했다. 탈리릭투그는 맛있게 먹었지만 실나, 아샤주크, 나우자, 나머지 일행은 마지못해 먹는 둥 마는 둥 했다. 왜냐하면 이들이 '넷실리크', '바다표범의 사람들'이기 때문이었다. 만남을 자축하는 잔치가 다 끝난 후, 탈리릭투그는 대화의 주제를 백인의 선물로 옮겨가자며 수신호를 보냈다.

이크팍후아크는 망토 사람들이 그런 보물을 많이 갖고 있다고 인정했다. 그런데 손님한테 공개하기 전에 실나와 탈리릭투그부터 먼저 마법을 보여 달라고 요구했다. 올리카탈릭크스 부족은 평생 시샴 이에우아를 본 적이 한 번도 없었다. 비록 이크팍후아크는 실나의 아버지 '아자'와 수십 년간 알고 지낸 사이였지만. 그래서 그는 실나와 탈리릭투그에게 마을을 한 바퀴 돌고 난 다음, 곰 말고 바다표범으로 변신하는 모습을 보여 달라고 정중히 부탁했다.

아샤주크는 실나의 설명을 해석해서 전했다. 여기 우리 시샴 이에우아 두 사람은 그런 일을 하지 않지만, 올리카탈릭크스가 친절을 베풀었으니 툰바크가 씹어 먹은 혀 자국을 보여 주고, 백인 시샴 이에우아 남편의 흉터를 보여주겠다고 했다. 수년 전 악령과 목숨 걸고 싸우다가 생긴 상처라고 전했다.

이것만으로도 이크팍후아크와 올리카탈리크스 사람들은 충분히 만족했다.

흉한 상처를 공개하는 시간이 끝나자, 탈리릭투그는 아샤쥬크에게 백인에게 받은 선물 얘기를 다시 하자고 부탁했다.

이크팍후아크는 즉시 고개를 끄덕이며 손바닥을 맞부딪히더니 아이들에게 보물을 가져오라고 시켰다. 아이들이 보물을 가져오자 둥글게 펼쳤다.

온갖 목재가 보였다. 밧줄 꿰는 스파이크에서 떨어져 나온 나무조각도 있었다.

극지 탐험대를 상징하는 영국 해군의 돛이 그려진 금단추도 보였다.

정성껏 수가 놓인 조끼 조각도 있었다.

체인이 사라진 금시계도 있었다. 시계 뒷면에 이니셜이 새겨져 있었다. CFDV, 찰스 프레데릭 드보의 것이었다.

안에 EC라고 적힌 은색 필통도 보였다.

해군 본부에서 프랭클린 경에게 하사한다고 적힌 금훈장도 있었다.

프랭클린을 모시던 여러 장교의 출신 가문 문양이 그려진 은제 포크와 수저도 보였다.

존 프랭클린 경이라고 쓰인 화려한 작은 도자기 접시도 있었다.

수술칼도 있었다.

마호가니 휴대용 탁자도 있었다. 어느 남자가 원래 자기 것인 양 들고 있었다.

우리가 이런 잡동사니를 끌고 수백 킬로미터나 이동했단 말인가? 아니, 이런 것을 싣고 영국에서부터 수천 킬로미터나 왔단 말인가? 대체 생각이란 게 있었나? 그는 속이 매슥거려 눈을 감고 가라앉을 때까지 기다렸다.

벙어리 여자가 그의 손목을 쥐었다. 여자는 요동치는 그의 마음을 느꼈다. 그는 여자를 쳐다보며 괜찮다고 했다. 사실은 괜찮지 않았다. 조금도 괜찮지 않았다.

. . .

일행은 해안가를 따라 서쪽으로 계속 걸어 백 강 어귀를 향했다.

이크꽉후아크가 우두머리로 있는 올리카탈리크스 부족은 백인의 보물을 주웠던 곳이 어딘지 가물가물했다. 어떤 이들은 키누나라는 곳에서 물건을 주웠다고 했다. 킹윌리엄 섬 남쪽 바로 밑을 지나는 해협에 있는 군도 중 하나일 것이다. 그러나 사냥꾼 대부분은 탈로요아크 마을에서 서쪽으로 한참 가면 나오는 '쿠글룩투크'에서 주웠다고 했다. 쿠글룩투크는 '폭포가 있는 곳'이란 뜻이라고 아샤주크가 설명했다.

크로지어는 그곳이 백 강 어귀에서 상류로 조금 올라가면 보이는 첫 번째 폭포라고 짐작했다..백 경이 쓴 책에서 읽은 기억이 났다.

일행은 일주일간 그곳을 수색했다. 아샤주크와 그의 아내, 사냥꾼 셋은 백 강 어귀에 우미아크를 띄워 머물렀다. 크로지어 부부와 아이 둘, 그리고 아직도 궁금증을 해결 못한 사냥꾼 이누피주크와 나머지 사냥꾼 셋이 콰야크를 타고 백 강을 약 5킬로미터 정도 거슬러 올라가 맨 처음 보이는 낮은 폭포에 도착했다.

크로지어는 그곳에서 통널을 발견했다. 구멍을 뚫어 나사를 박은 가죽 부츠도 보였다. 강둑 모래와 진흙 속에 파묻힌 2.5미터 길이의 휘어진 떡갈나무 목재도 찾았다. 광을 내서 커터의 건웨일로 쓰던-올리카탈리크스에겐 최고급 보물이 될-목재였다. 다른 것들은 보이지 않았다.

다들 풀이 죽어 강을 타고 해안가로 내려가던 도중 어느 노인과 그의 아내 셋, 그리고 코흘리개 아이 넷과 마주쳤다. 아내들은 텐트와 순록 가죽을 짊어지고 있었다. 노인은 강 낚시를 하러 가던 참이라 했다. 백인은 한 번도 본 적이 없으며, 혀가 잘린 '시샴 이에우아'도 본 적이 없다며 기겁했다. 크로지어 옆에 있던 사냥꾼이 겁먹은 노인을 달랬다. 노인의 이름은 '푸투라크'이며 진짜 사람들인 '퀴킥타르크주아크' 부족 사람이었다.

서로 음식과 농담이 오간 후, 노인은 신처럼 걷는 사람들이 왜 북쪽 땅에서 내려온 거냐고 물었다. 사냥꾼 중 하나가 이쪽으로 왔을 것으로 추정되는 백인을 찾는 중이라고 대답했다. 그들의 생사는 관계없다고 했다. 보물도 찾는다고 했다. 푸투라크는 백 강까지 백인이 내려 왔다는 소리는 듣지 못했다고 하면서 선물 받은 바다표범 고기 조각을 질겅질겅 씹으며 이렇게 말했다. "작년 겨울에 내가 백인들이 탄 아주 큰 배를 봤어. 얼마나 큰지 빙하만 하더라고. 그 위에 막대기 세 개가 꽂혀 있었는데 유틀리크에서 약간 떨어진 얼음 바다에 갇혀 있더군. 아마 그 안에 백인들이 죽어 있을 거야. 우리 부족 젊은이들이 배 안으로 들어갔었대. 별똥 도끼로 선체 옆에 구멍을 뚫고 들어갔는데, 온갖 목재와 철제 보물이 그 안에 쌓여 있었는데도 그냥 두고 왔대. 애들 말로는 막대기 세 개가 꽂힌 그 배에 귀신이 산다지."

크로지어는 벙어리 여자를 쳐다보았다. "내가 제대로 들은 거 맞나?"

"네." 여자가 고개를 끄덕였다. 칸네유크가 칭얼대기 시작했다. 실나는 여름용 겉옷을 젖히고 아이에게 젖을 물렸다.

• • •

크로지어가 절벽 위에 서서 빙하에 갇힌 함선을 바라보았다. 테러호였다.

백 강 어귀에서부터 여드레 동안 서쪽으로 이동한 끝에 여기 유틀리크 해안가에 닿았다. 그의 손짓을 알아듣는 신처럼 걷는 사람들 출신 사냥꾼을 통해서 크로지어는 푸투라크에게 이렇게 말을 전했다. 그에게 뇌물을 쥐여 주고 막대기 세 개가 솟은 백인들의 배까지 안내해 달라고 부탁했다. 그러나 늙은 푸투라크는 귀신이 출몰하는 막대기가 세 개 꽂힌 백인 집에는 얼씬도 하고 싶지 않다고 했다. 작년 겨울에 젊은이들과 같이 왔을 때도 배 근처에는 얼씬도 하지 않았지만, 그곳은 나쁜 장소에 출몰하는 불길한 악령 '피픽자크'의 때가 탔다고 했다.

유툴리크는 이누이트 이름이다. 크로지어는 지도에서 애들레이드 반도 서쪽 해안가에서 그 이름을 본 적이 있었다. 남으로 내려가다가 백 강이 나오는 협만 서쪽에서 조금만 더 가면 개수로가 끝나고, 만이 좁아지면서 단단한 극빙이 빼곡하게 들어선 곳이었다. 그래서 일행은 배를 해안가로 끌어 올려 콰야크와 우미아크를 숨기고, 개 6마리에게 튼튼한 4미터짜리 썰매를 끌렸다. 벙어리 여자는 추측 항법으로 내륙으로 들어가는 길을 향해 일행을 이끌었다. 크로지어는 이 항법을 완전히 터득하지 못할 것이다. 약 40킬로미터 정도 직선거리로, 애들레이드 반도 안쪽에 들어앉은 지협을 가로질러 서쪽 해안가로 갔다. 그런데 푸투라크는 그곳에 가서야 사실 직접 배를 보았고, 갑판에도 올라갔었다고 털어놓았다.

육로로 이동해야 하자, 아샤주크는 안락한 보트에서 내리려 하지 않았다. 신처럼 걷는 사람들이 숭배하는 '시샴 이에우아' 실나가 같이 가자고 간청하지 않았더라면, 그는 사냥꾼들에게 자신을 집으로 데려가라고 명령했을 것이다. 아무리 고집 센 주술사라 하더라도 시샴 이에우아의 부탁은 반드시 따라야 하는 명령이었다. 그래서 그는 썰매 안에 가죽을 깔고 폼나게 앉아서 고생하는 개들에게 돌멩이를 던지며 가끔 이렇게 외쳤다. 왼쪽으로 가야 할 때는 "하우! 하우! 하우!", 오른쪽으로 가야 할 때는 "지! 지! 지!"라고 외쳤다. 크로지어는 이 나이 많은 주술사가 개썰매에 새로이 재미를 찾은 건 아닌지 궁금했다.

여드렛날 늦은 오후에 테러호가 내려다보였다. 아샤주크조차 겁이 났는지 숨을 죽였다.

푸투라크는 정확한 위치를 이렇게 설명했다. "막대 셋이 솟은 집은 어떤 곳에서 정서 방향으로 8킬로미터 떨어진 섬 인근 빙해에 갇혀 있어. 그러니까 여기에서 푸석푸석한 얼음을 건너 북으로 약 5킬로미터 걸어 올라간 다음, 섬 몇 개를 건너면 그 곳에 닿을 거야. 큰 섬 북단 절벽에 올라가면 함선이 보인다고."

사실 푸투라크는 '킬로미터'라는 단위도, '함선'이나 '곳'이란 말도 사용하지 않았다. 우미아크 같이 생긴 선체에 막대기가 세 개 솟은 '카불루나'의 집에 가려면 '티케르콰트' 서쪽으로 몇 시간은 걸어야 한다고 표현했다. '티케르콰트'란 '손가락 두 개'란 뜻이다. 진짜 사람들은 유툴리크 해안가 협만을 따라 있는 좁은 곳 두 군데를 그렇게 부른다. 큰 섬 북단 끝쯤 될 것이다.

크로지어와 10명의 무리는—남에서 온 사냥꾼 이누피주크는 끝까지 크로지어의 곁을 지켰다—'손가락 두 개'에서 거친 빙해를 건너 정서 방향으로 간 다음, 작은 섬 두 개를 지나 조금 더 큰 섬에 닿았다. 큰 섬 북단 끝 극빙에서 수직으로 90미터 솟은 절벽이 보였다.

빙해에서 약 4, 5킬로미터 멀리 마스트 세 개가 솟은 테러호가 낮게 걸린 구름을 향해 기울어 있었다.

크로지어는 전에 쓰던 망원경이 없어서 아쉬웠지만, 망원경이 없어도 그가 지휘하던 마스트를 알아보는 데는 문제없었다.

푸투라크 말이 맞았다. 함선까지 이어지는 마지막 빙하 구간은 어지러운 해안가나 본토와 섬 사이 극빙보다 훨씬 물렀다. 크로지어는 함장의 눈으로 그 이유를 파악했다. 동쪽과 북쪽으로 이어진 작은 섬들이 천연 방풍벽이 되어 약 20제곱해리에 달하는 공간을 북서풍으로부터 막아주었기 때문이다.

445

테러호가 어떻게 여기까지 내려왔을까? 3년 가까이 이리버스호 인근 빙해에서 단단히 발이 묶여 있던 배가 무려 320킬로미터 남으로 밀려왔다니 도무지 믿기지 않았다.

더는 생각할 필요가 없다.

신처럼 걷는 사람들과 진짜 사람들은 살아 있는 괴물이 그림자를 드리우는 곳에서 한 해 한 해 넘기며 산다. 함선에 가까워지자 이들은 공포에 질린 기색이 역력했다. 푸투라크가 '귀신이 출몰하네, 악령이 사네'라고 말한 것 때문이었다. 하지만 그 자리에 없어서 그 이야기를 듣지 못한 아샤주크, 나우자, 나머지 사냥꾼들도 마찬가지였다. 아샤주크는 주술을 외웠다. 빙해를 걷는 내내 귀신을 쫓는 노래와 안녕을 기원하는 기도를 중얼거렸지만 그 누구도 심신의 안정을 얻지 못했다. 주술사가 긴장하면 다들 긴장하기 때문이었다.

선두에 선 크로지어 옆을 지키는 유일한 사람은 벙어리 여자였다. 여자는 두 아이를 안고 걸었다.

테러호는 좌현으로 약 20도 정도 기울었다. 선미는 북동쪽을, 마스트는 북서쪽을 향했다. 우현 쪽 선체 대부분이 빙하 위로 솟아 있었다. 놀랍게도 닻 하나가 내려져 있었다. 좌현 선수 쪽 닻이었다. 굵은 밧줄이 두꺼운 빙하 속에 박혀 있었다. 바다 바닥까지 최소 20패덤(약 36미터)은 넘어 보였고, 뒤로 보이는 섬 북쪽 만곡을 따라 협소한 만이 이어졌다. 크로지어는 의아했다. 폭풍우 때문이라면 모를까 안전한 항구를 찾는 함장이라면 방금 그가 거쳐 온 큰 섬 동쪽 협만으로 배를 몰아 큰 섬과-절벽이 바람을 막아줄 테니-동쪽으로 3킬로미터 떨어진 세 개의 작은 섬 사이에 신속히 닻을 내렸을 것이다.

그런데 테러호가 여기에 닻을 내렸다. 큰 섬 북단에서 약 4킬로미터 정도 떨어진 수심이 깊은 곳에 닻을 내린 채 거센 북서풍을 온몸으로 받아내고 있었다.

크로지어는 함선을 한 바퀴 돌아서 북서쪽으로 기운 갑판을 올려다보
았다. 푸투라크의 젊은 사냥꾼들이 선체 우현에 구멍을 낼 수밖에 없었던
미스터리가 풀렸다. 갑판 해치가 목판으로 봉해져서 깨지고 갈라져 침몰
직전의 선체 안으로 들어가려고 했다.

크로지어는 별똥 도끼로 낡고 부서진 선체를 찍어서 겨우 한 사람이 들
어갈 만한 구멍이 뚫린 곳으로 되돌아왔다. 안으로 들어갈 수 있을 것 같
다. 푸투라크가 젊은 사냥꾼들이 도끼로 찍어서 안에 들어갈 길을 내놓았
다고 한 말이 떠올랐다. 속은 쓰리지만 실소가 나왔다.

'별똥'이란 진짜 사람들이 유성을 일컫는 말이자, 유성에서 떨어져 나
온 금속 물질을 의미하기도 했다. 크로지어는 아샤주크가 '울루리아크 마
녹토크' 즉 '하늘에서 떨어진 별똥'에 대해 말하는 것을 들었다.

크로지어는 별똥 날과 도끼가 아쉬웠다. 지금 유일한 도구는 작업할 때
쓰는 바다코끼리 상아로 만든 평범한 칼이 전부였다. 썰매에는 작살이 있지
만 그건 크로지어의 것이 아니었다. 그와 벙어리 여자는 일주일 전 콰야크에
작살을 두고 왔기에 배 안에 들고 가게 빌려달라고 하고 싶지 않았다.

그는 약 12미터 뒤에 있는 썰매로 되돌아갔다. 무시무시하고 서슬 퍼런
눈으로 주인과 영혼을 공유하는 대형 썰매 개 '쾸미크'가 으르렁거리며 달
려들어 가까이 오는 자를 위협했다. 개들도 이곳이 싫은 눈치였다.

크로지어는 아내에게 손짓을 보냈다. 아샤주크에게 혹시 같이 안으로
들어갈 사람이 있느냐고 물어봐 달라고 했다.

여자가 실이 없는 손가락으로 재빨리 의사를 전달했다. 늙은 주술사는
크로지어의 어설픈 손짓보다 여자의 말을 늘 먼저 알아들었다.

진짜 사람들은 아무도 저 안으로 들어가려고 하지 않았다.

"그럼 좀 이따 만나." 크로지어가 여자에게 손짓했다.

여자는 그저 웃었다. "바보 같이 굴지 말아요." 한숨을 쉬더니 "우리 아이들 데리고, 나도 따라갈게요."

그는 몸을 비집고 안으로 들어갔다. 벙어리 여자도 곧바로 따라 들어갔다. 까마귀를 팔에 안고 칸네유크를 유아용 가죽 주머니에 넣고 끈을 달아 가슴께에 묶었다. 둘 다 잠을 자고 있었다.

* * *

배 안은 암흑이었다.

푸투라크가 말한 젊은 사냥꾼들이 최하갑판으로 길을 내놓았다. 만약 그들이 함선 중앙으로 조금만 더 들어갔더라면 운 좋게 선창갑판에서 석탄 부대가 담긴 통과 물탱크를 발견했을 것이다. 그랬다면 별똥 도끼를 들고 이렇게 길을 내지 않아도 되었을 텐데.

선체 안으로 3미터만 들어갔는데도 너무 어두워서 앞이 보이지 않았다. 크로지어는 기억을 더듬어 길을 찾았다. 벙어리 여자의 손을 붙들고 기울어진 갑판을 내려가면서 선미로 향했다.

어둠 속에 눈이 적응하자, 아주 약간은 분간할 수 있었다. 시체실 앞에 매달린 커다란 자물쇠가 보였다. 더 뒤쪽에 있는 포술 창고의 문이 부서진 채 열려 있었다. 푸투라크 사냥꾼들이 그랬는지는 알 수 없지만 아마 아닐 것이다. 포술 창고의 문은 이유가 있어서 잠가 놓은 곳이라, 테러호로 돌아가고자 했던 백인들이 제일 먼저 이곳을 열었을 것이다.

럼 통이 비어 있다. 사실 빙하로 떠날 때 꽤 많은 럼을 남겨 두고 갔다. 그런데 화약통은 그대로였다. 총알이 든 통과 총열, 탄약통이 든 캔버스 가방, 격벽 두 곳에 홈을 파 정리해 둔 머스킷총도 그대로였다. 머스킷총이 너무 많아서 들고 갈 수 없었다. 이백 개의 총검이 들보와 빔을 따라 그대로 걸려 있었다.

이 방에 있는 철만 가져가도 진짜 사람들에 속한 아샤주크 부족은 쉽게 이 세상 최고 갑부가 될 수 있다.

남은 화약과 총알만 가져가도 진짜 사람들보다 십수 배나 많은 이들까지 20년은 놀고먹으며 북극 최고의 독보적인 지주가 될 수 있다.

벙어리 여자는 조용히 그의 손목을 쥐었다. 너무 어두워서 수신호를 보낼 수가 없었기에 생각을 보냈다. "들리나요?"

크로지어는 그 소리에 깜짝 놀랐다. 여자가 처음으로 영어로 생각을 보낸 것이다. 여자는 생각보다 그의 꿈을 더 깊이 꾸었거나, 테러호에서 지내던 몇 달간 영어에 상당히 관심을 쏟은 것이 분명했다. 둘은 처음으로 깨어 있는 채로 생각을 나누었다.

"이." 그는 여자에게 생각을 되돌려 보냈다. '응'이란 뜻이다.

이곳은 사악했다. 기억이 악취가 되어 이곳에 들러붙었다.

그는 긴장을 풀려고 다시 여자를 앞으로 이끌며 선수를 가리켰다. 여자에게 하갑판 선수 밧줄 창고의 모습을 그려 보냈다.

"거기에서 늘 당신을 기다렸어요." 여자가 생각을 보냈다. 너무나 또렷하게 들려서 두 사람이 어둠 속에서 큰 소리로 대화하는 듯한 착각이 들었다. 아이들이 깬 것도 아닌데 말이다.

방금 여자가 한 말을 듣는 순간, 온몸이 전율하며 떨리기 시작했다.

두 사람은 중앙 사다리를 타고 하갑판으로 올라갔다.

하갑판은 최하갑판보다 훨씬 밝았다. 머리 위로 뚫린 프레스톤 천창으로 햇빛이 들어왔다. 둥근 유리에 얼음이 들러붙어 뿌옜지만 눈이나 방수포가 그 위를 덮고 있지는 않았다.

갑판은 텅 빈 것 같았다. 대원들이 쓰던 해먹이 깔끔히 접힌 채 매달려 있었다. 식탁도 머리 위 빔까지 끌어 올려져 있었다. 관물함 궤짝은 한쪽으로 밀려 차곡차곡 쌓여 있었다. 선실 한가운데 위치한 거대한 스토브는 어둡고 차가웠다.

함장 크로지어는 그가 유인당해 총상을 입을 당시 디글이 살아 있었는지 애써 기억을 떠올려 보았다. '디글'이라는 이름은 실로 오랜만이었다.

'정말 오랜만에 내 혀에 그의 이름을 올렸군.'

크로지어는 '내 혀'라는 말에 미소를 지었다. 만약 이 세상을 지배하는 세드나 같은 여신이 존재한다면 그녀의 본명은 '빌어먹을 아이러니'일 것이다.

벙어리 여자가 그를 선미로 이끌었다.

맨 먼저 텅 빈 장교실과 식당을 들여다보았다.

크로지어는 누가 테러호로 돌아와 배를 남으로 몰았을지 궁금했다.

구조 캠프에서 출발한 드보와 그 대원들일까?

드보와 나머지 대원들은 분명 보트를 타고 남으로 계속 내려가 그레이트피시 리버로 가려고 했을 것이다.

히키와 그 무리일까?

크로지어는 굿서가 살아 있기를 빌지만 아마 그러긴 힘들었을 것이다. 호지슨 중위는 살인자가 아니었다 치고, 그를 제외한 살인자 무리에서 굿서가 그리 오래 버티지는 못했을 것이다. 그들 중에는 항해하거나 방위를 잡을 수 있는 자가 아무도 없었다. 크로지어가 준 작은 보트를 타고 제대로 방향을 잡지 못했을 것이다.

그렇다면 구조 캠프를 떠나 내륙으로 간 대원 셋이 남았다. 루벤 메일, 로버트 싱클레어, 사무엘 허니. 앞상갑판장, 앞돛대망루장, 테러호 대장장이가 미로처럼 열린 리드를 따라 320킬로미터가 넘는 거리를 남진했단 말인가?

크로지어는 머리가 어지러웠다. 그들의 이름과 얼굴을 떠올리니 속이 메슥거렸다. 그들의 목소리가 들리는 듯했다. 진짜로 목소리가 들렸다.

푸투라크 말이 맞았다. 이곳은 이제 불길한 악령 '피픽자크'의 본거지가 되었다. 분노한 영혼이 이곳에 남아서 산 자를 따라다닌다.

· · ·

프랜시스 로돈 모이라 크로지어의 벙커 침대에 송장이 누워 있다.

조명이 없어서 누구인지 알아볼 수 없지만, 선창과 최하갑판까지 훑어본 결과 이것이 함선에 있는 유일한 시신이었다.

'하필 왜 내 침대에서 죽은 것일까?' 크로지어는 궁금했다.

시신은 크로지어와 키가 비슷했다. 외투를 입고 워치캡을 쓰고 모직 바지를 입은 채 이불을 덮고 죽었다. 한여름에 항해했을 텐데 이런 차림이라니 참으로 기이했다. 대체 누구인지 도무지 알아볼 수가 없었다. 그의 주머니를 뒤져서 알고 싶은 마음은 들지 않았다.

시신의 손과 손목, 목이 갈색으로 변해 미라처럼 바싹 말라 있었다. 크로지어는 망자의 얼굴 위로 프레스톤 천창을 통해 빛이 쏟아지지 않기를 바랐다.

죽은 이의 눈은 갈색 구슬이 되었다. 머리칼과 수염은 길고 덥수룩했다. 죽고 나서도 몇 달은 더 자란 것 같았다. 입술은 쪼그라들었고 근육이 수축되면서 치아와 잇몸 위로 말려 올라갔다.

치아는 엉망이었다. 괴혈병으로 이가 빠지지는 않았다. 대신 누런 앞니가 넓게 벌어져 말도 안 될 정도로 길게 자랐다. 8센티미터 정도 되는 것 같았다. 딱딱한 것을 갉아먹지 않으면 쑥쑥 자라는 토끼나 쥐 이빨 같았다. 이가 입 안으로 자라 목구멍을 찔렀다.

인간 송장에서 설치류 같은 치아가 자라다니 말이 되지 않았다. 크로지어는 오래된 둥근 천창으로 스며드는 어스름한 빛이 비추는 이를 바라보았다. 몇 년 만에 처음 겪는 말도 안 되는 일은 아니었다. 그리고 마지막으로 겪을 말도 안 되는 일도 아닐 것이다.

"가자." 크로지어가 벙어리 여자에게 손짓했다. 그는 만물이 듣고 있을 이곳에서 생각을 보내고 싶지 않았다.

· · ·

그는 도끼를 휘둘러 못이 박힌 메인 해치를 뚫고 올라갔다. 누가 왜 해치를 봉인했는지 궁금하지 않았다. 머리 위 해치가 이렇게 단단히 봉인되어 있는 동안 저 아래 송장이 살아 있었는지 궁금하지 않았다. 대신 도끼를 내려놓고 위로 먼저 올라가 아내가 사다리를 타고 올라올 수 있게 거들었다.

까마귀가 뒤척거리며 잠에서 깼지만, 여자는 아이를 토닥이며 다시 곤히 재웠다.

"여기서 기다려." 그는 손짓을 하며 아래로 다시 내려갔다.

일단 무거운 경위의와 그가 사용하던 오래된 책을 가지고 올라온 다음, 재빨리 해를 읽고 현 위치를 소금물이 번진 책 여백에 적었다. 그러다가 도로 내려가 경위의와 책을 한쪽으로 집어 던졌다. 마지막으로 함선 위치를 한 번 더 확인한 건 일평생 해 왔던 헛짓 중에서도 가장 쓸모없는 헛짓이었다. 그럼에도 그럴 수밖에 없었던 자기 자신을 이해했다.

그리고 방금 했던 것처럼 이제 꼭 해야 할 일을 했다.

그는 최하갑판 어두운 장포 창고로 가서 화약 세 통을 들고 줄줄 부었다. 최하갑판에 첫 번째 통에 든 화약을 쏟아 붓고 사다리를 타고-사실 선창으로 내려가고 싶지는 않았다-선창갑판으로 내려갔다. 그러고는 두 번째 통을 특별히 퍼부었다. 세 번째 통에 든 화약으로 시커먼 줄을 긋듯 상갑판을 따라 줄줄이 부었다. 상갑판에서 아내와 아이들과 기다리고 있었다. 아샤주크와 일행은 좌현 쪽으로 돌아와 함선에서 약 30미터 정도 떨어

452

진 빙판에 서서 지켜보았다. 썰매 개들이 미친 듯이 짖으며 도망가려 했지만 빙판 위에 묶여 있었다.

크로지어는 포근한 오후 햇살을 만끽하며 밖에서 머물고 싶었다. 그러나 다시 최하갑판으로 내려가야 했다.

마지막 남은 램프 기름통을 들고 와 갑판 세 곳에 연달아 부었다. 그의 침실 방문과 격벽에는 특별히 흠뻑 부었다. 수백 권에 달하는 책을 보고는 약간 머뭇거렸다.

'신이시여, 앞으로 닥칠 겨울을 위해 여기에 있는 책을 몇 권 뽑아가도 되겠습니까?'

그러나 이젠 책에도 죽음의 함선이라는 어두운 이누아가 깃들었다. 그는 거의 울다시피 책 위에도 기름을 뿌렸다.

마지막 남은 기름을 상갑판에 마저 붓고 빈 통을 빙판 위로 멀리 내던졌다.

"마지막으로 한 번만 더 내려간다." 크로지어는 손가락으로 아내에게 약속했다. "이제 애들을 데리고 빙판에 가 있어, 내 사랑."

그는 3년 전 책상 서랍 안에 성냥을 남겨 두었다.

순간 뒤에 누운 미라가 그에게로 다가오는 것 같았다. 벙커 침대가 삐거덕거리고 언 이불이 부스럭거렸다. 갈색 손가락 끝에 아주 길게 자란 누런 손톱이 서서히 들리면서 송장의 메마른 팔뚝 힘줄이 늘어나다가 뚝 끊기는 소리가 들렸다.

크로지어는 쳐다보지도 않았다. 뛰지도, 돌아보지도 않았다. 성냥을 들고 침실을 천천히 빠져나와서 검은 화약이 뿌려진 선을 건너뛰고 고래 기름이 스민 갑판 바닥을 지났다.

그는 중앙 사다리를 타고 아래로 내려가 성냥을 그었다. 공기가 너무 탁해 처음부터 성냥에 불이 잘 붙지는 않았다. 마침내 화약에 확하고 불꽃이 일더니 기름에 젖은 격벽으로 불이 붙었다. 불줄기가 어둠 속에서 선미와 선수를 향해 쭉 뻗어 나갔다.

최하갑판에 불이 붙은 것만으로도 충분하다는 것을 알면서도 그는 잠시 뜸을 들인 후 하갑판과 열린 상갑판 위에 뿌린 화약 가루에도 불을 붙였다. 선체는 메마른 북극에서 무려 6년이나 건조되어 불쏘시개가 되었다.

그는 함선 서쪽 얼음 낀 경사로 3미터 아래로 뛰어내렸다. 왼쪽 다리에 통증이 느껴졌다. 그는 다치기 전으로 절대 되돌릴 수 없을 것을 직감했다. 욕이 튀어 나왔다. 아내의 말을 들을 것을. 로프 사다리를 타고 빙판으로 내려왔어야 했다.

그는 노인네처럼 다리를 절뚝이며 빙판을 걸어 다른 이들 곁에 섰다.

• • •

테러호는 거의 한 시간 반을 타다가 침몰했다.

엄청나고 대단한 불길이었다. 북극에서의 가이 포크스 체포 기념일(1605년 영국 의사당을 폭파하고 제임스 1세를 시해하려던 화학음모사건이 무마된 것을 기념하는 날로, 행동 대장 가이 포크스 상을 만들어 끌고 다니다가 밤에 불태우고 하늘에는 폭죽을 터뜨린다) 같았다.

그는 화약도 램프 기름도 불필요했다는 사실을 불구경하며 깨달았다. 목재 선체와 캔버스가 모두 바싹 말라서 함선 전체가 하나의 방화 폭탄처럼 순식간에 불길이 솟았다. 수십 년 전, 진수식을 할 때부터 이렇게 불타오르게 건조된 것 같았다.

옆에 뚫린 구멍 때문에라도, 여기 바다가 녹으면 테러호는 앞으로 몇 주 혹은 몇 달 후에 가라앉았을 것이다.

그런데 크로지어가 배에 불을 지른 건 그 때문이 아니었다. 누군가 묻는다면, 아마 아무도 묻지 않겠지만, 왜 테러호를 태워야 했는지 그 이유를 설명할 수 없을 것이다. 그는 영국 구조대가 폐허가 된 테러호로 밀려들어와 이곳에 있던 사연을 가지고 영국으로 돌아가 사악한 영국인을 겁박하는 모습을 보고 싶지 않았다. 디킨스나 테니슨 같은 작가가 테러호에서 영감을 얻어 새로운 차원의 신파를 쓰는 것도 싫었다. 그 이야기 속에는 구조대가 영국으로 가져간 사연만 담기지 않을 것이다. 테러호에서 무엇을 가지고 가든 전염병처럼 치명적인 위력을 발휘할 것이다. 크로지어는 영혼의 눈으로 보았고, 인간의 오감과 시샴 이에우아의 능력으로 그런 모습을 감지했다.

불이 붙은 마스트가 쓰러지자 진짜 사람들이 환호성을 내질렀다.

다들 100미터 뒤로 물러섰다. 테러호는 얼음 위에 스스로 죽음의 구멍을 파며 타들어 갔다. 불붙은 마스트와 리깅이 쓰러진 직후 화염에 휩싸인 함선은 쉬익 소리를 내며 심해 속으로 거품과 함께 침몰하기 시작했다.

불타는 함선이 내는 소음에 아이들이 깼다. 불꽃이 얼마나 화끈거리던지 공기가 더워졌다. 인상을 쓰는 아샤주크, 큰 젖가슴 여인, 사냥꾼들, 기분 좋게 웃는 이누피주크, 그리고 탈리릭투그와 그의 아내가 겉옷을 벗고 썰매에 올라탔다.

쇼가 끝나자 배가 완전히 가라앉았다. 태양도 남쪽 수평선으로 가라앉았다. 긴 그림자가 잿빛 빙판 위로 드리워졌다. 다들 그 자리에 그대로 서서 김이 피어오르는 모습을 감상했다. 여기저기 빙판 위로 날리는 재를 보며 기뻐했다.

이제야 다들 뒤돌아 큰 섬과 작은 섬이 군집한 쪽을 바라보며 빙하를 건너 본토로 돌아갈 계획을 세웠다. 어쩌면 밤새 지낼 캠프를 지어야 한다. 자정이 넘어서도 황혼이 남아 있어서 돌아가는 길이 수월했다. 앞으로 몇 시간은 어둑어둑했다가 완전히 캄캄해질 것이다. 그 전에 다들 빙판을 벗어날 생각이다. 이곳에서 멀리 벗어나고 싶다. 이제 썰매 개들은 짖지도 으르렁대지도 않았다. 뭍으로 돌아가는 도중 작은 섬을 지날 때 개들은 더 열심히 썰매를 끌었다. 아샤쥬크는 썰매에서 이불을 덮고 코 골며 잠이 들었다. 아이 둘은 말똥말똥한 눈으로 놀 채비를 했다.

탈리릭투그는 버둥거리는 칸네유크를 왼팔에 안고 오른팔에 실나를 감싸 안았다. 까마귀는 엄마에게 안긴 채 투정 부리며 팔을 뿌리쳤다. 내려 달라고 혼자 걷겠다며 고집을 피웠다.

이번이 처음은 아니지만 탈리릭투그는 혀가 없는 부모가 고집 센 아이를 어떻게 훈육하는지 또다시 궁금해졌다. 그러다 그는 이제 고집 센 아이를 훈육시킬 필요 없는 몇 안 되는 문화권에 살게 되었음을 다시금 떠올렸다. 까마귀는 이미 고귀한 어느 성인의 이누아를 갖고 있다. 아버지는 그것이 얼마나 고귀한 것인지 그저 지켜보기만 하면 된다.

탈리릭투그 안에 여전히 살아 숨 쉬는 프랜시스 크로지어의 이누아는 인생에 대한 환상을 갖고 있지 않았다. 인생은 외롭고, 가난하고, 추잡하고, 잔인하고, 덧없는 것이니.

그렇다 한들 반드시 외로울 필요는 없으리라.

한쪽 팔로 실나를 안은 채 주술사의 시끄러운 코골이와 그가 가장 아끼는 여름 파카 위에 칸네유크가 막 오줌 싼 것을 애써 무시했다. 아들 녀석이 버둥거리며 낑낑거리는 소리도 못 들은 척했다. 탈리릭투그가 된 크로지어는 계속 동으로 빙해를 건너 뭍으로 향했다.

옮긴이의 말

1845년, 영국 해군 본부는 프랭클린 경에게 북서항로 개척이라는 막중한 임무를 부여한다. 상부의 명을 받은 프랭클린 경은 당시 획기적인 장비가 구비된 함선 두 척을 이끌고 북극으로 떠난다. 북극은 호락호락하지 않은 동토인 동시에 무한한 기회였다. 그 누구도 이들의 실패를 예견하지 않았다. 당시로서는 획기적인 장비가 장착된 함선에 비상식량을 넘치도록 실은 터라 탐험대가 혹여 빙하에 몇 년 간힌다 해도 목숨을 잃을 가능성은 지극히 낮았다. 그럼에도 탐험대는 결국 북극에서 실종되었고, 함선 역시 자취를 감추었다. 1849년, 이들을 찾아 나선 구조대가 일부 승조원의 묘와 쓰던 물품을 발견하긴 했지만, 프랭클린 탐험대는 전원 사망한 것으로 추정될 뿐, 정확히 언제 어디서 어떻게 최후를 맞이했는지는 알려지지 않았다.

그런데 흥미로운 사실은 1852년에서 1858년 사이 크로지어 함장을 봤다는 이누이트가 있었다는 점이다. 진짜 크로지어였는지 확실치 않지만, 학자들은 그가 프랭클린 탐험대에서 마지막까지 살아남은 최후의 1인이었을 것으로 추정한다.

프랭클린 탐험대, 이리버스호, 북극, 북서항로, 실종. 여기까지는 많은 이들이 익히 알고 있다. 그러나 크로지어 함장과 테러호까지 기억하는 이는 흔치 않다. 작가 댄 시먼스는 프랭클린 경의 그늘에 가려져 있던 크로지어 함장과 자매함 테러호를 소설의 중심에 세웠다. 마지막 생존 대원으로 추정되는 크로지어에게 과연 무슨 일이 있었던 것일까. 실종 이후 무려

10년 가까이 살아 있었다면 왜 영국행 귀국선에 오르지 않았을까? 그 세월이라면 걸어서라도 영국으로 돌아올 수 있었을 텐데. 그는 문명 세계로 돌아오지 못한 게 아니라 안 한 것일 수도 있다. 그렇다면 왜일까? 왜 하필 이누이트 마을에서 목격되었을까?

프랜시스 크로지어는 아일랜드 출신이기에 영국 해군 내 출세 라인에서 비껴나 있었다. 오랜 시간 성실히 복무했지만 상부에서 인정받지 못해 승진도 밀렸다. 그럼에도 묵묵히 상관 프랭클린 단장을 보필했다. 그랬기에 탐험대는 결국 북극에서 영면하게 된 것일지도 모른다. 누구 못지않은 실력과 지식을 겸비한 그였지만 잘못된 선택을 하는 상관에게 이의를 제기하지 못해 결국 탐험대는 빙하에 몇 년이나 발이 묶이고 인육을 먹는 참상을 겪고 최후를 맞이했다. 역사에서 만약이란 가정은 무의미하지만, 그가 만약 자신의 의견을 피력했더라면 탐험대는 무사 귀환했을지도 모른다.

작가 댄 시먼스는 방대한 사료를 수집하여 촘촘히 판을 짜고 그 위에 상상력과 이누이트 설화를 얹혀 걸작을 빚어냈다. 소설은 크게 세 부분으로 나뉜다. 탐험대가 북극 빙하에 갇혀 함선 생활을 하는 시기, 함선을 버리고 빙원으로 나와 남진하는 시기, 이후 홀로 남은 크로지어의 모습이 이어진다. 시먼스는 탁월한 묘사로 생생한 현장감을 전달한다. 괴물 툰바크가 느닷없이 나타나 탐험대를 공격하면 독자의 심박이 덩달아 빨라진다. 춥고 텁텁한 선실에 갇혀 생활하는 승조원들을 보면 우리의 숨이 턱 막힌다. 함선을 떠나 혹한을 뚫고 남진하는 모습을 보면 읽는 이들도 처참해진다. 꿈인지 생시인지 모를 크로지어의 꿈을 '들으면' 몽롱한 무의식의 바다를 그와 함께 헤엄치는 것 같다. 팩션(faction)이기에 이미 결말을 다 알고 보는 소설이지만, 작가는 당시 영국 해군의 실상에서 이누이트 생활상까지 철저한 조사를 기반으로 상상의 나래를 펼쳐 역사적 사실을 복기하는 수준을 뛰어넘어 뜨거운 쇼(진짜로!)로 매듭지었다.

　2014년 9월, 캐나다 북부 킹윌리엄 섬 인근 빅토리아 해협 해저에서 존 프랭클린 탐험대 함선 두 척 중 하나가 발견되었다는 소식이 전해졌다. 이 소설을 읽어야 할 이유가 또 하나 생겼다.

김미정

테러호의 악몽 2

초판 1쇄 인쇄 2015년 7월 1일
초판 1쇄 발행 2015년 7월 6일

지은이 | 댄 시먼스
옮긴이 | 김미정
펴낸이 | 정상우
주간 | 정상준
편집 | 이민정 정희정 심슬기
관리 | 김정숙

펴낸곳 | 오픈하우스
출판등록 | 2007년 11월 29일(제13-237호)
주소 | 서울시 마포구 동교로13길 34(121-896)
전화 | 02-333-3705 팩스 | 02-333-3745
www.openhousebooks.com
www.facebook.com/vertigo.kr

ISBN 979-11-86009-25-3 04840
    979-11-86009-19-2 (세트)

VERTIGO는 (주)오픈하우스의 장르문학 브랜드입니다.

이 도서의 국립중앙도서관 출판시도서목록(CIP)은 서지정보유통지원시스템 홈페이지
(http://seoji.nl.go.kr)와 국가자료공동목록시스템(http://www.nl.go.kr/kolisnet)에서 이용하실 수 있습니다.
(CIP제어번호: CIP2015017044)